U0029828

箱子

卡蜜拉・拉貝格 — 亨利克・費克修斯

Camilla Läckberg | Henrik Fexeus

一

圖娃輪指輕敲檯面，滿心焦慮。她在洪斯都爾[1]這家咖啡館的下班時間早過了，卻還走不開。一名客人端著咖啡落坐在角落桌位，不耐地望向她。她回報以充滿殺氣的目光，並暗自記下對方容貌。這人下回上門時，他的卡布奇諾上別想要有她的拉花愛心。

被迫遲到總會讓她心煩氣躁。比如說此刻。她無意識地把一綹金髮塞到耳後。她半小時前就應該出現在托兒所接走林奈斯了。到這地步來，她早已對托兒所員工的不爽臉色免疫了。她在意的是她三歲的兒子。圖娃不是那種會讓孩子失望的人，尤其是林奈斯。她不知說過多少次願意為他赴湯蹈火，但現實卻比赴湯蹈火複雜多了。上天為證，她盡力了。真的盡力了。她脫掉圍裙、拉開清潔櫃門，把圍裙扔到堆得老高的待洗物品上。她得等到接班的人來了才能離開。這該死的傢伙跑到哪去了？

林奈斯出生那天，他的生父馬汀正好出城去了。關於這點圖娃並不怪他——她是被救護車送進產房的，當時離她的預產期還有兩星期。但她入院後馬汀卻連著幾天遲遲不現身，這才讓她感覺不太對勁。生產過程並不順利，她因為藥效昏昏沉沉，對那幾天無多記憶，只隱約有印象醫生來來去去、反復檢查她和寶寶的體溫血壓心跳等等，最後終於結論一切正常。一如馬汀在她住院期間送來的幾條短訊。他會來看她，他說，等他先把幾件事處理好。然而，儘管對住院那幾天記憶模糊，圖

1 Hornstull：位於斯德哥爾摩索德瑪爾姆區西端水岸的時髦街區。

娃卻對出院那天迎接她和林奈斯的空蕩公寓印象無比清晰。就在她和兒子為生命奮戰那幾天，馬汀趁機收拾細軟拍拍屁股走人。原來這就是他必須「處理」的事。他從此音訊全無。這也好——她再看到他非宰了他不可。

她和林奈斯從此相依為命，雖然現實不時從中作梗。比如說眼前。下午班的東尼爾一小時前就該到了，卻到現在還不見人影，只怕還等她打電話去把人叫醒。都已經是下午一點半了。她二十一歲時有這麼不負責任嗎？很有可能。難怪她跟馬汀沒有結果。她再次看看腕錶。

搞什麼啊。

她穿上鋪棉外套、戴好帽子，然後做了兩杯雙份espresso。一杯裝瓷杯，另一杯則用紙杯。陪同留守托兒所等她的八成又是麥提。林奈斯最近已經開始喊這位托兒所職員「爹地」。他每回這麼喊的時候，麥提總會用那種眼神看她，要她多花點時間陪伴兒子、不要光忙著工作。喏，多謝你勾起的罪惡感。好像光是應付因為不知道媽媽會不會出現而哭哭啼啼的林奈斯還不夠糟似的。

兩杯Espresso煮好的時候，東尼爾總算頂著一頭亂髮從門口晃進來。二月的苦澀寒氣和他一起竄進咖啡館裡，部分顧客誇張地打顫，但東尼爾顯然不曾留意。或者是蠻不在乎。老天，她之前怎麼會覺得他還算有點魅力呢？

「拿去，」她口氣盡可能冰冷，朝他遞去瓷杯。「你看起來很需要來一杯。我要走了。」

她沒等他回應，抓起紙杯、推開門走進絲毫沒有融化跡象的雪地。她沒留意路況，一頭撞上一對看來孱弱不堪的老夫婦。

「對不起，我在趕時間——我要去托兒所接兒子。」她急匆匆地咕噥，甚至不曾正眼看他們。

「沒事，孩子們其實挺能照顧自己的。」

話聲親切，不帶責難。

圖娃沒回答，只是鬆了口氣，自己的笨手笨腳總算沒生事。有些人就不一樣了。她幾回不小心灑了咖啡，客人不但討衣物乾洗費還要求額外賠償。她滿懷歉意地對老夫婦微笑。圖娃聽到手中咖啡在紙杯裡晃蕩的聲音，明白自己沒時間客套。她再次喃喃道歉，開始朝地鐵站跑去、一邊灌下咖啡。咖啡燙口，一路燒進胃裡。味道帶點化學味，幾乎像藥水。她該清一下咖啡機。在戶外的冰寒對比下，咖啡感覺更燙了。

接了林奈斯後，她打算帶他回咖啡館。東尼爾愛給他吃什麼麵包蛋糕都行。有什麼不可以。今晚本來計畫吃的肉丸通心麵都去死吧。她明天就要離開了，今晚屬於她和林奈斯。

走到地鐵站樓梯口時，她突然感覺雙腿一軟。她驚呼，並設法在最後一刻抓住樓梯扶手。她一定是絆到什麼了。她沒必要趕成這樣。沒必要摔得鼻青臉腫現身托兒所。

她再次試著站起來，卻感覺腿骨彷彿憑空消失了。她雙腳內折。她感覺頭昏，想吐。幾乎要暈過去了。就像住院被施了藥的感覺。生林奈斯那次。

林奈斯。

我來了。

她努力抓住扶手把自己撐起來，但此時她的手臂彷彿有好幾公里長。欄杆漂浮在她頭頂上空，她已經不知該拿它怎麼辦。她的視線範圍邊緣有黑點在跳動。天旋地轉。腦中的小聲音告訴自己跌下樓梯了。她卻什麼感覺也沒有。

圖娃醒來後感覺到的第一件事是她的關節疼痛。自己正以某種不舒服的姿勢躺臥著。她舔唇，清清喉嚨。她的嘴巴好乾。口中殘留某種不熟悉的味道。她花了幾秒鐘完全清醒過來，這才發現自己不是躺著而是跪著，頭微微往前。她被圍困住了，連頭頂都是。她感覺頸子受到壓迫。

彷彿被裝在一個沒有多餘空間的箱子裡。

太痛了，不可能只是做夢。但也不可能是真的。不可能。然而……木頭的氣味未免太過真實。光線自短短的縫隙透進來，照映在她赤裸的手臂和腿上形成狹長的方塊。她赤裸的……她的衣服呢？不只外套，連底下的連帽衫也不見了。還有牛仔褲。有人脫掉她的衣服。她身上只剩背心和內褲。這不可能是真的。

她再次舔舔嘴唇。那股化學氣味還在。咖啡裡有東西。有人趁她不注意時在裡頭加了什麼東西。她忙著趕時間疏忽了。她灌下整杯咖啡。

腎上腺素湧進她全身血管裡，她皮膚一陣刺癢。她得設法掙脫。她開始尖叫、盡全力推擠箱壁。箱子木材雖然有彈性，卻怎麼也擠不破、推不開。因為跪著所以也無法用踢的，只能用掌心拍打，但狹小的空間讓她使不上勁。她身體一側的光突然被擋掉了。箱子外面有人。

「放我出去！」她喊道。「你在玩什麼把戲？」

沒人應答。但她感覺得到有人。聽得到呼吸聲。她再次大叫，但沉默凝重依然、虎視眈眈。刺癢感再次在她皮膚上蔓延開來。她以全新的力氣拍打箱壁，但有限的空間大大限制了力道。

「你到底想怎樣？」她嘶吼，眨動充淚的眼睛。「放我出去！求求你！有什麼事我們當面談。我得去接林奈斯！」

她低頭看手臂。腕錶的錶面玻璃被敲破了，時間恰恰停在三點整。麥提一定已經打過電話找她了。也許他會開始納悶她跑哪去了，也許他會來找她、隨時都可能發現她被困在箱子裡……也許他早已對她遲到甚至更久習以為常了。

沒有人在找她。

因為沒有人發現她不見了。

沒有人知道她被綁架了。

綁架。這兩字落實在她心頭，她突然感到呼吸困難。箱子附近傳來金屬聲響。她不禁打顫。

「哈囉？」她喊道。

某種尖銳的銀色物體從她左側下方的縫隙戳刺進來。感覺像劍尖。金屬劍鋒緩緩而持續地穿刺木箱。她試圖挪開大腿，但狹窄的空間卻不允許她這麼做。她無從閃避。劍尖碰觸她的大腿皮膚、繼續進逼。痛，卻不如看來尖銳。

「噢嗚！你在做什麼？」她大叫。「快住手！」

劍鋒終於刺破她的皮膚，血滴冒出。銀劍的動作有些猶疑，彷彿外頭那個人還在考慮怎麼做才對。圖娃再次大叫，卻幾乎聽不到自己的聲音。接著，劍毫無預警地往回抽了一兩公分。

外頭傳來馬達啟動聲。劍鋒開始震動並往前戳刺。這回，劍鋒碰到她大腿時並沒有停下來。利刃刺進圖娃大腿肌肉，她失聲尖叫。馬達聲掩沒了她的尖叫聲，劍刃一逕刺入更深的組織。劇痛排山倒海。她眼前一片斑斕，神經末梢像著了火。世界緩緩消失了，只剩痛楚。劍尖觸抵股骨，劍鋒的震動傳遍她四肢百骸，她全身隨之顫動。圖娃不住吐了，嘔吐物沾污自己一身以及染血的長劍。

利刃最終滑過大腿骨、繼續前鑽，刺穿另一側的肌肉。劍尖從皮膚底下刺出的一幕令人作嘔，鮮血自新刺穿的洞裡汩汩湧出，沿著大腿曲線滴落、在她身下形成血灘。劍卻沒有停下來，整支穿過她的大腿後繼續朝另一條腿刺去。她依然動彈不得。

「求求你停下來。求求你，」她哭喊哀求。「我得去接林奈斯。我遲到了。他一個人孤零零的。」

長劍刺進她另一條腿時，圖娃準備好迎接另一波劇痛。然而怎麼可能準備得好？她淒厲慘叫，只希望自己能失去意識或是發瘋都好，但求不再有感覺。過程花了幾秒。無止盡的漫長。她失去了視覺。劍鋒最終刺穿她雙腿，自箱子另一側的縫隙穿出去。震動終於停止。

但馬達聲還在。

她感覺肩膀後方一陣刺痛，圖娃的理智瓦解了。她感覺得到——自己大腦的一部分潰散了。因為她身體後方的箱壁上也有縫隙。當然有。她試著傾身向前閃避來自後方的攻擊，但這動作只會拉扯大腿引發更多劇痛。然後圖娃就不復存在於此時此地了。她在產房，為她的兒子奮鬥。她在她純粹靠運氣找到店員工作的咖啡館裡。她親吻東尼爾，她和馬汀在一起而他正在對她訴說愛意。她聽到後方傳來軟骨與組織迸裂的聲響，想起林奈斯老是喊麥提爹地。

她低頭，看到鎖骨下方的皮膚往外鼓起、裂開，銀色劍尖穿透而出。像魔術。她就是魔術師的助手，一會就要起身接受掌聲。她在電視上看過。胸口湧出的鮮血染紅了她的背心，長劍持續推進、瞄準箱壁上的一處縫隙。她聞到濃濃的鐵鏽味。

林奈斯的一雙藍眼出現在她前方。

妳也要離開我了嗎，媽咪？

她試圖說話，喉頭傳來嘎嘎聲響。

「求求你，我遲到了。」

箱子外有人移動東西。她面前的一道縫隙突然暗下來。第三支劍。縫隙距離圖娃的臉只有幾英寸。先前兩支劍早已架住她、讓她動彈不得。

「不要再來了。」她低語。

長劍緩緩推進，但距離實在太短了。她盯著劍尖的亮光，不一會便因為太近而無法聚焦了。

林奈斯。對不起。媽咪愛你。

她不禁顫抖，感覺劍尖觸抵她右眼與鼻梁之間某個點，然後繼續推進，直直戳進眼窩。某個濕濕的東西沿著她臉頰滑落，圖娃右眼看不到了。但並不痛。至少不痛了。

圖娃最後的念頭是納悶為何有燒焦味。

劍尖接著戳刺進她的大腦。

二

文森掌心朝下、用全身力氣狠狠朝桌面拍下去。全場觀眾大聲倒抽一口氣。他皺眉，刻意暫停製造戲劇效果，然後眼盯觀眾、一邊緩緩抬起手。手掌心下方是一只被壓扁的白色紙袋。緊張的笑聲霎時在觀眾席間蔓延開來。他把壓扁的紙袋掃到地上。

「所以也不是在五號紙袋底下。」他說。

舞臺一片黑暗，只有一盞聚光燈對準了他、他面前的桌子以及站在桌旁的女人。簡單的燈光強調這場秀最後一項表演的危險性。全場鴉雀無聲。最後這項表演沒有搭配任何音樂，這讓現場氣氛更是令人坐立難安。桌上原本共有五個標了號碼、倒立放置的紙袋；他已經用手壓扁了兩個。

「剩下三個，」他說，眼睛盯著女人。「瑪德列娜，妳不要看那三個袋子——這會讓我有機會觀察妳目光的落點。妳只需要記得那根長釘子是在幾號紙袋的底下。只有妳知道。觀眾並沒有看到妳把釘子放在哪裡，我也沒有。三個紙袋。記住妳親手碰過的釘子有多銳利。妳心裡只要想這件事就好。」

女人汗如雨下。聚光燈送熱，加上她非常緊張。甚至比臺下觀眾還緊張。文森仔細觀察她。

「我剛剛提了三次數字三，妳卻沒有反應，」他說。「所以我猜釘子應該不在那裡。」

他啪地一掌壓扁三號紙袋，全場觀眾甚至來不及反應。觀眾席中傳出一記哭喊。

剩下兩個袋子了。百分之五十把自己搞成重傷的機會。他不明白自己為何還繼續表演這個節目。所有表演這個節目的人遲早都會把自己弄傷。只要做得夠多次，就一定會遇上。但他絕對不能讓觀眾知道他是真的擔心。表演成功很重要的一個祕訣就是要表現得彷彿勝券在握。

「剩下二號和四號，」他對女人說道。「想像釘子就在妳面前——整整二十公分長的釘子。」

她閉上眼睛，皺眉點頭。

「妳記得把它立起來時它閃閃發光的模樣嗎？就在這兩個紙袋的其中一個底下。那個妳不想要我拍下去的紙袋。」

「但我不知道自己有沒有記錯，」她近乎嗚咽道。

他挑眉。劇院裡的氣氛凝重到彷彿固體。兩個紙袋。他舉起一隻手放在其中一個紙袋上方，然後又挪移到另一個紙袋上方。其中一個會讓這場秀以全體觀眾起立鼓掌為終結，另外一個則會導致他捧著被刺穿的手掌搭上救護車。

「睜開眼睛，」他說。

女人不情願地睜開眼睛，瞇眼望向桌上的紙袋。他看著她。他舉起手，對準其中一個紙袋準備往下重擊，卻在前一刻瞥見她睜大眼睛面露驚恐。他於是中途轉向、朝另一個紙袋狠狠拍下去。他手掌重重落在桌面的同時女人也驚呼出聲。他低著頭，幾秒鐘文風不動。接著，他以勝利之姿一把推開被壓扁的空紙袋並掀開最後那個紙袋。長長的釘子像根火箭似地尖端朝上矗立著，在冷色燈光中閃爍致命光澤。觀眾轟然起身鼓掌、音樂同時響起。他拿來奇異筆在釘子上簽名，放在紙袋中遞給女人。明顯鬆了口氣的女人隨即由工作人員護送下臺。

文森走到舞臺最前方對觀眾席展開雙臂。如釋重負的表情全然不必費力。掌聲如雷。這場在葉弗勒劇院的演出結束了。他動作誇張地鞠躬謝幕，目光鎖定劇院內遙遠的某一點。謝幕時來回掃射的光柱刺眼、根本看不到臺下觀眾，但他表現得自己可以。祕訣是直視前方，假裝和某人眼神交會。他對著眼前的黑暗展開笑顏，知道黑暗中站著四百一十五個人，正在為讀心術大師文森．瓦爾德熱烈鼓掌中。

「謝謝大家光臨今晚的演出，」他對著潮水般湧來的掌聲說道。

掌聲與口哨聲愈發激昂。今晚臺下滿座。不錯的一晚。事實上是很不錯的一晚。她沒來。那個讓他提心吊膽的女人。所有她沒有現身的表演之夜對他來說都是解脫，比他願意對自己承認的還大的解脫。

他抗拒想要舉手遮光好看清觀眾熱情反應的衝動。他為此付出很多心力，這是屬於他的一刻。在此同時，他純粹是靠腎上腺素才能維持站立。

今晚他差點就栽在那根該死的釘子上。那是整場兩小時演出的最後一段節目。他汗如雨下，腦汁沸騰：

……四百一十五個座位。四十一加五等於四十六。正是他的年紀。至少還有幾星期是。

停下來。

當然，要訣不在於能夠預測觀眾的行為或是讓自己看起來彷彿能看穿他們的心思。他致力製造的假象是：在腦袋高速運轉當下還能讓一切顯得如此輕鬆自然。劇院大廳的海報稱他是「讀心術大師」，他只希望當初曾堅持反對。這頭銜太……直接。缺乏品味。倒是很方便他藏身其後。這頭銜讓他聽起來像個虛構的角色，而非一個只想躺平在更衣室地板上好好花上十分種平復呼吸的人。表演已經結束的此刻，他的要務是在思緒如萬馬分頭奔馳之前控制住一切。今晚這件事花了比平常更多的時間。

冷靜鎮定從容沉著。八個字。就他所知樓上座位正好有八排。

停下來。

文森抬眼望向二樓座位。他在第一個節目中曾讓該區四名觀眾忘記自己的名字。那裡一排有二十三個座位，所以總共是一百八十四個座位……

有人從那區對他發出讚賞的哨音。

深呼吸。不要再追想下去。

……一百八十四個座位。四月十八日正好也是這次巡迴演出最後一場的日期。

每排二十三個座位，有八排，二加三加八等於十三，到巡迴結束正好還剩十三場表演。

停停停停。

他用力咬住舌頭，走下臺。他在舞臺側翼的絲絨簾幕後方停下腳步，開始對自己默數。一。如果數到十掌聲還不停的話他就跑回臺上最後再謝一次幕。二。昏暗的側翼空間冒出一個人影。一個三十來歲的女人。三。他怔住了。她畢竟還是來了。四。但是這次她甚至沒等表演完全結束就跑上舞臺。五。她是怎麼混進後臺的？他表演時的後臺是絕對禁區。他得去跟放她進來的工作人員好好談談。他甚至特別吩咐過要留意此人——留意不要讓她溜進來、而不是協助她。六。不過他總算可以看清她的長相了。深色長髮綁成馬尾，高領衫，黑外套。七。她準備開口說話時眼睛會微微睜大。他不清楚她會有多危險。八。他打手勢要她先別開口，然後用拇指指指舞臺表示還沒結束。九。不要想她。深呼吸，面露微笑。十。他小跑步回到聚光燈底下。

「謝謝，謝謝，謝謝大家！」他喊道。「我非常了解大家想要繼續留下來，但世界還等著大家，該是回到現實的時候了。如果各位因為今晚看到的演出內容而輾轉難眠，請記得：一切純屬娛樂效果。」

他頓了一下。

「或許吧。」

觀眾爆出笑聲。有些緊張的笑聲。他不住微笑。這招每次都管用。文森趕在觀眾開始站起來之前快步走下舞臺，縱然心裡百般不願。表演者總不好在觀眾開始離場時還逗留臺上。尤其像今晚這種冷天，觀眾通常會及早起立離場、徒勞無功地試圖避開衣帽間前正排隊領回大衣的長長人龍。女人依然站在側翼的臺下等他。

「她來了，」他不動聲色地對別在身上的小型麥克風說道。「叫保鑣來。現在馬上。」

他總得試試。雖然現場音響已經關掉，說不定控制臺那邊還有人在聽他說話。大部分上前接近他的粉絲都很客氣，但他表演時不想要任何意外插曲。尤其是這個已經多次趁表演結束衝上舞臺的女人。他不能接受這種行為。還好到目前為止他都能成功避開她。直到現在。

他沒法專心思考。表演結束後他需要時間喘息減壓、讓過熱的大腦冷卻回正常溫度。此刻的他無法好好分析眼前狀況。他沒有選擇，只能一邊虛與委蛇等待保鑣到場。虛與委蛇並保持距離。

他指指一小段往下通向演員休息室的階梯，為自己爭取時間。她走在他前面。樓梯共有七階。可惡！文森刻意來回踏了最後一階好把奇數變成偶數。走在前面的女人似乎並沒有注意到。

文森和女人一起走進擺設如小客廳的休息室。保鑣死到哪去了？客廳桌上排放著四瓶沒開過的礦泉水。文森脫了外套扔在沙發上。他調整其中一瓶礦泉水好讓四瓶水的標籤角度一致。女人沒脫外套。他拿來濕紙巾擦掉臉上的舞臺妝。女人幾難察覺地皺了一下鼻子。很好，任何令她反感的事都對他有利。他希望自己最好還汗臭逼人。

「呃，我不想無禮，但這裡是禁區。」

他扭開一個瓶子，把水倒進杯內，狐疑地盯著水中的氣泡。

「妳不能再這樣下去，」他說。「舞臺和側翼都是非工作人員嚴禁入內的——」

女人打斷他逕行自我介紹。

「米娜，」她說。「米娜．達比里。斯德哥爾摩警局。」

她接著很快地調整了文森拿水時不小心碰歪的另一瓶水，讓剩下的瓶子標籤方向再次對齊。她朝文森伸出一隻手。文森啞然無語地和她握了手。突然間，讀心術大師沒了主意，不知道自己該接什麼話。

三

米娜看著那個和自己相隔一張深棕色小桌對望而坐的男人。文森．瓦爾德。她剛剛得先等他換下舞臺裝扮——一套優雅而低調的藍色西裝與黑色襯衫。文森穿著白T與黑色牛仔褲的輕裝便服再次現身，而儘管三月的葉弗勒寒意還濃，他卻沒穿外套。

他長得不錯；她很意外自己會這麼覺得。這不常發生。事實上，浮現在她腦海裡的形容詞是「俊美」。他帶著某種內斂的氣質，某種稱得上老派的優雅，即便身著T恤與牛仔褲。他先前穿著西裝時尤其明顯。

米娜希望和他私下談，但文森堅持自己需要進食。計畫生變自然非她所願，但也只能順著他。畢竟是她找上他的。所以此刻的她不得不把敏感的警方事務帶到葉弗勒唯一過十點還供餐的哈利連鎖酒吧裡討論。

剛結束一場演出的文森看來比她預期的還疲累。希望進食有助改善他的狀況。她需要他頭腦清楚。她自己倒是有些分心——吧臺前圍著一群操斯科納省口音的客人，胸前掛著白色長方形名牌，應該是附近飯店正在舉行大型會議吧。他們讓她想起發育太好的鑰匙兒童。

空氣中瀰漫著啤酒與期待的費洛蒙氣味，她滿心只想戴上口罩，卻壓下衝動、強迫自己專注在文森身上。警方資料庫裡沒有任何關於他的紀錄，她只能靠其他管道查詢他的資料。根據維基百科與谷歌查詢結果，他還差一個月滿四十七歲、文森．瓦爾德不是本名、他的職業是「讀心師」。

根據網頁所言，所謂讀心師泛指利用心理學、個人影響力與不對外公開的技巧，營造擁有特異功能甚或讀心能力之假象者。根據她讀到的幾篇訪問，他似乎也對魔術頗有涉獵。雖然她主要是想借重他對人心運作方式的了解，但照她手上的現場照片看來，熟稔魔術絕對是加分項。她找不到任何關於他早年的資料、甚或是他的出生地。他的維基頁面指出文森在讀心術領域已經活躍了十五年之久，卻是近年才因TV4頻道黃金時段節目而開始走紅。

在參與演出的那集節目裡，他在隱藏攝影機的鏡頭下做了一項心理實驗。文森隨機選中一名男子，開始在這名參與者毫不知情的狀況下逐步種下暗示與催眠指令。某夜，這名男子逕行出門前往一處工業區，以噴漆在牆上寫下「文森．瓦爾德」字樣。如此反復噴寫一百次，花了好幾小時。現場保全人員事前並沒有收到通知。他們逮補男子、問他在做什麼時，男子表示不清楚對方在說什麼。他對自己過去幾小時的行為毫無記憶，發現自己手上衣服上沾滿油漆時的詫異神情，千真萬確。

米娜沒看過那個節目，但記得當時的超高討論度。最主要的爭議焦點在於其道德性。文森曾解釋自己試圖呈現的是狂熱與盲從的危險，即便最荒謬的想法也能在我們的潛意識生根、在不知不覺中主導我們的行為。噴漆一節的設計顯然頗有向蒙提．派森的電影致敬之意，至於為何選擇自己的名字，文森則表示這是他所能想到最不會引起爭議的內容。更何況，他曾這麼補充道，藝術家總要在作品上簽名。他這句話很快變成迷因在IG上風行了幾個月。

炸油與烤肉的味道早一步竄進米娜的鼻腔，然後服務生才把漢堡放在文森面前桌上。一起上桌的還有放在小碟裡的美乃滋與番茄醬。米娜大吃一驚。從廚房到桌上這段路上任何人都可以對這兩碟佐料動手腳。實在是太不衛生了。她本能地從口袋裡掏出一瓶剛買的乾洗手，擠一坨在掌心搓揉。

「我表演之後需要吃點碳水化合物，」讀心師語帶歉意說道。「不然我的大腦就無法運作。」

他從盤中拿起一根薯條，蘸了美乃滋送進口中。米娜密切觀察。他要是咬一口後又蘸一次，她恐怕就得把他歸入她絕對不想與之往來的那類人裡。還好他只蘸一次。還有希望。

「我還得為我先前的行為道歉，」他說。「我把妳當成另一個人。我們最近遇上了一個有點，嗯，過度熱情的粉絲。我以為妳是她。我無意失禮。」

她不以為意地揮揮手。服務生送來飲料：啤酒給文森、米娜則是無糖可樂。她從口袋裡掏出一根吸管、拆掉包裝紙插進玻璃杯中。文森只是看著，沒做評論。

她等服務生走遠了才開口。

「有人建議我來找你，」她低聲說道。「就我所知，你是人類心理運作方式的專家。此外你似乎也對一般魔術有相當的了解。我們需要這樣的人。」

他點點頭，啜飲一口啤酒。

「我早年玩過不少魔術，」他說。「二十歲那年，我發現玩撲克牌把戲似乎不是搭訕女生的好方法，於是就不玩了。」

「結果呢？」她說。

「妳自己看囉。一個月後我就認識了我的第一任妻子。在那之後我就只把魔術當成嗜好。不過警方為什麼對這有興趣？」

她還來不及回應，文森突然看看時間。

「老天，我得先失陪一下，」他說。「才說到妻子……差十五分就午夜了。我得給家裡打電話。

我們每天這時候都要通電話。幾分鐘就好。」

她正開始失去耐性、打算直接討論重點。她剛剛已經等過他了。她的同事們常說她太咄咄逼人，說她如果想要得到正面回應最好要再磨練一下社交技巧。她對此存疑。在她十年的警探生涯中，事情的結果從來就與她待人親不親切無關。反正隨便吧。

「沒問題，」她說，悄悄地換了硬椅上的坐姿。

她低頭盯著她的可樂，把文森對妻子說話的聲音阻隔在耳外。她轉而專心想像一星期前發現的那個箱子。箱子的形狀感覺像是該鋪滿金粉出現在拉斯維加斯的魔術秀上。她可以想像一名身穿亮片秀服的助理——無疑是女人；在魔術秀中被剝削的永遠是女人——爬進箱子裡，讓魔術師（自然是男人）將一把把長劍從孔隙插進箱子裡，而臺下觀眾連連驚呼。她在谷歌上搜尋過。這個仇視女性的舞臺把戲一般稱為「劍箱幻術」，有時也叫做「劍櫃」、「劍棺」、或是「劍簍」。這東西顯然有不少名字。最早的版本甚至不是箱子，而是簍子——裡頭裝個孩子。糟透了。這個魔術竟還被視為經典。女人與兒童。永遠的受害者。

但她在這寒夜坐在葉弗勒的哈利酒吧裡等待文森．瓦爾德並不是因為她的同事發現了什麼DIY版的魔術道具箱。她之所以在這裡是為了箱子裡那具屍體。一具他們至今無法確認身分的屍體。她在這裡是因為警方行動處處碰壁。他們啟動標準調查程序、追蹤每一條線索卻一無所獲。最後，她和她的上司尤莉亞決定，想要突破困境恐怕只剩採取非常手段一途。

米娜用自備的吸管啜飲幾口可樂，凝望著吧臺前的會議群眾——任何能讓她分心、不要想起那些可怕畫面的事物都好。她不想想起，但它們就在那裡，和第一次見到時一樣鮮明震撼。很少有案子能夠震撼到她，但她確實也從未經手過如此殘虐駭人的案件。

箱子被發現時，一共有兩把長劍各自從上下左右穿刺過整個箱體；箱子裡面宛如某種詭異人偶被兩道劍鋒架住的是一個年輕女人。米娜緊閉雙眼。來不及了。總是來不及了。

發現箱子至今一星期了，他們卻連死者身分都無法確認。當然也沒有嫌疑人。米爾妲．約特如常細心謹慎，驗屍結果卻沒有揭露任何有助破案的線索。鑑識組還在針對箱子採證，但米娜並不抱希望箱子本身能提供關於凶手身分的端倪。這個案子的破案關鍵在於凶手犯案的手法——她如此確信。

米娜突然發現文森已經講完電話、這會正望著她看，趕緊清清喉嚨，把那些影像趕出腦海。

「抱歉讓妳久等，」他說。「現在我總算可以洗耳恭聽了。妳應該不是這裡的人吧？猜妳從斯德哥爾摩來的？妳在星期四晚上老遠跑到葉弗勒來，想要跟個讀心師討論魔術和人類心理運作方式。妳說是有人建議妳來找我？這我就好奇了，願聞其詳。」

文森傾身向前，彷彿強調自己的好奇。她決定吊一下他的胃口。她必須引君入彀。

「我看到你表演最後使出簽名那招，」她說，盡可能友善地微笑。「顯然藝術家總是要簽名。」

他一時不解，隨即笑了出來。

「妳是說那根釘子？我知道，這實在老套，不過我又能怎麼做？觀眾期待我簽名——自從電視節目播出後。而我不想讓他們失望。畢竟他們都為今晚投注了時間與金錢。」

文森放鬆下來後雙肩也明顯往下不少。就算他原本懷有戒心，現在應該也放下了。至少暫時如此。

「啊對了，你猜得沒錯，」她說。「我來這裡確實是有要事。是這樣的，我們遇上了一個棘手的案子。我們暫時擋下媒體，但你應該不久就會在報上讀到。」

他切下一塊漢堡。看到他使用刀叉讓她如釋重負。他要是用手直接拿起整個油膩膩的漢堡，她應該會當下轉身走人。

「不好意思，」文森說，叉著一塊漢堡的叉子晃了一下。「不過這事和我有什麼關係？」

米娜沒作聲，只是從檔案夾裡拿出一個牛皮紙信封，從裡頭抽出照片。她翻找了一下，挑出一張只有箱子和劍、沒有拍到裡頭殘破人體的照片。她把這張照片放在整疊照片的最上面，然後套上橡皮筋。文森沒必要看到其他照片。

「你看得出來這是什麼嗎？」她問，指著照片。

文森的叉子在離口一公分處停了下來。

「劍棺，」他說。「有時也叫做劍箱。不過為什麼……怎麼……我不懂。」

那塊漢堡終於進到他嘴裡。

「我也不懂，」她說。「或者應該說，我們遇上了一個我無法理解的凶手。但我想你或許能懂……基於你的，喏，特殊專長。所以我想要請求你的協助。這麼說吧：箱子被發現的時候裡面不是空的。我們花了好些功夫才把她從劍上解下來。」

文森停止咀嚼，臉色刷白。

「我們甚至遲遲無法確認死者身分，」米娜繼續說道。「我認為逮到凶手的唯一方法是理解這個人的想法和做法。我希望我可以告訴你我們很少發現殘破的屍體，然而事與願違。至少不如我希望的稀少。但用上魔術箱？這倒是頭一回。什麼樣的人會想到要這麼做？為什麼要這麼做？這就是你能提供協助的地方了。我看了你的表演。你能看穿人的心思。比大部分的人都能。所以我想要請你幫助我們理解這個人。」

文森背往後靠，有些詫異。

「不過這種事你們應該有專責的犯罪心理學家吧，」他說。「妳認為我能幫上什麼他們幫不上的忙？罪犯側寫並不是我的專業。」

他又拿了幾根薯條蘸過美乃滋送進嘴裡。

「就是我說的，你同時熟悉人的心理和魔術。我們的犯罪心理學家則否。此外……」

她四下張望，然後才繼續說下去。

「此外，我們的犯罪心理學家在最近一個案子裡告訴我們，嫌犯是個『在上流社會出沒的希臘裔中年男子』，結果落網嫌犯是一個在倉庫工作的年輕瑞典女性。」

文森及時用餐巾捂住嘴、阻止自己笑噴薯條。

「整個狀況還是怪，」他說。「就我所知，警方向來不歡迎一般民眾參與調查工作。而我沒有受過任何關於側寫的訓練。我對人類心理運作方式確實有所涉獵，但我的結論全部來自基本心理學、個人觀察、以及統計上的或然率。」

「不然你以為犯罪心理學家的結論又是從哪裡來的？」

「但我是個藝人。我表演的時候出錯並不會傷害任何人。」

「除了你自己，」她說。「你對自己的讀心能力有信心到願意賭上自己的手。」

他無力地微笑。

「我其實不該那麼做，」他說。「但好。雖然我還是不了解我在調查行動中的角色，或是妳為什麼會找上我。」

「我們……」米娜遲疑片刻。「我們的小組算是警方組織中的異類。我們並不是正規編制的單位。」

「為什麼？」

「嗯，我們的組長尤莉亞是警察廳廳長的女兒……」

「警二代特權？」

她睜大眼睛。

「絕對不是！尤莉亞能力傑出，是天生的領導者。她將來如果自己當上廳長我一點也不意外。她和我們其他人一樣，對警方組織的繁雜僵化感到很無力；所以其實應該要說雖然她是廳長的女兒，卻還是設法說服上頭讓她組成這個獨立小組。」

「菁英小組？」

「嗯，」米娜冷冷應道。「我不敢這麼說。事實恐怕比較接近求來的沒得挑。」

「一個沒有特殊專才的特殊小組？」文森說，難掩意外之情。

米娜了解他為什麼會有這個反應，卻不知如何解釋。她努力嘗試：

「每個人都有各自的強項。但人畢竟是人，警察單位決定釋出人員借調新成小組的理由有千百種可能。」

「妳被出借的理由又是什麼？」文森問道，嘴角微抽。

「我其實也不清楚。我知道自己身為警探的強項。我很固執、有決心、勇於打破既有思考框架。」

「但是……？」文森說道，探手拿更多薯條。

「但是我原先的小組似乎對我有些無所適從。我倒想不通。我對他們沒有任何意見。我對任何小組都沒有意見。是那些小組對我有意見。」

她清清喉嚨繼續說下去。

「總之，我的組長同意我為這個案子外聘顧問。我們恐怕只負擔得起很一般的酬勞，不過你將有機會實際貢獻所長。」

「妳是說，不像只是在舞臺上演出？」他說，一邊把照片推回給她。「我想妳是把『讀心術大師』和現實搞混了。很抱歉讓妳白跑一趟。但妳必須理解這一點：我是個藝人。我的工作是娛樂大眾。『讀心術大師』是一個角色，如此而已。我在舞臺上做的事……就僅限於舞臺上。不要認真了。舞臺演出或許會讓人以為我擁有什麼特異的能力，但事實是任何人只要願意都能學會。妳要的是提出完整的心理側寫。一個謀殺犯的心理特寫。我對謀殺犯一無所知。讓我再說一次：這個領域多的是專家。那種——妳是怎麼說的——願意實際貢獻所長的專家。」

他沒有迎上她的目光。這完全超乎她的預期。她想過他可能會以沒有時間或另有要事為藉口推辭，而她也已經準備好要吹捧他一下。但她沒預期到他竟然會對她說謊。

「我了解，」她說，一邊起身。

該是改換攻勢的時候了。

「是我搞錯了。你在舞臺上的表演太有說服力。很抱歉，這純粹只是一個想法。這餐我來買單——我剛剛把帳單留在那群斯科納省來的人那邊的吧臺上。」

「赫爾辛堡[2]，」他帶著倦意說道，繼續對付盤中的漢堡。「他們是從赫爾辛堡來的。來這裡出席用電安全的會議。他們的名牌上有標誌。換作是我就不會去打擾他們。那個背對我們的高個女剛剛開始和旁邊那個男人聊天——這是她今晚第一次不必駝背縮小自己以免嚇跑男人。可惜那男的已婚。我不懂這些男人怎麼會以為光是把婚戒拿下來就可以假裝未婚。好像別人真的看不出來似的。我扯遠了……總之我覺得那兩人不想被打擾，而且她似乎很有需要。」

米娜努力隱藏笑意。文森似乎不知道自己說了什麼。

「還有妳不必買單了，」他說。「我剛已經付過錢了。」

「從葉弗勒劇院的舞臺走到休息室一共有幾個臺階？」她口氣輕快地問道。

文森一臉不解。

「八階，」他說。「為什麼問？」

「其實只有七階。如果你沒有多踩一步好湊成偶數的話。」

文森下巴一鬆。她引起他注意了。他並不習慣別人注意到他的怪僻。她再次落座，終於大方露出笑容。

「所以說，」她說，把照片推還給他。「有什麼想法嗎？」

---

2 Helsingborg：位於瑞典南部斯科納省的海岸城市。

「好吧，」文森說。「妳贏了。暫時算妳贏。」

最上面的照片滑開了，露出底下照片的一部分。她來不及阻止文森抽出那張照片。

「老天！」他驚呼皺眉。

「是的。這個反應很正確。」

文森瞇眼，彷彿讓自己眼睛慢慢適應這般可怖的景象。

「那是什麼？」他說，指向屍體旁一個用塑膠袋包起來的東西。

「被害人的手錶。錶面玻璃被打破，指針顯示三點整，與判斷的死亡時間相符。下午三點。」

「我不是說手錶。是那個。」

她指向女人大腿穿刺傷口下方皮膚上的刀痕。兩條平行長線中間有三道短線連接兩頭，三條線間距相若。米娜直覺聯想到梯子。

「刻痕，」她說。「刀子之類的利刃。應該是恐嚇被害人時留下的，讓她嚐嚐前菜。」

「刻畫得非常精準，」他說，「和長劍直接刺穿身體的殘暴手法完全不同。我不認為是恐嚇或折磨。這個所謂梯子應該是某種記號。」

「什麼記號？」

「嗯，許多宗教都有梯子的意象。在《聖經》裡，雅各的天梯可以直抵天堂。佛洛伊德則認為梯子與性行為本身有關。不要問我為什麼。但我認為這裡應該沒有這麼複雜。」

他把照片轉了九十度，再次指向這會已經被放倒的梯子。

米娜赫然明白眼前不再是一個梯子。

呈現在她眼前的是羅馬數字三。

兩人沉默了好段時間。吧臺前那群人的嗡嗡聲響從她腦中消失了。

一會後，文森終於開口：「我很不想問，但……」

米娜點點頭。

「我知道你在想什麼，」她說。「如果這是三號，那一號和二號呢？」

四

文森早晨醒來時總得花些功夫辨清所在的時空。在睡與醒之間的幾秒，唯一真切的只有床單磨擦皮膚的感覺、刺眼的陽光、口中的安眠藥餘味。沒有位置、沒有空間，失去了時間感，不知身在宇宙何方。在那珍貴的真空幾秒之中，他可以單純地只是存在。

然後現實開始緩緩滲入意識。餐具碗盤敲擊聲。一隻鳥兒不畏寒冬在瑪麗亞蓋的餵鳥器上啁啾鳴唱。他兒子阿斯頓的話聲時抑時揚，喜怒的情緒轉換只在瞬間。

文森坐起來，掀開棉被。他雙腳落地。左腳先右腳後。他套上長褲與昨晚穿過、一會要拿去洗的襯衫。他完全忽視第一顆扣子，把剩下六顆一一扣好。本來就該這樣。他不懂為什麼所有襯衫上都縫了七顆扣子。設計的人一定是個心理變態。

他走進廚房的時候，所有人都已經坐定在餐桌前——除了蕾貝卡。

「去跟你女兒說出來吃早餐了，」瑪麗亞說，甚至沒有抬眼看他。

文森試著回想他倆對話中還沒有那麼多弦外之音和隱藏重點的時光。他想不起來。生活的柴米油鹽、那些爭吵與懷疑早在無言中慢慢耗損掉曾經的一切。想要斷言轉變何時發生根本是不可能的事。

瑪麗亞為阿斯頓把蘋果切成小塊放進優格裡。阿斯頓奮力攪拌。她桌前的那杯綠茶早冷掉了。班雅明動作遲緩地剝著水煮蛋殼，滿臉睡意。他面前兩個盤子一個放蛋殼、一個放剝好的蛋。文森敲敲蕾貝卡的房門。

「蕾貝卡？出來吃早餐了！」他對著房門喊道。

他已經知道會得到什麼答案。

「我不餓！」蕾貝卡的聲音透過門傳出來。

「妳必須吃點東西。出來吧。」

他沒等回應逕自走回廚房。正打算坐下時就聽到背後傳來開門聲，接著又砰地關上。班雅明惱火地看了蕾貝卡一眼，沒出聲。

「媽咪——————！」阿斯頓突然大叫。「蘋果太大塊了！妳把蘋果切太大塊了！」

阿斯頓猛地把碗推向瑪麗亞，裡頭的優格噴濺幾滴在桌上。

「不會太大塊啊，親愛的，就跟平常一樣大。你自己看。」

瑪麗亞直接用手撈出一塊沾滿優格的蘋果。她有些不耐，但阿斯頓卻突然爆出笑聲。

「媽咪妳不能用手吃優格啦！」他說，「這樣一百年也吃不完！」

「蘋果確實有點大塊，」文森說，伸手把碗拿過來。

他拿來一把刀，開始把蘋果切成小塊。文森瞄了一眼妻子。她表情依然不耐地舔著手指。他考慮要不要開口說點什麼。瑪麗亞的不好捉摸在於她不是隨時都聽得進話。一切取決於她是處於發話還是收話的模式。他有時僥倖猜對，有時則否。

「小事就隨他吧，」他終於決定開口。「妳的茶都涼了。」

他得到狠狠一記白眼以為回應。他這回顯然猜錯了。

「我要媽咪幫我切，」阿斯頓說，手掌用力拍了一下桌面。「她切的比較漂亮。」

「你年紀夠大，可以自己切蘋果了，」他對阿斯頓說道。「這樣的話，你想怎麼切都可以。你要我們切，我們就是切我們想要的樣子。」

「但是做早餐是你們的事啊，」阿斯頓說。

「你就還是個嬰兒，」蕾貝卡對弟弟嘲諷道。

她坐了下來，雙臂刻意插胸。

「才怪！」阿斯頓吼道，臉氣得漲紅。「妳才是嬰兒！」

「我十五歲，你才八歲。我幾乎是你兩倍大。所以你才是嬰兒。」

「我不是！」

阿斯頓幾乎要站起來，但瑪麗亞一手放在他肩膀上。

「蕾貝卡年紀確實比你大，」她說。「不過這表示她得自己切蘋果。事實上，她什麼都得自己做。但你不必。」

瑪麗亞對他眨眨眼，阿斯頓霎時笑顏逐開。文森知道兒子崇拜媽媽，感覺媽媽和他站在同一邊對抗兄姊讓他再開心不過。

「誰早餐吃蘋果啊？」蕾貝卡說。「有夠奇怪的。」

文森專心對付蘋果。總共十九塊，也就是說每塊都切半的話就是三十八小塊。奇數變成偶數。他滿心平靜。他喜歡這種感覺。奇數歸雙；人間有希望。他愛他的家庭，但家庭製造的混亂不時令他難以招架。他喜歡秩序，喜歡條理，喜歡偶數。

「拿去吧，小搗蛋。」

文森把碗推給阿斯頓。阿斯頓似乎考慮了一下要不要再對蘋果發表意見。但他不太確定「小搗蛋」是什麼意思，於是挑釁地看了文森一眼後便低頭開吃。

「吃個三明治吧，」瑪麗亞對蕾貝卡說道。「不然吃點優格。什麼都好，總之吃點東西。」

「我住在媽那邊時就不必吃早餐，」蕾貝卡說，雙臂依然抱胸。「她自己是中午前都不吃東西。間歇性斷食。讓消化系統休息，對身體很好──我們的身體原本就不是設計來這麼常進食的。我們太常吃東西了。石器時代的人久久才吃一次，甚至會連著好幾天沒吃東西。」

「這些是妳媽的話，不是妳的。我們又不住在石器時代。文森，告訴你女兒。」

「她其實說得沒錯，」文森說，為自己倒了杯咖啡。「現代的飲食其實未必適合我們的身體，最新研究顯示……」

瑪麗亞倏地站起來，端起她那盤半個酪梨黑麥三明治。上頭當然撒了有機椰子碎片。那東西價比黃金，是所謂抗炎物質，被瑪麗亞視為良藥仙丹。

「老天，我竟還期待你偶爾也能幫上點忙，」她說。「蕾貝卡當然得吃東西！她是發育中的青少年！你可知少女不吃東西甚至會停經──」

「該死了，」班雅明插話道。「非得提到月經不可嗎？我在吃東西吔！」

「你已經十九歲了，班雅明，」文森說。「不可能還對這類話題敏感。」

班雅明瞪著他父親看，隨而拎起最後一顆蛋、邊搖頭邊往自己房間走去。

「爸，你真的很亞斯吔。」蕾貝卡冷冷觀察道。

「這個說法我們已經不用了，蕾貝卡，」文森神色一正說道。「現在應該要改說自閉譜系障礙。」

瑪麗亞沒理會他們，顧自說起自己老說的一套。

「妳老愛說妳媽怎樣又怎樣，」她說。「蕾貝卡，妳必須了解，在這個家、這個家庭裡，我們有我們自己的規矩和做法。妳在烏麗卡那裡怎麼做和我們這一家沒有關係。」

「我聽到了，瑪麗亞阿姨。」

蕾貝卡站起來，從麵包籃裡抽走一片麵包。她刻意舉起麵包讓瑪麗亞看清楚，然後轉身走回自己房間，砰地甩上門。

「我吃完了！謝謝媽咪！我現在去餵寵物。」

阿斯頓椅子往後一推，朝客廳裡的水族箱跑去。

「餵魚，」文森望著幼子背影喊道。「牠們的名字叫做泥蔭魚。」

「我知道啦，」阿斯頓應道，一邊把魚飼料撒滿魚缸水面。「吃飯囉！」

然後阿斯頓回到廚房，帶著他剛剛放在流理臺上充電的iPad回房去。

「五分鐘，阿斯頓！」文森對著他背影喊道。「然後就要換衣服準備上學了。五分鐘！」

瑪麗亞倚靠流理臺站著，雙手插胸，整個動作態度不自覺成了蕾貝卡的翻版。

「那句『瑪麗亞阿姨』擺明了是在挑釁我。」

文森不解地望向妻子。

「但妳確實是她的阿姨啊，」他說。「妳是她媽媽的妹妹。蕾貝卡只是指出這點，這有什麼好生氣的？她說的是事實……」

他無法理解她為什麼要花時間和力氣質疑一個客觀的事實。他伸手拿來一片黑麥麵包，悉心為其中一面抹上奶油。完全平滑，直到邊角。

「根本不是這麼回事，」瑪麗亞說。「你當真不懂？老天爺，我是嫁給了機器人嗎？她說這話就是為了搞我。」

他皺眉。他真心想懂。但瑪麗亞的反應背後的邏輯實在難以理解。事實就是事實。人對於事實的情緒反應完全是另一回事。但事實本身絕對不容忽視。

「噢，對了，你前天晚上請誰去吃晚餐？」她說，語氣一變。「是烏麗卡嗎？」

文森詫異地抬頭。他剛剛咬了一口三明治，還得先咀嚼一番後才能回答。嚼十下。他差點咬了第十一下，所幸及時阻止自己。

「我為什麼要和我的前妻吃晚餐？」他說。

「我在我的銀行App上看到那筆帳。然後在你皮夾裡找到收據。你在葉弗勒請人吃晚餐。她後來是不是去你旅館房間過夜？你們打炮了嗎？」

瑪麗亞的話聲節節飆高。文森暗自咒罵。他早該料到的。這支舞他們已經跳過很多次了。瑪麗亞沒由來的妒意隨時可能爆發，近來甚至愈發頻繁。這也是慢慢侵蝕他倆婚姻的眾多事項之一。

「那是一個主動來找我的警探，」他說。「她想跟我討論一件她偵辦中的謀殺案。」

「哈！」瑪麗亞發出一記高亢的假笑。「警探？而且還是女警探？說得跟真的一樣……少來了，文森，你以為我有多蠢？你真的編不出比警探還好的謊了嗎？要跟你討論案情？警察為什麼要找你討論謀殺案？」

「因為這案子有關——」

瑪麗亞用手勢阻止他說下去。

「等下再給我好好從實招來。你現在先送阿斯頓去上學。」

「但……」

他看到瑪麗亞起身往阿斯頓房間走，沒再說下去。

「阿斯頓！」她喊道。「動作快！放下你的iPad！五秒鐘後出發！」

她說完回頭往自己的臥房走去。

文森看著手中的三明治。那位女警。米娜。見過那一面後她就占據了他腦海的一角。他有些期望她再來找他。先前咬的那一口在麵包缺口邊緣留下一圈隆起的奶油。他拿來奶油刀抹平後又咬了一口——正好是剩下的三明治的六分之一。六口剛剛好。不過現在只剩下五口就沒那麼好了。

在相處的幾個小時裡，米娜擁有幾乎不可思議、能夠看穿他的能力。他一如往常扮演起溫文有禮的大師。這是他再熟悉不過的角色，是他面對記者人等的最佳掩護。這個角色非常討喜，也因為符合媒體期待而不會遭遇質疑。但她看到他數階梯。她觀察到並配合調整休息室桌上的水瓶。她甚至刻意引導他分析起吧臺的酒客。

她對他的瞭解已經超過了瑪麗亞或烏麗卡，而他和後兩者都曾共同生活過好幾年。

他吃掉剩下的三明治，每一口都仔細計算。第三口和第一口的速度和其他不同。

米娜想必是個天生的優秀警探。但這不只是她的細心與專注，即便她這種一眼看穿他自以為隱藏得很好的行為之能力令他憂喜參半。重點是他也懂她。這完全超乎尋常——關於他的不解人意瑪麗亞肯定第一個跳出來作證。在舞臺上解讀與控制人心是一回事。在那樣的情境裡，他得以控制所有的變因。但在現實生活中，其他人對他來說依然是難解之謎。有時他感覺彷彿是學校僅此一天發放社交工具給所有學生，而他那天偏偏請了病假。所以他才盡可能扮演溫文有禮的大師這個角色。大師知道如何面對他人。他個人則毫無頭緒。

「阿斯頓！」他喊道。

他的幼子走出房門，手裡還捧著iPad，一臉詫異。他似乎完全忘了自己還得去上學。

「要走了。穿上你的外套和鞋子。」

文森套上一件淺灰色的針織帽衫，阿斯頓則和聞聲拿著他的背包現身門廊的瑪麗亞抱抱親親說再見。

但米娜不是難解之謎。至少不像其他人那麼難解。他看出她的習慣行為：她總是用右手撥開臉上的頭髮。她非必要絕不碰觸任何東西。他還看到她外套口袋裡有一個魔術方塊——不是一般那種，而是上了潤滑劑方便旋轉的競速版魔術方塊。

所以說，他確實期待再見到她。在此同時他也希望她不會再來找他。他一點也不想涉入會讓他惡夢連連的事情裡。他的世界已經夠不堪一擊了，不需要再多幾具支離破碎的屍體進駐其中。

五

一如往常，蓮蓬頭噴出來的水柱溫度高得幾乎燙傷她的皮膚。米娜全身浮現一層憤怒的火紅以為反應，但她卻也因此感覺徹底潔淨，彷彿高溫熱水殺死了所有微生物、把她變成了一張純淨無瑕的畫布。這感覺棒極了。

在淋浴間裡，她感覺自己強大無畏。不上班的日子裡，她可以在這裡站上幾小時，直到皮膚發紅起皺彷若葡萄乾。但今天她連十分鐘都沒有。她的腦子拒絕平靜下來。

文森・瓦爾德。米娜依然不知道自己是否需要他的專長協助、不確定他是否真的強過他們現有的犯罪心理學家，也擔心他會不會只是徒然浪費警方的時間與資源。若真如此，她肯定淪為小組的笑柄。這本來就是一步險棋，而她向來不是走偏鋒的人；但木已成舟，只能走著瞧了。在此同時，她個人的好奇心倒是被挑起了。就她對文森的觀察，這位讀心術大師絕對不如表面單純。撇開他略顯高傲的態度不談，她觀察到他看到她自備吸管時的反應。他還注意到了什麼？他沒有對此發表評論，所以她也不該自以為明白他的想法。但如果他開始同情她或刻意表示同理心——像其他人一樣——她當下就會走人。尤莉亞大可自行另請高明。

米娜關水，小心地踏出浴缸，拿來一條乾淨毛巾擦乾身體。毛巾先前以九十度熱水加了洗衣精和漂白水洗過，聞起來和她的皮膚一樣乾淨。但她知道這種潔淨感只是暫時。如果她待在公寓裡不出門大約可以維持二十四小時。一旦踏出家門，這世界的髒污就會湧上來包裹住她。

她套上淋浴前就準備好的衣物。內褲、白色運動胸罩、牛仔褲和黑襪子。內褲是全新的——換下的那件已經被她扔進垃圾桶裡。洗內褲對她來說只是白費功夫。世界上沒有任何漂白水可以讓她願意穿上一件洗過的內褲。她找到一家量販店可以十克朗一件的價錢買到基本款的棉質內褲，而她認定這是一筆合理的開銷。

她起早了，離必須出門上班還有一小時時間。她的肚子咕嚕叫。她拉開廚房抽屜，看著裡頭一盒薄型拋棄式橡膠手套。她知道自己不需要它們。沒有人會因碰了一罐優格而死掉。她知道。但光想到赤手開冰箱、赤手碰觸食物就令她滿腹糾結。

米娜嘆口氣，抽出一副手套戴上，動作輕柔以免扯破。警局的同事嘲笑她這種怪僻。但耶誕期間所有人都中了諾羅病毒、唯獨她一個人沒事時，倒沒人笑得出來。

她打開冰箱，迅速掃視選項，挑中一瓶香草奶酪。仔細檢查瓶子外觀確定沒有任何破損後，她才小心地打開瓶蓋，放在桌上。她接著拿出一根湯匙，洗過，然後取來乾洗手擠出一坨在湯匙上細細搓揉、確保沒有放過任何角落。她想像消毒劑發揮殺菌作用。細菌、病毒。任何可能會趁隙進入她體內的不潔細微粒子。

妳沒必要這麼做。湯匙是乾淨的。妳才剛剛洗過。

沒錯，但如果不消毒又怎能確保無菌？這可是要送進嘴裡的東西。想到這裡她不住再次抓取乾洗手。

放開瓶子。妳腦袋過熱了。湯、匙、是、乾、淨、的。放、開、它。

但她辦不到。淚水湧上。她打開塑膠瓶蓋擠出一坨乾洗手。她不想這麼做。但她不得不這麼做。她用力搓開那坨凝膠，力道之大彷彿想在湯匙上戳出一個洞。

她終於坐定在廚房桌前。她盯著裝在小塑膠瓶裡的奶酪、久久沒有移開目光，努力不去想包裝過程中有多少人的手碰過這個瓶子和內容物。不去想這些人手上爬滿幾億兆的細菌。她努力說服自己，食品工廠注重清潔衛生的程度和她不相上下。雖然很難。

但她終究得吃點東西，所以長痛不如短痛。她強忍住反胃感，皺眉把湯匙插入奶酪裡，然後送到嘴邊。幾口之後酒精氣味散盡，只剩下奶酪的味道。終於完食後，她對自己感到很滿意。每次用餐時間、每次成功吃下食物都是一次勝利。

她扔掉奶酪包裝與橡膠手套，煮了咖啡。煮咖啡就容易多了——她也說不出理由。但她確實還是消毒過咖啡杯。

離出門還有半小時。她有時間打掃。這不算過火，只是常識。畢竟她上回打掃已經是昨天的事。她從水槽底下的櫥櫃裡拿出一個裝滿清潔用品與工具的大水桶。水桶裡應有盡有：窗戶清潔劑、液態肥皂、苛性蘇打、通用清潔劑、廚房清潔劑、洗碗精、更多消毒劑、馬桶凝膠、鋼絲絨、洗碗布、超細纖維布、刷子、海綿……布料與刷子類的用品顯然用過就丟。她也找到可以批發價大量購入此類用品的量販店。她把全新備品全部分類裝箱，堆在被她挪作儲藏室用的小書房裡。

打掃完畢的她熱得冒出一身汗。她嗅了一下腋窩，當下就後悔。離出門只剩十分鐘。她原本打算給讀心師再多幾天的時間考慮，但尤莉亞要求她盡快把他介紹給小組其他成員。米娜希望他會同意提供協助。協助她。協助他們。他激起了她的好奇心。她想要機會就近觀察他。

她看了一眼錶。時間還夠她沖個戰鬥澡。然後換一套乾淨的衣服。

六

「都隨便我選嗎？」史戴弗．騰奎斯特[3]指著面前的物品說道。

文森點點頭。他眨眼，攝影棚燈光刺眼。他早該習慣了——這不是他第一次上ＴＶ４的《晨間新聞秀》[4]。但聚光燈卻總是直射他的眼睛。

他往後靠坐在沙發上，神情故作輕鬆，一邊努力忘記警探米娜一星期前讓他看過的照片。他們在那之後還不曾和他聯絡。或許她已經決定不找他了。他盡可能解釋過自己並不適合協助警方偵辦謀殺案。責任太重大了。在此同時，他也忍不住好奇她是用哪種方法破解她的魔術方塊的。

專心，文森。

他必須專注眼前。此時此地。這畢竟是現場節目。

「隨便你選——重點是不要多想。感覺對就對了。」

史戴弗看著排開在桌上的東西：耶妮．史壯斯德[5]的汽車鑰匙、文森從休息室拿來的麵包、史戴弗自己的手機、一個上面印了切．格瓦拉頭像的老舊皮夾。皮夾是文森提供的。

「我決定選這一樣，」史戴弗說，一邊拿起皮夾。「這皮夾……我總之看了就覺得開心。」

「好，所以就是皮夾，」文森說。「你做這決定全是出自自己的自由意志嗎？」

---

3 Steffo Törnqvist（1956–）：瑞典知名記者與電視節目主持人。

4《Nyhetsmorgon》：瑞典ＴＶ４電視臺自一九九二年製播至今的帶狀晨間新聞與談話節目。

5 Jenny Strömstedt（1972–）：瑞典知名記者與電視節目主持人。

「百分之百，」史戴弗笑道。「我要選哪樣都可以。」

「要我就選麵包——看起來好好吃，」耶妮插嘴道，透過攝影機鏡頭對觀眾眨眨眼。

「隨便你選——沒錯，」文森嘴角一斜、帶著笑意說道，朝桌上一張紙點點頭。

他在實驗開始前就把這張紙交給史戴弗。史戴弗打開摺起的紙條，看了一眼。他皺眉，清清喉嚨。他用手碰碰麥克風，現場傳出一陣劈啪聲響。

「唸出來，」耶妮說。

但史戴弗把紙張遞給她。耶妮以她專業主持人的清朗嗓音讀出紙上的訊息。

「我的行為永遠由兩件事左右：我自己的偏好與價值，以及他人的影響。這兩者加總起來意味著我有九成以上的機率會選擇皮夾，即便我自己不知其所以然。」

耶妮瞄了眼一臉混亂的史戴弗。文森啜飲一口水。耶妮轉頭面對鏡頭，而攝影機後方的攝影師則不解地大搖其頭。

「電視機前如果有剛剛才轉到本節目的觀眾：今天的特別來賓是文森．瓦爾德——他應邀前來幫助我們了解我們的大腦，卻似乎讓我們更加迷惑了。」

文森在攝影機旁的一個顯示螢幕上看到自己。影像下方有一組閃著紅燈的數字正在倒數。4：14。這意味著他還有四分鐘的時間解釋自己是如何預測史戴弗的選擇的。第四、第一、第四個英文字母組合起來正好是DAD，爸爸。身為父親，他或許不該把阿斯頓帶來攝影棚。但八歲男孩似乎對休息室的麵包點心和柳橙汁感到非常滿意。希望等會上學遲到不要遲得太離譜。

「所以你的意思是說，我們的行為受到連我們自己都不自覺的事情所控制，」史戴弗說。「我怎麼可能會不清楚自己的偏好與價值呢？」

他隱約有些焦躁不安。文森強迫自己的心思回到攝影棚裡。

「你不必然清楚自己所有的偏好與價值，」他說。「舉例來說，童年創傷可能會無可避免地影響到成年後的一些行為。人本身可能渾然不察，但他們的行為確實可以預測。」

「但真有這麼簡單嗎？」耶妮插嘴道。「假設我小時候從腳踏車上跌下來過，總不會從此一輩子痛恨腳踏車吧？」

「希望不會，」史戴弗咯咯笑道。「妳連在攝影棚都常常撞到家具什麼的把自己搞受傷。妳上次甚至差點把整個攝影棚給燒了！」

耶妮狠狠瞪他一眼。史戴弗說的是她曾經在現場播出的節目中炸起司泡芙，結果泡芙卻著火燒了起來。這段影片傳遍世界，在網上紅了好一陣子。

「但如果有人開著藍色奧迪汽車撞到你，在那之後很長一段時間你每次看到藍色汽車都很可能會緊張起來，」文森說。「當然，不一定都是這麼誇張的情況。只要足以激發強烈情緒反應。」

剩下一分鐘。他必須加快速度。

專心。

「就像我參加《舞力全開》那次，」史戴弗說。「那真是非常強烈的情緒！尤其是最後那支舞。我到今天還記憶猶新，彷彿是昨天的事。」

「又來了。」耶妮大翻白眼說道。

文森明白自己把史戴弗引導到正確的點上了。

「現在我們來到事情的關鍵，」他說。「強烈而正面的情緒，與先前經驗的細節連結起來。於是這些細節便足以激發快樂的情緒，不知不覺把你吸引過去。史戴弗，你記得你表演最後那支舞碼的服裝嗎？」

「當然記得。我穿了一件白T恤、上面有……」

史戴弗睜大眼睛，啞口無言。

「不會吧。」

「有什麼？」耶妮說。「T恤上面有什麼？」

螢幕下方的時鐘顯示00：10——剩下十秒就要進廣告了。文森時間掐得分秒不差。完美。

「白色T恤上面印了切．格瓦拉的頭像，」史戴弗說，一邊舉高皮夾、讓攝影機拍攝這位古巴革命英雄頭像貼紙的特寫。

「但真有這麼簡單嗎？」耶妮滿臉驚奇地問道。

文森微笑。

「有時候。」

他轉頭直視攝影機鏡頭。進廣告。無可否認：文森深諳電視之道。

「謝謝大家，」他微笑說道，一隻手放在史戴弗手臂上。「皮夾你就留著吧。」

他在兩位主持人的笑聲中轉身離開。他只希望阿斯頓至少留了半個麵包給今早的其他來賓。往休息室走去的路上，他掏出手機解除靜音模式。三通未接來電。全都是米娜打來的。

七

她走下狹窄的階間梯轉進短短的走廊。走廊一邊牆上有鏡子，鏡前則有一張小小的化妝桌。廊道通往一間寬敞一些的房間，裡頭兩張沙發圍著張矮桌，矮桌上放了裝滿水果和糖果的圓缽。旁邊一個玻璃門冰箱裡塞滿了一瓶瓶氣泡水。

「你上次不是說非工作人員嚴禁進入後臺嗎？」

「是的，但僅限我不認識的人，」文森說。「執法人員當然也不在此限。」

米娜環視四下。

「還蠻舒適的，」她說。「我本來以為後臺化妝間應該會很破舊——牆上有塗鴉、室內瀰漫陳年啤酒味之類的。」

事實上，她原本考慮拒絕文森在瑞瓦爾飯店劇院化妝間會面的提議。那是他今晚在斯德哥爾摩演出的地點。她包包裡其實準備了橡膠手套和坐墊紙，隨時待命。

「瑞瓦爾飯店的化妝間是城裡數一數二的，」他說。「另外，我們基本上算是在舞臺正下方，所以談話內容不會有走洩之虞。」

他說得沒錯。眼前的化妝間狀況極佳，顯然近期才剛剛翻修過。她鬆了一口氣，落坐在其中一張沙發椅上。沙發看似全新，應該還沒有追星粉絲和樂團鼓手在沙發上胡搞過。坐墊紙總算派不上用場。

「謝謝你答應見面，」她說。「你決定要不要協助我們了嗎？我希望盡快把你介紹給小組其他成員——最好就是明天。我想由你來告訴他們，你認為那些刀痕應該是數字。」

文森詫異地看著她。

「你們應該也已經看出來了吧？」

「我們一直……嗯，試圖從其他角度切入。我們的首要目標是確認死者身分，希望由此追查到行凶者。但一如我上週在葉弗勒說過的，我們在這方面始終一無所獲。發現死者身上竟有某種記號感覺很……荒誕。」

文森嘆氣。臉上閃過某種神色。彷彿打算縮進保護殼裡。

「我確實警告過妳，我沒有受過此類專業訓練，」他說。「荒誕。嗯。妳說的或許沒錯。這表示你們並不需要我。要不要來顆糖？」

他把圓缽推到她面前。她發現所有糖果都有個別包裝。即便有陌生人未經消毒的手伸到裡頭攪和過，糖果本身並未受到污染。她納悶這會不會是文森特別要求的。他對她的觀察如果真有如此細微、明白她的種種怪僻，那麼把這拿來做梗開玩笑只是遲早的事。大部分的人都會忍不住這麼做。她希望他不像大部分的人。一個完全陌生的人竟能把她觀察得這麼透徹，這一點就已經夠糟了。

她看到圓缽最底下有一顆Dumle太妃糖。她的最愛。但要拿到埋在缽底的那顆糖，她的手必須碰到太多其他人可能已經碰過的糖果才辦得到。她渴望地看著那顆太妃糖，然後搖搖頭拒絕了他的邀請。

「我認為你對刀痕的見解沒有錯，」她說。「所以我才想要你去跟大家見面。因為我認為你是對的。我們應該也要看出來是數字，但是我們沒有。所以我們需要你。」

他不發一語看著她。她可以聽到他們頭頂上的劇院傳來觀眾開始入席的嗡嗡人聲。舞臺布幕即將在二十分鐘後升起。然後文森將化身讀心術大師，施展魅力、震懾臺下的八百名觀眾。他將從容自若地操縱他的的思考與行為，一切全在他的掌控之下。實在很難相信眼前這個男人就是同一個人。他坐在沙發上，神情幾乎稱得上緊張不安。

「我願意提供協助，如果我真的幫得上忙的話，」他終於開口。「但我得事先說明，我不太擅長和一群人共事。」

喏，這事誰擅長？一群共事的人不過是一堆只因和你在同一個地方工作就自以為認識你的陌生人。米娜從來不懂，為什麼有人會堅持要告訴你他們週末做了哪些事、或是他們家小孩長了幾顆牙。彷彿這是什麼值得知道的趣事。

「小組會議是明天早上九點在警察總部，」她說，一邊站了起來。「我會在正門口等你。你的觀眾似乎有些不耐煩了，我就不占著你了。」

「我很快就會讓他們服服貼貼的，」他說。「噢對了，這給妳。」

他從冰箱頂上拿來一包東西遞給她。一包未開封的Dumle太妃糖。

「明天見。」他說。

八

警察總部位在國王島區的波罕斯街。空氣冷冽天色灰暗，彷彿隨時都會降水。冰珠落到地面前便融化成雨。三月不是文森最喜愛的季節。他雙手抱胸，監視從前門進出的男女。每次確認不是米娜就失望一次。他提著一顆心，怎樣也放鬆不下來。他不知道自己將面對什麼樣的小組互動。或者組員會不會根本不歡迎他的加入。這種還未參賽就被判出局的可能性讓他心裡七上八下、無法平息。

終於，米娜推開玻璃門走了出來。她今天穿了一件紅色高領衫。他很難不去注意這顏色和她有多相配。醒目卻又自制。他當然了解自己的反應部分來自於紅色會自動激發他體內腎上腺素大量分泌，一如百萬年來的人類。血是紅的，憤怒的臉是紅的，大量腎上腺素有助於逃離紅色相關的狀況。

「我還在想你跑到哪裡去了，」她說。「你怎麼站在外面？想臨陣脫逃嗎？」

「是有在想。」

她似笑非笑地看了他一眼，他立刻察覺血管內湧入大量壓力賀爾蒙皮質醇與快樂激素多巴胺，同時升高的還有血清素含量；這意味著他的大腦正以最高轉速運作，而他的睪丸素也上升了百分之四十。這就是所謂的賀爾蒙雞尾酒，如果兩人同時經歷的話即是一般說的「起了化學作用」——投緣，來電。這說法其實再精確不過。研究人員不清楚這種情況何以發生，只是一致同意確實存在。事實是，他從未考慮臨陣脫走。他不想放棄多了解她的機會。

米娜引導他走進警察總部，文森一路好奇四望。一切多少符合他的預期。公共區域。堆滿排排成疊文件與資料夾的小辦公室。一大區以隔板區隔桌位的辦公空間，桌上還放著印有「Polisen[6]」字樣的馬克杯。

他們來到一道裡頭有窗簾遮住視線的玻璃門。米娜停下腳步。

「如何？準備好入虎穴了嗎？」

就當做是一場演出，他告訴自己。沒什麼好擔心的。這種七上八下的感覺要怪就怪米娜的紅上衣與分泌過量的皮質醇。

文森突然發現她也同樣緊張。他猜想這是因為她依然無法百分百確認他在調查行動中扮演的角色與能夠提供的協助，因此也不知如何對同僚解釋。非常合理的憂慮。但他倆沒必要同時這麼緊張。他考慮要如何安撫她。

「妳說得沒錯，這就是很一般的會談，」他說。「不過重點其實是群體動力。一個已經確立的群體必定對新加入的元素有所反應。佛洛依德花了很多時間研究他稱之為『群體精神』的現象——某種潛移默化的集體意識。他的理論是：群體行為通常異於其成員的個體行為。」

米娜盯著他看。

「而你跟我說這些是因為——」她說。

「我演出的時候常常利用群體心理學。」他說。「觀眾做為大型群體的反應必與個人反應不同。

6 瑞典文，警察，警方。

我可以利用這點來控制觀眾，引導他們做出我要的反應。我通常仰賴庫爾特・盧因的力場理論[7]。影響人的行為之關鍵變因有三：其一是動力，也就是驅動行為的力量。其二是緊張力，主要來自個人目標與當下狀態的差異。其三是需求，亦即引發內在張力的生理與心理需求。」

米娜繼續盯著他看，搖搖頭。但他注意到她已經不再緊張。轉移注意是他囊中最簡單的武器，卻通常有效。雙向有效，他了解到。他發現自己的緊張也消散了。並未完全消失，但也夠了。

「小組成員有哪些職稱？」

「這不重要，」米娜簡扼應道。「警局組織層級複雜，不是我一時跟你解釋得完的。何況，這個特別小組原本就是跨編制組成的。頭頭是尤莉亞——你知道這點就夠了。」

她推開門，三雙眼睛瞬時轉向他們。原本該有四雙的，但其中一人睡著了。

「大家早安。這位是文森・瓦爾德。我知道尤莉亞先前跟大家說過，文森將會針對調查工作的部分層面提供小組諮商。」

沉默籠罩。睡著的男子發出輕柔鼾聲。文森留意到在工作會議中熟睡的不合常情處，腦中閃過幾個可能的解釋：猝睡症，或是新手爸爸。後者統計上的可能性高上許多。男子襯衫肩膀處的奶漬提供了最終證據。

「嗨。」文森試探道。

他從眼角看到米娜焦躁地換腳站。他自己倒是氣定神閒。他進入工作模式，眼前是他的場域。他只需找出圍桌而坐的每個人的關鍵點，並找出自己在群體動力中的位置。一切就搞定了。

「一如米娜剛介紹的，我的名字叫做文森。我是個讀心師，而這表示我的工作是找出控制人心理與行為的方法。當然，能這麼做的基礎是要對人的運作方式擁有相當的了解。然而我並非心理學家或心理治療師——我主要是以表演者身分運用我的所知。」

一個曬得有些過火、頭髮微微挑染的男人發出輕蔑的哼聲。他的襯衫多開了一顆扣子，露出底下發紅起疹的皮膚，顯然剛做過熱蠟除毛。他算是好看，拚了命拒絕老去那種。他稍嫌過度自我膨脹的自信程度顯示許多女人受他吸引。當然，他那對練得碩大的胸肌功勞也不小。有趣的是，大胸脯廣受人類兩性的喜愛，理由卻大異其趣。女人胸部大意味著哺育後代的優良能力；男人胸肌大則暗示提供保護的力量與能耐。至於男性女乳自得另當別論。

「抱歉，」米娜的話聲打斷他的思緒。「我忘了為你介紹一下。」

她從過度膨脹男開始。

「這位是魯本．浩克，那位則是本小組的長老克里斯特．班松。」

「我才沒老到那麼該死。」克里斯特咕噥道。

文森忍俊。克里斯特顯然是個悲觀派。他不知道這個老警探到底經歷過多少失望挫折才造就了這樣的消極人生觀，但他懷疑這也是某種自我預言的實現。他手上沒有婚戒，很可能是獨居。可觀的腰圍與略嫌吃力的呼吸暗示對垃圾食物的喜愛與缺乏運動。這麼說來，他家裡應該沒有需要遛的寵物。他手指沾了報紙的墨色——所以說他還在讀報而非新聞網站。文森敢打賭克里斯特家裡還有一部老式的塑料轉盤電話。

7 Kurt Lewin（1890–1947）：猶太裔美國社會心理學家，被視為現代社會組織應用心理學的研究先驅。力場理論（field theory）為其心理學理論體系中最重要的概念。

「可以把彼德叫起來嗎？」

米娜口氣不帶一絲責難。彼德顯然人緣很好，否則同事們不可能容忍他在會議中睡覺，管他家裡有多少個小孩。

「彼德！醒醒！」

魯本搖搖彼德。他睡眼惺忪地坐直了。

「啥？誰？」

「拿去，」米娜說，一邊把一罐蠻牛放在他面前。

他感激地望了她一眼。

「這位是彼德・楊森。」

米娜指向他的時候臉上不住泛開微笑。

「不要被我的姓誤導了，我不是丹麥人，」彼德話聲出奇清醒。「我爸是，但我是在布洛馬[8]出生長大的。」

彼德・楊森散發友善開朗的氣質，證實文森先前的分析。但他明顯累壞了。

「彼德和他太太三個月前剛生了三胞胎。」米娜說。

文森吹了聲口哨。三胞胎。難怪上班睡覺。

「再來就是我，」坐在桌首的女人說道。「尤莉亞・哈馬斯田。我是這個特別小組的頭頭，調查行動的負責人。我會實際出勤參與偵查，我們全都是。本小組不講究職稱頭銜。」

尤莉亞指向她的同仁。

「我們全都來自不同警察單位。這個小組算是某種實驗——這點我不會否認。米娜可能已經跟你提過，我父親是斯德哥爾摩警廳廳長，而他同意組成這個小組，呼應加強活化警力組織編制的需求。本次調查行動對我們來說是一次真正的考驗；如果我們無法提出成果，那麼實驗便可能宣告失敗，小組享有的機會與資源很快就會消失。」

她口氣中的認命與自制的身體語言，顯示她是那種在心中築起穿不透的高牆保護最內在私我的女人。她還散發某種憂傷的氛圍；什麼東西沉沉壓在她心頭，時時占據她思緒一角。文森相當確定是個人私事，與承擔小組成敗重責無關。大部分人試圖控制表情時常忽略上半臉，因此額頭、眉毛、甚至眼皮便成了觀察真實心思的重點。然而尤莉亞掌控全臉表情，除了隱約直覺她拒絕讓任何人進入她的生活之外，文森沒有太多可以深入觀察的線索。

他發現會議室陷入沉默，眾人顯然正等他開口說點什麼。他清清喉嚨。

「我想這應該就是我的切入點，」他說。「我的專才在這個案子上使得上力。我原本不太確定，但在和米娜的短暫會面中我已經觀察到一些……心得。」

他和米娜交換眼神。米娜點點頭。

「好，在深入討論之前，我建議大家站起來動一動、提提神，」尤莉亞說。「我希望大家集中精神。彼德，你最好再灌一瓶蠻牛。」

克里斯特站起來，一身關節嘎嘎作響。魯本跑去走廊打空拳，看起來有些荒謬。彼德則遵照囑

8 Bromma：位於斯德哥爾摩西邊的一區。

咐嘶地拉開第二瓶蠻牛。

文森突然明白盧因的力場理論在此證實無比準確。他可以感到自己腦中有三個變因正在運作：他想得到米娜關注的欲望引發張力，繼而促使他採取行動。事實是，他想要她喜歡他。

九

活動筋骨時間結束，眾人回到座位。魯本不耐地輪指輕敲桌面，擺明他對尤莉亞做法的不以為然。尋求專業協助是一回事，但搞來一個讀心師？事情傳出去他們鐵定淪為全警廳的笑柄。

總部裡原本就有很多人預言這個跨編制小組實驗注定短命。如果尤莉亞和米娜打定主意要走裝神弄鬼這一路，他們不如早早解散走人。跟女人合作就這點麻煩。你永遠不知道她們接下來要出哪招。找唬爛靈媒算塔羅牌、讓神鬼直接告訴他們凶手是誰。可笑至極。

「我在電視上看過你，」彼德興高采烈對文森說道。「超屌的。」

「我也看過你的節目，」克里斯特說，但語帶懷疑。「我沒有惡意，但你不就是個魔術師嗎？還有，我們不是有自己的犯罪心理學家嗎？」

「我是讀心師，」文森糾正道。「至於那位心理學家，我好像有聽說過希臘男子的事……」

尤莉亞輕咳，彼德則直接笑開了。

「天啊，沒錯。楊恩那次真是扯爆了，」他邊說邊大搖其頭。

「我想在此澄清我不是魔術師，」文森對眾人說道。「雖然我確實會利用錯覺，年少時也曾表演過幾種魔術，因此對魔術有相當的一手了解。但時至今日，我最多只能假洗幾手牌，如此而已。我對人腦袋裡的事比較有興趣。」

「除了對人類行為的了解外，」米娜說道，環視同僚。「文森也擅於指認模式。」

她雙手抱胸，彷彿準備好要為文森和他的能力辯護。不知為何，這點讓魯本很是耿耿於懷。她為什麼對這個讀心師情有獨鍾？他憑什麼？魯本向來以懂得女人想要什麼自豪。他的超能力是哄女人。所有女人都愛他，不論年紀、外型、背景、政治傾向或文化。魯本這輩子還沒遇過他迷不倒的女人。直到米娜讓他踢到了第一塊鐵板。她倒也不是討厭他。她只是……無感。在他的世界裡後者糟多了。

他追過她。用盡他口袋裡所有招數想要她迷上他。他絲毫不受她吸引——豐滿金髮妞才是他的型。這比較像是操練，試試自己的能耐。這是魯本的主要驅力。追逐。收網。性事本身反而常常乏善可陳——他很快就會對每一次的征服感到厭倦，等不及要展開下一場追逐。但只要獵物落網，他一定該做的都做到底。這是他個人的堅持。他從來不懂那些釣到魚後又把魚放回大海的釣魚人。狩獵不該結束於此。

但米娜對他所有招數都無動於衷。

他今天尤其對她不爽。此刻她正站在白板前寫字、用吸鐵張貼照片。她穿著深藍色牛仔褲和一件完全看不到底下胸罩形狀的紅色高領衫，頭髮紮成一絲不紊的馬尾，素臉上沒有任何妝。米娜全身上下唯一不完美的地方是她一雙因為太常使用手部清潔劑而發紅龜裂的手。魯本打量她工工整整的外表。他是猜測女人內衣的高手。他通常可以立刻猜到對方穿著哪一類型的內衣。昂貴的珠母貝色澤 La Perla 牌絲質內衣、Victoria’s Secret 便宜性感的紅色蕾絲款、從某色情郵購網站訂來的黑色丁字褲或胯部開洞的淫蕩款……

他嘆口氣。米娜穿的八成是實用的棉內褲。

「文森看過我帶給他的資料，有一些觀察心得，」她說。「一些我們沒看出來的細節。」

米娜停下來，轉頭望向文森。文森往前踏一步。

「從照片看來，」文森說。「我會說死者身上的刀痕非如原本推測的隨機亂劃。我相信那是一個羅馬數字。更精確的說是羅馬數字三。」

「數字？」克里斯特大感意外道。

魯本大聲嗤之以鼻。米娜挑眉望向他。

「魯本？」她說，話聲冰冷。「你有什麼看法？」

魯本假裝沒聽懂她的話。

「對什麼的看法？」

口氣比他自己預期的還衝了些。尤莉亞不悅地看了他一眼。彼德好奇地傾向前，克里斯特則暗自咕噥、搔了搔他稀疏白髮下清晰可見的頭皮。

「對文森推論的看法。刀痕是刻意安排的，甚至可能代表數字。你對這點有何專業看法？」

他聳聳肩。這根本是超級大唬爛。

「我認為不太可能，」他嘆道。「聽到馬蹄聲，來的多半是馬，而非斑馬。殺得眼紅一時興起多劃幾刀的變態我們不是沒見過，不算新鮮事。」

文森上身前傾，十指指尖互相碰觸。他渾身不舒服，滿腹惱火。此人真是洋洋自負得可以。米娜真的會吃這套嗎？女人……誰搞得懂？

「喏，這就是重點了，」米娜說。「除了刀痕外的所有手法都極為縝密。費了這麼多心神複製一座魔術師的舞臺道具，刻意布置成經典魔術場景——只差最後的歡樂收場。這牽涉到時間、計畫、耐心。這聽起來像是會『殺得眼紅一時興起多劃幾刀』的人嗎？」

魯本聳聳肩。

「像，不像，嗯，或許不……」

「我認為這不像一時興起，」尤莉亞說，一邊起身走到白板前。

白色La Perla，魯本暗忖。但這不只是猜測。他對她的內衣和內衣底下的身體並不陌生——自從五年前那次在波羅的海遊船上舉行的警局耶誕派對之後。她喝得爛醉，在他艙房裡狠狠大幹他一場。那是在她認識她那個無聊的老公圖克爾之前的事。他敢說他們只會用傳教士體位。遊船上那一次她適逢月事，他第二天早上醒來時發現整個房間宛如屠宰場，而她早已不見人影。喏，其實就是很典型的派對一夜情。尤莉亞是他上司這點或許值得顧慮，所幸兩人事後都不曾再提起那夜。至於那圖克爾根本不構成威脅。倒不是魯本對尤莉亞有絲毫興趣，而是雄性競爭本能使然。

米娜往旁一步，讓出白板前的空間。尤莉亞不小心擦過米娜的手肘，魯本看到米娜彷彿觸電般驚跳一下。

「這些刀痕彼此完美平行，」尤莉亞說。「絕對是刻意的。另一方面來說，刀痕也未必是數字。畢竟缺乏前後文。」尤莉亞轉向彼德與克里斯特。彼德剛剛的勁頭似乎消失了，又開始昏昏欲睡。

「我們對於屍體發現地點有多少了解？」尤莉亞說。

沉默。魯本抄起一支筆、對準彼德前方的桌面扔去。彼德驚醒。

「啥？」彼德說，睡眼惺忪地四望。

「屍體被發現的地點，」米娜說，重複尤莉亞的問題。「我們有多少了解？鑑識組的人怎麼說？」

彼德像條落水狗般甩動全身、試圖清醒，然後伸手拿起面前桌上的一張紙。

「她是在蒂沃尼樂園的正門入口被發現的。但這裡極可能只是第二現場。現場發現的血量不夠多。箱子應該是事後運過去的。」

「有目擊證人嗎？」文森問。

「那附近沒有住家。我們去問了阿巴合唱團博物館和附設餐廳的員工，沒有人看到或聽到任何異狀。」

「我們知道被害人的身分了嗎？」

克里斯特悶悶地搖頭。他的態度並無特出意涵——克里斯特不管做什麼事都是這副鬱鬱寡歡的模樣。

「還不知道，」他說。「我們還在過濾相同年紀失蹤女性的名單，但截至目前還沒有特徵相符的人。問題是，她很可能不在名單上。還沒有人呈報她的失蹤。果真如此，那就幾乎不可能循此找出她的身分。三十多歲的金髮女性可不少。」

「但我們也只能繼續過濾名單，」尤莉亞說，沒有隱藏口氣中的諷意。「只因為她下巴沒有一顆明顯的痣就放棄希望似乎不太有必要。」

克里斯特認命地聳聳肩，算是接受。尤莉亞的焦點回到小組身上。她朝米娜走去，魯本注意到米娜閃開以免再和尤莉亞擦身而過。他不禁暗忖，米娜是要怎麼跟人打炮。她是那種一切都靠自己、免假他人之手的人嗎？就靠那小小一根了無生趣的電動棒？或者她會要求對方事前徹底消毒清潔？也許那傢伙還得穿上醫院人員在穿的那種全身防護衣，就前面挖個小洞露出老二……魯本不禁竊笑出聲，被尤莉亞瞪了一眼。他趕緊板起臉，卻無法把米娜被一個穿著全身防護衣的男人幹的影像趕出腦海。不知為何，防護衣男有著文森的臉孔。

「克里斯特，我要你繼續追查被害人身分。彼德，你去把鑑識組的報告從頭再仔細爬梳一遍，任何微小細節都可能是關鍵。嗯，這點你很清楚。」

尤莉亞轉向文森解釋道：「彼德是我們小組的分析高手。一份我們其他人可能得花上幾星期的資料，他只需極短的時間就可以分析完畢並且從不錯失任何細節。」

彼德臉微紅，但似乎很開心聽到讚美。

「魯本——」尤莉亞繼續道。

「我負責調查箱子。」他搶一步說道。

「很好。看看你能不能查出關於製造者、材料還有結構的資料——任何可以追查到製造或購買者身分的線索。以及那些劍的來處。還有，不要再盯著我看了。」

魯本目光上移，無賴地一笑，繼續想像尤莉亞。

La Perla。

「米娜，去找法醫談談，看能不能找出關於刀痕或其他的新發現。我已經跟鑑識組的人談過，請他們分析破裂的錶面玻璃。至於文森，麻煩請你試試看，提出一份罪犯側寫。」

「我確實只能試試看。一如我剛說過的，我不是經過專業訓練的側寫師——我擁有的是另一組可以讓我對人做出相當準確觀察的技巧。」

「無論如何，你如果能試試看就太好了。」

她是當真要讓這讀心師加入小組。給他閱讀機密警方資料的權限。這是最後一根稻草。魯本再也忍不住了。

「夠了，」他說。「這傢伙是個藝人。一個譁眾取寵的小丑。我們是警察。妳不會當真要聽他的吧？」

其他人陷入沉默，看著魯本。會議室裡氣氛凝重緊繃。

「在媒體發現前還有一點時間，我們必須把握，」尤莉亞咬牙說道。「用盡一切方法。」

魯本雙手一攤作放棄狀。這就是讓女人當家的結果。

「我去鑑識組了，」他說，一邊起身。「不過要先去申購一顆水晶球。」

彼德、克里斯特、魯本先後離開會議室，另外有約的文森則跟在他們後面。尤莉亞和米娜一起留下。她倆站在貼滿照片的白板旁。米娜光是看著照片便感到不潔，暗自後悔剛剛把乾洗手留在自己桌上。

「妳覺得如何？」尤莉亞問道。

「我不知道，」米娜說，望向白板上的照片。「但小組顯然沒有起立鼓掌歡迎他。」

她搓揉上臂，想要搓掉她知道一天下來到這時候已經形成的上層死皮。

「但妳認為他有辦法弄出一份側寫嗎？」尤莉亞說。「他自己似乎不太確定。」

米娜聳聳肩。

「我認為他有能力做出我們還沒看他做過的事。事實是我們別無選擇，除非我們想重演在希臘上流社會瞎追一通的鬧劇。我想繼續和文森合作，給他機會試試看。我們需要一根浮木。他就是我們的浮木。」

「妳必須百分百確定他是正確人選，」尤莉亞說。「因為，一如妳應該已經注意到的，妳有一群等著看好戲的人得說服。喏，彼德或許不算，但魯本和克里斯特沒打算登上這班列車。魯本甚至還沒站在月臺上。」

尤莉亞說完走出會議室。米娜發出長長嘆息。今天的會議無可否認是一場災難。雖然文森被指派了側寫的任務，但她知道他們不會理會他提出的任何論點。文森在會議上的表現不算成功；他曾預告她一切取決於群體動力。很遺憾他試圖融入群體的努力沒有得到結果。面對魯本和他先入為主的成見，他能有什麼機會？自從在劇院看過他的表演後，她就知道自己想跟他合作。但顯然這只能發生在警察總部的高牆之外。

她的視線在白板的照片上流連。掛在交錯貫穿木箱的長劍上那血淋淋屍體。除了白色內褲與背心別無其他衣物。她不想看，卻不得不看。

其中一把劍刺進女人的眼睛、貫穿後腦。經典魔術。所有愛看魔術的人都有病。

十

克比勒，一九八二年

嫵恩把鞋上的泥巴抹在石頭上。她恨死這了。痛恨至極。想搬來鄉下的人不是她，她卻得承受後果。

「快一點，嫵恩！」她的弟弟從草坪那頭喊道。「我們在等妳切蛋糕！」

媽已經等在那兒了，一如往常穿了件她自己做的洋裝。

媽總是可以去買些衣服、不必老是自己做吧？她今天至少穿上了她最好看的一件豹紋洋裝。她從哪弄來豹紋布料是個謎，但說到布料，媽可神了。這洋裝雖然是自製的，卻讓她看起來幾乎稱得上世故漂亮。要不是媽赤著一雙腳……為了慶祝生日，媽頭上特地戴了花環。嫵恩嘆了口氣，假裝沒聽到弟弟的呼喊。

嫵恩將滿十六歲，半輩子時間都是在這農場上度過的。她和媽是最早來到這裡的。一九七四年的夏天，媽辭掉在斯德哥爾摩的工作。她們從市中心的公寓搬出來、告別嫵恩所有的朋友，只因她的嬉皮媽媽計畫和一幫同好在克比勒外圍成立一處公社。克勒比是位在哈蘭省的小村，要不是因為那家大型起司工廠，只怕根本沒人聽過。

世人對克比勒的了解始於起司也止於起司。

而嬿恩甚至不是住在克比勒村，而是住在它的外圍。這裡到處都是泥巴，所以也不必費心穿上什麼好衣裳。

她檢查腳上的鞋子。白色鞋底大概沒救了。她再次想起自己有多痛恨這裡。

嬿恩往上走回到屋裡，脫掉鞋子換上橡膠雨鞋，頻頻嘆氣。媽想留在這裡並不代表她也得留在這裡。她往下走向草坪。媽和弟弟正在那裡等她。

「媽，我們什麼時候搬家？」她落坐在毯子上，一邊問道。這是她問過不知道多少次的問題。

「哈囉。」媽說。

「耶利克搬走了，」嬿恩咕噥道。「我們為什麼不也搬走？」

耶利克是媽那幫所謂朋友裡唯一真正依約現身的。但他也只待了六個月。媽發現懷孕之後，和自然融為一體顯然也不再是什麼前衛的主意了。耶利克於是打包走人。她們後來聽說他本來在銀行工作，其實也沒離職，只是申請留職停薪幾個月。但她們也從其他消息來源聽說過他是個運動用品店的外務推銷員。媽早就不再掌握他的行蹤。

「妳知道為什麼，」她母親說。「在這鄉下很難找到工作。但住在農場上至少沒什麼開銷。而且，親愛的，妳住在這裡的時間已經跟住在斯德哥爾摩的時間一樣長了。何況城市早就不是妳記憶中的模樣——妳把我們在那裡的日子想像得太美好了。我們還是住在這裡好。好多了。我可以跟妳保證。不過這話題聊夠了。等妳弟弟表演完魔術我們就來吃蛋糕吧。」

媽看起來很累。今天顯然是那種她情緒低落的日子。沒必要再爭下去。就少說幾句讓她開心吧。

「這是我送媽的生日禮物。」她的小弟這麼解釋自己即將表演的魔術。

他身上披著上回生日嫣恩做給他的披風。他長大不少，披風都顯小了。
「我也有禮物給妳。」嫣恩說，遞給她母親一個小包裹。
「但妳得先讀卡片才能打開。」
包裹底下掛著一張畫了許多橫線的紙，有實線也有虛線。紙上還寫了字母，不過都不完整，遇上橫線就斷了。媽拿著紙東翻西看了一會。
「這要怎麼……？」她困惑地咕噥。
嫣恩嘆氣。有些人就是連試都不試。
「想想摺紙，」她提示道。
媽不解地望向她。
「夠了，媽。想想紙飛機是怎麼摺的。」
「妳是說要用摺的？」媽說，輕笑出聲。「好玩！」
她沿著線開始摺紙，舌尖微吐。毯子底下有根小樹枝刺到嫣恩的大腿，她調整姿勢，小樹枝卻如影隨形。她跟這地方就是不對盤。「好了，」媽說，口氣卻有些不安。「不過我好像弄錯了。」
她手裡捏著一團紙，最上方隱約看得到半個F。嫣恩、弟弟和媽媽同時爆出大笑。
「貓才會這樣摺，」她小弟說，意有所指地扯扯媽媽身上的豹紋洋裝。
嫣恩笑得更大聲了。
「姊說像摺紙飛機那樣，」他解釋道。「虛線向內摺，實線向外摺。」
媽把摺過的紙攤平，照他的指示重來一次。結果是一個完美的六角形，上頭寫了祝詞。

「生日快樂，」媽讀道。「妳在克比勒的最後一個生日！」

「做做夢總可以吧，」嬿恩面對母親責難的目光應道。

「好啦，姊，」他弟弟說道。「輪到我了。」

他拿出一副撲克牌，彷彿是活物似的誇張地揮舞一番。

「記得今天：七月八日下午三點，」他口氣充滿戲劇性，「因為你們日後會跟孫子談起這一天。」

「你知道孫子是哪裡來的嗎？」嬿恩說，邊翻白眼邊忍不住微笑。

「拿這副牌，」他當做沒聽到嬿恩的揶揄繼續說道。「切牌，洗牌，然後抽一張。記住那張牌，但是不要告訴我們。」

實在不公平：她弟弟總是這麼開開心心的。

他有時會有些急躁，陷入一頭熱。但他畢竟這輩子七年的時間都是在農場上度過的。只要能待在穀倉裡做他的木工、練習他的魔術他就心滿意足了。

他魔術變得愈來愈好。嬿恩幾乎每一次都能猜出他是怎麼做到的，並非是他不夠好。她向來擅於依照邏輯推算因果，她很小就發現自己有這才能。魔術結束後，她總是可以不費吹灰之力往回推算事情是怎麼發生的。當然，她從來不會點破他。

她接過牌，洗過，然後抽出一張看一眼後又插回去。梅花八。她本能留意到那張牌的位置：大約是整疊面朝下的撲克牌從上數來的第十一或十二張。

「還得記住喔？」她鬧著說。

她收到一記陰鬱的眼神。魔術對她弟弟來說是件嚴肅的事。

「媽，輪到妳了，」他說，從嫣恩手上接過牌遞給他們的母親。「洗一洗，然後抽一張——隨便哪一張。」

媽專心洗牌，然後選定一張。

「妳確定可以自由選牌，是吧？」他話聲嚴肅地問道。

「是的。」媽應道，口氣同樣嚴肅。

她挑眉，試圖擺出認真的表情。嫣恩不住笑了。

「好的，接下來，」他說，一邊轉身再次面對她，「可以麻煩妳告訴我們妳剛剛抽到的那一張牌嗎，小姐？」

「還『小姐』咧！」她說。「好啦，我抽到的是梅花八。你不可能預知吧。」

「請問妳手中是什麼牌，夫人？」

他的手朝媽一揮，請她秀出剛剛抽出的那張牌。梅花八。

「哇靠！」嫣恩驚呼，爆出笑聲。

「嫣恩！」她母親說。

她弟弟這回表現還真出乎她的意料。這感覺不尋常卻棒極了。仔細推想她或許拆解得出他的手法，但她今天絲毫沒有意願這麼做。他鞠躬，她和媽熱烈鼓掌，一如每回。

一切安好如常。

但也不會太久了——她知道。這個夏天，一切將會改變。一等假期結束她就得告訴媽她要離開的事。她的生命即將轉向，進入新階段。她很快就會告訴她。很快。

十一

文森彎腰調整右腳鞋帶。先前打的結右邊比左邊大圈。他通常不會這麼大意，但他的思緒有些紊亂。他打直腰桿，從牆壁的掛勾取下外套。

「你真的覺得我應該自己一個人去？」瑪麗亞在他身後的廚房問道。

她面前桌上攤著一本研究方法論。她正在接受社工訓練，卻似乎對過程中得研讀多少理論沒有完整概念，一遇上比較偏理論的課程便不時喃喃抱怨「真是夠了，我以為當社工關注焦點是人」。但她眼前說的與這無關。文森感覺讀到自己胃裡的結開始扯緊。

「你幾個月前就知道爸七十歲生日的事。虧你還是『讀心術大師』咧，連個計畫都做不好。你得跟經紀公司的翁貝托聯絡，請他幫你取消那場表演。還有一個月，應該不會有問題。」

他轉身面對坐在廚房桌前的妻子。她把那杯茶握得死緊，關節都泛白了。他只差一點點就出門了。他滿心不願脫鞋——再打的結只怕不會有這次完美對稱。文森盯著陶瓷馬克杯上印的字看：閃亮野貓。此刻的瑪麗亞一點也不閃亮。她籠罩在一團悶雷作響的烏雲裡。一場風暴眼看朝他襲來。

「妳知道表演日程不是由我決定的，」他說，希望今天是那種瑪麗亞願意接受直白解釋的日子、風暴能夠不劈雷，安然而過。

握著閃亮野貓那隻手抓得甚至更緊了。希望破滅。

「所以你的意思是說……」她開口道，隨即又暫停製造冰冷的戲劇效果，「你是說就算四個月前開始計畫這次巡迴演出時，你就告訴你的經紀人不要在你岳父七十歲生日派對這天安排演出——派對日期你還是六個月前就已經知道了——他們也不會鳥你？」

文森思考，感覺門框切進他的肩膀。這倒值得玩味。他可以和任何能言善道者雄辯無礙，甚至不必費力。但面對瑪麗亞和她說來過分簡化的分析技巧時，他卻往往無言以對。他所知的一切技巧對她都不管用。確實，當初面對烏麗卡也是一樣。或許是她們的家族遺傳。重點是她沒說錯。就算他現在真的進退兩難，這並不代表他早些時候不能有所作為。

「你不打算回答嗎？」

籠罩瑪麗亞的烏雲開始閃雷。

他明白自己剛剛想太久了。

「我應該是忘了交代他們，」他說。「但總之現在也不能怎麼辦了。」

他明白自己話說得太輕易了。致命錯誤。他嘆氣，彎腰開始解開完美對稱的鞋帶然後脫掉鞋子。

「**不能怎麼辦了**？」他的妻子模仿道。「不能怎麼辦了？你怎麼說得出這種冷血的話？」

瑪麗亞的話聲愈拉愈高，他聽得出來她眼淚已經要奪眶而出。他寧可被雷劈到。她的眼淚讓他無從招架。他走進廚房，拉開椅子坐在她的對面。

木頭桌面的渦旋紋路讓他想起指紋。他開始用食指沿著波紋畫去。

文森考慮要不要握住瑪麗亞的手。她一隻手就放在他面前，無名指上的婚戒閃閃發亮。但就在他伸手過去時，她突然把手放回到自己大腿上。他閃躲她的目光，因為他知道自己會看到盈眶的淚水和發抖的嘴唇。

「我不是冷血，」他說，目光緊盯桌面。

「但不管我怎麼會蠢到沒有提早交代——我承認真的很蠢——都無法改變事實。我去年秋天就該把雷夫的七十歲生日放在日程表上，但我犯了一個錯。眼前我們只能接受事實，不管我們覺得那個錯誤有多愚蠢。」

瑪麗亞發出一記啜泣。她灌下一大口她的綠茶，臉都皺了。文森搞不懂她明明不喜歡，為什麼還堅持每天幾公升幾公升地喝？但綠茶與其健康功效是瑪麗亞熱衷的諸多事物之一。她一度試圖強迫全家和她一起喝，但孩子們抵死不從，幾乎爆發大戰，幾天後她就放棄了。

他站起來，從晾杯架上方的櫃子裡拿出一個馬克杯。馬克杯和瑪麗亞手裡那個是成對的，不過上頭寫的是「歡樂屁王」。他搖搖頭。Festive Farter，頭韻押得不錯，系列子音讀出來時也有某種趣味感，但字母歪斜這一點卻深深困擾他。對齊寫成一排很難嗎？

家裡兩個青少年自然對瑪麗亞的幽默感大大不以為然，但他們的抱怨只換來一頓說教：生理反應是再自然不過的事，所有人都該學習喜歡自己的身體。諷刺的是，瑪麗亞自己對自己的身體就不是這回事。她現在做愛一定要關燈、拉窗簾、閉嘴。她並非向來如此，所以他合理懷疑這是因為做愛的對象是他。

開誠布公自然是正確的努力目標，原則上來說——這點他能理解。他並不要求妻子言行一致，但她自以為自己做到了這點，卻困擾著他。曾經有過另一段時光。另一個瑪麗亞。他腦中閃過瑪麗亞的回憶片段，狂野、汗涔涔，讓他壓在身下，就在這張廚房桌上——這張他正在用手指描畫紋路的木桌。

他的思緒移轉到米娜。不知道他們有沒有在劍箱上採到指紋。也許沒有。下次見面時他要記得問她關於採指紋的技術細節。

「所以你覺得我們該怎麼辦？」她說。「派對的事。」

他起身，為自己倒了咖啡再回頭坐下。文森小心審視她的臉。他原本希望在繼續討論之前，瑪麗亞體內的腎上腺素至少能消退一些，但她的臉依然因憤怒而火紅，睫毛上還沾著淚珠。

「我不是很確定翁貝托還能怎麼做。七百名觀眾已經買了票，我不能改期或取消。所以派對的事只能由妳來決定，去或不去。」

他啜飲一口咖啡。煮太久了。

「去或不去？」瑪麗亞說，狠狠灌下一大口綠茶。「你到底是什麼樣的人？我怎麼可能不出席我父親的七十歲生日派對？」

她聲音啞了。他不知道該說什麼。他們的討論最終總會來到這個點。邏輯再清楚不過。他不能出席派對。瑪麗亞必須自己帶孩子去。也許她可以把這一趟當做是單飛的清閒時間。畢竟阿斯頓超愛他的外公。或者她可以選擇留在家裡。但他明白瑪麗亞早已看透他的心思。

「妳很清楚我一起去會是什麼景況，」他說，試圖先聲奪人。

他動動桌子底下的腳趾。這話題總叫他坐立難安。他自己早已放下，其他人堅持抱住過去不放並不是他的問題。討厭的是他們總會在每一次家庭聚餐上再次提起。

「我不想讓他們以為我們之間出了問題。」瑪麗亞說。

就是這了。這場討論的真正重點。表面對瑪麗亞非常重要。尤其在她家人面前。他當年為了前妻小八歲的妹妹瑪麗亞而離開前妻，確實是個重大醜聞。眾人的不以為然是可以理解的反應。但也不該永遠如此。那畢竟已經是將近十年前的事——綽綽有餘的時間足以讓心情平復下來。十年之後竟還對這件事有話可說並不理性。他們的態度不合邏輯也不合理，這意味著他難以理解。所以他才沒有要經紀人空出日期。有些時候，最合邏輯的做法就是避開不合邏輯而複雜的狀況。

「噢，烏麗卡可樂得看到我們關係出狀況了，」瑪麗亞說。「這些年來她就等著看好戲。希望我們分開，希望你離開我、最好還已經有新歡。或是回到她身邊。她甚至說過——」

這些話他已經聽過很多次了。緊咬過去不放。

「那又怎樣？」他說，打斷她。「只要妳不在乎，她就對妳沒轍。」

「你是說她對你沒轍嗎？你一個月和她聯絡好幾次。」

「瑪麗亞，妳姊姊和我有兩個孩子。但住在一起的是妳和我。」

「你和我也有一個孩子。」她說。

「是的，雖然有時我懷疑阿斯頓還記不記得他有個爸爸，」他說。「阿斯頓愛死妳了。」

瑪麗亞嘴角泛起一抹淡淡的笑意、隨即又消失，回到原來的苦澀表情。她再次開口顧自說起來。

他不想聽，只是盯著面前的杯子看。

Festive Farter——十三個字母……八個子音和五個母音：十三，八，五。他掏出手機放在桌子底下按出維基百科搜尋一三八五。挪威的奧拉夫國王在一三八五年自任瑞典國王。喏，這就對了。奧拉夫是班雅明的中間名。他、馬克杯、歡樂屁王、一三八五、奧拉夫國王、班雅明、他。一個完整的圓。文森為時已晚地發現瑪麗亞剛剛提到了班雅明。

「跟你那兩個青少年說，絕對不准在派對上喊我阿姨。烏麗卡最愛他們這麼做了。」

眼淚已經乾了，而他看得出來此刻的她憤怒多於難過。對他而言，憤怒從很多方面來說都比難過容易面對多了。

「我保證會跟他們談，」文森說。

他把手機收進口袋裡然後站起來。

「說到離開我……你什麼時候才要跟我說那個警察的事？」瑪麗亞說。

他再次坐下。她的口氣洩露了她是刻意等到他放下心防才提起這件事。

「什麼意思？」他說。

「我知道你和她在瑞瓦爾飯店見過面，」她說。

「是的，我跟妳說過我有約。」他插話道。

「不要打斷我！」她咬牙道。

新話題似乎讓她怒火愈燒愈旺。

「你人在心不在。你到底在想什麼，文森？想你下次要在哪裡幹她？想上回到底有多爽？還是在想瑞瓦爾的沙發高度正好讓你從後面幹她？我想我應該要心懷感激你沒把人登堂入室帶回家幹。至少還沒。」

他把臉埋在手裡、試圖平靜下來。瑪麗亞的妒意頭幾次冒出來時，他整個人也陷入暴怒。他們的關係初始時嫉妒並不存在，但隨著關係惡化，妒意也隨之滋生。他很快學會控制自己的反應，但卻止不住心裡被激化的情緒。背叛的指控觸發了他心底某種原始而深沉的東西，即便明白這妒意其實非關於他。而是她。一切都是她她她。

「親愛的，」他說，藉著控制呼吸來抑制竄流全身的腎上腺素。「如果妳腦子裡都是這檔事，那妳可走運了，因為妳的同學多的是二十五歲上下的小夥子。妳隨便挑一個都不會太差。但我上次和米娜見面是在警察總部。我在幫她。幫他們。幫那個調查小組。如果妳每次都要這樣鬧上一回，那我根本不可能做得到。妳覺得我該怎麼跟他們說？」

瑪麗亞看著他，又開始啜泣。

「我要這個小組的電話號碼。」她說。

「老天——好。電話號碼。可以。現在我得出門了。很抱歉我搞砸派對的事。我會想辦法補償妳。」

他起身，動作笨拙地拍拍她的臉頰。她沒有閃開。文森走向大門，雙腳踩進鞋子裡，彎下腰去開始綁鞋帶。當然不可能有上次完美，他只能將就。他出門，設法幾乎走完那段穿過覆雪草坪的小徑，最後還是停下來、解開鞋帶重新再綁一次。事情總是得做好做對。

十二

米娜坐在駛向國家法醫協會的計程車裡。國家法醫協會位在索納，簡稱RMV。她不是從總部直接過去，而是結束私人行程後前往。同事間沒有人知道她固定每星期一次——有必要時甚至不止——出席AA匿名戒酒會。他們沒必要知道，尤其她甚至沒有酒癮問題。她出席是為了別的因素。一段過往。一段讓她付出很高代價的長長過往。她至今仍在為自己的錯誤付出代價，日日夜夜。但這是她個人的事。

她去的AA位在國王島區，離警察總部只有幾百公尺。這也是她選擇AA而非其他互助協會的理由。其他地方的地點都不如這裡方便，對她而言此類組織的功能與意識形態都是一樣的。更何況在附近遇見同事她總是可以說自己下班正要回家。

下了計程車，她把身上的外套拉得更緊以抵禦寒氣。她的同事沒有必要知道她的任何私事。她實在不懂，為什麼有人會自願與人分享大小私事、只因對方和自己一起工作？她的同事在碰過幾次壁後也不再會問她工作以外的問題。

進入法醫協會後，她穿上全身防護衣與口罩，站在解剖室外。

她敲門，聽到「請進」的回應。

全神貫注工作中的米爾妲．約特不曾抬頭——她知道米娜要來。米娜朝解剖臺走去，與她並肩而立。她著迷地看著放在消毒過的光滑檯面上的屍體旁的木箱。

木箱本身與消毒二字相去甚遠。血、成撮毛髮、腦漿以及各式各樣的人體組織在淺色木板上四處可見。一名應該是鑑識專家的五十多歲男人正聚精會神在木箱上。他同時記錄並檢視，而米爾妲則專心驗屍。RMV不應該是木箱的第一站；它之所以在這裡，是因為要把屍體取出來而不破壞木箱幾乎是不可能的事。木箱原本該去的是位在林雪平的NFC，國家鑑識中心。男人彷彿聽到米娜的思緒，點點頭往後退開一步。

「我好了。我會聯絡安排木箱送往林雪平事宜。」

「謝謝。」米爾妲說，依然不曾抬頭。

男人離開解剖室，留下兩位女士和米爾妲的助理路克，一個極度害羞內向的年輕男子——米娜出入解剖室這麼多年竟連一句話都不曾和他說過。

「真是一團亂，」米爾妲說。「把她解下來花了我們好一番功夫。屍體本身都已經僵硬了。你們查出她的身分了嗎？」

「還在調查中。最後一步就是訴諸媒體，但我們能拖就拖，驚動媒體後，那一場混亂馬戲沒人想面對。」

「了解。」

米爾妲目光轉向木箱。米娜緩步繞木箱走一圈，從每個角度審視它。

「妳看過類似的東西嗎？」她問。

「我職業生涯裡什麼都看過，」米爾妲說，「但這還是第一次。妳同事魯本剛剛也來過。」

「鑑識組的人怎麼說箱子本身？」

「沒說什麼。就夾板，用釘子與黏膠組合起來。不過結構上有幾個奇怪的細節，感覺整個箱子似乎不該組成這個樣子。妳得直接去問他們，因為我也搞不懂這話什麼意思。木板上的幾處縫隙開口長寬顯然完全符合劍身的尺寸。另外就是長劍本身。」

米爾妲朝另外一張桌子點點頭。桌上排放了幾個圓筒型透明塑膠盒，盒子裡各有一把劍。米娜走過去。盒子裡的長劍令人望而生畏卻又令人不禁讚嘆。大小形狀一致，全由金屬打造，長長的劍身，把手端有護盾以防手下滑碰觸刀刃。長劍血跡斑斑，沾滿來自被害人的各種器官組織殘渣。米娜拿出手機開始拍照。拍整體，也透過塑膠盒盡可能拍出局部細節。她接著轉身開始從各個角度拍攝屍體。

「拿劍刺穿人體需要很多力氣嗎？」

米爾妲點點頭。

「這些劍確實都非常鋒利，但要以精確角度對準另一頭的縫隙開口刺穿人體⋯⋯喏，這同時需要力氣與準確度。」

「都沒有其他不尋常的地方嗎？木箱或長劍上都沒有可以提供線索的細節嗎？」

「我的專長是屍體，」米爾妲說。「等NFC檢查過木箱後妳再直接問他們。不過如果妳小心一點的話，倒是可以自己看看——他們還要一會才會把東西接走。」

米娜點頭，環視房間。消毒過的環境讓她渾身舒暢。一切如此乾淨整潔，除了木箱之外沒有任何雜物堆積，沒有塵土、沒有細菌。消毒劑的味道在她鼻腔裡揮之不去，微微刺鼻而令人愉悅。她非常樂意住在這裡。長年壓在她胸口的焦慮感消失了，取而代之的是一股流竄全身的暖流。這就是正常人在外頭那個骯髒的世界裡遊走時的感覺嗎？

她拿出手機點出剛剛拍的照片。這比透過塑膠盒觀看容易多了。她看到一個細節，放大了細看。

「這些印子是哪裡來的？」她問。

「什麼？」

「這些印子？」她重複道。「這些劍的劍柄上有一些印子。就是妳手握的地方。」

米爾妲站到她旁邊，彎腰端詳塑膠盒裡的長劍。米娜一直刻意選擇忽視解剖臺上的屍體，卻從眼角看到路克繼續進行驗屍工作。

「妳也想像不到嗎？」

「真的有，」米爾妲說。「看起來像是曾連接到某種東西上。想不出來會是什麼倒是。」

「嗯，就我剛說的，我的專長是人體，不是物品。妳得等林雪平那邊的報告。」

米娜拍了最後幾張照片。

「有消息可以麻煩妳通知我嗎？」她說。

「當然。」

「你認為木箱還會在這裡多久？」

「幾小時吧。他們得找人開車送下去。」

米娜點點頭。

她信任米爾妲。甚至魯本——雖然她老大不願意承認。負責收集木箱相關資料的魯本其實是個好警探。他幾乎稱得上過目不忘，這種超強記憶常常成為偵辦過程中的重大助力。他被借調到小組並非能力不足，而是因為#MeToo。但不論是魯本或是米爾妲都缺乏關鍵性的參考框架。對他們而言，木箱與劍只是凶器。文森可以為他們提供凶器與魔術間的重要關聯。上次會面時他們甚至沒有問他任何問題。但在這個階段，她信任文森的專業勝過魯本能挖出來的任何資訊。隨魯本去說——在箱子被送往NFC之前她必須把文森找來。

她深呼吸，握住門把，然後轉動。一部分的她不想離開這個美好的無菌環境、再次踏入污穢世界。但她明白自己別無選擇。這團屎無可避免。

十三

計程車的計價表停在四百三十七克朗。

「不好意思，」文森說，傾身向前好跟司機說話。「可以麻煩再往前開幾公尺嗎？」

「但停在這裡正對大門啊。」計程車司機繃著臉說道。

這位根據貼在擋風玻璃內側的駕駛證記載名叫尤塞夫的司機搖搖頭，照文森說的，又往前開了幾公尺。計價表跳到四百四十四克朗的時候，文森指示他停車。尤塞夫聳肩搖頭，踩下煞車。

「顧客永遠是對的。這樣可以了嗎？」

「很完美。」文森說，付了車資。

他下車，跨了一大步以閃開地上的一灘稀泥。

透過鑑識實驗室正門的玻璃，他可以看到米娜站在門內。她點頭迎接他，沒有握手。應該是她身上沒有濕紙巾。

「謝謝你盡快趕來，」她說。

「沒問題，」他禮貌應答。「木箱呢？」他問，四下張望。這是他第一次來到這裡。「魯本也一起嗎？我記得木箱是由他負責調查的。」

「魯本在總部，追查其他線索。我想讓你親自檢查一下箱子，而不只是看照片。你說不定可以從中得到尤莉亞請你做的那份罪犯側寫的材料。」

他們走樓梯登上四樓。文森從眼角瞄了米娜一眼。她是他長久以來遇到的第一個有趣人物，不管有沒有殘破屍體牽涉其中。

「往這邊，」她說。

他們走進一條長廊。米娜領頭，他跟隨那條左右搖擺、彷彿想催眠他的深色馬尾往前走。他們走進更衣室，套上全身防護衣，然後她推開一道門，領他走進一個有數張光滑金屬桌的無菌空間。潔淨、沒有多餘擺設，一如電視上的鑑識實驗室。木箱就在房間的另一頭。

文森停下腳步。他已經很久不曾親眼看到劍箱了。米娜說得對，親眼看到和照片完全是兩回事。記憶被喚醒了——他以為早已遺忘的遙遠記憶。雖然理性上他知道並非如此。他比誰都清楚大腦保存記憶的能力。沒有記憶會真正消失。一切都儲存在大腦的皺褶裡，伺機而動，在你最想不到的時刻裡再次浮現。

「照片裡看起來比較小，」他若有所思道。「但這也是營造假象的一部分。箱子看起來比實際上小，好讓觀眾以為進入箱內的助理不可能有閃躲長劍的空間。雖然這回這點並不重要……」

木箱放在一張低矮的金屬桌上。他蹲下身去。

「我可以摸嗎？會不會破壞證據？」

「就看你想不想要辯方律師申請重驗時，在箱子上驗出你的指紋了，」她說。

「有道理，」他說，往後退一步。「這絕對有研究過。一般認定劍箱是最早登上舞臺的魔術之一。斯多德上校[9]一八六五年曾在倫敦的埃及廳表演過，並在一年後公開做法。不過在他的版本裡用的

---

9 Colonel Stodare（1831-1866）：原名 Joseph Stodare，英國腹語師與魔術師。

是籃子。箱子是後來的事。但老天，真難想像要爬進這裡面。」

「你不喜歡狹小空間嗎？」

「算是吧。來自我媽的遺傳。光想都會做惡夢。」

他頭探進箱子裡、隔著面具放輕呼吸，研究那些讓劍插入的長型隙縫。這些洞全都開在不對的地方——如果還想讓助理活命的話。

「有些魔術師的版本是讓觀眾看到箱子其實是空的，」他說。「然後助理才從觀眾席某處冒出來。個人觀點，我無法理解為什麼要這麼做。」

他原本擔心箱子會有異味。體液。血、汗、甚至尿。所幸有口罩，他什麼也沒聞到，即便沒有上漆的木板滲進了大片血漬。

「我不懂，這樣效果不是更好嗎？」米娜問。

「妳想想。這個魔術的重點是助理遭到長劍穿心卻活了下來。如果箱子是空的，那就表示她根本沒在裡面，長劍穿心的效果就先沒了。人不在裡面，穿劍不就顯得多餘。不過以眼前這個箱子來說，這點顯然絕無可能，」他說，指向箱子背面理應設有逃脫密門的地方。「完全沒有逃路。」

他站起來，伸直雙腿。

「你會不會想太多了？」米娜說。「不過是魔術。」

「正是如此。正是因為不多想，妳看到的就『不過是』魔術。看看是好，但妳其實並不真的了解其中牽涉的層面。劍在哪裡？」

「這裡，」米娜說，指向另一張金屬桌上的圓筒型塑膠盒。「長劍收在裡面以保存證據並防止人員不慎割傷。ＮＦＣ正在檢驗ＤＮＡ。他們也採到幾枚不完整的指紋。不過結果需要一些時間才會出來。」

「ＮＦＣ？」文森問。

「國家鑑識中心。我們現在的所在地。」米娜澄清道。

「我不認為這對側寫會有多大幫助，」他說，拿起一根塑膠筒。他從不同角度仔細檢視裡頭的長劍。「這是一把Condor Grosse Messer。我本來以為是Falchion，它的刀刃比較小。但Messer刀柄有鱗狀設計。妳自己看。」

他把塑膠筒舉到米娜面前。

她身子前傾，仔細審視，點點頭，然後轉頭看他。

「我可以問你為什麼對刀劍這麼有研究嗎？魔術是一回事——那是你的領域。但刀劍？」

他笑了。

「我年輕時迷過一陣ＬＡＲＰ。」

「ＬＡＲＰ？」

「Live Action Role Playing，實境角色扮演遊戲。那時我們有一群人會聚在一起玩中古世紀的ＬＡＲＰ。」

「嗯，這應該可以幫你吸引到不少馬子吧。」

文森沒料到她會冒出這一句，朗聲大笑，笑聲在小房間裡刺耳迴響。

「是比那些拿泡棉劍的傢伙好一點。畢竟哪個女人會不受英勇騎士吸引的？」

「確實——我看得出你有多英勇，」米娜說，他感覺自己開始臉紅了。「好。你剛說這是一把……？」

「Condor Grosser Messer。厄瓜多製。重約兩公斤。劍身由一〇七五碳鋼鍛造，把手木料則是山胡桃或胡桃木。」

「喏，你這下從LARP變成維基活百科了……你為什麼認為這無助於側寫？」

文森把圓筒放在掌心掂掂重量，然後把它放回到桌上和其他收在塑膠筒裡的同款長劍一起。

「因為這種劍不算少見。市場上到處都是。不但有新劍，還有很大的二手劍市場。這些劍很可能來自那裡。所以想從劍追查到買家或賣家恐怕很難。計畫這麼縝密的人不可能栽在自己劍上。」

「酷。你等用上這個雙關語等多久了？」米娜眼帶笑意說。

「蠻久的，顯然是。」

「那箱子呢？你對箱子本身有什麼看法？製造一個這樣的木箱需要專家級的知識嗎？」

他再次在木箱前蹲下身、把頭探進去。

「我認為木箱是比較好的證據。有多少人會知道這是什麼東西？」

「你認為這是自製的嗎？還是有地方可以買？」

他再次站直，膝蓋發出抗議聲響。

「都有可能，」他說。「如果是買來的，也是需要依照進入箱內的人體型大小打造。如果想自己做的話也有地方可以買設計圖。只要你知道去哪裡找。」

「設計圖應該很有趣。」她說。

「不管是誰做的，都需要某種指引。這意味著這個人一定和業界有過接觸。箱子甚至可能是特別訂製的。如果妳覺得有必要，我可以開始在我認識的製造者之間打聽一下。這名單不長。我等會要去見我的經紀人，之後就有空了。」

「那就拜託你了，」米娜說，馬尾隨著點頭動作來回擺動。「我們需要一切可能的協助。」

他們開始朝門口走去。

「我希望這一趟多少能幫助你的側寫。」她說。

他止步，轉頭面對她。

「製作箱子需要時間，」他說。「所以凶手必須事前計畫好所有細節。在此同時，整個犯案手法卻也充滿侵略性，很難想像沒有強烈情緒牽涉其中。凶手在執行上顯現的矛盾之處讓我百思不得其解。我暫時不敢斷下結論以免錯估凶手的心智狀況。我需要時間消化資料。對了，刀痕方面有進一步消息嗎？刻在死者身上的數字？」

「沒，還沒有。但我已經請法醫查看先前是否有類似案件。雖然還是不確定刀痕是否是數字。那目前還只是一個假設。你的假設。」

「還是值得追查一下。我又想過一遍，結論是數字還是最有可能的解釋。即便尤莉亞並不同意。這條線索或許比我的罪犯側寫還有可能幫助你們破案。」

他們還沒走到門口門就開了，兩人還得稍加閃躲以免被門打到臉。魯本出現在門口。他看到文森和米娜，霎時面帶火光。

「他在這裡做什麼？」他要求解釋，怒視文森。

「尤莉亞要求的，」她說，一邊故作漠不在乎狀、聳聳肩。「你剛剛跑去哪裡？」
「我每次來都會跟一位友善的實驗室女助理去……喝咖啡。」魯本說，匆匆與他們擦身而過。
文森和米娜走進長廊，門也在他們身後關上了。他盯著她的側臉。
「為什麼我感受到一股緊張壓力？」
「讓我這麼說吧，」她說。「尤莉亞確實請你提出一份側寫報告。但為免在小組內引發衝突與不安，她要求我『看緊你』……喏，這是直接引用她的話。另外，我們遲早也會請來我們通常合作的犯罪心理學家楊恩・伯什維克。」
米娜扮了個鬼臉，繼續說道。
「尤莉亞同意我找你加入調查行動，但她其實只被說服了一半。至於其他人……就他們的理解，你並非小組成員。文森，我真心想要你的協助，但我擔心其他人不會聽我們的。尤其是魯本，你我必須靠自己解決這個狀況。」
「也許我該施展個人魅力迷倒他們？」他說。
「是啊，就像上回一樣。」她冷冷說道。
文森不以為意。社交技巧對他而言並非如他人那般天然生成。他必須刻意觀察學習——這也是他所以能在舞臺上操縱人心的原因。他必須找出正確的應對方式。但也僅限於舞臺上。他的家庭生活即是明證。
某方面來說，米娜知道是件好事。這讓事情容易多了。
「那份側寫，」她說。「進行得如何了？」

「我還沒有開始進行分析。變因還是太多了。就像我剛說的，既有井然有序的一面，也有混亂的一面，都在同一個人身上。這並不尋常。不至於不可能，但並不尋常。」

米娜皺眉。

「抱歉，」他說。「我會試著好好解釋一次。不過我得先把想法統合一下。總之謝謝妳找我來看箱子。這幫了我不少忙。至於側寫分析……妳知道魯本很想上妳的床吧？他的身體語言表現得很清楚。他靠近妳的方式，還有放大的瞳孔——」

米娜打斷他。

「老天，文森。這不用讀心術也能知道吧。魯本什麼人都想上。」

「他要是有玩ＬＡＲＰ早就得逞了。除非他拿的是泡綿劍。他是那種拿泡棉劍的男人嗎？」

米娜的笑聲在走廊裡迴盪。那聲音很美妙，可以讓人開心起來的聲音。文森甚至忘了去算笑了幾聲。

十四

根本不可能。他心知肚明。克里斯特・班松坐在電腦前長嘆一口氣。過濾失蹤人口名單是一件緩慢而無聊的差事。瑞典每年失蹤的人口數高得令人咋舌，雖然其中大部分的人都是自願不想被找到的。

他們估計被害人年紀大約在二十到三十歲之間。但活人的年紀都很難估算了，何況死人。

克里斯特看一眼法醫提供他比對的死者照片，然後盯著電腦螢幕，一頁一頁繼續往下拉。瑞典到處都是金髮藍眼的女人，其中很多髮長及肩，但沒一個模樣符合他桌上的照片。

克利斯特從沒交過金髮女友。僅有過幾段關係對象的髮色都深。她母親也有一頭烏黑秀髮，佛洛依德派無疑可以對此大作文章。但那幾段關係都不長久。她們最終都會離去，留下他一人。他倒不意外。打從每段關係一開始他就知道遲早會結束。感覺從來不曾對過。愛非永久。沒有東西是永久的。除了四季氣候——喏，如果葛蕾塔・童貝里該死的沒說錯，那麼就連氣候都在變。

他視線回到螢幕上，心不在焉地伸手拿咖啡杯，啜飲一口隨即又吐回杯裡。他大皺其眉。該死的冷咖啡。一張又一張的臉孔閃過螢幕。一張張年輕而充滿希望的臉孔。但生活遲早會把那些希望一點一滴擠乾榨光。

克里斯特很高興他母親很早就教會他，生命無非失望與沮喪。人愈早了解這點，日子就愈容易過。這些消沉的人們就是油盡燈枯。他認定他們的問題來自反復的期待與失望——期待生命出現奇蹟，最終卻無可避免要失望。

一張張臉孔繼續從他的螢幕閃過。他習慣性地舉起咖啡杯，又啜了一口、再次暗咒。克里斯特把咖啡吐回去，悶悶望了一眼杯中的黑色汁液。生活。他媽的地獄。生活。

十五

文森調整盤中的餅乾。四個一排，正好兩排。他此刻人在他的經紀人辦公室，一家位在斯壯德大道、名為秀徠富的經紀公司。離開國家鑑識中心後，他遲遲無法把那個開著詭異小洞的木箱影像驅出他的腦海。彷彿就在眼前。米娜甩著一條油亮馬尾站在旁邊。

夠了。收心。

和秀徠富合作的初期，每次會面他們總會擺出一盤漂亮精緻的小點，開心果義式脆餅、方形的巧克力片。但合作愈久，他們漸漸不覺得有必要搞這種表面功夫。

眼前這一大盤來自知名老店的手工餅乾似乎是某種不祥的預兆。餅乾本身沒什麼不好，只是這意味著翁貝托有話要說。

翁貝托來瑞典十五年了，說話卻還帶著濃濃義大利口音。文森懷疑翁貝托以為——雖然毫無依據——這讓他聽起來更加世故迷人。如果非端出餅乾不可，文森寧可他們買的是一般超市品牌。手工餅乾口味當然更棒，但機器製造的超市餅乾規格統一，大小形狀一致，排起來容易多了。

「她又出現了嗎？」

文森搖頭。「沒有，上兩場表演都沒出現。但這只是遲早的事。」

「我還是覺得我們應該要雇幾個保鑣。」

「這是沒有必要的開銷。我認為交給劇院處理就可以了。沒事的。」

「約翰・藍儂也是這樣說馬克・查普曼[10]的，」翁貝托咕噥道。

「不談這了，」文森結束話題道。他拿起一塊餅乾。白巧克力和胡桃。雖然模樣不對稱卻非常美味。

「文森，我們收到一些抱怨，」翁貝托口氣為難，輕敲自己修剪得宜的鬍子。「你上星期有兩場表演：林雪平的Konsert & Kongress劇院和馬爾默的Slagthuset劇院。」

「林雪平的有一千一百九十六個座位、馬爾默的有九百個，」文森點頭道。「全部滿座。表演結束全體起立鼓掌。你說有人抱怨？」

翁貝托嘆氣。

「不，跟表演無關。只是文森……你不能每次演出後都直挺挺躺在休息室的地板上。兩家劇院的工友都被你嚇到差點心臟病發。」

文森又拿了一塊餅乾。這樣兩排就又齊頭了。

翁貝托試圖從一個紙袋裡拿出更多餅乾。文森用眼神阻止他。那會打亂排列。

「翁貝托，我們合作多久了？」他說。「十年？我的表演是要付出很高心力代價的。臺上看起來輕鬆，事實非如此。我的大腦需要休息，最好的方法就是躺平。你不是不知道。」

「但，一躺一小時？還有，Karlstad的技術人員很不高興你把他們的傳輸線全部按顏色重新整理過。」

「了解，」文森說。「請代我致上歉意。我會多幫對方想一點。不過我在Karlstad表演釘子那段時出了點問題，差點把自己弄成重傷。所以事後需要做點其他事情讓自己分心。」

---

10 Mark Chapman於一九八〇年十二月八日在紐約市近距射殺約翰．藍儂。

翁貝托雙眼緊閉，搖搖頭。然後他睜眼，望向窗外。文森追隨他的視線。雖然離復活節還有一星期，太陽卻已經把尼博維肯灣的海水映照得宛如夏日般閃閃發亮。

「我寧可你把釘子那段拿掉，」翁貝托說，卻沒有看向文森。「要是你真的受傷了剩下的演出怎麼辦？瑪麗亞會怎麼說？」

「瑪麗亞會說那真是天賜良機，」他說。「因為那樣我就可以陪她出席派對了。」

「派對。」翁貝托心不在焉地重複道。

翁貝托的心思被窗外兩個穿著黃色短裙的年輕女子吸引去了。她們站在對街，手指水灣。應該是兩個高估了斯德哥爾摩春季氣溫的觀光客。

「聽好，這回我不打算聽你的。我要給你找個保鑣。就從下一場秀開始。」

「太誇張了，」文森說。「我又不是班雅明·因格羅索[11]。還是該說約翰·藍儂。不過我很清楚你一旦下定決心跟你爭辯是沒有用的。所以謝了。」

翁貝托回頭面對文森。

「對了，你還會在釘子上簽名嗎？」他問。

「釘子、觀眾自備的照片、身上的T恤……」文森說，一隻手抹過臉。「你想像不到我在哪些東西上簽過名。」

「藝術家總要在自己的作品上簽名，」翁貝托笑道。「這個洞是你自己挖的。」

「是的，不過既然講到演出，你可不可以跟劇院聯絡請他們不要在我的休息室裡再放氣泡水好嗎？」

「他們只是想表示歡迎之意，」翁貝托說，目光再度飄向窗外。「合約上並沒有附文載明休息室裡必須有哪些備品。所以你如果收到水果鮮花或礦泉水，那都是劇院方面的心意。這點我們已經討論過了。」

「是的，不過他們應該知道表演之前不可能喝氣泡水。我發聲必須用到橫隔膜，胃裡有氣泡水會讓我打嗝。自來水就沒這問題。」

對街的兩名女子走遠了。翁貝托帶著倦意看著文森。

「文森，這是他們的心意，你就隨他們去吧。水你可以等到表演結束後再喝。」

「但我實在不——」

翁貝托舉起一隻手阻止他。

「我不敢相信我們竟花力氣討論這點小事，」他說。「夠了。你有時還真像個孩子。喝不喝隨便你，沒人在乎，這樣可以嗎？」

文森聳聳肩。他只是不想讓劇院白白浪費錢。何況更多的水瓶就表示有更多的標籤得對齊。

「你記得你以前合作過的一位魔術師嗎？」文森換話題道。「表演時用到很多箱子那個。攔腰斬斷的女人、Z字形女孩、水牢。都是些經典戲碼。你知道他那些道具後來下落嗎？」

翁貝托拿起一個餅乾，想了想。

「你是說湯姆．普雷斯托嗎？說起他的秀真是不得了。八名舞者，三大卡車的道具，一個超大的自我——他的巡演成本可高了。怎麼會問起他？」

---

11 Benjamin Ingrosso（1997–）：瑞典流行男歌手，曾代表瑞典參加歐洲歌唱大賽。

「我在想他那些道具還在不在……如果有人想買的話。比如說劍箱之類的。」

翁貝托把餅乾塞進嘴裡，抹掉鬍子上的餅乾屑，搖搖頭。

「那次巡演結束後整批道具就都賣掉了，」他說。「一個法國收藏家買走的。就我所知全都被他鎖在尼斯的倉庫裡。除了你剛提到的水什麼的。那個收藏家死都不肯碰。我不知道你有沒有看過湯姆·普雷斯托的秀。他很愛出險招。」

「我以為他是那種必須掌控全局的人。」

「我也這麼以為，所以一直假設他的演出並沒有表面上看起來那麼危險。直到那位收藏家跟我解釋那些魔術的原理。原來湯姆會爬進去，然後從裡面上鎖的大魚缸——」

「胡迪尼把這稱為『水牢』，」文森插話道，但翁貝托揮揮手置之不理。

「——照理說外面要有個祕密控桿，以防萬一用的。萬一表演出了差錯、魔術師出不來，助理就會拉下控桿、讓水在幾秒內流光，確保魔術師的安全。」

「非常合理的裝置。」

「對不對？但湯姆·普雷斯托的魚缸偏偏沒有這個裝置。我猜他覺得這是一種示弱的行為。法國藏家拒絕收藏這麼危險的東西。C'est trop extrême——太極端，他是這麼說的。我不知道那個魚缸現在放在哪裡積灰塵。不過如果你有興趣的話，我可以去問問。」

翁貝托突然拍一下自己額頭。

「講到積灰塵，」他說，「你有一份耶誕禮物在我這裡！等我一下！」

文森還來不及反應，翁貝托已經一溜煙離開會客室。三十秒後，他拎著一個不小的東西再次推門進來。

「耶誕節是好幾個月前的事了，」文森說。「你應該知道復活節快到了吧。」

翁貝托把東西遞給他。那是一本用紅絲帶打了漂亮蝴蝶結的大部頭精裝書。絲帶上掛了一張卡片。

親愛的文森，卡片這麼寫著。**這也許不是你擅長的領域，但你說不定會發現它比你想像的有趣。你的仰慕者。**老派花俏的字體。漂亮而女性化。他隱約感覺熟悉，卻想不起在哪裡看過。也許只是他的想像。

這本名叫《墨西哥的哺乳動物》的精裝書封面是一隻露齒的美洲豹的照片，內容至少有一千頁。

「謝了，」文森說。「我正好超想拖著一大本書到處跑。」

翁貝托大笑。

「他們是你的瘋狂粉絲，」他說，「不是我的。因為太厚重，所以我當初先幫你收起來、沒跟著其他郵件一起送去給你，結果就忘了。總之，先不講這了。所以你打算怎麼辦？總不能繼續驚嚇工友。」

「不必擔心，」文森說。「我保證接下來的巡演不會有任何抱怨。不過你必須先答應我，每晚演出後的一小時內不讓清潔工接近我的休息室。」

翁貝托再次爆出大笑，伸出一隻手。

「一言為定。」文森說。握住他的手。

他接著起身，把大書夾在腋下，抓起整袋餅乾往外走去。

十六

米娜的工作電話緊貼著她的耳朵。幸好電話響起前她才剛用乾洗手消毒過話筒。她靜靜聆聽，一邊拿筆在一張收據背面疾速記下筆記——收據是臨時她在桌上唯一找得到的紙張。她聆聽，很快回問了幾個問題。三十秒後，她看看手錶，快步走向總部的員工餐廳。

魯本背對她，正在狼吞虎嚥一份肉丸與沙拉。他一發現腰圍開始增加，當機立斷戒了澱粉。他老愛在同事午餐時提這件事。

「你兩個半月前處理過一樁自殺案，」米娜對著他背後說道。「一月十三日。昂妮絲·瑟西。二十一歲。」

魯本的叉子停在送往嘴巴的半途上。

「呃，是的。好像有這件事。怎麼了？」

他挑眉看著米娜拉椅子坐定在他對面。他翻白眼，放下叉子。她努力不去想員工餐廳椅子有多髒。那些微生物此刻爬滿她的長褲。她上班時常得盡全力克制自己才有辦法做事，但這也導致她下班回家時往往已經精疲力竭。她忍不住悄悄放下了衣袖、以免皮膚直接碰觸桌面，然後傾身向前雙眼緊盯著魯本。

「把你記得的都告訴我。」

「喏……沒什麼好說的。最早趕到現場的是我和林格倫，一個年輕小夥子。情況很明顯是自殺。」

「怎麼說？」

魯本再次嘆氣。他依依不捨地看了一眼盤裡漸漸變冷凝結的肉丸。米娜忽視他的飢餓。他實在不該吃那些東西的——她向來對員工餐廳的食物衛生抱持懷疑態度。她這算是幫他一個忙。

「從嘴巴裡面開一槍。武器就在她手邊，上面有她的指紋。沒穿外套，即便當時是冬天。所有跡象都顯示她當時心智狀況不正常。」

「有遺書嗎？」

「沒有，沒有遺書。但昂妮絲有很長的憂鬱症與其他精神病的病史。她曾在聖格蘭醫院多次住院，我們訪問的人對她的自殺完全不感意外。就連和她一起分租公寓的朋友也不例外。」

「那位室友曾經被列為可能的嫌犯嗎？」

「一開始是的，畢竟沒有遺書。選擇以開槍這種誇張的方式自殺的人通常會留遺書。加上打電話報警的人是他，這通常也是可疑跡象。我們問話的時候使了點力，但所有跡證都明顯指向自殺。也許是一時衝動——如果事先計畫過，多半會選擇在家裡而非公園長凳上。妳為什麼對這個案子有興趣？」

「你有照片嗎？驗屍的照片？或者是犯罪現場照片？」

「犯罪現場？我剛說的，這是自殺。」

米娜沒理會他。她到時自會解釋。她現在只想看照片。

「來吧。」魯本說，嘆了口氣站起來。

她注意到他沒有歸還托盤。她考慮酸他一句是不是他媽媽在這裡工作，但決定忍住。男人通常開不起這種玩笑，魯本甚至還比一般男人更禁不起酸。更重要的是她需要他的協助。他往電梯走去，她也只能跟上。剛剛那通電話起了頭，但她需要照片才能追查下去。如果她想的沒有錯，這即將改變一切。

十七

「什麼事這麼緊急？」尤莉亞手挽外套走進會議室一邊問道。「我收到訊息時才剛要出門，但簡訊裡什麼也沒交代。」

「不知道，」克里斯特怏怏說道，一手拿著咖啡杯、另一手則捏了塊餐包。

「你只帶了一塊嗎？還有沒有更多？」魯本口氣渴望地問道。

米娜沒有理會他們，顧自專心的在白板上原有的資料旁張貼更多照片。

「彼德呢？」她終於回頭後問道。「我希望大家都在場。」

魯本聳聳肩。他從桌上的水果盆裡拿了一顆蘋果，張嘴大咬一口。米娜甚至不敢看他。蘋果已經在那裡好幾天了。她想像上頭爬滿細菌、密密包覆，此刻就這麼消失在魯本嘴裡。她也不敢想像魯本的嘴碰過哪些東西。哪些人。一場超大型細菌嘉年華。她吞口水，努力壓抑欲嘔感。她必須鎮定。

「他電話沒接，」魯本說，又大聲咬了一口蘋果。

「你去他座位看過了嗎？」她問，藏不住不耐。

魯本聳聳肩。

米娜放下已經空了的資料夾，走出會議室，在彼德座位上找到仰頭呼呼大睡的他。有人用奇異筆在他臉上畫了兩撇鬍子。

「彼德！」

她用力搖晃他。他猛地驚醒，睡眼惺忪地四望。

「快起來，開會了。」她說。

她逕自回頭往會議室走，聽到背後傳來彼德沉重的腳步聲。回到會議室時，她發現所有人正圍在白板前審視她剛剛貼上去的資料照片。她知道他們光憑自己是看不到她發現的東西的。這得感謝當初執行驗屍的米爾妲先前那通電話，才讓她發現了這個關鍵性細節。那通電話加上文森的提點。她知道小組對他還是持疑，但希望狀況很快就可以突破。他已經證實自己可以為調查行動提供無比珍貴的助力。

彼德走進會議室，精疲力竭地癱坐在椅子上。他揉揉眼睛，卻看似只是在擠壓眼睛下方的眼袋。眾人竊笑他臉上的鬍子，卻沒人告訴他。

米娜轉頭。她用眼神一一鎖定每個人。她必須說服他們。她深呼吸，然後指向白板。

「我認為文森說得沒錯。我們面對的是一個連續殺手。」

沉默。眾人依然持疑。她預期中的反應。

「我想你們知道，我相當相信被害人身上的刀痕是羅馬數字三，」她繼續說道。「因此我自然會懷疑先前案件的死者身上是否有遺漏的數字記號。我聯絡米爾妲，她當下並不記得有任何類似情況，但也同意回頭重看近期的幾個案子。她大約一小時前打電話給我，提出昂妮絲的案子——昂妮絲．瑟西。」

米娜指指她剛剛貼上去的照片。照片裡是一個年輕的紅髮女子，癱坐在一張公園板凳上，腳邊的雪地被鮮血染紅了一大片。雖然時值隆冬，她身上卻沒有外套。她右手邊有一把手槍，看似是從她手中掉落下來的。

「照片背景是伯澤利公園，就在中國戲院外面。」她說。

「看起來不像音樂劇場景。」克里斯特諷道。

其他同事意外地望向他，而他只是聳聳肩。

米娜手指指向另一張以銀灰色金屬解剖臺面為背景的照片。剛剛坐在戲院外的女子躺在上面，全身赤裸。她的右側大腿上有三條明顯的刀痕。一條直的，另兩條往中間斜靠形成一個V字，三條線上下各有一條平行的橫線。

羅馬數字四。

「一個羅馬數字。就像文森說的，」她清楚指出。「你們並不相信，事實是我們遺漏了。」

她的同事們身子前傾，高度興趣，卻尚未被完全說服。

魯本挑高的眉毛顯示他的懷疑。彼德猛眨眼睛試圖專心。她指引他們的焦點回到解剖臺上的昂妮絲。

「驗屍報告裡記載了刀痕，但因為昂妮絲的精神病史與先前的自殘行為，刀痕被認定為自殘所致。」

「自殘依然是可能的解釋。」魯本口氣不掩輕蔑，上身靠回椅背上。

他蹺腳，雙腿輕輕搖晃。

「當然。這不無可能。世上有這麼多巧合，」米娜平靜應道。「或許真的不是連續殺手所為，問題是接下來這點。」

她指向另一張照片。然後再指指白板另一端先前貼上的第一名被害人照片。

她無語，讓照片為自己說話。

尤莉亞站起來，走近白板。她仔細研究米娜剛剛指出的照片。

「破裂的錶面。」

米娜點點頭。

「是的，正是。兩名被害人的手錶錶面都被刻意打破，好讓時間停在整點。第一名被害人的手錶停在三點，或是十五點。昂妮絲的則是十四點。一次巧合我信，兩次不可能。」

會議室陷入沉默。眾人似乎都在消化米娜剛剛指出的事實。

「妳認為是同一人所為？」魯本問。雖然不盡情願，但他似乎開始願意接受文森的理論了。

「你認為不是嗎？」米娜反問。

魯本欲言又止。尤莉亞默默掃視白板上的照片，面色凝重。

「我們必須從頭重新審視所有證據，」她說。「每一個細節。今晚勢必得挑燈夜戰了。有必要的話請聯絡家人告知今晚加班。米娜——幹得好！」

眾人點頭。彼德清清喉嚨。

「如果有被害人被標示為三號，」他說，話聲帶著濃濃倦意，「還有另一個被標示為四號……這是否意味著這名連續殺手已經在我們未曾察覺的情況下活動一段日子了？」

「我也在想同樣的問題。」米娜說。

她手指輕敲資料夾。這案子有某一點困擾著她。某個她應該要看清、卻總是遺漏在她意識層面之外的一點。她搖搖頭。遲早。

她從口袋裡掏出一包濕紙巾，抽了幾張遞給彼德。

「拿去。你嘴巴上面有東西。拿去擦乾淨吧。」

十八

文森努力睜開眼睛。他前晚熬夜搜尋劍箱與長劍製造及販售的資料。這個任務艱鉅繁瑣，但依憑一股想要達到米娜期望、提出新線索的想法驅動他撐過大半夜。此刻，在區區幾小時睡眠後，某種他無法辨認的聲音吵醒了他。似乎來自遠方，音調明顯不協調。是歌聲，但各唱各的調，走調走到他希望自己是音癡。他很不喜歡聽到「音癡」一詞被拿來當做玩笑話。這是一種真實存在的狀況，指涉人無法辨別不同的聲音頻率。音癡的相反是絕對音感。擁有絕對音感的人能夠在沒有參考點的情況下辨識音調。另外還有所謂相對音感，用以指稱足能辨別聲音階差但無法指出絕對音調的辨音能力。此刻他非常高興自己這方面的能力相當之不足。

「……快ㄞㄞㄞㄞ……樂ㄜㄜㄜㄜㄜㄜㄜ……」

歌總算唱完了。他坐直，微微睜眼。全家到齊站在他床腳。瑪麗亞和阿斯頓同樣一臉期待，班雅明和蕾貝卡則一副被逼赴刑場的模樣。文森立刻對兩個大孩子感同身受。他痛恨生日。嗯，倒不是所有生日。孩子的生日還挺好玩的。他不喜歡的是他自己的生日。

「歡呼三次——萬歲！萬歲……哎喲！」

阿斯頓哀叫抱腿。他轉身，怒氣沖沖地望向班雅明。班雅明聳聳肩，指指蕾貝卡。阿斯頓擺出最生氣的臉瞪著蕾貝卡，但是不久就放棄了。家庭內的權力排行在文森最小的兒子的眼中非常清楚。蕾貝卡比班雅明兇狠——他要敢膽不聽從她，她絕對會讓他嚐到苦頭。

「生日快樂，親愛的！」

瑪麗亞端上銀盤，上頭是一個自製的奶油蛋糕。文森不禁反胃。一大早吃奶油實在非他所好。但這是瑪麗亞家族的傳統，也就是說他和烏麗卡在一起那些年，就已經無法避免在生日一早面對這油膩蛋糕的慣例。他明白這蛋糕是愛意的表示而非對他消化系統的攻擊，於是他強迫自己露出大大的微笑。

「阿斯頓！禮物！」

瑪麗亞雙眼發亮，小心落坐在床上。她熱愛生日。尤其是她自己的，但其他人的也不錯。阿斯頓手捧兩個包裹，啪地用力跳到棉被上，差點弄翻蛋糕。

「蛋糕是我和媽昨天晚上做的！」他的幼子滿臉驕傲地說道。「我們超厲害的。我吃了超多奶油！」

阿斯頓的「超厲害」三字完全是自信滿滿的美式英文發音，一定是從Youtube學來的。文森望向蛋糕。

有那麼一刻，他只希望蛋糕能自行從銀盤滑落到地面，早早自我了斷。但他知道這一時快樂的代價有多高。瑪麗亞會視之為惡兆，接下來一整天注定不順，最後以自我實現預言式的連連災難收場。

「這給你，爹地，」阿斯頓氣高采烈道，跳上跳下地把禮物小包遞給他。

他不時開心地瞥向他母親。

第一個包裹包得歪歪扭扭，膠帶脫落、包裝紙發皺鼓起，彷彿裡頭的東西是自己設法鑽進去的。怪獸卡車圖案。阿斯頓二月生日剩下的包裝紙。文森露齒而笑，抱抱兒子。誰不愛怪獸卡車呢？

「噢，謝謝你！」他說，從裡頭拉出一條領帶。

瑪麗亞驕傲地揉揉阿斯頓的頭髮。文森注意到這是他收到的第三條一模一樣的領帶。禮物無疑是孩子們拿了錢自己去選購的，而孩子們的邏輯再直截了當不過。如果去年的禮物受到歡迎，那今年再挑一樣的一定不會錯。這其中隱含的體貼愛意讓他完全樂於接受。何況，他早想好了一記完美回馬槍。他們每人滿二十歲時都會收到一條一樣的領帶。

「下一個！開下一個禮物！」

阿斯頓的彈跳讓蛋糕最上層的奶油開始滑落。

「小心點，親愛的。」瑪麗亞說，一手穩穩地放在兒子身上。

她目光依然充滿期待地定在文森身上。第二個禮物小而扁，包裝精緻許多。應該是瑪麗亞包的。包裝上的閃亮貼紙證實了他的猜測。閃亮愛心形狀的貼紙，求和的象徵。他動手拆開包裝。

「我們要去搭船了，爹地！我們全部！」

文森看著卡片：他的惡夢即將成真。前往芬蘭的波羅的海渡輪船票。五萬噸的焦慮加上揮之不去的啤酒臭味。他抬眼望向班雅明與蕾貝卡。他倆的表情完全反映此刻寫滿他臉上的痛苦。三人交換心領神會的眼神。他們都很清楚，瑪麗亞一旦決定什麼事是「超適合全家一起做」的，就代表著毫無轉圜餘地。所以在不久的將來，他們將被關在艙門天知道牢不牢靠的浮水鋼籠裡整整二十四小時。他看看船票背面。一年內有效。他有十二個月的時間逃離瑞典。

「嚐點蛋糕，親愛的，」瑪麗亞熱情說道，遞給他一大塊她剛剛切下放在小盤上的蛋糕。「阿斯頓說得沒錯。我們超厲害的，放了超多奶油。」

文森嚥下口水，面露微笑。他明白一切都是出自愛。一番好意。他盡全力配合演出。

「謝謝妳，親愛的。不過我們大家一起去廚房餐桌吃吧？」

他們一起收拾禮物與包裝紙，端起蛋糕往廚房走去。他順便也拿出他幫自己準備的禮物：阿爾瓦．諾托[12]的《Xerrox 4》雙專輯。他拆開自己親手打上的紅色緞帶，小心翼翼地用指甲捏開玻璃紙包裝，在輕柔的窸窣聲中從套子裡拿出第一張黑膠唱片。他細細檢查上頭的溝槽，在正式把唱片放進客廳的唱機前先建立視覺上的理解與預期。一切無恙。

他拿起魚飼料，倒了些在掌心，走向魚缸。他把手放在水面上靜待。他選擇飼養泥蔭魚是有原因的。牠們外表或許不起眼，卻是他所知唯一會從人手中取食的魚種。不久，四條魚便游了過來、啄食他手中的飼料。

「今天可能會吵鬧一點，」他對魚兒輕聲說道。「請接受我的事先道歉。你們能了解的。」

然後他走進廚房。

唱機傳出第一首曲目時，他終於放鬆了一點。瑪麗亞的反應則恰恰相反——他看得出她肩膀緊繃了起來。電音非她所愛。她向來對他堅持播放不知從哪蒐集來的黑膠唱片非常不以為然。明明可以從Spotify聽紅髮艾德就好，還少占點空間咧。但她看到唱片上的紅緞帶，於是隨他去。暫時。

他坐下，為自己拿了一片蛋糕，一邊在腦中快速計算。現在是早上八點整。還有十六小時。九百六十分鐘。五萬七千六百秒。然後他的生日就結束了。

12 Alva Noto：德國實驗電子音樂與視覺藝術家。

十九

「妳今天分享故事了嗎？」

米娜搖搖頭。

「今天沒心情，」她說。「不過我聽了大家的。你知道我通常不說自己的事。有多久了？」

「喏，也是。沒錯。心情不對寧可不說。我剛到，會留著待完下半場。到時看我覺得怎樣再決定要不要分享心情故事。來點咖啡嗎？」

帶狗男——米娜在心裡很早就開始這麼稱呼他——朝她遞出一個紙杯。她知道他的名字，但綽號卻已經先入為主生了根。其他常見成員還有「紫圍巾女」、「斯科納男」、以及「海豚女孩」。她也知道他們的名字，卻寧可不用，維持匿名與距離。這畢竟是匿名戒酒會。何況她其實沒有酒癮問題，而這正好給了她理由，這些年來始終置身事外，不曾產生此類團體很容易生成的社群認同感。

米娜對著帶狗男遞來的紙杯搖搖頭。她努力不去想紙杯還有眾人都碰過的咖啡保溫罐上爬滿多少細菌。帶狗男聳聳肩，為自己倒了杯咖啡。咖啡表面泛著油光，顏色卻很稀。就算消毒過她也不會想喝。

「你今天怎麼這麼晚到？」她說，立刻就後悔了。

一來是她根本沒興趣知道答案，何況問這問題說不定算是失禮。她實在拿不準。

「我得開車送我太太去看醫生。她手術後必須回診好幾次。她有嚴重的脊椎側彎，過去幾年都得坐輪椅。」

米娜點點頭，沒有說話。她很後悔問了問題。太多個人資訊了。幸好帶狗男沒有再揭露更多同居人的私事細節，跑去為他的黃金獵犬弄了一碗水並搔搔牠的耳後。

「你的狗叫什麼名字？」她再一次問了其實不感興趣的問題。米娜不明白自己今天為何特別感覺到有義務填滿對話空檔。她甚至不喜歡閒聊。但男人臉色一亮。

「波西，」他驕傲應道。「今年四歲。」

米娜沒有應答。她向來對動物沒興趣。理由很明顯。波西的爪子被外頭的雪地弄得髒兮兮的。

「嗨！真高興看到妳！」

海豚女孩朝咖啡桌走來，對米娜露出大大微笑。海豚女孩總是一副開心的模樣，以他們聚會性質來說不免有些過火甚至反常。米娜在聚會裡表現不定，但絕對不是什麼正能量女神。海豚女孩的真名是安娜，但她第一次見到米娜時便讓她看了小腿肚上的海豚刺青因而得名。米娜沒有問她身上是否還有其他刺青，就怕她當場寬衣解帶起來。米娜其實也沒必要知道海豚的存在，但海豚女孩卻意外幫上她的忙。米娜對她點頭微笑做為招呼。

「謝謝妳建議我去找文森．瓦爾德，」她說。「我老闆馬上就同意了。」海豚女孩笑得更開心了。「妳跟他談過了？文森．瓦爾德本人？哇，太棒了！我只是碰巧靈機一動——我不認識他本人，但他真的超酷的。抱歉上回偷聽妳講電話。」

發現劍箱屍體的隔天，米娜出席戒酒會時趁中場休息接聽了尤莉亞打來的電話。休息時間結束後，海豚女孩主動找上她。米娜起初也猶疑過，但安娜讓她去找文森的建議確實讓調查行動終於有了起色，而接觸這位讀心術大師也成為米娜生活長久以來最有趣的一件事。更多難處，但也更有趣。她是那種心防甚重的人。不讓人進入、甚至不讓人接近，如今卻為一個陌生人開了一縫。但只是在想法上而非實際生活上，她因此尚能接受。一切依然在她掌控之下。她唯一得學習的是講電話時音量再放低一點。

狗兒波西水喝夠了，這會兒正晃著一條舌頭朝她而來。她雙手握拳，強力克制退後逃開的欲望，也成功了三四秒；但當她感覺濕鼻子碰上她的手的那一刻，她再也無法壓抑本能，往後退了好幾步。

「牠真是個甜心。」帶狗男說，搔搔波西的耳後。

米娜看到狗兒嘴角滴淌口水。狗兒把米娜的驚恐誤認為歡迎，興高采烈地大搖尾巴。

「嗯。」米娜說，眼睛盯著波西和他骯髒的爪子。

沉默再一次降臨。狗兒滿懷希望地往前一步。

「我考慮下回刺一條狼，」海豚女孩說道。

米娜已經忘了她也在場。

「順便刺一行字。不過我還拿不定主意要刺什麼字。我考慮刺Carpe diem。會不會太老套？聽起來還是不錯對不對？珍惜光陰——是這個意思沒錯吧？我們必須珍惜光陰，活在當下，把握眼前。」

海豚女孩邊說邊捲起袖子露出上臂。

「妳知道我對刺青的看法，」米娜說，禮貌地看著她。「妳無法確保針頭徹底消毒過，墨水也不知道乾不乾淨……」

「我知道——這不是很酷嗎？」海豚女孩說道。「這讓人感覺真正活著不是嗎？不知道接下來會發生什麼事……萬一真的感染了，那種會吃人肉的要命細菌跑到體內，慢慢地開始吃掉整條手臂……」

「活在刀口。」米娜諷道。

「天啊！太棒的建議了！謝啦！當然就是刺『活在刀口』！哇靠，妳超屌的。」

米娜望著海豚女孩，女孩正為她脫口而出、絕對無意當成建議的四個字而興奮得難以自持。米娜不知怎麼繼續和她對話下去，深怕自己隨手說的話又會變成女孩手臂上亂七八糟的發炎刺青。

「休息時間結束！」會堂門口傳來男人的喊話聲。

米娜無聲地在心中暗謝，對海豚女孩微笑致歉匆匆入內。

二十

克比勒，一九八二年

「進行得如何了？」他背後傳來問話聲。「你在做什麼？」

突如其來的話聲讓他嚇一跳——他沒有聽到有人走進穀倉。他正專心鋸開一塊木板，鋸下的那一半沒來得及接住、直接掉落在地上，鋸開處刺出一根醜陋的裂片。他速速撿起，放到旁邊一疊先前鋸好的木板上，拿布蓋上。布上手繪了許多星星與大部分是他自己發明的神祕記號。他接著轉身，看著他母親。

媽站在穀倉入口，逆光人影後面是金光閃閃的夕陽。他得瞇起眼睛才看得見她。

「我不能跟妳說我在做什麼，」他說。「跟妳說妳就知道魔術是怎麼變的了。我都做好後再讓妳看。」

媽移動身體、往穀倉裡頭走，一道金光隨之落在他的工作凳上。塵埃在空中緩速飛舞，被夕陽映照得彷如金粉。魔術金粉。他母親拾起散落在板凳上的一把刷子，在空中揮動。

「至少讓我幫你上油漆吧？」她說，試圖偷看他的背後。「我覺得你真是太了不起了，自己做了這些道具。你才七歲哪。哪裡有其他七歲的小孩像你這麼棒！」

「其實也沒有那麼難，」他說。「我已經開始畫圖。我很小心。反正呢，我完成得差不多了。而且比我一開始想的還好。妳想幫忙的話要等我全都弄好。這次不要畫星星。」
他指指床單。
「我本來是想畫得像……」
「我知道，像拉斯．維爾加斯，」她說。「那位西班牙畫家。」
她誇張地舞動了一下。他搞不懂媽是在模仿什麼。
「妳是想說拉斯維加斯吧，媽。」他說。
他沒再說下去，只是看著她。她的眼神清澈，正對著他微笑。他身體裡的緊張感消失了。今天是媽心情好的日子。但他同時也明白自己走進了陷阱裡。
「媽，妳……妳是在開玩笑對吧？真的有畫家叫做拉斯．維爾加斯嗎？」
他希望媽不要這麼做。他向來聽不懂別人是在開玩笑還是說真的。已經夠難了。比如說在學校。完全就是惡夢。要是暑假能永遠持續下去、他永遠不必離開農場就好了。他只要有媽和嫣恩就夠了。
他母親看著他。
「是的，」她說。「維爾加斯只是笑話。沒事——我們來畫拉斯維加斯！」
她舉高油漆刷以為示警。
「不過你得教我變撲克牌把戲當做交換。不然我就畫西班牙畫家囉！」
他笑了。沒有人和媽一樣熱愛魔術。幾乎比他還愛。但是他了解她。變魔術可以讓他拋開所有煩惱。錢可以加倍。世界變成另外的模樣——至少片刻如此。

一切再次充滿無限可能。

他轉身，看著那疊木板。他可以看到木板以只有他能了解的方式組合起來。等他完成後，木板會成為一個箱子。這個箱子將能讓他召喚一切。能讓媽媽維持開心的一切。

二十一

文森穿過公園，靴子唰唰踩過泥濘融雪。米娜來電，他提議趁午休時間在羅蘭修夫公園邊散步邊談。公園離警察總部不遠，可以輕鬆步行來回，不會花掉她太多時間。約在這裡也比較不引人注意。

他原本這麼想。只是此時離他約十公尺的步道上有一名穿著淺藍色鋪棉外套的年輕女子正盯著他看。她想必是在電視上看過他，正在猶豫要不要跟他打招呼。他決定主動對她揮揮手。女子的反應卻是轉身離去。討好每個人畢竟是不可能的事。

至少天氣站在他這邊。陽光普照，草地那頭有狗兒正在和主人玩耍。城市街道上的積雪大多融化了，公園裡倒四處可見殘雪。五隻狗，五個主人。五加五等於十。奇數變成偶數。

「生日快樂，」話聲自他背後傳來。「歲歲有今朝。」

他轉身看到米娜。生日。該死的維基百科。他希望她沒也準備了禮物給他。或者打算給他一個擁抱。

「不談生日。」他堅決道。

她嘴角泛起微笑，但僅維持幾秒便又回到原本含蓄節制的表情。

「新案子出現了。或者該說是舊案……一個更早的被害人。」

她遞給他兩張照片。第一張是從ＩＧ印下來的自拍照。充滿生氣的女孩對著鏡頭舉杯，背後的餐桌圍繞朋友、上頭堆滿禮物。該死的生日。

「她的名字叫做昂妮絲・瑟西，」米娜說。「二十一歲。和朋友合租公寓住在斯德哥爾摩。她父親住在阿維卡，母親已經過世。這案子原本以自殺結案。」

文森翻到第二張照片，不住驚跳。不鏽鋼桌面上的赤裸屍身。照片裁去了死者頭部。

「是她。請看大腿。」

文森看到清晰的刀痕。他移開目光，不願再多看。

「一如你所見，她也被標上了號碼。但既然劍箱死者標記為三，我以為更早的死者理應標記為二，假設凶手是在計數的話。但你應該已經看到了，昂妮絲身上刻的是羅馬數字四。彷彿他已經殺了四個人。」

文森停下腳步。

「妳說她是更早的被害人？」他說。「她的遇害時間早於劍箱死者？」

「早了一個月。在今年一月，」米娜說，雙臂環抱自己以抵禦寒氣。她身上的紅外套似乎抵擋不住戶外低溫——雖然出太陽，寒氣卻鑽骨。文森思考片刻。四與三。連續的數字。倒數的數字。僅有兩個數字不利統計；理論上數字愈多範圍與或然率就更大。但他的直覺告訴他沒有錯。

「妳會冷嗎？」他禮貌問道，把照片遞還給她。

「不。我喜歡冷。」她口氣堅定。

他看得出她說的是實話。

「我說的不一定對，」他說，「但我認為你們不會找到標記一和二的屍體。暫時還不會。」

米娜看著他，沒有說話。

「我認為這是倒數，」他明言道。「一號和二號謀殺案還沒有發生。妳懂我的意思嗎？四、三、二、一——也許還有零。」

「你為什麼這麼認為？」米娜說，面帶駭色地看著他。「你的意思是可能還會發生三件謀殺案？」

「如果我們無法阻止這個凶手的話，」他說，再次舉步。「除了倒數以外，我找不到其他合理解釋。我看不到其他可能的模式或組合。此外，有一個同樣重要的問題是你們必須問自己的。」

「你是說我們。什麼問題？」

「倒數的終點是什麼？倒數至零後會發生什麼事？」

米娜沉默半晌。

「這太病態了。」

文森點點頭。

「我必須澄清，我並非百分百確定。只有兩個被害人的情況下，這只能算是猜測。」

「對了，她的腕錶錶面也被擊破，時間停留在兩點整。」米娜說。

他喃喃嘀咕，兩人在沉默中繼續往前走。他原想建議挑一家美拉倫湖北岸大道上的咖啡館進去暖暖身子，但米娜似乎對公園很滿意，儘管寒氣逼人。文森搓揉戴著手套的雙手，試圖整理思緒。

「我喜歡冷天，」米娜說。「感覺如此……乾淨。彷彿一切髒污邪惡都無法倖存。」

「除了那個凶手，」他說。「髒污邪惡無疑。新案子的被害人是怎麼死的？或者我該說先前那個案子。公園板凳上的女孩？」

「臉部中彈，」米娜說，文森不住皺眉抿唇。「別擔心，我沒帶其他照片。但我不懂為什麼凶手要強調被害人死亡時間。我是指擊破的錶面。兩名死者死亡時間不同，整整相差一小時。」

文森還來不及開口應答，一個飛盤倏地朝他們飛來，眼看離他們只剩一公尺了。一條黑色杜賓狗狂奔追至，縱身一跳攔下飛盤，隨而在文森與米娜前方落地，飛盤緊咬在齒間。狗兒興奮地抬頭望向兩人，然後轉身奔向來處。

「我不喜歡狗。」米娜說。

文森望著狗兒緊咬獵物狂奔的背影。

「接子彈。」他說。

「什麼？」

「臉部中彈的女孩。接子彈是經典魔術之一，和劍箱一樣。不過接子彈比較接近把戲而非錯覺。這個表演歷史悠久，甚至可能追溯至十六世紀末。最早的文字記載出現在湯瑪斯・貝爾德牧師出版於一六三一年的著作裡。請觀眾在子彈上做記號，子彈隨而裝到手槍裡，朝魔術師本人或助理開槍。他們通常會假裝受驚嚇，然後咧嘴露出被他們咬在齒間的子彈。早一點的版本則是在他們掌心裡。」

「這是什麼魔術？聽起來可怕極了。」

「因為所有人都知道用牙齒接住子彈是不可能的事，此外也沒有任何精神正常的人會朝表演者的臉部開槍。所以問題就在於：如果我們知道這不是真的，那又是怎麼辦到的？答案是這就是魔術。不過現今這項表演難免失之政治不正確。此外安全也非完全無虞——有記載的死亡案例至少有十二起。最早一起正是最早表演接子彈的魔術師 Coullew of Lorraine。他死於一六一三年。開槍的觀眾不知為何和他發生爭執，失手打死他。諷刺的是，打死他的正是那把先前用來表演的手槍。」

米娜對著一小陣飛雪踢了一腳。

「所有魔術都是基於假裝殺死人嗎？」她問。

「不至於全部，但很多。」

他清清喉嚨。

「經典舞臺魔術幾乎全都有關殺害或重傷女人。比如說把她鋸半、移動身體部位、利劍穿身等等——最後才揭露她其實完好無缺。這些表演幾乎都用上女人並非巧合；顯然女人體型比男人小且更敏捷，因此更適合裝箱。至少我是這麼聽說的。」

「現實中的被害人也經常是女人。」米娜神情嚴肅地咕噥道。

她蹲下，用戴著手套的手捧起一把濕雪，開始捏成球狀。

「我認為這主要源自神祕主義，」文森說，再次停下腳步。「女人能給予生命。這意味著故事中的被害人若是女人則更添其悲劇性。這純粹是就象徵而言：被殺害的不只是她，而是她所代表的人類之延續。我相信我們在潛意識裡都認可這點。而男人……男人的可取代性就高多了。至於現實中的被害者，唔……面對你不能擁有的東西的方式之一，就是毀掉它。」

「不過在我看來，假裝殺人何來魔術可言，」她說。「姑且不談沙文主義。如果我拿劍刺穿某人，隨而揭露這位『被害人』其實毫髮無傷，那麼我的所為只是證明劍是假的。誰會覺得這有什麼厲害之處？」

她站起來，手裡拿著一顆完美成形的雪球。她要做當然會做到最好。

「妳的說法再次遺漏了象徵的元素，」文森說，一眼盯著雪球、不動聲色往後退了幾步。「如果我把某人鋸成兩半，那我就是殺了這個人，對吧？而如果我接著又揭破此人安然無恙，這意味著我讓她從死中復活了。這就是這個經典表演的神奇魔幻之處，不管今日看來有多傻氣可笑。掌控生死的能力。配合女性助理，那就成了掌控神聖的能力。」

他悄悄看了一下時間。米娜的午餐時間早就結束了。他希望她沒有發現。他們繼續往前走，不久便來到水岸的矮叢前。通常綁在碼頭前的小船因為季節未到而尚不見蹤影，只有水面被太陽映照得兀自閃爍金光。文森用手輕撫過矮叢的枝葉。他的手套沾了點點融雪。

「所以我們在尋找的是一個有上帝情節的凶手？」米娜說。「把魔術玩過了頭、終至殺人？這就是你對我們正在找的人的專業觀點？一個渴求權力、妄想扮演上帝的人？」

「一點也不是。你們發現的兩名被害人並非死於玩過頭的魔術。最後的重頭戲——復活——被刻意遺漏了。我相信我們在找的是一個完全瘋狂的人物。在此同時卻又未必。」

米娜皺眉，望向他。

「我之前稍微提過這點。此人的性格一方面讓他有足夠理性製作劍箱、計畫綁架、乃至留下加密訊息，」他說，「另一方面卻又錯亂得足以做出衝動的暴力犯行。兩起凶案的執行都非完全冷靜精準。準備工作或許是，但行凶手法則否。」

「但劍箱案的執行應該需要相當的精準度吧？」

「是的，絕對需要。但整體手法給人的印象卻是周密而不熟練。我並且感受到強烈的情緒因素牽涉其中，此外——抱歉，我忍不住了，這雪球是要做什麼用的？」

「萬一狗又回來。」她說，掂掂手中雪球的重量。

文森試著不為所動。然而米娜的話喚起了不願想起的記憶。關於魔術與死亡。汗濕的手掌。他悄悄舉起手，把手套貼在臉頰上，讓剛剛在樹叢沾到的冰冷水珠刺激皮膚、幫助集中精神。

「我們現在能做的就是盡全力避免接下來的二至三樁命案發生，」他說。「不管妳的同事們對我有什麼看法。我不喜歡讓凶手藉由倒數來預告我們他即將會再出手。如果倒數的看法為真。但我們掌握的線索太少了。我感覺妳已經引導我開始全力投入這個案。由已知的兩個案子相隔僅僅一個月看來，我想我們時間不多了。而且……」

他一時猶疑。

「我想看看劍箱發現的地點。」他說。

「鑑識組已經完成採證，現場也已經解除封鎖。應該不會有任何遺留的跡證。」

「我還是想看看。我不曾做過此類的分析側寫，但我相信追循凶手足跡的概念。親自感受他犯案的方式與原因，以及地點。妳去過現場嗎？」

「沒有。屍體發現後第一個接到電話的人是彼德。我想我可以拜託他帶我們過去。應該沒有問題。他有點像隻拉布拉多犬——喜歡每個人。讀心師也不例外。」

「謝了。」他說。

穿著鋪棉外套的女人突然又回來了。她站在米娜背後不遠處，距離卻依然讓他看不清對方的臉。她這回對他揮手了。他假裝沒看到。或許失禮，但他想專注在米娜身上。

「我已經引導你全心投入了，你剛這麼說？」她微笑，然後火速出手把雪球擲向他。「很好。」

雪球擊中他的手臂，發出水聲掉落地面。

「我也覺得很好，」他說。「嗯，我的意思是……調查工作……」

他看著她的眼睛，忘記自己接下來想說什麼。他對米娜的私生活一無所知。他只見過她幾次面。然而她的存在卻已經感覺如此自然。如此單純。即便不在一起的時候，這感覺也依然在，在背景裡，以如同他吸進的氧氣或是流過他全身的血液般無需思考、直截了當的方式存在著。他對初識的人通常不會有這種感覺。事實上，讓人進入他生活的過程通常得耗費數年——她似乎也是同一種人。但米娜真的不一樣。他和她相處已然如此自在。

米娜是……

流經他全身的血液。

他怎麼會沒想到呢？這正是他和真正的警探之間的差別。

「對了，那個被以自殺結案的女孩……」

「昂妮絲．瑟西。」

「是的，昂妮絲。她體內有沒有驗出任何化學物質？」

米娜盯視著他。

「昂妮絲的驗屍報告裡一直有某一點困擾著我。我終於知道是什麼了。」她說。

二十二

今天天氣很好。出了太陽，雪開始融化。他喜歡好天氣。他其實也喜歡雨天。還有下過雨後空氣的乾淨味道。像媽和爸洗過的床單。他喜歡剛洗過的床單。他喜歡媽和爸。他喜歡喜歡，因為當你喜歡一個東西的時候，肚子裡就會有一種開心的感覺。他喜歡這種感覺。

他有時候會肚子痛。他不喜歡那樣。他不常痛，但是痛起來就非常非常痛。媽和爸說那是因為他嚼了不對的東西。他從經驗知道他們是對的，但他就是喜歡嚼東西。用嘴巴感覺新的觸感和味道，用舌頭感覺它們，讓它們在嘴裡滾來滾去——那些他沒嚐過的新東西。他就是忍不住。他喜歡嚼東西的程度幾乎和他喜歡彈弓一樣。不過只是幾乎。

「嗨，比利！」他開心喊道。

他彎下腰去，迎接他每天出門幾乎都會遇到的那隻小可卡犬。狗兒興奮地撲上來想要舔他的臉。他可以讓它舔。牠太可愛了。

騷過比利的耳朵後面後，他謝謝牠的主人——他每天都會謝謝他——然後繼續往森林邊緣走去。說謝謝是很重要的事。媽常常提醒他，但這是好事，因為他常常忘記。

走到森林邊緣後，他把手伸到一個大樹椿後面。他的塑膠瓶還在。有時候會不在，那就表示有人把它們偷走了。他不喜歡有人偷走他的塑膠瓶，但他也不可以把瓶子帶回他房間裡，所以還是只能藏在這裡。

他小心而熟練地把塑膠瓶在樹椿上排成一排。三個一排。間隔距離完全一樣。然後他開始往後退，找到先前標好的點。五十步。這裡有些泥巴，還好他穿了雨靴。每次練習都是一樣的地方和一樣的距離，這點很重要。不然要怎麼知道自己有沒有進步？

他用來當做子彈的石子都是精心挑選過的。他可以連著幾小時趴在家門外的碎石步道上搜尋適合的石頭。他也會把石子放進嘴裡。他喜歡含著石子，感覺粗粗的表面摩擦他的舌頭。他手上的石子是他有過最棒的一批。他的最愛。他掂掂它們的重量，然後拿起一顆裡頭有閃亮碎片的石子。

他從背後褲袋裡掏出彈弓。彈弓已經用舊了，木頭磨損，但他就是喜歡這樣。彈弓形狀完全順著他的手。彷彿手一碰到彈弓，彈弓和他就變成為一體。他小心地把石子按到彈弓上，然後閉上一隻眼睛，瞄準……發射。石子正中塑膠瓶，瓶子順勢俐落地倒下。

「哇噻！太棒了！」

他嚇了一跳。他沒看到有人過來。但他很高興有觀眾。有人在看讓他練習起來特別帶勁。

「讓你看更厲害的！」他說，開心地把下一顆石子架上彈弓。「我這次要瞄準蓋子！」

他再次閉上一隻眼睛然後瞄準。發射。石子射中亮綠色的瓶蓋，直直往後倒。

「哇！你真的很厲害！」

他受到掌聲鼓勵。他喜歡有人鼓掌。這讓他全身感覺刺刺癢癢的。他拿出第三顆石子。他很快瞄準發射。他想要盡量享受有觀眾的時候——他很快就又得一個人練習了。人們總是來來去去。第三個瓶子和前兩個一樣乾淨俐落地倒下了。

「哇！你值得得到獎品！你一定是世界冠軍！跟我來，我的車就停在那邊。我車上有獎品給你！」

他全身開心得暖了起來。他喜歡獎品。但他一輩子從沒贏過任何獎品。他很想要，但是沒人會把獎品送給像他這種人。

他開開心心地跟在後面。車子很大。很好，這表示獎品可能也很大。跟蒂沃尼樂園裡那些他永遠贏不到的超大絨毛玩偶一樣大。要是有那麼大就太好了！

「進去，就在後面。獎品就在那裡。你看到就知道了。」

他的心砰砰跳得好快。他爬進車子裡。終於要有獎品了。

二十三

米爾妲．約特感覺胸口湧起一陣焦慮。她好幾次拿起電話想打，最後還是坐在桌前，手裡握著電話。她已經在這一行二十五年了，也有相當自信這些年來在崗位上犯的錯誤少之又少。她性格周詳，工作態度嚴謹認真。她感覺自己有責任為死者及家屬找出他們想要知道的答案。她也有責任為警方與司法系統提供定罪工具，好讓該為躺在她面前死者負責的人受到應有的懲罰。

但近來情況有些不穩。與工作無關，是家裡發生了一些事。她沒想過自己會讓工作受到影響，然而此刻證據就在眼前。她終於還是讓家裡的混亂滲入她的職業生涯了。她犯了一個錯。一個大錯。

米爾妲伸手拿來桌上的裝幀照片。這是她辦公室裡少數幾樣私人物品。她篤信整齊與秩序。在家裡，她奉行收納大師近藤麻理惠的方法，把所有不需要或無法讓她產生「怦然心動感」的物品全都處理掉。離婚後，有超過十五年的時間她幾乎算是一個人獨力照顧孩子，她前夫因此對她訂下的嚴格家規沒有置喙餘地。

照片是幾年前在弗肯貝里海灘拍的。薇拉和孔拉德開心地曬黑了皮膚，頭髮有些太長，全身長滿每年夏天都要冒出來的雀斑。孩子們還小的時候，她會為雀斑取名字。每天都有新雀斑要取新名字。孩子們愛死了。

顯然，做為他們的主要照顧者同時還奉獻那麼多心力與熱情在工作上，並不是件容易的事。他們的父親以他自己的標準來說已經盡力了，但她還寧可他不要來亂。孔拉德的情結源自何處其實很清楚。她決心盡一切努力不讓他步上他父親後塵——她前夫自從在大加納利島[13]海灘某不知名瑞典酒吧當起招待員後就不曾工作過一天。

她終究設法撐過來了。至少她是這麼以為的。她和孩子都算過得不錯。至少該有的都不缺。後見之明：她當初做得或許還不夠好。或者一切只是機率。基因樂透。這並不容易，也耗費她許多時間與心力。她曾經一連幾晚徹夜未眠，外出尋找孔拉德。她不得不背負這連著幾夜的憂慮與缺乏睡眠去上班，結果便是她失去了向來引以自豪的專業敏銳度。

她責無旁貸。錯誤是她犯下的。

她一個人。

她再次拿起電話正要撥號，卻讓敲門聲打斷了。她清清喉嚨。

「請進。」

門開了。是米娜。她手裡拿著兩名被害人的資料夾——米爾妲對這兩份報告翻爛了的封面再熟悉不過，一眼就認出來。

她點點頭，放下手中的電話。她至少不必打電話了。

13 Gran Canaria：加納利群島其中一島，隸屬西班牙，位於摩洛哥以西約百公里遠的大西洋上。

二十四

彼德回想剛剛那段對話。米娜請他「幫她一個大忙」、帶文森．瓦爾德一起去看發現劍箱的現場。一般情況下他應該會有所遲疑；他很意外文森竟然還在。但米娜很上道。他喜歡她。更重要的是，她的要求意味著今天有藉口可以在外逗留更久。這對他必須獨自照顧三胞胎的妻子來說可謂背叛，但他那被寶寶攪亂的大腦正開心得踮腳尖轉圈圈。

「我去上班了，」他說，在妻子臉頰上輕啄一下。「有事打電話給我。」

她看來跟他感覺到的疲倦程度差不多。三胞胎出生後他倆都不曾一次睡超過一小時。寶寶們是耶誕夜前夕出生的。眼前的混亂讓他根本不敢想像未來的耶誕節。茉莉在安涅忒懷中抽噎起來，安涅忒發現前他就看到是奶瓶的奶嘴從她嘴裡滑出來了。他小心翼翼把奶嘴塞回去，女兒立刻飢餓地開始吸奶。

「另外兩個終於都睡了。希望至少能睡上一會兒。」

他愛憐地看著躺在地板上的嬰兒車提籃裡的美雅與梅肯。

「難怪現在會睡著，都鬧了一整夜了。」安涅忒惱惱說道。

彼德輕撫她的臉頰。

「嘿，我們是一起的。我們會撐過去的。時間咻一下過去，到時我們就可以笑著回想這段日子了。」

「咻一下。抱歉，不好笑。我笑不出來。」

「咬牙撐個幾小時，我一下班就回來跟妳換班。妳媽下星期就到了，多一雙手幫忙情況就會好多了。」

「我從沒想到我會這麼期待我媽來。我這輩子還沒這麼期待過任何東西。」

「等我們有一天不這麼累了，就會明白自己有多幸運。說到這裡，我真的得走了。有什麼事就打電話給我。」

彼德沒等妻子回答就快步出門去開車。為免開車時睡著，他打開剛從冰箱帶出來的一罐Nocco。Nocco目前最大的個人顧客應該就是他。他全靠提神飲料維持清醒，哪怕每回效用並不長。他只希望他們能在罐子裡塞進更多咖啡因；一百八十毫克對三胞胎家長來說只是杯水車薪。

新聞廣播呼籲協尋一個名叫羅倍的男孩。這個失蹤案是由他之前在刑事偵查大隊的同事負責的。案子顯然遭遇瓶頸。也許根本不是刑事案件，彼德告訴自己。運氣好的話，小羅倍只是在森林或鎮上逛得忘情迷了路。加入尤莉亞的特別小組之前，他曾經花了幾天時間在鄉間地毯式搜尋一名五歲男孩，結果男孩竟然是自己搭火車跑去哥本哈根找祖母。一路上不但沒人攔下他，從車站到祖母家的最後一程還是丹麥警方護送他過去的。老祖母看到小孫子出現在家門口，趕緊聯絡瑞典警方。希望小羅倍的案子也會有皆大歡喜的結果。但在此同時，他也把車上廣播轉到專門放輕鬆音樂的Lugna Favoriter電臺。當了爸爸之後，他愈來愈不能聽到關於孩子的社會新聞。

他把車子停妥在蒂沃尼樂園對面的停車場時，米娜和文森已經站在那裡等了。雖然不願，但他還是對文森．瓦爾德起了好奇。他和安涅忒三年前看過一場這位讀心術大師的表演，留下深刻印象，卻也苦思不解。他至今還是想不通他是怎麼做到那些事的。

風吹得文森的黑大衣鼓鼓翻飛。文森總讓他不由自主想起兩個字：經典。充滿格調的經典風格，活脫自黑白電影中走出來的人物。在總部見到他那回就有這種感覺。他倒不介意自己看起來像那樣。儘管做夢吧，家裡還有三個哭嚎奶娃在等他。

二十五

彼德停好車，匆匆朝他們走來。文森看到一陣強風襲上他的臉時，他不住瑟縮發抖。

「嗨，文森。」他說，朝他伸出一隻手。

文森握手時稍稍停駐片刻。彼德握手的力道出乎意料地有力，儘管他看來如此疲累。

「你看起來像是被壓路機碾過。」米娜說，而彼德自己也點頭表示同意。

「他們三個昨晚輪流醒來。」他說。

文森忍不住瞪大眼睛。老天。他的三個孩子也不好搞，但老大和老三至少還相差了十歲。一口氣三個他完全無法想像。他懷疑自己連站直都有問題。

「你竟然還能出現在這裡，」他說。「睡眠是非常有趣的議題。比如說，你知道研究人員發現使我們入睡的機制是非常新近的事嗎？」

「不……我不知道。」

彼德開始走向蒂沃尼樂園的入口，米娜與文森緊緊跟上。

「兩組研究人員找到了他們稱之為『睡眠按鈕』的東西，」文森繼續說。「他們稱之為Nemuri，也就是日文的睡眠一詞。」

「嗯，我——」

「他們研究一萬兩千隻果蠅，觀察記錄牠們的睡眠型態，找到了掌控這個睡眠按鈕的基因。」

「果蠅是嗎……」彼德喃喃咕噥，指向入口。

他似乎對這話題沒興趣，文森不解。睡眠應該是彼德此刻最關心的主題。疲累無疑導致他無法處理資訊。

「文森，」米娜從她後方低聲喊道。「別再說了。」

他點點頭，沒再說下去。

季節性關園中的樂園散發出遭到遺棄的詭異氣氛。沒有自由落體傳來的尖叫聲。沒有主舞臺的樂聲。沒有各種遊樂設施的吱嘎聲或是成千上萬名遊客的喧鬧笑聲。

「箱子就在這裡。」

彼德指向大門前的一點。他甚至把現場鑑識小組拍的照片也帶來了。他把照片遞給文森。文森靜靜檢視。

「你們……鑑識小組在現場有沒有找到任何線索？」他問。「和命案有關的線索？」

「截至目前為止還沒有，」彼德說，揉揉進沙的眼睛。「他們帶回超多現場採證，還需要時間處理。不過在這樣的地點，要判斷哪些跡證與命案有關、而哪些又是原先就在現場的，實在有相當難度。」

「當然，」文森沉思道，眼睛盯著地面緩步繞圈。「你知道長期睡眠品質不良會導致嚴重後果。某些疾病罹患率提高、記憶衰退、免疫力也會下降。」

「是的，」彼德輕咳道。「我……」

「另外也會導致罹患風險提高的還有阿茲海默症、酗酒、肥胖症。缺乏足夠睡眠大大加重大腦負擔——睡眠幫助我們忘記不需要的記憶。」

「是的，我很清楚自己並非處在最佳狀態，」彼德說。「但我想不只是我。」

他最後默默加上一句並瞥了米娜一眼。但文森聽到了。他只是想分享一些有用資訊。他始終學不會拿捏「正確的」份量。這回他恐怕又錯估，多講了幾件事。

他蹲下去細看箱子先前所在的地面。一小塊遺留的警方封鎖膠帶被風吹得啪啪作響，彷彿想要自己飛走。米娜站在他旁邊，雙手抱胸看著他，牙齒微微打顫。她的臉色在寒風中顯得蒼白，只有嘴唇還是紅的。他知道她沒有化妝，但感覺上非常紅豔。並不是說他知道她的嘴唇的感覺……他清清喉嚨，專注眼前。

「在古早時代，人們通常是坐著睡而非躺著睡。」他蹲著說道。

他用戴著手套的手撫過地上的鵝卵石。箱子被發現的時候地面還有殘雪。任何沒有被鑑識組視為可能跡證帶回的，大概也已經隨冬季一起消失了。現場能提供的比他希望的還少。他必須倚賴大腦的潛意識撿拾起他不曾意識到的部分。

「所以你在博物館裡看到的床都非常短。十七世紀的醫生認為躺睡有礙健康——他們宣稱胃裡的食物會經由氣管抵達腦部。老天，今天風真大。」

他起身，膝蓋大聲吱嘎作響。

「但你正在經歷的是某種極端版本的雙相睡眠。也就是分段的睡眠方式。從前曾風行過的睡眠方式是晚上八點睡到午夜，清醒兩小時後再繼續回去睡。」

他意有所指地看著彼德——他整個人卻像一個具體化的問號。

「睡太少會讓你發瘋加變肥。」米娜翻譯道。

「噢。謝謝你告訴我。我會轉告我太太。」彼德笑道。

「你們知道箱子被放在這裡多久後才被發現嗎？」文森說，再次看著地上。

「我們判斷應該是夜裡被搬來這裡，然後一早就被發現了。這裡是從索德馬爾姆渡輪下來的通勤族必經之地。」

「所以凶手是故意的，」他說。「要她很快就被發現。我假設這裡應該不是第一現場吧？」

「沒錯——如果是應該會找到更多血跡，」彼德說。「法醫確定箱子是在被害人死後才移來這裡的。」

凶手選擇的棄屍地點和劍箱本身一樣可觀。一個人來人往的開放空間。凶手想要箱子被看到，想要屍體馬上被發現。問題是：為什麼？

「凶手每一步都經過縝密計算，」文森說，轉身面對米娜。「絕對不碰運氣。然而他卻寧可冒險把箱子運來這裡。我們必須找出背後的原因。」

他感覺這初春的料峭寒風彷彿會鑽骨。米娜看起來甚至更冷。他很樂意把自己的外套給她，但他知道除非整件外套打磨清潔並消毒殺菌過，她是不會接受的。最好還是帶她回到溫暖的室內。現場看完了。

「我想看的都看到了，」他說。「謝謝你，彼德。」

彼德彷彿突然遭受到倦意襲擊，整個人搖搖晃晃。

「回家前先在車裡睡一覺吧，」文森說，一手放在彼德肩膀上。「你不想出意外。疲倦可能會降低你的認知能力與反應達八成之多。」

彼德搖搖頭。「我得回家……」

「就睡個一小時。家裡孩子還在等你。他們可不想失去父親。因駕駛人打瞌睡引起的交通事故據統計達——」

彼德舉起一隻手阻止他再說下去。

「你說服我了。就睡一小時。謝啦。」

「不，是我要謝謝你。」文森朗聲說道。

「不要跟我太太說就好。」

彼德低頭逆風、腳步有些不穩地走向停車處。

二十六

米娜與文森一起走向她的車。她按下遙控器，但就在車子隨著一記尖銳嗶聲解鎖的同時，她突然有個想法，轉頭面對文森。

「你急著走嗎？」她說。「有時間喝杯咖啡嗎？」

她屏息。也許這是個愚蠢的提議。但她就是還不想分開。她以為自己看到文森眼中閃過開心的光，但也可能只是晨光照射在閃亮表面的反射。他的髮色在陽光下愈發顯淡，幾乎發白，她不禁暗忖他是否染過、抑或只是天生。但無論如何她都喜歡。

「當然。我想哈索貝肯[14]應該開著。」

他朝座落在停車場上方稍遠山坡上的華麗建築點點頭。米娜點頭，隨著又一記尖銳嗶聲鎖上車門，把車鑰匙收進外套口袋裡。

「妳從來不帶包包的嗎？」文森問。

「這樣很怪嗎？」她說，卻同時理解這對一個女人來說或許並不尋常。

他們開始朝飯店走去。

「我覺得手提包很不衛生。」她說道，聳聳肩。「所有東西都往裡頭放，在裡頭積年累月滋生細菌。」

「口袋不也一樣嗎？」文森說。

米娜渾身一顫。

「別說了。」她說，很快把手從口袋裡抽出來。「不要再給我新主意了。我已經想太多了。」

他笑開。

她喜歡自己可以這麼輕鬆提及那些控制她生活的事。彷彿他懂。當然，她不可能真的談起這個話題，只能當做玩笑輕描淡寫，藉以暗示情況並沒那麼糟。彷彿她只是有點古怪，一切都還在她控制之中。然而她卻能對他說得更接近真實一些。

文森說得沒錯。飯店開著。他們在大廳角落找了張桌子坐下、點了咖啡。咖啡上桌時，米娜發現文森密切觀察她、注意到她動作輕巧熟練地拿起餐巾快速擦拭過杯緣。警局的同事花了更久的時間才發現這點，但她在文森面前無所遁形。她武裝自己準備面對通常隨之而來的揶揄。

文森拿起餐巾以相同手法擦拭自己面前的杯子。

「你永遠不知道東西上桌前經歷過什麼。」他帶著歉意說道，朝熱咖啡吹了幾口氣。

她搜尋他的眼底，想要找到他以為她瘋了的跡證，卻一無所獲。他看著她，眼神一派單純清澈。

她啜了幾口咖啡，剛剛暴露在春寒中的身子即刻暖了起來。文森讓她感覺自己有所屬。或者，如果她確實是個怪咖，那麼他也和她一樣是個怪咖。這感覺如此……不尋常。好的那種不尋常。

「來到現場有什麼心得嗎？」她問。

「有也沒有。就像妳說的，這裡人來人往，不可能留下什麼有效證據。但是的，到此一訪讓我對我們面對的是什麼樣的凶手有了進一步體會。主要有兩點：凶手極為大膽，選擇如此開放的地點

---

14 Hasselbacken：位於于高登島的老牌豪華飯店。

棄屍。再者，現場附近竟無人發現異狀，凶手顯然是那種輕易融入人群的人。」

「嗯。」米娜若有所思。

「妳對蒂沃尼樂園的歷史有多少了解？」文森說，啜飲咖啡。

「一無所知。」她說，對朝他們走來的女服務員搖搖頭。

「蒂沃尼是瑞典歷史最悠久的主題樂園，」文森說。「開幕於一八八三年。它在一九二四年首次面對競爭——一個名為諾耶特的巡迴市集在對街落戶開張了。」

「我確實記得聽過這件事。似乎還是個愛情故事？」

「是的。經營諾耶特的家族的兒子愛上了蒂沃尼樂園家族的女兒。他倆後來結了婚，一起經營諾耶特，後來蒂沃尼樂園也交到他們手中。蒂沃尼樂園直到二〇〇一年之前都還是由他們女兒娜迪亞掌管的。」

「真浪漫。」米娜說，卻連自己都聽得出口氣的虛假。

她無意聽來如此憤世嫉俗，但浪漫確實不是她的菜。浪漫打亂秩序，並且遲早製造混亂。

「最讓我覺得有興趣的是一九二〇年代的異人展示。」文森說，望向窗外遠方主題樂園的剪影。

「異人展示？你是說怪胎秀？」

她皺眉，把人當做物品展示收費、只因其有異於常人。這念頭令她憤怒。他們會怎麼說她？米娜——無菌女人！看她是怎麼洗手的！來聞聞她隨身攜帶的乾洗手的味道！

「當時人們可以在蒂沃尼樂園看到非洲部落，」文森說，轉頭面對她。「迷你村裡還有一群德國侏儒。對了，甚至還有脫衣舞表演。」

「真是適合闔家光臨！」她厲聲道。

他瞇眼看著她。

「人們視不熟悉的事物為奇怪，」他說，小心翼翼地把咖啡杯放回桌上。「人們認為他人也應該遵守和自己一樣的常規，任何溢出常軌的事件都會引發他們焦慮。鶴立雞群引人讚美卻也可能招致批評。有時甚至兩者同時。人們也是付錢來看我，妳知道的。妳該不會以為我算是一般正常人吧？那種妳會邀請一起和朋友去喝一杯的人？我們與眾不同，米娜，我們也為此付出了代價。但永遠記得一件事：人們對妳的生活有任何置喙的權力都是妳給的；妳不在乎，他們就沒轍。想看就讓他們看。如果他們願意付錢看，那何樂不為？想說也讓他們去說。一切都和妳無關。」

她望向山坡底下的主題樂園以避開他注視的目光。她眨眨眼。他讓事情聽起來如此容易。但其實很難。她考慮告訴他ＡＡ的事，但他倆畢竟沒那麼熟。他們永遠不會那麼熟。

「像我們這樣的天才總是遭到誤解。」文森補道，露出揶揄的微笑。

「謝謝你這麼謙虛，」她說，報之以微笑。「對了，這個天才今天稍早去找米爾姐．約特談過。」

「米爾姐？」文森不解道。

「法醫。為昂妮絲．瑟西驗屍的人。當初為昂妮絲身上刀痕聯絡我的人也是她。你記得你問過我死者體內有無藥物反應的事嗎？」

「我聽得出接下來有一個『但是』，」文森說，身子前傾。

「她忘記了一件事，」她說，也傾身向前。「她驗屍時忘記做毒物檢測了。沒有採樣，也沒有要求送檢。雖然這其實是標準程序。」

「天啊。」文森說。

米娜點點頭。米爾妲的絕望全寫在臉上。她將面對調查，很可能也會有懲處。

「人為因素，」米娜說。「她這段日子不好過。」

文森輪指輕敲桌面。同樣的旋律，一遍又一遍。米娜注意到他的腳也開始配合手指移動。她強迫自己不要動，靜待他消化這些訊息。

「所以接下來呢？」他緩緩說道，停下手指動作。

「米爾妲聯絡了檢察官，我也告知尤莉亞。我們會要求盡快開棺驗屍，以這情況來說我相信許可馬上就會下來。運氣好的話就是今天。屍體腐化速度很快，採樣耽擱愈久，證據佚失的風險就愈大。我們眼前能做的就是專注在執行面上。挖土機、工人、神職人員、鑑識組。問題在於要湊齊所有人恐怕得等上幾星期。」

文森站起來，拿出手機。

「我想我幫得上其中兩項，」他說。「妳如果可以聯絡墓園所屬教堂和鑑識人員的話，器材和工人方面我可以處理。」

「事情不是這樣辦的。請廠商開價等等都有程序得走，都需要時間。」

「對妳來說是這樣。但我不是警方人員。假裝妳不知道我要打電話給誰。妳不是還有申請許可之類的事得忙？」

大廳裡其他桌子此時都坐滿了人，他於是朝接待區走去、方便講電話。

「我絕對猜不到你的人脈網絡中竟然包括挖土機工人。」她朝他的背影饒富興味地喊道。

「關於我的事妳不知道的還多著呢。」他半轉身喊道。

確實。文森還是一個未解的謎。一份還沒打開的禮物。她隨即打住、阻止自己再想下去。但他讓她開心。已經很久很久沒有任何人事物讓她有這種感覺了。她轉轉脖子和肩膀，發現自己竟然是放鬆的。她經常全身緊繃，一天下來終於導致偏頭痛。此刻的放鬆是長久以來的第一次。她發出滿足的喟嘆，又啜飲幾口咖啡等待文森歸來。

女服務生拿著咖啡壺過來詢問要不要續杯時，她說要。她用一張新紙巾擦拭過杯緣，再舉杯就口。這回毫不掩藏。她聽到接待櫃檯那邊傳來文森的話聲，但聽不清內容。她微笑，說服自己體內感受到的那股暖意來自咖啡。

二十七

他們站在警局門外躊躇再三。古納溫柔地扶著瑪塔的手臂。透過她身上那件厚暖得不合時節的棕色大衣，他感覺得到她在發抖。春天的天氣不容輕忽，但他倆都無心留意自己穿上了什麼。他們滿心只有那磨人的焦慮和覺得事情不對勁的預感。

「進去吧，都來了。」他柔聲說道。

瑪塔還在猶豫，但他輕拉她走進大門。他知道她是怎麼想的。六十年的婚姻生活讓他能看穿她最內心的想法。他知道她正努力抗拒把頭埋在沙子裡的本能——只要他們不知道發生了什麼，那就什麼也沒發生。但古納心裡明白。他們一直守著電話，也到處打電話，搜索記憶深處她提過的任何名字、任何他們不認識的朋友。那些當初以為不重要、如今卻希望自己曾記住的蛛絲馬跡。圈子內的人。沒人知道任何事。就彷彿地面突然裂開一縫吞噬了她。離復活節只剩幾天了——他們向來都會一起慶祝這個節日。

古納當了四十年的牧師，但到了這個年紀他早已不再跟上帝說話了。並非他不信了；他的信仰甚至比他還是個滿腔熱血的年輕牧師時更加堅定。不，這是因為他早已視上帝為理所當然，認定上帝隨時都在他身邊、看守他走的每一步路，而古納甚至什麼都不必做。也許正是他的傲慢自大如今受到懲罰。他早亂了方寸，唯一知道的是自從發現船到港而她並不在船上那一刻起，他就不曾停止禱告。但早在那時他就知道他們已經失去她了。

「不好意思。」他說，怯怯地靠近櫃檯窗口。

玻璃後方坐著一個眼神和善的年輕女子。換作平常，她的微笑足以溫暖他的心——他人的快樂總能滋養他，而他也極盡所能的散播希望與喜樂，不管是在工作上或私人生活中。但今天他的胸懷中沒有任何喜樂的空間。或是希望。他知道瑪塔還懷抱希望，他但願她是對的，而他是錯的。但每當他哭喊絕望、祈禱上帝幫助時，卻只得到沉默以對。畢生第一次，上帝不曾回應他的禱告。他不再感受得到上帝的存在，無論他如何禱告再禱告。他只感覺空虛。

「我們要報失蹤，」他說，把瑪塔拉近了好讓櫃檯員也能看到她。

「請問您和失蹤人的關係是？」年輕女子說，溫暖的同情取代了親切友善。

她應該很習慣面對這樣的案子了，古納心想。在這工作崗位上，她每天要看過、聽過多少悲愁苦難？即便如此，她恐怕還是想像不到他們身處在什麼樣的絕望深淵裡。要是她不拿他們當一回事怎麼辦？瑪塔手伸進她的手提袋裡，拿出一張照片，一言不發地從窗口下方的開口遞進去。照片是他們一起挑的。古納在他們位於烏普蘭瓦斯比的排屋附近公園拍的。她手裡抱著小男孩，坐在一隻下面有大型彈簧的木頭搖搖馬上。她那天很開心。

她的眼睛閃閃發亮。因為陽光，也來自內發——他總是說那是上帝的靈光。她並不信神。至少不是以他和瑪塔的方式信神。也許更像是童稚的信仰被年歲稀釋到只剩下耶誕彌撒和一起慶祝的復活節。但她還是從小就喜歡聽他這麼說。說她體內充滿上帝的靈光。他希望窗口後面的年輕女子也能看出來。希望她看出一個散發那樣靈光的女子不可能自願失蹤。一個懷抱那樣男孩的女子不可能自願失蹤。

「照片裡是我們的孫女和曾孫。她原本計畫搭船出海幾星期，我們等不到她回來才發現她根本沒上船。這表示她已經失蹤一個月了。林奈斯，也就是她的兒子，這幾個星期都是由我們照顧。但他需要他的母親。」

「沒有跡象顯示她可能是故意斷了聯繫的嗎？」女子問道。

此刻她眉頭深鎖，眼裡有一抹他感覺可能是感同身受的柔軟神情。感謝上帝，她是認真看待他們的。

「我們必須和人談，跟警方談。」瑪塔口氣羸弱，身子搖晃。

古納本能地伸出手臂及時扶住她。她的病況在過去二十四小時內惡化了。焦慮與多發性硬化症只會彼此激化。他撐著妻子，等待女子審視照片。

「我會請一位警官與您們談，」她告訴他。「請問您孫女的名字是？」

「圖娃，」古納說。「她的名字叫做圖娃。」

二十八

他們至少沒請來一個健美先生型的保鑣。他也只能接受了。一場表演成功的關鍵之一是觀眾必須非常放鬆。舒適自在心情好，從而不會抗拒暗示。舞臺旁站著一個雙手抱胸的龐然巨漢只會造成反效果。但翁貝托認為他們沒有選擇。

他跟保鑣打招呼。他的名字叫做烏拉。

「她通常在我下臺後過來，」文森說。「所以我並不確定事情是怎麼發生的。但顯然舞臺布幕一放下她就衝上臺，試圖從那裡跑進後臺找我。」

「她想要什麼？」烏拉問。

文森聳肩。他走上舞臺，檢查今晚演出的道具。

「我從來沒和她面對面過，」他說。「工作人員每回都在舞臺上就把她攔下。她不曾有過威脅的行為，但這並不代表什麼。她極度專心一志。我們上個星期加強保全，她卻還是設法突破重圍。我幾乎開始擔心她會破壞道具，甚至傷到自己。」

文森調整一落魔術方塊和幾疊上頭印有名人照片的紙牌。

「聽起來不妙。」保鑣說。

「所以我們才請你來。」

「但我不懂，」烏拉說，雙手抱胸。「我的意思是說，我很樂意在接下來的巡演中鎮守舞臺，在表演中與結束後阻止任何非工作人員跑上去。這是我的工作。但她如果真的這麼想見到你，為什麼不去守在劇院後門就好？你遲早得從那裡離開。」

文森希望烏拉不要雙手抱胸。那是保鑣的標準動作。此外，研究顯示人們雙手抱胸時接收外界訊息的能力會降低，比如說了解對方正在說的話。這個動作與思考有著強烈的連結，雙手抱胸大腦即刻自動進入內求系統。烏拉必須聽懂他的話。

「可以幫我拿一下嗎？」他說，遞給保鑣一疊名人卡。

就這樣解除了烏拉雙手抱胸的動作。

「我也這樣想過，」文森說。「她為什麼不直接去劇院後門等就好？我唯一想得到的理由是她衝上舞臺的行為並非事先計畫好的。即便她一再這麼做。她看完整場表演後——今晚可能是她看過的第十場——一股衝上舞臺的強烈情緒衝動隨即完全掌控了她。她情不自禁。全然一時興起。突然間，她堅信這次一定會成功。」

他嚴肅地看著烏拉。

「瘋狂的定義便是不斷重複同樣的動作卻期待不同的結果。除了她精神……有些狀況外，我想不到任何其他可能。此外，我還收到了這個。」

他從外套口袋裡掏出一個發皺的信封。

「一封信？」烏拉說，似乎很意外。「這時代還有人寄信？」

「通常是年紀大的人，」文森說。「但這回不是。」

他打開信的上半段讓烏拉自己讀。雖然內容情緒激昂，但寫字的手卻出奇平穩。信上的字跡幾乎稱得上冰冷。

我看到你上了史戴弗和耶妮的《晨間新聞秀》。你傳送給我的訊號如此清晰。我只希望我更早發現。你是對的——你我彼此相屬。

「哇噻。」保鑣說，大搖其頭。

「到此為止，這還只是一個把自己的需要投射在電視人物身上的人，」文森說。「這是一種相當有名的心理現象。這情況不算罕見：人們堅信電視人物——甚至是影集裡的角色——是自己現實生活裡的朋友。近年來串流平臺興起、人們可以一口氣看完整部影集，這個狀況因而愈來愈常見。大腦就是無法辨別真實與虛構間的關係。如果你剛好有點憂鬱傾向，像這樣的單向關係有可能會變得極具依賴性。甚至開始認定這是一段雙向的關係，就像寫這封信的人。」

「你認為信是那個女人寫的？」

「我不知道。有可能。如果只是這樣我並不會擔心。但這是我收到來自同一個人的第二封信。一封信可能是出自暫時的神智不清。兩封信感覺就像是計畫中的了。信你還沒讀完。後面那段才是讓我夜夜難以成眠的原因。」

他攤開信的下段。烏拉睜大眼睛。

但你後來就沒再上過《晨間新聞秀》了。拖這麼久，我很難相信你不是故意的。就在我明白我們彼此相屬的那一刻，你卻遺棄了我。我不會就此罷休。

「她沒有多加說明最後一句是什麼意思，」他說。「或者這個威脅有多認真。我知道我聽起來像個自以為是的自戀大師，而我確實不知道這到底有多危險。但這絕對不是一個我想面對面見到的人。我也不允許有人趁我不在時接近舞臺上的表演道具。」

烏拉把那疊紙牌還給他。

「不必擔心自己想太多，」他說。「怪人何其多。我擔任過Sannax樂團巡演的保全，什麼瘋狂粉絲沒見過。比起來你這個跟蹤者根本算是個小甜心。」

二十九

尤莉亞探頭進去魯本的辦公室。

「放下手頭的事來會議室集合。」她說，在他來得及回應前便消失了身影。

他看了眼螢幕上他正精心刻畫中的訊息。

蘇菲，昨晚很高興認識妳。我剛剛收到徵召，即將前往國外執行祕密任務。我希望等我返國後還有機會見到妳，他目前就寫到這裡。若即若離本來就是重點。得不到的就愈想要，這是不敗的法則。他只是得給簡訊想個性感一點的結尾。也許說自己未必能成功生還？

「魯本！」尤莉亞口氣嚴厲地從走廊喊道。

他嘆氣，按住刪除鍵刪掉整段簡訊。完全不回應也是非常有效的一招。

已經等在會議室裡的有米娜、克里斯特和尤莉亞。彼德大概躲在哪個角落打盹。尤莉亞的臉頰微紅，彷彿剛剛跑步回來。事實也是。但魯本還是忍不住幻想其他讓她臉頰染紅暈的理由。他看過她臉紅。當時她身上的衣物比眼前少多了，他則躺在她身下、雙手扶住她的臀部……他坐下，對尤莉亞拋出沾沾自喜的微笑。她完全忽視他。

他納悶到底是什麼事這麼緊急。畢竟他們一小時前才開過會，米娜知會眾人即將申請開棺重驗昂妮絲·瑟西屍體的訊息。

「我們已經證實了劍箱死者的身分，」尤莉亞站在桌首說道。「她的名字叫做圖娃·班松，二十五歲，住在哈格斯田。她最親近的家人是她的外公外婆和三歲的兒子林奈斯。圖娃的父母從很久以前就不存在她生活裡了，」她補充道，回答克里斯特疑問的表情。「圖娃的外公外婆剛剛來過，告知我們林奈斯的生父、也就是圖娃的前男友三年來都住在倫敦。當然，這點我們會再確認。我們還沒收到關於她朋友圈的資訊，但她生前在洪斯都爾一家叫做『咖啡好時光』的咖啡館打工。和她最熟的同事叫做東尼爾，姓氏待查。」

「我現在就過去，」米娜說，魯本甚至來不及開口。

尤莉亞面露疑色。她雙手撐在桌上，魯本忍不住注意到她上身前傾時臀部的漂亮曲線。他試圖想透過牛仔褲一瞥內褲痕卻不可得。說不定她今天穿了丁字褲。要說是特地穿給他看的，他也不會太意外。

「妳確定嗎？」尤莉亞問米娜。「妳有很多強項，但訪談新證人或許不是妳擅長的事吧？妳必須和不知道圖娃已經遇害的人談，而且也不能告訴他們事實。」

「我怎麼聽不懂妳這話什麼意思，尤莉亞？」魯本說，往後靠在椅背上、雙手枕在頭後。「米娜個性那麼溫暖友善又活潑。不過我是很樂意跑一趟啦。妳知道的，我有辦法讓任何人為我張開嘴巴。」

他意有所指地看著他的上司。

「魯本，你說服我了，」尤莉亞說。「就米娜去。」

米娜點點頭，起身走出會議室。

「你們兩個設法找出更多圖娃．班松的資料，」尤莉亞對克里斯特與魯本說道。「你們可以在警方資料庫裡找到她的社會安全號碼和其他資訊。」

魯本正要走，但尤莉亞按住他的手臂留下他。她等到克里斯特離開會議室才開口。

「魯本，」她低聲說道。「我知道你自詡是上帝送給女人的禮物，但再出現一次那種話，你就會知道『在家工作』一詞的新定義——假設你還有工作可做的話。你已經有過太多次機會。這個小組是你的最後一根稻草。我不認為瑞典警政總署還有任何你沒上過的平權課程。」

她放開他的手臂，走在他前面推門走出去。他望著她遠去的背影。他突然對她的屁股完全失去了興趣。好勇鬥狠的女人他媽的有夠不性感。

三十

洪斯都爾其實過韋斯特橋就到了，完全在警察總部的步行範圍內。但米娜還是選擇開車。她一下就看到右手邊的咖啡好時光。窗玻璃反光，看不清店內有什麼人。她繼續往前開，往葛瑪什廣場駛去，她和文森約好在那裡接他。會議一結束她就打電話給他，邀請他一起去見東尼爾。在這樣的訪談情境中安插一名觀察者是明智之舉，她需要人幫忙留意東尼爾的行為和反應。魯本不適合這個角色。何況，有文森在工作變得有趣多了。

她在葛瑪什廣場靠邊暫停，文森就在那裡，穿著他的黑外套和黑色高領衫。棕色皮鞋。她不住微笑。他看起來活脫是個讀心人。或是臥底警察——電視上那種，當然。只是她恐怕會建議轉臺。他看到她來了，露齒微笑。

「我們要去見的這個傢伙，」他一上車就問。「他算是嫌疑人嗎？」

「噢，哈囉，」她說，意有所指地看著他。「你好嗎？我開車你可以嗎？」

他先是不解，隨而皺眉。

「抱歉，」他說。「我當然也想知道妳好不好。只是妳在電話裡很激動，我也被感染了。不過……嗨，哈囉。哈囉，米娜。」

「哈囉，文森。」

她駛出廣場，掉頭往索德馬爾姆去。他挪動身子，椅面跟著窸窣作響。

「妳車裡……座墊上有一層塑膠嗎？」他問。

「這樣我在車子裡殺人的時候才不會留下血跡證據。猜猜你怎麼會坐在這裡？」

「抱歉，」他說。「所以說妳覺得我們可以從圖娃同事口中得到哪些訊息？」

「我不覺得我們能問出多少關於圖娃的事。事實是，當你詢問被害人身邊友人時，往往會對他們對被害人生活了解之少而大感意外。除了日常的親近外，他們甚至無法告訴我們被害人是什麼樣的人。他們的說法常常與我們在被害人家中的發現大相徑庭。」

「你們到被害人家中主要想找什麼？」文森問，隨米娜快速變換車道手緊抓座椅邊緣。

「嗯，如果冰箱裡面東西不多就表示他們多半外食。這同時製造了固定的模式與遇見陌生人的機會。比如說凶手。此外，從冰箱裡少了那些食材，我們也可以推斷他們習慣早餐還是晚餐外食。你必須學會認出重點。樂器或未完成的畫暗示著嗜好。圖娃和昂妮絲可能同是某同好會的會員、或是參加同一個課程，進而在那裡遇上了凶手。情趣玩具也是很好的指標。」

「情趣玩具？」文森詫異道。她聳聳肩。對於在被害人家中找到的物品她早已見怪不怪。探看床底或床頭板後方之前要先做好心理準備。最糟的一次是他們只找到一捲衛生紙，因為這只意味著有更多東西藏在你意想不到的地方，

「我們知道圖娃單身，」她說。「昂妮絲還待查。如果我們找到特殊主題的情趣玩具，那麼她們或許隸屬某個特殊性癖俱樂部，在那裡認識了彼此甚或凶手。」

文森點點頭，陷入沉思。

「福爾摩斯的偵探技巧或許遭到誇大，」他說。「但布倫斯維克在一九五六年提出一組模型，解釋我們選擇放置在家中的物品與他人看待我們的方式之間的連結。在那之後，包邁斯特與斯旺探討

了我們裝飾時與象徵符號之間的對話。至一九九七年，山姆．葛斯林則開始研究不同性格與個人臥房內物品之間的關聯。」

米娜很快瞥了他一眼。

「而我也由此建立對你年輕時沒什麼女人的解釋之連結。」她說，轉進林恩大道。她被擋在一輛掛著學習車牌、以三十公里時速龜行的富豪汽車後面。預料內的事。

「不管你們找到什麼，」文森說，「還有另一塊拼圖顯示她們的生活型態相當類似。兩起凶案發生時間都在下午，兩三點之間。我認為這意味著凶案發生地點性質也應該類似。圖娃與昂妮絲說不定就是在同一家餐館吃午餐。」

她點點頭。文森會是個不錯的警探，儘管穿得一身黑。

「我也想過這個可能，」她說。「彼德會比對理應可以在她們廚房裡找到的外帶菜單。運氣好的話，兩者說不定有所重疊。」

她從眼角瞥見文森從袋子裡抽出她先前瞞著同事交給他的資料夾。他開始閱讀米爾妲的驗屍報告。

「我實在想不通，」他思索道。「我正在準備的這份側寫。有太多矛盾之處。」

「你家人有什麼反應？」她問。「對你私下協助警方偵查的事？」

他合起資料夾，端詳她好一會。車子轉進洪爾斯街。總算擺脫那輛富豪汽車。在一兩分鐘就可以抵達咖啡好時光。

「首先要澄清，我不是協助警方，」他說。「妳的同事們關於這點已經表態得非常清楚。我是在協助妳。而且非常樂意。至於我的家人……這麼說吧，班雅明覺得很刺激，蕾貝卡不管我做什麼她都覺得丟臉，阿斯頓則對樂高以外的事一概不感興趣，而瑪麗亞……就是瑪麗亞。」

「讓我猜猜。她近期應該沒打算邀請我去喝咖啡。」

米娜開始找車位。當初如果開警車出來就可以任意停放，但這個情況還是開一般車好。她不想打草驚蛇嚇到東尼爾。她找到車位，關掉引擎。咖啡好時光就在前方百米處。

「是可以這樣說，」文森說。「這個東尼爾……我們有什麼策略？」

「我和他談，你負責觀察。但要做好心理準備面對所有可能。」

三十一

東尼爾瞇眼從洪斯都爾的咖啡館窗子看出去。春天陽光直射進來的時候，就像現在，窗子玻璃有多髒一目了然。圖娃的規矩是有洗窗工人進來攬工一律拒絕；她喜歡自己做。東尼爾對此沒有意見，只要不叫他做都好。但圖娃好久沒清窗子了。她好久沒做事，因為她根本沒來。他嘆氣。他看到有客人對骯髒的窗子露出不以為然的表情。這事遲早得由他來做，他知道。窗子的髒污只會隨春意愈深愈明顯。他洗好一條舊抹布，開始擦拭隔開他和客人的杯盤餐具。他從玻璃櫃面的反射看到自己漂淡的頭髮，露出滿意微笑。他喜歡這樣。

門開了，一對男女走進來。他馬上看出他們不是一般客人。男人有些眼熟，但他想不起來在哪見過。絕對不是常客。也許是在電視上？網路上？

女人直接朝他走來，男人則在她後方徘徊。

「你是東尼爾嗎？」她說。

他點頭。她長得不錯，自制內斂那型。他的貼身黑T恤似乎對她起不了作用。她的目光落在他手裡的抹布上。她似乎有一口口水吞不下去。

「米娜．達比里。警探。」她說。「你是圖娃的同事嗎？」

靠。操。媽的。警察。這下不妙了。他放下抹布對她伸出一隻手，但她火速往後退一步、彷彿怕被燙到。怪馬子。他瞄了一眼店內其他客人，打手勢要正妹條子和他一起走到吧檯另一頭。他放低聲音。男人也跟上來了。欸。

「她惹上麻煩了嗎？」他盡可能鎮定問道。

他必須極度小心，不要說錯話。每個字都必須有正確的效果。完全正確。他的口氣也必須維持正常。

女人很快的和男人交換眼神。他們心裡有數。

「嗨，對了，」他說，對男人伸出手。「我是東尼爾。」

「文森。」男人說，握住他的手。

男人應對的方式感覺經過排演，彷彿曾仔細想過要怎麼跟他打招呼。東尼爾沒有時間多想這件事。他必須套出他們知道多少。否則他絕無機會。

「圖娃失蹤了，」正妹條子說。「我們正在訪談圖娃身邊的友人。她的外公外婆說她在這裡工作、跟我們提起你的名字。我只能說到這裡。你有聽說什麼消息嗎？」

「失蹤，」他說，悄悄吐了一口氣、希望沒有人注意到。「就是古納和瑪塔幾天前打過電話來。來杯咖啡嗎？」

條子搖搖頭，但男人倒是樂得要了杯espresso。

「所以你認識古納和瑪塔？」條子說，有點意外。

「他們有時會帶林奈斯來喝咖啡。」東尼爾解釋道。

「圖娃沒去接林奈斯的那天，托兒所聯絡不上她，最後只好打電話給瑪塔，圖娃的外婆，請她去接回孩子。圖娃原本就計畫去參加綠色和平的海上示威，瑪塔以為是她和古納記錯日期、以為那天本來就該他們去接林奈斯。圖娃沒提示威的事，不過這也不是第一次。總之，那之後他們每星期都會帶林奈斯來店裡。圖娃不在，店只剩我一人顧，根本忙不過來。我女朋友很不高興——自從圖娃跑掉後我每晚都得當班，連復活節度假計畫都泡湯。不過……失蹤？這聽起來不像是圖娃會做的事。」

他不喜歡那個叫做文森的男人一直站在在條子背後觀察他，什麼也不說。他感覺自己好像被探照燈盯上、一舉一動都逃不過監視。

「你想不出她可能發生了什麼事？」條子問，顯然對他好幾晚因為得幫圖娃代班而不能和艾芙琳共度的事實不感興趣。

「她絕對不可能像那樣自願拋下林奈斯，」他說。「你們應該查過醫院了吧？」

條子猶豫了一秒。東尼爾就等這個機會。他露出他最迷人無辜的笑容。他必須拉攏她。他必須知道。上回被問話的時候，事情差點就搞砸了——完全搞砸。他不想事情重演。但他以為的機會眨眼又消失了。

「目前還沒有聽到任何消息。」她說，遞給他一張名片。

「如果你聽說或是想起什麼事，隨時打電話給我。不必經過警局轉分機了。這是我的私人手機號碼。」

私人手機號碼。她是在和他調情嗎？他對她邪邪一笑，試探意願。她狠狠瞪他一眼。

「對了，你們有監視器嗎？有沒有圖娃失蹤前後的影片紀錄可以看？」

東尼爾搖搖頭。監視器？在這個鳥咖啡館？女警失望地看著他。然後他們就說了再見，男人為她開門，兩人一起離去。他透過骯髒的窗玻璃看他們走。他靜待他們走出視線範圍，隨即抓起外套、衝向前門，朝反方向跑去。他自顧不暇，咖啡館可以去死。

「如何？」米娜一回到車上問道。

她沒有啟動車子，只是轉頭面對文森。

「我感覺你有話要說。分享一下吧。」

文森沒有馬上回答，只是開始翻找隨身提包。

「他沒有說謊，」他說。「但這並不表示他知道的都說了。妳有沒有注意，他講到圖娃時完全沒用過『我』字？唯一例外是講到他工作量加重的時候。把自己從對話中疏離開來是一種保持安全距離的技巧——通常發生在太過情緒化的話題或是說謊的時候。」

他再次抽出那兩個資料夾。

「所以，問題是，」他說，「為什麼關於圖娃的對話會讓他情緒上這麼不自在？東尼爾到底害怕我們發現什麼事？」

他把資料夾遞給她。

「妳記得圖娃和昂妮絲都是單身，」他繼續說道。

「沒有固定伴侶。圖娃和兒子林奈斯住，她的男友早在三年前就離開了，而她父母也一直住在國外。昂妮絲則和一名男性友人合租公寓，警方幾個月前曾找他問過話。」

米娜點點頭。文森遞給她的這兩份資料她讀過不下百遍。

「我剛剛沒說是因為我想先確定過，」他說。「但我想的沒錯。米娜，妳可以跟我描述昂妮絲同住友人嗎？」

她不必想太久。資料夾裡的紀錄她記得很清楚。

「棕髮，」她開始說。「髮型蓬鬆，二十出頭，精瘦的運動員體型。我們發現昂妮絲室友是男性而非女性時，這室友曾短暫被列為嫌疑人，但兩人據查並非男女朋友關係。是他最早發現昂妮絲遇害。他的名字是……」

文森點頭確認。

她睜大眼睛，恍然大悟。

「頭髮可以剪，也可以漂淡。」他說。

「昂妮絲室友的名字是東尼爾．巴蓋布瑞爾，」她說。「我們剛剛和他說過話。」

她衝下車，朝咖啡館狂奔而去。

三十二

文森敲敲他大兒子的房門。

「班雅明？」

沒回應。他應該是戴著全罩耳機。文森自行開門，明知自己算是擅闖。果然，班雅明戴著耳機，身上只套了件浴袍。

他看到父親，拿下耳機、暫停遊戲。螢幕上出現《流亡黯道》的字樣圖形。班雅明用疑問眼神望向父親。話能省就省。

「拜託，」文森說，看到兒子竟還穿著浴袍。

他不住扮演起父親角色。雖然班雅明已經十九歲，也聰明到小學曾跳級一年。他們允許他過自己的日子——幾乎。只要還住在家裡一天，有些規矩他依然得遵守。

「下午都快五點半了，」文森說。「你連衣服都還沒換。你到底幾點起床的？」

「不知道，」班雅明說。「兩個小時前？」

「下午四點？！你足足睡了十七小時！都不必上學嗎？」

班雅明以某種兒子自以為已經長得比老爸大的眼神看著他。文森自己從來沒學會過——他沒有父親，但還看得懂這種眼神。

「我已經上大學了，爸。何況所有課程都上網了，還特地跑去希斯塔[15]既浪費時間也浪費錢。今天的課程我老早以前就上網看過也都記住了。」

文森原想問班雅明上回開窗戶讓房間通個風是什麼時候的事。他房間聞起來像是有動物死在裡面。但他需要班雅明的幫助，不想冒被轟出去的險。

文森需要找出兩名凶案被害人之間的關聯。某個他們還沒看出來的模式。他需要班雅明協助之處正是他無能為力部分：對年輕人生活型態的了解。圖娃和昂妮絲是比班雅明大了幾歲，但他相信她們的世界應該比較接近班雅明的，而非他自己的。

死者身上的數字和破碎的錶面讓他認定一切還有隱情。一則隱藏在凶案情境裡的訊息。這是他擅長的領域，但班雅明是專家。可以輕而易舉轉換二進制碼的人是他，需要寫程式處理資料時也是得由他來。他先前已經把從米娜來的僅有資料交給班雅明，希望有好結果。

「你找我是真的有事嗎？」班雅明說，意有所指地朝暫停的遊戲點點頭。

文森關上門。其他家人不必聽到他們的對話。

「我想知道是進行得如何，」他說，一邊移開椅子上一本厚重的Java和一本《戰錘40K》規則手冊坐下了。

「你給我的資料太少了，」班雅明說，立刻聽懂文森所指。「你確定沒有更多資料可以給我嗎？」

「恐怕沒有，」文森搖頭道。「我們知道她們的名字：圖娃．班松和昂妮絲．瑟西。我們也知道她們的長相、工作、地址，也藉由擊碎的錶面確定她們的死亡時間。我們猜想這點應該很重要，但也僅只於此。」

地板上到處都是衣服，文森不確定是乾淨還是髒的，但也別無選擇只能踩過去。

「另外就是，」他繼續說道，「她們身上都被標記了羅馬數字。三和四。」

「但也可能只是隨機的刀痕。」

班雅明把剛剛被文森移開的兩本書放到書架上。他顯然在乎它們勝過他的衣服。

「當然，」文森說。「調查小組也不盡信那些刀痕代表數字。但就讓我們假設一切並非巧合好了。」

班雅明搔搔頭。文森還在等待親眼看見兒子拿起梳子梳過他那頭亂髮的一天。

「要是知道她們認不認識凶手就好了。」班雅明說。

文森笑了。

「是啊，要是知道就好了。但目前我們一無所知。嗯，倒是有一個傢伙認識她們兩個。」

「那就是了。」

「我本來也這麼想。但我去他工作的咖啡館見過他。我也希望從他身上觀察到精神異常的跡象，但事實就是沒有。他行跡有些古怪，我覺得背後另有原因。不過當然，目前所知太少，一切都有可能。有太多可能、太多假設，全都得基於這樣少得可憐的資料。」

「爸，你聽過奧卡姆剃刀定律吧？」

「當一個現象同時存有數個可能的解釋時，你該選擇最直截了當那一個。」

「所以說……」

15 Kista：斯德哥爾摩西北的一區，為瑞典電訊及電腦業的重鎮，由斯德哥爾摩大學與皇家理工學院合辦的資訊科技學院即位於此。

「他不是最直截了當的解釋。他只是看起來很像。他或許是解釋的一部分，但非全部。先把奧卡姆擺一邊，假裝我沒提過這傢伙。」

「好。那我們從頭整理一次。」

班雅明打開一個神似Excel的軟體，但螢幕顯示的是兩名被害人生前的照片。圖娃與昂妮絲。班雅明點一下照片，兩張臉孔霎時占滿整個螢幕。

「就外貌而言，她倆完全不同型，」他說。「我們馬上可以劃掉這個選項。我們得找到兩人之間的其他連結點。除了她倆認識同一個男性朋友這個明顯到不能更明顯的事實。你查過她們在凶案發生前幾個月的行蹤紀錄嗎？」

「你是說她們的手機定位嗎？我假設這已經是警方標準調查程序了。米娜找我來不是為了這個。」

他兒子似笑非笑地看了他一眼。

「很好。因為就算她們不曾出現在同一個地方，卻也有可能造訪過類似的地點。這就足以為我們提供線索了。即便她們連性質相似的地點都不曾去過，也還是可以交叉比對一下手機定位和那些自動記錄的健身App。也許她們都有運動習慣。這就讓她們有了可預測的移動模式。」

「健身App？」文森若有所思道。

這他倒沒想到過。但這也正好示範了所謂世代差異——對班雅明這一代來說，手機記錄下你的一舉一動是理所當然的事。即便手機一直都放在口袋裡。也許警方沒有想到這點。他發了則簡訊給米娜。手機還來不及收回到他的口袋裡，代表新訊息的叮聲便響起了。

「她怎麼說？」

他並沒有讓班雅明知道自己和誰在傳簡訊。但他甘願讓自己雙腳埋在髒衣服堆裡正是因為他的兒子就有這麼靈光。他讀簡訊，笑了出來。

「她說他們當然查過了。『**有出門慢跑習慣的人比以前還容易遇到劫匪，因為人人都戴耳機在聽podcast。**』然後她寫說他們要是能找到圖娃的手機就好了。我猜最後這個笑臉是諷刺的意思。」

班雅明詫異地望向他。

「圖娃手機不在身上？」

「是的。她被發現時身上只有內衣褲。」

他兒子大搖其頭。他很可能覺得失去手機比被脫光殺害還要慘。

阿斯頓的聲音突然穿門而來。

「我要三匙巧克力粉！」他怒吼。「不是兩匙！」

文森微笑。阿斯頓無疑將得逞。他回頭望向班雅明螢幕上那兩張盯著他看的臉孔。兩個不復存在的年輕女子。兩個可怕暴行的犧牲品。而他卻在這裡，忖度她們有沒有慢跑習慣。太荒謬了。他把目光轉移到書架上那幾隻班雅明幾年前悉心上色的戰錘公仔。他不忍看著螢幕上那兩雙眼睛裡沉默的疑問。房門突然開了，阿斯頓嘴巴沾滿一圈巧克力牛奶急奔進來。

「你們在做什麼？」他開心喊道。「媽和我剛吃了點心，你們都錯過了。」

「敲門！」班雅明吼道。

阿斯頓衝到螢幕前，看著圖娃和昂妮絲睜著兩雙不知自己已死的眼睛凝視前方。

「她們是誰?」阿斯頓說。「她們是你的朋友嗎，爹地?」

瑪麗亞出現在門口。

「爹地的朋友?」她說，瞇眼望向螢幕。「文森！我的老天！她們連三十歲都不到！」

「瑪麗亞！」班雅明大喊，漲紅了臉拉緊身上的浴袍。「我們在做事！」

文森往後靠在椅背上，閉上眼睛。今天不會有進度了。

「晚餐好了，」瑪麗亞斷然道。「玩夠了你的約會網站就來吃。」

「你們晚餐前才剛吃點心?」文森意有所指道。

瑪麗亞瞪他一眼，沒說話。他倆都知道瑪麗亞根本拿兒子沒辦法。他倆也都知道文森和班雅明與蕾貝卡的關係，永遠也不會像他的妻子與阿斯頓那般親暱。

「她以前也是這個樣子嗎?」班雅明問道。瑪麗亞前腳剛走。「我是說你們剛在一起的時候?」

「我不覺得她自己知道，」文森說。「我覺得她其實想做個有愛又包容的人。但她的極限可能就這樣了。」

「她花太多時間吊靈擺排塔羅牌了，」班雅明輕斥道。「我每次說媽都會笑。」

「別這樣。她沒有惡意。」

班雅明聳聳肩，轉身面對電腦、手放在鍵盤上。文森起身準備離開。

「還有一件事，爸。凶案發生的日期和時間。你有沒有試過轉譯那些數字?比如說字母?」

文森點點頭。他早想到了。他起初以為自己有所突破，因為昂妮絲的案子發生在一月十三日十四時。排列第十三、第一、第十四個字母組合起來正好是M-A-N，男人。這倒有趣，因為昂妮絲是女人。他想過凶手或許想要表達關於性別的什麼。但圖娃的凶案發生在二月二十日十五時，第二十、第二、第十五個字母組合起來是T–B–O——可能是To Be Ordered／待點……Turbo／渦輪……To Be Honest／老實說——沒一個解釋得過去。

「我試過，但沒結果。」他說。

「好，那我再用二進制碼試試看。所有數字都是回文數，只是記數系統不同。誰知道，搞不好13-1-14-20-2-15會是某個數列其中的一段。或者是地圖座標也不定。」

「聽起來很合理。」文森說。他不忍掃兒子的興。他其實全部都試過了，數列、座標，還有其他一百萬種選項。

「我幫你做這有錢拿嗎？」

「說到地圖。你實在不該繼續熬夜追劇看《國家寶藏》，」文森微笑道，站了起來。「不拜託你，繼續試。出來吃晚餐吧，不要讓瑪麗亞不高興。」

「當然。不過你也別忘了我說的：奧卡姆剃刀定律。」

「閣下意見表達得清楚無遺，」文森說。「但你沒在咖啡館見過東尼爾。他連擦櫃檯都有問題。我不是說他毫無嫌疑。他此刻似乎是熱門人選，但他什麼也不會說。這表示背後定有隱情，我們得設法挖出來。」

文森忍住想要撥弄兒子頭髮的衝動。他走出房門的時候，班雅明已經再次戴上耳機，繼續玩起《流亡黯道》。提醒他出來吃晚餐只是白費功夫吧。

三十三

克比勒，一九八二年

嬿恩在廚房門口停下腳步。她的弟弟還穿著睡衣，坐在廚房桌前吃優格當早餐。她遠遠就聞到草莓味。掉落在橘色防水桌布上的草莓果醬多到足以讓她確定早餐是他自己做的。他邊吃邊專心把玩一副破舊的撲克牌。一半的紙牌散落在地板上。她不住微笑，合理猜想他剛剛開始練習新的紙牌魔術。

媽坐在他旁邊，身上還穿著浴袍，頭埋臂彎趴在桌上。嬿恩的微笑消失了。今天顯然不是媽的好日子。

早晨涼風吹拂她赤裸的雙腿，她微微打顫，拉扯T恤下擺多少遮蓋一點大腿。窗戶恐怕整晚開著。媽不知是不是整夜趴睡在餐桌上。這已經不是第一次了。

「來吧。」她低聲說道，朝小弟揮揮手。

媽一直沒作聲，但她知道上演過不知多少次的戲碼隨時都會開演。她的弟弟不需要聽到媽嚶嚶泣訴不想活了、說自己有多沒用、維持不住關係也保不住工作。那部分的成人世界他還無需參與。他的母親依然是他最好的朋友。嬿恩有時會嫉妒他，但她明白這只是將滿十六歲和孩子之間的差別。她有責任，即便是不請自來的責任。至少再一星期。

「我想幫媽做她喜歡的三角形烤三明治，但是破掉了，」她弟弟快快說道。

「沒關係。來吧，媽只是需要休息。你知道的，她有時就是會這樣。」

「我不想叫醒她。」他說，用湯匙刮了刮優格碗底。

他把碗放到瀝水架上，朝嫣恩走去。

媽動也不動。

「你在練習新的紙牌魔術嗎？」她說，領他走出廚房。

「對啊，不過還沒好。」他說。

「你要不要打電話給女孩三人幫，看她們想不想一起玩？」

她弟弟呻吟抗議。

「她們的名字是，瑪拉、絲肯、洛塔啦，」他說。「妳把她們說得好像故事書裡的一幫傻蛋。她們今天不在家。」

「我今天也是一個人，」她說。「不過我哪天不是。你至少還有朋友在這裡。我超想念大都市裡的三T。」

她發現弟弟沒有追問。

「戲院／Theater、樂園／Theme-parks、交通／Traffic，」她繼續說道。「我在都市裡的三個朋友。這裡什麼都沒有。」

「喔喔喔，對啦，」她的弟弟說道。「妳只是故意這樣說，讓自己聽起來好像大人一樣。妳和媽搬來這裡的時候妳才比我大一點而已。妳能多常去戲院？還有，妳要是想念交通，農場外面有超多卡車經過的。三T，哈哈。妳一定是從書上讀來的對不對？」
「或許吧，」她說。「不過我就是想念都市。」
她頓了一下，然後從口袋裡掏出一個塑膠製品。
「好吧，今天如果就我跟你混，那我要出一道題目給你。」
她弟弟的眼睛立刻亮起來。他最愛接受她的挑戰了。
她遞給他一個方形的塑膠框。框框裡頭有十五個塑膠方塊，上頭印著數字一到十五。十六號塑膠方塊的位置是空的，這讓其他方塊可以在框框內移動改變數列。
「超簡單，」她弟弟看這個數字謎題時立刻說道。「這個我現在超會的。」
「我還沒說題目是什麼咧，」她說。「你必須照順序排出一到十三，但最後兩個數字也就是十四和十五必須彼此對調。」
她弟弟從她手中接過塑膠謎題，低頭端詳。
「簡單。」他說，轉身跑回到樓上自己的房間。
她看著他，心頭有一絲使詐的罪惡感。但她必須和媽單獨談。她一小時後會去解救他。樓梯被她踩得嘎嘎作響，但她不怕吵醒媽了。事實上，最好還能把她吵醒。
嫵恩回到廚房。媽坐直了，但臉還是埋在手中。她一頭扁塌的直髮油膩膩的，浴袍繫帶鬆開。嫵恩心中有同情也有厭惡。媽的情緒像永遠轉不停的旋轉木馬並不是她的錯。不真是。她藉口寫報告跟校護芭布洛借了一本講精神病學的書。她讀到遺傳因子無可抗力的部分，她母親無疑符合書裡頭的描述。

她也讀到治療症狀的部分。比如說鋰鹽。但媽拒絕吃藥。她甚至不覺得自己病了。這讓嫣恩被困住了，即便一切都不是故意的。她永遠必須守在一旁，保護弟弟、照顧母親。彷彿她沒有自己的日子要過。

但她決意要展開自己的人生。

嫣恩落坐在廚房桌旁，小心避開散落的果醬。

「媽，妳要吃早餐嗎？」

她們真的必須談談。但她看得出來不會是今天。

三十四

警察總部的接待大廳擠滿學生，看起來像是高中最後兩年的學生。米娜想該是校外教學——三十個十七歲的青少年不會因為外頭天冷就全跑了進來。他們通常喜歡聚集在一條街外的小七；在她看來，他們最好就待在那裡。然而他們出現在這裡，隨行的還有一名教師，一邊發訪客證、一邊徒勞無功地喊著要學生們把證件別在胸前。

「來吧，死條子，我自己送上門來了，」某個顯然是班上耍帥一哥的男學生喊道，隨即得到同學笑聲鼓勵。

她不知道文森發現自己得穿過這一大團青少年賀爾蒙時，會有什麼反應。如果被他們認出來，他一定會很不自在。但她也沒辦法帶他從側門進來，更不可能穿過這一群沒人管得住的高中生護送他進來——她光是看著他們就渾身不舒服。戴上手套面罩或許可以。不，那樣也還是不行。

她站在護欄另一頭，他們保持一段安全距離，卻還是聞得到青少年的汗臭味。那味道包圍她，覆蓋她全身。文森得自己想辦法了。反正有名人加持順便可以讓警方沾點光。即便是來自一個四十七歲的讀心師。

文森出現在高中生人海的另一頭。他睜大眼睛，隨即低頭開始穿越騷動的人群。

「喂，文森！」有人喊道。

米娜有些意外。她原本不太確定他們會認得沒在抖音上爆紅過的人。

「靠，文森！你也加入腦波控制警察隊了嗎？」耍帥一哥吆喝道。「我們這下完了！」

文森停下腳步，對上耍帥一哥的目光。

「沒錯，」他大聲說，一臉心照不宣的微笑。「我今早找上你媽了。」

耍帥一哥霎時怔住，隨而爆出大笑，和文森碰拳招呼。米娜對自己微笑。一般市民文森．瓦爾德不擅社交，甚至稱得上有社交障礙。可一旦扮演起讀心術大師的角色顯然就沒問題了。

他終於從人群的這一頭鑽出來、抵達護欄。他朝她揮手，她趕緊放他進來。

高中生似乎已經忘記他了。隨行老師再次拉高音量想要學生們聽她說話，卻再次失敗了。

「菜鳥警察的年紀還真是愈來愈小了。」文森說。

「你才知道，」她說。「剛剛跟你說話那個耍帥一哥說不定高中一畢業就會來申請警察學校。」

文森微笑點頭，兩人開始往電梯走去。

「妳怎麼會約在警察總部見面？」他說。「我以為我的出現並不受歡迎。」

「我午餐時間想見誰就見誰，可以吧？」她說。

「總之，小組其他成員都不在。我們展開搜捕東尼爾．巴蓋布瑞爾的行動。他自從咖啡好時光跑掉後就沒回去過住處，魯本已經帶了鎖匠過去。他堅持喊他東尼爾．賈不妙[16]。」

他們走到電梯口。已經有三個人等在那裡。米娜從善如流，直接轉往樓梯間走去。她絕無可能和那麼多人擠進一個細菌籠子裡。她是有底線的。

「巴蓋布瑞爾的意思是蓋布瑞爾的兒子，」文森說。他原本已經準備停在電梯前，突然才跟隨

16 Gargamel：藍色小精靈故事裡的大反派。

她轉向繼續走。「魯本的意思基本上就是兒子。妳可以跟他說是我說的。問一下：我們要去哪？」

「我得回辦公室拿錢包——我想我們可以一起吃個午餐。」她說。

她開始大步上樓，一路繼續說。

「魯本堅信東尼爾就是凶手，因為他們三人陷入某種三角關係。或者讓我直接引述他的話：『什麼連續殺人還羅馬數字咧，全是屁。東尼爾同時上了她們兩個。事情就這麼簡單。』他特地指出，等你有像他一樣的專業經驗後，自然可以嗅出正確的線索。」

「他有多少年經驗？」文森說，有些上氣不接下氣。他畢竟不是天天得爬警察總部的樓梯。

「他比我早一年進警校。」

文森的笑聲響徹樓梯間。

「簡單說，我就是全盤皆錯。其他人怎麼說？還有，妳非得一次爬兩階嗎？」

「抱歉。你需要拐杖嗎？」

「記得妳欣賞的是我的腦袋就好，」他說。「不是我健壯的體格。還有幾層樓？」

「兩層。你最好休息一下，這位阿公。」

文森停下腳步、倚靠牆壁。

米娜倒退幾步站定在他身邊。

「其他人也不盡信，」她說。「我們辦案遇過很多怪事，到最後證實也只是怪事。巧合。隨機的細節。」

「我不同意。我愈來愈相信凶手是在倒數。東尼爾或許是一條線索，但他並非凶手。我們離破案還很遠。」

文森落坐在樓梯上，米娜也跟著坐下。

「可惜咖啡館沒有監視器錄下圖娃最後的身影。」她嘆氣。「沒有目擊證人看到她出現在其他地方。我很想知道她失蹤當天咖啡館有哪些人進出。當天以及前幾天。老天。」

「咖啡館或許沒有監視器，但……」文森皺眉沉思。「妳記得咖啡館附近的狀況嗎？任何細節？」

他目光的焦點落在某樣不在眼前的事物上，接著又開始來回移動、彷彿在搜尋什麼。他繼續說道：

「有一家小七，大門就在轉角。圓形板凳繞著一棵大樹。停滿的腳踏車架。兩家餐館。其中一家生意很好，另一家門可羅雀。熱狗攤有五個人在排隊。對街……這就對了。對街是一家銀行。我相當確定是北歐銀行。他們通常有高規格保全。運氣好的話——」

「你是天才，」米娜說，精神大振。「尤莉亞會要克里斯特去取得北歐銀行的監視影片。這是他擅長的事。」

「克里斯特？」文森難掩詫異。

米娜微笑。

「我一直想告訴你。我知道我們小組看起來離電視上那種超級菁英小組有段不小的差距，」她說。「但小組裡每個人都有各自的強項。克里斯特擁有辨識出模式的超強直覺。」

「這我也行。」文森咕噥道。

「所以我的希望是克里斯特能捕捉到不尋常之處，」她繼續道。「什麼人太常出現。什麼人本是常客卻突然缺席。喏，我也不知道。但這完全就是克里斯特擅長的事。」

文森點點頭。

「妳說還有兩層樓是嗎？」他突然說道，露出揶揄的微笑。

他接著猛地站起來，直往樓上衝，身影很快消失在轉角處。她聽到他一路上樓，一次踏兩階。他的體能好得很。他剛剛是故意要她坐下，而她也上鉤了。

「文森？」

沒有回應。他已經離太遠了。米娜兩手伸進口袋，在其中一邊摸到一個方形的東西。她的錢包。她完全忘記錢包原來一直在口袋裡。她仰頭看著樓梯間，嘴角彎起。她就坐在這裡等文森回來吧。

三十五

烏普蘭瓦斯比這間小小的排屋讓克里斯特想起他母親的房子。收拾得整整齊齊、到處都是小擺飾、熨燙過的窗簾、桌面檯面光可鑑人。客廳時鐘滴答滴答。兩張坐墊有明顯印痕的單人椅和一張似乎少有訪客坐過的沙發。體面的沙發。體面到禁止使用的沙發。他母親那張是綠底紫花。在出太陽的日子裡，他母親還會鋪上一張床單以免日曬褪色。

「來杯咖啡嗎？警官？」

瑪塔，死者的外婆，殷切地看著他。他並不喜歡咖啡。咖啡因讓他感覺緊繃躁動。他不喜歡隨之而來的頭腦清晰感——讓朦朧薄霧包圍住的感覺舒服多了。但他同時也明白有些工作上的咖啡不得不喝。送上一杯剛煮好的咖啡的熟悉感往往能安定被害人家屬的心。這讓他們容易開口許多。他反正可以慢慢啜飲，運氣好的話還會有甜點。

「咖啡好，麻煩了。」他說，打量廚房。

古納已經落座，兩眼緊盯桌面。他有些恍神；克里斯特常在死者家屬身上觀察到這點。這是第一個階段。事實尚未落實在心底，還在虛實的邊界徘徊晃蕩。

廚房很舒適。這是他能想到最好的形容詞。越橘印花的窗簾。成套的防水桌布。窗臺上的紫色秋海棠。餐桌上的復活節樹枝裝飾。一幅裝框的墨水素描畫，某種鳥類。隼，克里斯特猜想。

「漂亮極了。」

他指指牆上的畫。屋裡的靜默開始讓他有些不自在，但他想等到瑪塔煮好咖啡一起坐下後再開始問話。

「遊隼，」古納悶悶說道，抬眼望向畫。「哈蘭省的省鳥。遊隼啤酒廠，聽過吧。牠們是全世界速度最快的動物，俯衝時速可以高達三百二十公里。遊隼獵技絕佳，八公里外的鴿子都逃不過牠的眼睛。」

「你很懂鳥？」克里斯特說，不甚感興趣。

他很難想像要怎麼培養對鳥禽的興趣。事實是，他不喜歡動物。動物光會搞失蹤再不就死給你看。

小時候他叔叔曾給過他一隻小貓。他很愛那隻小貓。但有一天他放學回家卻發現小貓不見了。媽說一定是他門沒關好，才讓小貓跑出去。他哭了好幾星期。幾年後，媽的一個男友送他一隻兔子。好笑的是事情竟然重演了。從那之後，他總是特別留意門有沒有關好。他也學會不要愛上任何東西，無論是動物還是人。

「我算是半專業的賞鳥人，」古納提起一點點精神說道。「很多年了。我看過四百三十二種瑞典本土鳥類，僅次於斯科納省的巴提爾．史凡松。他看過四百五十九種。」

「總共有多少種？」克里斯特詫異問道。

他永遠搞不懂怎麼有人會甘願在樹林或鄉間帶著一副望遠鏡長時跋涉、就為了看鳥。

「五百零七種。」古納說完再次陷入沉默。

克里斯特不知道自己還能用這個話題撐多久。幸好瑪塔端著咖啡回來了。還有一盤燕麥餅乾。她落坐在丈夫身旁的椅子上。

「我有一些關於圖娃的問題想問你們，」他口氣盡量溫柔。「但首先，我想知道報警說她失蹤的人為什麼是你們，而非她的父母？」

瑪塔用傷痛的眼望向古納。

「圖娃的父母——也就是我們的女兒瑪琳和她丈夫卡爾——在圖娃十六歲時搬去法國，住進一幢小屋裡，宣稱要安養晚年。」她嗤之以鼻道。「他們根本還是孩子。他們從此沒有回來過，放圖娃自力更生。林奈斯的生父在他出生前後也落跑了。天知道，她的家人運真是不好。不過她有林奈斯。最甜最可愛的林奈斯。她還有我們。她和林奈斯永遠有我們。只能往好處看了。」

瑪塔把玩樹枝上的花苞，而克里斯特一邊點頭一邊做筆記。

「我想知道多一點林奈斯生父的事，也需要圖娃父母的聯絡方式。但我首先想問你們為什麼等這麼久才去報失蹤。我記得你們提過她要出遠門？」

古納看著瑪塔，眼中浮現新生的精力。

「圖娃是環保運動人士。」他說。

「所以這意思是說？她是那種阻礙交通的抗議人士嗎？」克里斯特說。

他藏不住口氣裡的不以為然。

「綠色和平。」瑪塔說，話聲清晰有力了些。

「噢，哇。老牌組織。」克里斯特挑眉說道。「我不知道還有人在做這些事。阻撓捕鯨之類的？」

「之類的。圖娃非常活躍。她——嗯，她應該是遺傳到我們。」

瑪塔拍拍古納的手臂。

「我們早在七〇年代就積極投入環保運動。直到我們年紀太大不適合了。」

克里斯特想像眼前這對老夫妻在狂風暴雨的海上包圍挪威鑽油平臺。在樹枝與遊隼成為他們主要興趣的五十年前。出乎他自己意料的是：他覺得他想像得到。

古納與瑪塔或許垂垂老矣，但他們心中顯然還有十足熱情。雖然那些環保運動啥的根本改變不了什麼……所有人最終都難逃一死。冰山會融化。臭氧層會消失。某種致命病毒會從中國某該死的海鮮市場傳遍世界。地球終將毀滅，命運無法改變。

「圖娃原本計畫參加一個示威行動，」古納說。「她一去通常就是兩三個星期，因為是祕密行動，或是在海上，我們往往未必聯繫得到她。所以我們一開始並沒發覺有異。」

「可是那林奈斯呢？」克里斯特說。

「林奈斯已經習慣了。他在我們這裡有自己的房間。除此之外圖娃是非常親力親為的母親——她視她的環保工作是在為林奈斯的未來而奮鬥。所以我們接到托兒所電話說圖娃沒有去接林奈斯時，直覺以為是我們搞錯日期，她已經上船了、該去接孩子的人是我們。一直到我們知道船回來、而她根本沒有上船時，才發現她失蹤了」

瑪塔話不成聲，緊抓住古納的手。

「你們知道圖娃曾與任何人為敵嗎？」克里斯特盡可能柔聲說道。「她有沒有提過一個叫做東尼爾・巴蓋布瑞爾的人？」

瑪塔和古納再次交換眼神。然後古納坐直了。哈蘭省的遊隼就在他頭頂上方，大鳥彷彿站在他頭上。

「圖娃的男人運很差，」他說，聲音微顫。「我們知道東尼爾，但她不想談他的事。她提過好幾次他遲早會傷害她。」

瑪塔握住他的手。

「他把她傷成什麼樣子？」她說。

克里斯特咬下一口燕麥餅乾以避免回答。

三十六

東尼爾調整放下的百葉窗。一會拉起，一會又放下。他無法決定怎樣才好——不讓人看到屋內，還是讓自己可以盡快看到警察來了。還是提高警覺的好。他把百葉窗拉起一半，望向窗外的停車場。邁斯塔這間公寓其實是尤塞夫的，他只是暫時借住。尤塞夫不住這裡，而東尼爾擔心有警察盯著他在洪斯都爾的公寓所以不敢回去。但他們絕對不會知道尤塞夫這間一房小公寓。

公寓裡沒什麼家具，甚至連張床都沒有，只有地板上的一張床墊。睡眠舒適度反正不是他此刻的重點。東尼爾不知自己何時才敢安心睡上一覺。如果他還睡得著的話。

離開他和昂妮絲合租的公寓後，他一直四處流浪借住，先去找艾芙琳、然後是其他朋友。處理昂妮絲案子的條子甚至沒問他的新地址。他們當然會盯著他，這不用想也知道。雖然他聽說瑞典警察和他家鄉敘利亞的警察不一樣，但這幾個瑞典條子卻還是差點用謀殺罪名把他關進牢裡。

他們一開始並不相信他和昂妮絲的死毫無關係。他拿出他最迷人無辜的一面，他們還是認定他脫不了關係。至少其中一個條子似乎深信開槍殺死昂妮絲的人就是他。他們最後總算因為缺乏證據放了她。何況昂妮絲本來就有憂鬱症……

他曾立誓這輩子要極力避免跟警察打交道，無論他在哪裡。絕不信任他們。然而他卻這麼不小心。該死的粗心大意。

發現昂妮絲死了和圖娃失蹤兩件事相隔不到一個月。打電話通報圖娃失蹤的人應該要是他，而非她的祖父母。這樣比較不會招惹懷疑。現在已經太遲了。跑去咖啡館找他的那兩個條子就算還不知道他是誰，應該也很快就會發現其中關聯。正妹條子似乎渾然不察，但那男人看來卻像一眼就認出他。那個他覺得眼熟卻想不起來在哪看過的男人。

問題是他該不該打電話給艾芙琳。該不該跟她解釋發生了什麼事。她一定納悶他跑到哪裡去了。他想她想得肚子都痛了。他好想坐在他的廚房裡喝葡萄酒，看她點菸，東拉西扯講些無關緊要的事。或者做些比講話更有趣的事。他想像她就站在他面前，想像她會怎麼挑逗他、趁吻他的時候把煙吹進他嘴裡。

但把她也扯進來不是個好主意。這事他得自己面對。他短暫考慮過打電話給薩米爾。薩米爾吃過的條子虧比他大多了——他曾真的坐過牢。他宣稱自己是冤枉的。東尼爾不知道該不該相信他，但薩米爾應該會有辦法。

但再想想，萬一警察檢查他的手機，這通電話只會讓他看起來更加可疑。不，這事必須得由他自己一個人處理。

東尼爾摸摸口袋裡的名片。如果警察在找他——他們一定有在找他——他遲遲不出現只會讓事情看起來更糟。到目前為止，他還可以用害怕當做藉口。但一個無辜的人不會等那麼久才主動聯絡警察。圖娃是他同事，他當然會為她擔心。他應該會想要幫忙。想要避免牢獄之災最好的方法應該是先發制人，由他主動聯絡警察。

在敘利亞，躲避警察的唯一方法就是跑，並且希望警察沒有摩托車。但在瑞典，躲避警察最好的方法或許是反過來去找他們。就像一個無辜的人會做的事。

他拉開百葉窗。

放下百葉窗。
再次摸摸口袋裡的名片。
或許。

三十七

學生們一窩蜂湧進操場。米娜知道站在哪裡才不會被看到。許多孩子穿著如此相似，根本像穿了制服。少數穿得不一樣的孩子因此更加顯眼。這是復活節假期返校上課的第一天，孩子們笑鬧聲中透露的精力顯然比平日高上不少。

她並不特別突出，但米娜一眼就在成群孩子中找到她。如果這年紀還能稱之為孩子的話。半像孩子，半像大人。她的深色長髮綁成馬尾。牛仔褲。薄薄的綠色軍用夾克和白色球鞋。深藍色的北極狐牌Kånken背包。她如此美麗。如此不可思議的美麗。

女孩轉身，米娜嚇一跳。她知道她不可能看得到她。她隱身在布拉蘇地鐵站月臺上，眺望著布蘭卡王后高中正門。但她想要想像她倆彼此對望。她倆看得到彼此。女孩看似在尋找什麼，隨即又移開目光。

米娜只有這短短幾分鐘，女孩很快的消失在門內，前往建築內部某處的教室。瑞典文、西班牙文、數學、經濟學。任何她可能正在修習的課程。

地鐵來了。列車進站時，米娜轉過身去。人們魚貫上車，視線直直落在地上，避開彼此目光。米娜開始朝出口走。她的車就停在附近。她想都不敢想像搭乘地鐵。包圍住車廂內乘客的那團細菌雲如此濃稠，肉眼幾乎可見。

列車開走了，獨留她在月臺上。她努力阻止自己轉身再看學校一眼。她不必再次看到那扇關起的門、再次被提醒她和女孩間那堵無法穿越的高牆。失落的苦痛竄過她全身。

出站的路上，她經過一處報攤。每個頭條都在講述失蹤男孩的悲劇。羅倍。最新發現、有力線索。對吧？更像是某種全新層次的嘲諷。但她一點也不意外。她甚至無法直視男孩那雙快樂熱情的眼睛。世界竟可糟糕至此。

她口袋裡的手機響了。她考慮不接。但她允許自己再看學校一眼後還是接起了。精簡的通話。昂妮絲．瑟西的開棺安排在明天。

三十八

文森心不在焉地讀起插在前方椅背後的飛行安全須知卡。飛往松茲瓦爾這班飛機的機型是ATR 72-500，根據卡片說明最多可以搭載七十二名乘客。文森登機後算過，機上總共有三十名乘客，純就數字來說每人至少可享有兩個座位的空間，免受煩人鄰座騷擾。但當然，偏偏有人就是得坐在他旁邊的空位。此人戴全罩耳機聽音樂的音量偏偏得大到重音節奏流瀉在外清晰可聞。

然後，此人還乾脆隨音樂哼唱了起來。

文森痛恨小飛機。他感覺自己彷彿身處一副巨型飛天棺材裡。他開始控制自己的呼吸。避免幽閉恐懼症發作的方法是分派工作給大腦理性的部分。愈難愈好，藉此剝奪大腦主管情緒的海馬迴引發恐慌所需的資源。

他再次細看安全須知卡。七十二個座位加上三十名乘客得到數字一〇二。如果一是A，二是B，那〇就得是O。一〇二變成AOB。Ace of Base，王牌樂團，一九九二年曾推出流行單曲《All That She Wants》。他失望地望向窗外。太容易了。但至少幽閉恐懼症暫時被壓制住了。

他飛到松茲瓦爾是要去見桑恩斯．柏楊德，瑞典首屈一指的幻象設計與魔術道具製造師。他身上帶著米娜給他的照片。她理應無權把照片交給他，因為他畢竟不是警方人員。但如果有人能幫助他們了解這個劍箱，那就非桑恩斯莫屬。文森認識他十年了。桑恩斯對這領域的了解無人能及。

一小時後，文森踏入密德蘭機場的接機大廳。他抬頭四望。一共有四個人在等著接人。其中一名中年男子穿著極不起眼。如果有人注意到他，大概會當他是地方機關的小公務員。文森知道桑恩斯．柏楊德就是想製造這種印象。

「哈囉，老傢伙。真高興再見到你，」他說，伸出一隻手。

桑恩斯雙手用力包住文森的手。這位幻象製造師的最強專長就是讓自己隱身人群。除了家人之外，世界上沒有太多人知道他的存在，更不用說他的職業專長。松茲瓦爾是個小城，而桑恩斯．柏楊德樂得隱居於此。

他們坐上桑恩斯的速霸陸Outback。他把車開出停車場。

「你想談什麼？」他說。「你在電話裡神祕兮兮的。」

「我其實無權給你看我接下來要給你看的東西，事實上，我應該連提都不該提起。但我知道你無法抗拒祕密。總之，我們已經太久沒見面了。」

「你說得沒錯。我不反對有人來找我——近年來有人實際現身敲上我家大門不是很常發生的事。」

桑恩斯把車停在他工作室前方。

「歡迎來到魔術的核心。」他站在工作室門前臺階上說道。

文森舉步入內。眼前的空間像是耶誕老人工坊和木工教室的合體。沿著牆壁是一整排他猜不出用途的機器——唯二認得出來的是一臺圓鋸和一部3D列印機。機器上連接著粗大的塑膠管，應該是用來吸走塵埃木屑，但工作室內幾座已完成但去處未明的箱子與框架旁，依然散落著無數木塊、鉸鏈、油漆、以及成團的吸鐵片。文森駐足在一片固定在由天花板垂下的繩子上的薄木板前。木板垂落的高度約與頭齊，兩頭各鎖上一個巨型螺栓。

「這是什麼?」他問。

「我的個人實驗,」桑恩斯語帶驕傲。「先說,我不接受訂做。」

他站到木板前,兩手扶住頭,與螺栓同高。

「一個十字形,」他說。「螺栓穿過你的手。看起來極度真實。兩邊傷口各湧出兩百毫升的鮮血。我甚至訂做了一件修士斗篷給扮演劊子手的助手穿。想看嗎?」

文森搖搖頭。不知道米娜會做何感想。

不論虛實,他此刻生活中已經有太多鮮血與殘傷。他拿出裝有照片的塑膠資料夾,把工作檯上的一堆金屬夾推到一邊,然後把照片攤開在檯面上。

「你有什麼看法?」文森說。

桑恩斯靠過去細看。

「劍棺,」桑恩斯說。「或說劍箱,不同人對它有不同稱呼。但你不需要我來告訴你這個吧?」

「你見過類似的箱子嗎?」文森說。

文森搖搖頭。

「沒,都不太一樣。這是誰做的?」

「這問題還希望你能回答。最近有人跟你訂做部分箱體、或者你有聽說同行賣出類似的東西嗎?或者是提供設計圖?」

桑恩斯露出不屑神情,指指照片。

「你覺得我會跟這個粗製濫造的東西扯上邊嗎?你這就太不應該了,文森。你知道我是這行的頂尖人物。但即便是我的對手也不至於拿出這種不入流的作品。」

「所以你判斷這是自己組裝的？」

「嗯，事情也沒這麼單純。就設計層面來說，要做出一個劍箱沒有你想的那麼簡單。」

「怎麼說？」

桑恩斯走到書架前，搜尋片刻後抽下三本活頁裝訂的冊子。

「保羅‧奧斯本的《魔術圖鑑》第一、二、三冊，」他說，把書攤開在文森面前。這應該是最現代的幻象魔術設計圖鑑。你看一下。你按圖索驥做得出來嗎？」

文森翻開其中一本，逐頁看過上頭的解說圖。

「我可以試試看。」文森說。

「然後就做錯了。買這些圖的人是魔術師，但最好還是找製作櫥櫃的工匠來執行。光有機器是不夠的，你還必須了解材料，否則成品可能會過重，或是出現用錯螺絲等等愚蠢的錯誤。出錯是很容易的事，因為許多早期的設計藍圖裡都包含故意的錯誤。」

文森不解。

「為什麼有人會把錯誤的設計圖拿出來賣？」他說。

「因為這樣可以讓他們在出版設計圖以宣稱版權的同時，也可以確保無人能成功仿效。你應該聽過，許多魔術師同業之間的爭端都始於互相指控抄襲。要爭取某項魔術發明人頭銜最傳統的做法就是出版設計圖。可在此同時，你也不希望其他人能輕易複製道具進而模仿演出。每個魔術師都希望自己是獨一無二的。於是你還是出版，但故意留一手。」

「要是有人完全照著出版的藍圖製作道具，包括故意的錯誤部分，會發生什麼事？」

「一定行不通——要嘛活板門打不開，再不就是四壁根本組不牢，或是組合起來卻一碰就倒。重點是，你必須知道藍圖上哪些細節需要調整。在這微調過程中，你等於在設計中加入了自己的記號，算是一個正面效應。不同的人可能會選擇調整不同的細節。」

活板門打不開。記憶閃過文森的腦海，卻稍縱即逝。他輪指敲打照片，有些挫敗。

「好，所以這個劍箱不是出自專業之手，」他說。「你可以再仔細看一下，看是不是還有什麼值得注意的地方。」

桑恩斯瞇眼細細審視照片。

「嗯。這是一張老照片嗎？因為這種設計非常老派。劍箱的結構隨時代改變了不少——這箱子給我的感覺很像是六〇年代的設計，不過……」

桑恩斯拿起其中一張照片，眉頭深鎖。他放下照片，一隻手抵著嘴。

「文森，這箱子是什麼人做的？」他透過手指以微弱的話聲說道。

「我就是想問你這個問題。」

「但，這箱子沒用過吧？」

桑恩斯倚在工作檯邊。他的臉色微微發青。

「怎麼了？」文森焦慮問道。

桑恩斯似乎稍微收拾情緒，伸手拿起其中一本圖鑑。

「事實上，正確的劍箱或劍棺設計圖其實是找得到的，」他說，翻書找到想要的頁面。「而且並不難做。你自己看。」

他指指書上的圖。

「魔術師助理依據劍孔位置以特定姿勢坐在箱子裡。劍孔的分布讓人從外面看來以為無所遁逃，但事實上裡頭留有一定空間、裝得下一名女性，只是她絕對不能亂動。有些魔術師追求極端——幾年前就有一個德國魔術師在表演中弄斷了助理的幾根肋骨和下巴。Youtube上有影片。但無論如何，箱子裡一定留有容得下助理的空間。只是文森……」

桑恩斯拿起文森帶來的其中一張照片，指向明顯之處。

「這個箱子裡毫無空間。如果有人坐進這個箱子裡，必會遭到利劍穿身，毫無閃躲餘地。然而……我看得出來箱子是根據正確的藍圖製作的，雖然是古老的設計。他們只是移除了……假象的部分。」

桑恩斯盯著他。

「文森，這到底是什麼？」

「這，我的老友，正是我們得找到的答案。」

三十九

過濾監視錄像無聊痛苦的程度約等同於觀看油漆乾掉。克里斯特眨眨眼睛。黃昏將至，辦公室裡的人漸漸少了。不過辦公室裡永遠不會真的沒人——總是有人值班——但傍晚和夜裡工作的人數明顯少了許多。

人們想回到家人身邊。雖然沒人在家裡等著克里斯特，他還是想趕快下班。他已經習慣獨處。已經接受必須獨處。

他拿到了圖娃失蹤前三天的監視錄像檔案。也是夠怪了，因為一般此類錄像都會在二十四小時後刪除——他聯絡銀行時對方一開始確實也是如此表示。但當他表明是偵辦什麼案件所需時，對方又以明顯裝出來的訝異表示ＩＴ技師大意忘了刪除，因此資料全都還保留在伺服器裡。他們愛搬什麼藉口都行。他比誰都高興聽到東西還在。

至少這是他開始看影像之前的感覺。監視器鏡頭顯然指向銀行本身的大門，但他可以看到對街的咖啡館。不巧的是咖啡館的入口並不在鏡頭範圍內。不過他可以看到外頭的人行道、馬路，透過幾扇大窗甚至也看得到咖啡館內的一小部分。大部分路過的人都非獨行：笑談的情侶。兩名看似起了口角的男子。牽了條大狗的遛狗人。老太太帶著一個孩子，想必是祖孫。

兩個女人，各自帶了條吉娃娃。他永遠搞不懂這股飼養該死的迷你犬的潮流。在他看來根本是掛了項圈的老鼠。

克里斯特眨眨眼睛，啜了幾口咖啡。他臉一皺。冷的。當然是冷的。生活從來不會賞他熱咖啡喝。

他繼續盯著螢幕。一個原本在咖啡館裡喝咖啡的獨行男子出現在人行道上。克里斯特傾身向前。男子有些眼熟。影像畫質不好，臉部細節一片模糊；唯一看得出的是男子有些跛行，而這觸動了克里斯特腦中深處某一點。但他搜索枯腸，卻怎麼也想不起任何進一步細節。男子的步態非常眼熟，然而他愈努力思索、想要找的答案就躲得愈遠。

有時，當他一時想不起來某事、或是說不出口某個他知道自己認識的字時，他總會憂心忡忡。他母親過世前已為失智症所擾了將近十年。一段緩緩凋零的漫長歷程。一段克里斯特絕不想在自己身上重演的歷程。他最大的恐懼便是淪落到讓個邊嚼著口香糖的二十歲年輕人為自己換尿布擦屁股。為了確保噩夢不會成真，他在他母親的珠寶盒裡藏了一顆藥。它就在那裡，等待派上用場的那天。迅速的死亡。有尊嚴的死亡。

他反復重看跛行男子的影像。還是想不起來。他的記憶看來是幫不了忙了。克里斯特嘆氣，關上檔案，起身穿外套。今晚就到這裡吧。

四十

米娜上班前臨時決定出席ＡＡ聚會。她通常都早到，但她今天見了女孩，無法直接回到現實面對警局工作。她必須找到方法緩衝、平靜下來。她考慮打電話給文森，但女孩是另一個她難以解釋的祕密。還是用另一個祕密來麻痺失落的痛苦吧。

她到的時候大家都已經入座了。她溜進去，找到一張空椅坐下。聚會現場的椅子永遠太多。沒有人會因為沒有自己的位子而感到不受歡迎。有太多人來到這裡正是因為他們在外面世界感到格格不入、不受歡迎。他對斯科納男和紫圍巾女點頭招呼。

海豚女孩捲起袖子露出包著保鮮膜的手臂。保鮮膜底下的「活在刀口」刺青字樣依稀可見，四周皮膚憤怒發紅。米娜忍不住想像她皮膚底下那些窮凶惡極的細菌，吞噬摧毀一切活體、直往骨頭鑽去。她雙手摩擦長褲，悄悄用力狠捏大腿阻止自己再想下去。海豚女孩對她招手微笑。米娜試著微笑回去，卻感覺僵硬而不自然。

帶狗男坐在她對面。她其實應該要改口喊他波西的主人。他旁邊是一個坐在輪椅上的人。米娜猜想應該就是他提過的女友還是妻子。

波西一看到米娜的耳朵便豎了起來，在主人還來不及拉住牽繩阻止牠之前就衝過來、兩隻前爪放在她大腿上，熱情地試圖舔她的臉。米娜一躍而起，拚了命拍掃自己的長褲。至少外頭地上是乾的，但她還是得把褲子扔了。現在連她的手也沾上了。帶狗男跑過來一把拾起牽繩。

「抱歉，我以為我把繩子綁在椅腳上了。」

「沒關係，」米娜口氣生硬道。「我只是……有點怕狗。」

「我完全理解——牠體型實在不小。但牠其實是個小甜心。牠好像特別喜歡妳。」

她勉強擠出微笑，坐回椅子上，波西則被牽走開了。她的心跳漸漸恢復正常。所有人都在看她。她低頭看地板。她希望自己能隱形。她不想被看，不想占據空間。至少在這裡是這樣。她想聽、想看、想學。出席聚會三年了，她卻一次都還不曾分享自己的故事。

輪椅上的女人理解地望著她微笑。米娜假裝沒看到。波西這會趴在主人腳邊，大頭擱在兩隻前爪上，濕潤的棕眼盯著米娜。傷心、被拒、遭叛。

休息時間米娜一個人閃到一旁。大部分人或站或坐，三兩成群喝咖啡吃餅乾聊天。米娜躲在角落裡拿出手機。沒有新訊息。她點開Candy Crush——她已經玩到第二十級了。她花了無數個小時破關晉級。這是最完美的放鬆方式。她盯著那些色彩繽紛的糖果不斷移動、消失、再度填滿。只有開始，沒有結束。

「我也想代波西道個歉。」

來自左側的話聲讓米娜嚇一跳。

「我們領養牠的時候牠已經是成犬。我想我們沒能把牠訓練成我們想要的樣子。」

輪椅女滿臉歉意地對她微笑。米娜無聲嘆了口氣，把手機收到口袋裡。看來不管多努力避免，她還是逃不開閒聊。人們就是讀不懂身體語言。有時她會夢想一個不一樣的世界——在那裡人們都得學會如何正確洗手、時時使用橡膠手套和口罩，四處還貼有告示提醒大家保持安全社交距離。

「真的沒事，」她說，希望女人能看懂暗示自己推輪椅離開。然而她留在原地，面帶溫和微笑打量著米娜。帶狗男拿著兩杯咖啡走向她們。他把一杯咖啡遞給輪椅女，對米娜歉意微笑。

「抱歉沒幫妳帶上一杯。只是妳通常不喝……」

「真的沒關係。」

波西乖坐在一旁，卻彷彿打算一有機會就撲向米娜舔她的臉。她悄悄往後退幾步。

「放心，我拉住牽繩了。」男人說，落坐在米娜對面。

她努力壓抑起身離開的衝動。她不想認識他們。不想知道他們的姓名。不想知道他們住在哪裡。不想知道他們現在或以前的工作。她就是不想知道。他們眼看要穿透她的保護層。他們是陌生人。她只有在工作要求下，才跟陌生人交談。除此之外，她沒有任何必要和不認識的人說話。老實說，她也不認為真有必要和她認識的人說話。她認識的人原本就不多，而且因為她幾乎不聯絡而正在減少中。

「肯尼特跟我說妳是警察。」女人說。

「是的。」米娜簡短應道。

該死了。名字。雖然她早就從聚會分享時得知他的名字，但名字太私人、太親暱了。她也不想跟陌生人談起工作。肯尼特——媽的，她連在腦中都用名字指稱他了——和其他人聽到她和尤莉亞的電話對話是個意外。不該發生也不會再發生。她生活中的不同部門之間都隔了防火牆。這是她唯一知道的方式。也是她唯一的方式。米娜舉目四望。休息時間也該結束了吧？

沒錯，她確實沒有義務留下來。出席是出於自願。她隨時可以離開。但她終於受不了沉默，指著輪椅脫口而出：

「妳怎麼會坐輪椅？」

「脊椎側彎。」女人就事論事道。

「噢，對了，他……肯尼特提過。」

沉默再臨。米娜咬牙。波西感覺又逼近了。牠彷彿一直偷偷在接近她，一公分一公分愈靠愈近。

她往後推開椅子。拉開她和狗兒身上細菌髒污的距離。沉默像張濕毯子般覆蓋他們，米娜再次考慮離開。也許她可以拿探問海豚女孩的新刺青當藉口。但她也打算離她發紅的手臂愈遠愈好。

她的手機響了一聲，她感激地把它從口袋裡掏出來。她讀了簡訊，思考片刻，很快送出回應。

她抬頭看到肯尼特和他妻子正好奇地看著她。她起身，拿起披在椅背上的外套。

「抱歉——工作需要。很高興見到你們。」

她對輪椅女點點頭。波西失望地目送她。洗手間就在往出口去的路上，但她刻意不進去洗手。進去裡面只會讓她沾上更多細菌。車裡有濕紙巾和乾洗手。先這些就夠了。

四十一

克里斯特嘆氣。又浪費了幾小時在過濾北歐銀行監視器錄像上。他已經快把他們提供的資料全部看完了——整整七十二小時，直到他們所知圖娃離開咖啡館那一刻為止。離開，失蹤，赴死。但是監視器並沒有捕捉到任何不明黑色廂型車，或是蒙面歹徒突然衝上來的畫面。沒有模式。沒有特出之處。

他沒有發現任何值得追查的線索。那個有些眼熟的微跛男人依然困擾著他，但他暫時也無能為力只能先擱著。想不起來就是想不起來。就這麼簡單。他又不是魔術師。如果魔術師真有辦法，那他們當初就該留下文森。

克里斯特關掉監視器檔案，再次嘆氣。他的下一項任務並沒有比較容易。當初昂妮絲之死被判定為自殺時，他受命負責聯絡死者父親亞斯博．瑟西。至於昂妮絲的母親夏洛特．瑟西則在她小時候就過世了。一等昂妮絲年紀大到可以獨立了，亞斯博就搬到了阿維卡另組新家庭。克里斯特是小組裡在聯繫家屬方面最有經驗的人，這項任務於是總是落在他身上。他的同事似乎不明白他和他們一樣不喜歡這個差事。說來他可能做得比他們還差。平靜鎮定他做得到，但安慰什麼的就絕非他的強項了。

他記得相當清楚上回和昂妮絲父親的對話。他並非一直都待在凶案偵查組，所以在整個職業生涯中他曾經有過各式各樣的對話。有些家屬會在他表明警方身分那一刻崩潰。即便他只是打電話來告知，失蹤貓咪的屍體找到了。寵物主人對壞消息難以接受的程度每每令他詫異不已。他們應該要知道動物遲早都會不見。另外有些人則反應激烈並指控他失職。比如說那個女人，她的Michael Kors包被完整無缺地尋回、只是裡頭的手機不見了。到最後他忍不住問她，她是用哪支手機在跟他說話的……人哪。到底是有什麼毛病？

通知家屬死亡的消息困難多了，尤其是在電話裡。聽見對方在線路另一頭崩潰痛哭卻什麼也不能做令他感覺如此無力。

然而亞斯博．瑟西卻刷新了他的三觀。他的口氣幾乎稱得上……禮貌。當然，這有可能是他震驚的反應——這確實並不罕見；有些家屬表現疏離，但這其實是他們面對噩耗的方式。亞斯博卻不是這一回事，克里斯特認為。亞斯博在阿維卡有新妻子和五歲的兒子。他和他在斯德哥爾摩的女兒鮮少聯絡。在電話中，亞斯博談起昂妮絲的口氣彷彿她只是個遠親。某個他幾年前某頓晚餐上見過一面的人。那感覺曾讓克里斯特脊背發涼。

而他竟得再次聯絡亞斯博，問一堆他知道亞斯博毫無興趣回答的問題。老天。但他還是趕快把事情辦一辦、讓今天終於可以結束。就像人說的，明天又是新的一天。新，但未必更好……

他站起來，打開個人辦公室的門。有些人進行困難的對話時喜歡把門關上。克里斯特則喜歡門開著。走廊的景象和來自外頭的聲響為他提供與現實的連結。不盡理想的現實，但至少比他小小的辦公室好。至少比較大。

根據新施行的個資保護法規，昂妮絲所有親屬的資料在證實該案並不涉及犯罪後便全部自檔案中移除了。警方如今只能以調查或預防犯罪為由保存個人資料，而昂妮絲的自殺案並不在此列。直到現在。如果有人問克里斯特的意見——事實是從來沒人問過——他會說個資保護法根本狗屁不通。保留必要個人資料能造成什麼傷害？他不懂，為什麼所有人突然之間都變得這麼神祕兮兮？要是有人想要知道他社會安全碼的最後四碼，他倒樂意奉告。

他相信國家法醫協會那邊應該問得到電話號碼，因為通知昂妮絲親人「警方決定開棺驗屍」這個不愉快的任務是他們的事。但他決定上網查出亞斯博的工作電話。

他在《阿維卡新聞報》網站讀到幾篇新近的報導。亞斯博顯然活躍於瑞典未來黨，一個受到挪威進步黨強烈影響的極右派政治團體。他們藉著炒作不繳稅的人就不該享福利的議題開始崛起，並且大言不慚地稱之為「移民問題」。

克里斯特看報導中的亞斯博的照片。昂妮絲的父親冷冷地對著他微笑，一頭稀疏的頭髮往後梳，紅領巾搭配藍色西裝外套。彷彿正要出航。亞斯博是阿維卡地方議會成員，文章講的是他希望能在未來一年達成的改變。克里斯特不難想像亞斯博興奮宣布，移民此後必須配戴臂章[17]。

他讀不下去，轉而撥打阿維卡市政府的電話。總機接聽轉接了三次，終於接通。鈴響一聲亞斯博就接起電話。

「夠了，」他對克里斯特的耳朵說道。「我跟妳說過不要打電話來辦公室。不好看。」

「呃，哈囉。我是克里斯特．班松，斯德哥爾摩警局。」

「噢，抱歉，」亞斯博換上迥然不同的口氣說道。「容我在此道歉。我以為是我太太。」

「是我，克里斯特．班松，我剛提過了。我們之前談過一次——」

17 二戰期間，歐洲各地許多猶太人被要求戴上臂章以標示其猶太人身分，便於納粹種族法之管理。

「我記得，」亞斯博打斷他。「那不是一段你很快就會忘記的對話。」

克里斯特很意外聽到亞斯博說話竟不帶韋姆蘭省口音，雖然他和他說過話、也相當確定自己沒有記錯。此外，他在文章裡讀到亞斯博其實是土生土長的哈姆斯塔德人。誰知道呢，記憶有時候是會騙人的。他耳裡聽到的話聲明顯帶有哈蘭省口音。「不是一段你很快就會忘記的對話」。這就值得玩味了。克里斯特還以為忘記這段對話正是亞斯博這種人會做的事。

「很抱歉再次打電話給你，」他說。「但你應該已經知道，我們已經重新啟動令嬡死亡案件的調查，並將開棺驗屍。因為有新證據顯示她可能死於他殺。」

亞斯博沒有應答。

克里斯特稍候片刻繼續說道：「我必須請問你，昂妮絲是否曾經樹敵、就你所知是否曾經有人威脅過她？她是否曾經欠債或涉入不法行動——」

「你竟敢暗示我女兒是罪犯！」亞斯博吼得克里斯特耳朵嗡嗡作響。「你再說一個字我保證告得你和全斯德哥爾摩警局吃不完兜著走！你們這一群無能的智障！我從來不相信我女兒會自殺！好像她真的會選擇在公園裡結束自己的生命，還是在一個該死的戲院前面！彷彿這是某齣戲裡面的一幕！」

亞斯博的聲音裡帶著某種作秀成分。克里斯特用話筒輕敲自己的前額，有些後悔自己的選擇。這通電話是打到阿維卡市議會。如果有人聽到他們的對話，亞斯博自然需要一條退路。瑞典未來黨的政客有個誤入歧途的女兒當然不是好事。克里斯特壓根不相信亞斯博會在乎女兒。他吼叫只是因為旁邊有觀眾而他必須扮演慈父的角色。

「我無意刺探，」克里斯特耐心說道。「我知道你對她在斯德哥爾摩的生活一無所知，畢竟你已經很久沒有見過她。我了解你在阿維卡公務繁忙——噢，對了，恭喜你另組新家庭。」

「你說話給我小心點。」亞斯博口氣冰冷。

柔軟的哈蘭省口音和冰冷口氣形成強烈對比。

克里斯特潛意識中有什麼東西鬆動了。吶喊著想要吸引他的注意，一個他應該要發現的模式。但他愈是想捕捉那東西就逃得更遠。他實事求是地回答亞斯博：

「我沒有暗示任何事情。昂妮絲是一個有自己生活的成年女性。我打電話的目的只是通知你我們已經重啟調查。」

亞斯博再次陷入沉默。他似乎在走動，或許移到另一個辦公室。

「那個……恐怖份子，」亞斯博壓低聲音說道。「如果我是你，我會從那傢伙查起。」

「你說的是誰？」克里斯特問，腎上腺素開始分泌。

「那個和她住在一起的傢伙。伊朗還是敘利亞之類地方來的。窮鬼一個，要不是昂妮絲可憐他，他恐怕連住的地方都沒有。我敢打賭他巴不得霸占整個公寓。」

「你為什麼覺得他是恐怖份子？」

克里斯特急著搜尋紙筆好記筆記。

「他是不是我不知道。但他們那種人。他們為了自己什麼事做不出來。殺了我女兒算什麼。」

「我以為他們是好朋友。」克里斯特說，停止搜尋紙筆。

「昂妮絲，和那種人是朋友？」亞斯博說。「不可能。就是這種天真的態度導致整個國家陷入今天這個處境。毫無秩序。毫無防備。我還以為警方能看得清楚一點。你們已經和真正的瑞典脫節了——我從和你的對話聽得出這點。你該引以為恥。逮到他再來跟我說。」

亞斯博掛上電話。克里斯特嘆氣，再次看一眼《阿維卡新聞報》上的照片。一般來說，他不會寬貸一個在女兒滿十八歲當天遺棄她的父親。但這或許是亞斯博對昂妮絲做過最好的一件事。她至少過了幾年不必聽他說話的日子。

然後她就死了。

東尼爾．巴蓋布瑞爾已經被他們找來問過話也被請回了。他似乎是無辜的。至少當時是。但米娜再去找過他之後，他就從咖啡館逃走了，至今仍找不到人。情況看來對他很不利。非常不利。加上圖娃的外祖父母說，圖娃覺得東尼爾會傷害她。該死了。

他坐在椅子上，揉揉眼睛。今天是非常漫長的一天。漫長且缺乏成效。他無意看輕發生在昂妮絲和圖娃身上的恐怖暴行，但，人遲早都得一死，不是嗎？你永遠不知道下一個輪到誰或何時會發生。事情就是這樣。克里斯特有時會想像一個身穿黑袍手持長柄鐮刀的黑影出現在他門口。這未必意味他想死。他相當確定自己還不想。但有點變化總是好的。死。生。他媽的該死。他嘆氣，再次點開監視錄像檔案。他並不想繼續過濾。但螢幕上有點東西看起來才像在工作。他上身倒向椅背、雙手抱腹，閉上了眼睛。希望不是東尼爾。他一點也不想長亞斯博的威風。但目前看來一切都指向東尼爾。克里斯特再次嘆氣。很遺憾，種族主義者有時也會對一次。

四十二

他在雪布尼查[18]原是個木匠。他用雙手創造東西。他的祖父和父親也都是木匠，他們累積的技藝和知識彷彿也一起遺傳給了他。至少他的祖母一直都是這麼說的。他可以看著一塊木頭，直直看進它的內在，了解它想要變成什麼、應該變成什麼。他曾經用他的雙手創造出許多美麗的東西。從他手中送出的東西，無一不是它們命定的模樣。

如今他不再是個創造者。那一場戰爭奪走了他創造的欲望。死亡蒙蔽了他的眼睛，再也看不到美麗。曾經的喜悅如今已被戰爭沉沉重量組成的黑色團塊取代了。他體內充溢憂傷。所有的苦痛沉積在他的關節裡，即便閃過創造的念頭，雙手已然僵硬攥緊。

戰爭終究為他發掘了不同的天賦。挖。挖。挖墳埋葬死者。他早已數不清自己曾埋葬過多少人。如今他為棺材挖洞。一個洞埋一個人。在教堂的保護之下。

那時。

那時他們只能把人成堆扔進坑裡。大部分是男人。還有男孩。深深的墳坑，人像動物般層層堆疊。血肉拍擊血肉的聲音。屍體身上少數值錢的東西全被剝下了。大部分身無長物。都是窮人。草芥般的窮人。

有時他不禁納悶姆拉迪奇在他的牢房是否曾聽到屍體推入坑的沉重聲響。或許不。八千名波士

18 Srebrenica：位於波士尼亞與赫塞哥維納東南部的城市。在波士尼亞戰爭期間的一九九五年七月，塞爾維亞族共和國軍隊在姆拉迪奇（Ratko Mladic）帶領下，在雪布尼查及附近地區展開大屠殺，短短三週內共計殺害超過八千名波士尼亞穆斯林男性。

尼亞穆斯林的屍體被推入墳坑的聲響理應在他牢房四壁間迴盪，但那畜生無疑好端端坐在那裡，食物暖氣與電視一樣不缺。屠殺八千人的絕非一般冷血怪獸。

「嘿，兄弟。我是烏維，開怪手的傢伙。你得跟我說要怎麼挖。」

尼可拉握住他伸出的手。他大約五十多歲，矮壯結實，光頭上都是刺青。小型挖土機上貼有「烏維迷你怪手公司」的字樣。尼可拉懷疑地打量他。在雪布尼查，那刺青意味此人曾經蹲過至少十年的苦窯。他不太確定刺青在這裡的意思，但他決定絕不輕忽提防此人。

「你先小心開挖表層，」尼可拉說，「等接近棺材了再由我和埃米爾接手。棺材通常會埋二到三米深，所以你不要挖超過一米半，以防萬一。」

頭皮刺青的男人點點頭，回頭往他的挖土機走去。尼可拉一路盯著他的背影。一對男女朝他們走來，後面還跟著另一對男女。走在後面那一對身上穿了防護衣。

「米娜·達比里。警探，」第一個女人說。「這位是文森·瓦爾德。」

「烏維是我請來的，」站在女警身旁的男人說道。「他沒問題。他是我鄰居——喏，至少是離我家最近的一戶。他應該打電話跟你聯絡過吧？」

「他是罪犯嗎？」尼可拉問。

最好就是單刀直入。你必須知道自己的處境。男人盯著他。

「罪犯？我想不是。你……怎麼會這麼問？」

尼可拉簡單點個頭以為回應。

「很好，」他說。「他應該沒問題。」

「鑑識組的人也來了，」米娜繼續說道，朝背後兩人點點頭。「棺材出土後就由他們接手。」

尼可拉再次點頭。他話向來不多，寧可直接上手做事。瑞典人有時實在太多話了。彷彿他們受不了沉默、非得盡全力填滿空檔不可。他個人偏好沉默。

尼可拉和埃米爾往後退幾步讓路給怪手。他倆無需交談。他們是兄弟。沒有血緣，但自從一起在雪布尼查挖過墳後，他倆就沒離開過彼此。他們都失去了一切。他們的家人全都被埋在某個不知名的亂葬坑裡。永遠找不著了。

他倆一起來到瑞典，在林克比合租一間兩房公寓。尼可拉煮飯，埃米爾洗碗。他們就這樣存活著。說不上生活地存活著。

頭皮刺青的男人熟練地操縱著怪手，沒花多少時間便挖開了表土層。他睇眼看著那個和女警一起來的男人，看他仔細地觀察怪手挖土的整個過程。不知為何，男人讓尼可拉想起了自己的弟弟。尼曼是他們兩兄弟中聰明的那一個。尼可拉用雙手創造東西，尼曼則是用腦。戰爭開始之前，尼曼是大學裡的數學講師。尼可拉很想念他。他不懂為何自己可以逃過一死，尼曼卻早早化為了塵土。

「妳怎麼跟鑑識組介紹我？」男人對女警說道。他顯然忘了尼可拉也在場。

「沒什麼，」她說。「尤莉亞的小組沒成立多久，所以他們也不清楚有哪些成員、或是我們請了什麼顧問。你就把自己當做小組一分子正常應對。他們不會多問的。」

尼可拉搖搖頭。人人都有祕密，即便在這裡。太多祕密不是好事。不信任會壞事。怪手稍稍倒轉，停了下來。駕駛座門打開。

「差不多了嗎？還是要繼續挖？」

尼可拉拿起鐵鍬走到墳邊。埃米爾緊跟在後。他倆往裡頭看。他估算已挖開的深度。他望向埃米爾。埃米爾點點頭。

「我們從這裡接手，」他說。

他們爬進坑裡，開始用鏟子挖。

他的胸口隱隱作疼，為另一方土壤、另一個死亡而痛。那是太久以前的事，但現在的他還感覺得到。

永遠的現在。

四十三

他一開始沒聽到電話響了。直到瑪麗亞踢他的腳。

「你要接還是不接？」她說。

他讀書讀得正專心，一本講行為模式與年齡相關危機的書。作者列出生命不同階段會有的一些共同觀點、價值與行為。人們並不如自己以為的那麼不同。他當初買這本書是為了了解自己的家人。他不想犯下假設一個八歲、一個十五歲、一個十九歲、和一個四十歲的人會有相同的思考方式的錯誤。不過他開始懷疑這本書的數據資料並不涵蓋他這一家人。

他這回重讀是為了了解凶手。根據他們已知的凶手所為做出評估，或許能估算其年齡性別與背景。這至少是一點參考。但他卻卡在凶手的行為互相矛盾，令他苦思不解。

「文森？」瑪麗亞口氣極其不耐地又喊了一次。「你的手機在響。還是你不敢在我面前接？」

他闔上書，看一眼客廳桌上的手機。米娜的名字出現在亮起的螢幕上。他很快拿起手機接聽，而瑪麗亞刻意調高電視音量。

「幫我跟你的小三問好，」她說。「記得不要吵醒阿斯頓。他今天在學校不好過。」

他走進書房，不想和TV4頻道的《大家來尬舞》比大聲。

「嗨，米娜，」他說，掩上房門。

「克里斯特和圖娃的外祖父母談過了——我剛剛讀過報告。」她說。

他落坐在書桌椅上，緩緩轉動。米娜不會把曾經碰過桌面或自己口袋的手機放在耳邊，除非事先完整消毒過。所以她應該是用全罩式耳機或Airpod——當然也是要消毒過。她通常會用過多少次才丟棄換新？他決定了，如果有機會送她耶誕禮物，一副全新Airpod耳機就是最好選擇。

「克里斯特也跟昂妮絲的父親亞斯博談過，」她繼續說道。「猜猜他們三個都提到誰？」

「東尼爾．巴蓋布瑞爾。」

除了他還能猜誰。

「很好，讀心術大師。雖然都只有間接證據。瑪塔和古納說圖娃不敢提到他、還說害怕他會傷害她。亞斯博則指控東尼爾想要霸占昂妮絲的公寓。不過他會這樣說很可能只是因為他是個種族主義者——」

「東尼爾從咖啡館逃走必有其原因。」

米娜沒說話。他可以聽到她背景裡的聲響。愈來愈大聲，然後漸趨模糊。她顯然在辦公室，沒人知道她打電話給他。他等待她繼續說下去。他喜歡聽她說話。

「你的側寫怎麼說？」她說，背景裡的人聲終於靜下來。「魯本說對了嗎？就是東尼爾了嗎？」

他回想在咖啡好時光短暫觀察到東尼爾的反應。東尼．厄文的話聲自客廳穿牆而來。完美的慢狐步舞云云。

瑪麗亞應該是見他沒回客廳又調高了音量。他等會兒一定得為這通電話付出代價，但也只能到時候再說了。

「我們見到東尼爾的時候，他顯露出緊張與有所隱瞞的跡象，」他說。「但也僅止於此。或許被逼急了會露出暴力的一面，但我並沒有在他身上觀察到壓抑的憤怒。如果有，他的反應會更尖酸刻薄或憤世嫉俗，而且不會動到他的眼輪匝肌——」

「眼輪什麼？」米娜打斷他。

「他不可能連眼睛都會笑。我們加諸於他的壓力應該會導致他手部和臉部出現類似抽搐的反應。但這些都沒有發生。在此同時，單憑一次交手的印象就妄下結論並非智舉。東尼爾對我們沒有暴力反應，並不代表換了情況還會一樣。但我也說過，凶手似乎有迥然不同的兩面：一方面狂猛暴力，另一方卻也能冷靜計畫。東尼爾是否也有這兩面尚待觀察。」

米娜暗咒。

「看來我們的第一要務就是找到東尼爾。」她說。

「就算他是無辜的，他可能也需要保護，以免瑞典未來黨的支持者找上他。昂妮絲的父親是該黨的重量級人物，而他正在氣頭上。我認為他應該不至於親自對東尼爾動手，但把東尼爾的照片公布在臉書網頁並鼓勵死忠支持者『做正確的事』倒不無可能。這種事以前發生過。」

文森嘆氣，坐在椅子裡轉一圈。

「瑞典未來黨。老天，一群無腦的笨蛋，」他說。「我們還得應付他們？」

「只是無腦笨蛋？」米娜說。「事情有這麼簡單就好了。總之謝了。下次見。」

她結束通話。

他拿著手機坐在原位久久不動，積蓄足夠的力氣回去面對瑪麗亞。至少《大家來尬舞》快播完了——他可以聽到主持人正在做總結。他看著手機螢幕，想要看到米娜的名字再一次亮起來。還是空白。他深呼吸，開門走回客廳，

「我就坐在這裡，聽得一清二楚，」瑪麗亞宣稱道。「你竟然在隔壁房間大方玩起電話性愛。有夠噁心！有夠可恥！」

他看著自己的妻子，腦中浮現無數傷人話語，一句比一句清晰完整。一句比一句惡毒。他最終一語不發。

四十四

東尼爾待在邁斯塔的公寓裡盡可能不出門，但他終究得添購日用品，比如說衛生紙。加上透透氣。他端詳浴室鏡中的自己。說什麼性感鬍渣，他下巴冒出的鬚毛既不均勻又稀疏，所以他向來都是刮得乾乾淨淨的。他的頭髮一整星期沒洗過，像頂油膩的安全帽伏貼在頭上。更別提新冒出來的深色髮根。總之就是一團亂。

幸好艾芙琳看不到他——她一定會說他看起來像個得了癌症的遊民。她總是有辦法一句話擊中要害。他比平常還想念她。只是她如果看到他現在這副德性一定當場跟他分手。他八成還很臭。

重點是他們知不知道。警察知不知道他躲在哪裡。他實在太不小心了。關於圖娃的事他不得不說謊。喏，嚴格說來不算說謊，但他顯然有些事沒說。這事遲早會回到他頭上。他已經連兩次有驚無險。他不能再犯任何錯誤了。

東尼爾再次望向鏡子。首先，他得換掉這身穿了很多天的T恤和長褲，然後他得出門一趟。但他就是甩不掉警察就守在公寓外頭的感覺。等他出現就一湧而上、狠狠揍他一頓。或者有人會認出他，打電話報警。從公寓到超市一路上的路燈桿上，說不定都貼滿了附上他大頭照的通緝海報。而且警察不是沒有理由這麼做。

「振作一點。」他大聲說道。

但沒有用。他還是太害怕了。他愈拖下去只會愈不敢出門。

他第三次望向鏡中的影像。用手撫過參差零落的鬍鬚。細細打量髒污的T恤。也許他可以打電話給薩米爾，請他帶食物和衣服過來。但薩米爾還會帶來另一堆問題。他會樂得把這裡當做新基地，繼續販售他裝在小塑膠袋裡的白粉。而尤塞夫、也就是公寓的主人絕對會不高興。不，不能找薩米爾。東尼爾逃走後就沒跟艾芙琳說過話了，但要讓她知道他跟薩米爾混在一起絕對會甩了他。他一點也不想失去她——沒有事情值得失去她。

艾芙琳決定一切。

他不能再坐以待斃了。他必須主動出擊。這意味著主動和警察聯絡而不是等他們找上門來。他必須讓他們相信他，相信他們到很久都不會再想到他。很久很久，比如說永遠。他拿下被他貼在鏡子上的名片，掏出手機撥號。

有人接起電話，但他沒聽清楚對方說了什麼。他太緊張了，頭顱裡彷彿有什麼在轟轟作響。

「哈囉，」他說。「妳之前來我上班的地方找過我，說想和我談圖娃的事。圖娃．班松。」

四十五

克比勒，一九八二年

他在穀倉地上攤開手繪圖——他剛剛仔細掃過地以免弄髒圖。他花了好幾天測量、調整、重來，終於完成的設計圖。他蹲下來，細細端詳每個細節，確定自己沒有犯下任何錯誤。穀倉裡已經很久沒養過動物了，牛隻和牛糞的味道卻還清晰可聞。嫣恩覺得這味道非常噁心，所以從來不肯踏進這裡一步。

這是他一人獨享的空間。他花在這裡做自己的事的時間比待在主屋裡的還多。

敲門聲傳來，然後門就被推開了。嫣恩站在門口，手還放在門把上。

「我可以進來嗎？」她說。

「可以，不過我以為妳不喜歡待在這裡。」他應道，坐了起來。

「我知道，不過我了解到這只是異味分子；我讀到你可以學習重新詮釋它們。而且我想知道我上次給你的題目你解得如何了。我都快忘了這回事。」

他從褲子背後口袋裡掏出那個裡頭有數字方塊的塑膠框，站起來朝姊姊走去。他已經試圖解題好幾天了。

「我不懂，」她說，把數字謎題還給她。「感覺好像……好像根本不可能。」

「賓果，」她說。「正確答案就是無解。」

他皺眉。為什麼一種數字組合行得通，另一種卻不行？這太不合理了。

「你瞧，」她說。「我的題目是所有數字都要照順序來，只有十四和十五必須對調。如果我們從其他數字開始移動，至少要多少步才能讓它們回到原來的位置？」

「兩步。第一步是移開——往任何方向都可以——第二步是把它們移回來。」

「很好。所以是偶數步。這表示不論你移動多少數字，最後總要偶數步才能把它們移回原來的位置。不要用那種表情看我——這只是數學邏輯。但，要把十四換到十五的位置需要走幾步？」

「一步，」他說。「啊！是奇數步。」

「答對了。不錯，小小年紀竟答得出來。要讓十四和十五交換位置永遠需要奇數步，但你需要偶數步讓其他數字回到原位。你不可能同時做到奇數步和偶數步。所以本題無解。」

他搖搖頭。他沒有完全聽懂她的解釋，但聽起來似乎很對。

「我喜歡偶數，」他說。「應該有給像妳這種人參加的俱樂部吧？」

「你是說超級聰明的人？」

「不是，我是說討人厭的姊姊。」他接著慢慢說道：「對了，妳說妳正在讓妳的鼻子學習接受的分子……妳知道它們都是便便分子吧？」

嫣恩臉色鐵青。

「噁！」她大叫。「天啊，你有夠噁！」

她衝出穀倉，而他笑彎了腰。他看到她用袖子摀臉拚命擤鼻涕、努力把裡頭那些看不見的髒東西擤出來，他笑得更大聲了。

然後他回到設計圖上，撥開幾根掉落在上面的稻草。這不是他第一張手繪草圖。牆上貼了許多張設計圖——物件有大有小——而他也全都按圖施工做出來了。都是魔術道具。有些行得通，有些則否。木料場的埃倫知道他對製作道具的熱情，也對他的能耐印象深刻。他不時提供他需要的各種邊材、木條、或是布料。如果真的找不到材料，他就會拿早餐穀片的盒子設法改造。

不過，這張最新的設計圖和以前做過的都不一樣。牆上那些草圖都是他看過電視上的魔術表演後自己猜想摸索出來的。他從來也不知道自己有沒有猜對。但地上這張圖不一樣——它可是貨真價實的設計圖。

他在媽的協助下透過克比勒圖書館訂了幾本關於舞臺魔術的書。他等了超過一個月。訂來的書有好幾本其實是魔術師自傳，裡頭附了好多魔術師穿著亮片舞臺服在拉斯維加斯的照片。他原本希望書裡會講到魔術道具的構造原理，但顯然沒有人願意透露這一點。直到他終於翻開《嗜好系列第十二集：魔術自己做》——這書名無聊到他差點放棄訂這本。他驚喜發現書裡頭附了許多知名經典魔術的道具製作藍圖。他不敢相信這種書竟然存在。一本解開所有祕密的書。

書編得有些隨便——翻拍的手繪藍圖應該是來自美國，因為原圖的標示都是使用英寸，作者再在每張照片旁手寫註記，把英寸換成公分。不過他不在乎那些。重點是書裡有他最喜歡的魔術：移形換影箱。

他看過的其他舞臺魔術基本上都是把魔術師助理塞進箱子裡，再由魔術師對裝了人的箱子動手。鋸成兩半、放火燒、拿劍穿。然後助理現身，身上的衣服還已經換過了。他一直覺得這種魔術很奇怪。趁人換衣服的時候傷害他們。大人的想法他真的不懂。

移形換影箱和其他魔術最大的不同在於魔術師和助理會經歷一樣的事。他們都是魔術師也都是助理。魔術師變成助理。

他可以和人交換位置。變成其他人。這說法更好。

他把書立在地板上、放在設計圖旁邊，然後瞇眼細看翻開的書本上的圖片。兩個人微笑接受掌聲。他需要一個助理。嫣恩不可能。但他重新計算尺寸後畫出來的設計圖，應該可以輕易把媽裝進去。她一定會感到很驚喜，很以他為榮。他終於要變他自己的魔術了。他再次檢查圖上尺寸數字，確保無誤。

這會是最棒的一次。

四十六

「七十大壽派對好玩嗎？」

文森口氣輕快。他懷抱著她會讓事情就這麼過去的希望。雖然機會不大。老實說，如果真的發生了，那麼今天就是他買下這輩子第一張刮刮樂的日子。

以刮刮樂來說，刮中一百萬克朗的機率大約是二十五萬分之一，不計大小刮中任何獎項的機率則高達五分之一。猜對六個數字贏得大樂透的機率是四十九萬零八百六十分之一。贏得大樂透任何獎項的機率則是五十分之一。這樣說來當然是買刮刮樂。另一方面來說，如果玩電視上的賓果樂透，贏得參加超級機會或彩色五的機率則有十六萬六千分之一。贏得任何獎項則是每七點七張票卷就有機會，所以他或許該……

「文森！你到底有沒有在聽我說話？」瑪麗亞咬牙吐氣道，氣得漲紅了臉。

他眨眨眼睛，回到現實。瑪麗亞和家人聚會後總要抓狂一回，在接受她父母和兄弟姊妹堅持灌進她耳中的毒藥之後。

即便如此，發現買不成刮刮樂時他的心還是一沉。今天的任務變成衝突管理。全靠老天保佑了。他起身，拿著歡樂屁王再次裝滿咖啡，然後在她對面坐下。太陽正投射金光映亮這桌面，彷彿在預演夏日。

「大家都覺得你缺席是很奇怪的事，」瑪麗亞說。「我解釋說你晚上有演出，但媽和爸還是很不高興。」

「很遺憾，」他說，話一出口他就從瑪麗亞的身體語言發現自己答錯了。

他可以精密掌控現場八百名觀眾的情緒，連最微妙的起伏都逃不過他的觀察。但不知為何他就是走不出自己妻子的地雷區，尤其是她父母布下的地雷。她父母，還有烏麗卡。

「遺憾？」

瑪麗亞的聲音拉高到假音。她手裡握著閃亮野貓馬克杯。他暗忖這稱號未免太不適合她了。適合拿來形容他妻子的稱號還多得是。除了閃亮野貓以外都是。

「我的意思不是……」

他的腳在桌下打節拍，他強迫自己停下來。他如果露出緊張的跡象只會更惹惱她。有時他不禁會想她到底看上他哪一點。她為什麼會喜歡上他。他配她根本完全不對。或者反過來說，她配他根本完全不對。要怎麼看這件事取決於當初到底是誰追誰。到底是誰啟動了這場背叛家人的超級醜聞、導致眾人至今還在舔傷。

他告訴自己，採取主動的人是她。她則宣稱是他。事實或許在這兩者之間。瑪麗亞永遠在跟烏麗卡競爭——這一點也不容易，因為烏麗卡總是如此該死的完美。瑪麗亞始終是那個散漫的小妹。但或許正是烏麗卡的完美把他推向了瑪麗亞。時時得追上烏麗卡的標準是件令人精疲力竭的事。瑪麗亞沒有任何標準。至少不是烏麗卡那種。她就在那裡，在他眼前。對他敞開，唾手可得。至少當時他是這麼想的。只是事實證明瑪麗亞呈現在眾人面前的自己，和真正的她之間有段相當的距離。他發現時為時已晚。他們的背叛已然公開，他倆只得並肩站在戰場上，面對兩人造成的毀滅性傷害。但如果他夠誠實的話，或許就該坦承，自己或許也沒達到瑪麗亞期待的標準。

然而他依然堅持是瑪麗亞先跨過了那道禁忌的防線。雖然瑪麗亞或許會說當時他倆已經曖昧了好幾個月。眼神，動作，有意無意的身體碰觸。事情發生在烏麗卡父母的夏日別墅。其他人都去游泳了，文森以工作為藉口留在屋裡。他不知道瑪麗亞又是用什麼理由。但就是在那個老舊的鄉村廚房裡，他們第一次發生關係。是瑪麗亞主動抱住他，吻他，把手伸進他的短褲裡握住他硬挺的老二。他抱起她，回到烏麗卡和他每回來都住的客房裡。就在那裡，他進入她身體。

也是在那裡、在那一刻，他倆明白自己走上了一條不歸路。在家人無法置信的驚恐中，他們堅持下來了。一星期後，他對烏麗卡提出離婚請求。

關係的第一年，他們瘋狂做愛。大部分是瑪麗亞開始的。是她想要征服他的身體，像占領一座先前由她姊姊統領的堡壘。而他並不反對。他喜歡和瑪麗亞做愛。和烏麗卡的性愛更像是績效評估。和瑪麗亞的感覺更……真實。

但無論如何，當初的狂熱都已經消退了。這幾年來，一個月一次都算罕事。他甚至不記得瑪麗亞上回碰觸他是什麼時候的事。就算她讓他碰她，她也會以新生的拘謹要求關燈。如今回想，她會在他進入她身體時看著他的眼睛，已彷彿是遙遠的幻夢。

「老天。哈囉喔喔喔喔？你在哪裡？你至少可以假裝一下對我說的話還有點興趣吧？」她咬牙道。

他不知道自己為何很難專注聽她說話。也許是因為他通常能預知她想說什麼；有時他會在她話出口時同步低聲咕噥。

「我說你得打電話給爸媽道個歉，」她說。「七十大壽算是重要的里程碑。你到底打算什麼時候才要把家人放在第一位？我知道你就愛自由來去，但我們其他人可是住在真實世界裡，沒有這種奢侈的自由！」

「我並沒有自由來去，」他語帶倦意。「我有工作，而這份工作要求我經常得在晚上或週末旅行到外地。但工作就是工作。」

「那你最近搞得他媽的神祕兮兮的那件事呢？和那個女條子一起的？那也算工作嗎？」

他知道自己說什麼都沒有用。瑪麗亞從不和他對話——永遠都是她的個人獨白。但他已經厭倦只能當個觀眾了——永遠只能偶爾發出聲音表示自己有在聽。這回他拒絕噤聲。

「妳覺得這是怎麼回事？」他說道。「只因為我工作時有聚光燈打在我身上，妳就以為我每晚都有粉絲獻身、開毒品趴徹夜狂歡嗎？妳知道嗎？妳還真說對了。我日子就是那樣過的。妳就不知道我從裸體小模平坦的腹部吸了幾道古柯鹼後曾經把多少臺電視從旅館窗子扔出去。尤其是在瓦拉和卡爾莫這種小城，他媽的爽翻天！我的時間根本不夠拿來服務那些糾纏著要我上她們的二十二歲好色女粉絲！」

瑪麗亞瞪著他看。

「你在胡說八道什麼。」她說。

「妳選擇我的時候就已經知道我的工作狀況，」他說。「非常累人、常常旅行，還有，沒錯，我是個公眾人物。但說我沒有把家人放在第一位？只要不是巡演期間，我陪伴家人的時間比一般父親還多。週間五天裡有四天是誰去接送阿斯頓上下學？妳和我是誰每天去學校陪蕾貝卡和班雅明走路回家、讓他們可以比其他孩子早兩小時走？我在這裡，瑪麗亞。妳上次幫阿斯頓修理他的遙控汽車是什麼時候的事？陪班雅明給模型人偶上色？或是和蕾貝卡好好聊個天？坐在這裡一手拿茶杯一手滑臉書不叫做陪伴家人。待在同一個屋簷下並不表示妳的心也在。對了，妳以為妳這些上頭印些俏皮綽號的特製耶誕節馬克杯，是誰付的錢？」

他停下來換口氣。他原本無意說這麼多，但在此同時……他說的確實都是事實。

瑪麗亞手握閃亮野貓馬克杯站了起來。

「我要我們一起去看心理治療師，」她說。「此外，你不知道我陪阿斯頓一起做了多少事。你以為他為什麼不想和你一起讀書？」

她終於設法指出一件他沒有意料到的事。

「心理治療？」他口氣不甚確定。「哪一種心理治療？」

他如履薄冰。他無法想像有什麼比這還無意義的事——耗費時間金錢讓一個對人類心理的了解遠遠不及他的人來為他提供諮商。這好比要一個腦外科醫生開刀前去求教於婦科醫生。荒謬至極。但他知道這不是此刻該對瑪麗亞說出口的話。

「給你決定，」瑪麗亞說道，朝門口走去。「我瑜伽課要遲到了。」

文森一直等到她出門後才從口袋裡掏出已經無聲震動了三分鐘的手機。兩通未接來電和一則訊息，全都來自米娜。

可以請你盡快趕來總部嗎？東尼爾要過來。我希望你也在場。

四十七

他們帶他走進警察總部裡的一個小房間。他猜想這就是偵訊室，因為這裡頭跟他在電影裡看過的偵訊室長得一模一樣。一張桌子，兩邊各一張椅子。另外還有幾張椅子排在牆邊。此外就沒有其他東西了。唯一差別是桌子是淺棕色的木桌，典型九〇年代的辦公室家具。另外就是沒有可以用來銬上手銬的地方。東尼爾沒見過敘利亞的偵訊室，但他猜想裡頭一定沒有來自ＩＫＥＡ的家具。

門開了，來過咖啡館的那個正妹條子走了進來。後面跟著和上回同一個男人。

「抱歉讓你久等，」她說。「你到的時候我同事正好不在辦公室。」

男人朝他點點頭，找了一張靠牆的椅子坐下。他說他叫什麼名字？威利還是什麼的。東尼爾上次就覺得他眼熟，現在這種感覺甚至更強烈了。但他就是想不起來在哪看過他。

「你應該是在電視上看過我，」男人回答東尼爾腦中的問題。「我的名字是文森。」

男人把他看透了。看來自己送上門或許不是個好主意。

「文森．瓦爾德協助我們調查，」米娜。「他不是警探，但他……為我們提供其他專業技能。」

東尼爾不知道米娜自己有沒有意識到，她提到文森的時候都會微笑。

「他今天會坐在那裡聽我們談話，」她繼續道。「不知道你記不記得，我的名字是米娜．達比里。」

「嗯，妳的名片上有寫。」他說。

「你想跟我們談。」

米娜坐在他對面，打開筆電。

「你要不要脫掉外套？」

他練習過要說的話，最重要的是他的口氣。太過有備而來聽起來會像在騙人，但太緊張聽起來又像是心虛，難就難在要找到兩種口氣的中間點。記得要暫停又不要太常暫停。記得要在一個字沒說完的時候停下來，彷彿不確定要說什麼。態度不要太輕浮。他在公寓裡小心反復練習過。

但那個叫做文森的男人卻好像能看穿他。他不敢照練習的說。他必須想出別的辦法。

「抱歉我從咖啡館跑掉了，」他說。「但我一時慌了手腳。還有，這是件薄外套，外頭蠻溫暖的。我還是穿著好了。」

「你為什麼會慌了手腳？」米娜說。「有什麼我們該知道的事嗎？」

「警察找上門有誰不慌的？」東尼爾說，試著想微笑，但瞥了文森一眼後就放棄了。

「我上次和你們扯上關係，是你們想用謀殺罪辦我，」他說。「你們知道我和昂妮絲·瑟西住在一起。所以你們出現的時候我才……才會反應這麼激烈。」

「那現在呢？」米娜說。「我們又想用什麼罪來辦你？」

她很聰明。她把話都留給他說。東尼爾聳聳肩，希望自己看起來很自然。他雙手插進外套口袋裡。衣服是很好的保護罩，多少提供屏障讓他們看不透他。他彷彿透過文森的眼睛看著自己。他做的每一件事看起來都非常可疑。沒做的事也一樣。他突然感到緊張得透不過氣，一連眨了幾下眼睛。媽的，眨眼睛讓他看起來更可疑了。

「我猜圖娃應該還是找不到人，」他說。「不然你們不會想找我談。但事實是我什麼也不知道。我跟她很不熟。熟的是昂妮絲和圖娃兩個。」

米娜一怔，連牆邊的文森都有反應。

「她們認識？」米娜說。「這是我們第一次聽說。我們問過昂妮絲身邊的人和圖娃的外祖父母，沒人提到這點。我們只知道你是她們兩人的共同點，但兩人之間有直接關係？你是這個意思沒錯吧？」

他坐立難安。他還以為他們已經知道了。那個叫文森的傢伙可以不要一直盯著他看就好了。

「嗯，」他說。「說她們熟是不太正確。應該說她們聽說過彼此。昂妮絲在圖娃之前也在咖啡館工作過。我就是這樣找到這份工的。昂妮絲給我圖娃的電話號碼。其他就靠我自己來。」

「而她們兩個都認識你。」米娜說，手指在筆電鍵盤上飛快打字。

然後她抬眼，上身越過筆電往前傾，直視他的眼睛。

「首先，跟妳同住的女人死了，」她說。「臉部中槍。然後不到一個月後妳的同事就……失蹤了。你應該知道情況看起來對你很不利。所以你如果有話要說就快說，愈拖只會愈糟。」

東尼爾突然感覺到口乾舌燥。就是現在了。接下來說出口的話將決定一切。他們會把他生吞活剝了。

「我知道事情看起來是什麼樣子，」他說。「我真的了解。」

他小心控制表情：掛慮，卻不至於擔憂。

「但我能怎麼說？」他繼續道。「斯德哥爾摩並不大。就像我剛說的，我和圖娃是同事單純是因為我和昂妮絲同住。」

「所以這如何能證明你的清白？」

她雙眼緊盯著他。

「你們看這件事的角度錯了！」他說，有些急了。「我不是昂妮絲和圖娃之間的交集——昂妮絲才是。和昂妮絲合租公寓的如果換成別人，那麼和圖娃一起工作的也會是別人。坐在這裡的人是我純粹只是運氣。我和發生在她們身上的事完全無關。你們應該能理解吧？」

「那圖娃的外祖父母為什麼說她不想談到你、說她擔心妳會傷害她？還有，昂妮絲的父親為什麼指稱你脫不了嫌疑？」

他沒料到這個問題。他吞口水。他原本不想說的。要讓艾芙琳發現了一定會暴跳如雷。但他別無選擇。

「昂妮絲她爸是個種族主義份子，如果你們還不知道的話。所有不是瑞典土生土長的人都是他懷疑的對象。至於圖娃……圖娃不想談到我，是因為我們有過一段。」

「有過一段？」

「我們交往過，」他說，不安地蠕動身子。「很短一段時間。但我同時還跟艾芙琳在一起。圖娃知道我不會為她離開艾芙琳。她說的傷害就是指這個。情感上的傷害，不是肉體上。我絕不可能……」

「東尼爾，」文森說，突然打破沉默，「解釋一下雙翻[19]。」

「雙……什麼？那是不是某種……噢不、不、不。我沒跟圖娃和艾芙琳玩過三P。這是絕對行

19 Double lift，紙牌魔術手法。

不通的事。」

文森以他看不懂的眼神望著他。東尼爾急著想說個笑、放鬆一下氣氛，但決定還是閉嘴為上策。

「我們來玩個小遊戲，」文森說。「快問快答，不要思考。我說一個字，你告訴我第一個閃過你腦袋的想法……魔術？」

「呃，哈利．波特？」

「模式[20]？」文森說。

「襯衫。」

「暴力？」

「好痛。」

文森臉上綻開微笑。他簡短地朝米娜點個頭。不管他想做什麼，顯然都已經結束了。米娜的表情比早先軟化不少，身體往後靠在椅背上。

「所以一切都只是巧合？」她說。「好，暫時就當是這樣。你只是剛好在不對的時間出現在不對的地方，這其實也沒那麼難以想像。你先前關於昂妮絲的證詞有沒有要補充的？有沒有想到什麼人可能會想取她性命？」

「取她性命？」丹尼爾不解道。

「殺害她。」米娜解釋道。

他搖搖頭。

「好。那你知不知道有什麼人會想傷害圖娃？咖啡館有沒有人行跡可疑或語帶威脅？或是有沒有常客會跟她攀談的？」

他吐氣，然後強迫自己不要太快吸氣。也許一切真的都會沒事了。但腎上腺素還是流竄他全身。

「一天到晚有客人進門時像是嗑過藥或怪怪的，」他說。「有啦，有幾個常客會那樣。但大部分常來的客人都是把咖啡館當做辦公室或客廳用。」

「這話怎麼說？」米娜問。

「那些媒體掛的筆電和iPhone從來不離身。有個常客老是在翻資料夾在看設計圖。還有幾個女孩會來一起織毛衣。桌遊客通常就傍晚來。但我實在想不出有誰對圖娃的態度特別奇怪的——不管是正常客還是怪客。」

「麻煩你再多想想，」米娜說，若有所思地點點頭。「看你還能想起什麼。你說的那些……呃，怪客，有沒有人突然就不再出現的？昂妮絲的事也請你多想想。」

她把筆電轉過去面對他。

「要請你填一下資料，方便我們聯絡你，」她說，指向螢幕上的表格。「除了工作以外的聯絡方式，地址和電話，以防我們有問題要請你回答。我們會先查證資料的正確性才能讓你離開。」

他花了幾秒才意會過來。

「妳是說……就這樣？」他說，迅速填寫表格。

他突然感覺有些輕飄飄的，幾乎傻笑起來。他們沒有理由留下他。即便他們不想讓他走。或許

20 patterns，亦作花紋解。

瑞典條子畢竟是講理的。

「差不多了，」米娜說，轉向牆邊的文森。「文森你覺得呢？有沒有要補充的？」

文森搔搔喉嚨。

「東尼爾，幫個忙，」他說。「列舉五樣你公寓裡有的東西，不過其中一樣必須是假的。」

「什麼？」東尼爾說，突然一陣尿急。「但是我……好吧。我公寓裡有，呃，百葉窗、水壺、浴室鏡、吊扇、書桌。為什麼要問？」

「只是好奇。」文森說。

米娜大聲咳嗽。

「好了，那就這樣，」她說，站起來。「你可以離開了。謝謝你跑這趟。有消息會再聯絡你。」

東尼爾對文森點點頭。

「要找我的話，我應該會在我女朋友艾芙琳家，」他說。「我剛也留了她的電話號碼。我有很多事得跟她好好解釋一下。」

四十八

「很有趣。」文森說。

參與偵訊東尼爾的經驗出乎他意料地令他精神一振。這其實和他在舞臺上做過千百次的事並沒有太大不同。但這種來真的的感覺就是格外刺激。

「我們搭電梯吧，挺多層樓的。」

他指指金屬電梯門，米娜的不情願如此強烈而明顯。他個人其實也痛恨被關在電梯裡的窒息感。像移動的墓塚。但他至少願意在他的幽閉恐懼症上下功夫，以免他的世界愈縮愈小。他不確定米娜是否有在努力。她絕對值得一個更大、更廣闊的世界。

「對了，我為什麼可以參與偵訊？」他說，試圖轉移她的注意，以防她對細菌籠子——他聽她這麼說過電梯——的焦慮吞噬了她。

「我跟尤莉亞說了你在電話中講的關於東尼爾的看法，」她說，轉身向他。「她一開始很意外我們還有聯絡，畢竟她上回提的側寫的事一直沒下文。但她對你的分析很感興趣，於是答應了我提出讓你在場的要求。」

米娜背後牆上的數字顯示電梯即將抵達他們所在樓層。重點是不能急。只能若有似無地把她朝正確方向輕推一下，讓她一點一點地重新領回原本就屬於她的生活空間。目前一切看似順利。至少她沒往樓梯間走……

「謝謝妳，」他說。電梯門開了。「側寫已經在進行中，如果她還想要的話。不過我以為那個叫做楊恩的傢伙應該已經都處理好了？」

他朝打開的電梯門點點頭。米娜有些遲疑，隨而故作鎮定聳聳肩。

「好吧，」她說。「以免你又跑錯樓層。還有，我相信楊恩應該會提供我們很多分析結果，只不過大部分都會是錯的。」

他率先走進電梯，用手臂為她頂住門。米娜老大不情願地拖著腳步跟隨在後。她嫌惡地四下打量，然後盡可能站在電梯正中間以避免碰觸任何東西。

「我可以問一個有關剛才的問題嗎？」米娜說。「你最後問那個問題的目的是？」

「我想觀察他說謊時的行為改變。他的公寓裡沒有吊扇。」

文森按下B鈕，電梯門隨即關上。電梯開始向下。他專注眼前的對話，以免遭到拘禁的感覺淹沒他所有思緒。

「這樣的話，一開始就問不是更好？」她說。「這樣我們就可以知道接下來的問答中他是否在說謊。」

「先問後問，我都一樣可以據以做出判斷。我一直很仔細在觀察他。如果我一開始就問，他可能會起疑，因而更加小心調整自己的行為，這樣我們就失去觀察他自然的行為模式的機會了。」

米娜顯然沒在聽他說話。她垂放兩側的雙手緊緊握拳，關節泛白了。她死命盯著鏡子上一抹油漬看。某個使用了過量髮油的人顯然曾靠著鏡面站。

「我……」他開口。

電梯突然猛地一震、停了下來。但門並沒有打開。他們還沒有抵達任何樓層。他按了開門鈕，門卻沒有動靜。他一次又一次又一次按鈕。全都徒勞無功。

「一定是卡住了。」米娜說。

文森繼續死命按鈕。應該只是接觸不良。一定是。他努力控制呼吸卻難以做到——電梯卡住完全是他意料外的事。他不能開始過度換氣；他必須控制腦部的氧氣供應。他四下張望想要尋找可以讓自己分心的東西。沒有。他被困住了。

「嘿，我覺得按鈕應該是沒有用的。」她說。

他聽得到她的聲音，卻幾乎沒有意識到她就站在那裡。門打不開。他們被關在一個金屬籠子裡出不去。

四壁漸漸朝他靠近。

他喉嚨乾燥、空氣沉重得難以呼吸。他朝門倒退而去，視線範圍愈縮愈小、到最後只剩下一道被黑暗包圍住的狹長隧道。四壁依然持續靠近中。他幾乎可以看見氧氣被抽出電梯外。空氣。

沒有空氣。

他的視線範圍內全是跳動的星星與圖案。米娜只是隧道遠端的一個小黑點。她的聲音來自遠方，但他無法專心聆聽。他就要被牆壁壓垮了。

什麼人的手突然放在他兩邊肩膀上。

「文森，聽我說。」

碰觸穩住了他，強迫他專心。

「你恐慌發作了。」

字詞緩慢而堅定地穿透他腦中的一團混亂。

「你感覺很可怕，但那不是真的，」那聲音說。「是激素作祟，腎上腺素和皮質醇在你體內流竄，導致你經歷這種感覺。」

他努力深呼吸。辦不到。他把手放在自己肩膀上的那雙手上。他再次吸氣。這次好多了。

「你沒有生命危險，」米娜說。「你很安全。是化學反應控制了你的大腦。不管你現在在想什麼，那都不是真的。」

他還是無法回應，只是專注在自己手下那雙手的感覺。她的手。她溫暖的皮膚。他了解到她必須非常努力強迫自己讓手留在原處——她沒想到他會碰觸她。但她的手終究沒有挪開。

「我們很快就可以離開這裡。我按了緊急聯絡鈕，」她說。「這部電梯不時會卡住——這也是我寧可走樓梯的原因之一。但它從來不會卡住太久。來，跟我一起呼吸。大口深呼吸。一起來，文森……呼吸。」

她站在他背後。他往後靠在她身上，照她說的做。她的體溫像一股平靜的浪潮散布他全身。四壁還在，也依然太近，但它們已經停止繼續靠近了。米娜讓四壁停下來了。讓他感覺安全。已經很久不曾有人帶給他這種感覺了。很久、很久、很久。

電梯突然震動，門開了。他吸氣，迫不及待地讓空氣——新鮮空氣——滿滿充塞他的肺葉。米娜此時已經站到他身邊。他轉頭面對她。

「抱歉，剛剛……很失態。」

米娜聳聳肩。

「下回還是走樓梯好了。另外，你還是挑個警察總部的爛電梯以外的地點，來對我進行認知行為療法吧，好嗎？」

文森深呼吸，虛弱地微笑。

「啊，被識破了。好吧，那就一言為定。」

四十九

文森看著他的女兒。一如往常，她早餐碰都沒碰。他不明白她是怎麼活下來的。一早通常是他餓得如狼似虎的時候——班雅明和阿斯頓就遺傳到這點。蕾貝卡的母親烏麗卡生性挑惕，他確實想過蕾貝卡或許先天就有飲食障礙的傾向。但他也不得不承認烏麗卡向來重視進食，只是必須定時定量。體適能與身材是她隨時掛在嘴邊的一組詞。一組蕾貝卡從小聽過太多遍的字詞。

躺在他女兒面前桌上的手機不時閃出WhatsApp或Snapchat有新訊息的通知。顯然蕾貝卡的朋友圈非得時時保持連絡不可，包括早餐時間。文森嘆氣。他永遠不會懂。故意不給自己思考並發展自己想法的時間。所謂個人看法不過是其他人過去十秒內的想法。但他自己在這年紀恐怕也好不了多少。喏，也未必……事實上他相當確定自己不是這個樣子。但時代不同，環境條件也不同。

「阿斯頓，浴室裡有乾淨的衣服，」瑪麗亞對兒子喊道。「需要我幫你穿襪子再跟我說。」

「媽，我八歲了，」阿斯頓說，從浴室裡冒出頭來。「我可以自己穿衣服。」

他換上灰色運動褲和一件印有貓咪坐在偉士牌機車上圖案的T恤。上衣是瑪麗亞買給他的，立即一躍成為他的最愛。

「但你還光著腳。」瑪麗亞注意到。

阿斯頓快快把襪子遞給她，同時伸出一隻腳。

文森不記得阿斯頓曾要求他幫忙衣服的事。襪子穿好後，瑪麗亞遞給阿斯頓兩片麵包和奶油，讓他自己抹開。他們幾星期前討論後決定早餐不再吃蘋果切塊了。

「說到衣服，妳穿這樣不會太熱嗎？」瑪麗亞說，拉拉蕾貝卡的衣袖。「外面這麼溫暖，妳還穿長袖。」

蕾貝卡抽回手臂。

「不要管我！」她斷然說道，猛地起身。「我愛怎麼穿就怎麼穿！」

蕾貝卡抓起手機，大步走回自己的房間。

「我也穿長袖，」班雅明說，從自己面前那碗優格裡抬起頭來。「我也得去換掉嗎？」

瑪麗亞的臉漲紅起來。文森知道她在想什麼。班雅明向來缺乏社交自信——當所有人穿著泳裝到處跑時他卻想把自己的身體藏起來，這一點也不是什麼奇事。他算是某種慘白少年的具體化身：皮膚蒼白卻穿得一身黑，總是想待在陰影中、最好就是待在自己窗簾全部拉起來的房間裡，在別人打沙灘排球時關在裡頭讀書。蕾貝卡卻是社交能手，常常還是朋友圈中的引領風潮者。

「她不想讓你看她手臂說不定另有原因，」班雅明咕噥道，一邊把碗放進洗碗機裡、擠在昨晚的餐後酒杯之間。「也許你該找時間去問問她。」

文森倒了杯咖啡，走到蕾貝卡房門前。

「嘿！我沒要你現在馬上去問，」班雅明往浴室走去的路上說道。「還說什麼不要做得太明顯咧。」

文森敲門後走了進去。他女兒坐在床上盯著手機。

「蕾貝卡，我想請妳幫個忙。」他說。

「如果是要我吃東西就免談。」她頭也不抬說道。

他搖搖頭，和她並肩坐在床上。蕾貝卡立刻把手機面朝下放在自己大腿上，挑眉看著他。

「妳應該知道我在協助警方調查的事。他們昨天偵訊了一名主要嫌疑人。我想要妳幫忙聽聽看。」

「我?你自己不就是專家嗎?傳說中那種從人一抬頭先看左邊就知道對方在說謊的專家?」

「首先,那只是迷思。沒有什麼眼部動作足供判斷一個人是不是在說謊。但,是的,我確實在現場觀察。我想要妳幫忙的是聽。」

他拿出自己的手機。

「妳的社交圈比我的大多了,」他說道,一邊搜尋手機上的錄音檔案。「妳的年紀在這方面最是敏感,能夠察覺溝通過程中的微小變化;畢竟,在妳這年紀,只消一次社交失誤便足以招致遭到放逐大半年的命運。」

蕾貝卡瞪著他看。

「請問你是從哪個星球來的?」

他望向女兒。他曾經知道關於她的一切。如今他甚至不知道她最喜歡的冰淇淋口味。或者她甚至喜不喜歡冰淇淋。但他看得懂她不安表情中清晰可見的一點。

「我知道這並不容易,」他說。「如果妳稍稍有像到我,那麼妳在學校就得隨時提心吊膽,因為妳完全無法預測同學的反應。妳不必回答我——我知道妳表面看來是個社交天才。但我記得我和朋友在一起時的感覺。我只希望妳的感覺比我的好。在此同時,如果妳告訴我其實沒那麼好,我也不會太意外。」

蕾貝卡半晌沒說話。最糟的情況就是他嚴重越界、幾秒之內就會被轟出去。

「那個偵訊錄音，」她說，朝他的手機點點頭。「你確定你可以放給我聽嗎？」

他把這個反應詮釋為自己被原諒了。

「我想是不可以。我連他們竟然讓我進去偵訊室都覺得是破例了。但妳還是聽聽看吧。就十分鐘。然後告訴我妳怎麼想。」

文森開始播放整段偵訊過程的錄音。結束後他立即刪除了檔案。

「他們可以為這件事起訴我，但我還是必須知道……妳覺得如何？」

蕾貝卡盯著地板，顯然專心思考中。

「他聽起來很害怕，」她說。「很緊張。但我知道我朋友說謊聽起來是什麼樣子。尤其是那種明知之後很可能會回頭反咬他們一口的謊。我在錄音裡面沒有聽到這種感覺。他可能有事情沒說，但他說的應該都是事實。」

「我也這麼覺得，」文森說，點點頭。他用手肘頂頂蕾貝卡。「雖然他從頭到尾都在看左邊。」

他考慮摟一下女兒，隨而卻放棄了這念頭。這樣只會搞得兩人都不舒服。要對子女表達愛意還有其他方式。但她還是獲得他的一抹微笑作為獎勵。

「不過，爸，」蕾貝卡說。「那個問問題的女警……你就是和她合作的嗎？她是什麼樣的人？」

「妳是說米娜？」

「隨便。你知道她喜歡你吧？超明顯的。她一說到你聲音就甜得膩死人。」

文森感覺得到自己臉紅了。像個小男生。

「我們之間沒什麼。」他很快應道。

「嗯，我知道。你根本不會發現人家在跟你調情，就算對方直接寫大字報舉高在你面前給你看。雖然這也夠明顯的了。但我不會跟瑪麗亞阿姨說。」

「沒什麼好說的。」

「是沒有，沒錯。我得去上學了。」

蕾貝卡留他一個人坐在床上。他坐在那裡，等待臉上紅暈漸漸消退。

五十

外頭還有天光。冬天的月份比較容易從外頭透過窗子看到裡頭的景象——整個廚房和客廳都在她視線範圍內。冬天昏暗的天色也更方便她隱身。此刻她得格外小心。

這並非意味著她確定自己會被認出來。畢竟已經那麼多年了。米娜早已變了一個人。那是另一段時光。另一段人生。

她耐心等待的女孩終於出現了。她彎腰伸手拿餐桌上的東西，深色頭髮半遮著臉。她背後有光照亮了她，即便米娜從地面眺望五樓還是看得很清楚。女孩穿著米娜常看見她穿的同件灰色連帽衫。應該是她的最愛。米娜看著女孩心不在焉地齧咬著帽衫的繫繩，卻因距離太遠而看不清臉上其他表情。

一隻狗站在米娜腳邊對她吠叫，嚇她一跳。一隻憤怒的吉娃娃，握著狗兒牽繩的是一個穿著名貴外套的女人，腳上的樂福鞋有Gucci標誌。

「妳擋到路了！」女人咬牙道，猛地硬擠過去。

米娜忍住不回嘴。這事發生在奧斯特馬爾姆不足為奇。吉娃娃接棒繼續謾罵，咆哮吠叫、無視女主人拉扯牽繩。

「走了，克蘿伊！」

狗兒終於不情願地走開，臨走前還惡狠狠地瞪了米娜好幾眼。米娜自始至終站在林尼街的人行道上，沒有動搖。

她再次抬頭望向公寓。女孩已經消失了身影。米娜感到那股熟悉的心痛。渴望，內疚，憂傷。以上所有再加上一些無以名之的其他。她從不敢追究。永遠不想追究。潘朵拉的盒子不應打開。

她想像公寓裡頭是什麼樣子、女孩的房間又是什麼樣子。她當然不曾入內。但她記得另一間公寓。另一個房間。小多了，瓦沙斯丹的一房公寓，位在四樓。一樓是一間希臘餐館，是城裡最棒的一家。她後來就再沒去過了。記憶可以如此傷痛。就像肉體的傷痛。

女孩突然再次現身——這回是在客廳裡。她比手畫腳和某人說話，一邊來回走動。看似爭吵，但難以確認。要是文森在的話，一定看到更多身體語言的細節。米娜發現自己踮起腳尖，彷彿這樣有助於她看清五層樓之上的人影。她卻繼續堅持。一會後，灰色連帽衫消失在她視線範圍內。

米娜緩緩放下腳跟，黯然轉身朝停車處走去。

五十一

雖然離瓦爾普吉斯[21]還有幾天，天氣卻炎熱有如仲夏。文森對意外的暑氣沒有意見，他反正會走上好一段路。他考慮要在哪裡打這通電話，而且隱祕性要夠。最簡單的選擇是在家裡，但他實在不想每次打電話給米娜都得跟瑪麗亞解釋一堆。

他一開始考慮躲到車上打，但他需要移動才能維持思緒清晰。而且他需要刺激。許多的刺激。他的大腦需要大量的血液和血清素。他最後決定在索德馬爾姆邊走邊說。雖然有路人，但他們最多也只能聽到隻字片語。

他把耳機塞進耳朵裡，啟動抗噪以阻斷亞特街上來自斯岡圖爾的交通噪音。他接著打電話到警察總部，由總機轉接米娜。鈴響兩聲後米娜接起電話。一如他預期。永遠克盡己職的米娜。

「我一直在思考凶手的心理狀態，」他說。「尤其在偵訊過東尼爾之後。妳現在有時間嗎？」

和他站在一起等紅燈的是一個綁馬尾留山羊鬍的六十多歲男人。男人看到文森時睜大眼睛，隨即又恢復鎮定。類似的反應文森已經見過幾百次了。人們認出他，但決定不顯於色。

「請說。我的時間都是你的了，」米娜說。

他感覺自己臉紅了。

「等等，如果你不反對的話，我要錄個音，」她說，按了電腦鍵。「以我對你的了解，你要說的

21 Walpurgis：起源於八世紀、至今仍廣泛流行於北歐與中歐的傳統春季慶祝活動，於四月三十日夜晚到五月一日間舉行。瓦爾普吉斯的慶祝活動內容在各國略有不同，但多包括在戶外升起營火並圍著火堆跳舞。

內容我應該來不及筆記下來。拿五支筆來都不夠。」

「好，那妳努力聽，」他說。「妳知道我一直對凶手既能冷靜計畫又能如此激動兇殘感到不解。我起初認為你們在找的是一個自戀型人格障礙者。一個自以為比其他人優越的人。其他人在他眼中毫無價值，只是他可以隨意運用的工具。」

行人穿越道綠燈亮起。山羊鬍男快步前走，顯然決定冒險放下戒心，舉手對文森比讚。文森對上他的目光，以微笑說謝謝。讚美如此不費工夫，只消豎起拇指。然而人們卻鮮少做到。他提醒自己也要改進。

「這樣的自戀型人格，足以解釋兩樁謀殺案背後的周全計畫，」他繼續說道。「設計建造道具，綁架被害人、在死者身體上標號、準時擊破錶面、選定地點棄屍。一個自戀型人格障礙者要做到這些並不難，因為死的並不是『有價值的人』。在自戀者的世界裡，只有一個人是有價值的，就是他自己。」

過馬路走到陽光照射的對街後，文森戴上太陽眼鏡。他讓路給一名騎著電動滑板車的中年女人。隨你愛怎麼宣稱都行，但生活中少了形形色色的人們會有多無趣。他開始沿著亞特街往市民廣場走。

「就這樣嗎？」米娜說。

「我們還可以加上『同理心缺乏』障礙，」他說。「此型人格障礙疑似肇因於腦部的生理性缺陷，比如說杏仁核萎縮或皮質與海馬迴之間的通路受損，後者尤其有助解釋暴力行為。凶手也有可能依據犯行創造屬於自己的現實。麻原彰晃——下令在東京地鐵施放沙林毒氣造成十餘人身亡的傢伙

——就相信取人性命是為赦免他們的罪、引領他們走向更高的悟道層次。所以從他的觀點看來，他並非殺人而是助人。這樣一來殺人就容易多了。」

米娜半晌沒說話。

「這聽起來很極端。」她終於開口道。

文森走過市民廣場的地鐵站，正在考慮要拐彎朝丹維斯圖走、還是繼續往前走到司盧森。也許可以去逛逛墨色丘的唱片行。帶更多黑膠唱片回家一定會讓瑪麗亞唸半天，但他需要平衡一下家中鎮日播放的商業電臺流行音樂。何況他剛剛才付費訂了一個顯然只會播放紐澤西嬌妻實境秀之類節目的頻道，只因瑪麗亞喜歡。那就去司盧森。

「完全正確，」他說。「這種心理狀態確實不常見。極端二字說得好。」

他話說由衷，否則也出不了口。這讚美確實達到效果——他從電話裡聽得出米娜微笑了。就是這麼簡單。那個牽著兩個六歲小女孩、和他在人行道上並肩同行的男人卻笑不出來。其中一個小女孩眉頭深鎖，另外一個在哭。文森突然明白自己已經和他們並肩同行了好幾分鐘。

「爹地，我不要坐地鐵回家，」小女孩抽噎抗拒道。「有沙丁毒氣。」

男人看似很想朝文森一巴掌甩過來。文森加快腳步。

「但那樣的人格缺陷依然無法解釋我認為存在於凶手性格中的情緒成分，」他稍微壓低音量說，並且確定附近沒有孩童。「如果這是電影，那凶手人設必是人格分裂。但在現實中這是極少見的例子。總之，以上是我目前想到的。」

「好的，這也……夠我們消化了。你認為東尼爾符合這些人格特質嗎？」

文森猛地在人行道上停下腳步。一對剛從書店走出來的伴侶直接撞上他。他面露歉意，對方微笑以對。

「不，不，一點也不。恰恰相反，」他說。「妳也見過他。我們在咖啡館和警局和他見面這兩次他完全沒有顯露那些特質。那種程度的自戀狂是藏不住的——就拿他說話時使用的代名詞來說吧。東尼爾使用『我們』的頻率比『我』高多了。他或許有些小自戀，但他才二十幾歲，那年紀誰不多少有點自我中心？」

第一家唱片行就在前方。他一部分的大腦已經開始暗自回想自己的收藏是否還有缺，並很快得到否定的結論。所以就是隨他喜歡了。這更好，更好玩。

「不過，你提到的同理心缺乏障礙，」米娜說。「那是某種精神病態。同理心其實也不難假裝，不是嗎？」

「有必要的話，他們確實可能模仿人類的情感，」文森點頭道，雖然透過電話並看不到動作。「東尼爾確實始終小心翼翼衡量該說什麼、該怎麼反應。但他談到女友時瞳孔放大的反應是假裝不來的。總之，根據他到目前為止的行為表現判斷，我不認為他做得出比晚餐要吃什麼還複雜的計畫。」

「所以你並不同意魯本的看法？你不認為東尼爾是凶手？」

「罪犯側寫並非我的主要強項，這是我始終強調的，小組也都很清楚。我可能全盤皆錯。但如果妳問我，我會說東尼爾不是殺人凶手的料。」

他的手放在唱片行大門的把手上，在臺階上停下腳步。

「東尼爾確實承受來自某方面的壓力，」他說。「他極力控制自己，並且不喜歡和警方接觸。我很想知道到底是為什麼。」

「我也很想。總之謝謝你的側寫。我會盡快轉告尤莉亞。」

他瞄了一眼櫥窗裡的黑膠唱片。

「米娜，」他說。「妳喜歡哪種音樂？」

「呃……音樂？為什麼問？」

「噢，沒事。我自言自語。再聯絡了。」

他結束通話，走進了店裡。幸好蕾貝卡沒聽到剛剛最後一段話。她一定會捧腹大笑。

五十二

他夢到一個老朋友。他有時會這樣。夢到拉瑟。他也不知為何。拉瑟曾進出他的生活。那是很久以前的事了。還有其他人也曾進出他的生活，他卻從不曾夢見他們。他甚至不曾夢過自己的母親。但那也許是因為她的存在感依然非常強烈。屋裡依然到處是她的個人物品。她從牆上的照片裡盯視著他。他的夢裡已經沒有她的空間。

夢中的拉瑟正要開口對他說話，另一個聲音卻讓他驚跳起來、趕緊在椅子上坐直了睜著惺忪睡眼四下張望。

「什麼事？」

魯本站在他旁邊，雙臂抱胸、咧嘴竊笑。

「小睡一下？」

「沒的事……我只是……閉目養神。看那些該死的監視影片看得我眼睛酸死了。」

「盡管睡吧。彼德根本一半時間都在睡覺……」

魯本歪著嘴笑，但眼神認真。

「總之，你跟尤莉亞說誰去了咖啡館了嗎？」

魯本指指螢幕上正在播放的監視錄像，克里斯特不解地抬頭望向魯本。

「什麼意思？你說誰？」

魯本身子前傾，抓住滑鼠倒轉一小段影片。他再次按下播放鍵，指了指。

「喏。」

他指指那個微跛的男人。克里斯特感覺自己心臟一沉。

他就知道自己見過那男人。

「不必覺得內疚，」魯本說，拍拍他的肩膀。「本人過目不忘。他常上門嗎？」

「每天都去。一次待幾小時。」

念頭在他腦袋裡像迷宮裡焦急的老鼠拚命鑽竄，想要找到那個他知道就藏在某處的答案。老鼠倏然停下來。他的腦袋終於找到想找的東西了。他知道那是誰了。他臉色慘白，轉向魯本。

「我操。」

五十三

韋德蘭搓手取暖。他把手套留在車上了。蠢。他明明知道清晨還是很冷。第一道陽光才剛開始爬上位在斯德哥爾摩南邊的歐斯塔批發市場的浪紋屋頂。他腕上的電子錶顯示時間是四點四十五分。恰恰就是中央氣象局公告的日出時間。很好的一日之始。

花市要五點才開，但雅德蘭卡嬸嬸從小就教會他準時的重要。尤其對花店老闆來說更是事關重大。韋德蘭原地小跑步以保持溫暖。清晨氣溫極低，雖然氣象報告指出今天稍晚會是個熱天。幸好他穿了厚襪子。老實說，他在侯尼涅的花店並沒有太多競爭對手，但他希望能讓顧客滿意。比滿意還滿意。這樣他們才會再次上門。而這正是他站在這裡等待花市開門的原因——早早進場以確保他能挑到最上等的花材。

他已經在這行將近四十年了。他進這行的時候，在花市工作的這些人恐怕大半都還沒出生咧。在貝爾格勒，他甚至曾負責為紅星足球俱樂部供應勝利花束。不過那當然是馬克什米爾球場暴動之前的事了。那真是足球史上的一大恥辱。但事情發生前他就已經離開了。他認識了莫妮卡，墜入愛河。他們從一開始就知道他為她搬來瑞典是唯一選擇。

等在門外的依然只有他一個人。韋德蘭搖搖頭。這四十年來，他從不曾賴床。懶惰蟲才賴床。他決定冒險離開門口，沿著外牆走走維持循環暢通。其他早鳥都認識他。就算其他人來了也會知道排第一的是他。

他走到主建築物後方的停車場。空蕩蕩的停車場中央讓人放了一座木櫃。櫃子已經在那裡兩天了——應該是停車場圍起來進行埋管工程那晚出現的。他過去幾天清晨看到櫃子時一直很不解。但今天停車場重新開放，埋管工人也都完工撤走了。

韋德蘭踏過柏油路面，朝櫃子走去。櫃身上的露珠在陽光下閃爍。他皺眉。他不懂怎麼有人會把它扔在這裡。一定是哪個千禧世代的年輕人攬了工作卻偷懶把東西丟棄在看到的第一塊空地上。他個人拒絕雇用三十歲以下的員工。懶惰、挑三揀四、手機像是用強力膠黏在右手上。這種人永遠挑不到好花。

他繞著櫃子走了一圈。櫃子幾乎和他一樣高，寬度也差不多。看起來像個小型衣櫥。做工非常粗糙，就夾板釘一釘再簡單上漆。四角看得到金屬框架。他用手摸摸表面，小心不讓木刺刺到。他幾乎感覺得到製作木櫃的人的怒氣。木板不是用鋸的而是折斷的，好幾根釘子沒釘好、歪一邊冒出尖頭。真丟臉。這時代似乎已經沒人在意把工作紮實做好這件事了。瑞典很多方面都是個好國家，就是對一些漫不經心的行為太過寬容。這櫃子換作在塞爾維亞絕對過不了關。

他走到木櫃正前方，這才看到櫃子門分成三等份。再細看才發現原以為的一個櫃子其實是金屬框架內三個疊在一起的大木箱，每個木箱各自有門。金屬框架中間那層設有軌道，可以把中間木箱往側邊推開。他試推一下，木箱動也不動。

看來是某個白癡終於明白這櫃子的品質見不得人，於是把它丟棄在這裡。但這裡是停車場，櫃子留在這裡會擋到路。他瞄一眼電子錶。四點五十分。他還有時間可以把木櫃推到路邊。就當做是運動吧。

當然，這事並不值得他閃了腰。所以如果櫃子裡裝了東西，他就不試了。他願意出的力還是有極限的。韋德蘭手指塞進中間那只木箱門的下方，拉了一下。木門發出黏糊糊的聲音，打不開。他一下就明白是怎麼回事。那白癡上完油漆沒等乾透就把櫃子門關上。千禧世代真的是⋯⋯

花市大門前聚集了愈來愈多人。營業時間快開始了。但他拒絕被一扇門打敗。韋德蘭繼續使勁拉扯，直到油漆鬆動。門終於開了，一股強烈的鐵鏽和腐敗味霎時撲鼻而來。他立刻以手遮鼻、往後連退幾步。

他花了點功夫才看清楚裡頭的東西。某種動物被大卸成幾塊以塞進木箱裡，只是他實在看不出來是什麼動物。最大的一塊看起來疑似豬身，總之是某種沒有毛皮的動物。另外兩塊小一些的則可能是豬腳。但他只是瞎猜。他是開花店的，根本看不懂肉鋪的玩意。唯一確定的是：黏住箱子門的不是油漆，而是血。那幾塊肉和箱子內部全都沾滿了血。暗紅色的黏糊鮮血到處都是，幾乎像是漆上去的。誰會做出這種事？總之，就他所知歐斯塔批發市場並不賣肉。只有海鮮和蔬果，還有他的鮮花。

他得回去了。市場大門隨時都會開了。然而他還是朝櫃子踏近一步，手依然遮著鼻子。肉塊旁邊的血灘裡躺著一個東西。他一開始沒有注意到，但顯然有人把自己壞掉的手錶留在箱子裡了。他仔細端詳了最大那塊肉。不太對勁。豬皮不會這麼光滑。他喉頭湧起作嘔感，但他必須搞清楚弄明白。要是手套在身邊就好了。他強迫自己用力拉扯上層木箱的門。一陣相同的可怕黏糊聲響後，門開了。

他必須搞清楚。

上層木箱裡也滿是鮮血，甚至更多，但韋德蘭不曾留意。他只看到那雙瞪著他看的眼睛。一雙栗棕色的人眼。

「雅德蘭卡保佑我！」他喃喃說道，搖搖晃晃往後退。

嘔心感麻痺了他思考的能力。

男孩的頭髮、臉龐、整個上身全部覆蓋在凝固的鮮血底下。他的身體被從乳頭處切成兩段。剛剛好塞進箱子裡。韋德蘭恍然大悟中間箱子裡的是男孩的軀幹與手臂。最下面還有一個箱子。

恐懼震懾住他了。

韋德蘭往後退的腳步加快了，卻無法把目光自那雙哀怨瞪視的眼睛上移開。突然間魔咒終於解除。韋德蘭轉身，以這輩子不曾有過的速度朝市場大門跑去。一路衝到門口後，他才開始放聲尖叫。

五十四

門鈴連響四聲。會這樣攻擊門鈴的人只有一個。文森開門，烏麗卡就站在門外。他的前妻，瑪麗亞的姊姊。彷彿生活還不夠複雜似的。但他們有事得談。

「請進。」他說。

「你想談什麼？」烏麗卡說，一邊摘掉墨鏡。

單刀直入一如往常。沒時間客套。在烏麗卡眼中，成效即是一切。她一身運動服打扮適足再次證實這點。在律師事務所她通常穿著昂貴幹練的套裝。但此刻她卻穿著粉紅色運動上衣和短褲，腰上繫了一條可以加掛小型水壺的腰帶。他甚至不必往下看也知道她穿了一雙Philipp Pleins的運動鞋。一切如此嶄新而昂貴。她一點也沒變。

「咖啡嗎？」他問。

烏麗卡摘下束住她一頭耀眼白金色頭髮的橡皮圈，讓頭髮披散在肩上。

「你知道我不喝咖啡。」

「只是想看看有沒有哪一點不一樣了。」他說。

烏麗卡沒理會他，逕自往廚房走。他看到她的腰帶原本可攜帶六個水壺，她卻只帶了五個。他認定是她故意拿掉一個，只因他受不了奇數。她想要他滿腦子都是那個空出來的位子、根本無法專心想任何其他事。他知道這樣未免有被害妄想之嫌，可在此同時，他也從沒見過像烏麗卡這樣大言不慚且擅於操縱人心的人。何況她知道他所有弱點。

「我妹在哪裡？」她說，拿起一只玻璃杯裝滿水。

文森走進廚房，靜待她喝下整杯水。

「瑪麗亞不在家，」他說。「這件事我們單獨談比較好。」

她把杯子放在瀝水架上，以探究的眼光看著他。

像這樣見面的時候，確實一不小心就會忘記他倆曾有過一段何等不健康的關係。時間讓很多事情看似不再危險——尤其在兩人與當年發生的事相隔整整十年之後。

要把一切怪罪於她其實很容易。她為樣樣事情設下的超高標準：孩子們的表現、家庭經濟狀況、屋子裡外必須隨時保持一塵不染以免臨時有客人來訪。喋喋不休覺得一切永遠不夠好。事實是他倆並不適合彼此。他不是她需要的男人。反之亦然。

他們的關係戛然而止於他選擇了瑪麗亞那一刻。他成了罪魁禍首。但事實是他和烏麗卡在那之前已經活在互相傷害的關係裡很多年了。兩人心裡也都清楚。

「是妳的女兒，」他說。「我們的女兒。我發現她很可能有自殘行為。但她不願意和我談。我想帶她去CAMHS。」

烏麗卡皺眉，似乎不解。

「兒童與青少年心理健康中心。」他解釋道。

「免談，」她嗤之以鼻，雙手抱胸。「你打算要讓我們的女兒被貼上標籤嗎？」

他早該知道她會有這種反應。一切都是關於別人怎麼想。在他前妻眼裡，一個人內心發生什麼事完全不值一哂。唯一重要的是表面的展示。她尤其擅於展示。他很久以前就開始懷疑她是否有輕微的精神病態傾向。至少是某種同理心障礙。這種傾向或許有助於她在律師事務所的事業發展，幫助她一路平步青雲。但對她身為母親的角色就毫無助益了。

「這跟標籤無關，」他說。「重點是要幫助她好過一點。妳和我已經使不上力了，需要專業人士介入。」

「CAMHS，」烏麗卡的口氣彷彿能嚐到每一個字。「你還不懂這看起來會是什麼樣子嗎？對她而言？對我而言？這可是會搞到人盡皆知的！」

「我懂，讓眾人發現妳女兒並不完美真是太可怕的一件事了，」他說，背靠在廚房桌上。「妳說不定會被驅逐出境。」

烏麗卡躁動的氣場令他無法放鬆坐下。她手一揮當做回答。動作不大，稱得上小心。剛剛做過的指甲，他看到了。法式美甲。永遠不會是什麼驚人的顏色。比如說紅色。或是蕾貝卡現正最愛的黑色指甲。

「我不想再討論這個了，」她說。「你要我來不會只是討論蕾貝卡的事吧？」

她舉起雙臂，用雙手把頭髮紮回馬尾。

「少來了，」她說，發現他似乎沒聽懂。「我隨時都可以過來，但你偏偏挑現在。孩子們不在，瑪麗亞也不在。對了，她還在吃司康抹果醬當早餐嗎？還有那個奇怪的酪梨三明治好假裝自己吃得很健康。」

舉起的手臂讓粉紅上衣一繃，胸部原形畢露。文森明白她是故意的，暗咒自己竟忍不住看了一眼。

「我說的是我妹妹，」她見他一時不解補充說明道。「你的妻子。」
烏麗卡一邊嘴角微微上揚，若有似無的微笑讓她看來無比稱心快意。
「瑪麗亞從來就不注重外表，」她說，朝他走近一步。「搞不懂你到底在想什麼。」
「我們愛上彼此，」他說，試圖往後退。「妳和我早在那之前就不愛了。」
「或許吧。但你我之間還有別的東西。比愛還強大的東西，文森。」
她站得太近了。
「老天，都已經十年了，烏麗卡。我們還要抓住過去多久不放？」
烏麗卡沒理會他這個反正也不期待她回答的問題。
「要不要跟我去跑一圈？」她問。
她的口氣帶著一絲甜味，彷彿剛剛喝過能量飲料。
「我們可以跑到我家。如果你有那精力的話。」
他身處地雷區。不論說什麼都錯。於是他保持沉默。烏麗卡突然隔著長褲抓住他的老二。
「還是你老了，」她繼續說道。「也許你只想留在這裡跟你太太一起吃果醬三明治。」
她搓弄他，他感覺自己在她手中變硬了。他該要閃開的。現在。但他的腳就是不動。她抓住他的手，引導他摸向她超短短褲邊緣的大腿內側。他的手指碰觸到她溫暖的皮膚……突然間，彷彿觸電一般，他意識到正在發生什麼事。他像被蜂螫般抽回自己的手，踉蹌後退、撞上餐桌。
「果然不出我所料，」烏麗卡嗤之以鼻道，旋風似地走出廚房。「老了。」

五十五

米娜坐在自己的床角。床單是新的，剛剛才從塑膠包裝套裡拿出來的。她花了五分鐘好好把床單拉緊鋪平。她翻過大腿上的盒子。包裝正面是一個神情堅決的女人的圖片，她手中高舉一支按摩棒，上方橫幅寫著「下一波性革命」。包裝背面則印有「氣動脈衝科技」字樣。

她腦中有個小聲音不斷告訴她這不是個好主意，說這恰恰反映她缺乏社交技巧的事實。用一個裝了電池的工具來取代真人是不健康的事。另一個聲音則說那念頭完全只是偏見。時代已經不一樣了，女人主宰自己的性欲。這些她都知道，也知道這一點也不可恥。她不需要男人。包裝上的年輕女子把訊息傳達得很清楚。革命，確實。

她撕開包裝上的封條。盒子裡的東西是金色的，看起來頗像一根很好握的塑膠門把。還附了USB充電頭。這塑膠當然得先消毒過。她伸手從床頭桌上拿來乾洗手，動作小心以免弄皺床單。擠出一坨後，她用拇指輕撫過柔軟的部分。也許乾了點，但她早有準備。她把和按摩棒同時購買的按摩油拿來，在橡膠頭上塗抹開來。一滴應該就夠了。萬一弄得太髒亂她就繼續不下去了。

她並非缺乏對她有興趣的男人。重點是她不想讓人碰觸她全身。光想到和個一身汗味的男人滾床單——更別提那器官本身……她就已經不住冷顫、連忙把那畫面驅出腦海以免留下永久印記。

不想要是正常的嗎？至少不是以她之前有過的方式？她再次望向包裝上的女人，試圖在她眼中尋找某種答案。但女人只是忙著揮舞手中的按摩棒。米娜明白女人是對的。一支乾淨好看的金色門把完全勝出。

她唯一懷念的是與人四目相對的感覺。人們誤解了她。他們以為她不想要親密關係是因為她不想讓那些細菌培養皿般的手碰觸到她。但眼神的交流其實比任何肉體碰觸都還親密。幸好她只要關上心門就可以直視任何人的眼睛。

她把手機關靜音、放在床頭桌上。她接著脫掉長褲和內褲躺平在床上，然後尋找金色門把的開關。

氣動脈衝科技。什麼鬼。她給它半小時時間，再晚上班就遲到了。

這畢竟只是第一次約會。

五十六

「我本來不確定妳還在不在這裡。」

「他們允許我在調查期間繼續工作，」米爾妲說。「感謝老天。搞砸事情感覺已經夠糟了，如果我還只能關在家裡胡思亂想……」

她搖搖頭。米娜簡短地點頭。她無權對眼前這位法醫驟下評斷或是免除她的內疚。那是內部調查組的工作。人會犯錯。沒有人是完美的。而這也是她選擇獨居的主要理由之一。大部分的人對個人衛生的基本要求似乎都有誤解。

她查看手機，發現多通來自尤莉亞的訊息。她考慮立刻回電，但決定還是先跟米爾妲談過。她把手機收進口袋裡。

「我一直有在關注他失蹤的新聞。」米爾妲說。

她為羅倍闔上圓睜的眼睛，然後脫掉橡膠手套。她踏離幾步。光可鑑人的檯面上放置著被害人的屍塊。

「妳和全瑞典都是。」米娜說，一邊走近。

感覺很奇怪，此刻、在這裡看到他的臉。在連著幾個星期從報上看到同一張臉之後。

「每年瑞典都有成千上萬人失蹤失聯。但羅倍似乎有某種特質持續吸引眾人的關注，讓他不致淪為又一個統計數字。姑且不提媒體的推波助瀾。」

「他的毫無防禦。」米娜說，傾身靠近羅倍的臉。

他雙眼緊閉，彷彿只是睡著了。他的臉龐完全沒有洩露他身體其他部分曾遭受到的可怕暴行。

「我們總是特別會為那些我們以為無助的人們所動，」她繼續說道。「羅倍二十二歲，但他的心智年齡猶如孩童。」

「他父母的絕望令人心碎。」米爾妲說，拿起她常用的工具。

她剛剛套上一雙新手套。米娜朝手套盒詢問地點頭，米爾妲把盒子遞給她。皮膚碰觸薄薄一層橡膠的感覺令她愉悅得起了雞皮疙瘩。如果可以的話，她會二十四小時戴上手套。但為了社會常規這般愚蠢的理由，她放棄這麼做。要是她出生在日本就好了，時時戴著手套口罩也不會為她招致異樣的目光。但在瑞典不行。雖然她個人認為這是最合理的措施。在她工作的地方尤其行不通。她完全可以想像魯本和克里斯特會怎麼嘲弄她。

「通知他父母了嗎？」米爾妲問，從米娜手裡接過口罩和放在臺架上。所有的工具整齊地排成行列。米爾妲在她一塵不染的王國中施行軍事紀律。

「通知了。」

米娜答得簡短。這是她工作職責中最困難的一部分。每一個被害人身後都會留下悲慟的親友。而負責傳達消息正是他們。

「那是……？」米娜說，指向解剖臺上擺放在屍體旁的兩個物品其中之一。

「是的。在他後方褲袋裡發現的。他的衣物全被放在最下層的箱子裡。」

米娜指出的東西是一個彈弓。很大，木頭做的。協尋報導中曾提到彈弓。羅倍時常隨身攜帶彈弓，還喜歡跟陌生人展示自己優異的瞄準能力。他顯然可以使用彈弓擊中十公尺外的一張明信片。

米娜強迫自己移開目光。這種涉及他人私事的感覺令她渾身不舒服。她不想讓任何人或任何事對她這麼做。她通常能維持超然，不讓任何人或是他們的下場和隱私入侵她的個人領域。但羅倍．巴里爾卻不知為何突破了她的心防。即便此刻，他的屍身被分成了幾大塊，他的臉卻依然祥和而友善，甚至帶著一絲笑意。

媒體刊載過的所有照片中，他總是開懷笑著，眼睛閃閃有神，充滿歡愉生氣。根據《晚報》一篇報導指出，他的父母通常叫他巴比。她痛恨這種知道屍體小名的感覺。太親暱了。她強迫自己專心聽米爾妲說話。這是身為警探的職責。她總是必須專注在職責上。程序。規則。進程。操守。清白。客觀。

「如妳所見，他被切割成三個主要部分，」米爾妲說。「如果把手臂分開算就更多。切口非常乾淨整齊——使用的刀具非常鋒利。」

「他遭到切割時還活著嗎？」

「是的，」米爾妲說，指向屍身的切口。「他大量失血。凶手開始切割時他的心臟顯然還在跳動。然後就是這個，我打電話給妳的原因。」

她撥開羅倍額前的頭髮。他平滑的皮膚上被人用刀刻出了一個清楚的羅馬數字二。刀痕下陷而周圍皮膚微微腫起。

「手錶則被另外放在其中一個箱子裡，」米爾妲說，指向屍體旁的另一個物品。「時間指向兩點。手錶電池被拿掉了，但錶面還是被擊碎了。」

米娜倒抽一口氣。

手銬。額頭上的羅馬數字二。文森一直都是對的。這確實是倒數。魯本一定要發飆了。

「妳認為棄屍地點是第一還是第二現場?」她問。

「這問題要由勘查過現場的鑑識組人員來回答比較恰當。但如果妳想聽我的個人猜測，我會根據我所看到的猜測是第二現場。」

「怎麼說?」米娜說。

「羅倍流失的血量應該會讓箱子泡在血中。但箱子底部都太乾淨了。所以他應該是在別處遇害後才被移到棄屍地點。」

米娜吸了口氣。

「毒物檢測呢?」她說，希望米爾妲不會因此怨恨她。

「我驗屍時會一起做。我可能得改採膽汁，因為他體內血液所剩無幾。但相信我，我絕對不會再犯相同的錯誤。我已經請他們優先處理羅倍和昂妮絲的檢體。」

「這是妳職權內的事嗎?」米娜問，不帶任何評斷口氣。

「不是，但我有幾個人情可以討。這是我至少可以彌補的部分。」

「所以大約多久可以知道結果?」

米娜的目光依然停留在羅倍祥和的臉上。

「幾天吧。運氣好的話再快一點。但我無法保證。此外，我還得完成羅倍的驗屍。剛剛才正要開始。妳想留下來嗎?妳願意的話可以留下來看。」

米爾妲又拿出另一副手套，開始準備整齊排放在屍體旁邊檯面上的工具。一旁還有一個磅秤。

你知道那是用來秤器官用的。所有臟器，從心臟大腦乃至胃部的內容物都得用磅秤秤過。她曾參與過驗屍。

「不，謝了，」她說。「今天無福消受。但我想看一下箱子。」

「當然。就在隔壁實驗室裡，正等國家鑑識中心的人來領走。」

她得馬上聯絡尤莉亞。還有文森。

米爾妲沒有看她，逕自點點頭，開始挑選工具。米娜靜靜走向門口，沒有打擾她。她站在門口再次轉身，看到米爾妲溫柔地輕撫羅倍的臉頰。動作充滿柔情，以及哀傷。

五十七

米爾妲其實喜歡獨自工作，米娜離開讓她鬆了口氣。她播放明快的流行音樂，音量大小正好不會妨礙她一邊在進行的語音記錄。她知道電視電影裡常常這麼演——法醫驗屍時會邊聽特定的音樂，通常是歌劇。但大部分的陳腔濫調之所以存在，正是因為有那麼一絲事實成分在裡面。背景音樂有助於鎮定與專注。她同時也感覺音樂似乎能為躺在她面前的人們提供一點點舒適與招待。她多半選擇快樂的音樂——流行或鄉村音樂，藉以平衡死亡的沉重存在。負責聽寫語音記錄的工作人員早已習慣聽到她大聲跟唱。

她跟唱的曲目包括Arvingarna樂團的《Eloise》。出自瑞典歌唱大賽的歌曲尤其深得她心，從她年紀大到看得懂電視後就不曾錯過。

她一邊跟唱，一邊開始悉心檢視屍塊的切面。俐落平整，極為鋒利的刀具。半鈍刀劍絕對辦不到。除此之外切面並沒有透露更多有用的資訊。她採集切面上的骨屑，拿到另一張不鏽鋼工作臺上，浸泡到事先準備好的以清水、洗滌劑和Alconox粉調製成的溶液裡。如果骨屑上有任何DNA證據，這種溶液是最佳的保存方式。溫度計顯示水溫為攝氏五十五度。完美。她接著得移除軟組織才能繼續下一步。

她回到羅倍身上，努力撇開解剖臺上的年輕人所引發的聯想。躺在這裡的大有可能是幾年後的孔拉德。如果她不設法挽回的話。她輕撫羅倍的臉頰。她必須專注在他身上。這是她的責任。她的本分。

米爾妲依然深以遺漏昂妮絲的毒物檢測為恥。她不能犯錯。這不但是對死者親屬的背叛，更也是對死者本身的。她有責任。她必須一絲不苟，必須不錯過萬一，必須做出正確評估、執行所有正確程序。她或許還達不到她母親的標準，但她沒有理由在工作上有所遺漏。她摒除孔拉德躺在解剖檯上的畫面，繼續下個步驟。

米爾妲允許自己暫停片刻。驗屍工作有既定程序，但死者遭到支解卻讓情況變複雜了。送到她工作檯上的屍體狀況多半堪稱良好且完整無缺。分屍並不常見。

她繼續對自己哼唱，尋找手術剪。她通常有一名助手，但這件事她想自己來。但除了錄音之外，全部驗屍過程也都有錄影存證。

剪刀剪過羅倍胸廓的軟骨，發出輾壓碎裂聲。她小心翼翼地掀起胸廓，羅倍體腔中段的臟器霎時暴露出來。她有些同事習慣繞著肋骨切開，但她可不想讓尖銳的骨頭刺傷自己。羅倍的身體已經有太多切斷的骨頭了。

血幾乎都流盡了。少量還留在體內的也都已經凝固。這一點也證實了她的猜測：羅倍是生前遭到支解。這世界有太多怪物了。

缺乏血液讓他全身呈現灰白色調，同時也因為缺乏明顯屍斑而無法以此判斷死亡時間。至於採取眼球液一途也可免。雖然眼液內的鉀離子會在死亡後幾小時明顯上升、因而可作為判斷死亡時間的依據，但羅倍已經死亡數日而非數小時。

她把手伸入羅倍的胸腔內。她記錄他腸子的外觀狀態並拍了照片。寧可記錄太多而非太少。一切看起來很正常，除了心臟稍微肥大，而這不幸是唐氏症者常有的症狀。

她的腳隨著音樂輕輕打拍。有趣的是，這反而有助她雙手深入體腔取出臟器的動作維持平穩。她必須取出每個臟器，測量大小並秤重。一直要等到完成其他驗屍程序，最後一步才是將臟器放回原位、盡可能整齊縫合，然後移交給葬儀社人員。

心、腎、肝、肺——全都秤過重。除了心臟以外一切正常。

胃則比較複雜。但運氣好的話，羅倍最後一餐的內容將可以提供線索協助判斷他人生最後幾小時的所在地點。

她謹慎地將胃的內容物倒進一個金屬盆裡。氣味強烈而難聞，但她早已習慣了。她拒絕像有些法醫在人中塗抹薄荷膏以阻斷所有氣味。她不願冒險錯過氣味能提供的線索。比如說氰化物散發的杏仁味。

她仔細地撥弄查看鋼盆中的胃內容物。這些都將送往林雪平進行進一步分析。她知道他們不喜歡胃內容物，但這也無可奈何的事。但她向來會先做過初步觀察記錄再把證物移交出去。米爾妲皺了眉。

她從羅倍的胃內容物裡掏出一團深色塊狀物。

她啞然。

羅倍的胃裡塞滿了毛髮。

五十八

他討厭自己是對的。他不想要自己是對的。如果他錯了，那麼羅倍就還活著。他感覺自己藉由堅信倒數而促成羅倍遇害。他知道這個想法是錯的；這只是所謂聚光燈效應作祟。他不是某個陌生人的行為的緣由。但他就是忍不住——他的大腦就是想要這麼想。這是千年演化的結果，他無能為力。這個傾向時而有助人類存活，因此至今存在。但今天這只讓文森滿心羞愧。

他和米娜一起登上樓梯。

「這次是哪一種箱子？」他問。他們終於走到正確樓層，米娜伸手正要拉開安全門。

「你自己判斷吧。」

他們終於找到羅倍．巴里爾的新聞讓他心情非常低落。以純粹專業的術語來說，醫界稱21三體症候群[22]的染色體病變向來令他著迷。只是多了一條染色體竟能創造出完全不同類型的人格。他並沒有太多與唐氏症者互動的經驗，但他見過的幾位似乎擁有某些共同的人格特質。由於他們有認知能力方面的缺陷，杏仁核因而接管並導致他們極為情緒化。但這也意味著他們比其他人都還坦率。他們所有情緒的強度都很大，對他們而言也都很重要。他知道自己有過度浪漫化之嫌，但他確實覺得這樣的情緒化美好而真誠。

文森自己的缺陷則完全相反。他向來不擅表達情緒。然而他知道一件事：一個坦誠開朗如羅倍的人絕對值得愛護與學習。而非傷害。任何做得出這種事的人只怕是沒救了。

「就這，」米娜說，駐足在一座約與文森等高的櫃子前。

他立刻看出那是什麼。

「該死了，」他說，移開目光。

幸好幾扇門都是關起來的，但他可以輕易想像裡頭的狀況。三扇門。兩把刀片。一座木櫃。

三二一。羅倍自己就是倒數。

「刀在那邊，」米娜說。

「給我幾秒時間。」他說。「這很明顯是Z字形女孩。經典魔術之一……」

他暫停下來換氣呼吸，同時掏出手機。

「我得讓桑恩斯．柏楊德看看這東西。我想我照理不能拍照吧？」

米娜聳聳肩。

「愛怎麼拍就拍吧。你已經正式算是調查小組的一員了。尤莉亞跟你問好。」

「是嗎？魯本怎麼說？」

「老實說，我還沒看他這麼專心在調查工作上過。」

他點開相機App，開始拍照。透過鏡頭觀看不愉快的事物稍微容易些。這讓你專注於局部細節而非整體。他確認自己沒有遺漏任何他覺得桑恩斯該要看到的部分。問題只有一個：他也必須拍攝內部。

22 Trisomy 21：即唐氏症。人類最常見的染色體異常，由多了部分或完整一條第二十一號染色體所引起。

五十九

文森打開粉紅色的塑膠資料夾，把裡頭圖片排開在桌上。這應該是他第十次這麼做了。他花了整夜時間推敲斟酌、希望找出說服尤莉亞的小組的最佳方式，而此刻排開在他面前的，即是這一夜的成果。

上回進行得並不順利。但這回他知道自己需要做什麼、也知道怎麼做到。選擇照片時盡量挑選色彩豐富影像清晰、能喚起好奇心的圖像。至於措辭方面，他決定採用馬克．安東尼[23]的老方法，先贊同他們對他自己的看法，然後利用這點來反轉既有印象。他也提醒自己這次會議的前提已經不一樣了。他一直都是對的，而他們也清楚這點。

他再次把照片收回資料夾裡。他得再補上幾張家庭照片好讓照片總數達到偶數整數十。他得小心不要選錯照片。全家在拉斯維加斯度假那趟他全程鬧肚子，阿斯頓卻堅持要為他拍照——這些照片可無法讓人留下好印象。拉斯維加斯，Las Vegas。L是第十二個字母。V是第二十二個：1222……12：22是聖經數字學中的三重鏡像時刻。這讓他想起自己一小時前忘了吃午餐。他看了下時間。來不及吃東西了。不想遲到的話現在就得出發。

尤莉亞站在警察總部大廳等他。

「嗨，文森。」她微笑迎向他，帶他通過安檢。

他跟著她上樓，走進四樓一間和上回一模一樣的會議室。正是同一間也說不定。其他人都已經到了。彼德、克里斯特、魯本，還有米娜。他突然明白他們在等他。魯本沒有迎上他的目光。

「抱歉遲了點，」文森說。「我一直準備到最後一刻。」

尤莉亞落坐在一個他沒見過的男人身邊。金屬框眼鏡、兩鬢頭髮稍薄，苔綠色毛織背心的扣子整排扣上，神情嚴肅。如果有所謂心理學家的原型的話，他就是了。他應該就是米娜提過的側寫師——楊恩。

「今天的討論分為兩部分，」尤莉亞正色說道。「在請文森上臺之前，克里斯特會先跟大家報告一下調查工作的最新發展。」

尤莉亞鼓勵地點點頭。他看到克里斯特艱難地吞了一口口水後才做出反應。

「是的，嗯，我一直在過濾監視錄像。咖啡館對街銀行的監視器。」

他遲疑。尤莉亞再次對他鼓勵地點點頭。克里斯特深深嘆了口氣——他的代表性動作——繼續說下去。

「嗯，就像我說的。我看了很多監視錄像。進出咖啡館的什麼人都有。男人、女人、男孩、女孩、年輕的、年長的、小狗、嬰兒、甚至還有個傢伙帶了條雪貂。一開始我沒有看到任何特出之處，雖然我看得非常小心謹慎、戰戰兢兢——」

「說重點。」尤莉亞不耐道。

克里斯特又深深嘆了口氣，看來憂愁苦惱更勝以往。

---

23 Marcus Antonius（83 BC–30 BC）：古羅馬政治家與軍事家。

「嗯，有個男人感覺有些眼熟。看不清臉，但他走路一跛一跛的，有一種……熟悉感。」

「然後是我認出來的。」魯本說，兩手交叉在頸後。

「是的，魯本，我知道。但我想聽克里斯特說下去。」尤莉亞瞪了魯本一眼。

「嗯，我一開始確實想不起來，但就是魯本說的，我們終於認出此人身分。」

魯本身子前傾，神情急切。他顯然已經對克里斯特失去耐性。

「約拿斯．洛司克。」

「你說什麼？約拿斯．洛司克？他被放出來了？」彼德整個人跳起來坐直了。

「約拿斯．洛司克是誰？」文森轉頭面向米娜問道。

「性侵殺人犯，」魯本答道。「他本來在斯庫戈梅服二十年徒刑，去年九月被放出來了——顯然已經被教化成功。」

魯本用手指比出引號框住最後四字。

文森點點頭。

「可以理解。斯庫戈梅是實施國家治療計畫的監獄之一。」他說。

彼德看著文森的表情彷彿他剛說的是希臘語。

「國家治療計畫？」文森說，環視眾人。「有人知道嗎？都沒有？這是一項針對性犯罪者的非強制性中強度治療計畫。包括群體談話與和心理醫師的單獨對談。一共有五所監獄參與這個實驗，包括斯庫戈梅。結果證實參與計畫者出獄後的再犯率確實降低了。所謂較低是落在百分之八到十範圍內。雖然還沒有足夠資料證實這數字具有統計顯著性——」

穿著針織背心的男人打斷他的話。

「哈囉，抱歉。我的名字是楊恩．伯什維克。」男人說，朝文森伸出一隻手。「不過我想這已經是我的專業領域了。我是心理學家，曾有多年協助警方調查的經驗，多半是提供罪犯側寫。我應邀參與本案調查工作。根據我的了解，調查行動目前算是陷入僵局。你們急需要一份側寫。」

文森瞄了米娜一眼，他握住心理學家的手，心理學家的手像條條死魚般鬆軟無力，典型的自以為優越因而不屑好好招呼的握手方式。

「約拿斯．洛司克案我正好也有參與，」楊恩補充道。「我很意外你竟然沒聽過這個案子。這案子在九〇年代受到媒體非常廣泛的關注。約拿斯是受僱於某大型運輸公司的卡車司機。他在瑞典南北穿梭，甚至遠及挪威。」

文森記憶被喚醒了。

「他是不是綁架並強暴搭便車的少女？並且殺害其中兩人？」

「黛絲．貝里斯壯和尼娜．李施德。」克里斯特咕噥道。

「他強暴她們，掐死她們，然後再強暴她們一次。」楊恩說。

「屍體被裝在垃圾袋裡丟棄在路旁。分屍過的屍塊。他在卡車內把她們大卸八塊。沒人注意到血跡。因為他跑的正好是是屠宰場路線。」

「幫幫忙，這根本想都不用想了，」魯本不耐煩地說道。「他媽的約拿斯．洛司克在圖娃工作的咖啡館出沒，這也表示他有辦法跟昂妮絲搭上線。不是他是誰！」

「我們不必急著下定論。」尤莉亞話聲帶著警告。

文森小心翼翼地舉起一隻手指。

「約拿斯·洛司克的犯案手法並不符合。該怎麼說呢?完全不符合我們正在尋找的凶手的手法。」

穿著綠色針織背心的楊恩輕笑一聲、搖搖頭,彷彿文森是個剛說了什麼趣事的孩子。

「抱歉,請問你哪位?」

「文森是我們請來的顧問,」尤莉亞插話道。「目前是試用。」

她顯然不想多解釋文森在場的緣由以免和楊恩扯不完。

「看來我最好解釋一下人的行為模式,尤其是殺人凶手的,」楊恩說,透過眼鏡上緣注視著文森。「所有犯罪者的手法都會隨時間進化改變。但基本驅力則維持不變。約拿斯·洛司克是極為殘暴的行凶者。你們手上有三起手法殘忍的凶案。被害女性的年齡都與洛司克先前攻擊的對象相近。屍體也都如洛司克的被害人一樣受到進一步殘害。此外你們也已經建立約拿斯·洛司克本人的直接關聯。他和這三起凶案無關的機率微乎其微。」

「你是專家,」文森說,「但我只是在想,羅倍並非女性,三位被害人也都沒有受到性侵的跡象——而這不正是洛司克犯案的特徵嗎?另外,事實上羅倍是唯一遭到分屍的被害人。這又該如何解釋?」

楊恩沉默片刻,一隻手無意識地由下到上撫過毛衣背心上的扣子。明顯是尋求慰藉的動作。他很緊張。文森的問題似乎啟動了心理學家的皮質醇大量分泌。

「洛司克顯然已經沒有性欲了,」他說。「天知道在監獄裡待的那些年發生過什麼事。三起命案都缺乏性迫害跡象的事實正好解釋他也可以殺害年輕男性。」

「所以你的意思是說，洛司克先前犯案的主要驅力是性？」文森問。

「絕對是，」楊恩說得自信滿滿。「連他的暴力行為都具有性方面的功能。殺害的行為只是附帶——為了確保她們無法指認他。雖然我們假設他也能從殺害行為本身獲得一定滿足。」

「照你說的，如今他的性慾消失了，卻突然又找到新的驅力，促使他犯下相當複雜的暴力罪行？我非常好奇，想聽聽你對這樣一個人的心理側寫。尤其你一開始指稱促使他再次犯案的是與先前相同的驅力。當然，這並非我的專業領域，但我實在無法把你的描述前後貫通起來。」

文森盡可能無辜地看著楊恩。心理學家猛眨眼，環視其他組員。米娜頭埋在筆記本裡。

「我可以清楚感受到我的專業在這裡沒有受到應得的重視，」他說，撅起雙唇。「調查工作你們就自求多福吧。我會讓上頭知道這件事的。」

楊恩再次摸摸背心扣子，站了起來。

「我建議你們下次最好先教教請來的顧問一些規矩。」他說，然後離開房間。

會議室陷入沉默。文森可以從眼角看到米娜正努力忍笑。

「天啊，文森，」她一等心理學家離開聽力範圍後即開口說道。「記得我們只是出自好心才讓你參加的。」

「不，我同意文森的看法。」魯本說，雙臂抱胸。

文森盯著他看。魯本什麼時候站到他這邊來了？這倒是全新經驗。

「文森並沒有說不是洛司克，」魯本說。「他只是問洛司克現在是怎麼想的。我也想知道。這有助我們逮到他。」

「你說對一件事，」文森說。「用簡單的或然率角度來看，洛司克有很大機會脫不了關係。在涉及本案的所有相關人員中，他確實有最多理由值得我們懷疑。我只是看不出直接原因。」

「我們必須盡快找到約拿斯・洛司克來問話，」尤莉亞點頭道。「搜索行動已經在進行中了。所以我們暫時先把約拿斯・洛司克放一邊，聽聽文森有什麼看法要分享。」她好奇地望向他手中的粉紅色資料夾。

文森轉身面向尤莉亞。最好的策略是直接針對群體中的意見領袖。他注意到魯本的視線跟隨他，卻反射性地繼續往下，最後停留在尤莉亞的臀部。他不該意外：米娜很久以前就說過魯本想睡遍所有女人。但或許。曾經有過某時某地……夠了。專心。

「我可以嗎？」他說，指指牆上的白板。

「請便。」尤莉亞說，手一揮。

他打開資料夾，拿出幾張照片，用磁鐵的一角張貼在白板上。他做出這個和米娜先前做過一樣的動作並非巧合。米娜當初藉由張貼照片，在同事的認知中建立了這個舉動與嚴謹的警方工作間的聯結。文森希望能以相同的舉動在無意識中喚醒在座警探腦中的聯想，嚴肅看待他接下來的報告。若要他們接受他即將提出的建議，他絕對需要建立可信度。這是他最後的機會。彼德的目光依然緊黏在粉紅色資料夾上。

「好像棉花糖。」他喃喃道。

彼德舔掉黏在手指上的糖粒，伸手想再拿一塊小麵包。

克里斯特把整個盤子端給他。

「我覺得你的大腦已經崩潰了，」克里斯特低聲說。「留半個給我。」

「我兒子的，」文森說，拍拍資料夾。「我自己沒有……」

他清清喉嚨，開始說道：

「我有兩件事想在此提出跟大家討論。首先從這些照片開始。大家看得出來照片的主題嗎？」

白板上照片裡的男子各個笑容可掬，全都穿著亮片舞臺服。有些人站在諸如埃及神廟等濃濃異國風情的華麗布景前，有的則置身乾冰齊噴的雷射光效之中。他們身旁都有各式各樣的大型箱櫃、也都至少站著一個衣著暴露的女人。

「你的魔術師同事，」魯本說。「所以呢？」

他的目光終於從尤莉亞臀部上移開了。

「是的。不過你再看仔細一點。」文森說。

魯本瞇眼望向白板，彼德則傾身向前。

「搞什麼鬼？」魯本幾秒後驚呼道。

「那些是……」彼德說。

「正是，」文森說。「你們看到的是史上最經典的三個舞臺魔術表演：接子彈、劍箱、Z字形女孩。但它們也是——」

「——昂妮絲、圖娃、羅倍的死亡方式。」尤莉亞插話道。

她走近照片，仔細端詳。

「圖娃的劍箱絕對是扭曲的魔術仿作，」文森說。「這點你們從一開始就意識到了。昂妮絲的案子可能是也可能不是。但在羅倍案之後，一切就無庸置疑了。凶手無疑對舞臺魔術極為熟稔——熟稔到足以自己製作道具。光這一點就可以把嫌犯名單縮小百分之九十九點九。

「所以我們在找的是一個殺人魔術師？」尤莉亞搖搖頭說道。「有沒有人知道東尼爾或洛司克會變紙牌之類的魔術？」

「這就是我剛剛說的第一件事，」文森說。「第二件事說來大家應該都會感到意外。我要說的是……」

他拿出一支黑筆，在白板上寫下昂妮絲、圖娃和羅倍的名字。接著他又在三人名字後面分別寫下十四、十五、十四的數字。

「這是他們被擊碎的手錶分別顯示的時間，」魯本說。「也就是他們遇害的時間。我一直主張這就是逮到凶手的最有力線索。」

「是嗎？」彼德說。「我以為你是說東尼爾和昂妮絲與圖娃玩三P才是破案關鍵。」

魯本假裝沒聽到。他看著照片中一身亮片裝的魔術師。

「我是說，他們有夠『玻璃』的。」他說。

彼德與克里斯特滿臉錯愕，尤莉亞則忍不住爆出一笑。

「拜託，魯本，這年代誰還用『玻璃』一詞啊？」她說。「真可恥。」

文森換條腿站。他失去他們的注意力了。就在他正要提出報告最重要的部分的當下。這就是為何他始終拒絕去高中演講的邀約。但即便是高中生的專注能力都比這群警探好。

「你到底在扯什麼，魯本？先講手錶，然後這個。還亮片咧。」彼德說，用手遮住一記呵欠。

「我覺得他們看起來很炫。」克里斯特說。

麵包盤早就空了，但彼德舔濕指尖、開始沾著桌面上的糖粒吃。從文森上次見到他到現在他恐怕都還沒睡過。

「你們看看那三個時間，」魯本口氣志得意滿。「幾乎都是同樣的時間，兩個一樣還可以說是巧合，三個就難了。所以要不是凶手作息非常規律、什麼時間固定做什麼事，要不然就是死者如此。或者更可能的是兩者都是。既然如此，我們只需要找出死者下午兩點到三點間通常的活動，然後順藤摸瓜揪出凶手。」

魯本得意洋洋地把手枕在腦後，彷彿剛剛獨力破了案。

「魯本說的確實就是最明顯的結論——幹得好，這麼快就想出來，」文森開始道。

魯本伸懶腰，神情甚至比剛剛還更得意了。

「但從任何角度看，這都是錯的。錯得徹底。」

魯本得意的笑容瞬間消失。文森這麼直指出來或許殘酷，但他就是忍不住。畢竟魯本正是他上回出局的主因。他剛剛其實不過交給魯本一把鏟子、告訴他挖哪裡，然後他就自己挖洞跳進去了。

「好吧，無所不知的讀心術大師，」魯本說，眼裡有怒火。「你有什麼高見快說來聽聽。最好是非常該死的高明。」

文森沒有應答。他拿出一支紅筆，在昂妮絲與圖娃的名字下方各自寫下日期：昂妮絲是一月十三日，圖娃二月二十日。羅倍名字下方則是兩個問號，各代表日期和月份。他接著擦掉剛剛以黑筆寫下的數字，改用紅筆重寫一次。

「凶手想要我們知道凶案發生的時間，」他說。「所以才會有手錶這個安排。但他不只想要我們知道時間而已：他想要我們知道確切日期。他選擇棄屍的都是保證馬上會被發現的地點。凶手選擇移動屍體其實是冒了很大的風險，而且是非必要的風險。所以他一定是想確保屍體在開始腐爛前就被發現，這樣警方才能正確判定死亡日期。」

「好，等一下，」克里斯特說。「凶手想要我們知道他下手的時間。但為什麼？他想被抓到嗎？」

「這就是問題了，」文森說。「這些數字並沒有明顯的模式可以讓我們預測他下回出手的時間。三起謀殺案各自間隔的週數有異，時間也不盡相同。所以我認為這些數字應該別有意圖。」

「我查過這幾組日期與時間曾發生過什麼事，」米娜說。「但一無所獲。當然，這些時間日期或許對凶手個人有特殊重要性。問題是，在我們無從得知的情況下，他何必花這麼多功夫告訴我們？」

「我同意米娜的看法，」文森說。「因此我相信凶手另有所指。」

他暫停，確定所有人的注意力都集中在他身上。米娜上回說得對。這其實就是一場演出。而他此刻正感覺得心應手。

「我相信這些時間日期是凶手想要傳達的訊息的一部分。」他說。

「一部分？你的意思是說，這些數字得合在一起看？」彼德緩緩說道。「像拼圖那樣？」

文森點點頭。

「要傳達給誰的訊息？」尤莉亞說。

「給我們。給你們。但訊息如果不完整我們就無法解讀。這幾個案子是在倒數。死者身上被標上羅馬數字，第四、三、二號謀殺案都已經發生了。至少還要一個案子訊息才會完整。」

「至少一個？」克里斯特說，口氣驚恐。

「第一號謀殺案。我們不知道會不會有零號。但……」文森再次暫停。他一一注視在座者的眼睛。他幾乎準備好指出最後一點了。

「你們不需要等到下個謀殺案，」他說。「你們甚至不需要知道完整的訊息是什麼。因為凶手犯了一個錯誤。」

他可以感到所有人屏息以待。連魯本都全神貫注。彼德的手停在把糖粒送往嘴巴的半路上。糖粒掉落桌面。

「第三個被害人羅倍遺體遭到遺棄的地點因為施工被圍起來幾天。屍體的狀況因此讓你們很難判斷確切死亡時間。你們甚至連月份都難以確認。他是五月五日被發現的，但遇害日期很可能早在四月底。如果凶手想要給我們一片片拼圖，一如彼德剛說的，那麼他這次並沒有成功。日期佚失了。而我認為他非常急著想要更正這個錯誤，畢竟他已經花了這麼多功夫。」

尤莉亞的眼睛突然因領悟而睜大了。聰明。幾乎和米娜一樣快。

「我們召開記者會，」她說。「引蛇出洞。在我們和羅倍的父母談過後盡快召開。我們必須採取激烈手段。我不想拿警局內部的角力來增加大家的負擔，但讓我這麼說吧：高層的耐心有限。如果不盡快做出一些大動作，我們很快就會各自回到原來崗位，小組解散指日可待。我想召開記者會算是搖一搖樹，看看會有什麼果實掉下來。我們必須訴諸社會大眾，請大家提供線索。」

「這同時也會召來一堆假訊息，但這點妳很清楚，」克里斯特咕噥道。「我們得踩屎前進。」

「告知媒體，」文森說，點點頭，假裝沒聽到克里斯特的話。

克里斯特說得沒錯。訴諸公眾是一把兩面刃，但他們目前處境更像是一把用鈍了的廚房菜刀。選擇並不難。

「請目擊者提供黑箱子被遺棄在歐斯塔市場的時間點。妳也許可以說警方目前一無所知。妳甚至可以透露你們正在緝捕一名連續殺人犯，就像電視上演的那樣。如果我的心理側寫正確，這一點會讓凶手很得意。自戀型人格想要聽到自己是最厲害的，因為這符合他的世界觀。而這同時也會增加他和你們聯絡提供失落拼圖的機率。事實上，我認為他無法抗拒這麼做。」

彼德一臉不解。

「但訊息依然不會完整——你剛剛自己說的，」他說，以手遮住一記哈欠。「一共有四塊拼圖。我們要怎麼在他第四次下手前逮到他？」

「我們設立一條專供民眾提供線索的熱線電話。接下來就只能祈禱凶手會主動來電了。」尤莉亞說。「文森可以幫忙聽聲音，或許能聽出端倪。我們也可以比對洛司克先前的錄音。此外也可以分析背景噪音試著破解他所在地點。如果運氣夠好，說不定還可以循線追到發話地點。如果他使用手機，那我們也可以找到GPS定位。我們現在就開始著手準備。」

米娜朝文森點頭微笑。他表現得太好了。尤莉亞朝他走去，用雙手握住他的手。

「這無疑是重大突破，」她說。「在記者會上，我暫時不會透露約拿斯．洛司克可能涉案的訊息。此外，你協助調查的事我也希望晚一點再揭露。如有人問起，我只在電視上看過文森．瓦爾德。可以嗎？」

他點頭作為回應。以這個觀眾群來說，這已經算是起立鼓掌了。

「在大家開始分頭去忙之前，」尤莉亞說，再次轉向組員。彼德正好處於半坐半站的尷尬姿態，顯然不知該坐回去還是站起來。

「請坐，」尤莉亞嘆氣道。「如果有人還沒有讀過羅倍失蹤的檔案，請務必馬上去讀。這個案子我們必須重新來過。羅倍的父母和庇護之家的職員已經接受過多次訪談，但都不是我們小組做的。在他……被發現後也還沒有再次訪問。有一些問題必須要問。克里斯特和我後天會去拜訪他的父母。記者會之後我們也會盡快前往庇護之家。以上。大家去忙吧。」

克里斯特點點頭，沒說話。其他人紛紛起身。尤莉亞再次轉身面對文森，遞給他一個塑膠卡片。

「這是你個人的通行卡。你正式成為我們一員了。」

六十

尤莉亞深呼吸，然後按下門鈴。樓梯間非常漂亮。挑高天花板、黑白格子地磚、粉刷灰泥牆。

她感覺得到一臉陰鬱的克里斯特跟在後面。往瓦沙斯丹來的一路上，他不停質疑為什麼偏偏挑中他一起跑這趟。像個孩子。尤莉亞很想回他一句：「因為所以。」但她忍住了。她是上司，上司要有上司的樣子。她趁等人來開門的空檔快速再次查看手機。約拿斯．洛司克的搜捕行動已經展開——她派了人前去他所有已知地址搜尋，應該隨時都會有回音。如果找到人，他們或許連記者會都不必開了。

她聽到腳步聲接近。一個優雅的女人為他們開門。

「請進。」她低聲說，往側邊一步讓出路。

他們走進門廳，尤莉亞不住欣賞起眼這間美麗的公寓。她非常願意住進和這裡一模一樣的地方。但她和圖克爾彼此同意附了小花園的排屋是他們最好的選擇，因為他們打算生孩子。站在這個百餘年歷史的門廳裡，她不禁懷疑那選擇是否正確。他們已經在恩奈比貝里的排屋住了將近五年，那理應在小花園裡玩耍的小人兒卻遲遲不曾出現。

「咖啡嗎？」

羅倍母親的話聲冷靜自持，但泛紅的眼眶卻透露了她的哀傷。一個穿著白襯衫牛仔褲的白髮男子正等著他們。同樣優雅，就年紀看來比女人大一些。除了眼周的陰影，他倆是一對好看的佳偶。

「那就謝謝了。」尤莉亞與克里斯特說，兩人點頭。

「托馬斯。」

男人伸出右手，尤莉亞與克里斯特輪流與他握手。

「耶絲卡，」女人說，熟練地使用一臺會噴氣冒煙的專業espresso機煮咖啡。「抱歉。我好像已經忘記所有的基本進退，本來該有的那些自然社交舉動。好比說禮節。那些應該是很重要的東西卻成了枝微末節……」

托馬斯沉重落坐在一張擺放在窗前的巨大實木餐桌前，一邊示意請他們也坐下。他臉上帶著微微困惑的表情。彷彿人在夢中。不知道哪邊是上哪邊是下。什麼是裡什麼是外。尤莉亞多年來在許多失去所愛的人們臉上見過相同的神情。

「謝謝。」克里斯特說，從耶絲卡手中接過咖啡。

咖啡奶泡上畫了一片橡木葉，克里斯特詫異地望向尤莉亞。這不是他們拜訪家屬時通常喝到的保溫熱了一天的咖啡。

「樓下那一家熟食店是我們經營的，」耶絲卡說，一邊做尤莉亞的咖啡。「你們來的時候應該有看到。」

尤莉亞點點頭。她剛剛曾站在展示窗外，用眼睛狼吞虎嚥。巨大的火腿懸吊羅列。伊比利火腿、義大利火腿、風乾牛肉。一個巨大的圓型帕瑪森起司由各式羊乳起司、布里起司、藍紋起司眾星拱月簇擁著。她不清楚其中大部分起司的名字，卻不妨礙她垂涎三尺。

「代代相傳。」托馬斯說，輕輕搖頭。耶絲卡把咖啡端給尤莉亞，以眼神對托馬斯發問。

尤莉亞的咖啡奶泡上畫了一顆愛心。

「托馬斯家族三代都是經營起司生意。」耶絲卡解釋道，也坐下了。

她和托馬斯面前桌上都沒有咖啡。從他們倆凹陷的臉頰看來，尤莉亞懷疑他們已經好幾天不曾進食了。

「我常說我們這一家血管裡流的不是藍血[24]而是藍起司。」耶絲卡說。

沒有人笑。這個笑話就這麼懸在半空中，隨而消散無蹤。這個家裡笑聲不再。

「吃塊杏仁餅吧。」托馬斯說，把一盆餅乾推向他們。

尤莉亞很喜歡這種義大利杏仁脆餅。但一邊吃堅硬的脆餅似乎很難一邊說話，於是她拒絕了。但克里斯特竟老大不客氣地一把抓了三塊、還大聲咬下一口。她狠狠瞪他一眼，他倒一無所動。

「是真的嗎？」托馬斯說，話聲顫抖。

他問問題時眼睛盯著桌面。木頭桌面見證著過往的好時光。紅酒杯留下的圓印。應該是加了薑黃的印度菜餚或咖哩留下的鮮黃色漬。晚餐、家人、朋友、歡笑。

「你的意思是？」尤莉亞問，雖然她其實知道他問的是什麼。

她武裝自己。她強迫自己想別的事，就是不要想起過去幾星期在每個街角商店、加油站、報攤看到的那個燦爛微笑的男孩。

「他被發現的時候……並不……完整。」

尤莉亞試圖想起自家花園裡的花即將盛開。想起圖克爾親手做的小床至今空蕩。想起針頭扎進她柔軟肚皮的感覺。想起隨著賀爾蒙治療降低體內雌激素而來的憂鬱低潮。

克里斯特還在大嚼杏仁脆餅，而站在內院大樹上的烏鴉呱呱叫聲從洞開的窗子傳了進來。她強迫自己回答。

「是真的。」她說，看著耶絲卡聞聲崩潰。

「然後你們打算公開讓全世界知道。」

「如果你們同意的話。我們會尊重你們的決定——」

「做你們必須做的事，只要能逮到凶手。」耶絲卡話聲冰冷。

尤莉亞為她這突然的改變一時怔住了。

「跟我們聊聊羅倍吧。」她說。

耶絲卡的臉色倏然一亮。她瞥向丈夫。兩人臉上同時泛起微笑。交會的眼神喚起了快樂的回憶。

「我們婚結得早，過幾年才生了羅倍。我那時候二十五歲。我們的小小奇蹟。」

她朝丈夫伸出一隻手。他握住了。尤莉亞看著他緊緊握住她的手，緊到一定會痛。窗外的烏鴉還叫個不停。

「巴比是世界上最仁慈、最良善、最有愛的靈魂。」托馬斯幾乎話不成聲。他整理心情繼續說下去：

「他為我們帶來源源不絕的喜悅。但……他年紀漸長之後，我們也漸漸無法以同樣的方式照顧他。他二十四小時都需要人看著，而我們實在有心無力。他好幾次出門散步忘了回家——有時甚至發生在半夜。喏，我想你們應該都知道這不是巴比第一次失蹤。所以我們一開始並沒有那麼擔心，

24 英文blue blood意指出身貴族。

至少不會比平常擔心。但後來……好幾天過去……」

克里斯特伸手又抓了一把杏仁餅。尤莉亞在桌下輕輕踢他一下。羅倍的父母似乎沒有注意到。

「你們對他住的庇護之家滿意嗎？」

問題是克里斯特問的，尤莉亞意外地望向他。他原本看似對點心的興趣多過談話內容。

「非常滿意，」耶絲卡說。「他已經在那裡住了五……不對，等等，應該是七年。那裡的工作人員都非常稱職友善。我們每天都去看他，他每個週末也都回家住。他在那裡很安全。被愛——」

她忍不住發出一記啜泣，托馬斯再次握緊她的手。她手腕上一條細銀鍊隨著動作發出鏗鏗聲響。尤莉亞發現發出聲響的是銀鍊上一個刻著「羅倍」字樣的圓墜。耶絲卡看到她在看。她放開托馬斯的手，舉起掛著銀鍊的那條手臂。

「羅倍去年送我的母親節禮物。他存了一筆零用錢，請托馬斯帶他去買的。」

「很漂亮，」尤莉亞說。

一個念頭不請自來，甚至來不及阻止。她想起自己不知有沒有機會收到母親節禮物。她撇開這個念頭。她自身的煩惱相形之下根本不足為道。

「你們知道有任何人對羅倍有任何不滿嗎？」

「不，不，不，不可能。沒有任何人，」托馬斯說，堅決搖頭。「所有人都愛巴比。他也愛所有人。我不曾看過任何人不被他收服的。」

「你們記得那個住家窗戶被羅倍的彈弓打破的女人嗎？」耶絲卡笑著說道。「就住在內院另一頭的？事情最後是她邀請羅倍去她家吃麵包喝果汁。」

「我記得。」

托馬斯微笑點頭。他抬頭迎上尤莉亞的目光。

「羅倍有一千個像這樣的故事。他是我們的明光，我們的喜悅。是的，他確實生來帶著殘疾，或者該說，是這世界堅持把它稱為殘疾。但相信我，如果人人都像羅倍一樣，世界絕對會更好。他是完美的。」

尤莉亞眼角瞥見櫃子上擺著一張羅倍的裝框照片。和媒體上看到的同一張。她不知道自己如果有個唐氏症孩子會有什麼反應。她已經四十二歲了，這不無可能。而且機率還會隨著每一年過去而增高。她納悶圖克爾會怎麼說……

「我們也會去跟庇護之家的工作人員談。你們還有什麼是要補充的嗎？」克里斯特說，質疑的眼神一邊瞥向突然陷入沉默的尤莉亞。

「他非常單純，」托馬斯說。「他會樂意和任何人去任何地方。」

托馬斯稍稍遲疑後繼續說道：「你們有嫌疑人了嗎？」

尤莉亞點點頭。「一個出獄不久的暴力罪犯。我們正在緝捕他。」

「你……你們必須答應我一定會抓到他，」他低聲說道。「不然……我們要怎麼活下去？」

尤莉亞站起來。她考慮要怎麼回答。她該知道的。這個請求她已經聽過太多遍了。請求有個了結。請求解救。請求正義與懲罰。但她知道自己不該做出任何未必做得到的承諾。她把咖啡杯拿去水槽，正準備開口時，克里斯特搶先了一步。

「我們恐怕無法答應你，」克里斯特說。「但我們可以跟你保證，我們會竭盡一切努力。羅倍是這樣一個好孩子。請在那些美好的片刻裡找到慰藉。你們最美好的回憶。不要讓這些也被剝奪走了。」

尤莉亞詫異地看著他。克里斯特——那個認定活著就是折磨、死了才算解脫的男人。等會離開後她得檢查看看他口氣中有沒有酒味。

他們離席時，托馬斯和耶絲卡還留在廚房桌邊。大門關起前，尤莉亞看到的最後一幕是兩人緊握著彼此的手。

六十一

克比勒，一九八二年

嬿恩在草地接近樹林的邊緣找到媽。她坐在樹蔭底下拔雜草。嬿恩其實想問她何苦呢，這些蒲公英就長在樹林的邊緣。但她明白問了也是白問。

「進度如何？」她改問道，在媽身邊蹲了下來。

她母親清除了一道直線的蒲公英。

「說不上有什麼進展，其實。」

媽打直腰桿，背脊喀喀作響。

「痛。不過有點事做總是好。對了，有看到妳弟弟嗎？」

「他下課後就跟那三個女孩子騎車去玩了，」嬿恩說，扯掉一株蒲公英的葉子。「八成躲去哪裡玩親親了。」

「嬿恩！」她母親口氣驚恐道。「他們才七歲！總之，『那三個女孩』叫做瑪拉、絲肯和洛塔。妳應該要為妳弟弟高興有朋友跟他玩。」

「高興？還不如說是嚇一跳。」

嬿恩檢查那片蒲公英葉片，謹慎地咬了一小口。

「妳知道它們可以吃吧?」她說。「蒲公英。如果妳不想把它們扔掉。」

「我為什麼要吃蒲公英?」媽說道,用手背抹去額頭汗水,留下一道橫過眉毛的污漬。

嫵恩聳聳肩。

「它們富含鐵、鉀、鎂。」

「妳又是怎麼知道的?妳根本對樹林植物沒興趣。」

「那妳又為什麼『不』知道?妳至少該知道蒲公英的法文叫做piss-en-lits、直譯就是尿床吧?因為它們具有強大的利尿作用?」

「強大的利尿作用,」她母親口氣浮誇地模仿道。「我有時候會懷疑妳到底是誰的女兒。妳待在這裡實在太埋沒妳的聰明了。」

「說到這,」她說。「妳記得我八天後要出發吧?」

「記得。」

媽連根拔起了一株蒲公英。

「妳要去多拉納找伊娃。我們討論過了。伊娃的母親聽起來人很好。我一點也不擔心。妳要在那裡待兩星期。」

「不只是這樣。」嫵恩說。

說出來,現在就說出來。

「我回家以後就會開始打包,」她說,屏住呼吸。

媽停下動作抬起頭看她。

嫵恩必須一鼓作氣全部說出來。

「我要搬走了，」她說。「我不能再待在這裡、在這座農場上。我想要做點事。住在都市裡。認識新朋友。讀書。我……我受不了這裡了。再待下去我會瘋掉。」

媽看著她，一語不發。嫵恩拚命眨眼睛忍住淚水。她不要哭。絕對不要。因為如果她哭了就永遠走不了了。如果她哭了，媽就贏了。她仰望藍空，用力眨眼。天空中空無一物。沒有雲也沒有飛機。她不需要空無一物——她想要的恰恰相反。待在這座農場上永遠要不到。

「不要擔心，」她說。「我快滿十六歲了。我不會有事的。連住的地方我都已經安排好了。」

「我擔心的不是妳，」媽靜靜說道。「我擔心我自己。妳才是聰明的那個。妳知道很多事、比如說蒲公英讓人想尿尿，妳才會解決問題……而我……我連讓你們有東西吃都有問題。妳如果不在……妳弟弟又是那個樣……我真的沒辦法。」

媽再次低頭看著草地。

「妳走了我就自殺。」她說。

空氣倏地自嫵恩的肺裡被抽光。彷彿有人揍了她胸口一拳。她想過媽可能會生氣、禁止她離開，然後開始哭泣陷入沮喪期。任何其他反應，而不是這個。她胸口猛地燃起熊熊怒火。

「去妳的，」她說，「妳有臉說妳是我媽嗎？這是勒索。我不能為妳過妳的日子。我需要有自己的人生。而且妳並不孤單。弟弟不像妳想像的那麼脆弱。如果妳真的沒辦法自己來，那就想辦法去找個能和妳一起待在這裡的伴。因為我不想。」

嫵恩站起來，看著她依然死盯著草地、死盯著那一排剛清掉雜草的地面的母親。她看起來如此渺小。如此懦弱怕事。嬿恩和她攤牌是正確的。她必須離開這裡。留下來的話，她這輩子就完了。跟她母親一樣。

六十二

彼德焦慮地等在浴室門外。門內傳來的聲音讓他感覺他妻子快要死掉了。

「妳還好嗎，親愛的？」他喊道，耳朵貼在漆成白色的木門上。

一句含糊的痛苦咕噥穿門而來以為回應。一分鐘後，安涅忒終於解開門鎖。

她的臉色蒼白如紙。

「退後，」她說，揮手要他保持距離。「我應該是中了諾羅病毒。還是羅諾。總之你和三胞胎絕對不能靠近我。」

她的長髮扁塌無力，浴室傳來的氣味讓他趕緊把門關上。

「沒問題，親愛的，」他說。「我們就用保鮮膜把妳包起來。三胞胎的食物不吃的時候最好要封起來。」

安涅忒無力地翻白眼，回浴室拿來一罐噴式乾洗手。彼德屏住呼吸。他真希望她沒有再次開門。她又噴又擦，仔細消毒了兩側的門把。

「我是說真的，」她說。「你們都不要碰這間浴室。這暫時由我專用。除非你十萬火急想上大號？」

彼德倒退幾步，故作驚嚇狀。

「體液？我們家裡有這種東西？我們三胞胎乾淨得不得了……」

他一把拉她入懷，輕撫妻子一頭亂髮。安涅忒累得無力抗議。

「我建議妳把自己關在裡面，」他說，拉著她走向臥房。「我去把妳的iPad拿來。等到妳好了或是把Netflix上的影集全部看完了再出來。三胞胎和我就待在客廳裡。我們可以布置一個小窩。如果她們想媽媽我就說妳離家出走了。」

安涅忒虛弱地微笑。

「我之後一定好好在床上謝謝你，」她說，渴望地看著床。「大約一兩年後吧。」

「先讓我去確認一下到時有沒有空，」彼德說，抓來幾顆多的枕頭。「我最好打電話讓小組的人知道我得請假幾天在家顧小孩。」

他掏出手機，安涅忒則小心翼翼地坐在床角。她看起來真是不太妙。也許他該去跟米娜請求支援個幾公升的乾洗手。他一點也不想病得跟安涅忒一樣嚴重。

「彼德，」她說。「我還是會盡可能餵母乳，但我們大人的食物怎麼辦？」

彼德咬舌。他不該落井下石。她永遠不會原諒他。但這個梗實在讓他不想錯過。

「我們來吃超級油滋滋漢堡吧，」他說，一個字一個字說得清清楚楚。「牛油脂肪油得發亮那種。嗯，或是鵝下水湯。你知道的，就加了鵝血和鹽、裡頭滿是一坨坨內臟那種。」

安涅忒兩眼直愣愣看著他。然後突然快步跑出臥房衝回浴室裡。

六十三

「彼德剛打電話來，」尤莉亞告訴會議室裡的眾人。「他沒有辦法幫忙接電話了。安涅忒病了，他得照顧孩子。」

魯本並不意外。一點也不。想也知道彼德不可能一直撐下去。「安涅忒病了」。最好是！應該是彼德需要休假吧。他現在八成人在司徒廣場的瑞胥餐廳、早早在享受午餐咧。那裡有不少午餐後不必回辦公室上班的女人，好整以暇啜飲著卡瓦氣泡酒。聽到彼德是條子就興奮起來的女人。魯本這完全是經驗談。一般來說制服就像女人吸鐵，但外出穿制服不方便，此時就需要一點幫手——比如說不經意露出外套底下的手銬。她們愛死了。到這地步手指上有沒有套著婚戒都無所謂了。他不會為此怨妒彼德。恰恰相反。生了三胞胎後，安涅忒在可見的未來裡應該都會性趣缺缺。

「所以他要一打三嗎？」克里斯特說，大搖其頭。「可憐的傢伙。他回來上班的時候只怕不成人形。嗯，是說他本來就已經是了。比不成人形還不成人形……」

克里斯特往後躺在椅背上，椅子發出嘎嘎聲響。他深深嘆口氣。

「也許該有人過去幫他一下。」他咕噥道。

克里斯特如果這麼愛小孩乾脆就自己過去。尿布是魯本絕對不想在自己生活中見到的東西。

「總之，我們缺了一個人手。」尤莉亞繼續說道。

她穿著西裝外套和一條寬版長褲。他想這應該讓她看起來更像上司。但以他個人來說，他寧可看她穿裙子。或緊身牛仔褲。但人生本來就很難事事如願。

「魯本，你得和文森一起輪值接聽熱線，」尤莉亞說。

「我和那個魔術師？」他語帶不屑。「真是天作之合。」

「他聽到你這樣喊他應該會轉身就走，」米娜說。「我是指魔術師。」

「真的嗎？」魯本說，故作滿懷希望狀。「我會好好記得這點。」

米娜連看都不看他。老天，她有夠難撩的。

「好，就這樣，」尤莉亞說，把桌上紙張兜攏了。「我們還沒找到約拿斯．洛司克，所以我兩小時後召開記者會。我不會提到文森協助辦案或是我們正在尋找約拿斯．洛司克的事。畢竟我們手上全都是間接證據，並沒有他涉案的直接證據。我也要麻煩大家不管正式或非正式都不要提起這兩件事。記者會將會透過我們的社群媒體帳號以及其他媒體頻道直播。之後我們就開始接聽熱線，直到有結果為止。魯本和文森值第一班。」

魯本開口欲言，但尤莉亞以一根手指堵住他。

「天作之合，照你說的，」她對他說。「照我說的：文森現在是我們的一員了。」

六十四

他們站在峽灣街景觀臺的石牆前。居高臨下，斯德哥爾摩老城區、船島以及一部分于高登島的景致一覽無遺。從遠處眺望城市，彷彿所有的煙塵、污染、污穢潦倒的人們全都不存在了。從遠處看去城市閃閃發亮。從這裡也看得到蒂沃尼樂園，圖娃被發現的地方。但米娜努力撇開那個念頭，讓樂園回歸樂園。

是文森提議她單獨出來走走、討論案情的。他們已經走了一小時，把他們知道和以為自己知道的線索全都拿出來討論過了。

「妳這個夏天有什麼計畫嗎？」文森突然問道，目光依然凝視遠方。

米娜望向他。

「計畫？你知道調查行動正如火如荼進行中吧？」

「我知道，但我只是想夏天快到了，而……」

他清清喉嚨、沒再開口，彷彿不知道能說什麼。

「文森，你是想試著聊天嗎？」

米娜忍住微笑。

「算是吧。我剛好想到我們已經談很多調查行動的事了。」

「很高興看到你在練習。」

她轉身背對景色，靠在石牆上——在拿出超市塑膠袋墊在自己背部與石牆之間後。陽光曬暖了她的臉。新買的太陽眼鏡正好派上用場。

她以為自己看到熟悉的人影，但那人就在米娜看到她時轉身往反方向走去。應該是她認錯人了。

「至於調查行動，」她說。「我覺得你或許不要出席記者會比較好。要是有記者認出你、開始東問西問你怎麼會出現在那裡呢？這可能會模糊了我們想藉由記者會傳遞出去的訊息。尤莉亞說得很清楚，要大家暫時不要公開你協助偵辦的事。」

「我只是好奇那樣的記者會實際上是什麼狀況。」他說。

她閉上太陽眼鏡後方的眼睛。

「我們選擇公布某些案情細節、保留某些細節。某些只有凶手知道的細節。這樣我們才能分辨自首供詞的真假。打電話進來承認一堆不是他們幹的事的人比你想像的多。比如說，有超過六十個人挺身承認奧洛夫．帕爾梅[25]就是他們殺的。」

她摘下太陽眼鏡，讓陽光溫暖她整張臉。她喜歡寒冷，因為寒冷感覺如此潔淨。但溫暖感覺如此……充滿生命力。只要不讓她流汗就好。目前的溫度正剛好，涼涼微風吹拂她的臉。

他們再次開始往前走。

「這樣說來的話，」文森說，「我建議你在彼德形容的『片片拼圖』一事上裝傻。凶案發生的日期與時間一定是某種密碼——我無法想像其他可能。但妳在記者會上不需要透露你們已經知道這點。」

「是不需要。」

米娜半晌沒說話。然後她側頭看著文森。

「洛司克呢？你有什麼看法？」

「還不夠明顯嗎？」文森說，踢得一顆小石子往前飛跳。「我覺得很惱人。感覺就是不對，簡單說。洛司克是以性為驅力的罪犯。我在我們這三個案子裡沒有嗅到任何與性有關的動機。」

「但這並不意味就真的不存在。性不單純只是性行為。我在工作上遇到很多男人可以在很多不同的事情上得到性的滿足：暴力、權力、支配、痛苦、驚駭、恐懼。」

「做為人類，我們真的該為自己對世界做的事感到可恥。」

「女人也製造了不少悲慘。我也看夠多了。但男人源源不絕製造的卻是完全不同等級的暴力。我的重點是：我們無法完全確認這幾樁謀殺案毫無性的成分。」

文森點點頭。

「妳說的完全正確。我並沒有排除任何可能。我們負擔不起這麼做。但我還是必須指出約拿斯・洛司克感覺就是不夠……細緻，如果我可以這麼說的話。所以說讓我懷疑是否該耗費這麼多力氣在他身上的理由不只一個。」

米娜沒有回應。這段關於性的對話喚醒了她一直試圖壓抑的回憶。支配的性。權力的性。她有太多第一手經驗了。但她絕不會重蹈覆徹了。絕不。相較之下，她的按摩棒是她有過最好的性伴侶。

他們在沉默中走了好一段路。出奇舒適自在的沉默。然後文森舉起手，瞇眼指向前方。

「那裡是瑪麗亞和我結婚的地方。」

---

25 Olof Palme（1927-1986）：瑞典政治家，曾兩度出任瑞典首相。他在第二次任期內某晚看完電影返家路上遭到槍殺。此案懸而未破長達三十四年，瑞典警方終於在二〇二〇宣布破案，但槍手卻早在二〇〇〇年自殺身亡。

她轉身，試著想看到文森手指的地方。

「蒂沃尼樂園？」

「不是。有沒有看到旁邊那個小島？城堡島。她全家都拒絕出席。」

他自己笑了。

「以這段婚姻彷彿雲霄飛車的歷程看來，蒂沃尼樂園確實還更適合。」

她看到下方小島上有一幢紅色的長型建築。他應該就是指那裡。很漂亮的地方。但他說得沒錯：蒂沃尼樂園確實會比較有趣。

「文森，關於你練習聊天這件事，」她說，站得離他近了點。「你一般對話其實完全沒有問題。」

「只限於跟某些人對話時。」

她微笑，目光移回城市景觀。就在他們下方某處，凶手正蠢蠢欲動、等待著下次出手的時機。

她和文森別無選擇。他們必須趕在那之前逮到他。

六十五

他倚牆而站，雙腿交叉，然後是雙臂。他答應米娜他會盡量低調。

「一群土狼。」魯本說。魯本和他一起站在會場的最後面。

「他們只是扮演記者的角色。」文森就事論事道。

魯本似乎已經接受他是小組成員的事實，至少目前如此。

「你說得輕鬆。對我們來說他們就是惹人厭。我也認為熱線電話絕對是天殺的白費功夫。」

「我懂你的意思，不過媒體記者——也就是所謂的第四權——是必要的存在，以此制衡政府與國會。沒了他們我們可能就會淪為警察國家……」

「瑞典又不是什麼香蕉共和國。」魯本不耐煩地瞪了文森一眼。

「如果是就怪了，」文森說，目光緊盯講臺。「香蕉共和國一詞本來指宏都拉斯，因為該國經濟幾乎完全仰賴香蕉出口，因而導致美國的聯合果品公司取得相當的影響力左右宏國政局。這個說法後來成為許多拉丁美洲國家的代名詞，而這些國家的共同特色包括極度仰賴少數幾樣出口產品、政府腐化無能或由軍人掌政、外國政府與公司在該國擁有極大的影響力……」

文森轉頭，發現魯本早已消失無蹤。他聳聳肩。有些人就是缺乏求知欲。

現場人聲嘈雜。記者會即將開始，媒體大軍湧至。他看到多家主要晚報的標誌，幾家重量級日報和瑞典通訊社也都到場了。此外還有一些地方報記者，和一些他不認得名字的新興媒體。他看到麥克風、攝影機、錄音機、手機、以及老派的紙筆。

尤莉亞走進來，站在講臺後方。她穿著他之前從沒看她穿過的全套制服。很適合她。她冷系的膚色很適合樸素的警察制服，藍色布料把她一頭光滑秀髮襯托得很漂亮。一如往常，文森從她的身體語言讀到淡淡的憂傷。哀愁像光暈般包圍著她。

她清清喉嚨，現場立刻安靜下來。他突然發現米娜就站在講臺右側一個不顯眼的位置。他很意外自己到現在才看到她——他通常第一個看到的就是她。她非常擅於隱身人群。

「首先我要歡迎各位。今天的記者會是關於近日多起咸信是由同一名凶手所為的謀殺案，」尤莉亞開場道。「我要請各位遵守規則，未輪到發言的人請勿發言，也請讓我先說完要說明的部分。」

現場鴉雀無聲，尤莉亞於是瞄了眼桌上一疊文件後繼續說下去。

「我們有理由相信圖娃．班松、昂妮絲．瑟西、以及羅倍．巴里爾的凶案是同一人所為。」

臺下霎時議論紛紛，尤莉亞不耐地皺眉。她等到現場再度安靜下來才再次開口。

「我們需要民眾協助緝捕凶手。在此呼籲民眾踴躍提供線索，我們尤其需要幾位被害人之間是否有關聯的相關資訊。我們同時有相當的理由相信凶手將會再次出擊。」

嗡嗡人聲擴大成激動的騷鬧。閃光燈此起彼落、記者開始揮手高喊問題。文森從眼角看到米娜怒氣沖沖地看著記者群。堅決的表情和她很搭。

「安靜！」尤莉亞喊道，記者們不情不願地靜了下來好讓她繼續。「有些資訊我們暫時不能公開，我在此能告訴各位的是：這三起凶案全都刻意布置成出了差錯的舞臺魔術場景。此外，被害人被發現的地點都非第一現場，他們都是遇害後才被搬移到那裡。我們相信棄屍工具包括一輛載運量大於一般轎車的車輛，可能是廂型車，但這也只是臆測。最後，我們也希望目擊者踴躍出面，協助我們確認第三起謀殺案、也就是羅倍・巴里爾遇害的確切日期。羅倍的遺體是在五月五日、在斯德哥爾摩的歐斯塔批發市場的停車場被發現的。因為當時屍體被遺棄在該處已有數日之久，所以很不幸的，我們在確認死亡日期上遭遇到困難。我們已經設立專線電話，供民眾來電提供線索——大家可以在前面螢幕上看到號碼。」

她深深嘆一口氣，掃視臺下坐滿記者與攝影師的椅子。終於，她朝一名四十開外、拿著一支印有醒目《快報》字樣麥克風的男子點點頭。

「警方為什麼認為凶手會再次出手？所以這些命案都是同一名連續殺人凶手所為？是我們之前聽說過的人物嗎？」

尤莉亞沒有馬上回答。她慢慢思考、斟酌字句。

她表面上看來非常冷靜，但文森輕易辨認出代表壓力的細微跡象。她全身重量放在右腳外側，彷彿正要舉步離開。此外她幾乎停止眨眼，只是眼角微微顫動。她十指交叉、看似輕鬆地放在講臺上，但她兩隻大姆指卻不動聲色地來回摩擦以消耗此刻在她體內竄流的皮質醇。

「這個問題正好是我們暫時無法透露更多細節的部分，」她說。「但我們有相當充足的理由支持我們的看法。我只能說到這裡。」

更多隻手高高舉起。尤莉亞朝瑞典通訊社一名年輕女記者點點頭。

「可否說明是哪些魔術？傳說蒂沃尼樂園發現的屍體和一具木箱有關？」

「這點也恕難透露。」

瑞典通訊社的記者補上另一個問題：

「警方是否認為凶手與魔術有某種個人關聯？」

「你們有沒有去查過喬・拉貝羅[26]的不在場證明？」有人喊道，引發零星訕笑。

「還是布林諾夫與雍恩魔術雙人組？」另一個傢伙緊接著補上一句。

尤莉亞眉頭深鎖。米娜難掩怒意。

文森不禁再次讚嘆米娜的美麗。他幾乎無法移開目光。

「關於嫌疑人我們目前無可奉告，」尤莉亞說。「罪犯側寫已經在進行中，不過我相信喬・拉貝羅、布林諾夫先生和雍恩先生應該都不符合嫌犯特徵。」

尤莉亞顯然對浮濫的記者笑話不感興趣。

「說不定凶手是瑞典版的胡迪尼……胡迪尼殺手！」一名來自《哥德堡郵報》的年輕記者喊道。

這回竊笑的人變多了。

文森注意到大多數記者都埋頭猛記筆記。這綽號想必很快會傳開——媒體向來堅持自作聰明為連續殺人犯取別號。

尤莉亞繼續面露微笑，只是愈來愈僵硬。

文森能懂。和媒體打好關係是很重要的事。不管她認為那些笑話有多低級，尤莉亞還是必須讓媒體喜歡她——這是唯一繼續擁有敘事權的方法。否則他們就會隨自己高興亂寫。

「問答時間到此為止。我們需要民眾協助，熱線電話號碼在螢幕上。警方網站和我們的ＩＧ與臉書官方帳號上也都查詢得到。」

臺下再次陷入騷亂，高舉的手、嚷叫的問題。但尤莉亞轉身背對記者、朝米娜走去。她們消失在講臺右側，而文森伸長脖子想盡可能看到米娜的身影。終於看不到後，他低頭快步走出大門。繼續逗留現場遲早會被認出來。尤莉亞不會想回答那些問題。

26 Joe Labero：瑞典知名魔術師。

六十六

「這要怎麼使用？」文森問，努力理解面前電腦螢幕上顯示的內容。

他和魯本所在的這個房間裡滿是他勘不透的科技設備。不過，出現在他面前電腦螢幕上的倒是離高科技有段距離的畫面——事實上還挺像微軟Excel的。

「我們就用這個軟體追蹤來電？」他說，努力掩飾自己對整個狀況產生的孩子氣反應。

顯然，要是能夠有一整面螢幕牆、顯示各種神祕數字和來自無人機的監控畫面，像電影裡那樣，那就再好不過了。但事與願違。

「喏，螢幕上是電話總機畫面，」魯本說。「所有打這支熱線進來的電話全部會錄音，但你和我也進行即時監聽。當然，如果同時很多通電話一起打進來就沒辦法了，但這種情況不太常發生。如果聽到任何稍有疑慮的內容，比如說聽起來像洛司克，我們就標出這通電話。像這樣。除此暫時不必採取其他行動。」

魯本點了下螢幕，一行號碼立刻變成紅色。這實在離《神鬼認證》太遠了。文森難掩失望。

「那要怎麼追蹤可疑電話？」他說。

「關於這點呢，我們基本上被法規綁死了，沒他媽的戲唱，」魯本說，朝咖啡機走去。

魯本為自己倒了杯咖啡，卻沒問文森——光聞味道他就猜得到他對這咖啡不會有興趣。這壺咖啡童年失歡，酸苦無比。

「追蹤電話的決定必須來自法庭，」魯本繼續說道，一邊擦掉不小心灑出來的咖啡。「但想要拿到法庭許可就得說明追蹤對象是誰。我們不就是想查出是誰？當然，我們一聽到可疑電話可以馬上去電檢察官、要求臨時裁定允許當下追蹤。但我懷疑這會來得及。以單純技術層面來說，我們當然可以追蹤電話——電話一來就辦得到，問題都在法律層面。」

「那我們在這裡做什麼？」文森說。

魯本在他旁邊的椅子上坐下了。

「媽的，有夠燙，」他說，一邊對著杯子吹氣。「因為我們之後可以要求電信業者提供所有手機通聯紀錄。當然這也是得先拿到法庭許可。這過程得花上幾星期，但這份紀錄可以告訴我們電話是誰打來的；但前提是我們可以在紀錄被移除之前拿到手。業者通常每幾個月就會清除一次舊資料。我剛說過我們他媽的沒戲唱吧？」

「你說這些紀錄涵蓋所有手機訊號紀錄，」文森說。「所以說，只要資料到手，我們就可以從塔臺紀錄判定電話主人去過哪些地方？」

「我們稱之為基地臺。是的，你說的完全正確，讀心術先生。確實可以把範圍縮到很小。但那些紀錄根本是惡夢，所以我們通常都丟給資料分析組。當然彼德也會拿到一份一起判讀。」

基地臺訊號紀錄。要是能拿到一份，他就可以交給班雅明。這樣最好。但資料分析組只怕會比魯本還難以打交道。或許可以從彼德下手。或者趁彼德打瞌睡時偷偷複製一份。但……不過……

嗒，這之後再說。

「所以我們在這裡即時監聽，標示值得追蹤的來電，」他結論道。「等終於拿到訊號通聯紀錄時就可以派上用場。」

「好棒棒，你學得很快嘛。是的，這就是我們在這裡的理由。不過既然你來了，直接讀心不是更快。我想尤莉亞就是打這主意。」

魯本顧自乾笑。文森知道這話不必接，不過他還是打算回答。魯本必須了解到他們是站在同一邊的。

「我不會讀心，」文森說。「但光從聆聽就可得到很多有效資訊。比如說，用聽的比用看的容易辨認病態人格。病態人格者通常擅於以臉部表情和身體動作假裝表達情感，但常在說話時鬆懈心防。他們對於中性言詞與充滿情緒張力的言詞使出相同力道。他們會用相同口氣在一句話之中談起諸如早餐吃了什麼的枝微小事和可怕的犯罪事件。他們很少談及除了自己以外的人，也喜歡使用過去式以疏遠自己。除了病態人格者，我們也可以藉由聆聽發現……」

魯本舉手阻止他說下去。

「我想夠了，」他說，看了看時間。「記者會的新聞應該都上架了。他們也剪了一段附上熱線號碼的精簡版放在社群媒體上。現在就等電話進來了。」

「我們得等多久？」

「需要多久就多久。」

前十通電話都是不甘寂寞者和一些熱心卻幫不上忙的民眾打來的。沒有他認為值得進一步分析的內容。聽了長時間廢話之後，文森終於放棄堅持，拿馬克杯去裝了咖啡。

三杯下肚之後，他決定「監聽電話」絕對是他這輩子做過最無聊的事。魯本沒怎麼開口。他倆就是沉默地並肩坐著等電話。最後魯本終於呻吟著大伸懶腰。

「我先閃一下，」他說。「這根本不會有結果。」

「閃？去哪？」

魯本聳聳肩。

「除了這裡的任何地方。說不定去打一場板網球。這時段場裡大都是些二十幾歲、穿著緊身瑜伽褲的女孩……」

魯本起身，抓起掛在椅背上的外套。

「你就一個人撐一下，」他說。「我一小時後回來。有事打電話給我。」

文森措手不及沒有回答，到魯本離開後都還沒反應過來。按照規定他絕對不可能可以單獨和這些儀器關在一個房間裡。他得聯絡米娜請她過來一趟。她絕對是更好的同伴。

他拿出手機打算送簡訊給她，電腦螢幕上的來電顯示卻突然由紅轉綠。自動接聽系統播放錄音，告知來電者這裡是警方的線索熱線云云，隨即接通電話。

「我對你們的無能感到極度失望，」一個不耐的男聲說道。「這根本是徹底的失職。」

又一個只想抱怨的無聊人士。一半的電話都是像這種責怪警方辦事不力者打來的。文森開始在最常聯絡人名單中尋找米娜的名字。

「羅倍是五月三日死的，」男人聲音說道。「這不是很顯而易見嗎？五月三日。」

他的拇指懸在手機螢幕上方。男人剛說了什麼？來電者多半口氣籠統，更沒有人明確指出日期。文森傾身向前，放大音量。

「我完全受不了你們處理這件事的顢頇低能，」男人繼續說道，口氣愈發惱怒。

儘管激動，男人卻依然咬字清晰、每個音節說得清清楚楚。彷彿追求精確對他而言是非常重要的一件事。他的措辭同時也顯示他看不起說話的對象，自認高人一等。疑似自戀型人格障礙。不少人打電話來假裝是凶手，文森可以輕易看穿他們。但此人不同。他的頭腦高速運轉，甚至來不及解釋、只是警鈴聲大作。他相信電話彼端的人就是凶手。他們正在找的人就離他如此之近，他甚至聽得到他的呼吸聲。但他無從辨識此人是否就是洛司克。

「那些智障可能得多花點時間，」男人突然口氣一變。「但你很清楚他們是什麼時候死的。你難道不懂打破的錶面的意思？」

文森有一百個問題想問電話上的男人。為什麼倒數？訊息對象是誰？為什麼是魔術？但他只能夠聽。

「你得加把勁，」男人說，然後掛上電話。

文森盯著螢幕。

他小心翼翼地操作滑鼠，讓游標對準電子表格上代表這通電話那一行，手指一點。然後他才發現魯本根本沒有留下自己的電話號碼。

六十七

「換句話說，遇害日期和我先前想的一樣重要。」文森深思熟慮道。

米娜和文森一起坐在會議室裡，白板上貼滿小組目前掌握的所有案情資料。

「是的，」她說，一邊擠了乾洗手在手上開始搓揉。「有人非常急著要讓我們知道所有正確的時間和日期。」

消毒酒精導致她手部皮膚乾裂狀況愈來愈嚴重，但這是她不得不付出的代價。她把瓶子遞向文森；他看似要拒絕，卻又一聳肩伸出了雙手，讓她擠出一些在他掌心裡。

「我實在想不通羅倍的關連點，」他繼續說道，一邊搓揉雙手。

刺鼻的酒精味瀰漫整間小會議室。多麼美妙的氣味。

「我也想不通。圖娃和昂妮絲彼此認識。我們深度訪談過羅倍的父母卻一無所獲。完全一無所獲。尤莉亞也和庇護之家的人談過，同樣沒有結論。她和克里斯特打算再跑一趟和他們面對面談，希望有所斬獲。不過你說得對：羅倍實在不合模式。」

「嗯……」

文森旋轉椅子，讓自己直直面對白板。

「這案子就這說不通，」他說。「有太多例外與矛盾之處。連我都知道連續殺手通常有固定類型的下手對象。不必當條子也可以知道這點——只消在谷歌上查一下就夠了。圖娃和昂妮絲說來有不少共同點。兩個年輕女孩。但羅倍……羅倍並不屬於這個族群。就像芝麻街裡的那首歌，《One of

These Things》。在這個例子裡，羅倍絕對就是和其他人都不一樣的那個。此外，他的社交圈極為有限。除了家人和庇護之家的人員之外，他沒有任何社交生活。他就生活在這個非常小的圈圈裡。不像在咖啡館工作的圖娃，每天都會遇到那麼多人。」

「趁我還記得：我們收到關於約拿斯．洛司克可能藏身處的線報。他的前妻之一聽說他暫時棲身在離斯德哥爾摩不遠的旅行車裡，但我們還沒有掌握確切地點。我們已經派人在那附近查訪，應該不久就會有消息。等他到案後你就可以問他了。」

「我之前說過，或然率告訴我們他脫不了關係，」文森說，目光從白板移到米娜身上。「但我不知道。我就是覺得你們那個犯罪心理學家楊恩．伯什維克根本在放屁。他那套完全說不通。」

他冰藍色的眼睛彷彿看穿了她。她垂下視線。

「人們會做一些我們無法了解的怪事，」她說。「但警方的工作往往是非常直截了當的。最簡單的答案常常就是正確的答案。一個殺了兩名年輕女性、性侵過多少個女人的男人正好出現在圖娃工作的咖啡館裡，難道真的只是巧合？」

「我們的被害人並沒有遭到性侵的跡象。」文森反駁道。

「確實，但洛司克坐了二十年牢。也許他已經不再有性衝動了。殺人並加以支解很可能成為某種他心理上的替代品。」

文森詫異地看著她。

「我多少也懂一點心理學。」她說，眨眨眼。

「嗯，」他說，但她看得出來他並不同意她的看法。「妳口氣超像楊恩。」

她踢他的腿。

「打電話進來指明日期的很可能就是約拿斯．洛司克。」她說，卻感覺自己愈說愈心虛。

「是的，確實有可能。所以這通電話接下來怎麼辦？」

一隻果蠅在水果盤上繞圈飛行，米娜必須強吞口水、忍住想吐的感覺，然後才能開口回答。她拿出乾洗手，擠出一大坨在手上。她考慮拿凝膠對付果蠅，但成功率實在太低。文森很快瞄了她一眼，然後起身端起水果盤走出去。他回來時兩手空空，若無其事地坐下。米娜感覺淚水刺痛眼睛。她急忙嚥下眼淚、清清喉嚨。

「你幾點得走？」

文森看看手錶。

「我飛馬爾默的班機兩小時後起飛。所以很快就得走了。」

她還不想要他離開。他們從記者會之前就一直沒有時間好好相處。但她要怎麼把這個感覺說出口？不管怎麼說，她都會洩露太多不想洩露的東西。

她維持表情自然，說道：「那我們最好快一點了。」

六十八

克比勒，一九八二年

「快要可以進去了嗎？我好奇死了。」媽笑著說。

她的聲音清楚得彷彿她人也在穀倉裡，雖然她其實站在門的另一邊。

「再等一下。再一下下就好了。」

他拉拉身上的襯衫，皺起眉頭。他希望自己沒有漏了什麼，希望一切順利進行。自從嬿恩離開後，媽就一直很難過。她沒跟他說過幾句話，唯一例外就是堅持要幫他把早餐三明治切成三角形的時候。她會跟他解釋說這有多重要、要他記得每次都得這麼做。其他時候她似乎一心一意只顧著拔雜草。冰箱上甚至貼著一張計畫圖——雖然那只是用鉛筆在撕下來的電話簿紙頁上畫出的簡單草圖，但至少是一張……圖。瑪拉、絲肯和洛塔看過那張圖，她們都覺得怪透了。看來她們的爸媽都不會做這件事。但他明瞭做事仔細徹底的重要性。此刻的他尤其希望自己做到了。媽現在只需要一件事，那就是開心起來。如果這招沒有效的話，他就不知道還能怎麼辦了。

他清清喉嚨，煞有介事地隆重拉開門。媽的眼睛閃閃發亮，充滿期待地進了門，走進他的魔術天地裡。她繼續往前幾步，突然又停下來——她看到他的最新作品了。

「這，這……這真是太……哇！」

這是他目前為止做過的最大的箱子。高度幾乎到她腰間。箱子底部還裝了輪子，可以轉圈讓觀眾從每個角度看得清清楚楚。

他解開輪子上的鎖，動作誇張地轉動箱子。箱子上的藍色油漆還沒乾透，有點黏手。媽的手掩住嘴巴，眼睛欣喜發亮。他終於鬆了一口氣。他根本不必擔心的。而且他還有另一個驚喜要給媽。他繼續轉動箱子，最後還沒上漆的一面終於出現在媽眼前。他在上面貼了一張紙，寫著：有請西班牙大畫家拉斯·維爾加斯。

「我上輩子一定是做了很多好事，」媽說道，用掌根揩去淚水。「不然的話我怎麼配得起像你這樣的孩子。」

「所以這個魔術到底怎麼回事？」她上完最後一面的油漆後問道。「你打算告訴我嗎？」

這回箱子上依然有星星。

「如果妳要當我的助理，那我當然得告訴妳，」他說，一邊打開箱子。「如果妳沒有改變主意的話。」

「沒有、沒有，我超期待的。想想，我要變魔術吔！」

油漆的味道讓他的頭有點暈。也許他們不該把門關上。但這是他們的祕密，不能讓其他人看到。雖然他們根本不會有訪客。

「首先，妳必須爬進箱子裡，」他說。「其實妳還必須上手銬再被裝進布袋裡，不過我們沒有布袋，也沒有手銬。」

「謝天謝地，」媽笑著說。

「然後我會用掛鎖從外面鎖上箱子，再站到蓋子上。在這同時，妳就從箱子後方的密門偷溜出去躲在後面。」

「我沒看到密門啊？」媽突然聽起來有點擔心。

「這就是厲害的地方了，」他微笑說。「門藏在花紋裡。」

他讓她看箱子後側的隱形門，巧妙地隱藏在他用油漆畫上去的方格花紋裡。

「我在呼拉圈上掛了一塊布，」他繼續說道。「我會在箱子上，站在呼拉圈裡面，然後把呼拉圈舉高起來，讓布垂下來完全遮住我和箱子。布後面有開一道縫，妳就掀開爬進來站在我旁邊。我會把呼拉圈交給妳，然後從同一個縫爬出去，再從密門鑽進箱子裡。接著妳就放開呼拉圈。這時站在箱子上的人換成是妳，關在裡面的人換成是我。看起來好像是我們交換了地方，或是交換了身分。我變成媽媽，妳變成七歲小孩。」

媽摸摸密門。

「真的做得非常好。」她說。

「我是照一張設計圖做的。但我們還必須多練習幾次——祕訣是在速度要快，讓嬿恩根本來不及想清楚。」

一道陰影閃過媽的眼睛。他咬唇。他不該提起嬿恩的。笨蛋、笨蛋、笨蛋弟弟。媽還在難過嬿恩去多拉納找朋友的事。雖然她其實才走了兩天。兩天卻好像是永遠。他希望媽能開始轉移注意力。比如說和他一起練習魔術。

「箱子看起來沒有很大，」她說道，彷彿看穿了他的心思。「你確定裝得下我嗎？」

「這是魔術的一部分。箱子其實比看起來的大。」

他拿出設計圖給她看，一邊在心裡默默拼字。嬿恩，J-A-N-E。四個字母。她要去朋友家十四天。四加十四等於十八。他們要練習魔術十八次。然後嬿恩就會回家，媽就會開心起來。

「妳在箱子裡只有三十秒的時間，」他說，「然後就爬出來和我交換位子。」

「三十秒，你說的喔！」

「最多就這樣。」

六十九

文森坐在休息室的沙發上。那通電話的內容在他腦中不斷循環播放，從初次聽到後就不曾停止過。

今晚稍早的演出地點是在馬爾默利弗飯店的音樂廳。

在音樂廳演出通常麻煩一點。他們通常得關閉最後方的座位，因為那裡離舞臺太遠了。他希望所有觀眾都能看清楚他——反之亦然。但即使不算那些座位，今晚臺下也還有六百名觀眾。這樣的票房在這季節算很不錯了，等天氣再溫暖一點，露天啤酒屋就成了他最大的競爭對手。

不是六百，他糾正自己。是五百八十六。他立刻感覺自己腦袋想要起跑的衝動，他決定讓它去，一邊調整矮桌上的礦泉水、讓所有標籤朝向同一邊。他很想拍照寄給翁貝托，附上一句#自來水就好，但他忍住了。

五百八十六。

5+8+6=19。1+9=10。1+0=1。

「5 8 6」也是新秩序樂團第二張專輯裡的一首歌名。那是一首怪歌，他們把樂團唯一能聽的那首《藍色星期天》硬塞了幾段進去。星期一。所以又回到一了。

根據數字學，一代表創造力與創造本身。如果他願意褒獎自己的話，他會說這適足形容他的表演。不過，「1」向來也被視為一個陽剛的數字。他猜想應該是因為它直挺如陽具一般的形狀。說起來，軟趴趴的「9」可能更接近事實。

九和一湊在一起就回到十九，五加八加六的總數。

五百八十六。

但「一」也代表孤獨，一個落單的個體——孤零零地坐在馬爾默一張破舊的黑沙發上。他想念米娜。

米娜？

不是瑪麗亞？

他自然也想念他的孩子們。他的家人。但，是的，他想念那個特立獨行的警官。非常想念。他還沒問她魔術方塊破解了沒。以個人來說，他還在跟凶手打來的那通電話搏鬥解謎中。

但你很清楚他們是什麼時候死的。你難道不懂打破的錶面的意思？

當然，手錶顯然指出了他們死亡的時間。但他卻覺得凶手還另有所指。三只手錶。三名被害人。兩個女人。一個男人。三三二一。他笑了。如果沒記錯的話，這數字應該是北歐銀行的銀行代碼。凶手想的應該不是這個。但他至少可以根據來電者的口氣與措辭進行分析。他答應尤莉亞，等回到斯德哥爾摩後會盡快跟小組報告。他知道自己承蒙接納，目前還算是小組成員。希望他們至少願意再聽他一回。

他起身走向洗手臺，轉開水龍頭等流出來的水變冰冷。他用冰水潑臉。他今晚分心得也夠了。在臺上演出時不時幾乎分神。觀眾中有個女人高聲喊他鄧不利多，引來一陣笑。但這卻讓他想起東尼爾的對話——他對魔術一詞的直覺聯想竟是哈利．波特。跟洛司克比起來，東尼爾更不可能是凶手。但他在訪談中說了什麼，文森當時沒多想、事後卻在他腦中盤旋不去。

他用毛巾擦乾臉，檢視鏡中的自己，試圖透過眼睛看進自己的大腦。就在那裡面的某處。某個重要的線索。他必須找出來。他們很可能需要再找東尼爾．巴蓋布瑞爾過來一趟。

東尼爾站在艾芙琳的公寓大樓門外，抬頭望著建築的外牆。很晚了，街上一片漆黑，但她三樓公寓廚房的窗子，燈還亮著。他覺得這場景彷彿明信片，黃色的百年建築古老外牆、一扇孤窗透著光。他搞砸了。他明白。但他想躲避警察不足為奇。現實就是如果你膚色沒他們白，那麼你被挑中的風險就愈高。問薩米爾就好了。這跟你有沒有做什麼壞事毫無關係。

他站在樓下大門口仰望，這個角度沒法讓他透過窗子看進屋內。但他知道艾芙琳就坐在窗玻璃的另一邊，等待著他。他已經太久沒有見到她了。他以為自己有辦法讓警方把他從嫌犯名單上劃掉。但那個文森，任何蛛絲馬跡都逃不過他的眼睛。東尼爾覺得自己的嫌疑感只怕更重了。一切只因他不想惹麻煩。他需要艾芙琳的幫忙，以免事情變得不可收拾。他唯一的過錯就是害怕。他太害怕了。這怪不了他。問問薩米爾就知道……

但他不只想要艾芙琳的幫助。他還想要她。他渴望她。他們共度的夜晚通常從廚房開始，談天說地，通常一邊喝啤酒或葡萄酒。艾芙琳通常還會抽菸。她平常幾乎完全不抽菸，但兩杯葡萄酒之後她會打開廚房窗戶、上身探到窗外來一根。身上穿著那件領口寬度正好滑下她裸肩的條紋上衣。

她會說這讓她感覺自己身在巴黎或羅馬、而不是該死的斯德哥爾摩。尤其是春天。這時節在哪裡都好，就是不要在這裡。

他從來不懂——他覺得斯德哥爾摩春天挺美的。可話說回來，他沒去過巴黎或羅馬。聊完後，她通常會眼神矇矓地領他走向臥房。有時他們在廚房就開始。他在她口中嚐到香菸、葡萄酒、春天還有欲望的味道。相當固定的流程，但他喜歡。感覺好對。好浪漫。

初夏傍晚的氣溫溫暖。那就巴黎吧。何不呢？落跑之後咖啡館反正也回不去了，何不趁現在離開？如果把存款全部領出來，應該夠兩個人去巴黎度週末。早就該這麼做了。艾芙琳一定會很開心。

但有些事他還是得先跟她交代清楚。為什麼他會搞失蹤。為什麼他一直對她來訊已讀不回。告訴她圖娃失蹤了。他希望她能原諒他，希望她能了解警察一來他就慌了。他希望她還愛著他。

他有好多希望。

她一定皺眉頭。也許還會撅唇。但他會親吻她的嘴角——噢，他有多想再次用雙手捧住她的臉！他深呼吸，向前一步開始輸入大門鎖的密碼。他聽到背後傳來聲音。

「東尼爾？」

站在他背後的是一個三十多歲的陌生男子，深色頭髮藍西裝。

「東尼爾，是你沒錯吧？」男人說。「你和昂妮絲住在一起對不對？」

他沒有回答。昂妮絲是他現在最不想想起的人。

「瑟巴斯欽，」男人微笑道，伸出一隻手。「我是昂妮絲的朋友。我們應該在哪次派對上見過一次。」

「可能吧。」他遲疑應道。

他很確定他們從沒見過。

「你現在住在這裡嗎?」男人說,抬頭看公寓。

「不是,是我女朋友住在這裡。」

這個自稱叫做瑟巴斯欽的男人大聲笑了。

「動作挺快的嘛!昂妮絲才死了多久,四五個月吧?哪個窗戶是她家?你的新女友?」

「她不是新女友。另外,昂妮絲和我沒有交往過,我只是跟她分租房子。」

「隨便你怎麼說。」瑟巴斯欽說,眨眨眼。

東尼爾皺眉。他不喜歡這樣。他不需要跟這個男人解釋自己。但他已經很厭倦老是遭到指控了。這傢伙怎麼還不快走?艾芙琳就在樓上的廚房裡。說不定已經為他倒好酒了,還點了菸開始懷念巴黎。也許還穿著那件讓她看起來好性感的條紋上衣——而且是特別為他穿上的。而他卻遲遲沒上樓。

「抱歉,我已經遲到了。」他說,再次開始輸入密碼。

瑟巴斯欽一隻手臂摟住他的肩膀,硬把他拉開。

「昂妮絲死了其實也好。」瑟巴斯欽冷言道。

東尼爾全身一僵。

文森背靠在休息室的沙發上,閉上眼睛。他回想和東尼爾的對談和他說的話。東尼爾絕對不懂魔術：這點他很確定。他以為「雙翻」——從整疊紙牌裡抽出兩張牌卻看似一張——是搞多P。文森差點當場笑出來。

東尼爾說明自己和昂妮絲與圖娃的關係後，發現他們對他不盡然相信，也展現出清楚的焦慮情緒。確實，若說東尼爾同時認識兩名被害者只是巧合，從表面上看來很難讓人相信其中沒有隱情。但若純粹就統計學觀點來看，要這樣的情況永遠不會出現在任何調查中，其實是不大可能的。所有可能的變式遲早都會出現。基於相同心理，當人們正好想起某個多年未見的舊識的同時，竟然就在街上撞見那個人時，總會堅信這一定意味著什麼。

文森嘆氣。如果把一個人一輩子見過的人數和一個人每天腦中閃過的念頭總數放在一起考慮，這兩個變數不可能永遠不碰頭——不是所有人，但也夠多人了。所以這不但不是什麼了不起或不可思議的事，說來可能性還不低。

此外，東尼爾的身體語言或臉部肌肉顯示他說的關於圖娃和昂妮絲種種都是實話。

文森睜開眼睛。這樣下去他是不可能想起他需要想起的事的。他必須深入腦中非屬意識層面的記憶。那些他甚至不知道自己保有的記憶。要做到這點只有一個方法：他必須催眠自己。

他起身鎖門，才不會嚇到誤入的清潔人員——算是讓翁貝托好辦事。他接著躺在地板上，眼睛直瞪天花板。瑪麗亞開著亮到沒必要的閱讀燈躺在床上看書時，他通常也是使用催眠技巧讓自己入睡，但這回他不能讓自己真的睡著。相反地，他需要在潛意識的彈跳床上上下蹦跳。文森四望，記住休息室裡的擺設。

「椅子，紅色，金屬椅腳，」他喃喃唸道。「衣櫥，花紋，醜。凳子，藍色，纖維板。通風口嗡嗡作響。身下的地毯柔軟，地板堅硬，天氣溫暖。」

他閉上眼睛。

那個叫做瑟巴斯欽的男人再次笑了。笑聲友善，但環住東尼爾肩膀的那隻手臂正好相反。

「昂妮絲反正不是純正白種家庭的捍衛者，」瑟巴斯欽說。「說來你算是幫我們省了事，擺脫像她那種叛徒。你覺得是什麼讓她誤入歧途？是你的敘利亞大老二嗎？」

瑟巴斯欽玩笑地戳戳他的褲檔。東尼爾試圖擺脫他緊摟住自己肩膀的那隻手，但瑟巴斯欽只是抓得更緊。他的喉嚨乾如沙漠，就算想答也發不出聲音。怎麼會這樣。不可以是這樣。

「結果你現在又用同一支老二去捅另一個瑞典女人？」瑟巴斯欽繼續道。「真的不可以這樣，東尼爾——管你名字在你他媽的語言裡怎麼發音。」

瑟巴斯欽把他從大門前拉開了。遠離艾芙琳，遠離安全。他一個踉蹌，隨即又站穩。倒下去就完了。艾芙琳廚房的窗子就在他上方幾公尺發出溫暖邀請的燈光。他努力想要心電感應驅使她開窗。看外面。看我。

四個穿著黑色棒球外套的男人突然從對街暗處竄了出來。外套右臂上「ＳＦ」字樣映出白光。這跟連鎖電影院ＳＦ顯然毫無關係。字體不同。男人來自Sweden's Future，瑞典未來黨。

如果他剛剛還不夠害怕，現在也該怕了。他認得這個標誌。瑞典未來黨自詡為政黨，其實只是一群佩掛標章的流氓。尤塞夫說過這些人對他表弟做了什麼事。後腦挨了一棍，這輩子從此得佩戴屎袋。才十五歲。而他不過遇上了一個這種白癡種族主義者。他眼前有五個。

除了這群惡棍外，街上空無一人。但他還是可以呼救。艾芙琳說不定可以透過緊閉的窗子聽到。

「艾芙琳！」他大叫。「報警……」

他呼救聲驟停。瑟巴斯欽用腦門狠狠頂撞他的鼻子。疼痛炸開，他不住尖叫。他眼前一片花，眼眶充淚。他什麼也看不到，只有耳內的嗡嗡蜂鳴與一波波疼痛。彷彿有人拿槌子敲了他一下。他吸不到空氣。從鼻骨斷裂處湧出的鮮血灌他嘴裡、流入喉嚨。

他搖搖晃晃，彷彿沒了重量。不要倒下去。無論如何不可以倒下去。東尼爾眨眨眼睛，看見對街男人節節逼近。其中兩人手握長長的鐵管。

「我們聽說條子放你走了，」瑟巴斯欽說，拿手帕擦掉自己臉上噴到的血。「不過沒關係。我們常常替他們收拾善後。」

文森在自己的記憶深處泅泳。他回到偵訊室。但大腦平常整理分類並依重要性排序訊息的功能不復存在，小房間內正在發生的一切都同等重要。顏色、聲音、動作、字詞排山倒海而來。訊息海嘯威脅著要淹沒他。他必須過濾。

東尼爾的話。

他必須專注在東尼爾說的話上。尤其是他之前未曾留意的部分。

「熟的是昂妮絲和圖娃兩個。」

不，不是這句。

「昂妮絲她爸是個種族主義者。」

不是。這些都是他記得的。他必須找到縫隙，找到記憶空白的部分。

「一天到晚有客人進門時像嗑過藥或怪怪的……有啦，有幾個常客會那樣。」

差不多接近了。東尼爾接下來說了什麼。

「但大部分常來的客人都是把咖啡館當做辦公室或客廳用……那些媒體掛的筆電和iPhone從來不離身……」

逼近了。

「有個常客老是翻資料夾在看設計圖。」

找到了。設計圖通常更大，不會收在資料夾裡。但文森最近才看過一批活頁資料夾裡的設計圖。在桑恩斯．柏楊德的工作室。

他睜開眼睛，甚至沒有給自己時間慢慢自催眠狀態中醒來。他感覺自己大腦掙扎著跟上他此刻需要的運轉速度。

東尼爾看到一個常客在看設計圖。

文森敢賭上一切：那些絕對是魔術道具設計圖。如今回想起來如此明顯。魯本說對一件事：凶手下手前曾多次上門研究圖娃的作息時間。

東尼爾知道凶手的長相。甚至可能知道他的名字。文森從口袋裡掏出手機，有些手忙腳亂地點出米娜的號碼。他暗咒自己的工作把他帶到離事件中心這麼遠的地方。他們必須盡快把東尼爾找來。

其中一個男子手執長鐵管朝東尼爾揮來，他本能地舉起雙臂保護自己。大錯特錯。這一擊直直落在他高舉的前臂上，雙臂應聲斷裂。他尖聲哀嚎，往前踉蹌。

艾芙琳。她一定已經報警了。她看到了嗎？她是不是站在廚房往外看著、害怕得不敢開窗？

「夠了，」他勉強擠出聲音。「夠了。我得到教訓了。」

下一擊打中他側身，肋骨至少斷了一根。也許更多。他已經無法用力出聲，光呼吸就會痛。骨頭碎片刺進他的肺部。

他掙扎著後退，但早已無力可跑。男人幾乎像是被逗樂了。鐵管如雨落下、愈來愈快，但他的神經末梢卻彷彿超載了。他的大腦完全來不及接受並處理訊號。他只感覺自己著火了。

這不能再繼續下去。

他和艾芙琳要去巴黎。

鐵管動作暫停。也許他們滿意了。教訓夠了。

「一、二、三！」

其中兩個男人齊聲數道，兩根鐵管隨即同時落下，擊碎他兩邊膝蓋。

他往前倒下，扯心裂肺的嘶吼出口後卻只是嘶嘶氣音。斷裂的雙臂撐不住他的身體，額頭隨而重擊柏油路面。百萬伏特的電流霎時射穿他的大腦，眼前一片白茫。

艾芙琳一手圈住他的脖子，挾著菸的那隻手，然後她一邊吻他一邊把煙吹進他嘴裡。

男人在沉默中繼續揮動鐵管，他只感覺烈火焚身。他聽到他們的皮靴踢在他身上的砰砰撞擊聲。太多了。疼痛不停累積，等待大腦反應。

艾芙琳發出溫暖燈光的窗子就在他上方。近在咫尺。他再次試圖大叫，但發出的依然只是嘶嘶氣音。她要是往外看就好了。抽那根菸。但他知道她在等他到來。

她的上衣衣領滑下她的裸肩，暗示還有更多等著他的裸肩。

我在這裡。看我。打電話報警。

巴黎，艾芙琳，巴黎。

他的胃部受到格外猛烈的一踢，他反射性屈身蜷縮成胎兒姿勢。這一踢讓斷裂的肋骨更深深刺入他的雙肺。膽酸湧上，從他嘴巴噴射而出。

「你他媽竟敢吐在我鞋子上？」穿皮靴的男人說道，一腳踢在他的膝蓋上。

這一踢移動了他碎裂的膝蓋骨，他幾乎昏厥。晃動的黑暗占據他全部視線範圍。缺氧，他斷續想到。

警察怎麼還不來？

突然間所有攻擊動作都停下來了。氣氛一變。他知道這意味著什麼，知道接下來會發生什麼事。絕不能發生的那件事。

「輪到你了，瑟巴斯欽，」其中一個男人說。「了結了吧。」

他閉上眼睛。

專心想艾芙琳。

她用一手的食指與中指夾著啤酒瓶，晃呀晃的。

在劇痛中，他專心想著她微傾著頭對他微笑的模樣。

想她裸身和他一起醒來的模樣。

想她吻他時的氣味。

香菸與葡萄酒。

像巴黎。

這些該死的種族主義份子搶不走他心裡的她。

他在腦中緊緊擁抱艾芙琳的畫面，而瑟巴斯欽飛躍而起、重重輾踏在他頭顱上。

七十

「歡迎！」

一個三十多歲文青模樣的男人為他們拉開玻璃門。克里斯特四望。環境挺不錯的。明亮、整潔、舒適。和他因為工作需要不時造訪的急性精神病房何止天差地別。病房通常寒酸破舊，四壁間回盪著遠處傳來的焦慮嘶吼。不過話說回來，一如尤莉亞剛在車上明確指出的，這裡是庇護之家，而非精神病人收容中心。

他其實很清楚其中差別。他只是忍不住要戳她一下、看她氣到皺起長了雀斑的鼻子的模樣。她是很好的上司。她或許不知道，但他很欣賞她，只是他隱藏得很好。她只是偶爾需要放輕鬆一點。

文青男請他們進到一間小辦公室。辦公桌面收拾得非常整齊，書架上的書一列列排得筆直。都是教科書。書桌後方窗臺上陳列著彩虹旗與相框，相框裡是文青男摟著另一個文青男的照片。再過去則是一盆色彩鮮豔的室內植物。克里斯特的同志雷達果然敏銳。翰伯斯．諾林剛剛一開門他就猜到了。

個人來說，他實在搞不懂一張床上兩根老二有什麼意思——這違背了所有生物學原理。哪個比較合理？兩根螺絲，還是一根螺絲和一個螺帽？這還需要說嗎？只能說人各有志。只要他們不要在同志遊行時對著帶小孩的家庭揮舞假老二就好。自己顧好自己，井水不犯河水。就像拉瑟那樣。

拉瑟。

老天，那是多久以前的事了？快四十年了吧。拉瑟是他青少年時期最好的朋友。二十多歲時還一起住過幾年。那些年裡，他倆事事分享。所以，當事態漸漸明顯拉瑟是個同志時，沒人比克里斯特還意外。他想起他們經常擁抱。拉瑟是個情感豐富的人，他倆的關係向來如此，那些擁抱完全沒有別的意思。只是在他知道之後，事情就不復以往。他們終於漸漸斷了聯繫。

「很遺憾發生這樣的事，」尤莉亞說，落坐在翰伯斯擺在桌前的兩張椅子其中一張上。克里斯特坐在另一張上。翰伯斯點點頭，也坐下了。

「我們一直希望，」他說，話似乎卡在喉嚨。「我想，希望是你唯一可以緊守到最後的東西。雖然我們同時也擔心惡夢成真。但如果傳言屬實，那麼我們原先以為的惡夢甚至還離發生的事有好大一段距離……」

翰伯斯話不成聲。他很快轉過身揩去眼淚。

「我們恐怕不能透露更多細節。」尤莉亞柔聲說道。

沉默。一隻大蒼蠅在角落嗡嗡亂飛，拚了命想飛到窗玻璃另一邊，完全不懂自己和自由之間怎麼會隔著東西。

「羅倍在這裡住了多久？」

克里斯特打破沉默，傾身向前。椅子不太舒服，他的屁股和腰已經開始痛了。

「我們從他十五歲起就為他提供庇護住宿。」

「我們和他父母談過，」尤莉亞說。「他們對你們的評價很高。」

翰伯斯點點頭。「是的，我們和他們合作一直很愉快。巴比是個可愛的孩子。個性溫和，從不暴力。我們有其他住客是出於這方面的問題因而不適合住在家裡。巴比和他們不同。不過他常常會開溜，所以必須有人時時看著他。家人一邊工作一邊隨時顧著他，不是長久之計。這就是我們介入的契機。我們視之為責任的分擔；由我們和巴比的父母一起分擔照顧他的責任。共同監護，妳可以這麼說。」

翰伯斯從鬍子底下綻開微笑。克里斯特抓抓下巴。他向來把鬍子刮得一乾二淨。一直都是這樣。他母親從小就這麼教他——沒人會信任留鬍子的人。而且夏天一定又熱又癢。更別提裡頭難免卡了不少食物殘渣。克里斯特不耐地把目光從翰伯斯的鬍子轉移到角落那隻蒼蠅上。吵死人了。

「你可以跟我們多說點羅倍——巴比的事嗎？」尤莉亞說，似乎完全不受蒼蠅發出的噪音影響。

「是的，巴比……」

翰伯斯神色一亮，眼底有光。

「沒人比他還搞笑了，」他說。「我們常常一起看重播的《蠢蛋衝衝衝》。他覺得很好笑。他也熱愛食物。我們必須稍微控制他的進食量，不然一餐嗑掉兩百公斤食物對他都不成問題。我還真沒看過有人像他這麼熱愛把食物塞進嘴裡的。」

「說到這，」克里斯特說，「他的父母提到他常常也會把不是食物的東西塞進嘴裡？」

他的目光不由自主地飄向那張翰伯斯和他伴侶的照片上。翰伯斯可別誤解他指的放進嘴巴的東西是什麼……他不想被當做是那種心懷偏見的人。

「是的，那真的蠻怪的。我們很擔心哪一次東西就會卡在他的喉嚨。他什麼東西都往嘴裡放。植物、土、陶球、礫石。五花八門。」

談論哪些東西可以放進嘴裡對克里斯特毫無幫助。一個影像在他來得及阻止之前就竄進他腦中：翰伯斯嘴裡含著另一個男人的老二。他搖搖頭甩掉這個念頭。

「那開溜的事呢？」尤莉亞說。

她看來冷靜自在，絲毫不受這房間裡又熱又悶的影響。克里斯特感覺得到汗水沿著背脊往下流，襯衫黏在後背。蒼蠅拚了命想逃出去，嗡嗡聲響變得愈發慌亂高亢。

「是的，這是巴比最大的問題，」翰伯斯說。「他熱愛自己一個人出門晃晃。但他對人毫不設防，不管我們跟他提過多少次『危險陌生人』的觀念，他只怕還是很樂意跟著陌生人走或爬進對方的車裡。我們想出一套方法，確保隨時有人盯著他，但他機靈得很，不時還是成功溜出門。他出門永遠帶上他的彈弓，巴比與彈弓如影隨形。你們很難想像他把彈弓玩得如何爐火純青。他常常會表演給其他住客看。他可以在不推倒瓶子的狀況下射掉瓶蓋。真是不可思議。」

翰伯斯搖搖頭。然後轉身伸手猛然一揮，殲滅了那隻蒼蠅。

「抱歉，實在受不了了。」他說。

克里斯特感激地點點頭。

「他這次是怎麼溜走的？」他問。「你們過多久才發現他不見了？」

「我們馬上就發現了。早上十點左右，當時是我負責盯著他；但另一個住客在樓梯上滑倒了，我衝過去看她。五分鐘後確定她沒事了，再回頭巴比已經不見人影。我一開始不太擔心。就像我說的，他每次跑掉、每次也都讓我們找回來。但……但這次不同。天開始黑了卻還找不到人，我立刻打電話給巴比的父母。我們決定當下就報警。感謝老天你們馬上就受理了，也認真看待這件事。」

「那個下午你有注意到什麼不尋常的地方嗎？附近出現什麼不屬於這裡的人？任何蛛絲馬

跡？」

翰伯斯仔細想了一下。他接著緩緩搖頭，兩手一攤。

「沒……沒有，一切看起來都和平常一樣，沒有任何不尋常之處。外頭是有不少人車來往，但向來如此。我想不起有任何事或任何人引起我額外的注意。」

「巴比會跟陌生人走掉嗎？」尤莉亞問。她嘴唇上方總算出現了一排微小汗珠。

克里斯特心滿意足地證實尤莉亞果然也是凡人，不是內建冷氣的機器人。

「噢，那當然，很樂意。巴比愛所有人，也認定所有人對他都是出自善意。我還沒遇過不愛巴比的人。你不可能不愛他。」

他再次話不成聲。翰伯斯低頭盯著自己大腿，雙手交握放在桌上。尤莉亞起身。

「我想目前就這樣。如果還有問題我們會再聯絡你。」

「隨時歡迎。」翰伯斯說，站起來和他們握手。

克里斯特遲疑了一下。他想像翰伯斯的手握過哪些東西。在關起的門後。但他還是握住他伸出的手。這畢竟不會傳染。翰伯斯的手意外地有力，雖然皮膚柔軟光滑。克里斯特刻意多握了一秒以證實自己毫不受影響。

七十一

場地只有半滿。外頭天氣好得讓人不想正午就被關在這聚會所裡、告解自己的惡習過錯或包袱。隨便你怎麼稱之。她自己也差點就不來了。但事情通常是這樣的：就在你感覺自己已經不需要去的時候，突然才發現自己其實快撐不下去了、比任何時候都還需要出席。於是她還是來了。

米娜環視周遭。海豚女孩坐在老位子上。她手臂上的保鮮膜拿掉了，一隻孤狼伴隨「活在刀口」字樣清晰可見。看來她後來還是覺得「珍惜光陰」值得刺上身，幾個字赫然排開在她前臂上。當然。真是有創意。或許她該為她正名為海豚與狼女孩。或是口號女孩。

肯尼特和他坐輪椅的妻子也在。還有他們的狗。貝西？波西？對，波西。狗兒趴在輪椅旁邊，以充滿興趣的眼神打量米娜；米娜目光一不小心對上了，狗兒立刻坐起來。她立刻移開目光。她不想要狗兒注意她，也希望牽繩有綁好，以免牠撲過來。她不想去想那身皮毛裡面爬滿了什麼。

雖然夏天還不算真的開始，這波早來的熱浪卻也沒打算鬆手的跡象。她汗流浹背。米娜努力抗拒想起身走出去、跳上車直駛回家衝進淋浴間的衝動。汗水讓她渾身不舒服——她感覺體內的髒污全都浮出在她皮膚上。她夏天沖澡次數是冬天的兩倍。天熱的時候她很想一小時至少沖澡一次，但這樣一來什麼事都做不了。

肯尼特有些心不在焉地對她揮手招呼。他妻子則只是點點頭。米娜突然想到自己不知道他太太的名字。也許她當初該問一下。有點禮貌。但她並不想和這裡的人牽扯太深。加上狗兒波西，她已經知道太多了。

坐輪椅的女人看起來很疲倦。蒼白。熱——汗水從她髮際直直流進她的眼睛。她頻頻眨眼，偶爾用手抹去鹹鹹的水珠。

說話聲令人昏昏欲睡。眾人輪流分享。掏心挖肺。進步。落敗。悲劇。勝利。有些人的旅程才剛剛開始，有些則上路已久。初上路者眼睛閃閃發亮，尚未遭逢第一次的挫敗。他們還不知道這條路並不如初始看來的筆直。

她羨慕那些人。個人而言，她認同的是識途老馬帶著倦意堅持下來的決心。這務實多了——根據的是那些失敗者的經驗。失敗再戰。然後再失敗。再戰。那面容與表情屬於一個看清前路狹隘彎曲而艱險的人。一個接受「就是這條路、無論如何必須走下去」的人。

她的頭不由自主頓了一下，倏地睜開眼睛。她甚至不知道自己的眼睛閉上了。她被熱氣催眠了。她悄悄舉目四望，看看有沒有人注意到她坐著打瞌睡。

她嚇了一跳。肯尼特的妻子非常不對勁。她皮膚蒼白浮腫，呼吸淺而吃力。肯尼特也發現了。他低頭對她輕聲說話，但她只是搖搖頭。

米娜猶豫了一下，隨而跨幾步蹲在女人身旁。波西開心地站起來，扯緊牽繩朝她而來。米娜本能地閃躲。

「妳還好嗎？」她問，很快抬頭瞄了肯尼特一眼。

「她不讓我叫救護車，」他說，語氣恐慌。

他的妻子掙扎著吸氣，似乎已經說不出話了。但她再次搖頭。米娜掏出手機。

「她想不想都無所謂了。她必須馬上去醫院。我來打電話。」

肯尼特看似鬆了口氣，但他妻子態度強硬地又一次搖頭。米娜不予理會。波西熱得頻頻喘氣、舌頭伸得老長，渾然不知女主人出事了，只是熱情地望著米娜。她對著手機簡短說明自己的警官身分、交代地址與狀況。她同時指出需要協助的女士是輪椅使用者。

在場其他人終於發現似乎出事了。海豚女孩扭緊雙手、焦慮地盯著米娜。

米娜結束電話。「救護車馬上就來了。」她說。

「謝謝，」肯尼特說。「她通常不會像這樣，她總是……」

他的話聲漸漸模糊，只是一逕喃喃咕噥。他想必是嚇到了。米娜幾乎伸出手拍拍他的肩膀安慰他，但終究沒有。他滿頭大汗，一如她感覺到的燥熱。肯尼特的妻子滿臉驚惶，愈來愈喘不過氣。波西終於察覺到事情不對勁，把頭擱在女主人大腿上發出嗚嗚哀鳴，女主人吃力地拍拍牠的頭，一邊掙扎著呼吸。

米娜冷靜開口，一邊豎起耳朵聆聽救護車的聲音。沒幾分鐘車子就到了，她連忙走到屋外引領急救人員入內。事情接著以高速進行。急救人員抬著擔架與裝備衝進來，眾人起身，怔怔地呆望眼前的情景。急救隊員把肯尼特的妻子抬上擔架。他從頭到尾握著她的手。米娜和他們一起走到屋外，看著他們熟練而有效率地把擔架搬到救護車上。肯尼特也一起跳上車，依然緊握妻子的手。就在車門關起的前一刻，他對米娜大叫。

「波西！波西暫時就拜託妳照顧了！」

米娜凝望救護車一路鳴笛呼嘯而去。在她身後，波西生氣勃勃的叫聲不斷傳來。

七十二

一記嘶吼自書房傳來，嚇得蕾貝卡手一鬆、放掉裝滿水的玻璃杯。文森試圖接住，但水杯還是掉在地板上，砸出滿地碎玻璃和一大灘水。他剛從馬爾默回來，家裡一切如常。

「文森！」瑪麗亞尖聲喊道，氣沖沖地從房裡走出來，臉漲得通紅。「你不是說要把那個礙眼的東西扔掉嗎？」

阿斯頓原本坐在客廳地板上玩樂高，被媽媽的怒氣嚇到嚶嚶啜泣了起來。

「媽咪沒有生氣，」瑪麗亞說，努力冷靜下來。「就算生氣也不是氣你，親愛的。我只是想掐死你爸，因為他害你媽以為自己要被攻擊、差點心臟病發。」

文森正要出門。他第一次召集小組會議，不想因為塞車遲到。希望他們已經找到東尼爾了。米娜的電話前晚沒開，應該是早睡了。他於是傳了簡訊，告訴她他們必須再和東尼爾談過，而他希望也能在場——最好是今天，總之盡快。文森也已經傳訊給桑恩斯·柏楊德，請他拍幾張藍圖照片送過來，他好拿給東尼爾指認。他們需要知道那個咖啡館客人看的是哪一種設計圖。東尼爾或許認得出來。他也可以確認凶手是否就是約拿斯·洛司克，如果他們能找到他的近照的話。這想法令他興奮不已：「名偵探文森·瓦爾德」。

他明白瑪麗亞在書房裡發生什麼事。製作公司訂製了一批真人大小的人形立牌，作為他最新一季電視節目宣傳用。他本人的人形立牌。他一把東西帶回家，瑪麗亞立刻把立牌命名為「那個礙眼的東西」。他個人覺得其實還蠻好看的。他答應她會把東西處理掉，雖然他實在狠不下心。有多少人可以宣稱擁有自己的一比一複製人形?老實說,他覺得這挺酷的。無論如何,他要怎麼下得了手?心理上來說,光想到把自己丟掉就是一件很不舒服的事。他不久前才讀了一篇引人入勝的論文,講自我結構性心理治療。論文中反復出現的一個主題是奧維德的水仙。自愛與自我迷戀深植於人性之中。佛洛依德甚至為這種自我認知的迷戀發明了一個專用詞:verliebtheit,戀狀態。

「小心不要踩到碎玻璃。」他對瑪麗亞說。她正大步朝他走來。

「你到底有多自大?」她說。「非得擺一個『自己』在書房裡不可!你到底要那東西幹嘛?趁我們其他人不在家的時候一起打手槍嗎?」

「瑪麗亞!」蕾貝卡不可置信地驚呼。「阿斯頓,走,我們一起去你房間玩。」

「媽咪生氣讓我好害怕。」阿斯頓怏怏說道。

瑪麗亞臉上閃過痛苦的神色。文森知道阿斯頓的事也會被怪到他頭上。蕾貝卡小心翼翼跨過水灘和碎玻璃往客廳走。她大動作地拉起弟弟的手,抓起一大把樂高積木走進弟弟的房間、用力甩上門。看都沒看她父親與繼母兼阿姨一眼。

「對不起,」文森說。「但我實在不懂妳怎麼每次都還會被嚇到。妳明明知道東西在那裡。」

瑪麗亞噘嘴。

「我不懂的是你對那東西的迷戀。」

「Verliebtheit。」文森說。

瑪麗亞瞪著他。

「拿、去、丟、掉。」她說,兩眼緊盯著他。

「我保證會丟。」他說，拿來抹布、掃把與畚箕。

他顯然得遲到幾分鐘了。

七十三

米娜緊盯著狗兒看。波西看來就是一副很久沒洗過澡的模樣。上回洗也絕對不是使用殺菌洗潔劑。另一方面來說，牠看來很開心。非常開心。牠的尾巴以規律的節奏敲擊著柏油路面，陣陣的灰塵揚起後又落到牠一身皮毛上。

文森請小組所有人午餐後集合開會。他想要他們再和東尼爾談過，因為他顯然知道非常重要的資訊。她早上錯過了文森打來的電話和簡訊，但一直沒時間回。她得趕快回到辦公室。

她再次看看狗兒。

這完全行不通。

她得另外想辦法。但什麼辦法？她已經拜託、哀求，甚至威脅過在場的所有人，軟硬兼施下還是沒人願意接手。沒人有興趣日行一善。她不能隨便把牠丟在路邊。無論牠有多骯髒、全身爬滿細菌，但畢竟是一條生命。

還好警察總部是在步行可到的距離內。她不敢想像如果得開車。是要把整臺車子用玻璃紙包起來？還是包狗就好？真讓牠跳上車，車子就永遠毀了。

她得打電話告訴文森她會晚一點到。她掏出電話，卻正好看到一條新訊息進來。是法醫米爾妲。她讓波西先坐著繼續用尾巴掃地，點開了訊息。毒物檢測報告回來了。這速度是破紀錄的快，但她猜米爾妲應該是用盡了在國家鑑識中心的所有人情，藉以彌補她在昂妮絲驗屍報告上犯的錯誤。米娜讀了訊息，把手機收回口袋裡。她得趕緊出發了。

她迎上波西凝視她的目光。她口袋裡還有一罐全新的乾洗手。牠如果敢不乖，她就整罐倒在牠身上。

七十四

文森正要走進警察總部的正門入口時，突然看見一隻巨大的黃金獵犬朝他全速飛奔而來。但真正令他停下腳步的是接著映入眼簾的一幕：被巨犬牽繩拉著走的人竟是米娜。

「幫幫忙！」她喊道。

他面向狗兒蹲了下去，伸出一隻手，讓飛奔而至的狗兒嗅聞。如果他讓狗兒舔了他的臉，只怕米娜從此和他見面時都會堅持兩人中間隔層樹脂玻璃。狗兒終於有機會好好嗅聞一番，開心得輕聲吠叫。徹底檢查過文森的手之後，牠舔舔他的手指——一次一支——一派心滿意足。

「你也會跟狗說話嗎？」米娜喘道。

他站起來，接受米娜火速從口袋裡掏出來的乾洗手。

「說得不好，有口音。不過牠似乎不難懂。」

他仔細清潔過自己的手。多半是為了米娜。狗兒開心地仰望著他。

「喏，這狗……？妳要不要解釋一下？」

「牠叫做波西，我暫時負責照顧。你知道這樣就夠了。所以東尼爾是怎麼回事？」

米娜的表情清楚表示他若膽敢再提起一個「狗」字就小命不保。他從她手中接過狗繩，甚至沒看波西一眼。波西興奮地吠了一聲。她的呼吸總算順暢了點。

「東尼爾來警局的時候提過一件事，」他說。「咖啡館有個客人會坐在那裡研究設計圖。我當時沒聽出來，但我想他可能見過凶手，而且不只見過一次。凶手下次出手可能是明天，可能是仲夏，可能是秋天。甚至可能是十五分鐘後。我們無從得知，因為我還沒破解密碼。所以如果凶案再次發生，那就是我的錯，我不知道要怎麼帶著這份罪惡感活下去。找到東尼爾再加上一點運氣，我們或許就可以在凶手再次出手前逮到人。」

波西輕吠一聲彷彿表示贊同。

七十五

「波西！不可以！那是字紙簍！不可以，波西，麵包沒有你的份！停下來！坐下！不對，我是說繼續往前走！走這邊！天啊，你這該死的畜生！我說走這邊！」

米娜試圖牽著波西往會議室走，卻不太順利。文森還沒進到室內就把牽繩還給她。她強烈懷疑他只是想看好戲。

會議室門開了，克里斯特探出頭來，一臉狐疑。他看到波西，兩眼倏地瞪大了。

在同一刻，狗兒看到克里斯特，開始興奮地大搖尾巴。克里斯特和文森剛剛一樣蹲在狗兒面前。男人和狗到底怎麼回事？她個人絕對寧可選貓。倒不是說有任何動物進得了她的家門，但如果非得選一個的話……貓好歹有原則，不像狗。波西撲到克里斯特身上，彷彿和闊別的好友終於重逢，正好印證她的想法。

「嘿！哈囉，好小子！」克里斯特親暱說道。「好個帥小子！噢，你可喜歡人家搔你耳朵後面了對不對？就像這樣……」

狗兒熱情地舔了克里斯特的臉，而她這位同事似乎真心不介意。米娜看得心驚膽跳，文森倒咧嘴笑開了。終於，克里斯特吃力地站起身，膝蓋發出嘎嘎聲響。

「你不是很討厭動物嗎？」她說道，一臉不解。

「什麼？沒這回事——這話誰說的？」克里斯特微笑說道。「這是我們的新同事嗎？文森二號？他們毛髮顏色還挺接近的！」

米娜瞪他一眼，舉目四望，手裡緊緊抓著牽繩。走廊有張桌子，看起來應該夠重，牽制得住波西。她抬起一支桌腳，把牽繩的鉤環套進去。

「不准問，」她說。「我得照顧牠一陣子。就這樣。」

文森頂住會議室的門，她走了進去。

「克里斯特！你還要不要進來？」她說。

「要、要、要。別再唸了。」克里斯特說著又摸了幾下狗。

他最後一次搔搔金色狗毛，然後跟在他們身後走進了會議室。

「不敢相信竟然有人說我不愛狗，」他咕噥道。「你自己看，這狗多漂亮！」

米娜關起玻璃門，把波西阻隔在外。狗兒一臉垂頭喪氣、鬱鬱寡歡的模樣。牠不解地左顧右盼，玻璃門擋不住牠的嗚嗚哀鳴。她沒理會。彼德和魯本已經到了，就尤莉亞還不見人影。彼德和魯本一定有聽到剛剛外頭的騷動，而她火大地瞪了他們幾眼——尤其是正微笑對狗兒揮手的彼德。

「就一隻狗，」她嘆了口氣說道。「牠叫波西。我希望很快可以擺脫牠。會議可以開始了吧？」

「我們還在等尤莉亞。」魯本說。

她刻意背對波西坐下了，然後拿出一包消毒濕紙巾仔細擦手。她想到波西八成把牠的濕鼻子頂在玻璃門上、留下印子，不住打了個冷顫。眾人在沉默中又等了一分鐘，期間克里斯特和彼德還不停對門外的波西揮手。

「對了，安涅忒好多了吧？既然你人都來了，」魯本邊說邊對著彼德眨眼。

「呃，是吧……」彼德說，面無表情地看著他。

「我想，魯本懷疑你根本是拿安涅忒當幌子，自己跑去爽了。」克里斯特說。

「我什麼時候這麼說了！」魯本抗議道。

「你是沒說，但在我們這些認識你的人耳裡，你的想法我們都聽得很清楚。」克里斯特說道，嘆了口氣。

彼德手伸到椅子旁的袋子裡，拿出一罐提神飲料。他扯開拉環，罐子發出有力的嘶嘶聲。

「我最近做過最刺激的事就是這個。」他說，對魯本舉起手中飲料。

尤莉亞走了進來。

「外面有隻狗，」她開口道，但看到米娜的表情後就沒再追問。「好了，我們開始吧。克里斯特和我今早跑了趟羅倍生前住的庇護之家，不過並無斬獲。今天的會議既然是文森召開的，我就交給他了。」

文森清清喉嚨。

「大家應該都知道，記者會後我們接到一通電話，明確指出凶案發生日期是五月三日。我認為這通電話是真的。我先前和大家提過凶手疑似有雙面性格——像《化身博士》裡的杰寇醫生和海德先生，可以這麼說。那通電話是邪惡分身海德打來的。他憤慨不已，那種聲音情緒是假裝不來的，除非對方是個方法派演員。此外，這種足以讓他直接打電話來警局的傲慢態度確實符合凶手先前展現的自大特質。我因此判定那通電話確實是凶手本人打來的。」

波西開始用頭撞玻璃，嗚嗚哀鳴得更大聲了。米娜不予理會，一逕對文森點頭要他繼續。

「是洛司克嗎？」彼德問。

「我們手上的約拿斯．洛司克的錄音都太老舊了，難以明確判別，」尤莉亞說。「人的聲音是會變的。」

「但就使用的詞彙判斷應該不是他，」文森說。「我聽過洛司克的錄音，他的慣用詞彙和那通電話裡的不同。當然，那通電話感覺是事先想好的，甚至可能有草稿。任何人都可以拿著稿子照唸。包括洛司克。不過口氣感覺不對。」

波西撞得玻璃門喀喀作響，哀鳴聲也已經激化到孤狼嚎月的地步。

「夠了！」米娜終於忍不住迸出一句，轉身面對玻璃門。

「冷靜一點，牠只是想進來。」克里斯特說，隨而站起來。

「不要讓牠進來。」

克里斯特假裝沒聽到她的話，開了門。波西拖著牽繩，牠掙脫桌腳的羈絆，像顆火箭砲般的衝進會議室。牠繞桌和眾人打招呼、又聞又舔，終於才在彼德與克里斯特的中間安頓下來。米娜驚慌地又抽了一張紙巾猛擦手，而她卻是唯一沒摸狗的人。

「像場該死的馬戲。」她咕噥道。

「繼續說那通電話，」尤莉亞說。「打電話來的人有透露任何線索嗎？」

文森思考片刻。

「沒有，」他說。「嗯，除了一點。他顯然很想要我們懂他，甚至被逮。我一直認定案發的時間日期是一組密碼，是凶手想要傳遞的訊息。至此更是毫無疑問了。這對他至關重大，他必須確定我們每組密碼都收到，進而了解他的訊息。我不懂的是為什麼這件事對他如此重要。」

米娜試著消化他說的話。內容她之前其實多少聽他說過，但聽他一次娓娓道來、同時還有小組其他成員在場，感覺又不太一樣。只有她和文森單獨討論時，一切聽來只是一個可能的推論，但在會議室裡推論就成了現實。她可以從其他人表情得知他們至此已經完全信服文森．瓦爾德了。

「看來我們可以關閉熱線電話了，」尤莉亞說。「我們的目的已經達到了。其他電話並沒有值得關注之處。魯本、彼德，你們有要補充的嗎？我們追蹤得到那通電話嗎？分析的部分呢？鑑識組的人有沒有過濾出可以提供線索的背景雜音？」

「都在進行中，目前還沒有值得討論的訊息。我們還在等待行動電話通聯紀錄和鑑識組比對洛司克聲紋的結果。至於背景噪音分析也正在進行中。」

魯本的口氣一如往常，彷彿問題都是衝著他來的指控。

「換我了，」米娜說，對魯本慎重其事地點點頭。「我正要過來的時候接到米爾妲的簡訊。毒物檢測報告回來了。不只昂妮絲的，還有圖娃和羅倍的都一起。」

她暫停以製造效果。她希望接下來的資訊能完全達到應有的效果。

「氯氨酮。」她說。

「氯氨酮？」魯本皺眉道。

「氯氨酮是外科手術時使用的麻醉劑，」米娜解釋道。「有粉劑、藥丸或是針劑。非常容易施用，即便在對方不願合作的情況下。」

克里斯特心不在焉地搔搔波西的肚子。狗兒四爪朝天仰躺在地上，耳朵往後倒、咧嘴像在笑。

「氯氨酮是一種解離性藥物，如同笑氣和ＰＣＰ，」文森補充道。「藥物成癮者稱之為Ｋ他命、

K仔、或是Special K——和早餐穀片同名。但就如同米娜說的，氯氨酮其實是一種麻醉藥物，常見副作用有幻覺、狂躁、心跳加快、雙重視覺。做為醫藥用途的氯氨酮目前在人類與動物身上均有使用。」

文森在眾人注視下陷入沉默。

「我該要為你對K他命了解這麼多而憂心嗎？」米娜低聲對他說道。

「簡單說，這東西常常被歹徒拿來對被害人下藥使之昏迷。」魯本說。

「上癮者稱之為跌進K洞裡。」文森說。

「總之，我們的三名被害人體內都驗出了氯氨酮，」米娜說，清清喉嚨。「合理推測是做為控制被害人的手段。或者是為加強他們惡夢般的可怕經歷。也許兩者皆是。」

「氯氨酮有多容易取得？」尤莉亞問。

「我走路……我過來這裡的路上打了電話給緝毒組的同事。」米娜說，對文森似笑非笑的表情視而不見。

嚴格說來不算走。她基本上是被波西拖來的，就差一架雪橇而已。文森八成在想像那通電話。想像她可憐的同事得聽進多少針對波西的咒罵髒話。

「吸毒圈確實有在流通，」她說。「我是說K他命。不過並沒有那麼流行。至於醫藥用途方面，氯氨酮有時會被當做抗憂鬱劑。但目前主要是獸醫做為手術麻醉劑使用較為廣泛，舉凡貓狗、馬匹、鼠、猴、貂、猛禽以及鸚鵡皆有使用。

「緝毒組的人連動物的事都知道？」魯本問。「媽的，他們還真閒。」

米娜嘆氣。

「這些是我查谷歌來的。」

「妳邊走邊查谷歌？」文森故作無辜狀問道。

「是的，邊走邊查谷歌。老天，我好像是在跟一群幼稚園小孩解釋事情。」

「小孩！小孩我來！輪到我了！」彼德驚呼，從睡夢中跳起來。

他這一跳打翻了那罐半滿的提神飲料，在桌面上形成一灘水窪。

「我覺得彼德體內會自然生成氯氨酮，」魯本說。「還有誰會喝提神飲料喝到睡著啊？」

「我放棄。」米娜說，嘆了口氣坐回桌尾的椅子上。

波西倏地站起來，彷彿想接近她，但克里斯特拉住牽繩不讓牠過去。也好，會議室位在四樓，狗兒膽敢過來她就送牠去學飛。

「還有最後一件事，」文森說。「東尼爾在偵訊時曾提到有個客人會坐在咖啡館裡研究設計圖。我當時沒想到，但我想東尼爾很可能見過凶手，而且不只見過一次。東尼爾是我們指認凶手的關鍵。如果是洛司克，那他應該很容易認出來。這也是我跟尤莉亞建議你們再把東尼爾找來的原因，而且要快。說不定很快就可以破案了。」

「跟你講過電話後我就派員警去找人了，」尤莉亞說。「我等下再跟他們聯絡看看人帶來了沒。」

幾下敲門聲後一名男子探頭進來。米娜想不起來男人的名字，只記得他似乎是緊急事務部的人。

「不好意思，你們是不是……哇噻，好漂亮的狗狗！」

「請問有事嗎？」米娜口氣冷硬道。

「噢，有，當然有。你們是不是在找一個叫做東尼爾．巴蓋布瑞爾的人？」

「是的，我們才剛講到他，」尤莉亞意外道。「我們有些問題急著要問他。」

「這就麻煩了，」男人說。「他人其實已經來了。只不過是在冰庫裡。」

「冰庫？」文森茫然道。

「他死了。」米娜低聲說道，兩眼注視地面。

連波西都發現事有蹊蹺發出嗚嗚哀鳴。

「跟你們說一聲。」男人說，關上了門。

七十六

文森自願去為大家買咖啡，不要再喝會議室裡魯本稱之為「條子咖啡」的黑色液體。然而事實是他需要一個理由走出這棟建築。他步出大門，在街角轉彎，隨而身子癱軟靠牆而站。他頻頻深呼吸。東尼爾不可能死了。他才剛見過他、和他說過話、問過他問題。

這體悟就這樣正面迎擊上來：一切都是來真的。發生在圖娃與昂妮絲身上的事固然可怕，但對他而言一直只是紙上的描述與電腦螢幕上的圖片。而羅倍則是某個他在報上讀到的人物。他們在他的記憶中從來不是有血有肉的真人。所以他始終能對他們的事維持理性與客觀。置身事外。但東尼爾不一樣。這是一個曾問他要不要喝咖啡的人。天殺的。他繼續努力控制呼吸，直到體內的腎上腺素與皮質醇漸漸消退下去。他拖著沉重腳步朝尤莉亞推薦的咖啡館走去。這家店有提供警察優惠。

他為大家買了咖啡，搜刮店裡剩下的所有甜麵包。他知道彼德會喜歡。

會議室裡的氣氛和他剛剛離開時一樣低落。波西趴在地上，鼻子擱在兩爪中間。狗兒沒精打采地望了文森一眼，頭都沒抬。狗能吃麵包嗎？克里斯特應該會知道。

「我有錯過什麼嗎？」他說，一邊把紙袋放在桌上、裡頭東西一一拿出來。

眾人心懷感激地接下咖啡。麵包香氣瀰漫開來，地板傳來一記渴望的吠叫。

「你可以吃一點，」克里斯特說，撕下一塊麵包給波西。他把波西當做小寶寶般說話。「麵團對你不是什麼好東西，所以只能吃一點。不然肚子就會痛痛喔，你說是不是啊，小傢伙？」

「妳認為東尼爾之死和其他凶案之間有沒有關聯？」文森問。

「我們有目擊證人，」尤莉亞說，搖搖頭。「我們剛讀了報告。證人指稱看到幾個穿著衣服上有瑞典未來黨標誌的人匆匆逃離現場。」

「無辜被害人遭受攻擊的事件比你想像的多，」魯本說。「世界不是講公平的地方。要嘛種族主義份子抓狂大開殺戒，要嘛就是女人。」

「當然，我們還是會繼續追查，」尤莉亞說，口氣尖銳，怒瞪魯本一眼。「不過我們也不必抱持希望。我想我們必須認了，東尼爾這一死，他到底看到誰或什麼都無從得知了。我們應該趕緊設法找到洛司克，並且努力推測下一個凶器——亦即下一個魔術會是什麼。就目前情況來說，這或許無助於阻止下一樁凶案發生，但我們至少可以知道再不破案的話可能得面對什麼情況。」

「我聽不太懂，」彼德說，乾了罐子裡剩下的提神飲料。他已經喝完文森買回來的咖啡。他把空罐放在桌上，立刻又從袋子裡摸出一罐。

「你當真要連喝一杯咖啡和兩罐……」米娜開口，但看到彼德疲憊的臉便又住嘴了。

「我的意思是說，」尤莉亞說，「還有什麼其他箱子可以讓魔術師把人放進去、假裝對方小命不保的？除了我們已經看過的，應該還有別的吧？」

所有目光轉向文森。他手撫下巴，思考著。他摸到鬍渣，大感意外。他上次刮鬍子是什麼時候的事？這一點也不像他。壓力的跡象。回家後要記得刮鬍子。嗯，也不對。如果傍晚刮了，那明早就不必刮，但早上才是他刮鬍子的時間。所以他再下一次到底什麼時候刮？他的習慣作息不就全打亂了。

東尼爾死了。

他光想到肚腹就一陣痛。他明早得想辦法記得刮鬍子。

尤莉亞問了個好問題。他們在等他回答。連波西都以神似期待的眼神望著他。或者牠只是在期待再來一塊麵包？

「很不幸，還有好幾個，」他說。「以人看似被殺死或受重傷為主題的舞臺魔術並不少見。事實是，其中大部分至今還常常見到。最經典的一個，當然就是攔腰鋸半的女士。霍勒斯．高汀和PT賽爾畢曾在一九二〇年代早期爭論，誰才是這個魔術的發明者。但這項表演其實起源於十九世紀初。一開始，助理是在箱子裡被鋸成兩半。高汀拿掉箱子，並使用大型圓鋸與大量假血，說來還真是粗俗。另外一個版本是兩名助理同時被鋸開，然後交換彼此下半身。珍奈特箱則是把助理切成九段，然後拉開。有點像達米恩．赫斯特[27]的切開的馬，如果你們看過的話。但總之，我想我們很可能會看到某種版本的鋸半女士。」

「還有別的嗎？」尤莉亞說。

她聽到他以切段的馬為比擬後臉色突然變得很蒼白。

「呃，還有就是摺紙箱吧？助理爬進箱子裡，箱子隨即被摺摺疊疊、直到小得不可能裝得下人。」

「聽起來應該不至於死人。」克里斯特說，一邊搔搔波西的頭。

狗兒開始舔掉桌上剛剛灑出來的提神飲料。

「箱子到最後大約就是人頭大小，」文森說，「然後魔術師一劍刺穿過去。」

27 Damien Hirst（1965–）：英國藝術家，作品多以死亡為主題，曾以死亡動物為題材創作系列作品。赫斯特為人與作品都極富爭議性，卻取得極大的商業成功，作品屢屢以創新高價售出。

「舞臺魔術似乎動不動就刺穿女人，」尤莉亞說。「魔術師的老二真的都那麼小嗎？」

彼德剛灌了一大口提神飲料，聞言立刻又咳回罐子裡。魯本的臉漲得通紅。他張嘴欲言、似乎要為天下男性仗義執言，卻被尤莉亞一眼瞪得閉上了嘴。

「或者是在展示操控生死的權力，」文森說。「雖然這或許是同一回事。對了，我差點忘了輾壓機。裝著助理的箱子被放進大型油壓鉗裡完全壓扁。」

「了不起，」克里斯特說。「我想我們都有點頭緒了。結論就是有很多種箱子得找。」

「嗯，好像也沒那麼簡單，」文森說。「不是所有舞臺魔術都用上箱子。在刺穿者魔術裡，助理平躺、看似漂浮在劍尖上，接著突然往下掉，讓劍刺穿她的身體。」

「我受不了了！」尤莉亞說。「我剛是在開玩笑，但這根本是陽物崇拜的極致表現！」

「妳可能會覺得有趣——這個魔術剛好有不少魔術師喜歡自己上場，」文森苦笑道。「我不知道妳由此可以得到什麼樣的結論。」

提神飲料似乎開始發揮作用。波西突然抖抖身子，開心地繞桌連跑兩圈——米娜驚駭不已，克里斯特倒眉開眼笑。波西第三次經過克里斯特時，他終於出手抓住了牠的頸背。

「波西，坐下。現在。」他口氣堅定道。

狗兒立即聽命，在克里斯特身邊坐下，開心地看著他。

文森不禁懷疑自己剛剛說的話有誰真的聽進去了。他個人其實還在消化東尼爾的死訊。但他猜想，在座其他人身為警官或許早已刀槍不入了。

「刺穿者，」彼德說。「輾壓機、Z字形女孩、摺紙箱、劍箱——這些詞用英文說比用瑞典文酷多了。『Svärdslåda』聽起來一整個遜。」

「關於魔術你要說的就這些了嗎，文森？」尤莉亞問他。

「還沒完，」他說，清清喉嚨。「還有一類型的魔術，死亡只是威脅，端看魔術師成敗與否。比如說『死亡桌』。」

他瞄一眼彼德。他幾乎像個孩子似的，被這魔術的名字逗樂了。

「魔術師被綁在一張桌上，他必須及時掙脫、否則懸在他上方的成排利劍就會掉下來刺穿他。或者他被頭下腳上倒掛在半空中——吊掛的繩子最好還點上火——而他必須及時掙脫身上的約束衣以免摔落在某種致命的東西上。再來就是胡迪尼的最愛：水牢。脫逃大師本人被上銬倒掛在裝滿水的大型水箱裡，水箱也從外面用掛鎖鎖上了。他必須在溺斃前脫逃出來。」

「這我比較喜歡，」彼德說，小心翼翼地把新的空罐疊在舊空罐上。「克服萬難，戰勝不可能。」

彼德說話速度明顯變快。三劑咖啡因開始發揮效用。

「正是，」文森說。「胡迪尼名垂青史的原因之一正是他活躍在一個經濟困頓的時代，人人都不好過、都在掙扎。就在此時，一個矮小的猶太男子突然冒出來，把自己上了手鐐腳銬困在幽閉空間裡，卻每回都能化險為夷突破難關。我想，胡迪尼的魔術所傳達的正面訊息，在大蕭條時代拯救了不少人的心理健康。」

「文森，這訊息量多過我的預期，」尤莉亞說。「也多過我的需要，或是我有的時間。但謝謝你。麻煩你發封電郵把剛說的概述一次，最好是精簡版的。這些資訊不要傳出這個會議室：媒體已經幫凶手取了『胡迪尼殺手』的綽號，我一點也不想鼓勵這種聳動標題式的新聞。」她低頭看了眼筆記才繼續說下去：「要麻煩你和你的資訊來源聯絡一下，看看製作這些道具是否需要任何特定的材料，比如說特定的鉸鏈之類。請你盡可能找出愈多共同點愈好，然後把資訊交給彼德，他可以打電話到各木料場或批發商打聽，看是不是有人買了這些可能是製作魔術道具所需的材料。米娜，麻煩請妳追蹤一下瑞典未來黨那邊，看他們會不會出面承認東尼爾的案子是他們幹的，還是打算否認。」

沉默再次降臨會議室。文森猜想所有人都在想同一件事：尤莉亞的計畫聽起來很叫人不抱希望。他腦中有個念頭彷彿在跟他玩躲迷藏，每回以為找到了，那念頭就又躲了起來。她說的話裡面提到了什麼，關於製造……

「我知道你們在想什麼，」尤莉亞說。「這幾條線聽起來都不太有希望。這些確實有可能都是白工。但東尼爾不在了，約拿斯．洛司克還找不到人，眼前我們可以做的實在不多。而你擅長的正是大海撈針，彼德。」

製作。

桑恩斯．柏楊德也說了什麼關於製作的話。關於必須重新設計結構。文森突然明白了。他一直想再安排和桑恩斯碰面，從他拍了羅倍被發現的箱子照片開始。桑恩斯遲遲沒回電。雖然他已經說過他不知道圖娃的劍箱是誰製作的，但文森其實問錯問題了。桑恩斯知道更多。文森掏出電話，立刻開始撥號。又是語音信箱。桑恩斯的電話關掉了。該死了。他得盡快找到桑恩斯。

七十七

她的恐慌症狀隨著她離她公寓的距離愈靠近而愈發嚴重。光是坐在計程車裡——狗兒當然也一起——便足以讓米娜呼吸變快變淺。文森坐在她身旁，幫助她控制呼吸。波西待在旅行車最後方的貨廂裡。

「吸氣，數到四，」文森說，和她一起吸氣。「屏氣數到四，然後吐氣，再數到四，同樣屏氣。」

他們一起練習了幾輪吸氣吐氣。一會兒後，她可以感覺自己血氧回升、腎上腺素也不再在腦中急竄，終於恢復思考能力。

車到葛瑪什廣場的圓環時，她可以感覺自己潔淨無菌的公寓愈來愈近了。那是她的庇護所，一個可以讓她感覺乾淨的地方，哪怕只是暫時。但一切都結束了。她的家即將無可避免地遭到微塵、細菌、微生物，以及藏在波西一身皮毛裡的髒東西入侵。

「狗到底是誰的？」文森問。「我假設不是妳的。」

她堅決地搖搖頭。

「一個……朋友……住院了。我得接手照顧狗。一切發生得很快。」

她停下。她討厭求助於人。求助就是示弱，表示你無法靠自己辦到。表示你無法兼顧生活的每個面向、無法成為一座自給自足的堅強堡壘。求助於人就是讓人有機會進入你的生活。所以她沒有跟任何同事開口。開口求助暗示著一份不曾存在的情誼。她不曾到他們之中任何人家裡吃晚餐。不曾關心過他們的私生活。他們有時會顧自說起，彷彿沒有注意到她從不曾回應、不曾評論，尤其不曾講起自己的私事以為交流。她知道打開心門可能導致的結果。但此刻她別無選擇。

「你……你可以接手波西嗎？」她說。「我可以為你的孩子烤個蛋糕做為謝禮。嗯，好吧，其實我不會烤蛋糕。但我可以訂一個送去你家……可以嗎？」

這回換文森搖頭了。

「我很想，」他說。「我相信波西會很喜歡我家外面的樹林。但瑪麗亞是過敏體質，而從波西掉毛的程度看來，下場恐怕不會太好看。」

米娜最不想聽到的就是這個。她不必回頭也能看到來自狗兒的團團毛球雲。毛皮裡面恐怕還住著各種微生物。她緊緊閉上眼睛，不住顫抖。

「妳沒有別的人可以拜託了嗎？」

她轉開頭。

「這不是我計畫內的事，」她靜靜說道。「我不是某一天突然決定要一個人過日子的。工作……工作就是我的家庭。」

米娜沉默。文森有某種莫名特質，總讓她多吐露那麼一點。比她原本想的、或是她通常說出口的多那麼一點。

她曾經有過朋友，甚至有過家人。但生命中一個接一個的事件就像引領桃樂絲前往奧茲國的黃磚路，終於把她導向這唯一可能的方向。她一個一個推開了身邊的人。有意識或無意識地，她自己也不知道。但工作就夠了——她不需要其他任何東西。

她聳聳肩，低頭看著計程車上的地毯。

「日子照自己的路線前進。我從來不覺得自己可以控制發生在我身上的事……」

文森靜靜坐在她身旁。她很感謝他的沉默。

計程車愈來愈接近她家，她的脈搏隨之愈發加快。波西從車子最後方吠叫了幾聲，從後視鏡可以看到司機臉一沉。米娜手壓在胸口。她感覺自己被困住了。卡住了。她甚至不知道波西的主人姓什麼，更別提電話號碼。在AA裡眾人只以名字互稱，有時甚至連這都省了。她只知道肯尼特。還有他的妻子。她在心底暗自希望他們已經設法找到她的地址、正要來接走波西。她希望肯尼特的妻子已經復原出院回家，等不及要接回他們的狗。她告訴自己，他們並不難找到她。他們知道她是警察、知道她叫做米娜。這名字並不常見——她是斯德哥爾摩警局唯一的米娜。說不定他們已經在她家門口等她？但不，當車子轉過街角、停在她住所外面的路邊時，大門前並沒有人。

也許海豚女孩會知道怎麼聯絡他們，不過她要去哪找海豚女孩？她只知道她的名字叫做安娜。

恐慌感湧上。波西又叫了，在後車廂裡橫衝直撞。

她火速下車。

「我就搭這輛計程車直接回家了。」文森說。

「我的車資多少錢？」她說，深深吸進一口溫暖的新鮮空氣。盡可能深深吸入肺裡。

「秀徠富製作公司招待。翁貝托並不知情，不過管他的。」

計程車司機下車，打開後車廂放出波西。狗兒興奮地繞著米娜蹦跳，米娜拚命閃躲、不想讓牠的鼻子碰到她。狗兒的牽繩被拖著甩來甩去，司機臭著一張臉撿起把手交給米娜。她猶豫幾秒，接下了。

蠢。

蠢到無以復加。

既然別無選擇，也只能硬著頭皮往前了。她上前輸入大門密碼，推開門走進樓梯間，上樓往她的公寓走去。計程車載走了文森。她緩緩從口袋裡掏出鑰匙，插進鎖孔裡轉動，直到聽到喀噠一聲。還來得及改變主意。維持住她個人泡泡的完整。但她把驕傲放在家的神聖不可侵犯之上，已經沒有退路了。米娜壓下門把。波西站在她腳邊，用鼻子頂開門縫——在她來得及反應之前，狗兒就這樣溜進了屋裡。

井然有序的空間霎時炸開了。幾秒之內，狗兒已經在客廳、臥房、廚房、浴室飛奔逛過一圈，嗅聞過所有東西、碰觸過所有表面，所到之處狗毛飛揚，然後再緩緩飄落在地板上。米娜望著那一團黏在沙發側面的狗毛。她前天才剛用封箱膠帶一吋一吋地沾黏、盡可能清除掉沙發表面上的塵埃顆粒。此刻灰塵卻是她最不擔心的事。

她關上大門。她感覺淚水刺痛眼睛，胸口因恐慌而激烈起伏。波西似乎也感覺到事情不太對勁了。牠跑回來，坐在還呆站在門墊上的米娜面前，頭歪向一邊。米娜受不了想到從牠身上爬出來的東西，想到牠四處磨蹭：她的沙發、她的地板、她的床單、她的客廳地毯、她的廚房桌子、她的浴室磁磚、她的淋浴間、她的冰箱、她的咖啡機、她的衣服、她的……

她猛地拉開大門，衝了出去。波西也跟著跑出來。她關上門，背靠門滑坐在地上，手裡緊抓著狗繩。她的手在發抖。她掏出手機。在這關頭，也只能犧牲驕傲了。

七十八

文森獨自站在廚房裡，手中握著手機。剛剛接到的電話不是他預期的人打來的。他走進客廳，一邊想整理好思緒。

「幹嘛苦著一張臉？」瑪麗亞坐在沙發上說道。「米娜不想跟你電愛嗎？」

她捧著一袋葡萄酒小熊軟糖在吃。根據瑪麗亞自訂的規矩，萬惡糖果只要是素的就沒問題。雖然她並不吃素。她總之認定素糖果就是比較健康。他實在狠不下心告訴她糖一直都是來自植物。

「不是。我剛剛是在跟烏麗卡講電話，」他說。「妳的姊姊。」

「我知道烏麗卡是誰。」

瑪麗亞往嘴裡塞了一紅一綠兩顆軟糖。她認為混著顏色更好吃。

「她想約我見個面，」他說。「討論蕾貝卡的事。我覺得……她聽起來似乎真的把我的話聽進去了。關於帶蕾貝卡去看心理醫生的事。」

瑪麗亞把軟糖袋子捏得窸窣作響，不發一語。

「她口氣完全不像平常的不耐煩或固執武斷，」他繼續說道。「相當反常。我想她確實好好想過這件事。」

「我不喜歡你去見我姊，」瑪麗亞說。「你知道她對你還沒完全忘情。她甚至還保留著你的姓。」

他雙手一攤。他早該料到的。

「她沒改姓是為了蕾貝卡和班雅明。」他說。「妳不是不知道。此外，我有時就是必須和她見面。

她畢竟是我其中兩個孩子的媽。我們很多事情必須要同步。我不希望蕾貝卡和班雅明受到差別待遇。這事正好需要父母雙方都簽了同意書才能進行。」

瑪麗亞再次打開袋子往嘴裡塞了三顆軟糖。她這回沒看顏色。

「我還是不喜歡，」她說。「以你其中一個孩子的母親身分來說的。所以你什麼時候要跟她見面？」

「一個月後。她說事務所忙。我們約在市區見面。中立地帶。她要和一群朋友吃飯，我和她就約她飯前談。」

「是喔。喏，祝你玩得開心。到時我先睡了，不等你門。」

「我們約七點。」

瑪麗亞聳聳肩，開始尋找消失在沙發靠墊堆裡的電視遙控器。他們的對話顯然結束了。文森嘆氣。又一次。結束和妻子的對話後，他總是莫名地感到自己做錯了什麼。

「妳快樂嗎？」他突然問道。

他並沒有想要開口。他直到聽到自己的話才明白話已經說出口，來不及收回來了。

「你剛剛說了什麼？」瑪麗亞問，有些心不在焉。

她的頭半朝向他，眼睛卻仍盯著螢幕上的《閃婚》片頭。他知道她是在看預錄的版本，所以隨時可以按暫停，如果她想跟他說話的話。但她卻選擇讓電視繼續播放。

「沒事。」他說。

事實是他不知道還能說什麼。

七十九

米娜打電話來的時候，彼德正在回家的路上。但他馬上掉頭。米娜很少開口求助。求助工作以外的私事更是就他記憶所及從不曾發生的事。好比哈雷彗星才三十五年就跑回來一般。但他欣賞米娜，也聽得出她話聲裡的絕望與焦急。所以不管他有多急著回家，彼德還是把車子掉頭了。他沒去過她家，但導航系統一下就把他帶到了。

「嗨。」

他下車。米娜對他虛弱地揮揮手。她從人行道上站起來，撿起剛剛墊在地上的塑膠袋，斷然朝他走來，手中緊握波西的牽繩。狗兒看到彼德後興奮地跳上跳下、舌頭伸得長長的，像抹大大的微笑漫開在牠臉上。

黃金獵犬在彼德心中占有非常特殊的地位，總能讓他胃裡彷彿有蝴蝶歡樂翻飛。牠們總是如此坦然直率面對萬物。如果他可以選擇來生投胎成什麼動物，他絕對選擇變成一隻黃金獵犬重返人間。

「謝謝，」米娜說，把牽繩遞給他。

彼德只是點點頭。他了解情況，沒必要大驚小怪。

「狗主如果聯絡上妳就打電話給我，」他說，一邊打開後座車門讓波西跳上去。

他看到米娜盯著後座的狗兒看，雙手微微顫抖。他猜得到她在想什麼。他一點也不擔心狗毛亂飛。他老早以前就放棄維護他和安涅忒共有的這輛 Volvo 轎車的整潔。他倆原本就不是什麼潔癖之人，三胞胎來了之後更是乾脆完全放棄。他從眼角瞥見波西正低頭猛舔茉莉兩天前吐在上面的座椅。他決定最好不要跟米娜分享這個訊息。

「他們一打電話來我馬上聯絡你。」米娜說。

「對了，」彼德說，突然停下腳步。「差點忘了。我跑了一趟洪斯都爾的咖啡好時光。我想到如果東尼爾看到有人在看設計圖，或許還有其他人也看到了。可惜我問到的人都說不知道。」

「當然。」

「我可以了解為什麼。我站在那裡整整五分鐘之後店員才終於看到我。他們聊天聊得可專心了。顧客顯然沒那麼重要。」

他搖搖頭。

「這一代年輕人。」他說。

「你家三個長大以後絕對不會變成那樣。」米娜說，露出微笑。

「我一回家就要來跟她們上一堂禮儀課。三分鐘內沒幫爹地端來一杯卡布奇諾的，我就放狗去追。對了，奶泡上面還要有爹地的頭像拉花。」

他上車，米娜揮手說再見。

他從汽車玻璃窗看到她朝公寓一樓的大門走去，背挺得明顯比剛才直多了。

一個半小時後他終於到家了。他被困在交通尖峰時間的車陣裡，花了整整比平常多一倍的時間才回到家。波西在後座呼呼大睡，但彼德一把車開上車道停好，牠立刻坐起來，好奇張望。

車門一開，狗兒即刻飛跳下車。彼德及時抓住牠的牽繩。大約就在那一刻，站在自家的車道上，彼德開始領悟到帶狗回家或許不是個好主意。這想法在他推開前門、聽到浴室傳來安涅忒滔滔不絕的話聲時得到了證實。

「真的，我真的撐不下去了。我不幹了——他們一整天連一分鐘都不肯睡。喏，事實上她們確實各睡了一分鐘，只是不是同時。我從昨晚就沒睡了——我知道我應該把你叫起來幫忙，但就說我是自找的吧，你睡到翻過去而我反正醒著不能睡……到現在我已經將近二十小時沒闔過眼了，然後茉莉剛剛吐在美雅身上，我好不容易幫她們換好衣服，梅肯又拉了滿尿布屎還漏出來，所以我現在又得幫她換掉全身衣服……老天幫幫忙，我當初要的不是這個啊。我只想要一個寶寶，就他媽的一個寶寶，乖乖躺在我臂彎裡，像母嬰雜誌封面那些名人媽媽和她們的天使寶寶，我就爽爽做我的辣媽，喝拿鐵配奇亞籽健康零食。沒有人提到這些可怕的屎尿和嘔吐。再一個，今天結束前只要再出一個紕漏，老娘就不幹了！我發誓我要從韋斯特大橋跳下去——你聽到了沒，彼德？再出一個紕漏我就去跳海！」

波西輕吠，拉扯牽繩，但彼德很快把牠拉出來，然後小心翼翼地關上前門。他拿出手機送簡訊給安涅忒，告訴她局裡有突發事件必須回去一趟。然後他查好地址，一度考慮要不要先打通電話。他把手機收進口袋裡。

出其不意是為上策。

八十

班雅明關起的房門後方傳來悶響的特異樂聲。文森舉起手正要敲門，卻又停下動作。他仔細聆聽樂音、試圖辨識，聽懂了好拿來當做和兒子維繫關係的談話素材。他無意當個所謂酷爸。那些刻意標榜自己和孩子相處時有多輕鬆自在的人其實挺可悲的。但無可否認，和孩子談論嚴肅正題之前先聊點閒事確實非常有助溝通。

可惜，就文森而言，他幾名子女的音樂興趣與品味全都讓他頗傷腦筋。大多數人不知道的是，保健大腦的最佳方法就是定期讓大腦接觸不熟悉的事物。然而大部分人卻似乎總是墨守成規，一輩子以同樣的方式做同樣的事——文森為此得感謝他的幾個孩子們不時帶給他全新的經驗。

他耳朵貼在門上，卻還是無法確定自己對班雅明今日選播音樂的感想。不是說不好聽，只是缺乏背景框架很難搞清楚到底聽到了什麼。勉強要說，他只能說有點像馬戲團音樂——如果馬戲團是由一群斧頭殺人狂組成的。謀殺馬戲團。在來得及制止自己之前，他已經開始想像這種馬戲團看起來的模樣、聞起來的味道、海報上的文字和圖樣。至於聽起來的聲音他倒已經知道了。他在門上輕敲六下，兩兩一組共三組。指關節敲在木頭上的感覺總算把他帶回現實中。門裡沒有回應，他於是直接開門走進去，很快地瞄了一眼桌上電腦正在用Spotify播放音樂的畫面：所以是某個叫做《Tiger Lillies》的樂團的音樂。三個男人塗白了臉、頭戴圓頂硬帽，鬼魅般的化妝加上詭異的表情。他剛剛的猜測雖不中亦不遠。

班雅明躺在床上，筆記型電腦擱在肚子上。他戴著全罩式耳機，全神貫注在看Youtube影片。

他應該根本聽不到音樂。一直到文森落坐在床角他才終於有反應。班雅明暫停影片抬頭看，耳機卻還戴著。

「你在看什麼？」文森問。

「這超好玩的。想像你是戰敗的士兵，你和你的同僚決定與其被敵軍俘虜，你們寧可集體自殺。但基於宗教理由，你們不能自殺。」

「班雅明，我該要擔心你嗎？」文森皺眉。「這聽起來有點走火入魔了。」

「我不是什麼恐怖份子，」班雅明嘆道。「這是一個數學問題。據說是發生在被羅馬士兵俘虜的猶太士兵身上的真實故事。想像你和其他士兵圍圈而坐。你殺了坐在你左邊的士兵，然後下一個士兵也殺死坐在他左邊的士兵，就這樣繼續下去。到最後所有人都死了，只剩一人被迫生還。這麼說吧，你想成為那個生還者：如果啟動自殺圈的士兵是一號位置，那麼你要坐在幾號位置才能成為最後的生還者？」

「就這樣？沒更難的了嗎？」文森說。「做為數學題這還蠻有趣的。如果圍坐士兵人數可以被二整除，那麼生還者就是一號士兵。如果人數是奇數，那麼就必須算好總人數後減去二的乘冪。舉例來說，總共有十九人，這表示得減去二的四次方十六。十九減十六等於三，三再乘以二，因為每次都會跳過第二個人，也就是死掉的人。最後再加上起頭位置，也就是一：三乘二加一等於七。所以在十九人之中是排在第七號位置的人可以生還。」

班雅明聳聳肩。文森原本期盼他會對自己這番簡練確切的解答表現出更多熱忱，但班雅明畢竟是個青少年，沒睡著就算是很給面子了。

「說到人類互殺，」班雅明說，「胡迪尼殺手的案子有進展了嗎？」

「拜託不要叫他這個名字，」文森說，他往後坐讓雙腿縮到床上、背靠牆壁。「這些案子毫無神奇魔幻之處。調查工作更是如此。我終於找到一條可靠線索，現在卻又陷入泥沼。」

「怎麼了？」

「證人死了。」

文森看到兒子的臉色倏地刷白。班雅明關上電腦坐到文森身旁。

「我為了箱子的事一直試圖聯絡桑恩斯，」文森說。「但他電話和電郵都不回。我知道他正在忙大型計畫時常常會與外界斷了聯繫，所以我除了等也沒有其他辦法。我現在只剩下箱子一條線索可以追。雖然我依然相信凶案的時間日期其實是某種訊息。因為如果這些數字並不重要的話，凶手為何花功夫擊破錶面？為何冒著被追蹤的風險打電話確保我們弄對羅倍的死亡日期？我們一定是遺漏了什麼。」

班雅明走去書桌暫停Spotify。

「下一起凶案什麼時候會發生？你還有多少時間可以破案？」

「這個問題我沒有答案——你不必講得好像我真有辦法。如果因為我解不開這個謎導致凶手再次出擊，那真的是沒什麼好沾沾自喜的。」

班雅明點開他們一起為前兩起凶案做的檔案。裡面除了基本資料以外付之闕如。班雅明顧自邊想邊說。

「首先，我們不知道每組資訊裡面有多少數字是密碼的一部分。我的意思是，我們有日期還有手錶，但死者身上也有數字。這些數字包不包括在密碼裡？昂妮絲是一月十三日十四點遇害的，所以是13-1-14。或者是14-13-1？但昂妮絲身上被刻上羅馬數字四，這要不要加進去？所以應該是4-14-13-1嗎？或者4要放在最後？你懂我的意思了嗎？」

文森指指班雅明桌上的電腦螢幕。他感覺自己坐在某樣硬物上，掀開棉被想把東西挪開。他想過兒子或許是刻意把東西藏在被子底下，卻已經來不及阻止自己的手。是一本書，《應用密碼學》。他不住微笑。這確實是A書，電腦阿宅的A書。

「凶手想要我們解開密碼，」他說。「所以他不會搞太難。日期和時間是同性質的資訊。行事曆數據。但羅馬數字標號則否。我依然認為那只是倒數，沒有其他涵義。至於順序，你平常會怎麼陳述特定的時間和日期？告訴我你的生日。」

「我出生在十一月十一日晚上二十三時零三分……啊，我瞭了。」

「是的。一般習慣先說日、月、然後時間。就是這個順序。」

「我懂你的意思了，讀心術先生。」

說最後幾個字時班雅明一邊誇張地挑眉。「這我倒不確定，」文森說。「我有在懷疑我的孩子似乎跟我一樣聰明。」

「更聰明。」班雅明把話藏在假咳裡說。

班雅明收起文件檔，螢幕瞬時變黑。昂妮絲、圖娃與羅倍的影像隨著《星際大戰》的主題音樂消失了。達斯．維德的主題樂章。他坐在椅子上轉圈，一副志得意滿。文森不知該讚美兒子的PowerPoint簡報，還是對兒子的行為感到憂心。影像下方的凶案日期數字閃亮浮現，一起登場的還有「追捕胡迪尼殺手」的斗大標題。

「你當真覺得閃亮字體是恰當的嗎？」文森說。

「什麼？紅色閃字體應該很可以吧！總之，爸，你不要說話，仔細聽我說。所以我們現有的數字組合是昂妮絲的 13-1-14、圖娃的 20-2-15、羅倍的 3-5-14。我試過用數學角度處理這些數字。加起來、尋找序列等等。一無所獲。而你和我一開始就已經嘗試過各種解碼方法，所以這個角度也出局了。我後來又試過把這些數字轉化成其他形式的數據，比如說光、放射物質或無線電頻率、緯度、座標等等，但同樣沒有結果。我猜有可能是因為訊息還不完整。還有第四片拼圖——也就是你嘗試阻止的第四樁凶案。」

「嗯。」文森若有所思道。

他指指電腦。

「直接在谷歌上搜尋這幾組數字看看。」

班雅明照做了。

「這好玩了。所有數字正好都是國外的郵遞區號。」

文森熱切地傾身向前。

「郵遞區號？哪裡的？」

「布蘭維爾、華盛頓、紐約州一個叫做墨西哥的小鎮。我想應該只是巧合。」

「把這三個地名放在一起再查一次。」文森說。

他肚腹裡有什麼東西在翻動——說是預感或直覺都好，總之那東西告訴他這方向對了。班雅明輸入「墨西哥 布蘭維爾 華盛頓」，然後按下搜索鍵。

「讓我瞧瞧，」他說。「首先有幾個這三個地方的行程規畫，不過這是自動生成的，我想我們可以略過。然後是三本書。《墨西哥灣的起源》、軟體動物什麼的，還有就是《墨西哥的哺乳動物》。這有趣了。最後一本谷歌查詢結果甚至跳出特定頁數。」

「就那個，」文森說，指指螢幕上的第三本書。「這未免太明確了。點看這條。」

這書看起來很眼熟。太眼熟了。班雅明點擊三本書各自的連結，稍做比較。

「你說對了，」幾秒後他說。「你看。搜尋關鍵詞零星散布在前兩本書裡，但最後這本裡卻有一頁集合了三個關鍵詞。第八百七十三頁。」

班雅明點擊《墨西哥的哺乳動物》連結，螢幕跳出那一頁的PDF，三個關鍵詞以鮮黃色塊標明出來。但文森沒多關注。他的思緒還在墨西哥的哺乳動物上打轉。實在太眼熟了。然後他的目光突然注意到頁數。「第八百七十三頁。873，」文森說，指著螢幕上的數字。「第七個月的第八天。七月八日。因為前兩起凶案發生在14：00和15：00，所以我們可以合理推測最後的數字三意味著下午三點。15：00。這不可能只是巧合。我認為你說對了：凶手沒打算讓我們多傷腦筋。我們錯在想太多了。只消查一下谷歌就可以得知最後的日期。」

文森心滿意足地往後靠回牆上。他應該馬上打電話給米娜。但他卻隱約覺得還有更多。還有什麼等著他想起來。

七月八日。

不對，是別的。

搜尋腦中的記憶庫找到需要的資訊對他而言向來不是難事。但他必須從頭追溯回想起。七月八日……似乎有點什麼，但那已是太久遠的記憶。久遠久遠以前。在他還小的時候。墨西哥的哺乳動物……

一頭美洲豹從螢幕上對著文森咧嘴露齒。他看過這本書。

在翁貝托的辦公室裡。

因為……

因為有人送這本書給他。

他衝出兒子的房間、往自己的書房跑去。

「我什麼時候可以領錢？」班雅明在他身後喊道。「沒我你根本找不到答案！」

文森有一個櫃子，專門收放那些他沒打算讀卻又狠不下心丟棄的贈書。書不能丟——這是基本原則。他很快就找到了。厚厚的磚頭書，封面是一頭美洲豹：《墨西哥的哺乳動物》，作者是吉拉度・切巴羅。他剛剛在班雅明的電腦上看到的同一本書。

他掌心濕冷，差點拿不住厚重的精裝書。他把書拿穩、心急如焚地翻到第八百七十三頁。他一口氣哽在喉頭。書頁上被人用紅筆畫滿橫豎直線，彷彿有人想讓書流出血來。他前後翻看，其他紙頁都完好如初。直線間被塗了紅色團塊，但讓他停止呼吸的不是這些。是團塊旁的那些字。紅字。蠻橫有力的字體，一次一次反復塗描過。他讀了訊息，一次又一次。

哈囉，文森：

我非常失望你竟然以為七月八日是下一起凶案的日期。你真的不記得了嗎？你最好不要再扯蛋了，要就玩真的，如果你真想找到我的話。

空氣依然無法進達他的肺葉。這超乎他的思考能力。他必須把整件事切割成小塊來看，以免陷入瘋狂。有人送他書，書裡夾帶給他的訊息。書是耶誕節送來的，早在第一起凶案發生之前。比他在葉弗勒劇院第一次見到米娜還早了兩個月。早在他涉入調查行動之前。

所以一切都繞著他轉。

一直都繞著他轉。

原因理由他一無所知。

他驚愕到無以復加。

八十一

克里斯特打量他的書架，考慮要從新書架上抽下哪一本來讀。安德斯．德拉摩特的新書？還是讀GW？書店店員還硬塞了一本演員亞歷山大．卡林姆的犯罪小說處女作給他。但稍微翻讀一下後，他猶豫了。狗屁不通的穿越情節。不了，他只喜歡傳統本色的犯罪小說。比如說彼德．羅賓森，這才是知道自己在做什麼的作家。還有哈康．納塞。他的范．維特倫系列已經很久沒新作了，但重讀這系列本來就是克里斯特每隔一陣子就會做的事。

最重要的是：他只喜歡主角是男性的小說。犯罪小說裡的女性有夠令人受不了。事實是他覺得女性犯罪作家本身就很讓人受不了。意見一大堆，其實根本搞不清楚狀況。當然，萊夫．G．W．派爾森對很多事情也有很有意見，但他至少很誠實。話說回來，GW就是GW，還需要解釋嗎？連他出的葡萄酒都頗好喝。

不過大部分犯罪小說裡的男性主角都不喝葡萄酒。他們喝威士忌。克里斯特曾為此嘗試學喝威士忌。他連著幾個月每晚喝一杯威士忌，漸漸冰塊愈加愈多好把酒液沖下肚。到最後根本是滿杯冰塊灑上幾滴威士忌。然後他就放棄了。

但這些小說警探之所以吸引他，並不是他們喝威士忌或幾乎酒精成癮的傾向。是他們的陰鬱，孤獨，以及缺乏維持長久人際關係的能力。他感覺自己是他們的一員。彷彿他大可以出現在那些書頁上，犯罪小說系列的主角。永遠都在沉思、都在挖掘、都在逆流中求生。喏，怪探巴克斯卓或許是個例外。還有就是小說裡的警探願意花比他多的時間在工作上。范．維特倫、馬汀．貝克、阿倫．

班克斯、麥可·布隆維斯特……他們還真是他媽的賣命。這一點，再加上威士忌，是唯二他覺得自己和他們不同的地方。

他的終極偶像是哈瑞·鮑許。他感覺自己和麥可·康納利筆下的這名警探有許多相似點。從第一本鮑許系列作品開始，他就感應到他倆彷彿雙胞胎，鮑許是犯罪小說世界裡的另一個他。他眼淚幾乎奪眶而出，那感覺就像找到失落已久的親兄弟。當然他倆也並非沒有相異之處。哈瑞·鮑許的媽媽是妓女；克里斯特的母親是個保守的老派女性，一生只有過幾段幾乎全是柏拉圖式的關係。哈瑞的母親遭人殘忍殺害；克里斯特的母親在睡夢中中風過世。哈瑞·鮑許是越戰退伍軍人；克里斯特則在阿爾波加的K3軍團當店員服完他的兵役。

儘管如此……

還是有足夠相似處讓克里斯特樂於把自己拿來比較。比如說他的房子——他從小長大的家、母親過世後就由他繼承——座落在可以俯瞰斯凱洛松德海峽的陡峭山坡上。哈瑞的真名是耶羅尼米斯，和那個荷蘭畫家同名。克里斯特的中間名是英格伯，取自他母親最崇拜的歌手英格伯·漢普汀克。哈瑞，鮑許是左撇子，和克里斯特一樣。他倆身高甚至一模一樣。此外他也和哈瑞·鮑許一樣熱愛爵士樂，雖然老實說，他是因為鮑許對爵士的喜愛才開始聽、並喜歡上爵士樂的。這比威士忌容易多了。此刻屋裡就正在播放切特·貝克的《Time After Time》。克里斯特與哈瑞。如此驚人的相似，克里斯特心滿意足地下了註腳，望向窗外景觀。

門鈴響了。會是誰？克里斯特從他母親的扶手椅上站起來。

站在門外的是彼德，以及繫著牽繩的波西。

「噢，是你！」克里斯特有些意外。「我以為會是米娜自己把狗送來。」

「你為什麼覺得米娜會把狗送來？」彼德不解道。「你怎麼會知道……？」

克里斯特沒有回答。彼德竟連這種蠢問題都問得出口……難道有人會相信米娜真的有辦法把狗帶回自己家？老天，世上真是不缺蠢蛋。

克里斯特靠邊一步讓出路，揮手要他們進門。一大袋狗食早已靠在門邊的牆上。

「我已經買好頂級狗食、兩只狗碗和可以讓牠睡覺的墊子。」

他蹲下，解開波西的牽繩。狗兒立刻衝進客廳裡開始探索新環境。

「你到底是怎麼知道的……」彼德一臉迷惑，下巴合不攏。

克里斯特聳聳肩。

「這是唯一合乎邏輯的選擇。但果然不意外，還是沒人把我當做他們的第一選擇。」

在他背後，唱機已經跳到下一首曲子：喬治．蓋伯斯的《Who Can I Turn To?》。

八十二

克比勒，一九八二年

他望著騎車騎在他前面的三個朋友。這條碎石小徑通往他們常去游泳的小湖畔。到了之後瑪拉、絲肯和洛塔會跳進湖裡，然後七嘴八舌地戲弄他、笑他不下水。但他無所謂。他知道她們只是鬧著玩的，笑鬧著朝坐在樹林邊緣老位子上的他嘻笑潑水。然而湖水的黑黝陰暗卻不是鬧著玩的。湖面下可能暗藏著任何東西。如果看不到，那要怎麼防備黑暗力量把你拖下水？

他最近常常有這種感覺——彷彿黑暗深處有什麼力量威脅著要把他往下拉。他腦中的暗影。他需要瑪拉、絲肯和洛塔。會做一般正常活動的朋友。

「喔咿！小尤達！」洛塔朝他喊道。「快點跟上！」

他穿著嬿恩的舊T恤，上面印著一個看似很老很老的綠色生物。班上所有同學都在討論《星際大戰》。他沒看過，但聽過其中角色，知道天行者路克或丘巴卡都比尤達酷多了。就連反派達斯·維德都贏過尤達。但嬿恩說尤達才是最酷的角色，因為他最聰明。

「我至少比妳們高。」他喊回去，但女孩們早已消失在小徑彎處。

他努力踩踏板想追上她們，車輪嘎嘎輾壓碎石。她們來找他時，他正準備進屋去拿披風。此時披風早已揉成一團塞在座椅後架上。遜咖才愛尤達。今天他是丘巴卡。

玩水玩夠了後，他們全都躺在攤開的大毛巾上曬乾身體。他剛剛其實也脫到只剩內褲彷彿要下水，卻在最後一刻決定待在岸上——她們其實早就都料到了。陽光暖洋洋的，他開始覺得餓了。他真希望剛剛把媽的三明治一起帶來。

「你覺得你媽有發現你跑掉了嗎？」洛塔問。「我們剛剛很小聲，但她說不定還是發現了。」

噢不。他霎時渾身發涼。他不該想起三明治的。如果他沒想起三明治的話，洛塔就不會想到要問。

「她真的在家嗎？」瑪拉問。「我沒有看到她。」

「她在休息，」他說。「妳知道的。幸好我們沒有吵到她。」

這至少非常接近事實。他的朋友們點點頭。她們都知道他母親有時就是會有這樣的日子：需要休息的日子；最好她不要出來看到他和朋友們的日子；她就是他腦中那一抹暗影的日子。

「要不要來我家吃點心？」絲肯問。「我媽每次都準備太多食物。」

他看到陽光把她肚子上的水珠映照得閃閃發亮。幸好水珠多到他數不完。

「我覺得最好不……」

「你媽根本不會發現你不在家，」瑪拉說。「你自己知道。我提議我們大家都去絲肯家吃點心！」

洛塔爆出歡呼，絲肯大笑開來。

「我媽會暈倒！」她笑道。「曬乾之後就一起去我家囉。」

他知道自己會為擅自離家的事受到處罰。他一定得付出代價的。媽在等他。他說他拿東西去去就回來。但此時此刻、在被陽光曬暖的這一方湖畔草地上，他並不那麼在乎了——這是他這輩子頭一回。在這短短一刻裡，湖水的黑暗似乎沒那麼黑了。

八十三

他又為自己倒了一杯百富波特桶。連著第三杯了。他過去幾年最愛的這款二十一年威士忌今晚其實是浪費了——就算入口的是藥用酒精他恐怕也分不出來。只要能鎮定神經的都行。他腦中有個微小的聲音在抗辯著，指出酒精的鎮定效果微乎其微，因為它同時也可能引發偏執妄想。但他甚至無能講理。他年紀也大得不適合呼麻了。

《墨西哥的哺乳動物》躺在他面前的書桌上。文森闔上書——他無意再看到那則訊息。瑪麗亞先去睡了，他藉口還有工作要做。蕾貝卡和班雅明還沒回家。他這兩個大孩子顯然是把方便當隨便了。他關掉頂燈，只留下桌上微弱的檯燈。他坐在辦公椅上來回轉動。此時此刻，他不知道自己需要什麼。聯絡米娜？還是直接聯絡警察總部？但他能怎麼說？說他收到來自凶手一則只有頭腦和他一樣奇怪的人才收得到的訊息？他轉動威士忌杯，凝視琥珀色液體緩緩流動。和樂加維林不同，他喝百富威士忌時通常不加冰塊。但轉動杯子好聆聽冰塊晃動聲的習慣卻根深蒂固。

魯本會有什麼反應？如果他告訴他這則訊息意味著凶手——或至少是在凶案發生前就預知日期的人——竟在任何犯罪事實發生與調查行動展開之前，就已經知道文森將參與調查？魯本會認為讀心師的腦袋終於爆炸了。魯本……這是個內心有很多幽微之處的男人。在文森的經驗中，像魯本這樣的「阿爾法」男強悍的外表底下往往是脆弱的內在。直白指出這點自然不是文森的事，真講了只怕換來眼窩一圈烏青。但也許該是有人去跟魯本好好談談的時候了，更重要的是聆聽他的心聲。

他又喝了一點威士忌，感覺酒液安撫溫暖了他的喉嚨。他閉上眼睛，努力專心感受酒液的口感與香氣，就算一兩秒也好。但他辦不到。他閉上的眼前只有那本該死的書裡那鮮紅的字體。他睜開眼睛。

當然，這段訊息也提出了一個值得玩味的問題：誰能預知——或至少敢假設——他會願意與警方合作？他只想到兩個人。第一個是尤莉亞，是她批准米娜與他聯繫。再來就是米娜自己。米娜知道。是米娜激發他足夠的好奇進而應允。那晚在葉弗勒找上他的換作是其他人，他絕對會禮貌而堅定地拒絕。但米娜鍥而不捨。

他一口乾掉杯裡的威士忌，又倒了一杯。

不會是米娜。

不可以是米娜。

這想法太荒謬了。他認識她。喏，他不真的認識她。但他以為自己知道她所有的小怪癖。老天，即便她不在這裡，他都能感受到她的存在。

書不是米娜送的。

但如果。

如果真的是米娜送的呢？

寒意竄過他全身。他在腦中推開這個不受歡迎的念頭。太令人不悅了。因為如果這是真的，那麼一切就宛如山倒了。

這條思路他稍晚再面對。此刻他只想假設不是米娜。所以還會是誰？他也很難相信是尤莉亞。那就只剩下……沒人了。他起身，開始在小書房裡來回走動。他必須增加腦部的血流量好清楚思考。但他心情躁動得無法躺在地板上。
他挖掘記憶，回到初見米娜那晚。
在葉弗勒那晚。
米娜坐在他對面。
吧臺附近那群從赫爾辛堡來出席會議的人。
她的吸管。
他的漢堡。
我的組長同意我為這個案子外聘顧問。
有人建議我來找你。
建議。但未必是尤莉亞。如果不是尤莉亞，那又會是誰？他必須問她。從告知她關於書與訊息的那一刻起，他個人將被迫以他完全不期待的全新方式捲入調查行動裡。他希望這一刻愈遠愈好。但他同時也不想阻礙調查進展：一起尚未發生的凶案還等著他去阻止。
他蓋上威士忌瓶蓋，把酒帶回廚房收在櫃子裡。第一步是問出到底是誰推薦米娜來找他的。先問出答案後，他再告訴她書的事。
那本不可以是米娜送來的書。

八十四

米爾妲的經驗告訴她，既然要來探望外公，最好就先騰出一大段時間。米可拉斯外公和媽來自希臘，爸則來自立陶宛。「米爾妲」是立陶宛異教愛神的名字。換句話說，她就像某種大道交叉口，立陶宛與希臘，成長於瑞典。非常罕見的奇異組合。

尤有甚者，她發現自己名字的含義相當諷刺。她生命中的愛實在不多——至少在來自異性的情愛方面。她的婚姻乏善可陳，離婚後也沒再約會過。約莫一年前她確實給自己弄了個Tinder帳號。他那晚坐在客廳沙發上紅酒喝多了。之後她甚至不曾登入查看過。她聽說過的關於Tinder的種種只是幫倒忙。何況她可不想在上面遇到孩子們的父親。

「外公？」她對屋內喊道。沒有回應。

前門一如往常沒有上鎖。她早從多年經驗明白再怎麼唸他也沒用。他對人性本善的堅強信念令人敬佩，卻也可能致命。她前幾星期才為一個在自己家中遭遇搶劫的老人家驗過屍。兩個年輕人闖進去毆打折磨他，最後更活活把他打死了——只為了區區五百七十克朗。

她穿過廚房與客廳，從通往花園的後門走出去。她很清楚他最可能的去處：在他心愛的溫室裡。

她走上木製平臺，沒有喊他。她駐足片刻，趁他還沒發現她來了之前遠遠觀察他。她在這裡度過多少童年時光？在位於恩斯克德這幢小紅屋後方、緊鄰森林邊緣的花園裡。溫室是她送給外公的六十歲生日禮物。這裡後來成了他的一小方天堂樂園。

米爾妲透過玻璃看到他在裡頭來回走動。這裡那裡澆澆水、用他經驗豐富的手指碰碰土壤、小心翼翼地摘掉枯葉、對被他照顧得欣欣向榮的植物們娓娓訴說。她知道溫室裡種了哪些植物：番茄、辣椒、彩椒、櫛瓜。他甚至嘗試種植西瓜。沒有東西難得倒米可拉斯外公的綠手指。

他終於看到她了。他臉色一亮，招手要她進來。她感覺一抹大大的微笑泛開在自己臉上。她快步爬上小斜坡。

「外公！」

她擁抱他，深深嗅聞成熟番茄、泥土與愛的氣味。她知道愛沒有氣味。但如果有的話，聞起來應該就像米可拉斯外公的味道。

「妳看！」他說，聲音裡有滿滿驕傲。「看這些櫛瓜花開得多漂亮！我摘幾朵炸給妳吃——我知道妳最愛這一味了。剩下就留著，一定會結成最飽滿漂亮的櫛瓜。」

他在他的小王國裡比手畫腳，對她講解一株又一株的植物、各自又處在哪個成長階段。她熱愛這一切。她知道她哥哥等不及想要外公過世好繼承恩斯克德這份房產——然後趕緊變賣換現。就她個人而言，光想到外公不在這裡、不在他的溫室裡忙東忙西，她的喉頭就哽住了。她和她哥哥是非常不一樣的兩個人。

「埃狄最近好嗎？」外公彷彿能讀她的心。

埃狄是立陶宛文的「狼」。這名字倒挺適合他的。

「噢，他沒事。」她扯謊。

埃狄永遠不可能沒事。他總是在做他的發財夢，只是他的發財勾當通常都不合法。他因為保險詐欺坐了一年牢，卻顯然並沒因此學乖。埃狄根本無可救藥。但身為長子的他深受他們父母的疼愛，也因此自信滿滿、自認出類拔萃。

「薇拉和孔拉德呢？」

她從外公眼裡看得出自己沒必要瞞著他孩子們的事。於是她沒有回答。

「妳知道孔拉德隨時可以過來跟我住，」他神色凝重道。「換個環境對他有好處。尤其現在放暑假了。更重要的是這屋子裡外找不到一滴酒。他愛住多久就住多久。我收成時也會需要幫手。」

「謝啦，不過他人在勒戒中心。他一整個夏天都必須待在那裡。也許在那之後吧。」

外公受傷的眼神令她不禁咬唇。她沒有向家人求助，反而為兒子選擇了一家匿名中心。在米可拉斯外公的世界裡，事情不是這麼辦的。

「我覺得他會喜歡住在這裡，」她說，雙手握住他的手。「但也必須是他自己主動想來才行得通。」

外公終於露出微笑。

「說的也是。來吧，」他說。「我去煮點咖啡。」

他領頭走出溫室，行動有些困難地走下通往屋子的木頭階梯。看到他步履蹣跚令她感到心痛——他一直是個健壯而活躍的男人，永遠的行動派。但年紀絲毫沒有影響他的頭腦，至今始終思路清晰。當了一輩子生物學教授的他，正是她此刻需要的人。

「喏，雖然我很高興妳來、妳來也不需要理由，但我看得出來妳心裡有事。什麼事讓妳這麼煩心，我的小女孩？」

她心懷歉疚地接下剛煮好的一杯咖啡。她實在應該更常來的。她每回見到他都會這麼想。但生活似乎總有忙不完的事。

「我前陣子為一個男孩驗屍，」她說。「慘遭殺害。我在他胃裡找到這些東西。」

她把帶來的封口袋遞給米可拉斯。他神情嚴肅地接下，然後落坐在窗前這張小餐桌的另一頭。

「可以打開嗎？」

她點點頭。

他打開袋子，先嗅聞一番，接著才掏出內容物。一團毛髮。羅倍胃裡找到的毛髮的一小部分。其他大部分都已經按照標準程序送往國家鑑識中心進行分析。但她知道那裡案件堆積如山，進度緩慢——她至少得等上一個月才能得到答覆。這個案子和這個男孩不知為何特別讓她想加快腳步找到答案，而不只是枯等公家單位的牛步作業。外公暮年或許投注大部分熱情在他的溫室裡，但在她的職業生涯中，她還不曾遇過比外公更敏銳的生物學家。或者該說動物學家。

「我想我知道這是什麼。但我還是得放在顯微鏡底下再確認過。妳在這裡稍候一會，喝妳的咖啡。我一下就回來。」

米可拉斯外公起身。她注意到他隨著動作露出痛苦表情。米爾妲啜飲咖啡，一邊望向窗外。她喜愛恩斯克德。她是在波加莫森長大的，那裡環境還算可以，但恩斯克德有一種老派氛圍，優雅而迷人，總是讓人感到溫馨舒適、有家的感覺。或者這種感覺與地方無關，單純只是因為這裡是外公所在之處。但無論如何。那些老叢玫瑰。那些初夏時節綻放的紫丁香散布的甜美香氣。那些在街上玩耍的孩子們，一如他們之前幾個世代的孩子們。

一個矮壯的男子從窗外走過，她以為自己認出男子是她小時候的玩伴。但等她舉起手來打招呼時卻已經太遲。

「喏，我回來了！」

外公一臉滿意地回到廚房，坐在她對面的椅子上。又是那個痛苦的表情。米爾妲暗自提醒自己要強迫這位頑固的老人家快去看醫生。

「果然不出我所料。Genus neovison-vison 一字來自這種動物的法文名稱。」

他刻意暫停以製造效果。她知道不要催他。這是外公成為焦點的時刻，他可是享受得很。她一點也不想剝奪他的樂趣。她又啜了一口咖啡，以期待的眼神看著他。

「這種動物原產於北美，牠屬於脊索動物門，是一種脊椎動物。哺乳綱，顯然是。一般身長含尾巴約三十至四十五公分，尾巴本身約長十三至二十三公分。雄性體重在一到一點五公斤左右，雌性則重約零點七五公斤。豢養的比野生的還重一些。」

米爾妲點點頭。她大概知道是哪種動物，但她讓外公繼續講下去。這是他的專業。他的眼睛充滿熱情地閃閃發亮。

「這種動物先前被歸在與鼬屬的鼬鼠同類，但基因研究卻顯示兩者之間有著巨大差異，所以自鼬屬獨立出來。這些毛髮，我親愛的米爾妲，來自水貂！」

他志得意滿地朝她舉起那團毛髮。她點點頭。她早已猜到了。

「有可能可以確認這些水貂毛髮是哪裡來的嗎？比如說是瑞典某些地區才有的特有種？」

「很遺憾，答案是否定的。一般說起水貂主要就兩種：野生水貂與養殖場圈養的水貂。嗯，我想妳應該聽說過關於水貂養殖場的種種爭議。但單就毛髮來說，野生水貂與養殖水貂並無二致。」

「我還以為水貂養殖場早就消聲匿跡了，老實說。」

米爾妲站起來，從廚房流理臺拿來咖啡壺為兩人各再倒了一杯。

「噢，牠們還在。我不知道有多少或是在哪裡，但我想這種東西網路什麼的都查得到。」

米爾妲不禁莞爾。米可拉斯外公對現代科技沒好話，因此也拒絕學習正確用詞。

「野生的通常出現在什麼樣的環境裡？」她問，再次坐下。

外頭幾個孩子玩起了班迪球，他們開心的吼叫聲即使隔著半關的廚房窗子依然清晰可聞。

「水貂喜歡有水的環境。湖、水道、沼澤地。牠們的食物包括魚蝦、青蛙和其他小型動物。」

米爾妲點點頭，陷入深思。貂毛。在羅倍的胃裡。這意味著什麼？有什麼重要性？嗯……找到這些問題的答案不是她的工作。她只負責把發現的事實移交出去，讓其他人去找答案。

「謝啦，你真幫了大忙。」她對外公露出微笑。「喏，你今年打算在溫室裡進行什麼奇怪實驗？」

米可拉斯外公臉色一亮。他小心翼翼地把貂毛裝回袋子裡，封口封好，然後兩手手肘撐在桌子上，十指指尖互相碰觸。

「今年我打算來試試雜交育種，看能不能結合兩個不同品種的紅蘿蔔。Chantenay和早期的Nantes應該可以得到討喜的結果。我也想雜交我的兩種玫瑰。Rugelda和Dream Sequence雜交出來的新品種鐵定漂亮。Dream Sequence也叫做阿斯特麗德．林格倫。我想妳應該知道Rugelda是Rugosa的變種，而Dream Sequence則是一種多花玫瑰。所以我想……」

米爾妲看著外公興高采烈地談論他的育種計畫。她再一次提醒自己要更常來看他。還有，要把他拖去達冷看醫生——必要時不惜使用暴力。

八十五

文森小心翼翼端著兩盤公主蛋糕回到桑恩斯．柏楊德等待的桌邊。其中一塊蛋糕在放下的過程中歪倒了。他考慮翻正，但終究沒出手。他決定去倒咖啡。咖啡機位在咖啡館正中央的桌上。

「你咖啡怎麼喝？」他回頭問。

「糖奶都不加。跟我的靈魂一樣黑，」桑恩斯應道。

「說的也是，你畢竟是把蓋十字架當做嗜好的人物，」文森說，端著兩杯咖啡回到座位。「謝謝你再次撥空見我。也抱歉一直糾纏你。」

他還沒有打電話給米娜。還不敢。所以當他知道桑恩斯人在斯德哥爾摩時立刻把握機會，讓自己暫時不必去想書的事。

「樂意之至，」桑恩斯說。「抱歉我這麼難找——我正在忙一筆很大的訂單。但你至少不必再跑一趟松茲瓦爾。我進城是為了幫我弟弟處理電視魔術表演的事。火焰的高度一直搞不定。」

文森搖搖頭。魔術師。

他和桑恩斯挑了位在斯德哥爾摩市中心這家名叫「小麥貓」的大型糕餅店兼咖啡館。這裡頭擠滿了觀光客，正好可以讓他們不受打擾地談話。所有魔術師都知道，眾人眼皮底下反而是最好的藏東西的地方。

他盯著翻倒的蛋糕橫切面的層狀結構。海綿蛋糕底、香草鮮奶油、覆盆子果醬、鮮奶油、杏仁糖膏。總共五層。再加上最外層的糖霜。

他吐氣。加上糖霜就六層了。

他想起曾經聽過數學家鄭樂雋用烘焙來解說範疇論的演講。這片蛋糕絕對也夠她發展出某種數學定理了。這些聯想通常能為他帶來樂趣。此刻他卻暗忖起羅倍被塞進Z字形女孩箱中切成三段後、身體的截面會是什麼景況。一層層的血肉與脂肪組織，會讓人想起公主蛋糕嗎？皮膚就像杏仁糖膏？他推開蛋糕。

「我其實很樂意親自登門拜訪你，」桑恩斯說。「雖然這裡也不錯。」

「不了，這種話題並不適合在家談，」文森說。「還是這裡好。你時間不多，我就直接切入正題了。你記得我上回給你看的劍箱照片嗎？」

「蓋得很奇怪那個。」桑恩斯說，點點頭。

桑恩斯拿起叉子，切下一大塊蛋糕送進嘴裡。一層層的血肉脂肪。文森不住瞇眼。桑恩斯顯然沒有看到記者會的新聞，雖然事關他的專業。做為天才發明家的代價是桑恩斯和周遭世界不時有些脫節。

「你不知道的是，」文森繼續說道，「那個箱子是凶殺案的證物。事情後來還更糟了。我們又發現兩名被害人以疑似魔術表演的手法遭到殺害。」

那塊蛋糕卡在桑恩斯的喉嚨裡，他開始劇烈咳嗽。文森趕緊為他端來一杯水。他感激地一飲而盡、放下空杯，然後拿起紙巾仔細擦嘴，彷彿藉機整理思緒。

「你到底在說什麼？」他說。「凶殺案？當真？誰是『我們』？」

文森四下張望、確定桑恩斯一陣狂咳沒有引來不必要的注目後，這才拿出資料夾裡的照片。

「我正在協助警方調查，」他說。「細節不便透露，雖然我們已經跟媒體大致交代過案情。我們面對的顯然是一個徹底的瘋子。這裡有照片，你自己看。」

他挪開他們的咖啡杯與水杯，空出桌面好把照片散開來放。他或許不該把照片放大成A４大小。其他客人不小心就會看到。但他不希望放過任何細節。桑恩斯把兩盤蛋糕都放到隔壁桌去。看來他也失去了胃口。

「這張是劍箱，」文森說，指指照片。「這些是凶手使用的劍。我忘了先前有沒有給你看過。這四張刀片和箱子的照片是——」

「Z字形女孩，」桑恩斯說。「我猜得到箱子裡發生過什麼事。太可怕了。」

「我光看人被關進那些箱子裡就快幽閉恐懼了，」文森說。「我根本無法想像那個男孩會有什麼感覺。」

桑恩斯看著他，表情難解。

「我想他知道的最後一件事應該是被關進箱子裡遭到擠壓的感覺。但你說有三樣魔術——第三樣呢？」

「接子彈。」

「噢，老天。感謝你沒帶那個案子的照片來。」

桑恩斯拿起照片來回翻動端詳。照片乍看之下只是單純的舞臺道具。但這些箱子與利刃本身卻散發著邪惡的氣息。沒有任何心智正常的人製造得出這種東西。

「你想要我說什麼？」桑恩斯說。「我知道的上回都已經告訴你了。」

「或許是。但我上回的重點是有沒有人跟你或其他人訂製過箱子或設計圖。我沒想到關鍵也許在於製作過程本身。當時我們只掌握了一個箱子，所以你能指出的就只是做工很粗糙。但現在我們有兩個了。你確實說過製造道具需要兩種技能：高超的木工技術與對魔術的深入了解。真能著手製作魔術道具的人其實很少。」

「是的，兼具這兩種能力的人並不多，」桑恩斯說，若有所思地點點頭。

「我的了解或許有誤，」文森說。「但我想像只要是人手造的東西都會有所謂個人風格，都會在他們的作品上留下某種個人印記。即便是按照藍圖建造的東西，人們依然會『做自己的風格』。我這樣想正確嗎？」

「特殊個人記號，」桑恩斯點點頭。「我們會說是在作品上留下特殊個人記號。」

「好。既然我們已經認定這些箱子並非專業人士作品，所以箱子上面應該不會有商標之類的特殊記號。但或許還是有跡可循？照片裡的兩個箱子出自同一人之手。你看得出兩者有何相同點嗎？某個只有你看得出來的細節？任何可以為我們提供追查凶手身分的線索？一如你剛剛說的，會做這件事的人並不多。這兩個箱子上的特殊個人記號究竟屬於誰？」

一行五人經過他們的桌邊——荷蘭觀光客，全都穿著顯然是ＤＩＹ作品的相同印花Ｔ恤，上頭字樣昭告世人他們正在環遊歐洲。文森用手蓋住照片，但卻慢了一步。其中一名年輕女子停下了腳步。

「哇噻！」她以標準英語說道。「你們在自製魔術道具嗎？太酷了！」

「謝謝妳，」桑恩斯微笑說道。「很少有人認得出來。」

他在搞什麼？文森只想要女人盡快離開，桑恩斯卻一副要跟她聊起來的樣子。只差沒請她也吃一點公主蛋糕了。他們眼看就要被穿著相同T恤的荷蘭人包圍住了。

「喏，只有魔術控才懂，」女人說。「得走了。」

她小跑步趕上同伴，回頭對桑恩斯喊道：「我們魔術控要互挺！」

文森雙手交叉在胸前，等待荷蘭女人走遠了。

「好了沒？」他說。

「抱歉。能得到五十五歲以下的人的讚美是很少有的事。對了，你蛋糕還吃嗎？」

文森搖搖頭。桑恩斯從隔壁桌端回兩人的蛋糕，狼吞虎嚥一番。

「總之，」他邊吃邊說，「你說的沒錯，這兩個箱子如果出自我認識的人之手，那麼我應該認得出來。但我認不出來。」

桑恩斯若有所思地咀嚼著。

「文森，你忽略了一件事，」他說，嚥下蛋糕。「**一個人**同時精通魔術與木工技術是非常罕見的事，甚至你我要能知悉彼此動向也是夠稀罕的了……」

文森已經明白桑恩斯要說什麼。他想狠狠拍一下自己的額頭。他怎麼會笨到沒想到？

「……但兩個人各自精通一件事可就一點也不罕見了，」他說，接續桑恩斯未完的句子。「魔術師變魔術。木匠製作道具。」

文森雙手掩面，想對世界大叫。

「凶手有兩人，」他對自己掌心說道。「我一直局限在自己的想法裡。我們要找的不是一個單獨行動的凶手，而是兩人合作的搭檔。這完全解釋了我為何始終感覺凶手有兩個互相矛盾的人格。一個是冷靜的計畫者，另一個則兇殘而情緒化。我遲遲無法結合這兩面提出凶手的心理側寫。難怪了。因為凶手從來不只有一個人。」

他放下手，望向依然盯著照片看的桑恩斯。

「文森，」桑恩斯緩緩說道，「一個人盡可以自己一個人瘋。做出一些他自己認為完全合情合理，但在其他人的眼中既不合理也無法理解的瘋狂之舉。但兩個人一起瘋？兩個人必須合作，必須協調分工……」

桑恩斯彷彿怕被傳染似地用指尖推動照片，然後小心翼翼地把它們收回到資料夾裡。

「你在找的不是一個瘋子，」他說。「而是兩個喪心病狂的怪物。」

「Folie à deux，共有型精神病，」文森緩緩說道。「兩人共有的妄想與瘋狂。而我找不到他們。」他望向窗外尋常的世界。人們在夏日陽光下享用冰淇淋，不必去思考殘暴的凶案與解不開的密碼。

「因為我不夠聰明。他們奪走的下一條性命是我的錯，我的責任。一個人的愚蠢與兩個人的瘋狂。一加二等於三，*Folie à trois*。」

八十六

她盡可能深深吸入鼻腔噴劑，然後準備好進行下一步驟。每一回僅靠意志力強迫自己把針頭扎進自己皮膚裡，她其實都百般不願。尤莉亞知道自己該要想像目標。她每回也都試著這麼做。她閉上眼睛，想像眼前有一個活生生的嬰兒。男孩女孩都好。柔軟蓬鬆的胎毛。肥嘟嘟的大腿。從喉嚨深處發出的咕嚕笑聲。她努力喚醒自己的渴望。

還是沒有用。她還是害怕注射。

在家的話圖克爾可以幫她，但他很難在大白天拋下工作跑回家幫她打針。為他倆打的針，護士都是這麼朗聲稱道。尤莉亞不懂憑什麼說是他們倆，畢竟針頭刺穿的可是她的皮膚。但這只是他們倆在過去幾年中為這個目標而經歷的千百件荒謬奇事之一。

她再次鼓起勇氣，捏起腰部皮膚尋找下手點，然後抓穩針筒——在手抖個不停的情況下這可不是件容易的事。

突如其來的敲門聲下嚇了她一跳，差點誤刺自己。她把針筒與鼻腔噴劑放在桌上她和圖克爾的裝框婚禮照片後方。她拉下襯衫下擺塞進褲腰裡，前去開門。

「哈囉，希望沒打擾到妳。」

米爾妲．約特站在門外。尤莉亞衡量眼前情況。她必須盡快挨那一針。但米爾妲通常不是拖拉之人，而她也沒有好理由請她走。何況她可能有要事。

「沒，一點也不。」尤莉亞說，側身讓路。

她很快瞄了一點自己整齊的書桌。針筒讓照片完全擋住了。

「請坐。」尤莉亞指指訪客椅，彷彿還有別的選擇似的。

她聽到自己專業的口氣。簡短清晰，就事論事。自對孩子的渴望中完全抽離開來。那些渴望，還有那些破碎的夢、那些關於從她體內直接排進金屬盆裡的死去胚胎的回憶。無效胚胎，他們是這麼說的。

米爾妲以探究的目光望著她。尤莉亞明白自己一時讓表情洩露了情緒。她落坐在辦公椅上。失控的一刻過去了。她的眼神恢復銳利，表情專注。

「有什麼消息嗎？」她說，好奇地打量米爾妲。

對尤莉亞而言，她的目標是保全人命。即便面對命案時也一樣：盡快緝凶到案，確保不會有下一個被害人。但對米爾妲而言，工作意味著與死者親密交談。她與死人相處的時間多過活人。尤莉亞不覺得自己辦得到，但米爾妲卻把這當做一生志業。在此同時，她對米爾妲有無限敬意。這是非常重要的工作。讓死者說話。她在經手的案子裡看過太多次了。法醫是每個調查行動中不可或缺的一塊拼圖。

「是關於羅倍・巴里爾的案子。所以也與圖娃・班松和昂妮絲・瑟西的案子都有關。但羅倍才是解鎖案情拼圖的關鍵，我認為。我希望。」

米爾妲在椅子上不太自在地動了動身體。

「洗耳恭聽，」尤莉亞說，傾身向前時不小心動到桌上的相框，但她很快把東西推回原位。

米爾妲清清喉嚨。「我知道羅倍有把東西往嘴裡放的習慣，」她說。「他顯然常常連並非食物的物品都吞下肚去。我打開他的胃，在裡頭發現大量毛髮。

「不舒服，」尤莉亞說道，臉一皺。

她想像頭髮在嘴裡的味道與感覺，不禁反胃。

「是的，但這從我們的角度看卻是好事。做出結論不是該我的事，我只負責跟你們報告我的發現，但凶手很可能與水貂養殖場有著某種關聯。」

尤莉亞盯著她看。

「水貂養殖場？這種地方還存在嗎？」

「還在——我原本也以為它們早就消聲匿跡了。但瑞典境內確實還有幾家水貂養殖場，雖然動物權益組織一直持續抗爭中。」

尤莉亞沒說話。

「我這麼說的根據有二，」米爾妲說，在椅子上坐直了，然後急切地繼續說下去。「首先，如妳所知，我們在三名死者體內都驗出了氯氨酮成分。第二，羅倍胃部發現的毛髮證實是貂毛。當然也可能來自野生水貂，但我認為不是。因為氯氨酮經常被用來麻醉水貂。我甚至敢打賭羅倍是在水貂養殖場裡遇害的。以此推論，其他兩名被害人應該也是。」

尤莉亞往後靠在椅背上，消化米爾妲的話。她腦部的不同區塊都在高速運轉，搜尋連結、通道、事實。但一切太多也太大了，找不到脈絡與條理。她腦中還找不到可以安頓水貂養殖場這念頭的區塊。

「我會帶去和小組討論。」她說，一邊起身。

這不能等。米爾妲也站了起來，卻又有些遲疑。

「妳自己打針沒問題吧？」她小心翼翼開口。

「不好意思？」尤莉亞說，怔住了。

「我聽說妳正在進行……某種治療。妳打算自己打針，或者需要幫忙？我可以幫妳。」

尤莉亞的喉嚨哽住了。她不想知道其他人都知道了。但警察總部裡沒有祕密，她早該知道的。

她緩緩伸出手，從相框後方拿出針筒。她把針筒遞給米爾妲，撩起襯衫下擺。解脫感沖刷過她的全身。

米爾妲為她注射時她甚至不曾感覺到。

八十七

文森坐在電視前面，手裡拿著遙控器。他知道以自己四十七歲的高齡已經算是恐龍了。早就沒人在看一般電視了。但他就是喜歡只有在固定時間才看得到的節目。錯過播出時間就看不到了。當然，現在大部分的節目都可以在串流平臺上找到，基本上沒有什麼是看不到的。但問題就出在這裡。他完全清楚自己受惑於「可得性心理學」原理——愈得不到的就愈刺激愈迷人。但現代社會卻也向他證實這原理反之亦然。當一切都唾手可得的時候，就再沒什麼引得起興趣了。而文森沒有時間可以浪費在不有趣的事情上。

他發覺家裡安靜得出奇。班雅明的聲音透過門隱約可聞，這意味著他在線上。班雅明竟然有朋友——即便是見不到本人的那種——依然令他驚奇不已。阿斯頓心滿意足地睡了。蕾貝卡還沒回家。瑪麗亞……他不太確定瑪麗亞在做什麼。他猜想應該是躺在床上讀她的心靈雞湯，教導她如何過一個有意義的人生。瑪麗亞就愛這一類書籍，一本接一本讀。有人讀食譜卻從不下廚。有人讀健身書卻從來不運動。在瑪麗亞的例子裡則是心靈成長叢書。她從不採納書中的建議，只是往下一本讀去，然後在生活一成不變時怪罪於書。

好吧，這麼說或許太刻薄了。不過堆在妻子床頭桌上的那疊書實在讓他有點受不了，每一本的書名都承諾要破解生命的ＸＸ密碼。他嗤之以鼻。不管是密碼還是真實人生，寫那些書的人都一竅不通。

不明聲響打斷他的思緒。客廳窗外有動靜。他抬眼，瞥見外頭有人……還是他眼花？人影一閃而過，他無法確定。今晚夜色不深，但角落的幾棵樹在窗邊的草地上投下幢幢暗影。他安裝在碎石小徑兩旁的太陽能燈不足照亮整個前院。他關掉電視，走到窗邊往外看。

什麼也沒有。

草地邊緣的樹叢微微搖動，彷彿剛剛有人經過那裡走進樹林。也許是鹿。搬到鄉下後他才發現野生動物是不怕人的。不知剛剛那隻鹿在窗外站了多久，觀察他的一舉一動；牠八成在納悶，這男人賴在牠的森林裡做什麼。他注意到玻璃窗上約莫齊眼的高度有兩塊油污，他試圖用袖子擦掉，但油污顯然在外頭那面。兩塊半月形的印記。他兩隻手彎起作望遠鏡狀，然後放在玻璃窗上對齊。完全符合。彷彿想透過玻璃窗看清外面。或裡面。曾有人站在窗外。有人站在那裡透過玻璃窗看著他。而且肯定不是鹿。

敲門聲傳來，突如其來的聲響幾乎讓他驚呼出聲。又一記。他走到前門，小心翼翼地打開門，渾然不知將面對什麼。

米娜站在門外。

「噢，哈囉。」他說，藏不住聲音裡的意外之情。「所以剛剛是妳在窗外偷看我嗎？」

「偷看？」她說。「沒，我沒按門鈴是因為怕阿斯頓已經睡了。」

「我是說剛剛外頭有人……」

他舉手打算指向樹林，卻在看到米娜臉上表情時及時制止自己。

「發生了什麼事嗎？」他說。

他走到門外階梯平臺，輕輕掩上門。

「沒事，我只是想……」米娜開口，卻愈說愈小聲，彷彿還沒想好要說什麼。「我想我們可以一起做點什麼事。」

他一時語塞。他看著站在他面前的女子。米娜或許與眾不同，但她至少從不虛假，一如她面對絕大部分人的時候。而他十分欣賞她這點。登門造訪他家，她想必鼓起了天大的勇氣。冒著被拒絕的風險。尤其在聽過她在計程車中對他說的話後。他怎麼會以為書有任何可能是她送的？想想她是什麼樣的人、正面對什麼樣的掙扎？他只想狠狠踢自己一腳。他到底能有多無知無覺？一記聲響傳來，他火速回頭從門縫查看屋內。要是讓瑪麗亞看到米娜就沒完沒了了。

「我想到可以跟你家人打聲招呼，」米娜說。「我們那麼常合作。」

「恐怕不太方便，」他說。「今晚不行。」

米娜往後退一步，離他愈遠。他看不清她臉上的表情，但她頹然垂下的肩膀透露了一切。他重重傷害了她。她剛剛收到她一直擔心收到的拒絕。

「我的意思是說，我們一起做點事情是個好主意，」他趕緊補充道。「很棒的主意。但和我的家人見面恐怕時機不太對。瑪麗亞今天心情不太美妙，何況她本來就很容易打翻醋桶。如果讓她在心情不好的情況下看到妳像這樣出現在這裡——」

「你說『像這樣』是什麼意思？」米娜說。「有哪裡不對嗎？」

文森看著米娜，沒有，絕對沒有哪裡不對。她的黑髮一如往常紮成整齊的馬尾，和她的白色高領上衣一起襯托出她的五官與個性。整體的效果比分開來看更能讓他屏息。他希望自己神色自若，並竭盡所能阻止自己在她說話時盯著她的紅唇看。尤有甚者，他發現自己比自己原先以為的還需要有人作伴。畢竟他剛剛甚至疑神疑鬼、以為有人在偷看他。顯然只是一頭鹿罷了。

「你覺得瑪麗亞有理由吃醋嗎？」米娜繼續道。

她的嘴角微微抽動，微笑幾乎藏不著。但他卻又不確定。或許只是光影作祟。

「吃妳的醋？」他說，發現自己臉紅了。「喏，她——」

「當然不是我，」她打斷他。「我們從未見過面。我是指一般來說她有理由吃醋嗎。你常常偷吃嗎？」

這就是米娜——那個在葉弗勒的第一夜就激發他好奇的米娜。近乎笨拙的誠實，缺乏社會期待卻並不容易的敏感社交神經。尤其，當他自己也是生來就未曾具有那種潤滑人際轉輪的社交技巧。米娜讓他感覺——很可能是生來第一次——彷彿終於可以做自己了。不再需要扮演他人想要他扮演的角色。他看著她的手。看起來並不乾燥。她應該擦過護手霜。他嗅到一絲幽微的香草香氣。

「沒有偷吃，」他說。「喏，我婚後只有過一次。和瑪麗亞，後來我便離婚娶了她。」

米娜緩緩點頭，彷彿她都了解。

「我們走吧，」他說，關上大門。「瑪麗亞是全世界最好的母親——妳該看看她和阿斯頓相處的樣子。但一般而言，在這個家裡的溝通……並不容易。我會傳簡訊給她，說妳找我問工作上的事。這離事實不算遠。」

「不過你得答應我們今天不談工作——幾個月來我腦子裡除了工作還是工作，」她說，一邊勾住他的手臂。「一般人都去過暑假了。今晚至少讓我們休息一下吧。」

她的手臂僵硬，勾著他的手也並不舒服。這對她顯然是很不熟悉的動作，但他能領會她努力嘗試的心意。

「一言為定。我們就談一些無傷大雅的小事，比如說我所謂的偷吃事件和善妒的妻子。」

他們沿著碎石小徑穿過屋前的草地，走到蜿蜒的車路上。夜色清明，暑氣能滯留在空氣中。

他在信箱旁停下腳步。有東西不見了。之前某次巡迴演出前，翁貝托曾訂做一批上頭寫著「禁止讀心」字樣的磁鐵作為宣傳活動的一部分。搬進這房子時，他便把一塊磁鐵吸在了信箱上。就是磁鐵不見了。可能掉在草地某處吧。他實在很難相信有人會想拿走它——他恐怕是唯一還覺得那句話好笑的人。但信箱少了那個小裝飾看起來好無趣。

「蒂勒瑟這邊好安靜，」米娜說。「彷彿到了鄉下。我必須開啟衛星導航以免迷路。感覺文明離這裡好幾英里遠。」

文森笑了。

「沒什麼不能直說的。這裡確實就是鄉下。但我很開心，我是說，我們都很開心。我巡演時身邊都是人，巡演結束後回到這裡感覺好棒。最近的鄰居離我們還有兩百公尺遠。喏，你見過他——怪手司機烏維。阿斯頓有好大一片戶外空間可以盡情遊蕩，而路口就有校車停靠站。不說我了，妳呢？妳在歐斯塔的公寓裡住得還開心嗎？」

他明白自己對米娜的了解少得可憐，雖然他們已經共事好幾個月了。他有好多想知道的事。可得性的心理學原理是怎麼說的？「愈不可得就愈刺激愈迷人」。夠了！他不是那樣。沒錯，米娜是個極為讓人想多親近了解的人，外表也漂亮動人。但他們之間只是成熟專業的工作夥伴關係，或許也有機會成為真正的朋友。這樣就很夠了。

瑪麗亞原本就善妒，這無可避免。但話說回來，瑪麗亞連超市結帳員麗芙的飛醋都要吃。五十五歲的麗芙，先生柯利安就在同一家超市的乳製品櫃臺工作。他希望瑪麗亞能有點自我意識。希望那些書裡面至少有一本能幫到她。他顯然已經完全失敗了。

「嗯，我很開心，」米娜說，他花了點功夫才想起問題是什麼。

「我其實有一個工作相關的問題想問妳，」他說得有些遲疑。「但我保證就一個問題。記得我們在葉弗勒第一次見面那晚，妳說有人建議妳來找我。那個人是誰？」

米娜愣住，轉身面對他。

「你為什麼想知道？」她說。

「我保證之後會跟妳解釋，但不是現在。這或許會是重要線索。」

她又端詳了他好一會，似乎在衡量要說什麼。

「我……我陪一個朋友參加AA的聚會，」她說。「以支持者身分。」

他完全沒料到會是這樣的答案。但任何資訊都很重要。他僅只點頭以為回覆。

「我就是在那裡遇到她的。她叫做安娜。是她跟我提了你的事。除了她看過你表演之外，我對她的了解就只有她的刺青：小腿肚上刺了海豚、手臂刺了狼，以及其他零星刺青。你如果想找她，只能像個跟蹤客在國王島區的聚會地點外面堵她。我可以給你地址。」

她持續直視他的眼睛，彷彿堅持想等到他的反應。

「安娜，」他微笑道。「海豚。國王島。謝啦。工作的事到此為止。我信守承諾。」

她舉起一手食指，另一手塞進口袋。她掏出手機。他甚至沒聽到電話震動聲。

「是尤莉亞，」她說，讓他看過來電顯示。「我最好接一下——感覺工作就是不肯放過我們。嗨，尤莉亞！」

米娜很快陷入沉默，專心聽講。

「水貂養殖場？真的嗎？」米娜一會兒後說道。「好，謝謝妳的資訊。」

米娜結束通話。他看到她關掉震動改為靜音，然後才把手機收回口袋裡。

「我們要不要乾脆上工？」他說。「聽起來很重要。」

米娜搖搖頭。

「我跟你一樣，既挫折又擔心，不知道下一起凶案什麼時候會發生，」她說。「不過我們今晚並不會抓到凶手。法醫米爾妲發現這幾起命案和水貂養殖場似乎有關聯。我來這裡的路上也讀了你指出，凶手可能是雙人組的電郵。」

「是的。這並不改變個人心理狀況，」文森說。「只是讓他們更好被理解。但如果凶手真有兩個人，那麼這兩人已經培養出絕佳能力，能夠長時間理性計畫出殘忍暴行。也許是很長的一段時間。」

米娜點點頭。

「但這無法讓我們離逮捕凶手更近一步，」她說。「至少不會是今晚。」

他點點頭，而她看了看手錶。他欣賞她戴錶的習慣。近來太多人都只靠手機看時間了。但戴錶一來優雅，二來連他自己都缺乏那種自制力，原本只是拿起手機看時間、卻一頭栽進社群媒體裡。

「今晚已經來不及派人去查訪水貂養殖場了，」她說。「養殖場不會有人在。這事得等到明天早上。魯本可以去。今晚你和我就努力想點別的吧，至少就這一次。」

「尤莉亞和魯本上過床，對不對？」他說。

「噓，這事沒人知道，」她說。「喏，除了總部所有參加過那次耶誕遊船派對的人員之外，顯然是。但那已經是五年前的事了。可能還不止。你為什麼問？」

「魯本引起我的興趣。他那種自詡為上帝送給女人的禮物的態度。表面底下必有蹊蹺。」

米娜臉一皺。

「我沒興趣討論魯本的事，」她說。「對了，我們要去哪？」

「不知道，但外頭蠻舒服的，」他說，閃過地上一灘水。「妳有想法嗎？」

「我也不知道，」她說。「我甚至不知道你想不想見到我。最好離森林遠一點倒是。我已經看過了。」

他懷疑米娜正努力克制自己不要去想那些躲在樹木和葉叢底下的可怕爬蟲。嗯，他最好別跟她提，他們剛剛經過的那座蟻丘。

「嗯，如果真的沒要工作，那麼我們……或許去看場電影？」他說，脫口而出閃過腦海的第一個念頭。

她笑了，抬眼看他，臉上帶著一抹歪斜的微笑。這回確定是微笑了。

「看電影？約會看電影的那種看電影？」

他的臉又紅了。該死了，他根本沒想那麼遠。

「不，當然不是。抱歉。妳通常都做些什麼？」

「我喜歡健身，」她說。「還有打撞球。我撞球打得非常好。但我很樂意和你去看場電影。我已經很久沒看過電影了。」

她用手肘推推他的側身。

「瑪麗亞反正都要抓狂，我們就給她好一點的理由抓狂吧。」

他們搭米娜的車去了索德哈勒納購物中心裡的影城。他在車上沒說什麼話。他和她並肩而坐，在看不到她臉上表情的情況下並不好聊天。他們就這樣靜靜一路駛抵目的地。他用手機應用軟體付了停車費，強忍把奇數時間調整為偶數的衝動。他不想做出任何奇怪的行為。

進電影院之後，他們挑了部兩人都沒聽過的電影買好票，然後往大廳走。大廳櫃臺後方的玻璃櫃裡排滿一紙桶又一紙桶的爆米花。他走向最近的收銀櫃檯，卻又止步。他該買點飲料和零食嗎？還是不要比較好？買了是不是就正式變成約會了？他不太清楚規則。

他轉身想問米娜，這才發現她不在他身邊。她在他後方幾公尺處就停下了腳步，全身僵硬彷彿冰凍、目光緊盯著那一桶桶爆米花。她臉色蒼白。她的視線接著轉移到一旁的飲料機與雜亂堆疊的吸管。放大的瞳孔與緊繃的下顎說明了她內心的恐慌。

他是白癡。

任何工作人員、任何顧客都可以隨意碰觸那些爆米花。幾百雙沒洗過的手翻動過那些吸管。更別提那些千百人坐過的座椅，還有放映廳裡被潑灑過無數飲料的黏糊地毯。他怎麼會以為她會喜歡來這裡？

「米娜，」他說，輕碰她的手肘。「我們走吧。」

她因為被碰觸而抖了一下，眼睛依然緊盯著裝了爆米花的玻璃櫃。

「但我們已經付錢了。」她說。

她開始搓揉雙手，彷彿在洗手。她的手又恢復乾裂的狀態了。

「我們不能走，」她說，「因為票已經買了。」

「我們當然可以走。我們付錢做我們想做的事。選了食物並不代表就得吃掉。妳永遠有選擇。爸媽以前都說錯了。」

他輕輕地抓住米娜的手肘，引她走出電影院。米娜轉身背對大廳後，呼吸立刻變得順暢許多。他們走過電影院外迷宮般羅列的各式餐廳。

「妳坐一下，」他說，指指離他們最近的咖啡館。「點些喝的。妳需要喝點東西。我馬上回來。」

他沒等她回答就轉身跑出購物中心，朝隔壁的超市奔去，一路咒罵自己怎麼會這麼欠考慮。

三分鐘後他回來了。米娜坐在最裡面的桌位旁。她面前有一罐健怡可樂，他的則是一杯啤酒。

她完全沒碰她的可樂。

「給妳，」他說，遞給她他剛剛買回來的一把密封包裝的吸管。「我猜妳今天應該沒有帶。」

米娜看起來快哭了。

「對不起，」她說。「我不想讓你覺得我是瘋子。我很努力，但實在太……」

她要是真的哭起來，他不知道自己會怎麼做。吸管一包有五支。架上原本有七包。總共三十五支。米娜應該不會超過三十三歲。三十五和三十三相差二。各分一支吸管。那就是兩支。他真的不想要她哭。

「我是這麼看的，」他說。「妳是全世界最不可能得到流感的人。這絕對是好事。」

米娜露出感激的微笑，撕開包裝，把一支吸管插進可樂罐裡。她感激地望向他，然後在他的啤酒裡插進另一支吸管。

文森回到家時還不算太晚，但全家人都已經睡了。阿斯頓通常八點就累翻而睡。瑪麗亞最晚九點半上床，而兩個青少年大約再晚她一小時。至於他個人一天頭腦最清楚、創造力最活躍的時間，約莫是晚上十點到凌晨兩點這一段，所以像這樣午夜到家是最理想的了。他還有兩小時的高效率工作時間。

但今晚或許不了。他腦子裡全是米娜和他們今晚聊過的一切。他刷過牙，輕手輕腳走進臥房，小心翼翼以免吵醒瑪麗亞。她要是醒來，一定會用她最譴責的口氣質問他為何半夜才回家，而他實在沒有力氣為自己辯護。

他沒開燈，在黑暗中脫衣。襪子與內褲要換洗，所以摺好留在地板上。還可以再穿的乾淨衣物則放在櫃子上。他的眼睛開始適應黑暗後，他隱約看到瑪麗亞床頭桌上那疊書的形影。他和他的妻子一樣，並不知道人生到底怎麼一回事。也和他妻子一樣，他並不會從書裡學。差別是，他知道這一點。

但他已經開始學了。

米娜已經開始教他了。

八十八

穆拉，一九八二年

嫵恩坐在伊娃家門廳的一張椅子上。椅子旁邊的櫃子上是一具家用電話。她的手放在話筒上卻遲遲沒有拿起來。打還是不打，這就是問題。她原本擔心媽會每天打電話來，甚至一天好幾通；打來問她好不好、問她什麼時候要回家。她甚至告訴伊娃的父母自己母親有時會有些情緒激動，還為自己預測會發生的事預先道了歉。

但媽卻出乎她意料地頗為自制。她只有第一天打過電話，確認嫵恩安全抵達、一切安好。之後她就沒再打電話過來了，雖然忍住不打，對她應該是非常不容易的事。但這是好事。也許媽終於發現靠自己其實也可以。也許，一如嫵恩總是可以反向推想破解她弟弟的魔術，她母親也終於了解到撐住這個家的人並不是嫵恩。也許她離家根本不會是問題。

然而她卻坐在這裡，放在灰色塑膠話筒上的手不停冒汗。因為她覺得不對勁。非常不對勁。她無法解釋——這感覺並不理性。也許她只是犯傻。被罪惡感逼得自己嚇自己。她實在應該開開心心，而不是在這裡擔心媽不像平常的她。

但……就是有一種感覺告訴她事情亂了套。家裡的事情。她把電話線纏繞在手指上。如果她打電話表示她的焦慮，媽一定會叫她馬上回家。可如果不打，她肚子裡的那個結只會愈叫她坐立難安。

她換手握話筒，把汗濕的掌心在褲子上擦乾，接著撥了家裡的號碼。窸窣一陣子後電話終於通了，鈴聲卻微弱而遙遠，彷彿她是要打電話到世界的另一頭。鈴響五聲後，電話被接起來。

「包曼家。哈囉？」

「哈囉，弟弟！我是嫵恩！」

沉默。她知道她弟弟不喜歡講電話。

對話必須由她來主導。

「你們兩個怎麼樣？還好嗎？」她說。

「很好。在吃早餐。」

她對自己微笑。一切安好。她肚子裡的結可以踢到一邊去了。

「我猜猜看，」她說。「媽的烤三明治，切成三角形？」

「答對，邊邊也都切掉了。加了切片水煮蛋。妳知道的……」

「養成習慣很重要。」

「……養成習慣很重要。」

他們一起笑開了。

「我可以跟媽說一下話嗎？」她說。「如果你的三明治都做好了？」

「不行，她現在不行說話。」

「她……今天是她狀況不好的日子嗎？」她說，壓低聲音。「那你還好嗎？」

「不是，她只是不在這裡。我沒事。」

所以媽狀況至少還好得可以做早餐。好吧。她的擔心果然只是罪惡感作祟。而且沒跟媽說到話反倒好，這樣她就不能叫她回家了。

「我離開的時候，你不是正在弄什麼神祕魔術嗎？」她說。「媽還說，她說不定也會參加表演。等我回家，你要表演給我看喔！」

電話彼端再次陷入沉默。她把話筒壓緊了在耳朵上，想聽出他還在不在。她聽到隱約的呼吸聲。他不想談他的神祕魔術。這樣就一點也不神祕了，他總是這麼說。但他也不必這麼敏感吧。

「別擔心，」她說。「媽什麼也沒透露。」

「我不想說話了。我要吃早餐。烤三明治要涼掉了。」

「好吧，弟弟。那一個星期後見了。幫我跟媽說嗨。」

她話還沒說完電話就斷了。她把手指從電話線裡抽出來，把話筒放回去。剛剛在講電話時她感覺一切都沒問題。但此時此刻擔憂卻回來了。她弟弟電話講到後半，似乎就愈來愈不對勁。她應該要回家確認一下。

「夠了，嫵恩。」她對自己大聲說道，一邊搖頭。

她母親是她見過最會操縱人心的人。媽是這方面的專家，把她的爪子伸進人體內，直到他們再也沒有力氣反抗。這些爪子只怕比嫵恩原本以為的扣得還緊還深。媽什麼也沒做，卻讓她差一點決定回家。不。她這次一定要戰勝她。

她拿起昨天放在那裡的游泳袋，直往後院走去。伊娃在草地上鋪了條毯子，正躺在上面看書。

「伊娃，」她說。「要不要去游泳？」

「妳還真是慢半拍。」伊娃說，從毯子上爬起來。

她連比基尼都穿好了。

「跑輸的人要從七米跳臺跳下來！」嫵恩喊道，一邊衝向腳踏車。

她打算等到她終於想回家時才要回家。

八十九

魯本第一百次伸手去抓排檔桿卻落空，然後第一百次後悔沒開他自己的雪佛蘭卡瑪洛出這趟公差。自動排檔？真是狗屁不通！他又不是殘障。但水貂養殖場聽起來就是會有一堆泥巴塵土和動物毛髮漫天飛揚。他才不想讓艾麗諾——他這麼喊他的愛車——受這種苦。每次有人問起這個名字，他都以尼可拉斯．凱吉早年主演的一部動作片搪塞過去。真正的理由是魯本自己的事。

艾麗諾才剛進過廠保養，此刻正停在地下停車場裡，蓋在篷布底下閃亮得宛如新車。和他使用同一個停車場的鄰居看到篷布都忍不住開他玩笑，但他們自己的車髒成那樣，實在沒資格說他。他可不想讓地下停車場密閉空間裡的油污分子沾染到艾麗諾的白色烤漆。

所以他今天開的是警局的車。開著有警察標誌的車子不無好處，尤其是必須不請自來的時候。他很懂得利用人們看到警車時的緊張心理。但除此之外，這一整天一如他的預期完全是在做白工。他跑了三家養殖場，正要前往第四家。然後他就要收工了。

在這個階段，他的任務主要就是觀察環境，感覺一下水貂養殖場是否是暗中拘禁人、甚至謀殺人的好地方。但目前為止他看過的地方根本沒有任何多餘空間。到處都是水貂。成千上萬隻，擠在自動化的養殖系統裡，一個人就可以看顧一千隻水貂。連動物都沒空間了，哪裡有地方給殺人狂木匠當工作室。

今天要查訪的最後一家養殖場，位在諾塔耶群島的林登島，必須搭乘渡輪前往。他把車開上船，隨即關引擎下車。海風吹動他的外套與頭髮，但是他就這樣站著。他非常需要新鮮空氣。那幾家養殖場的氣味老實說，真他媽的噁爛。他知道很多人對那些動物的處境感到非常不滿——水貂養殖業一直是有識之士的眼中釘。他一方面可以了解他們的觀點——這一整天的所見所聞絕對談不上愉快。可在此同時，如果真要抱怨處境堪慮，多的是人需要幫助，還輪不上動物。真想幫忙就得選擇方式，比如說成為警察改善治安。或者是當個左派份子整天上街示威抗議。

十五分鐘後，渡輪抵達目的地。他一上車手機就響了。

「魯本・浩克。」他說，使用車上的免持聽筒系統。

「嗨，魯本，我是文森。你今天如何？我聽說你在追一條線索，跟水貂養殖場有關？」

文森？還真不是他意料中的來電者。一定是米娜多嘴。她似乎覺得她的大法師比條子還屌。她八成只是想跟他來一炮，裹在保鮮膜裡來一炮。腦中跳出的影像讓他不禁笑出來。

「老實說，根本在浪費時間，」他說，一邊啟動引擎。「我正要去最後一家。希望我們不必根據在羅倍胃裡的其他東西東奔西跑。他要是也吃了麥當勞我們不就查不完了。」

渡輪靠岸，車身隨之震動。

「你找我有事嗎？」他說。橫槓升起，車子可以開上岸了。

「我有一件事想跟你單獨說。」

渡輪上除了他只有另外兩輛車。他一邊用手機查地圖一邊超過他們。水貂養殖場離渡輪碼頭不遠。他等不及要結束今天的行程。

「我們不熟，」文森繼續道。「但我觀察你，聽你說話，你對待女人的態度。她離開你多久了？」

魯本發出一記口哨聲，靠邊停下車。他剛剛超過的兩輛車此時又超過他，還按了喇叭以示不爽。他停車前就已經開始摸索口袋裡的Airpods耳機。這話題太私密，不能讓人不小心聽到。雖然車裡只有他一個人，但……

「你這是哪門子鳥問題？」他塞好無線耳機說道。「首先，我不知道你在說什麼；再者，這麼私人的事輪不到你管。你以為你是誰？」

「我無意刺探，」文森說。「但我認得出一顆破碎的心。我這話是站在完全客觀的立場說的。」

他不知要說什麼。他不想承認——對自己或對別人都一樣。但這天殺的讀心師並沒有說錯，儘管他完全缺乏社交技巧。魯本不想去想這件事。現在不想。以後也不想。女人不值得信任。就這樣。

「抱歉我說得這麼直接，」文森說，所幸聲音中毫無那種虛軟的同情。「但我想你不會想聽任何人用任何其他方式跟你談這件事。但我寧可是自己搞錯了，被當做一個大嘴巴白癡，也不想看你繼續受苦。假設我說得沒錯而你確實是這樣。」

「說得好像你想跟我求婚一樣，」魯本哼道，再次啟動了車子。「你管我有什麼感覺？你有必要在乎嗎？」

他已經看到養殖場了。應該有岔路可以直接開到主建築物前面的停車場。一分鐘之內抵達。

「我的確沒必要。或者該說我……」

「所以你是想當我的心理治療師嗎？」他打斷他。

「一點也不，」文森說。「我甚至不想知道自己有沒有說錯。但，魯本……你厲害的時候真的很厲害。我可以從你同事那裡確認這點。但是這件事似乎會困擾你，也因此影響你的能力與表現。」

魯本停好警車，下車。其他幾家養殖場從停車場就可以清楚聽到火力全開的運作聲響。餵食系統、空調、運輸傳送帶，更不用說動物本身。但這裡卻一片死寂。他猜想這座養殖場早已停止運作了。就他所知，這種情況是愈來愈常見了。建築物本身荒廢失修的模樣進一步印證了他的猜測。養殖場後方幾十公尺外的海面隱約可見。要不是那股氣味，這裡幾乎稱得上平靜祥和。這裡的臭氣衝天比前幾家還要糟。想必不久前都還有動物養在這裡。在他今天查看過的所有地方中，只有這裡理論上符合命案現場地點荒僻的條件。

「但更重要的是，你的行為對你同事的能力與表現也造成了負面的影響，」文森繼續說道，打斷他的思緒。「我接下來要說的話不帶任何批判成分。我要說的是：你的評論和你的影射……會引起其他人的反應。你或許覺得你的評論很幽默，這我沒資格判斷。或許是吧。但我看到的是你的態度影響到其他人，並因而犯錯。我不是在批判你。這只是我客觀的觀察。」

客觀的觀察？誰他媽的會這樣說話？

「你是指米娜嗎？」魯本說。

一個有些年紀的蓄鬍男子從養殖場隔壁一幢看似住家的房子裡走了出來。天啊，這傢伙當真住這裡？基本上算是住在水貂養殖場裡？他只能希望他的嗅覺很久以前就失靈了。

「一如我剛才說的，這不是我的事，」文森說。「但我只是覺得遺憾，你們做為一個小組無法發揮全部實力。尤其在你們的調查行動遭遇到瓶頸的時候。」

至少他沒把自己算進小組。他沒說「我們的調查行動」，這還算像話。房子旁邊的草地上擺放著幾件白色木頭家具，男人正往那裡走去。魯本從他站的地方可以看到家具上的白漆斑駁脫落。一個女人坐在其中一張椅子上。男人看到魯本，改變方向朝他走來。

「請問有事嗎？」男人走到警車旁說道。
魯本指指耳機，對男人示意自己正在講電話。
「此外，魯本，我個人也希望你能過得更好。」文森總結道。
「文森，你等等，」他說，隨而轉身面對男人。「這養殖場是你的嗎？」
「我和我太太的。」
男人指指草地上的女人。
「或者該說以前是。養殖場已經荒廢得差不多了。那些動保人士闖進來『解放』了水貂。我們沒能力再去捕捉回來，只好解僱尤朗和馬汀，關閉掉所有機器。我們這裡和附近幾個島上樹林裡的水貂數量多得出奇。水貂很會游泳，你懂我的意思吧，」男人說著顧自笑了。「我們報警了，但什麼也沒發生。你是為這件事來的嗎？也該是警方有所行動的時候了。我想看到那些所謂動保人士為此付出代價。」
魯本點點頭。
「還有其他不速之客來過這裡嗎？」他問。「除了動保人士之外。」
「大老遠跑來這裡？」男人笑了，睜大眼睛。「這是個小島。你搭的渡輪是唯一的進出交通工具，當然，除非你自己有船。如果有人來我們一定會知道。所以沒有，完全沒有人跑來這裡開趴或是搞你以為的勾當。」
男人咯咯笑開。
「水貂都跑光了，動保人士也不來了，」他繼續說道。「除非有事，不然不會有人專程跑到這島上來。我們正在考慮賣了這裡搬去亥里庸亞。畢竟家人在那裡。」

魯本謝過他，記了筆記。果然又是一條死胡同。

這島上最刺激的事，應該就是那些白漆從房子的表面不斷剝落吧。不過他們實在應該想辦法解決臭味的問題。

「如果你想起任何人來過這裡的話，麻煩請聯絡我，」他說，遞過去自己的名片。

男人點點頭，收下了。他轉身，朝白色家具和他的妻子走去。女人對魯本揮揮手。

他回到車上，重新開啟耳機。他對老夫婦揮手道別，掉頭駛出小小的停車場，朝馬路開去。

「文森，我回來了，」他對耳機說道。「你到底想說什麼？」

他很意外沒有在自己話聲裡聽到任何不耐之情。一般來說，這種什麼感覺不感覺的垃圾，以及有人企圖刺探他的私生活，絕對是他最痛恨的事。但他不得不承認，這讀心師確實有一套。魯本心裡有那麼一塊地方比什麼都想要和文森繼續談下去。

「我正開始懷疑你會不會掛斷了，」文森說。「聽好，我會傳一個電話號碼給你。她是你會想跟她談這種事的人。這行的佼佼者。聯不聯絡她隨你。我不會也不想知道你選擇怎麼做。但你應該知道，你的同事都很欣賞你也喜歡你。他們在乎你。在你表現正常的時候。」

魯本沒說話，只是默默地開車往碼頭去。文森低沉輕柔的聲音打動了他心底某處。他想解釋。他．想．解．釋。

「將近十一年了，」他說。「她的名字是艾麗諾。那是我最後一次信任別人。不過這不干你的事。」最後一句是多說的。但原來的魯本還在，拚了命抗議這段違背他的一切的對話。

雖然在此同時，他也只能說到這裡。會有什麼會碎掉。他花了十年保護自己的東西。

他結束通話，把車開到渡輪上。他的腦子裡全是被文森激發出來的念頭——那些關於過往的種種。那些他幾乎從來不敢去想，此刻卻排山倒海而來的種種。艾麗諾。艾麗諾。她曾是他的錨，他的磐石，他的安全網。她如此完美。但他太年輕，還不懂。於是他失去了曾經擁有的美麗。這就是了。他花了十年上了這麼多女人想要遺忘的事實。因為在艾麗諾之後他有過伊莎貝拉和耶妮卡和梅莉莎。在莎娜之後，他對女人的蔑視總算徹底了。而且理由十足。他這一連串經驗告訴他，女人要的只有一樣東西：他銀行戶頭能買到的一切。以他警察的薪水，能達到的目標真是低得可憐。但如果這就是她們要的，她們被他甩了的時候也就他媽的沒什麼好抱怨。他漸漸發現女人喜歡這個粗鄙的新魯本。她們就喜歡他這樣。沒人問他為什麼會這樣，只要他有趣新鮮、約會付帳、比她們的丈夫還能把她們幹得服服貼貼。沒有人想知道這背後的一切。

艾麗諾。

直到文森．瓦爾德出現。那混帳。魯本調整後視鏡，檢視鏡中的自己。他意外地發現自己在微笑。隱約地，但，是微笑無誤。某種奇妙的解脫感。他的電話叮了一聲。他明白是什麼。他決定過陣子再刪除文森傳來的簡訊。

九十

米娜脫掉白色棉手套扔進垃圾桶，然後再從盒子裡拿出新的一副。坐在電腦前工作一整天不曾換過手套後，她不敢想像有多少細菌正開始在垃圾桶裡蔓延開來。早上喝過咖啡後她就沒倒過垃圾了。她其實最想放一把火燒了。她在腦中想像火焰徹底消弭清除一切的不潔髒污。但可能會觸動消防警鈴。她戴上新手套，頭無意識地往前靠在手上——手套碰觸過額頭，這下又得換過了。她把手套扔在剛剛那副上，又拿出一副新的。

她起身，拿出一罐清潔噴霧。她已經整整一星期沒有消毒過牆壁，該是時候了。做這件事同時也能幫助她專心。但清潔劑的味道突然讓她想起愛倫奶奶。她是她的安全港灣，她的磐石。馬利亞廣場[28]旁的那間一房小公寓總是打掃得乾乾淨淨，肥皂液的味道混合剛剛出爐的海綿蛋糕香氣。每天放學後，米娜總是寧可跑去奶奶家、不想回到自己空無一人的家中。她就是在那裡，在奶奶的懷抱中長大成人。有時回想，應該就是在她十五歲那年，愛倫奶奶突然中風過世那時起，她開始慢慢走向孤獨。在那之後，她再不曾與任何人有過真正的親密關係。甚至是那個米娜曾同居的男人。直到現在。文森。她看著手中的噴霧罐，嘆口氣把它收回抽屜裡。

窗外暑氣正盛，陽光透過窗子直射進來，讓室內溫度升高到難以忍受的地步。但她拒絕開窗。她知道新鮮空氣會帶來涼意，但同時帶進來的卻還有花粉、污染、瀝青分子、菸臭，以及來自下方

28 Mariatoeget：位於斯德哥爾摩索德馬爾姆區的廣場與市立公園，因臨近教堂而得名。

街道的各式髒污粉塵。要開窗她就得穿上全套防塵衣，這不是個好主意。所以她選擇流汗。衣服汗濕了可以洗，內褲和襪子可以丟掉。

她毫無進展。三名被害人。三人為同一人所殺。她無法相信這是隨機殺人事件。這三人的差異太大了。其中必定有共同處。但羅倍案之後事情似乎平息了下去，沒有新案、沒有聲明，什麼都沒有。但她知道一切尚未了結。倒數尚未結束。

米娜坐在旋轉椅上繞了半圈，望向照片牆。她在牆上張貼了昂妮絲、圖娃、羅倍，以及所有凶器的照片。魔術道具。箱子。另外也有東尼爾的照片和一張關於昂妮絲父親亞斯博的剪報。他否認與東尼爾命案有任何關聯。不過他們已經逮補了兩名嫌犯。現場目擊證人的指認加上警方對這兩人並不陌生，因此很快將人逮補到案。兩名嫌犯堅稱犯行是出自個人行動。她永遠不會知道亞斯博對此案的涉入程度。然而，她很難想像瑞典未來黨與其他三件命案有任何牽扯。沒錯，圖娃是猶太人而羅倍有智能障礙。他倆在瑞典未來黨想要建構的世界中沒有存在的空間。但她無法相信一個積極進軍國會的政黨會如此系統化地計畫一系列謀殺行動。東尼爾比較像是睪丸酮分泌過度旺盛的種族主義者暴衝行為的手下冤魂。背後應該沒有什麼了不起的陰謀策畫。

牆上也有一張圖娃祖父母提供的她那移居倫敦的前男友的照片。他們還沒找他談——米娜同意尤莉亞的看法，此事不急。他不是凶手。

文森指出凶手曾多次前往洪斯都爾的咖啡館。他相信東尼爾曾在那裡見過凶手。換句話說，凶手曾經仔細挑選被害人，而非在街上隨機綁架，如同約拿斯．洛司克那樣。而他們一直遲遲無法找到洛司克。

米娜站起來，走到照片牆前，湊近端詳那些臉孔，彷彿想要從他們口中問出答案。他們為什麼會被選上？他們之間到底有何連結？

她回到電腦前，在棉手套右手食指尖剪開一個小洞以方便使用筆記型電腦的軌跡球。她不得不犧牲，否則無法使用游標。總是必須讓步，總是必須妥協——這些都是她盔甲上的裂縫，讓髒污有隙可乘。

米娜深呼吸，用裸露的指尖碰觸軌跡球。她點出紀錄，查看所有關於昂妮絲、圖娃與羅倍的資料，以及和他們家人朋友的列印訪談報告。她必須從頭開始再爬梳一遍。三人之間一定有連結點。她必須找出來。事態緊急——凶手還沒打算停手。

文森有事沒有告訴他。他問了海豚女孩的事，感覺似乎很重要。她不喜歡被蒙在鼓裡，但她必須信任他，他一有機會就會讓她知道。

隨時都會有另一個無辜被害者受困在文森跟他們描述過的可怕裝置中。她必須趕在他們前面。

九十一

他走進去的時候這地方幾乎已經客滿了，有觀光客、也有放假中的斯德哥爾摩市民圍桌而坐，儘管時間才七點過半。烏麗卡不見人影。

「你好，請問有訂位嗎？」帶位經理問。

「沒有。我只待一下。坐吧臺就好。」

運氣好的話，和烏麗卡應該不會談太久。他打算讓話題集中在蕾貝卡的需要上，不理會那些對他的婚姻和她妹妹的冷嘲熱諷。他跟瑪麗亞說，餐廳是比較適合他們見面的中立場所，他另外也認為烏麗卡應該不敢在公共場合耍花招。

他在吧臺找了位子坐下，點了杯咖啡。咖啡其實不是他的胃需要的東西。他從早餐以後就沒再吃過東西，現在正餓得難受。但他無意久待。他和烏麗卡一談完，他就要去街角那家土耳其烤肉店買東西吃。

半杯咖啡下肚後，一杯斟得滿滿的紅酒突然出現在他面前的吧臺上。烏麗卡站在他旁邊，手裡的酒杯一樣裝得滿滿的。他質疑地看著她。

「你會需要的。」她說，當做解釋。

「噢，突然變得這麼嚴肅了嗎？」他說，一邊旋轉杯子，讓酒液晃動潑上杯壁。「妳朋友什麼時候到？」

他凝視紅色酒液在杯內緩緩打旋、沿著杯壁滑落，像窗玻璃上的雨滴。

「他們來之前我們有一小時的時間，」烏麗卡說，落坐在他旁邊的高腳椅上，一邊對他的酒杯點點頭。「你在檢查酒精濃度還是怎樣？」

文森嘆氣。一小時。六十分鐘。三千六百秒。土耳其烤肉得等一下了。他灌下一大口紅酒。

「能夠目測酒精濃度完全是一個迷思，」他說。「酒精蒸發得比水快，這意味著表面張力增強，因而在玻璃杯壁上形成酒滴。人們看到的就是這個。一種化學現象。這顯然無法告訴我們酒的品質或味道。說來只是好看而已。」

還有三千五百一十秒。

「我不知道你研究起葡萄酒來了。」她唐突應道。

「沒，我對葡萄酒一竅不通。但我知道液體運作的原理。好了，我不想待到妳朋友都來了。我們切入正題吧。」

「急什麼，」她放軟了聲音。「家裡狀況如何？蕾貝卡和班雅明和你在一起的時候又是什麼樣子？」

他完全沒料到她會這麼說。烏麗卡向來不情願談及他們的孩子——做為兩個青少年的母親並不符合她事業女強人的生活型態。尤有甚者，她從來不曾問起孩子和他一起的時候，除非是有事要抱怨。被迫和自己的妹妹分享孩子，是她一個不曾癒合的傷口。

他看著她，試圖想看出她到底打什麼主意——這個問題背後究竟有何意圖。但她歪著頭、眼神期待，完全沒有透露任何其他打算。就他所觀察到的，她是真心好奇。這和他夏天之前見過的那個挑釁好鬥的烏麗卡相差甚遠。他讓自己放鬆了點。也許他終於可以和她好好談這麼一回。

「喏，先說這一件吧：他們常常喊妳妹『阿姨』。」他說。

烏麗卡正好舉杯就口，對著杯內笑了出來，差點灑了酒。這笑笑得幸災樂禍，但她沙啞笑聲聽來還是有點趣味。她就是這點惱人。她擁有一切。外表、財富、野心。強烈的競爭本能。他唯一不確定她擁有的東西是，情緒。

「抱歉，」她說。「但她確實是他們的阿姨沒錯。」

這些年下來，他愈來愈相信他的前妻有某種同理心障礙。他一開始以為她只是性格冷淡。對他人沒有興趣。但他漸漸發現問題根源比他想的還要深。她心理上缺乏把自己放在他人境遇去設想，去同理他人情緒的能力。另一方面來說，她是很好的演員。需要的時候，她很清楚該說什麼話好贏得別人的贊同。這應該也是她做為律師事業如此成功的理由之一。

「我想她比較喜歡他們喊她瑪麗亞，」他說。「除此之外，班雅明大概已經兩星期不曾踏出房門，我開始懷疑小矮人已經在他的髒衣服堆裡蓋了巢穴。至於蕾貝卡則朋友一堆，老是宣稱一切都很好，而這正是她其實一點也不好的明證。她還是不肯讓我看她的前臂……」

「也許她覺得自己太胖了？」

他陷入沉默。果然。這正是他終究無法和烏麗卡過下去的緣由。她對自己有不合理、甚至稱得上不健康的要求是一回事。不過她是個成年女性，所以這不關他的事。但當她對身旁所有人也要求放在同一把尺上測量時就變成大問題了。當她開始對孩子們提出相同的要求，解釋他們將來必須賺多少錢、或者該有什麼樣的外表條件才能被接受時，事情就超出了他的忍受範圍。爭吵由此而生。

「如果蕾貝卡對自己的身體形象有什麼情結那也是妳害的，」他直言道。「但這甚至更糟。我上回沒機會說。但我相信我們的女兒一直在割自己的手臂，用刀片，或是廚房刀具。割到流血。妳聽到了嗎？」

他一飲而盡杯中紅酒。烏麗卡笑不出來了。她也灌下自己杯裡剩下的酒，然後朝酒保揮揮手，點了兩杯琴湯尼。她顯然終於正視蕾貝卡的問題了。以她自己的方式。

「喏，她在我這裡時不會割手，」她說。「所以這一定是她待在你那邊時才有的事。她在我這裡的大部分時候都很開心。」

「我的天啊，」他說，直視他的前妻。「妳到底有多不知不覺？妳到底對妳女兒的事知道多少？妳上回和蕾貝卡好好聊天又是什麼時候的事？」

「什麼？我們會聊啊……」烏麗卡抗議道，啜飲剛剛出現在她面前吧臺上的琴湯尼。

他攪動他那杯調酒，藏不住惱怒。如果這場對話按此模式繼續下去，那麼感謝老天這裡有酒可喝。

「她最好的朋友叫什麼名字？」他說。「拜託不要說是妳。沒有比那種硬要當自己十幾歲女兒閨蜜的媽媽更糟的事了。」

「嗯，不是艾瑪嗎？」

文森轉身面對烏麗卡。

「她沒有最要好的朋友，」他口氣凝重道。「她有一堆熟人，卻沒有真正的朋友。妳在她臉上看到的微笑不是真正的微笑。她的眼睛裡從來沒有笑意。妳怎麼會連這都看不到？還是妳只是不想看到，因為那不符合妳身為擁有一雙完美子女的成功纖瘦母親的形象？」

他的飲料快見底了。怒氣讓他愈喝愈快。他必須小心，必須記得自己是空腹飲酒。

「老天，文森，」她咬牙切齒回應道。「你夠了沒？不過謝謝你說，你覺得我成功又纖瘦。」

文森嘆氣。一如往常，她完全劃錯重點。

「所以妳現在是說，妳看不到發生什麼事得怪在我頭上嗎？」他說。「蕾貝卡的狀況完全是我的錯？有時我真的不知道妳是不是真的人。」

「不是，」她說，用攪拌棒把空杯中的冰塊攪得哐噹作響。「我是你想像出來的人物。你其實坐在這裡喝酒自言自語。在我們後面的那桌客人已經開始懷疑到底怎麼回事了。」

她和酒保目光對上，指指自己和文森的空杯。酒保立刻採取行動。

「嘿，你有沒有杏仁還是什麼可以吃的東西？」他問。

酒保點點頭，消失了一分鐘，然後端出一碟烘烤過的杏仁放在文森面前。這小小一碟稱不上一餐，但他也沒別的選擇了。文森抓起一把送進嘴裡，食物多少緩和了他肚子裡火燒一般的酒精。

烏麗卡的電話響了一聲。

「其他人會晚點到，」她讀完訊息說道。「你得多陪我一會了。」

他瞄了眼手錶。還有八百四十秒得熬。

「就當做是難得沒有孩子跟班的成人之夜吧，」她說。「你應該沒有太多這種機會。和解了？」

他點點頭。她說得沒錯。既來之則安之。他只是懷疑他們到底能不能好好談談蕾貝卡的事。吧臺區人愈來愈多，擠得水泄不通。烏麗卡繼續點酒。他被擠得愈往她靠近，肩膀幾乎碰到肩膀。他們談話時他已經看不到她的臉，轉頭只離她的臉幾吋之近。太近了。他至少需要半徑五十公分的個人空間。但這在這個擁擠的吧臺區是不可能的事。

他正在吃第三碟杏仁。他又往嘴裡送了幾顆。

「文森，文森。」烏麗卡說，他名字的第一個字母在她口中變得有些含糊。

她微笑，看著酒保在她面前放下一杯卡瓦氣泡酒，然後給了文森一杯威士忌。琴湯尼已經是久遠以前的事了。

「**你**到底是怎麼了？」她說，肩膀靠在他肩膀上。

「**我**到底怎麼了？」他說，嘆了口氣。「我不知道，烏麗卡。那妳又到底怎麼了？妳坐在這裡，像個完美的人偶，看不到任何人、只看得到自己。妳一直都是這個樣子嗎？」

「妳覺得我很完美？」

他朝她的方向瞄了一眼，似乎看到一抹心滿意足的微笑。坐得這麼近讓他看不清她的表情。尤有甚者，他的視力似乎和她的語言能力遭遇到相同的問題。

「夠了，」他說。「妳當然很漂亮，客觀而言。妳很清楚這一點。問題不在這裡。問題是……」

她轉頭朝向他。距離如此之近，她的鼻息溫暖了他的耳朵。「你想吻我，對不對？」她說。

「靠。」他說，在擁擠的酒吧區盡可能伸出雙臂做放棄狀。

「我就是這個意思。你完全無可救藥。」

他喝完杯裡的威士忌，把空杯放在她的空杯旁邊。天知道她那杯卡瓦何時喝掉的。他感覺這兩杯酒送來不過是剛剛的事。顯然不是，他本來打算慢慢喝的，這下可好。

「你和瑪麗亞上次打炮是什麼時候的事？」她說，臉依然對著他的耳朵。「幾個月以前？」

他才不會上鉤。這是烏麗卡的慣用手段。稍不留意她就會開始說起他們倆以前的性生活比這好多了。彷彿一小時的性愛意味著一天中剩下的二十三小時裡就不會有其他問題。

「妳上回打炮又是什麼時候的事？」他反問道。「我猜妳身邊沒有固定對象。所以妳都怎麼辦？專門在酒吧打烊前去釣個人回家？」

「就算是，這又是誰的錯？」她說。一口氣喝掉半杯他甚至沒看到又送來的酒。

這問題沒有合理的答案。於是他直視前方，望向餐廳玻璃牆外。岡多崙餐廳位處高地，坐擁俯瞰整座城市的美景。他喜歡斯德哥爾摩的夜景，尤其從飛機上看。每回表演結束搭機返家，他總會觀察下方陸地的光點分布、試圖辨認自己正飛越過城市的哪一區。

從他在餐廳裡的位子方位判斷，他知道自己正望向船島和于高登，但他的大腦卻拒絕把拼圖組合起來。城市燈火在他眼前跳動飛舞。他喝太多了。他看著面前的空杯，不是剛才送上來的嗎？如果是，一定是有人幫他喝掉了——他完全沒有又喝完一杯的記憶。但眼前舞動的城市燈火卻暗示著實非如此。他早餐後實在應該吃點東西。

「所以我們怎麼辦？」他說，目光依然停留在夏夜燈火上。

要在腦中構成句子變得很吃力。即便成句了，說出口卻又似乎偏離本意。

「你是說蕾貝卡的事？」她說。「還是我們？」

他顯然是指蕾貝卡。但這個顯然已經無所謂了。他不敢再開口；他已經不知道自己一旦開口會說出什麼樣的話來。

「文森，你好可悲，」她說。「你不會以為我還想要你吧？」

「這話回送給妳，」他說，舉起空杯做敬酒狀。「我要去尿尿。」

他從吧臺椅上站起來，感覺一陣天旋地轉。媽的，他真的醉翻了。算了，後悔也來不及了。明天再說吧。眼前要務是順利找到洗手間，不要出糗。希望不會有人認出他。然後他就要說再見，搭計程車回家。蕾貝卡的事他們得改天再談，他得及時送點食物進入胃裡。

他搖搖晃晃地走進洗手間，站在水槽前打開水龍頭。他等到流出來的水變冷，然後潑灑在臉上。一點幫助也沒有。他背後有人來了，一個和他一樣步履不穩的人。

「該死的你。」他聽到烏麗卡說。

在他來得及反應之前，她就抓住他的衣領，把他往後拖行到其中一扇廁所門前，整個人推擠上來。她的嘴唇壓在他的唇上，而他回應了。他倆的舌頭交纏，吻得宛如兩頭飢餓的野獸。他用兩手抓住她的頭髮，把她的頭往後扯離他，而她發出模糊的呻吟聲。

「去你的。」他說。

然後他反手打開隔間廁所門、踉蹌後退，她跟著進入後鎖上門。她解開他的長褲褲頭，而他摸索她的上衣紐扣，但她拍落他的手。

「坐下。」她說，而他重重落坐在蓋起的馬桶蓋上，長褲與內褲褪到膝蓋處。

她撩起自己的裙子，把內褲撥到一邊，跨坐在他身上。他滑入她體內，意外發現自己已然硬挺。他抓住她的臀部穩住她，同時也藉此和她保持距離。她在他身上狂熱蠕動，彷彿某個除此之外不知如何發洩自己體內積壓已久的失望與憤怒的人。她貼近他，毫無愛意只有憤怒。他不知道她怒氣的對象是他還是另有其人，但他毫不在乎。他不曾抬眼，不想看到她的臉，他看到的只有她的腰臀和自己一次次刺進她體內。他們即將毀滅他們擁有的一切，曾經美好的一切即將無可避免地遭到摧毀瓦解、再不得原諒。而他們其實都知道。

她突然停止動作。她猛烈一咳，抽離開來。她沒有看他，他也沒有看她。烏麗卡調整內褲拉下裙子、扣上上衣紐扣，而他只是盯視著自己半軟的陰莖。他聽到她走出去，關上了門。

文森就這樣坐在那裡，長褲堆在腳踝。

我操。

我操、操、操。

九十二

手機響起時她正要上床。她站在浴室裡，剛扔掉當天穿的棉內褲、換上一件新的準備睡覺。理想上，她想盡快鑽進她剛剛洗好的床單裡——如果等太久，新換上的內褲就會開始感覺不夠乾淨，導致她必須再換一件。

她一度考慮不接。時間已經過午夜。但鈴聲卻一直不停。米娜走進臥房拿起正在充電的手機，查看來電顯示。是文森。這麼晚還打電話來不像他會做的事。一定有事。

她把耳機塞進耳朵裡，接通來電。

「嗨，文森，還好嗎？」

「米娜嗨。」他說得又急又大聲。

她立刻聽出他喝醉了。

背景的人車聲響溶進話聲裡。他在外面。聽起來正在走路。

「不好意思，不是故意吵醒妳，」他繼續道。「我不知道還能打給誰。」

他咬字含糊。彷彿嘴裡含了一顆棉球。他努力發出正確子音。文森顯然喝得非常非常醉。她希望他走路不要太靠近背景裡聽得到聲音的那些車子。

「發生什麼事了嗎？」她皺眉問道。

這真的太不像他了。文森向來自持。

「可以這麼說，」他說。「我做了一件他媽的蠢事。他媽的有夠蠢、蠢、蠢。」

他沉默良久。

她裹著睡衣，坐在床角，等他再次開口。背景裡的車聲模糊了點。他應該找到比較好站著說話的地方了。

「我做了對不起瑪麗亞的事，」他說。「和她姊姊。我的前妻。」

「你的前妻？」她驚呼。

突然間，她不知道自己想不想繼續這段對話。這太私人，太親密了。太亂。她和文森是工作上的朋友。這樣的距離剛剛好。她喜歡他，甚至讓他成為長久以來最接近她內心的人，但這就夠了。此刻他卻主動分享他的私人生活，似乎相當激烈而混亂的私生活。但……他選擇打電話給她。因為他信任她。他大可以打電話給其他人。任何人。但他沒有。在茫茫人海中，他選擇找她吐露心聲。這應該值得一點什麼。米娜急切地對自己說道，嘗試說服自己這是一段好對話。朋友之間的對話。但她內心深處明瞭事實。嫉妒在她肚腹裡燃起一把火。

「文森，」她突然說道。「你是說你和你前妻上床了嗎？」她努力讓話聲聽來自制而冷靜，但她感覺得到自己把手機握得太緊。

「我不知道該不該稱作上床，」他說。「感覺上更像吵架。充滿這麼多……怒氣。蠢，蠢極了。我不知道該怎麼辦。」

說到最後他幾乎哽咽，透過背景車聲聽來似乎在哭。

「瑪麗亞知道嗎？」

「不，不，她如果知道我早就被活活打死了。我不敢回家。我毀了一切。」

她看著自己乾裂的雙手，想起自己為自己做過的選擇。那些選擇導致她失去朋友，失去家人，導致她孑然一身，無人能吐露心聲只能每星期出席ＡＡ聚會。她擔心文森還毀了什麼，也許不只他的家庭。

「你對你前妻有什麼感覺？」她問。冷靜，就事論事。她的掌心開始冒汗。

「感覺？」文森說，似乎清醒了些。「有那麼一會，我以為我恨她。但其實……什麼也沒有。一切早已灰飛煙滅。我想她也有同樣感覺。我們的關係到後來一團亂。非常亂。亂了好長好長一段時間。喏，到現在還是亂。但我並沒有計畫愛上她的妹妹，事情就是……發生了。烏麗卡和我，我們一點也不好，早已幾乎不講話了，所以我不知道她還有什麼好在乎。但，嗯，我猜我竟然是和她妹妹這一點確實不巧……」

文森的含糊說話聲漸漸消失，然後又全力復出。

「花了她十年，但她終於報復成功了。她成功了。我他媽的蠢……我不知道竟有這種恨可以持續這麼久、這麼深。」

米娜躺平在床上，閉上眼睛。剛洗好的床單在她睡衣底下窸窣作響。她其實能懂。她自己的選擇也未必是她的本意。事情就是發生了。至少她事後是這麼說服自己的。所以她憑什麼去評斷人？她憑什麼躺在這裡為了甚至不屬於她的東西肚裡如火燒般痛苦？他們之間沒有誓約。什麼也沒有。只不過，其實有。她清清喉嚨。雙眼緊閉。

「回家去吧，文森。你和你的前妻都是成年人了。你們幹了件蠢事。蠢事誰沒幹過，就算是我們這些成年人，沒有人不犯錯。重要的是你知道這是錯的，也絕不會再發生。你不必跟任何人說。

就讓事情過去吧。」

她在ＡＡ學到一件事：生活常常是你往前走幾步、然後又跟蹌往後退幾步，不這麼相信的人注定要失望。既生為人就不可能完美。生活已經一次又一次向她證實了這一點。

「我覺得好丟臉，讓妳知道了，」文森靜靜說道。「我不要妳看不起我。我不是這種人。我……我很喜歡妳，米娜。」

她睜開眼睛。聆聽手機傳來的車流聲響。她躺在她溫暖舒適的床上，而他卻在外頭深沉夜色中的某處。但他們一起呼吸。兩人許久都沒說話。

「謝謝妳，米娜，」文森打破沉默。「抱歉打擾妳。」

他掛斷電話。她手握手機，閉眼躺在床上。胃裡那把火已經消失了。但孤獨感卻突然排山倒海而來。她翻身側躺，蜷縮成胎兒姿勢。

九十三

文森站在國王島區這幢建築外頭。岡多崙那夜之後，他又等了兩天讓酒氣退盡才敢前來。他感覺自己像整個人被泡在酒精裡。酒精對他毫無淨化功效，甚至適得其反。發生在岡多崙的事所帶來的羞恥是他必須承受消化的。他不能怪任何人。但萬物皆有其時其所。此刻他必須專注在自己為何而來上。

眼前建築和本區其他建築並無二致。只有一小塊掛牌說明匿名戒酒會位在二樓。也是。總不好掛上霓虹大招牌。問題是他接下來該怎麼做。

他該站在門口期待巧遇那個名叫安娜，身上有一堆動物刺青的女孩嗎？還是該進去？沒有酒癮問題可以與會嗎？他當然可以假裝，但他不想這麼做。

他一邊考慮，一部分的腦袋卻玩起掛牌上的字母遊戲。匿名戒酒會，Alcoholic Anon，調動字母順序就成了Nacho Colonials，墨西哥玉米片殖民地居民。他很滿意自己的傑作。但這無助於找到安娜。他別無選擇，只能入內。

聚會場地外頭的門廊擺了張小桌，上頭有裝在保溫罐裡的咖啡。他探頭看。裡頭擺設一如他的預期：偌大空間裡擺了多張圍繞成圈的椅子。電視演的有時還是真的。椅子都還空著。他看看手錶。還有十分鐘。一個五十幾歲的女人從側門進入會場。她看到文森，招手請他進來。

「我們還沒開始，」她說。「歡迎拿杯咖啡找位子坐下。第一次來？」

他原想說明自己沒有酒癮，但即刻意識到這話聽來不妥。他於是為自己倒了杯咖啡走進去。

「里娜，」女人自我介紹道，握握他的手。「我不知道你知道多少，但在這裡你想分享多少就分享多少。不想說的就不必說，包括你的名字。除了我之外想必還會有其他人認出你，不過我想你既然來了，應該是心裡有更重要的事吧。」

「嗯，好，謝謝妳。」他只能吐出這幾個字。

他落坐在一張塑膠椅上，考慮該怎麼說明來意，卻苦思不得。換個角度想，留下來似乎也不是那麼不可行。他可以靜靜觀察其他參與者。這也許有助他了解這個安娜的運作方式。其他與會者陸續抵達，圍坐成圈。但他並沒有看到小腿有海豚刺青的年輕女子。到聚會開始時依然不見其蹤影。

他聆聽與會者娓娓道來：那些失而復得的希望、那些勇氣與力量，同時卻也有背叛與失望。安娜看來是不會來了。

「我們先休息幾分鐘，」里娜說。「外頭桌上有咖啡和蛋糕。」

文森起身往外走。他只希望認出他的人不會剛好在八卦小報任職。里娜沒說錯，他來是為了更重要的事。雖然她還是誤解了。

「來點咖啡？」

一名蓄鬍男子擋住他的去路，指指小桌。

「不，謝了。我要先走了，」文森說，禮貌微笑。

「合理的選擇。我不是說你要走的事。我是說咖啡。我都自己帶來。我叫肯尼特。」

男人朝他伸出手。

「習慣使然，」他帶著歉意說道。「你不必告訴我你的名字。我猜這是你的第一次？我當初第一次也是聽一半就走人。有點承受不了。」

文森握住肯尼特的手，但沒有自我介紹。

「我在找人，」他說。「她身上有海豚刺青。」

「你是說安娜，」男人說，笑了。「這海豚最近開起動物園來了。」

他從衣帽架旁拿來一個塑膠袋，抽出裡頭的保溫罐。

「她不是每次都會來，」他說。「你們是朋友嗎？」

「不，不過她算是介紹工作給我。間接介紹。我只是想謝謝她。」

一個披著紫色圍巾的年長女性朝咖啡桌走來。她腳步輕盈優雅地穿過整個會場，彷彿走在自己的豪華公寓裡。

「奧嘉，」肯尼特對年長女士說道。「妳知道安娜通常什麼時候會來嗎？」

「還問，星期四，」她以濃重的俄國口音應道。

文森不覺得那是她真正的口音。

肯尼特點點頭。

「星期四。你到時候再來試試看吧，」他說。「你確定不來點咖啡？」

文森盡可能禮貌微笑。今天沒希望了。

「下回吧。」他說。

他得再次跟米娜求助。他當初該馬上告訴她的。

九十四

莎拉·塔默瑞克揉揉太陽穴。她為警方工作已經將近十年了。最早是在國家刑事警察隊，然後再到警察隊所屬的NOA，也就是國家警務行動部。在NOA，她負責追蹤調查恐怖份子的金融紀錄，也曾加入專責國家特遣部隊的小組。這些工作對一個剛滿三十歲的人員來說都是非常重大的責任，但她優秀盡責、備受賞識，乃至於NOA在四年前提供她新職稱並暫時借調紐約的機會。她是所謂警務行動專家，一個職務內容聽起來非常模糊廣泛的職稱。

她毫不猶豫地接受調度搬到美國。然後她當然遇到了真命天子。她和邁可如今育有一雙心愛的子女，麗婭與柴克瑞。但他們當初就說好要帶孩子們回瑞典，不要在美國就學長大。邁可沒有任何理由反對這個計畫——計畫是：孩子們還小的時候他們一家先待在美國，邁可也有機會為他的遊戲開發公司奠立基礎，幾年後再舉家遷居瑞典。此刻她算是先鋒部隊，隻身回到瑞典一邊適應新工作、一邊為一家人尋找新的落腳處以及邁可的辦公室。

她熱愛她的新工作，也對尋找新家的任務感到心滿意足。她很高興回到瑞典。但她每天想念丈夫和孩子，期盼他們早日加入她。

她仲夏回到瑞典後，主要做的就是接替警務行動分析師的工作。這工作其實低於她的職階，但一邊等待新的職務內容具體化，一邊幫忙實際勤務感覺還是很好。

遺憾的是，這也意味著她不幸必須將監視報告分析提交給魯本·浩克。她先前只在前往美國前見過他一次。但一次就夠了。他瞄了她一眼，然後就說了類似「Heist會比較好」的話。她後來才發現Heist是一個塑身衣品牌。

她一直以自己豐滿的女性曲線為榮，但在和魯本短暫會面後，她剩下的一整天都在苦惱自己是不是過重、別人是不是都在盯著她看。她當時的男友花了一整晚時間跟她保證她非常漂亮，說魯本八成喜歡厭食症的高中女生。

某些話就是有如芒刺在背，拔都拔不掉。魯本·浩克僅僅用了五個字母便讓她感覺自己又肥又醜。她從未原諒過他。而今她必須再次見到他。她這回有備而來，上網找到一個叫做Addicted的男性內衣品牌，這品牌的內褲會在前後加墊以「增添您的男性魅力」，一如廣告所言。魯本膽敢開口說出稍稍不合她意的話，她就要上網用他的名字訂一包五件寄給他。

她走進會議室，霎時大大鬆了一口氣——尤莉亞召集小組全體成員一起來聽取她的報告。她喜歡尤莉亞。她能有今天的成就絕非因為她父親是警廳廳長。尤莉亞敏銳聰明一如她父親，甚至更勝一籌。而且她治得了魯本。

莎拉一個一個問候小組成員。她和魯本握手的時候，她在最後一刻把目光移轉到下一個人，也就是彼德身上。這是赤裸裸的權力遊戲——故意不看對方、目光移到其他人身上。但他活該。他大概甚至不記得見過她。而彼德則曾幫忙她整理基地臺數據資料。魯本從不曾伸出援手。

她把她的筆電接上會議室的螢幕。一個包含許多數據的圖表出現在螢幕上。

「在座還沒見過我的各位，我的名字叫做莎拉，」她說。「我一直在協助分析組追蹤你們提供的那通電話。電信公司的基地臺數據根本是一座叢林。所幸我們有彼德這把披荊斬棘的大砍刀。」

彼德驕傲微笑，儘管眼下兩圈眼袋。她點一下滑鼠，用色塊凸顯一組數字。

「這是你們接到的那通電話。」
「我接到的那通電話，」魯本說。
「是嗎？」米娜說。「據我所知，電話來的時候你甚至不在房間裡。羽毛球，是嗎？」
「妳不該聽到什麼都相信，」魯本咬牙說。「還有，是板網球。」
「對了，內容部分有消息嗎？」莎拉問，轉向尤莉亞。「背景噪音分析結果出來了沒？」
「出來了，但沒有什麼有用的線索。背景聲音顯示來電者當時是在一個家具不多的中等大小房間裡。模糊的車流聲表示該地區建築相當密集。但沒有特殊聲響。我們期待妳的結論能夠幫助我們進一步定位，因為根據小組外聘顧問的心理分析結果，我們相信那通電話的來電者就是凶手本人。」尤莉亞說。
「凶手其中一人。」魯本說，大翻白眼。
「是的。我們現在朝凶手疑似有兩人的方向偵辦。其中一人可能是約拿斯．洛司克。」尤莉亞解釋道。
「我不知道我的結論能提供多少協助，」莎拉說，點出地圖放大在螢幕上，「撥出那通電話的手機連上的基地臺，就在斯德哥爾摩。事實上就在國王島區。很遺憾背景聲音分析無法提供更詳盡的資料線索。」
「我假設妳查過那組門號的登記資料了？」米娜說。
彼德啜飲一大口咖啡，馬克杯上印有「世界上最好的爹地」字樣，不過「最好」一詞被劃掉，以「最愛睏」三字取而代之。看起來像他自己的傑作。再不就是他太太幹的。

「抱歉，是預付卡，」莎拉說，螢幕畫面又回到第一張數據圖表。「但這是意料中的事。只要手機開機，我們就可以從連上的基地臺位置追蹤使用者的移動模式。所以我們追查了該門號過去兩個月去過的所有地方——很遺憾電信公司資料只保存兩個月。我可以告訴各位，該門號在撥打那通電話之前和之後都不曾出現在其他任何地方。」

「一次性手機？」尤莉亞問。她一邊聽莎拉報告一邊記筆記，雖然會後與會人員都會收到分析結果報告電郵。

她猜想這是尤莉亞思考的方式。

莎拉點點頭。「來電者買了支便宜手機和預付卡門號以避免留下追蹤紀錄。」

「妳應該申請了許可吧？」米娜說，指指螢幕上的數據資料。

「我們申請了SSC，」莎拉說。「祕密監視電子通訊許可。我們的檢察官得跟法院遞交申請。所幸因為狀況特殊，所以許可很快就下來了。」

「這許可效期有多長？你們可以繼續監視下去嗎？這樣萬一手機再次開機我們才有辦法得知？」米娜說。「不是兩個月前，而是即時的紀錄？這很難講。」

「我會跟檢察官討論。應該不是問題，畢竟是調查中的重大案件。但這隻手機很有可能早已被摔爛躺在某處的垃圾桶裡了。」莎拉關掉筆電準備離去。她打算離開會議室、不必再和魯本共處一室後才要好好鬆一口氣。

「欸欸，」就在她想到他的那一刻，魯本裝腔作勢道。「換句話說，莎拉這一番分析等於什麼也沒說。任何住在國王島區或在這裡工作的人——甚至只是路過但其實住在挪威的人都有可能。」

「你該知道我們現在就在國王島區吧？」克里斯特說，口氣幾乎稱得上雀躍。「所以也有可能是總部裡的同僚。那不就精采了，你說是吧？」

九十五

米娜走進熟悉的會場裡。她已經開始有點厭倦了。不只是地方，而是一切。每回都是同樣的人、說著同樣的成癮故事、圍著同樣的圓圈坐在同樣的塑膠椅上、喝著保溫罐裡同樣的洗碗水咖啡、吃著同樣了無新意的糕餅。

她剛剛瞥了一眼咖啡桌上的餅乾盒，發現裡頭裝著覆盆子餅乾。這堪稱一大升級。應該某位酒癮者烤的。她嫌惡地看著白色紙桌巾上已經撒得到處都是餅乾屑。比她早到的七個人很可能已經在挑選過程中觸摸過每塊餅乾，她絕對不會去碰剩下的餅乾，就算先拿火槍噴過都一樣免談。

今天有好幾張新面孔。文森在問的海豚女孩安娜倒不見蹤影。肯尼特走進來，朝她點頭致意。她知道又是義務性聊幾句的時候了，她今天可是有備而來。

「你太太還好嗎？」她問，然後指指保溫罐。「來點咖啡嗎？」

「謝謝關心。她好多了。至於咖啡就不了，」肯尼特一臉興味盎然說道。「妳今天還真健談。」

她聳聳肩做為回應。

「既然談到我太太，」肯尼特說，一邊拿出自己的保溫壺。「她還得在醫院待幾個星期，家裡的事我一個人實在忙不過來。我知道我這樣要求有點過分，但既然波西一直由妳在照顧，可不可以就讓牠跟妳待完整個夏天？我可以付錢。」

米娜停下動作，瞪著他看。

他用眼神懇求她，跟波西最常露出的表情不無幾分相似。

她一時難以消受。肯尼特不知道波西已經在克里斯特家找到一個她絕對無法提供的舒適住處。但此刻實在不宜指出這個事實。她能怎麼說？哈囉，我已經把你的狗借給別人養了？

「噢，等一下，我的工作手機響了。」她說，一臉歉意地快步走開。

「真的，我可以付錢。」她聽到肯尼特在她背後說道。

她跑進女廁，鎖上門。然後撥電話給克里斯特。鈴響三聲後他接起。

「嗨，米娜，怎麼了？妳有東西忘在桌上嗎？我剛剛才經過。我們正要去茶水間，不過我可以回去幫妳看……」

「不是這件事，」她打斷他。「是波西。」

「牠現在正在我旁邊，」克里斯特朗聲說道。「所以我們正要往茶水間去。對了，我覺得牠在跟妳打招呼。欸，米娜，妳怎麼用氣音說話？」

她這才發現自己不但用氣音說話，而且整個人還蹲在馬桶邊。她站起來恢復比較正常的聲音，不過還是壓低了聲量以免傳到門外。

「我不知道要怎麼開口，」她說。「我剛跟波西主人講到話。」

電話彼端陷入沉默。

「噢不，」克里斯特說，心情明顯低落。「他想接回波西，對不對？我們今天本來打算去城裡買把好梳子幫牠梳毛。說不定也順便挑一條緞帶。」

米娜閉上眼睛。波西是一條體型巨大、好玩好動的黃金獵犬，有著骨碌碌的眼睛和垂晃的舌頭。她壓根不會把梳子和緞帶和波西聯想在一起。但現在不是跟克里斯特指出這點的時候。他如果想把波西當做一條狗展上的貴賓犬，那也是隨他。只要他高興就好——畢竟她還有事跟他商量。

「聽起來很棒啊，」她說。「因為事情恰恰相反：波西的主人問我可不可以照顧牠整個夏天。我想你應該有自己的計畫，但或許我們可以——」

「太棒了！」克里斯特打斷她。

這是她第一次聽到這位拘謹的警探發出類似歡呼的聲音。

「波西和我一定會一起度過最棒的夏天，」他說。「請代我致上祝福與謝意！」

她從廁所出來的時候，肯尼特還待在咖啡桌旁。

他用和剛剛一樣饒富興味的眼神看著她。

「妳都是在廁所裡接聽工作電話的嗎？」

「事關機密。」她應道，努力露出鎮定的微笑。

結果還是比她想要的僵硬了點。

「但我可以照顧牠，波西。沒問題。等你想接牠回去的時候再跟我說就好。反正我們在這裡碰得到面。你那邊有好咖啡是嗎？」

肯尼特再三道謝，一邊高興地從自己帶來的保溫壺裡往馬克杯裡注滿咖啡。她接過咖啡，卻沒打算喝。她這麼做只是想讓肯尼特開心，同時把話題從波西身上引開。

她端著咖啡回到會場，挑了一張面對門的塑膠椅坐下了。也許該是做出改變的時候了。如果她對每回與會總是千篇一律感到厭倦，那麼解方或許就是確保這回事情將有所改變。她思考的時候差點啜了口咖啡，幸好她及時住手。她動作敏捷地把馬克杯放到椅子旁邊的地上，並希望肯尼特不會看到。

她已經進行過友善對話當做暖身。也許今天該是她分享自己故事的時候了。

眾人陸續入座後，她也做好了決定。她點頭表示想要率先發言。所有人望向她。好奇，期待。

米娜已經後悔了，但也已經來不及改變主意了。火車已經駛離月臺，上路了。

她站起來，清清喉嚨。

然後她又坐下了。

火車上有乘客拉了緊急煞車。

她辦不到。

肯尼特目光熱切地看著她。

米娜轉開頭。她的問題屬於她自己。與他人無關。

九十六

索德馬爾姆的坦托藍敦公園裡遊人如織，躺在野餐毯上曬太陽，年輕人打排球，帶著孩子的家庭在陽光下玩耍。水岸人行步道兩旁的熱狗與漢堡攤飄出食物香氣，他可以聽到從公園各角落傳來至少五種不同風格的音樂。文森愛極了這一切。身處在人群中總能讓他感覺游刃有餘，雖然他理應感到精疲力竭。躋身人群裡帶給他歸屬感。他感覺自己也是其中一員，一個野餐達人，帶了滿籃草莓與香檳、比司吉與果汁或淡啤酒等等野餐該帶的東西。他其實並不清楚。

「比起警察總部的密閉空間，這裡的工作環境真是好太多了。」米娜在他身旁說道。

他們穿過坦托門往水邊走。這是文森提議的散步路線，沿著洪斯都爾的水岸朝斯坎都爾走。他一直覺得水景不但美麗且激發創造力。斯德哥爾摩最不缺的就是水景。

水景同時也提供他除了米娜以外的關注焦點。米娜今天穿了一件淺色長褲與藍色背心。他的目光幾乎離不開她的領口。雖然一身夏日裝扮，她依然顯得冷靜自持。背心看似全新，合身程度彷彿是特別訂做的；亞麻長褲沒有一絲皺摺。這或許是她的休閒便裝，但米娜本人卻與輕鬆隨意四字搭不上邊。這顯然也是她的意圖。

「我移動的時候思路特別敏捷，」他說。「行走可以促進腦內啡的分泌，而加快的脈搏則有助運送更多資源到腦部。加上美麗景致觸發的血清素與多巴胺正好做為腦細胞突觸的潤滑劑。每秒鐘接通愈多想法意味著更多解決問題的機會。」

他們轉進水岸人行道。不時有汽艇快活地噴濺水花駛過水道，陽光映得船身閃閃發亮。

「謝啦，」米娜說。「不過說真的，那聽起來有點大男人，文森。」

「什麼？」

他顯然錯過了什麼。他一定是漏聽了米娜的話。他回想自己剛剛說了什麼，卻不解腦細胞與血清素何來大男人之有。也許是她聽錯了。

「你說我是美麗景致，」她說。「我知道你高齡四十七，但說到物化女性還真是當仁不讓！」

他感覺自己的臉漲得通紅，突然尿急。

「我真的不是那個意思……」他結巴道。「我的意思是……我是指我們旁邊的水景……妳不是……」

他只想找個地洞鑽進去。這實在太尷尬！他自然不可能表達……

「文森。」她突然說道。

他眨眼。

「我在跟你開玩笑，文森。」

他禁不住坦然大笑。笑得大聲了點，但這反映出他鬆了多大一口氣。

他們繼續沿著水岸大道前進，努力閃開呼嘯而過的自行車。

「說真的，我絕對不會把妳說成景致，」他說。「妳要嘛也是泳裝美女。」

「喔咿，」她說，捶了他手臂一拳。「天啊，真難以想像你竟然設法娶到了老婆！」

「是不容易。不過娶不到總是可以用租的。」

「說到這……你和瑪麗亞還有烏麗卡的情況如何？」

這不是他樂意討論的話題。但他畢竟大半夜打過電話給她，他確實欠她一個回答。

「對烏麗卡來說，我想這事從沒發生過，」他說。「至於瑪麗亞則什麼也不知道。她連我走去信箱拿個信都會起疑吃醋。她永遠無法諒解。抱歉打擾到妳。」

米娜點點頭。他端詳她的臉。有點僵硬，但這回換他讀不懂她的表情。

「妳這樣可以嗎？」他過了一會說道，改變話題。「在戶外接觸大自然？」

「你有看到我碰觸任何東西嗎？」她說，揮動手指。

「我們離最近的樹還有好幾公尺。萬一出現危急狀況，你知道我口袋裡一定有橡膠手套。」

他們經過一個由活動房屋漆上鮮豔油漆改裝而成的咖啡館，不得不閃過那些在路中間曬太陽的人們。塑膠棕櫚樹與彩色燈泡裝飾場景，來自加勒比海的加力騷樂音透過廉價喇叭大聲放送。有那麼片刻，他們彷彿離開了瑞典來到異國度假。他和米娜。

「所以請問讀心術大師，今天想討論什麼話題？」她說。

他沉默幾秒，突然不確定要怎麼開口。

「記得我問妳是誰跟妳推薦我的嗎？」他說。「我會問妳是有原因的。我後來去找過安娜，只是沒見到人。我希望親自和她談過，但重點是要盡快找到她。是這樣的：有人送了訊息給我。一則我必須知悉三起命案的發生日期才能循線找到答案的訊息，而且還得靠一個和我一樣不正常的腦袋才找得到。」

「嗯，我可以想像你有一些……嗯……不太尋常的粉絲，」她說。「不過凶案日期應該不難在網路上找到，畢竟我們舉行過記者會。Flashback 上的討論串應該都有。」

「我剛沒說清楚：這些訊息送來的時候我甚至還沒開始協助調查。」
她盯著他看。
「我不懂。你……你這話是什麼意思？」
「耶誕節前後，早在昂妮絲被發現死在公園長凳上之前，有人送了加密訊息給我的經紀人，請他把東西轉交給我。一份耶誕禮物。但他忘了這件事，過了好陣子才想起來要拿給我。而我一直到最近才發現這段訊息。」
「我的天啊，」米娜說，以手掩嘴。
他們沿著路走上一道防波堤。他看出她正在消化他剛剛透露的訊息。
「所以說……送訊息給你的人早在我去找你之前就預料到你會和我們合作？我終於了解你為什麼要找到安娜了。文森，我們必須讓小組知道這件事。」
他幾乎想用手碰觸她裸露的手臂，卻在最後一刻阻止了自己。他不希望她產生想要清洗手臂的衝動。他在防波堤的欄杆前停下來，眺望蕩漾閃爍的水面。
「我不知道，」他說。「我擔心如果我被牽扯進案情裡，他們會再次把我排除在小組之外。」
「不會的，」她說。「他們喜歡你。」
但她聽起來也不完全確定。
「我想留在小組裡，」他說。「妳知道的，國王島區的警察總部有我……非常喜歡的……景致。」
「你這是在奉承我了，文森。」

九十七

米娜背對整個會議室，而文森則面對其他人、解釋命案的時間日期如何引導他找到藏在書中的訊息。她背對眾人在白板上寫下文森話中的事實要點。但情緒上而言，她需要多一點時間強化自己。她靠在白板上的手微微顫抖。她強迫自己深呼吸幾次，然後轉身面對小組其他成員。那本書就攤開在桌上，紅線與訊息觸目可見。

「文森和我都同意，當初建議我去找他的人很可能就是送書給他的人。」

她落坐在桌旁，但避開眾人目光。她看得到自己的手還在抖個不停。

「我覺得這整件事聽起來他媽的扯，」魯本冷言道，狐疑地大搖其頭。「這離約拿斯·洛司克愈扯愈遠了。不好意思，你知道我們是活在真實世界裡吧？不是什麼他媽的電影還是廉價懸疑小說，這你知道吧？在真實世界裡事情並不複雜。人們卯起來互相殘殺，並不會搞什麼他媽的精心謀畫，還把密碼三小的藏在講美洲豹的書裡。不要跟我說只有我看出來了，還是你們全都加入同一個密教組織了？」

魯本滿心挫折把筆摔在桌上，往後靠在椅背上、雙手抱胸。

「謝謝你的理性分析，魯本，」尤莉亞口氣節制，然後轉向米娜。「跟妳推薦文森的到底是什麼人？」

米娜看著自己放在桌上的手。她祈禱不要有人發現她的手抖得多厲害。她終於抬眼。文森自然正盯著她的手看。她忽視他，強作鎮定回答尤莉亞的問題。

「我一直以支持者身分陪同一個朋友出席國王島區的……ＡＡ聚會。我就是在那裡遇到推薦文森給我的人。她的名字叫做安娜。」

「我操，妳有朋友喔？」魯本說，顧自大笑起來。

彼德狠狠瞪了他一眼，而米娜稱心地看到文森面露慍色。連克里斯特都怒視著魯本。

「請繼續說，米娜。」尤莉亞說。

魯本哼聲。

「安娜也在，喏……她主動找上我。」

「就這樣？她怎知道妳是誰？」彼德說，好奇地傾身向前。

米娜感覺掌心刺癢，正在冒汗。她不敢看文森，但感覺得到他凝視的目光。她兩手一攤，聳聳肩。

「她聽到我在電話中提到這個案子。這有時難以避免，她常常就在那裡。」

「所以說我們可以合理推測安娜就是送書給文森的人，」尤莉亞說。「因為她是把文森牽連進這個案子裡的關鍵人物。」

「或者她至少認識送訊息給我的人。」文森說。

「無論如何，我們都必須盡快找到她。」尤莉亞說。

米娜感覺得到背後也在冒汗。她不能和同事一起出現在ＡＡ聚會。這會讓一切接連曝光。她得設法爭取到這個任務，雖然不太可能可以隻身前往。或者是某個能……

「彼德，」尤莉亞說，轉頭面向他。「你可以接下這個任務嗎？米娜可以給你確切的描述。你跑一趟ＡＡ，盡可能收集關於安娜的情報。最好有住家地址。要小心。如果她現身了你就請求支援，不要單獨接近她。安娜如果涉案，我們很難預測她對警察會有什麼反應。」

「米娜本人去不是更好嗎？」彼德說。「她和那地方比較熟。」

「米娜曾以支持者身分出席聚會，要她以警方身分再次前往並不妥當。我們不想造成她朋友心理上的不適。」

「謝謝，」米娜真心說道，雖然理由和尤莉亞想的完全不一樣。「謝謝妳。」她的手終於停止顫抖。她往後靠在椅背上，好讓上衣吸收聚積在她後背的汗珠。她望向文森。他對他露出微笑。

「文森，我想把書送去鑑識組採證。」尤莉亞說。

「當然，」文森朝書點點頭。「我正要建議這麼做。不過，我希望採證完畢能盡快拿回書。我必須要有書才能設法了解訊息真正的含義。這對我還是一個謎。」

「這並不符合標準程序，因為書可能是證物。」尤莉亞說。

然後她嘆了口氣。

「不過這個案子本來就不符合任何標準。我甚至不敢想我們到目前為止已經打破多少標準規程了。但管他的……我會去跟鑑識組說一聲，讓你盡快拿回書。克里斯特，戴上手套，盡快把書送到鑑識室，可以嗎？」

「我正要午休，不能——」他抱怨道，但尤莉亞打斷他。

「這事得馬上處理。你來處理。午餐時間少休個五分鐘不會礙到你。你每天午休都至少晚十分鐘回來，所以我猜你大約積欠納稅義務人」——她看看手錶以製造戲劇效果——「一年四個月一星期又三天的時間。」

彼德忍住一記竊笑。

克里斯特哼了一聲站起來。

「不必搞得這麼諷刺，我去就是。看好喔——我上路了……」

他伸手要拿書，卻讓尤莉亞的吼聲嚇得縮回手。

「手套，克里斯特！」

「好好好。」

他轉身去拿手套。

「我不懂。」文森說。

「又怎麼了？」魯本嗤之以鼻。「還有更多神祕事件嗎？」

「不是，但如果克里斯特每天午休都晚十分鐘回來，並因此累積了一年四個多月的時間，那麼這意味著……讓我抓個整數就好……他遲了七萬次午休。一年大約有兩百五十個工作日，所以克里斯特得累積兩百八十年的工作日午休遲回，才能得到這個數字。」

文森無辜地看著魯本。米娜咬唇忍笑。她不是很確定文森是不是在開玩笑。但她懷疑他是。

「聽起來應該沒錯，克里斯特畢竟很老了。」彼德說。

但魯本倏地起身，和克里斯特同樣都繃著一張臉。

「你們瘋了，全都瘋了，」他說。「一個簡單的案子被你們搞成達文西密碼。最簡單的答案通常就是正解。我們不是這麼說的嗎？」

「奧卡姆的剃刀。」文森說。

魯本瞪著他看。

「誰的剃刀？」彼德哈欠打一半說道。「刮鬍子跟這有什麼關係？」

「快把那傢伙送去瘋人院。」魯本咕噥道，走出會議室。

米娜甚至沒有力氣被他惹毛。她因為終於鬆一口氣而有些暈暈然。她的祕密總算保全下來了，至少暫時如此。

這感覺卻在她再次想起安娜時驟然消失。刺青女孩安娜。看似無害的安娜。但或許安娜比他們任何人想像得到的都還危險……

九十八

這是個明亮溫暖的夏日傍晚。完全無風，感覺就像被裹在毯子裡。斯德哥爾摩的天空是一千種不同的粉紅色。米娜聽說天空染上粉紅色澤是因為污染，但看來卻依然美得令人屏息。

女孩坐在前方不遠處的碼頭岸邊，雙腿垂掛在邊緣晃呀晃的。雖近猶遠。隻身一人。她也常常這樣。一個天鵝家族悠然莊嚴地游過，一艘獨木舟偶然划近，天鵝父母發出高分貝嘶聲抗議制止。王宮森然矗立在牠們上方——位在舊城區的王宮建築貌似監獄，因為缺乏塔樓與尖塔而每每讓美國觀光客失望不已。

成排釣客不時收線，將釣起的魚隻放進破舊的塑膠桶裡。米娜悄悄挪近。她從女孩離開家門後便一路維持安全距離跟到這裡。此刻她卻忍不住再挨近一些些。

她的深色頭髮比上回見到時短了些。她至少剪短了幾吋，現在髮長恰恰及肩。濃密、光滑、筆直。一綹瀏海滑落臉前。女孩彷彿聽得到她的心聲，舉起一隻手把頭髮撥到耳後。一名釣客拉起一條肥碩的鱸魚放進桶裡，然後重新放上新鮮釣餌再次拋竿。天鵝家族悠游而過，朝釣客嘶嘶作聲。

米娜又靠近了幾步。她皺眉，止步。兩名少年突然現身，一左一右包夾女孩坐下了。距離太遠，她聽不到他們的對話內容，不過他們當然可能是她約在這裡見面的朋友。但他們的身體語言卻又暗示並非如此。米娜稍稍躊躇，又往前幾步。她至少想聽清楚他們的對話。

她從不曾靠得這麼近。

即便從後方，她都看得出女孩肩膀抬高緊繃著。典型的防衛反應。其中一個男孩的手伸向她的背包。米娜迅速分析情勢，決定出面。

「有什麼狀況嗎？」她以權威口吻說道，一邊拿出她的警員證。

男孩們抬頭，先看看她的證件再看看她，然後火速站起來。他們拔腿朝國王公園方向開始狂奔。女孩對她感激地微笑。她拾起自己的背包，緊緊抱在胸前。

「他們要我把背包給他們。」她說。

「我想也是。」米娜說，感覺自己的身體一陣冷一陣熱。

「謝謝妳。」

女孩抬頭面對她，與米娜四目相接。

「這是我的職責。」米娜簡短回應，彷彿準備離開。但在她來得及阻止自己之前，她卻聽到自己開口說道：

「我可以請妳喝個汽水嗎？」

她看到女孩的遲疑。

「警方最近有一個計畫，主要是鼓勵我們主動接觸年輕人。有點像是提早打好關係，這樣你們這一代人才不會喊我們死條子……妳覺得呢？納稅人請客。」

「我不喝氣泡飲料，」女孩說，站了起來。「不過我可以喝杯卡布奇諾。」

米娜感覺自己心跳狂飆，因為緊張也為了其他一千件她無以名之的事。她不該這麼做，她不該邀她。但木已成舟。

「那邊那家咖啡館咖啡還不錯。」女孩說，指向國王公園。

男孩剛剛就是往那個方向跑。米娜點點頭。人應該早就跑掉了。她瞄一眼手機。沒有來自彼德或尤莉亞的新訊息。她有時間。

她們一起走向咖啡館。咖啡館座無虛席，但她們很幸運，一桌兩人座位正好空了出來。米娜頭一次不在乎桌子有沒有仔細擦過，或是椅子看起來幾年沒清潔過了。這些都不重要。米娜前去買兩杯卡布奇諾，而女孩則坐在位子上等。她習慣性要了外帶紙杯，雖然她們打算內用。她連想都沒想。

「謝啦。」女孩說，看到米娜端著咖啡回來時臉色一亮。

女孩接過咖啡，閉上眼睛啜飲一口。

「妳這年紀就喝咖啡會不會太早了？」米娜說。

「我小時候住在義大利，那裡的小孩從小就學喝咖啡。我超愛卡布奇諾，不過那種咖啡壺煮好熱上一天的噁心咖啡就算了。聽說你們條子整天就喝那個？」

女孩笑了，但不是那種讓人不舒服的笑。

「很遺憾，答案是肯定的。」米娜說。

一名女服務生沒精打彩地前來收走上一組客人用過的餐具。

「我也在考慮當警察。」女孩朗聲說道，米娜一大口熱咖啡差點卡在喉頭。

她盯著女孩看。

「為什麼？」

女孩有些猶豫。

「嗯……我媽在我很小的時候出車禍過世了。我爸說很可能是酒醉駕駛，但駕駛肇事逃逸，警察一直沒找到人。這是不對的。我想做像這樣的事。」

「我很遺憾。」米娜說。

「喏，我還有時間決定將來要做什麼，」女孩繼續道。「這是我考慮的選項之一。或者我也可以當職業網紅。花幾小時喬出一張國王公園櫻花盛開的完美照片。」

女孩指指那排粉紅花朵早已褪盡、並不特別上鏡的尋常林木。她從背包裡掏出手機，很快地查看一下然後收回進背包裡。

「有人在擔心妳？」米娜說。

「就我爸。他，嗯，他有時會有些……過度保護。他要學著放輕鬆點。」

「妳如果做了我的工作就會明白父母為什麼會過度保護。」

「是啊，我想妳一定親眼看過不少鳥事。」女孩酷酷應道，又喝了口她的卡布奇諾。

一些奶泡沾到她的上唇，米娜必須努力壓抑為她抹去泡沫的衝動。

她沒問女孩的名字。她已經知道。但為了避免說溜嘴，她始終在腦中喊她「那女孩」。

「我最想當的是那種負責調查案件的警察，不是開車到處巡邏抓抓毒蟲那種。但我聽說你們一定得先巡街熬個幾年。是真的嗎?我不太確定我有沒有那個膽識。」

「是的，目前確實是這樣沒錯，」米娜點頭道。「但高層已經在考慮改變這個規定，完全就是為了這個原因。警方可能會因此錯過一些調查偵辦的人才，只因他們沒有興趣或無法勝任巡街掃蕩的工作。」

「妳自己當初呢?」女孩問，好奇地望著她。

米娜考慮怎麼回答。該不該坦誠明說。她當初必須克服的不是那些所有新進警員都得面對的繁瑣雜務、長時值班或本能恐懼，而是她個人內心的交戰。那些她無法控制的塵土髒污與環境，那些必須對同僚隱藏自己習性、以免被視為怪胎的壓力。融入群體至為重要。所屬群體與同僚將有可能是在瞬間決定死生的關鍵。

「我撐過來了，」她只這麼說。要解釋的東西太多，乾脆都不解釋或許容易些。

「我想送妳東西，」女孩突然說道，取下頸間無數條項鍊其中一條。「當做謝禮。」

「不用了——我只是盡我的職責。」米娜婉拒道。

女孩遞給她一條掛著黑色墜子的項鍊。

「但妳人很好，」女孩說。「不是每個人都這麼好。這墜子是一顆磁石。」

「磁石？」

「據說對妳的身體有益處。跟紅血球有關之類的……喏，我不是很確定。不過我想把它送給妳。」

米娜比什麼都想接受這份禮物，但她已經幾乎打破所有規則了。在此同時，她卻也無法拒絕。

至少這項鍊看起來並不貴重。

「磁石是嗎？」她說，接下項鍊。「謝謝妳，這對我意義非凡。」

她為自己戴上項鍊，努力隱藏自己眼淚幾乎已要奪眶而出的事實。或許只是出自她的想像，但她感覺墜子像個小太陽般溫暖了她整個胸腔。她用手捧住磁石墜子。

「所以妳想成為警察的事呢？」她說。

「就等著瞧囉。」女孩說，喝掉最後一口卡布奇諾。

「就像我剛說的，我還有時間。」

米娜眼角瞄到動靜。一個男人朝她們的桌位走來，一手緊緊抓住女孩的手臂。她沒有抗議，只是站了起來。她望了米娜一眼，眼裡盡是認命。

「再見了，很高興認識妳。」女孩說，和男人一起轉身離去。

米娜正打算跟著起身，但一隻大手堅定地放在她肩上、施壓要她坐下。另一個男人出現在她背後。他沿桌走到她對面、落坐在女孩剛剛的位子上。男人外表毫不起眼。短褲T恤，耐吉球鞋與Daniel Wellington腕錶。但米娜知道外表是會騙人的。

男人不發一語，只是拿出一支iPhone遞給她。米娜知道線路的彼端會是誰，知道自己即將聽到一個已經多年不曾聽過的聲音。她知道接觸女孩將招致的後果。但她還能怎麼做?她畢竟是個執法人員。

她靜靜聆聽那個聲音。

她沒有說話，不曾回應。

把手機還給男人的時候，她的手已經劇烈顫抖。

男人接過手機，依然一語不發地轉身離去。米娜坐在原位。她渾身顫抖，只怕站起就會倒下。

九十九

克比勒，一九八二年

前門傳來敲門聲時，他剛好下樓正要往廚房走。兩下。他停下腳步，怔住了。一開始，他以為自己聽錯了——他們幾乎不曾有訪客來敲門。但他可以從門旁的毛玻璃窗看到人影。

不會是媽——他知道這點。嬿恩還要一陣子才會回家。他開始擔心。他想要叫他們離開；他不需要任何人。如果他堅持不開門，那麼外頭不管是誰應該就會放棄然後走開。更多敲門聲。這次敲了三下，男人聲音傳來。

「哈囉？」

男人顯然聽到他下樓時樓梯發出的嘎吱聲響。他無計可施，只好開門。不過他很小心、只開了一小縫，不給對方擠進門來的機會。

「哈囉，年輕人，」埃倫站在前廊階梯上說道。「我本來不確定你有沒有聽到我來了。」木料場的埃倫，媽的朋友。他一小時前打電話給埃倫，只是後來就忘光了。說是兩星期前打的都可以。時間在過的速度全都亂了套。

埃倫摘下他印著英國石油綠黃商標的棒球帽，擦掉額頭的汗水。他腳邊放著兩個裝滿食物的超市紙袋。

「你要的東西我應該都買到了，」埃倫說。「雖然真的很多。所以你媽媽真的很不舒服是嗎？」

「嗯，她連說話的力氣都沒有。所以才會是我打電話給你。這裡，應該夠了。」

他遞過去兩張百元克朗紙鈔，埃倫接下收進長褲口袋裡。

「不過這樣誰來照顧你？」埃倫說，一臉擔憂。「你有沒有打電話請醫生過來一趟？也許我該探望一下她的情況，看需不需要我去阿姆斯塔德找藥師買個藥什麼的。」

他用腳抵住門，埃倫的手則放在門把上。

「她睡著了，」他說，咳嗽。「只是……萬一你被傳染了怎麼辦？你其實也不該離我太近。」

埃倫點點頭，放開門把。他再次擦擦額頭。

「你說得對，」他說。「這星期木料場就我一個人顧，有好多事得做。我千萬不能生病。不過至少讓我幫忙你把這兩袋東西提進去吧。這事不該你來做。」

「謝謝，」他說，往旁邊一靠讓出路來。「放在那邊就好。」

他指指廚房。埃倫低哼一聲、提起兩個沉重的紙袋。一顆青蘋果從袋子裡掉出來，滾到一邊。他盯著那顆蘋果，趕緊把手壓在肚子上以免讓埃倫聽到咕嚕聲。他已經太久沒有吃東西了。埃倫放下東西回到門口，彎腰撿起蘋果，站定在樓梯口。

「你確定她在樓上睡覺？」

他點點頭，手依然壓在肚子上。

「好吧，」埃倫說，把蘋果遞給他。「請幫我跟她說我祝她早日康復。有需要隨時再打電話給我。」

他站在門口目送埃倫離開，確定他不會再跑回來。然後他終於對著蘋果咬下一大口。他鎖好門，轉身回到屋裡。

他請埃倫買的東西包括牙膏和牙線。他拿出盒子放在餐桌上。媽總是強調刷牙要刷兩分鐘。他戴上耶誕節得到的手錶方便計時。

兩分鐘。他不知道如果刷超過時間會發生什麼事，也不想知道。牙線就比較麻煩了。他不記得他應該先用牙線還是先刷牙。媽是怎麼說的？

先用牙線感覺比較對。

還是先刷牙？

噢不，他被自己搞糊塗了。雖然他這麼小心。兩分鐘是一百二十秒。12＋0＝12。他睡覺前會用十二公分的牙線。然後一切就不會有問題了。

媽的習慣很重要。

我們就是我們做的事，她總是這麼說。

他得記得她都做了些什麼。

一〇〇

阿斯頓拿著手機急奔而來。

「爸，你的手機響起來害我撞車了！」他抱怨道。

文森把長柄杓留在一鍋煮滾的通心麵裡，趕在手機被阿斯頓扔出去前從兒子手中搶下來。

「關掉那個聲音！」阿斯頓嚷道。「我正在用你的手機玩狂野飆車九！」

「現在不能玩了。」文森說，對兒子比比手勢要他去煩他媽。

來電顯示是米娜打來的。終於。他整個週末都聯絡不上她，傳訊也都沒回。

他必須再次提醒自己心理學上的聚光燈效應——這讓所有人相信自己是許多事情的肇因，然實非如此——同樣也會作用在他身上。但他就是甩不開米娜是刻意在閃避他的念頭。

「嗨，米娜。」他說，聽到阿斯頓大叫著投入瑪麗亞的懷抱。

他兒子很快捲入和他媽咪的搔癢競賽裡。聽來是阿斯頓占了上風。

他回到爐邊，繼續攪動那鍋通心麵，同時也翻動另一個平底鍋裡的香腸切片。香腸都黏在鍋底了。線路彼端依然無聲。

「米娜，妳在嗎？」

他可以聽到她的呼吸。雖然斷斷續續。她聽起來像是在……哭？他壓低聲音，讓抽風機的噪音幾乎完全掩蓋他的話聲。

「發生什麼事了嗎？」他謹慎問道。

他確定米娜在哭。但偶發的抽噎聲顯示她正在努力找回說話的能力。他沒作聲，靜待她平靜下來。通心麵滾到溢了出來，他卻沒有任何處置。

「我在這裡，」他說。「不急。」

聽米娜哭泣讓他感到極度不舒服。他向來不擅長面對這麼強烈的情緒表達——他從來不知該如何自持。但這比平常還糟糕。米娜通常如此冷靜、準確、專注。聽到她失控就像窺探她的隱私，不該讓任何人目睹的個人隱私。但她無論如何還是撥出這通電話給他，意味著事態非常嚴重。

溢出鍋外的水潑灑在電磁爐面觸動安全裝置，爐面自動斷電。正好，因為平底鍋裡的香腸已經開始傳出焦味。

「我不太舒服，」她終於說道，話聲和哭聲一樣斷斷續續。「我整個週末都沒吃沒睡。」

「妳是說真的還是比喻？」

「是真的。我已經連續醒著七十二小時了。可能更久。我好難過。我不知道該怎麼做。」

水從爐面滴落在他腳上。他直到腳趾被滾水燙到了才明白晚餐已經被他變成一場小型災難，他甚至不敢查看香腸的狀況。但晚餐並不是他此刻關注的重點。

「我現在就過去，」他說。「妳在家裡吧？我半小時後到。妳暫時什麼都別做——留在原地，哪裡也別去。」

他沒說為什麼，沒說他擔心她在他趕到前會做出什麼傻事。

「好。」米娜說，聲音小得幾不可聞。

她甚至無力反對。但他還是設法問到了大門密碼。

文森低頭看著弄濕的地板，他實在該處理一下，但這事得等等。

蕾貝卡從房間探出頭來。

「爸，你在幹嘛？」她說。「我在房間裡都聞得到燒焦味。」

「蕾貝卡——正好，」他說，很快用抹布擦過爐面。「晚餐就交給妳了——我另外有事。」

「但我……什麼？齁！」

蕾貝卡兩手一攤算是認了，還是朝廚房走過來。

「我就叫披薩外送，」她檢視過廚房的災難現場後說道。「轉現金給我。呃，你知道地板是濕的吧？」

文森掏出手機轉現金給蕾貝卡。然後他跑去把筆電拿來。

「你在做什麼？」瑪麗亞問，從地板上站起來，腿上還黏著一個阿斯頓。「是誰打電話來？」

他猶豫片刻，然後深呼吸。這場面不會太好過。

「是米娜。不知道發生了什麼事。我必須趕過去安慰她。」他在筆電上點出谷歌頁面，火速搜尋。

「你在開玩笑吧？你是故意要鬧我吧？」瑪麗亞尖聲說道。「安慰？她沒別人可以找了嗎？現在是他媽的星期天晚上耶，文森！」

他專注在他的電腦螢幕上。

瑪麗亞沒有聽到米娜的聲音有多虛弱。

「但是她打電話給我，」他說。「所以這是我的責任。」

他看著他那雙手刻意交叉在胸前的妻子。

「瑪麗亞，我是真的擔心，」他說。「妳要是聽到她的聲音也會這樣想。」
「好啊，那你就去啊！如果你堅持要當那個穿著閃亮盔甲騎白馬去解救她的騎士！」
「白？我那輛豐田是紅的……」
「老天爺。有時我真的……」瑪麗亞大搖其頭。
「這和騎士精神沒有關係，」他說。「一個親近的友人陷入危險境況，生理和心理上都是。看來我似乎是唯一知道這個情況的人，這表示我是唯一能幫助她的人。所以單就理性推論，我必須幫她。我必須確認這不是因為我做錯任何事。」他說，把筆電轉過來給她看。
他點出維基百科上的頁面：如何安慰朋友。
「你在開玩笑吧？」瑪麗亞嫌惡道。「你到底有多亞斯？還得上網查怎麼安慰人？正常人不用想也知道。你就說，『有需要什麼我都在這裡』。這是最重要的事。你真的完全沒有同理心嗎？」
她誤解了。一如往常。他上網查不是為了假裝有同理心，反而正是因為他能同理。他壓根不相信那些所謂不用想也知道的常識一定都是對的。世上有那麼多無稽之談。所有人都「知道」孩子剛吃飽飯至少一小時不能下水游泳，但這根本是吃太飽想休息一下的父母羅織出來的謊言。所有人也都「知道」食物微波加熱後會變得比較不營養。根本胡說八道。當然，他常常也無法自立於外。米娜很重要，所以他不能冒這個風險。可他要怎麼讓瑪麗亞了解這一點？
「我不太習慣安慰大人，」他說。「然後我也不想害情況變得更糟。所以我想查查看有沒有哪些錯誤必須避免。比如說這個。」
文森大聲唸出網頁內容。

「一個很常見的錯誤是這句『我在這裡，有什麼需要隨時告訴我』。這句話的問題在於太過籠統。你要安慰的人突然間必須設法想清楚自己能讓你幫什麼。所以你必須把話說得很明確。解釋你可以怎麼幫忙，提議你可以幫忙打掃、做飯，或是陪伴過夜。」

「過夜，」瑪麗亞說，噘起嘴唇。「我就知道。」

他深深嘆氣。一如往常，她完全搞錯重點了。

「我看你也不必麻煩了，」瑪麗亞口氣苦澀。「今晚不必回家了。」

文森皺眉。她不想要他在外過夜，可又不准他回家。老天。他要怎麼搞懂女人的邏輯？

一〇一

米娜公寓的大門沒有鎖。門內那塊踏墊夠大，足夠讓人站在上面脫掉鞋子而不要踩到地板。只要你平衡感不太差的話。為了安全起見，文森在門外先脫了鞋子，然後再小心翼翼地放在踏墊上。他沒費神喊她就長驅直入。

米娜坐在客廳沙發上，手機還握在手裡。從外表判斷，她說自己沒吃沒睡顯然是真的。她蒼白得宛如幽魂，眼周的暗影是唯一例外。她的姿態模樣彷若洩了氣的氣球。她體內僅剩的力氣全用來哭泣，哭得如此激烈、全身顫抖。

他把裝了物資的紙袋放在客廳桌上，然後去廚房找來一個玻璃杯。他接著從紙袋裡拿出一瓶果汁，倒了一些在玻璃杯裡。他假設她用自己家裡的杯子不需吸管。

「果汁、優格、三明治，」他說，一邊把紙袋裡剩下的東西一一掏出來。「蠻厲害的三明治。加了酪梨。」

少許碎屑掉在桌上，但他想米娜在這種狀況下不會介意。她只是搖搖頭。

「我知道，」他說。「妳吃不下。我也沒打算要求妳。但等妳覺得可以吃得下的時候，東西就在這裡。現在我只想要妳喝點東西，不過這也不急。」

他把玻璃杯放在桌上離她最近的一角，然後縮手，顯示食物對他有多不重要。他希望她沒從他話聲聽出他其實著急得不得了。米娜看似隨時都會垮掉。

他故作鎮定，落坐在她身旁的沙發上，遲疑幾秒後伸出一隻手臂摟住她的肩膀。她沒反對，只是蜷縮起身子倒靠在他胸前——雖然他的襯衫聞起來像燒焦的香腸和煮太久的通心麵。

她無聲哭泣，而他輕輕拍撫她的頭。〈如何安慰朋友〉一文附了插圖告訴他該怎麼做。但他自己或許也想得到。這感覺很好，很自然。

他一邊等待這陣最糟的情緒過去，一邊打量米娜的家。

他原先預期一間純白色的公寓。白色家具、白色牆壁、白色圖畫，好讓髒污無所遁形。實則不然。米娜公寓的牆面是淺淡的灰色，搭配淺色木頭家具——至少他視線所及的客廳與廚房如此。公寓的雅緻品味讓他有些意外。所有物品看似都有固定擺放的對稱位置並且一塵不染，而公寓的極簡風格讓這一點看來少了不少突兀感。如果他不認識米娜，他會以為自己走進了設計師作品的展示間，而非所有東西都悉心清潔消毒過的無菌生活空間。就他所見，室內沒有任何米娜與他人生活互動的跡證。沒有親人照片、沒有朋友合照、牆上沒有註記晚餐或午茶約會的月曆。

幾分鐘後，她的呼吸終於稍稍平穩下來。他伸手拿來玻璃杯遞給她。她用雙手捧住，啜了幾口。隨而停下動作，似乎在考慮把杯子遞還給他，但終究繼續把杯裡的果汁喝完了。她恢復呼吸。這下她體內總算裝進一點維生素和糖分，希望這能幫助她漸漸找回胃口。

「我能問嗎？」他說。

「如果你堅持的話。」她低聲應道。

「我沒有一定要問。只要妳覺得有需要，我會一直在這裡陪妳。我希望妳可以多少吃點東西、睡一下。但不急。我們也沒有一定要說話。」

最後一點網頁上並沒有提，是他自己想到的。但顯然他沒有說錯，因為她靜靜地點點頭。她的頭靠回他胸口。眼淚依然淌流，卻沒有剛剛那麼來勢洶洶了。

「對了，你跑出門瑪麗亞有說什麼嗎？」她說。「她會吃醋嗎？」

「教宗是天主教徒嗎？不過她主要就是認定我頭殼壞去，需要去看醫生。」

米娜笑了。

「我想我們都同意最後一點，」她說。「你知道你身上都是香腸味嗎？」

這回輪到他笑了。兩人隨而陷入沉默。米娜顯然累壞了。他如果能設法讓她睡著就太好了。他調整自己呼吸，直到兩人呼氣吸氣漸漸同步。她的身體愈發放鬆了。他繼續專注在呼吸上，讓自己沉浸在與人協調同步帶來的純粹感官享受中。這並不常發生，也已經很久不曾發生了。他開始刻意放慢自己的呼吸，觀察她是否也無意識地跟著這麼做。他持續與她一起緩緩吸氣吐氣，一步步愈發放慢節奏，給她的身體時間調整接受。五分鐘後，她陷入沉睡。

他深呼吸。他從來不敢安慰瑪麗亞或烏麗卡——她們只怕會大聲嘲笑他的嘗試。但和米娜一切卻是如此順利，甚至稱得上自然。

他小心翼翼地將她放倒在沙發上，卻還沒想到下一步該怎麼做。他環視客廳。觀察一個人的家總是能揭露許多關於此人的細節，即便現今已經少了音樂與藏書這兩大線索——查看Spotify與Kindle上的播放或收藏清單感覺畢竟還是不一樣。然而他早已從經驗中學會，最有意思的資訊往往藏在最不經意的地方。記著固定行程的隨意貼、冰箱上湊成句子的單字磁鐵。被遺忘在客廳茶几最底層抽屜的雜物。

米娜的客廳與廚房卻毫無此類跡象。牆上掛畫就他判斷應該購自ＩＫＥＡ。他無意擅入她的臥房，尤其不會趁她睡著的時候。這對她的私人生活是極大的冒犯。客廳書桌上放著一個魔術方塊。也許就是他們初識那天他在她口袋裡看到的同一個。

他拿起方塊，一角抵在掌心，然後以拇指與中指夾住，好方便以食指與無名指轉動單層。他試了幾下，發現自己猜對了——這確實是上了潤滑油可單手使用的競速版魔術方塊。令他感到意外的是米娜竟放任方塊未解躺在桌上。個人而言，他走的是老派路線，總是先從完成十字開始。他知道有更快的解法，但這早已成了他的肌肉記憶。他一手不經意地轉動方塊，同時開始細細環視周遭。

書桌上還有一疊他認得出來的文件，全與調查有關。桌子遠端一角擺著一小張裝框相片，相框上垂掛著一條項鍊。文森認出是那種磁石首飾。這倒出乎他意料，米娜不像是那種會相信什麼半吊子新時代靈療的人。但話說回來，就算是也不關他的事。

米娜在沙發上有些躁動。她喃喃囈語，他沒來得及聽懂。相框裡是一個女孩的攝影棚人像照。就幾吋大小，讓他想起那種在學校拍的大頭照，父母被迫購買一套多張，只能期盼爺爺奶奶親戚朋友相關人等收到孩子新一年的人像照都會欣喜萬分。他相信父母們都大大高估了那種欣喜。

「那，」米娜喃喃咕噥。

這回他總算聽清楚了。

「那就晚安安囉，」他柔聲說道。「妳需要多睡點。」

「那親親甜心。我在這裡，」她再次開口，皺起眉頭。「你看不到我嗎？」

那就晚安安囉？他感覺自己臉紅了。他們沒有那麼熟。米娜看似還熟睡著，卻有些躁動。他再次望向照片裡的女孩，然後小心翼翼地翻到相框背面。**娜塔莉，十歲**。上頭寫著。他的臉更紅了。

米娜不是對他說話。「娜」是一個人。他把相框放回原位，仔細調整看似不曾被移動過。然後是上頭的項鍊。他找到一支筆，然後把昂妮絲報告的首頁翻到背面。

我不問妳。但等妳願意說的時候，我會聆聽。他寫在紙張空白的背面上。

然後他才發現自己解好了她的魔術方塊。方塊還在他手裡。他在不知不覺中完成了。

P.S. 抱歉動了妳的魔術方塊。他加上這句，把紙條和魔術方塊一起放在桌上的三明治旁邊。沙發另一頭擺了條摺得工工整整的毯子。他抖開毯子，為米娜蓋上。接著他拎起自己的鞋子，躡手躡腳地走出公寓。

一〇二

文森睡不著。他通常採用的自我催眠法這晚也失效了。這是從不曾發生過的事。他的思緒還一團亂。新收到的這封信完全出乎他的意料。他很習慣收到粉絲的求助信件或電郵，有的想要他為他們人生指點方向，有的則只是需要求職面試技巧的指導。至於春天收到的那幾封威脅信他原本也不以為意。但狂粉跟蹤客又來信了。

他坐起來，雙腳落地，打開手機的手電筒功能。他不想嚇到瑪麗亞。他第五次翻開這封信。

我們很快就可以在一起了，信上這麼寫。**我了解你無法跟你太太開口。這點我會處理。**

每回讀這幾個句子，他都感覺彷若有冰塊沿著脊椎滑下。夜深無助他的思考。他需要重新掌握他大腦的情緒中樞——現時此區正在瘋狂打轉。只要他能切斷焦慮的燃油供給，或許就能逼退焦慮情緒。最簡單的方法就是找一個抽象問題來解，或者是讀一本艱澀的書。但他的書都在樓下書房裡。三更半夜的，他不想下樓。

他望向床另一側的黑色形影。他的妻子總有辦法在睡夢中拉走被子裹住全身，活似希臘的葡萄葉包飯。他知道瑪麗亞床畔有書，雖然封面上都有彩虹。但或許就這一次，他不要這麼瞧不起那些書。小時候的他曾經希望魔法確實存在，甚至曾盡全力找尋過。此刻是深夜，世間一切規則律法暫時失效的時刻。如果他有任何可能在瑪麗亞的書中找到任何趣味，那就是現在了。

他繞到床的另一邊，打開瑪麗亞的床頭小燈。一盞理應是月球的球形燈。當然，瑪麗亞喃喃咕噥著在睡夢中翻身、背向燈光。

一如預期，床頭桌上有四本書。隨你怎麼說，但瑪麗亞對自我提升的追求可是來真的。至少就理論上而言。最上面那本書名是《恆毅力：人生成功的究極能力》。這不適合。他可能會真的讀起來，作者安琪拉·達克沃斯看來是位精明的女士。他需要再扯一點的題材，才能在腦中與之爭辯。

下一本叫做《如何無條件地愛每個人》。書的封面是一株綠芽從光芒萬丈的旭日中竄出，愛心形狀的種籽裡頭還有另一個太陽。書封上沒有作者名字，只有一排網址。這就對了，這應該可以為他提供不少腦部運動的題材，但說不定還有更好的。

第三本書書名是《愛妳所有》，最後一本則是《他再白癡也是妳的白癡》。他站在那裡，最後三本書捧在手中。

學習愛人。

他是白癡。

無條件愛每個人。

隨著頓悟一起席捲而來的是焦慮與暈眩。他一直假設瑪麗亞拚命讀書是為了「自我探索」、「提升性靈」或其他自我陷溺的鬼東西。他曾為此開過她不知多少次玩笑。

但事實竟非如他所想。這些書說明了她嘗試了解他的努力，嘗試融入一個有兩名孩子非她親生的家庭。他誤解了一切。他的妻子說得沒錯。他是個白癡。天殺的超級大白癡。她有個來自其他星球的老公。他甚至不知道自己是否值得被愛。

「文森，」瑪麗亞說，話聲帶著濃濃睡意。「你在做什麼？」

他把書放回原位，堆攏收齊。他揩揩眼睛，希望她沒有注意到淚水。瑪麗亞抬起頭，瞇眼看他。

「發生什麼事了嗎？」她說。

他關掉月球燈，不想讓她看到自己臉上深深的羞恥。

「妳記得我們初相戀的時候嗎？」他說，音量小得幾不可聞。

「嗯……什麼？」

「我跟妳說過我並不好相處，我當時並不知道到底有多難，不知道妳會有多辛苦。」

「確實非常不容易，」她哈欠道。「尤其在這大半夜的。回床上睡覺吧！」

「但，值得嗎？」

瑪麗亞睜大眼睛。

「你是說和你住在一起值得嗎？」

他在黑暗中靜靜點頭，不確定她看不看得到。

「我覺得這取決於你，」她說。「你想讓它值得嗎？」

他再次點點頭，大半是對自己。

「對不起，」他說。「我真的是個大白癡。」

「喏，這我知道，」她微笑道。「有時我真想用茶葉噎死你。但你是我的白癡。回床上來吧。你想的話可以當小湯匙[29]。」

「但妳不知道我——」

29 兩人在床上面朝同向相擁，在外者稱大湯匙（big spoon），在內者稱小湯匙（little spoon）。

「我知道現在是凌晨兩點半，」她說，望向月球下面的電子鐘。「如果你不想要我離開你的話，就趕快回床上來。鬧鐘再四小時就響了。」

瑪麗亞躺回去，翻身挪動、尋找最舒服的躺姿。沒一會，她的呼吸聲便變重變緩了。

他繼續站在那裡，看著他妻子的剪影。他幼子的母親。他不只是放棄了經營兩人關係，甚至還盡全力破壞摧毀。但她始終沒有放棄。她一直比他努力，遠遠超過他的努力。但事情從現在起將有所改變了。這並不是說他值得。但如果這段婚姻還有一絲希望，他打算抓住那絲希望盡全力挽回。如果她還願意讓他挽回的話。

一〇三

輕輕一記敲桌聲讓米娜嚇得跳起來。她甚至沒發現尤莉亞走進她的辦公室，直到她用指關節輕敲她的桌角。

「我喊妳好幾次了——妳顯然神遊飄遠了，」尤莉亞說。「彼德找到這個安娜了嗎？」

米娜坐在她的辦公椅上轉了半圈。她的辦公椅整張由鉻鋼製成，不像其他人的有布面椅墊部分。布料是蓄積細菌的淵藪，尤其是讓臀部擱在上頭大半天的布料。金屬可擦，必要時還可洗。

「還沒，但他弄到一個地址，」她說，一邊站起來。「他剛才聯絡過。」

彼德又得留在家裡照顧三胞胎，在消失在寶寶嘔吐物世界裡之前設法傳了簡訊給她，簡單交代了蒐集到的資訊。

「我正要去接文森然後一起過去。這趟任務該讓他參與。」

直覺告訴她要帶他去，雖然她因此得冒著祕密被揭穿的風險。出乎她自己意料的是，她並不介意讓文森知道。

「帶文森去真的好嗎？」尤莉亞說。「因為那本書，他現在算是本案的關係人了。帶克里斯特去會不會更妥當？」

米娜堅決地搖頭。

「不。我想帶文森。這是我們至少能做到的。案情能有此突破都是多虧他。安娜如果敢輕舉妄動，我一個人對付她就綽綽有餘。」

尤莉亞充滿興味地微笑。

「當然，但妳的同僚多少也有所貢獻。在妳眼睛冒愛心的同時，不要忘了這點。」

「眼睛冒愛心……」

米娜哼聲，卻發現自己不由自主臉紅了起來。

「我只是認為以文森的專長來說，這趟適合帶他一起去。這和其他事情沒有關係……」

「好啦，沒必要再討論這點。妳就帶上文森，但記得小心行事。」

尤莉亞露出揶揄的微笑轉身離開。米娜幾乎想喊她回來繼續解釋，但她知道這只會把洞愈挖愈深罷了。

她拿出抗菌濕紙巾，仔細擦拭尤莉亞剛剛敲過的桌面一角。

一〇四

「所以說彼德也還沒見過她？」文森探問道，米娜把車停好。「她為什麼沒去ＡＡ？」

「彼德說沒人知道為什麼。她就是沒出現。」

「他們不能透露地址不是嗎？畢竟ＡＡ的重點就在於它的匿名性。」

米娜點點頭，拉上手煞車接著熄火。

「確實不能。但是其中一名與會者知道她住在哪裡。兩人顯然住得近，常常就一起過去。」

他們下車，環視周遭。天很陰，飄著毛毛細雨。汽車導航把他們帶到這一大區灰撲撲的方塊形公寓建築前——這些由鋼筋水泥打造的公寓毫無美感可言，卻曾滿足了斯德哥爾摩快速擴張期大量湧入人口的住宅需要。

「哪一樓？」文森說，抬頭瞇眼打量。

「四樓。」米娜說。在大門旁邊的對講機上找到安娜的名字。

幾秒後，門上傳來喀噠聲，他們推門入內。米娜皺起鼻子。樓梯間瀰漫著一股異味——陳年尿騷味混合建築本身的某種刺鼻氣味。

「我知道、我知道，我們不搭電梯。」文森說，朝樓梯走去。

樓梯間牆壁漆成某種晦暗的淺綠色，處處可見掉漆。她不記得自己為工作造訪過多少漆著相同油漆、飄散著同樣的氣味的樓梯間。

「到了。」文森說，指向一扇門，門上掛著一個寫了安娜名字的花型標誌。

門外地上放著一塊踏墊，上頭印有「他媽的萬物女王」字樣。

「好，咱上吧。」米娜不動聲色道。

她讓文森按門鈴。讓她少為了一顆細菌叢生的門鈴得擔心。她的胃還是隱隱作痛。文森很快就會知道她的祕密，但她也只能之後再來處理這件事了。

門開了。海豚女孩呆望他們倆。她的表情幾秒沒有動靜，彷彿對眼前一切視而不見。然後她發出一記驚呼，嚇了米娜一大跳。

「文森！」

安娜雙臂攀住文森的脖子，文森踉蹌後退。米娜的下巴掉下來。文森站在那裡，脖子上掛著一個大吼大叫的安娜。米娜完全看不懂發生了什麼事。當然，她知道安娜對文森並不陌生——他們來到這裡正是為了這個原因——但這樣的歡迎儀式卻完全出乎她意料。文森顯然也有同感。他滿臉困惑，似乎努力在記憶中搜尋著什麼。

「呃，哈囉……」他說道，把一個不情願的安娜從自己身上剝下來。

「我們可以進來嗎？」米娜說。「我們有事想跟妳談。」

她聽得到自己口氣有些嚴厲，但她還正在從看到安娜撲向文森的震驚中恢復過來。這不是一般預期凶案嫌犯會有的行為。

「當然，當然，請進！抱歉，老天，看我這一身，都沒整理。要是知道你會挑中今天來就好了，文森，我會好好準備把家裡布置得漂漂亮亮的。」

安娜緊張地喋喋不休，一邊往後退讓他們進來。文森進門前有些猶豫，但隨即鎮定下來跟著她走進去。

「我正好在給伊哥煎些絞肉。不好意思，我得先去看一下有沒有燒焦——牠不喜歡肉煎得太焦。牠喜歡最好……欸，牠其實喜歡生肉，不過天知道生肉裡面有什麼東西，還是煎熟了安全……」

安娜住嘴，轉而盯著米娜看，彷彿終於意識到文森並非隻身前來。

「妳叫做米娜對不對？」安娜說道。「我們通常在……」

「我們在國王島區見過，」米娜接話道，意味深長地看著海豚女孩。「我以支持者身分去過幾次。」

訊息顯然傳達成功，或者只是因為除了文森以外的事她根本無暇理會，總之安娜簡單一點頭便轉身消失在公寓裡。米娜跟在文森身後走進了門廳，不太確定即將面對什麼。

眼前公寓遠遠不及安娜自稱的雜亂未整理，只是嚴重過度裝飾。繡有智慧箴言的掛毯、寫了名家語錄的畫作、兩塊各印有「珍惜光陰」與「他媽的萬物女王」字樣的搪瓷飾牌、鏡子、人造花，以及無數各式各樣的小玩意。一幅十字繡作品繡出「大公雞在窮人家無三小路用」字樣。安娜繼續在廚房裡鏗鏗鏘鏘，他們拖著腳步跟進去看。

「先讓我餵一下伊哥，一會就幫你煮杯咖啡——我想我好像還有一些餅乾。我不敢相信你終於來了，文森。我等不及要打電話跟琳西說——她不停發送超多負能量給我，說什麼這永遠不會成真、什麼是我想太多、說我不該寫那些信給你、說什麼一切都是我的幻想！哈！你有聽過蠢到這種地步的話嗎，文森？尤其你真的來了，活生生就站在這裡！」

安娜燦笑如花，走到煎鍋滋滋作響的爐子前。米娜這才注意到一隻毛茸茸的大型布偶貓站在爐邊地上正耐心等待著。她的眼睛霎時開始騷癢、呼吸也愈加困難。她其實對貓並不會過敏，只是貓毛是她絕對不想帶回家的東西。貓兒瞥了她和文森一眼，然後就對他們失去興趣；畢竟煎鍋裡的東西才是牠注意的焦點。

「好啦寶貝，準備開動囉！馬麻來餵餵寶貝，好吃，好好吃喲，寶貝說對不對？」

安娜對貓兒說話、拿來湯匙，一邊把煎鍋移到餐桌的隔熱墊上放好。她坐在椅子上，貓兒面向她，尾巴在廚房破舊的地板上熱切掃動。米娜不敢望向文森看他臉上是否和她一樣滿是震驚。海豚女孩竟用湯匙一匙一匙地餵貓。她從不曾看過這樣的事。她在AA見過安娜無數次，偶爾不得不交換幾句寒暄，也聽過她的告解。在她印象中安娜就是個相當正常的人，或許有一點點古怪，但絕非如此……

她不由自主地搖頭，尋找可以坐下的地方。這場訪談不會那麼快結束。安娜把公寓打掃得相當乾淨，她鬆了口氣，落坐在餐椅上。她當然更想拿出濕紙巾把桌椅都先擦過，但執行勤務時她通常能克制衝動。

文森坐在她旁邊的椅子上，米娜總算鼓起勇氣瞥了他一眼。他熱切而專注地觀察著眼前這一幕，腦子似乎同時飛快打轉。他微微轉頭，對上她目光。米娜點點頭。

「安娜，」他說。「我有事想跟妳澄清一下。妳跟米娜提起過我。妳記得這件事嗎？」

「老天，我當然記得，文森！我跟每個人都提到你！但這你又不是不知道！」

「是嗎？」

文森清清喉嚨。他和米娜同意一開始先不要提起書的事，以免安娜試圖逃脫。但隨著每一秒過去，米娜愈來愈確定安娜與書和書裡的訊息毫無關聯。這不會讀心也看得出來。

「但為什麼呢？妳為什麼特別會跟米娜提起我？妳怎麼會想到要跟她推薦我？」

安娜繼續用湯匙舀起煎鍋中的絞肉送到貓兒嘴裡。

「一點也不意外啊！好幾個人都有聽到米娜講那通電話，也聽出來她似乎需要幫忙。我很自然的就會想到要推薦你。」

海豚女孩口氣彷彿米娜並不在場。文森出現在她公寓裡這個事實已經占滿她的思緒、再容不下其他。安娜凝視著文森，兩眼晶晶亮亮，雖然眼神有那麼點說不出的不健康。安娜把最後一點絞肉從煎鍋裡刮下來。

「為什麼妳很自然會想到文森？」米娜問。

安娜露出大大的微笑。

「因為我無時不刻都在想文森。」

米娜疑惑地望向讀心師。這整段對話感覺就是不對勁。有什麼事是她不了解的。但往好處看，至少安娜似乎毫無興趣討論自己和米娜是怎麼認識的。

「跟我來。我有東西要給你看，文森！」

安娜從椅子跳起來，把煎鍋連同湯匙一起放回爐上。她走向公寓另一側一扇關起的房門，對文森揮手要他跟上。文森和米娜站起來，有些遲疑地走了過去。

「看！美不美！」

安娜打開房門，揮動整條手臂，站在原地情不自禁地跳上跳下。出於好奇，米娜和文森一起往房裡踏了一兩步，隨而猛然止步。

整個房間貼滿了文森的照片。但大部分照片裡都不只他一個人。安娜總是一起入鏡。有些是簽書會或演講會上的自拍，前景裡的安娜開心微笑，文森則在遠遠的背景裡。另外則是自己加工的合照，安娜把自己Photoshop到文森的照片裡，不少還貼上了報紙頭條標題——「名人戀情加溫」、「夏季婚禮」等等，再加上手繪愛心。牆上完全沒有一吋空白空間。

米娜緩緩四望，頸後毛髮全都豎立起來。太瘋狂了。這種等級的迷戀絕對需要接受藥物治療。房間的另一頭有張小桌子，桌上放著一個相框，照片上則是最近一場演出裡的文森。相框前方擺了一個小小的金屬標誌，上頭印有「禁止讀心」字樣。標誌的一角有些彎曲，看起來像是移除時掰彎的。

這是一座祭壇。

米娜望向文森。他下巴鬆脫，嘴巴大張。

「是妳，」他緩緩說道。「在演出結束後衝上舞臺的人是妳……」

「當然是我！你知道的！」

安娜開心大笑，把文森更拉進到房裡。他試圖抗拒，但安娜緊緊抓住他的手臂。

「看來妳說妳無時不刻都想著文森不是開玩笑的。」米娜婉轉說道。

這麼多文森。噢這麼多文森。一張又一張的照片……

「安娜，我必須知道，」文森說。「妳有沒有送一本書給我？封面有一隻美洲豹的？還是有人請妳轉送給我？」

這會兒不解的人換成安娜了。她疑惑的表情並非假裝，連米娜都看得出來。米娜的直覺是對的。

「書？」安娜說。「美洲豹？沒有，我是喜歡貓，但我只寫過信給你——你都收到了吧？」

「是的，謝謝妳。那些妳在裡頭威脅我和我家人的信。」

安娜對書的事一無所知——這點顯而易見。但文森臉色慘白。米娜必須趕緊把他帶離這裡。最好在那隻貓決定黏上來前。波西已經用光她今年接觸動物的配額了。

「這是個錯誤。」他對米娜說。

「很高興有機會拜訪妳，安娜。」米娜以友善但堅定的口氣說道。「如果文森沒有更多問題要問妳的話，我們恐怕得先走一步。」

安娜不悅地看著她，接著轉向文森。

「什麼？你不打算留下來嗎？你終於來了——你終於來了耶！因為你讀了我的信。你現在住在這裡了，和我一起！不是和她！」

安娜指向米娜。

「沒錯，你在蒂勒瑟的房子是挺不錯的，」安娜說。「但你和我兩個人不需要那麼大的房子。」

「妳怎麼知道我住在哪……」文森開口，隨而住嘴，睜大眼睛。

「那個標誌——妳是從我的信箱上拔下來的，對不對？」

安娜突然不發一語，只是捏著那塊金屬標誌。然後點點頭。

「我喜歡看你。不過她突然出現，」她說，望向米娜，「我只好躲起來。我有看到你們兩個。你們老是在一起。」

「文森，」米娜說，感覺自己頸後毛髮再次豎立。「她在說什麼？」

文森沒有回應。他只是專心仔細查看牆上的照片，尤其是那些兩人同時入鏡的自拍照。安娜在他不曾注意時接近他的那些場合。那些她大可以為所欲為的場合。

米娜也望向照片，目光突然被其中一張吸引過去：安娜赤裸上身趴在一張長椅上，有人在對她的後背做什麼事。噢不。照片有些模糊，但米娜對海豚女孩的了解已經足夠讓她做出正確解讀。

安娜看到她在看什麼，發出一記開心尖叫轉過身去撩起上衣，讓他們看她的背。她脊椎底部有一顆大大的粉紅色愛心刺青，愛心旁邊則是她自己和文森的頭像，兩人看來非常幸福快樂。

「終於輪到我們在一起了，文森！」安娜歡呼。

米娜呆望著那個刺青。文森緩緩後退、遠離安娜的裸背。然後他轉身奪門而出、衝下樓梯。

一〇五

森林和他預期中的不太一樣。他從不曾進入森林，所以怎麼會知道裡頭這麼潮濕……喏，事實上就是處處積水的那種濕？根本不可能躺在地上打一炮。

「我們再往裡面走一點。」他說，轉向她。

一根樹枝啪地打在他臉上，他手撫臉頰。

她一臉沒趣，不情願地點點頭。

「但是就一點。我腳上這雙銳跑是新的，我可不想毀了它們。」

她指指泥濘不堪的地面。絕對不適合一雙白刷刷的新球鞋踩在上面。

「我付錢了，」他提醒她，希望足以形成壓力。

他管她新球鞋去死。他只想把老二插進她裡面，趕緊把事情辦一辦。他看看周遭，他必須趕快找到夠乾的地方。在她改變主意之前。他的朋友騎著他們的輕型機動車在陶丘庚的便利商店旁邊等他。這一炮沒打到他不能回去——他就是不能。他是這群朋友中唯一的處男，他們逮到機會就拿這點開他玩笑。

「那邊好像有一塊空地，應該會比較乾。」

他指了指，開始走過去。

她老大不願意地跟上，大聲嘆氣。

「先跟你說清楚，你付的錢只夠用傳教士體位打一炮，沒別的了。別想要我口交什麼的。」

她的口氣一派日常，彷彿在聊天氣。

他不禁暗想她上過多少人。這念頭讓他覺得既噁心又興奮，兩者強度不相上下。

他的老二硬邦邦的，不停摩擦牛仔褲。他很快用手調整了一下。

她邊打哆嗦邊拖著腳步跟在他後面，拉緊身上的牛仔外套。

他是在網路上找到她的。他們一整個下午都窩在阿德家，一夥人一起幫他物色人選。而且要便宜。他身上只有祖母耶誕節給他的五百克朗，正好夠他和麗賽特打一次基本炮。嗯，其實她在網上開價一千，但擅長殺價的麥何邁代他把價錢砍了一半。

「嘿！看！一輛旅行車！」他驚喜高呼、鬆了口氣，指向一輛停在空地另一頭破爛不堪的廢棄旅行車。

愈靠近空地，林木愈稀疏，地面也如他所願愈發乾燥。

他的老二硬到發疼，呼吸變淺變快。他不知道那會是什麼感覺。雖然他看過幾千部A片，對過程細節瞭如指掌、甚至連聲音都無比熟悉，卻還是不知道把老二放進陰道裡到底是什麼感覺。但很快……他很快就會知道了。

「但萬一有人住在裡面呢？」她說，被樹枝絆了一下、出聲咒罵。

「看起來沒什麼動靜——我們可以先檢查看看，」他說，手指緊緊交叉許願到關節都發白了。

很快……他很快就可以打到炮了。

走到旅行車旁邊時，他舉起一隻手搧動空氣。味道是有些難聞。也許是霉味還是破裂的管線。但此刻他一點也不在乎。他的老二在牛仔褲裡硬得跟石頭一樣，他才沒空管車子裡味道臭不臭。再幾秒鐘他就可以把她壓在身下了。

他拉開車門，一腳踩進去。他抽腳往後退、大吐特吐。他從眼角瞥見麗賽特死命往外跑，一路尖聲嚷叫報警什麼的。她嶄新的銳跑球鞋在昏暗的樹林間唰唰閃過。幹。這下打不成炮了。

一〇六

「我的天呀！」

克里斯特朝地上啐了口痰，吃了一記鑑識組員的白眼。他舉起雙手表示歉意。

「嗯，他看起來的確不太新鮮……」魯本悶聲道。

「我很難相信洛司克先生這陣子都在東奔西走到處殺人。」克里斯特說，嚥下一陣反胃。旅行車的車門開著，不大的林間空地瀰漫著濃濃屍臭味。

「難怪我們找不到他。」魯本說，大搖其頭。

「但……」

他眼底燃起希望之光。

「但他有可能是被兩人組的另一個凶手殺死的！」

「一直嚷嚷說什麼簡單答案的人不也是你嗎？」

克里斯特往後退幾步，以免擋到穿著全身防護衣窸窣移動的鑑識組人員的路。他一腳踩進一灘水窪裡，不悅地看著自己腳上的鞋子。這雙鞋子是他母親買給他的，合腳好走，已經穿了超過十年卻還只是略顯疲態。他母親總是選購上好品質的耐久好貨。一雙好鞋恐怕就要葬送在這該死的森林裡了。

「我想我們得先看看他的死因再說。」魯本說，依然抱懷希望。

一名鑑識組員——一個染了頭藍髮的漂亮年輕女性——聞言駐足。

「死因要等米爾妲驗屍之後才能確定，」她說。「但看來約拿斯・洛司克很可能死於某種毒品注射過量，而從屍體腐敗狀況看來，他至少應該已經死了好幾個月了。」

「這表示他不可能是殺害小羅倍的凶手。」克里斯特咕噥道。

魯本清清喉嚨，轉身面對鑑識人員。「妳對死因有多確定？」

「針管還插在他手臂上。」藍髮女子說道。

「約拿斯八成在牢裡染上毒癮。」克里斯特說。

他還在哀悼他的鞋子，但此時水氣竟開始滲透皮革、鑽進襪子裡。這是他天知道多久以來最接近大自然的一次。非必要不會有下一次了。

「蹲過苦牢誰不染毒？他一蹲還蹲了二十年。」魯本說，牙齒不住打顫。

今天其實不冷，但森林裡的陰暗與濕氣把氣溫往下拉。不過那輛旅行車卻曾暴露在一整個夏天的高溫底下，絕對對他們即將面對的車內狀況有重大影響。

他們把屍體裝進附有拉鍊的黑色屍袋裡。少許屍水從拉鍊接縫滲滴出來，惡臭朝他們撲鼻襲來。克里斯特捏住鼻子，卻還不住反胃欲嘔。還好連魯本都臉色一陣青白。因為推車無法進到這林間空地，所以他們只能用擔架把屍體抬出去。米爾妲有一場硬仗得打。鑑識組得在旅行車內外進行蒐證同樣不容易。

「嗯，就這樣，」魯本說，大步往警車停車處走去。

波西在車子裡等他們，窗戶開著、車內地板上有一大碗水。至少還有牠很開心看到他們回來。克里斯特不住嘆氣：鞋子爛了、襪子濕了——又一條線索鑽進了死胡同。

一〇七

老天，她痛恨休假日。瑞典文中沒什麼字詞這麼惹她厭，一如沒什麼強制行為令她憎惡至此。「妳得休個假，其他人也是，」人資部的人這麼告訴她。「現在是八月。休息一下吧。總部還有其他警探，撐個一兩星期沒問題的。」

米娜倒不是這麼看的。小組成立有其緣由，絕不是讓他們拿來把年假休完用的。但她強烈懷疑，上頭這麼堅持要他們休假其實是解散小組的第一步。她並不打算讓這件事發生。

他們花了這麼多功夫，終究沒能找到約拿斯．洛司克。這應該是很容易的事。一個在牢裡關了這麼多年的人理應很容易被找到。躲避警方需要資源與謀略。人類是習慣的動物這一點也是警方的助力。但他們在洛司克的幾個老巢穴一無所獲，他名下的旅行車也遍尋不著。最後還是得靠一個精蟲衝腦的十五歲少年。

災難。

她需要結果。她付出了這麼多的時間氣力。一個具體的答案。米娜往後一步，審視自己的傑作。被迫休假唯一的好處是她終於可以在沒有同事打擾的情況下、安靜專一地把所有相關證據從頭檢視一遍。即便見不到文森讓日子失色不少。過去兩星期裡，他正好安排了一系列演講，大部分甚至不在瑞典。在海豚女孩安娜家見過那一面之後，文森幾乎都待在國外。這樣也好。一來她不認為安娜有辦法跟到國外去，她大部分的收入似乎都花在刺青上了。二來則是因為米娜不確定自己是不是準備好，可以跟文森談談上次他來她家的事。或許再過一陣子，但絕不是現在。

公寓客廳最長的那面牆上貼滿了紙張與照片。她心一橫，用奇異筆直接在牆上拉線寫字。事後再上一層漆應該就沒問題了。雖然她聽說奇異筆得要三層油漆才蓋得住……但她反正每年秋天都會為整個公寓重新上一層新的淺灰色油漆——一年下來，灰色開始微微加深，適足證實牆上確實沾了灰，無論她多麼努力定期刷洗。

她不在乎自己是不是唯一看得出顏色變深的人。真要老實說，她也不是那麼確定自己看出來了。但她知道。此外，漆油漆其實是件很療癒的事——自然是自己施的工。她絕無可能讓工人踩著髒鞋子走進公寓裡。

圖娃。昂妮絲。羅倍。

客廳牆上的他們眼神空茫。照片和小組辦公室裡的一模一樣——她基本上是把白板上的所有資料拿下來全部影印一份後再貼回去。在那之後，她又已經再加上不少新的資料。更多筆記。更多照片。她拉線、畫圈，在認為特別重要的部分做記號。

她在一個角落列出她個人認為三名被害人之間可能與不可能的關連。牆上於是給寫上了許多看似毫不相干的字眼：牙醫、學校、雜貨店、親戚，以及其他十個左右的字詞。一般人恐怕很難想像自己的日常行為模式有多麼容易被掌握。臉書、ＩＧ，偶爾靠運氣瞎猜或是打電話確認。只要能找出他們之間的關連，真相就不會太遠。她至少非常清楚這點。

可截至目前為止，她的努力並沒有得到任何結論。三名被害人間似乎毫無關連。完全沒有。

米娜滿心挫折地拉拉自己的馬尾。她立刻後悔，伸手拿來乾洗手。她擠出一大坨，熟練地搓揉雙手。她往後退一步。將整面牆上的資料盡收眼底，然後將目光移向右側文森的部分。她自然也調查了關於他的一切。尤其在他個人涉入案情之後。回想三月，她在對他的了解幾乎僅限於維基百科的情況下，竟也選擇信任他對一樁敏感命案的判斷。如今想來這麼做確實有些不負責任，雖然她幸好這麼做了。她對文森．瓦爾德的了解在這幾星期間增進了不少。和牆上其他人比起來，關於文森的資料並不算多，但他畢竟不是被害人也非嫌犯。

還不是。

她看著牆上那張取材自演出海報的文森人像照。她認識他只有短短六個月，卻感覺遠遠更久。她很少經驗這種與他人的連結，在那之後就不曾——她很快推開念頭，強迫自己專注在文森身上。照片中的他直視著她。她有時甚至感覺他的目光追隨著她在客廳裡移動。

和對其他人一樣，她也把所有可能的關連點在文森身上過濾了一遍。依據她寫在牆上的項目一一仔細查證過。這也意味著她知道了更多關於文森的事實。他看哪個牙醫，他去哪買菜，他在哪長大。她甚至設法弄到一張文森小學時期的照片，多虧一家專門蒐集早期班級照片數位化後在網上販售的公司。照片此時正躺在她書桌上。照片裡的文森可愛極了，咧嘴露出缺牙、笑得好開心。

個人來說，她痛恨班級合照。她也討厭所有同學，除了一個：她最好的朋友琵亞。在最難熬的高中那幾年，她直接在腦中刪除了其他人的臉以及他們的名字。

合照底下依照行列位置列出所有學生的姓名。缺席者的名字也補上了。她和文森來自瑞典完全不同的兩個地區，年紀也差了超過十歲。但他們的班級照片卻如此相似。她突然想到不知琵亞現在在做什麼。她們的友情一直維繫到兩人成年後。但琵亞不能理解米娜的選擇，兩人終究愈走愈遠。在那之後她並沒有認識太多新朋友。朋友會打擾，朋友有要求，朋友問太多問題，朋友要妳在乎、要妳表示興趣。她並不覺得自己有能力在其他人身上投注這麼多精力——直到她遇到文森。問題是她是否真的想要他進入她生活裡。她為自己創造了一種行得通的存在方式，把一片片的自己各自妥善安置。文森擾亂了那些碎片，長驅直入，桌上那個完成的魔術方塊即是明證。

米娜嘆氣，轉身離開客廳、正要去廚房拿咖啡，手機卻突然響了。來電顯示是克里斯特打來的。

「哈囉！波西和我想說打電話來看看妳的……休假日過得如何，」他說，講到關鍵詞的口氣稍嫌惱人了點。「波西今天有點不舒服，所以我們打算待在家裡。」

他顯然對被強迫休假一事也不盡開心。她對這個新的、快樂的克里斯特還不太習慣。這個似乎非常熱愛動物的克里斯特。她從到總部工作之始就認識他，期間甚至不曾見過他對條金魚微笑。

「你做什麼事都帶著那條狗嗎？」她說。

「妳正巧說到這——魯本也這麼說。波西不喜歡沒人陪。牠需要我陪在牠身邊的安全感與穩定感。我想，這對於一個最多只照顧過絲蘭盆栽的人來說大概很難理解。」

「什麼？」

「魯本，我是說，」他很快補充道。「不是說妳。」

她望向貼滿資料的牆壁。她的休假日。她要跟克里斯特謊稱自己在托斯卡尼的葡萄酒莊、或是在紐約血拼，還是在拉斯帕爾馬斯的沙灘上嗎？

「我說休假日的意思是指調查工作。」克里斯特追加一句。

米娜感覺自己彷彿被當場逮到一手放在餅乾罐裡。

「我有那麼透明嗎？」她說。

「有看的人才會發現。何況我自己也不是駕帆船徜徉在列島間。」

「老實說，我沒有任何進展，」她嘆道。「我甚至查看到被害人的父母去了。依然一無所獲。他們住在不同地區，行業也不同，彼此之間也沒有親戚關係。我追查所有可能，不管多大或多小。但我怎麼也找不到任何可以把他們串連起來的共同點。老實說我現在只能希望凶手收山了。」

她推開文森的班級合照、靠坐在桌上。

「哈蘭關連你查過了嗎？也都一無所獲嗎？」克里斯特問道，波西在背景裡汪汪吠叫。「不好意思，我得餵一下波西。」

乾狗糧嘩嘩打在金屬盆上的聲響讓她不得不把手機拿遠。然後是一隻黃金獵犬開心大嚼的激烈聲響。波西平常就已經開心得不得了，她簡直不敢想像牠心滿意足吃飽了會是什麼模樣。

「什麼哈蘭關連？」她等到波西吃得差不多了才開口問道。

「欸，喏。關連。說是關連或許言過其實，不過妳不得不承認這是很有趣的巧合。」

「我完全不知道你在說什麼。」

克里斯特在電話線彼端大聲嘆氣。

「好吧。喏，其實我也花了點功夫才把事情兜攏起來，不過一旦看到了，喏……我覺得我應該提過，可是也許沒……」

「克里斯特，」米娜不耐道。「你就直說了吧。你到底在講什麼？」

「喏，昂妮絲的父親來自哈蘭省。妳可以馬上從他的口音聽出來，」他說。「羅倍的父母則提到他父親的家族從事起司業，這讓人立刻聯想到哈蘭省的克比勒起司。至於圖娃……她外公是賞鳥族，家裡的牆上貼了好大一張遊隼的海報。遊隼是哈蘭省的省鳥。這些資訊都在我的報告裡。我以為這些關連非常顯而易見，不可能錯過。」

她可以想像克里斯特得意的模樣。遺憾的是她不得不洩他的氣。

「圖娃的外公家裡還貼了其他鳥類的海報嗎？」

「或許吧。」克里斯特不情願道。

「瑞典還有多少起司產地？克比勒只是其中之一。」

「好吧，當我沒說。這個關連或許沒有那麼顯而易見。但就是一個感覺，我覺得他們都是從哈蘭省來的。如果這點有任何意義的話。總之我得掛電話了，波西想要看電視。」

她不想問克里斯特怎麼會知道，或者有什麼節目會是狗想看的。《動物醫院》？《大自然》？還是李察．基爾的電影《忠犬小八》？她實在很難把克里斯特和李察．基爾聯想在一起。

克里斯特打電話來之前她正要去做什麼……對了。咖啡。她跳下桌子、放下手機，往廚房走了一步。然後她猛地轉身，她盯著那面資料牆。看著她最新貼上去的那些還沒有其他人看過的照片。她拿起桌上那張班級合照，看著合照下方的姓名對照表，然後翻面，讀取上頭的文字。

她想把克里斯特抱起來狠狠親一下。哈蘭關連是真的。但他犯了一個典型的雄性錯誤、就是把焦點放在男性身上。答案顯然在完全不同的一方。

她找到關連點了。

她終於知道了。

一〇八

米娜公寓門內的那張地墊和他記憶中的一樣小。他剛脫掉一隻鞋子，現正單腳站立試圖脫下另一隻。他可不想成為第一個膽敢在她的強化瓷磚地板上留下鞋印的人。他搖搖晃晃，不得不一手扶在門上穩住自己。

米娜盯著他的手，卻在發現文森注意到她在做什麼時移開了目光。他知道自己留在門上的油膩指印深深困擾著她，暗忖她還能忍耐多久才出手清除。他先發制人，從口袋裡掏出一包濕紙巾，擦掉門上的指印。然後他看著手上那包紙巾，故作不安狀。

「等等，」他說。「這包紙巾是用過的。我剛剛在地鐵上拿來擦過扶把。」

米娜的表情瞬間轉為純粹的驚恐。

「哈哈，」她說，摑了他肩膀一下——力道之大正好讓他明白她一點也不覺得好玩。「歡迎回到瑞典。你從上回和你的狂粉安娜近距離接觸的經驗中，恢復過來了沒？我發現你並沒有對她施展催眠術好忘了你這個人的存在。或者你發現被追逐吹捧的感覺其實還挺不錯的？」

文森盯著她看。這件事對他來說顯然沒有在她眼裡那麼有趣。他盡一切努力想忘記那個愛心刺青，那個影像卻每每在他最不想想起的時候浮現心頭。

他一手刷過臉，跟著米娜走進客廳。公寓打掃得和他上次造訪時一樣精確整潔。唯一的不完美就是那面客廳牆，上次來時並沒有。一幅新畫躺在地上，顯然是被拿下來好讓出空間。牆上貼滿調查相關的相片與文件，有些甚至是他先前不曾看過的，所有東西都上了護貝。

「這以前不是不曾發生過，」他說。「跟蹤客，我是說。不過沒有這麼極端。通常只是無聊的家庭主婦或有認同問題的年輕男子，不知為何認定只要能和我在一起他們所有問題就能迎刃而解。」

「嘖嘖，情聖卡薩諾瓦。」

「一點也不。他們如果不是找上我，也會把情緒投射到其他人或其他事物上。但安娜又不太一樣。她跟其他人不同，她並不滿足於讓一切只存在於幻想之中。這種情況唯一的解決方法就是盡量和她保持距離。有必要的話甚至得請求警方協助。」

「你是在要求我保護你嗎？」米娜微笑道。

「妳已經在這麼做了。」

「魯本應該會對安娜很有興趣，」她笑道。

文森再次望向客廳牆。他不了解為什麼在犯罪電影或影集中，他們總要把所有東西都放到牆上——唯一解釋就是畫面好看。但看到米娜的牆後，他突然懂了。這是逆向的心智圖。建構心智地圖通常是從一個中心想法開始往外枝狀延伸，米娜則是已經有了枝狀圖部分，現在正在尋找到底是什麼東西把一切結合在一起。米娜的逆向心智圖中央是一張照片。他挨近了，朝照片點點頭。

「那是……？」

「那就是我打電話給你的原因。」她說。

米娜的話聲並不那麼平穩。彷彿在擔心他會有什麼反應。他不必細看就認出了那張照片——他曾經看過那張照片很多次，即便是很久以前的事了。很久很久以前。他伸出手，想把那張護貝照片從牆上拿下來，但米娜的尖銳抽氣聲阻止了他。他該知道的。他們背後的書桌上有一盒拋棄式薄棉手套。他抽出一雙戴上，再次探手。米娜這回沒有反應了。

那是一張班級合照。他翻到背面。

克比勒小學，一b班，背後這麼寫著。他把照片翻回正面。從服飾判斷時間背景是八〇年代早期。

「後排那個是你，對嗎？」米娜說，指向一個缺了門牙的微笑男孩，身子被一位身型壯碩的女教師擋掉大半。

文森點點頭，勉強嚥下一口口水。這是他搬家轉學前在克比勒小學留下的唯一一張照片。但他在照片中的男孩和自己身上沒有看到任何相似之處。那個男孩是怎麼變成他的？他認不得自己是一件好事還是壞事？難道他不想認出自己嗎？

「我不知道你原姓包曼，」米娜說。他在照片下方找到了那個名字。

文森．亞德昂．包曼。

包曼。他很久不曾聽到這個姓氏了。

「瓦爾德是我寄養家庭的姓氏，」他說，對自己點點頭。「我和他們一起住以後就改了姓。我原姓包曼。妳怎麼找得到我那麼久以前的班級合照？」

「一點警察的基本功。選民登記記錄上有幾個瓦爾德，不多，其中只有一家接受寄養一個名叫文森的孤兒。社服文件顯示孩子原姓包曼，來自克比勒。剩下的就容易了。但這不是我給你看這張照片的理由。」

米娜指著他同學其中一個。

「這女孩名叫耶絲卡．韋德郭。她是羅倍的母親。她的模樣沒有太大改變。我看過關於巴比的新聞照片，一眼就認出來。」

文森臉色刷白。他盯著照片看了好半晌，然後指出坐在耶絲卡旁邊的另外兩個女孩。

「她們這一群有三個。耶絲卡、瑪琳、夏洛特。絲肯、瑪拉、洛塔。」

「她們是好朋友嗎？」她說，睜大眼睛。

「是的，妳可以這麼說。她們總是一起玩。像姊妹一樣。不過妳為什麼問？」

「因為瑪琳．班松和夏洛特．翰貝是昂妮絲與圖娃的母親。」

繼之而來的沉默震耳欲聾。

「你認識她們嗎？」米娜終於開口道。

「絲肯、瑪拉和洛塔？」他悶聲道。「當然。拍過這張照片之後那個夏天，我們四個經常玩在一起。後來我就轉學了。」

壓抑了大半輩子的記憶此時宛如一列高速火車朝他猛然撞來。他在穀倉裡的魔術工作室。他做的那個上頭有星星圖案的箱子。

他們要給嫣恩一個驚喜。

媽那天好開心。

7＋3＝10。照片是一九八二年春天拍的。1＋9＝10。8＋2＝10。10＋10＋10。等邊三角形的三個邊。就像媽的三角形烤三明治。一定要切得非常整齊。不管他怎麼繞，最終都會回來到媽身上。

最多半分鐘。

他們跳上腳踏車跑去游泳。

「我不懂。我看到她們的名字一定會馬上認出來，如果她們的名字出現在任何一份報告裡。但就我記憶所及我並沒有看到過。我不懂。」

「因為她們並不在調查範圍內。夏洛特生下昂妮絲不久後就過世了。瑪琳是圖娃的母親，但她在圖娃滿十六歲時和丈夫搬去法國，之後就再不曾回到瑞典。至於耶絲卡，巴比的母親，你確實在報告裡讀過她。但你沒認出來並不意外，因為她婚後換成夫姓。和你一樣。我是說換過姓。」

他盯著照片。他的老朋友。那個他們一起去游泳的夏天。她們游，他沒有。他只是坐在岸上望著湖。他感覺到那片黑暗深沉的陰影大得足以蔓延到現今、吞噬他。

「總之，」米娜繼續道，「這張照片證實三名被害人的母親彼此認識。而你現在說她們也認識你。你們曾經玩在一起。這不可能只是巧合。」

米娜站在他正前方，出乎他意料地握住他的雙手。此刻的她無比嚴肅。

「文森，你到底在其中扮演什麼角色？」

「我？但……我一定有所涉入嗎？還有很多人也認識她們。給我十分鐘，我可以證實瑪琳、耶絲卡和夏洛特都在同一家店買糖果。或者十幾歲時曾吻過同一個男孩。或者長大後曾經在同一個地方工作。妳真打算偵訊所有認識她們三個的人？」

米娜移開自己的手，被他突如其來的口頭攻擊嚇了一跳。他無意傷害她。他只是對她剛剛說的以及還沒有說出口的話還沒有心理準備。

「對不起。」他說，朝她伸出手。

她沒有接受。

「妳說得沒錯，」他說。「這確實不太可能是巧合，尤其我甚至正在協助調查，而她們其他潛在的共同友人並沒有。我只是不希望妳認定我必然有所涉入、必然對妳有所隱瞞。畢竟還有書裡的那段訊息。我真的不知道這一切到底有什麼意涵。」

他指向班級合照。

「除非……妳認為我是預計的第四號被害人？或者該說是我的兒子班雅明？你們會發現他被擠壓在摺紙箱裡、額頭上刻了數字？」

他感覺自己彷彿靈魂出竅、反身看著自己。彷彿一切只是一場電影。但米娜搖搖頭。

「我認爲你在其中扮演的是完全不一樣的角色。」她說，站起來走向書桌。她拿出一張護了貝的紙張遞給他。那是一篇來自多年前的《哈蘭郵報》的文章。文章橫跨兩版，還有一個以驚嘆號結尾的聳動標題。但其實一張照片便占去了大部分版面。他只在寄養父母把報紙扔掉前瞥過一眼。但一眼已足夠終身不忘。照片裡的小男孩站在一座穀倉前的空地上。光憑照片不可能看出是哪座農場，但文森知道。大型一點的報社應該會選擇不同的照片，或者根本不予刊登。但《哈蘭郵報》的編輯顯然並不反對刊出孩童照片。八〇年代是和現在很不一樣的時代。

在男孩身後，警用的條紋膠帶圍起一塊區域。在膠帶後方、穀倉入口前方，一個畫有星星圖案的木箱隱約可見。

男孩兩眼直視相機鏡頭，他的眼裡承載了世間所有哀傷與苦痛。文森一眼認出那張臉。和他至今每天早晨在浴室鏡子裡看到的是同一張臉。

「妳同事都知道了？」他低聲問道。

「他們都還不知道。」米娜說。

他沉默良久。

「你為什麼都不提？」她說。「去你媽的。」

她頭往後仰，死命眨眼，但他已經從她聲音裡聽出來。

「我該怎麼想，文森？我信任過你。」

「我當時只是個孩子，米娜。」

眼淚此刻已經沿著她雙頰公然淌流，她用毛衣袖子拭去淚水。

「我規定自己永遠不要信任任何人，」她說。「但我為你開了例。我甚至讓其他人也信了你。去你媽的讓我知道自己是對的。你該知道，我一旦跟其他人說了，你馬上就會被列為頭號嫌疑犯吧？」

文森低頭看著地板。

「妳怎麼想？」他說。「妳認為人是我殺的嗎？」

米娜吸吸鼻子，收拾眼淚。她以純粹專業的目光細細打量他。

「這是個好問題，」她的聲音裡沒有透露任何情緒。「是你嗎？」

一〇九

夏天的夜空不該這麼昏暗。他往米娜家去時天空尚無雲，此刻卻已烏雲密布，看來隨時會下雨。文森幾乎無法專心開車，所幸返家的路上車並不多，大部分的人都還度假未歸，算他們走運。

在此同時，他也不想太早回到家。一旦回到家裡，他就不再有那個大腦空間去處理米娜剛剛說的一切。瑪麗亞稍早傳簡訊給他，告知他阿斯頓想要造一艘「超級無敵大的樂高太空船」，而她好心地把這個機會讓給了他。或者如她寫的「就讓你們父子倆一起囉」。瑪麗亞不時強調自己需要感到平等，但那顯然並不包括陪兒子玩樂高。不過文森並不介意。她不知道自己錯過了什麼。

然而這一回，這意味著他必須刻意繞路而行，給自己時間先把思緒整理清楚。也許他可以繞去他們發現羅倍屍體的停車場，看看是否有助清通思緒。但從另一方面來說，在即將成為命案嫌犯的此刻卻跑去犯罪現場對他來說並非好事。米娜很可能已經打電話給尤莉亞告知一切了。如果是，不知他們會派誰來逮補他。克里斯特嗎？不，不會是克里斯特。魯本，他們當然會派出魯本。天空開始飄起細雨，他啟動雨刷。

米娜的資訊像一個必須按照一定順序取出其中物件的箱子。他必須從最初開始。他的同學：瑪琳、耶絲卡、夏洛特。或者該說是瑪拉、絲肯、洛塔，他小時候的朋友。她們後來成了圖娃、羅倍、昂妮絲的母親。但這並不意味著事情是衝著他來的。不是嗎？

雨變大了，他調快雨刷速度。雨點打在車頂的聲音帶著點催眠效果；他的思緒愈飄愈遠，必須使勁拉回來、按邏輯順序排好。

要是米娜的發現其實並非衝著他來的呢？會不會是有人試圖殺害當年所有同學的子女？為什麼特別針對他們的子女？為什麼不是同一年其他班級的學生子女？

不，不可能是所有人的子女。倒數把這一點表達得很清楚，只有四起謀殺案。倒數到零的時候凶手還會另有作為——他很確定這點。有什麼事獨獨把瑪琳、耶絲卡和夏洛特牽扯在了一起。她們有共同的敵人嗎？但，如果有共同敵人的是她們，那麼遭到殺害就應該是她們本人，而非她們彼此甚至並不認識的子女們。

還有，誰會是第四名被害人——也就是第一號謀殺案——如果不是他的話？因為，雖然有書裡那段凶手留給他的訊息，他還是沒有準備好接受第四人很可能就是他，文森，亦即連結一切的共同點。雖然他們四人確實曾在很短的一段時間裡，形影不離。就一個夏天。但在他搬走後，她們一定又找到別的人了吧？第四個人可能是他，但並非絕對。也可能是另一個朋友。畢竟她們三個在一起這麼久，有他加入的時間只有那短短的一個夏天。他們四人並不是那麼重要或固定的一群。他實在是想不通。

尤有甚者，他身邊無人知道他的過去。在那份報紙之後，他的寄養家庭盡一切努力埋藏曾經發生過的事。他們確實做得很好。他很意外米娜竟設法挖出來了。文森．瓦爾德當時還不存在。在克比勒，他只是平凡無奇的文森．包曼。

包曼。

包——曼。

等等

等

等

他油門踩到底，高速駛入圓環。有人對他怒按喇叭。然後天空突然開了洞，嘩地落下傾盆大雨。這不重要。什麼都不重要了。除了日期。他知道它們代表什麼了。他還得跟班雅明再確認過，但他破解密碼了。數字浮現在他眼前的半空中，漂浮在引擎蓋上方幾吋處，在雨中閃閃發亮，隨而轉化為字母。這排字母揭露的內容令他滿心驚駭。

一一〇

她坐在冰冷的地板上，盯著她的牆看。文森自照片中回瞪著她。她把那篇報紙文章貼到班級合照上方、也就是她製作的蛛網正中央。米娜手中握著她的魔術方塊——文森解開了的那個。她用兩手來回拋接魔術方塊。她想要扭轉方塊，卻又不敢；她不確定自己有沒有辦法扭轉回來恢復到完成的狀態。彷彿輕輕一轉，她就將啟動再無法停止的連鎖反應，接下來任何修正的企圖都只會製造更多混亂。就像她的生活。

七歲的文森．包曼睜著一雙憂傷的眼睛，從牆上凝望著她。

她曾對他傾吐私事。老天，他甚至曾在這裡看著她睡著。

魔術方塊從一手飛向另一手。

她曾經允許他一探她部分最內在的自我。而他從頭到尾都在說謊。

魔術方塊以拋物線飛落在另一手中。

他要是曾多少透露就好了。關於發生在他母親身上的事。他聲稱自己壓抑了那段回憶，說他不記得了。而她想要相信他。但她不知道自己是否會再允許自己這麼做。

她為什麼就是不能甘於孤獨？

她望著手中的魔術方塊，然後使勁朝牆壁扔去。方塊擊中童年文森的額頭，碎裂成數塊。她雙臂抱腿，開始前後搖晃，坐在地板上無聲哭泣。

一一一

文森沒敲門直接闖進班雅明的房間。他的兒子一如往常，戴著耳機躺在床上、筆電放在胸前。他被長驅直入的文森嚇得跳起來。

「你要幹嘛？」班雅明說，唰地闔上筆電。「小心我地上的書——你弄得到處都是水！」

班雅明說得沒錯。文森全身在滴水。他進家門連外套都沒脫就直衝班雅明的房間。從車庫走到大門這一段路讓他被雨淋得渾身濕透，他可以感覺水滴從自己鼻尖滑落下來。他伸手去拿掛在書桌椅背上的一條毛巾，卻被班雅明出聲制止。

「我勸你最好不要。」

文森縮手。他不打算問為什麼。

「那三起凶案，」他說，一邊脫掉外套。「把日期叫出來。」

「又是這，」班雅明嘆氣，緩緩從床上爬起來，走向書桌。「你知道大學這星期開學了吧？我修了很多門得花點功夫的課。」

「我要看所有的日期。」文森說，對兒子的抗議置之不理。

「好是好，不過你可不可以稍微擦乾一下？」班雅明不快道，把幾個上色的戰錘公仔移到安全距離外。「你把東西都弄濕了。」

文森趁班雅明打開Excel檔案時很快去浴室拿了毛巾。

「你記得我們最早嘗試破解密碼的事嗎？」文森回到房間後說道。

「你是說我們把日期數字轉換成字母那次？一是A、二是B，以此類推，最簡單的密碼。但我們一無所獲。」

「我們再試一次，」文森說，用毛巾擦擦頭髮。「按照編號順序。」

「如果這樣能讓你冷靜下來，那好。只是我不懂為什麼。」

班雅明點出昂妮絲、圖娃和羅倍的照片以及各自遇害的時間日期。

「第一個案子、昂妮絲所謂的自殺案，發生在一月十三日下午兩點，」班雅明說。「所以是13-1-14。轉換成字母是M-A-N。」

他邊說邊把這片下方的數字換成字母。

「圖娃在劍箱遇害是二月二十日下午三點。所以是20-2-15，轉換成字母是T-B-O。然後根據匿名線報羅倍死於五月三日下午兩點，3-5-14，也就是C-E-N。」

他把最後一組數字換成字母，然後椅子往後一推，讓文森看清楚螢幕。

「M-A-N-T-B-O-C-E-N。還是沒個所以然。不過我們早就知道了。」

「看不出所以然是因為這是按照命案發生的順序，」文森說，站在毛巾上以避免地板上出現積水。「也就是時間先後順序。但如果按照死者身上的編號順就應該倒過來。昂妮絲是四、圖娃三、羅倍是二。按照這個順序排出來看看。二、三、四，羅倍、圖娃、然後才是昂妮絲。」

班雅明在螢幕上將羅倍與昂妮絲對調位置，看著新的字母組合。

「C-E-N-T-B-O-M-A-N。我還是看不出來，」他皺眉道。「依然很瞎。」

「一點也不，」文森說。「這告訴我們下一個案子——第一號謀殺案——的發生時間。九月二十二日下午兩點。一個月後。

班雅明詫異地看著他。

「你是怎麼得到這個結論的？」

「因為九月二十二日下午兩點是22-9-14，也就是V-I-N。這是一號謀殺案，所以應該出現在最前面。你看出來了嗎？」

文森伸長手、越過一臉氣餒的班雅明，輸入V-I-N三個字母。鍵盤被他弄溼了，不過管它去。

「一、二、三、四。四起謀殺案。」他說。

V-I-N-C-E-N-T-B-O-M-A-N一排字母從螢幕上瞪著他們看。

「文森·包曼是我的本名。這些案子從頭就是衝著我來的。」

一一二

艾辛列登公路上，這些只有星期天才跑出來練車的該死的駕駛們什麼時候才會學會閃邊？魯本打回二檔。今天其實是星期四，但重點還是一樣。他們有什麼要事非得開車上路不可？他再次打三檔，想拚拚看能不能衝到四檔。但前方路況並不樂觀。一輛豐田Auris突然變換車道擋在他前面。

「沒事、沒事，艾麗諾，」他對愛車說。「冷靜下來。」

他想像引擎發出挫折的低吼。車子艾麗諾不像真的艾麗諾。車子永遠不會讓他失望，永遠不會某一天突然說它受夠他了。他用手指輕撫過儀表板上方，有積塵，他該要洗車的。

然後他突然改變心意。他早該上了高速公路，但此刻他卻在前往警察總部的路上。命案調查已經太久沒有進展了，所有線索最後都走進死胡同。現在顯然有人盯上了他們少得可憐的成果。他甚至不知道他們這個所謂的小組是否還正式存在。總部其他人很可能都在嘲笑他的無能。難堪的是，在可見的未來裡，他的名字恐怕都得和這一系列惡名昭彰的無解懸案牽連在一起了。但最後一根稻草是文森．瓦爾德，那個搞魔術的跳梁小丑竟擅自召集眾人說要開會。這傢伙不過一介平民，從頭到尾就是個假貨。他沒有權力說要開會，尤其在這休假期間。

魯本一隻手摸向副駕駛座，確定那只棕色信封還在。東西是郵差送來的，上頭沒有回郵地址。裡頭的東西讓他一時噎住，接著爆出大笑，最後卻怒不可抑。寄信人顯然非常清楚文森參與調查的事。

信封的內容讓人對這位讀心師完全改觀。魯本知道文森欺騙了他們所有人。但這讀心人顯然覺得這樣還不夠——他非得用他的謊言好好糟蹋他們一回不可。說要開會就是這意思，魯本百分百確定。該死的文森．瓦爾德。想起自己竟開始相信這傢伙應該沒問題，相信文森是真心想要幫助他。為此，他永遠不會原諒他。

他再次拍拍鄰座的信封。

「文森．瓦爾德，你死定了。」他森然道，狠狠踩下油門。

前方的豐田轎車非閃開不可。

一一三

魯本是第一個抵達會議室的人。他算準文森會站在白板前，特地挑了正對他的一張椅子坐下。魯本打算全程盯緊這個王八蛋。

一會後，彼德漫步晃了進來，臉上長好長滿了一大叢鬍子。他顯然整個休假期間都沒碰過刮鬍刀。令魯本不解的是，彼德看起來曬黑了點，而且精神不錯。魯本的表情顯然洩露了他的大感意外，因為彼德衝著他一眨眼。

「我們在我爸媽家住了兩星期，」他說，開心微笑。「所以現在呢，日子可愜意了。太不可思議了，兩位精力充沛的六十歲老人竟能大大改善人的心理健康。喏，我是說我和安涅忒的。不過他們幾年之內應該都不會再邀我們過去了。我爸最後一次換尿布時的模樣還真是憔悴。但我甚至開始看書了。喏，差點開始。我至少考慮過要從哪本開始讀。」

彼德發出滿足的喟嘆，落坐在魯本身旁的椅子上的同時，克里斯特和米娜一起走了進來。他們邊走邊聊。米娜的眼眶發紅彷彿哭過似的。或者她終於開始把乾洗手塗到臉上去了。如果這樣他一點也不會意外。

「我發誓，」克里斯特說。「絕對不是問題。我之前就說過，我非常樂意收留波西。我甚至剛幫牠買了一條有寶石裝飾的漂亮牽繩。當然不是真鑽，但我們出去散步時可炫了。」

「我到頭來可能會積欠你我一整年的薪水，」米娜嘆道，落坐在彼德旁邊。

克里斯特笑了，拉開魯本另一邊的椅子坐下。

「項鍊不錯哦，米娜，」彼德突然說道。「我好像在電視上看過廣告。就是那種磁石首飾，對不對？」

「嘖嘖，眼睛挺亮的嘛，」克里斯特又笑了。「最近有睡飽？」

「是的，只消幾小時的深度昏迷，專注力就回來了。」

「有人送我的。」米娜簡短應道。

魯本聽得出來米娜並不想多談這件事。但彼德顯然只顧開心自己失而復得的敏捷思路，完全沒有注意到。

「我以為文森會和妳一起來。」魯本說，搶在彼德繼續追問項鍊的事之前改變話題。

「為什麼？」米娜斷然道。「我們又不住在一起。」

「我有時不禁會懷疑。」

米娜狠瞪他一眼以為回應。文森看來失寵了。喏，這倒是新聞。他正打算針對讀心師斟酌發表一點個人意見時，尤莉亞和文森一起抵達了。

「很好，大家都到了，」尤莉亞說。「那就開始吧。」

她穿著一件長度及膝的夏日洋裝。也許不是最適合警方調查小組頭頭的裝扮，但尤莉亞同樣也被迫休假。魯本可沒打算抱怨。他可以輕易想像那雙線條漂亮的長腿沒露出來的部分，往上一路到屁股。他很清楚洋裝底下是什麼模樣。該死了，沒看錯的話她今天應該是穿了丁字褲。這原本夠他在剩下的開會時間裡好好遐想一番，但文森毀了一切。他站在那裡，故作緊張，該死的唬爛王八蛋。不過魯本不急。他要耐心等待最佳時機。他們前陣子那段對話應該是陷阱，文森想藉此突破他的心防，好搞清楚警方知道多少。

「我們是不是該把那些代班的蠢蛋也叫來？」魯本提議。「因為說來，我們並不算正式開工了不是嗎？」

「我有些事想先跟大家說，」文森不安道。「愈少人知道愈好。」

「跟AA那個人有關嗎？」魯本問。

「沒關係，」尤莉亞說。「結果那人就是文森的粉絲，對書的事一無所知。」

「真是夠了。」

「這事怎麼說都難，」文森說，清清喉嚨。「我一直認定這幾個案子的時間日期暗藏密碼，現在終於解開了。答案自始至終都在那裡等著我們。」

他在白板上寫下昂妮絲—圖娃—羅倍。

「這是凶案發生的順序，」他說，指向那排名字。「但如果以刻在死者身上的數字為主要考量，順序會變成這樣。」

他擦掉三個名字，重新寫上羅倍—圖娃—昂妮絲，然後在羅倍的名字前面加上一個問號。

「問號代表第一號謀殺案。倒數最後一樁，但是序列的第一樁。如果我們把命案發生的日、月、時間轉換成字母，一是A、二是B，以此類推，結果是這樣。」

文森在名字下面畫上一個箭頭，然後寫下CEN-TBO-MAN。

「這給了我們兩個重要的資訊，」他繼續道。「其一，這透露了下一起謀殺案的日期。這好。但如果屬實，那麼這同時也讓我以某種我自己也無法解釋的方式被牽扯了進去。」

文森再次清清喉嚨，神情苦惱不安。演技很不錯——魯本不得不承認這點。他決定讓文森再多扯一會。

「有一件事，」文森說。「我本姓包曼。」

他在那排字母的最前方寫下V-I-N。

VIN-CEN-TBO-MAN。魯本低笑出聲，他不住讚嘆，他沒想到文森竟敢做到這個地步。算他有種。或是嚴重妄想。魯本知道答案是何者。

「文森．包曼！」克里斯特驚呼。小組其他成員也正理解到這點。「搞什麼？」

「假設我是對的，」文森說，沒有回應克里斯特，「最後一個案子將發生在九月二十二日下午兩點。因為這組數字轉成字母正是V-I-N。」

「安涅忒的生日！」彼德大叫，疑似剛剛驚醒。

過去兩星期所恢復的精力似乎已經消耗殆盡。

其他人盯著他看。

「呃，九月二十二日是我老婆生日。」他說，臉紅了。

「我那天還剛好預約了很重要的看診咧。」尤莉亞嘲諷道。

「但我不懂，」彼德繼續說道。「凶手為什麼要拼出你的名字？」

「魯本，我想我們正式收假了，」尤莉亞說。「而且要快馬加鞭。我會跟上頭說。」

「名字不是文森唯一的牽連，」米娜以緊繃但不帶情緒的口氣說道。「三名被害人的母親都是文森的童年玩伴。」

魯本微笑地看著文森的臉漲得通紅，文森大概巴不得找個地洞鑽進去。米娜此舉應該不是他計畫中的事，哪怕他演技有多好。這一層關係實在讓他太難開脫了。老天！幹得好，米娜。文森這下身陷屎坑了。而魯本甚至還沒開口。

「相信我，」文森說，避開所有人的目光，「我完全不知道這到底怎麼回事。這些案子顯然是衝著我來的。書只是起頭。我很努力在想誰會這樣緊咬我，但我真的想不出任何人。最多就是有幾個同事對應邀演講的事有些吃味，不至於稱敵。那種東西只會出現在書裡和電影裡。現實不可能。」

「看來就是有人莫名其妙要搞你，」魯本說，下唇噘起來。「好口年的文森。」

然後他從袋子裡抽出信封、放在桌上。

「不過我倒是有另一個解釋，」他說。「犯下這幾起謀殺案的就是文森本人。他甚至自大得把自己的名字嵌進案子發生的時間日期裡，當做是場猜謎遊戲。等我們遲遲沒看出來時，他倒心急了，覺得我們沒他聰明，只好親自指出來給我們看。」

「魯本！」克里斯特一臉驚駭地看著他。「你在說什麼？」

「我自己也跑去讀了一些魔術相關的資料，」魯本說。「我學到最高招的魔術就是把東西藏在顯而易見的地方。文森，跟大家說說艾爾．柯倫[30]和他的指環的故事。」

魯本看得出來文森聽懂了。他搞定他了。

「艾爾．柯倫是一位知名魔術師，」文森緩緩起頭道。「他最知名的一個表演是把觀眾提供的婚戒串在一起。其中一個戒指是他自己的。傳說他每回表演都會先拿出一只有祕密開關的戒指給觀眾看，聲明串連指環的魔術通常是靠這種道具戒指完成的，但他絕對不會這麼做。然後他開始表演，靠的正是同樣的機關道具。沒人知道這一套怎麼會行得通，雖然——或者該說正是因為——他已經事先揭露了方法。但我不懂這和我們的調查有什麼關係。」

「你怎麼會不懂，」魯本說，轉而面對他的同事。「我認為文森剛對我們耍了艾爾．柯倫這招。他自己先解了謎，然後希望我們因此不會相信幕後黑手就是他。雖然所有證據全都指向他。」

「魯本，這是非常嚴重的指控，」尤莉亞說。「你有什麼證據？最好是比指環魔術再有力一點。」

「不會吧——你們難不成都是金魚腦！」

他不耐地抬高聲量，一手指向文森、另一手指向白板。

「我們的好朋友文森操縱人時最愛用上自己的名字了！『藝術家總要在自己的作品上簽名』，還記得嗎？有個傢伙被他催眠，在牆上寫了一百遍文森．瓦爾德，就為了滿足他的自大心態？」

文森的臉整個刷白。

「那個實驗是為了解釋盲從現象。」他口氣薄弱地開口道，卻在看到眾人盯著他看的眼光時住了嘴。

魯本愛死這一刻了。

而且他還沒完。

他把重頭戲留在最後。

他拿出信封裡的東西，放在桌子正中央讓所有人都看得到。

---

30 Al Koran（1914-1972）：英國讀心師、作者、發明家。

「有人寄給我的，」他說。「對方匿名，但顯然是看不下去我們都被文森騙倒了。在你們開口問之前我可以先回答：文章是真的，我查證過了。」

「魔術以悲劇收場！」《哈蘭郵報》這篇舊聞標題是這麼寫的。克里斯特、彼德和尤莉亞好奇地傾身向前。魯本瞥見米娜很快地瞄了文森一眼。米娜顯然已經讀過這篇剪報了。挺行的，這米娜。

「在克比勒近郊這座農場上，魔術遊戲竟成死亡現實，」魯本大聲讀出文章開頭第一段。

然後他的視線再度鎖定文森。

「難怪文森對魔術殺人有這麼深入的了解。我們的好友文森．包曼可是有一輩子關於木箱殺人的經驗。」

一一四

克比勒，一九八二年

他特別提早下樓去廚房。媽的早餐不好做，他來做尤其花時間。他知道一切必須照規距來。儀式，媽是這麼說的。他把兩片麵包放進烤麵包機裡，確認轉鈕指向三分半，開始等待。廚房窗外太陽已經出來了。不過比起幾星期前日出已經晚了十二分鐘。暑假快要結束了。今天是嬿恩回家的日子。所以今天的一切尤其得照規矩來。

麵包跳起來後，他小心翼翼地用一根肉叉把麵包挑出來以免燙到自己。接著，他把兩片麵包對齊，拿起刀子慢慢往下壓，切掉麵包的硬邊，一如媽教他的那樣。然後是另一邊。切到第三邊的時候，麵包裂開了。他手握刀停在半空中。一片吐司裂開了，足足裂了一公分長。這不成。他把麵包扔進垃圾桶，從頭來過。兩片麵包放進烤麵包機裡，轉鈕設定三分半。考慮幾秒後，他把時間降到三分鐘。烤麵包機已經熱了，他不想把新的兩片麵包烤焦了。

他一共從頭來過三次，總算把一份烤三明治切成兩個完美的三角形。總算。第一步完成。他扔掉躺在他面前的半份麵包。

三個三明治。

三角形有三邊。

第三個角裂開了。

三乘以三等於九。

但三乘以三乘以三是二十七。二加七等於九。

不管他怎麼數，九總是跟三角形同一回事。

他雙手抱頭，指頭壓在太陽穴上。九加上他自己的年齡是十六，也就是嬿恩的年紀。他和嬿恩相差九歲——三角形。他，嬿恩，媽。這是他們的三角形。

一個第三角裂開了的三角形。

停。停。停。

他知道媽說的儀式為什麼很重要。因為只要你所有事情都按照規矩做好做對，你的念頭就不能占據你的頭腦。他忘了什麼事。是什麼……

咖啡。他忘了打開媽的咖啡機。他在玻璃壺裡裝滿水，放回加熱墊上，一邊納悶到底是哪個先出現在媽腦袋裡——是這些儀式，還是那些需要儀式來趕走的念頭。還是說它們根本是同一件事？

嬿恩傍晚時分回到農場時，已經比她自己預期的晚了很多。因為沒有人願意花力氣幫她一把。這清楚說明了她母親有多麼不在乎除了她自己以外的任何人。媽在她出發前就把醜話說盡，之後連一通電話都懶得打。

嬿恩登上前廊階梯，按下門把。鎖上了。這門何時開始鎖了？她生氣地按門鈴。這太過分了。如果他們不在家，她真的會氣炸。她今晚就再次離家。

門鎖從裡頭開了，她弟弟穿著睡衣開了門。

「你們為什麼不接電話？」她說，砰地一聲把背包放下來。

她弟弟一臉不解。

「電話？」他說。

她兩手撐在腰後，往後伸展筋骨。她最後一段路是用走的，累壞了。她打包行李的時候並沒有料到竟得背著行李走這麼遠。

「我上火車前就打了電話，」她說。「在哈姆斯塔德下車時也打過，最後在克比勒的公車站又打了一次。想說你們會來接我。我會很感激有人幫忙提一下行李。」

她弟弟望向廚房。她跟隨他的目光。電話聽筒躺在流理臺上、根本沒掛好。

「搞屁啊？」她說。

「一定是忘記掛回去了。」他支吾道。

「老天爺。一切都是老樣子，我懂了。」

她搖搖頭，走進廚房。

「喏，現在我回家啦，」她說。「雖然只待了幾天。媽我猜她應該跟你解釋過了吧？」

她拉開冰箱，拿出裡頭所有的食物。伊娃的爸爸幫她做了兩個三明治在火車上吃，那是她吃過的最後一餐，感覺像是一輩子以前的事。

「解釋什麼？」

她嘆氣，指指廚房桌邊的一張椅子。她弟弟坐下了。她挑了他旁邊的椅子一起坐下，把從冰箱挖出來的食物放在桌上，握住他的手。她的手冷冰冰的，還有點濕。

「我要走了，」她說。「我會在穆拉上完高中最後這兩年。我真正想去的地方是斯德哥爾摩，但穆拉至少不是……這裡。你還記得我說的三個T嗎？」

「戲院、樂園、交通？」她弟弟皺眉說道。

「三樣裡面穆拉至少有了兩樣，」她說。「而且非穆拉本地學生還有宿舍可以住。伊娃的爸爸都幫我申請好了，媽只需要簽同意書表示同意讓我住在那裡就好。」

她弟弟的眼眶裡漲滿了淚水。媽真該死，竟逼她自己說。她真希望媽鼓起勇氣在她回來前就先告訴他。她弟弟向來不擅於面對改變，事先就需要很長的調適時間。

「妳幾年後要搬走？」他低聲問道。

「不是年。是現在。我這次回家只待四天，然後我就要走了。」

「可是嫵恩，妳不可以！」

他雙臂摟住她的脖子。

「三角形不能只有一個角，」他緊挨著她的臉頰哭喊道。「那就變成一條線了。然後就會掉了。我不想掉下去，嫵恩。求求妳，求求妳。我不想掉下去。」

她推開他，好直視他的眼睛。

「你在說什麼？」

「三角形，」他抽噎道。「妳，我，媽。不能只有我。妳年紀比較大，妳知道要怎麼辦，但我……我……我答應要照儀式的規矩做事，完完全全照規矩來。**完全**。我一直都在練習。求求妳不要走。」

她兩星期前打電話回家時，肚子裡那個結又回來了。她一直擔心家裡頭出事，卻說服自己不要瞎操心。但事情確實不對勁，事實上是非常不對勁。她弟弟嚇到她了。

「媽在哪？」她說，小心翼翼地放開手。

他沒看她，一逕指向廚房流理臺。流理臺上堆滿了切成三角形的三明治。好幾百個。烤得完美酥脆。

「那些是媽的三明治，」她說。「**媽**呢？」

她真的嚇壞了。肚子裡的下沉感變成一個無底黑洞。

「在流理臺上，」他說。「妳不記得嗎？『We are what we do，我們就是我們做的事』——媽都是這麼說的。所以我做了好多好多次，都有照規矩來。每一次。所以她就在那裡。」

她感覺頸後爬滿小蟲。她站起來往後退，遠離她那直直盯著地板看的弟弟。

「媽？」她對著門口大叫。沒有回應。

她驚慌地奔跑上樓，推開每一個房間的門。媽都不在。

她回到樓下、朝前門跑去。她弟弟還待在廚房裡，嚶嚶哭泣。她應該去看他，去抱抱他、跟他說一切都會好好的，但她沒有時間。而且一切並非都會好好的。

她必須知道。

外頭天色已暗。只有門廊和穀倉外頭有燈。天空裡繁星正開始閃現，緩解了黑暗，足以讓她看到外面那片大草坪的剪影。媽不在那裡。

草地另一頭的樹林一片漆黑，天亮前她不敢進入。

「媽！」

她再次大叫。也許媽在埃倫家，她常常會晃過去他家。也許她忘了今天是女兒要回家的日子。但如果是這樣，她弟弟為什麼不說呢？電話為什麼被拿起來了？

他們到底在搞什麼鬼？

最糟的情況是，媽恐慌發作，躺在黑暗中某處孤立無援。她需要幫助。如果媽真的恐慌發作，那也難怪她弟弟會嚇壞了。他一副驚魂未定的樣子。這確實能解釋他的行為。他畢竟還小。

她跑向穀倉。她站在外面的燈光下深吸一口氣。有味道。某種甜膩、令人窒息的氣味。去年夏天她弟弟曾把吃剩的午餐忘在穀倉裡，食物就在仲夏的熱氣中緩緩蒸煮，等他們發現時整個穀倉已經瀰漫惡臭。這味道讓她想起那件事，但這次甚至更糟。

糟上許多。

她打開穀倉門，立刻用手掩住口鼻。惡臭令她眼睛充淚。混雜了尿騷、汗臭、腐敗與死亡的氣味。外頭的燈光只能照亮一小塊區域，穀倉內部一片黑暗。

她眨掉淚水，發現那片黑暗竟然正在移動。

而且還發出聲音。

她以為的暗影其實是密密的一大群蒼蠅。成千上萬隻綠頭蒼蠅發出激動的嗡嗡聲響、在彼此身上振翅攀爬。那片蒼蠅形成的暗影面積甚至大過她。膽酸湧進她嘴裡，她得在吐出來之前離開這裡。她衝向穀倉門的當下，蒼蠅雲正好也稍稍散開，讓她瞥見到底是什麼吸引著牠們。

一個箱子。

一個上面畫有星星圖案的藍色箱子，上頭掛著一個大大的掛鎖。

一一五

冰雹劈里啪啦地打在她頭頂上方的防水布上。是她提議他們在蓋勒里昂購物中心屋頂的戶外餐廳TAK見面的。高處總能帶給她某種不一樣的感受。這裡的空氣似乎比較容易呼吸，彷彿塵土髒污都被留在了下方。

但裝在外帶盒裡的麵條才剛上桌，突然就下起了冰雹。他們和其他餐廳客人紛紛躲進遮蓋在餐廳廚房與吧臺上方的防水棚底下。白色的冰球傾盆而下，那氣勢彷彿某人不耐久候的積壓怒氣。她不住打顫，看著自己裸露的雙臂上滿是因受寒而起的雞皮疙瘩。她幾乎希望文森能把自己的外套借給她，但她知道他不會這麼做。尤其不會在兩人關係如此緊張的時候。在總部的會議上她並沒有站在他那邊。她被他剛揭露的事震懾住了。

「文森，我必須知道。」她說。

他霎時從凝望冰雹落下的出神狀態中醒來，轉過身面對她。

「我只問這一次，」她繼續道。「你必須完全坦誠。你和這一切有沒有任何一絲一毫的關係？你不必告訴我是什麼，只要……嗯，到底有沒有？」

她可以看出他被她的話傷到了。原本直挺的站姿洩了氣，眼裡的光也消失了。但她必須知道。一次問清楚。他轉開頭，沉默良久。然後他朝著冰雹走了一步，拉開和她之間的距離。

「如果有，」他說，「妳覺得我會答應參與調查嗎？或者，那晚第一次在葉弗勒見到妳之後，妳覺得我會像我當初那樣極力往反方向跑嗎？我當然和這個案子毫無關係。」

冰雹卡在他的金髮間、掉落在他肩膀上，融化後沿著他的背滴淌而下。

「對不起，」她說。「我必須問。」

他轉身，直視她的眼睛。

「真的嗎？」他說。「妳真的必須問嗎？我以為我們對彼此的了解已經超越了那個問題。我以為我們……我們……」

她點點頭要他繼續說下去，但讀心師卻沉默了。她也走進冰雹中，與他並肩而站。一點冰水死不了人。他倆一起凝望濕漉漉的屋頂。她發現自己做了什麼事時已經來不及了。她的手探向他的手，與他十指交纏。該死了。她無意這麼做。她屏息，等待他的回應。他沒有縮手，反而緊緊握住她的手。

「我以為我們了解彼此。」她說，完成他未完的句子。

他靜靜地點點頭。

然後他瞇眼凝視前方，驟然跳起。

「老天，」他說。「我以為我看到安娜在那裡。」

她順著他的目光看過去，但隔著冰雹很難看清其他客人的模樣。

「不是她，」他說，搖搖頭。「看來我甚至妄想起我的跟蹤客來了。太好了。」

冰雹突如其來，停得也一樣突然。餐廳客人們紛紛從防水棚底下鑽出來。他們放開彼此的手。

「所以現在呢？」她說，看著另一隻手上泡了水的麵條餐盒。「你還會想往反方向跑嗎？」

他找到垃圾桶，兩人扔掉手上的午餐。他接著從口袋裡掏出一罐乾洗手遞給她。他的眼神依然帶傷。

「妳要我往哪裡跑我就跑，」他說。「我以為妳已經知道了。」

一一六

「根據文森的理論，我們有了下一個案子可能發生的日期。而因為先前三案都發生在斯德哥爾摩，我們可以合理推測這次也會發生在這裡。」

尤莉亞一停下來，魯本立刻送上懷疑的目光。

「我要說多少次，我們該做的事就是把文森逮來，以重大嫌疑人為由把他關上幾星期，直到二十二日。他或許有我們不知道的共犯——你們問過他這點了嗎？有沒有問他認不認識洛司克？我們依然一無所知。這根本像大海撈針。然後唯一知道點事情的人你們又不想問。難道只有我看得出來發生什麼事了嗎？你們還需要多少證據？」

米娜怒視著他。魯本的態度對她本身因眼前膠著狀況而生的絕望感，一點幫助也沒有。她感覺挫敗。就在外頭某處有某個人，活生生的一個人，正過著尋常的日子，朋友、工作，沒有理由不相信日子會像這樣往地平線的盡頭無限延伸而去。快樂而渾然不知，如果她和她的同事沒能設法阻止的話，這樣的日子在幾星期後就將戛然而止。最糟的是一點是：魯本可能是對的。但她了解文森。他才智過人，綁鞋帶卻得花上十分鐘才能做到讓自己滿意。而且她有他的保證：他是無辜的。

文森至少明白自己背負的重大嫌疑。他取消了到月底前的所有行程，並保證不離開斯德哥爾摩。他同時也退出了調查。

尤莉亞冷靜地繼續說下去。

這是米娜最欣賞她上司的幾個特點之一，她無論遇上任何境況都能保持冷靜，即便魯本表現得像個討厭鬼。

「我已經和局長當面談過，他承諾會在九月二十二日當天提供更多警力支援，」尤莉亞說。「但我們有時間卻沒有地點，這點你倒沒說錯。但直到目前為止，所有被害人都是在斯德哥爾摩的特定地點被發現的。知名的公共場所，而非隨機選擇的後巷。」

彼德舉手，尤莉亞點點頭。

「每次都是不一樣的地方，」他說。「所以我們或許可以賭一把，刪除已經使用過的地點？我的意思是說，我們就不必浪費人力在蒂沃尼樂園、中國戲院外面的公園、還有歐斯塔的批發市場。」

「很好的想法，我同意。這確實是個風險、我們可能想錯了，但我認為這是個值得冒的風險。這幾個地點我們就不派員駐守了。不過除了這幾個地方，還有哪些是能代表斯德哥爾摩的地點或知名景點呢？」

他舉起筆，開始在白板上寫下建議。

「卡納斯電視塔、司徒廣場的蘑菇亭、休姆勒花園。」米娜說。

尤莉亞以她幾難辨讀的字體快速記下。

「賽格爾廣場、王宮。」魯本冷言道。

「六月坡、于高登島、瓦薩博物館。」彼德說道。茱莉亞手沒有停。

「洪斯都爾。」彼德說。

魯本嗤之以鼻。「洪斯都爾？索德馬爾姆那個？」

魯本把「索德馬爾姆」講得彷彿是個髒字。

「洪斯……都爾。」尤莉亞邊唸邊寫。

「我們為什麼要放過索德馬爾姆？」彼德說。

「喏，誰鳥索德馬爾姆那種地方啊？還洪斯都爾咧？那裡有什麼？」

「欸，各位同學，專心一點。」尤莉亞厲聲道。

米娜忍不住白眼。魯本這個勢利眼。最諷刺的是，米娜正好知道魯本其實出生長大都在林波的鄉間，而非如他聲稱的斯德哥爾摩綠意盎然的瓦薩斯坦。

「皇家劇院，」克里斯特說，對自己點點頭。「我對皇家劇院一直蠻有感覺的。如果我要殺人，一定會選擇劇院的臺階做為棄屍地點。效果一定超讚。」

「我們不知道凶手追求的是不是效果，或者是因為和這些地點有某種個人的牽連。」

「或者這幾個地點也是某種密碼的一部分？」米娜插話道。

魯本嘆氣。

「媽的，真是夠了，」他說。「文森給我們看了一段隱藏的訊息，根本是他自己搞出來的東西。但拜託，不是所有東西都是謎語或摩斯密碼或隱藏訊息可以嗎？我們就規規矩矩做警察該做的事，不要浪費時間想這些有的沒的。」

「皇家劇院。」尤莉亞加到白板上，往後退一步。

「問題是，」米娜說，「棄屍地點只是第二現場，實際命案發生在其他地方。我同意派出警力監視這些地點可以增加逮補凶嫌的機會，但這是在命案發生之後，我們還得設法阻止命案發生。」

「我們會窮盡一切資源做這件事，」尤莉亞說。「但這至少是一個開始。我會先開始著手整合人力，處理輪值表等等。你們之後如果又想到其他地點，歡迎直接加到白板的清單上。我也會請分析部門的莎拉．塔默瑞克申請從現在起加強監測手機通聯。當然，我們也會增加巡街的警員人數與次數。任何關於我們在這份清單派上用場前，還能採取什麼行動的想法都非常歡迎提出。」

「根本就是大海撈針，」魯本咕噥道。「那根針的名字就叫做文森．瓦爾德。」

尤莉亞轉身怒瞪魯本。

「你的態度對案情毫無幫助！除了說要把文森抓起來關的寶貴建議之外，你還有什麼高見？坐在這裡玩手指等待電話響起？」

「我們可以去訪問他兒時的老師和同學，」魯本低聲說道。「還有那個叫做耶絲卡的女人，羅倍的母親，也是他的玩伴之一。我們為什麼不再去找她談一次？」

「因為文森不是嫌疑犯！」尤莉亞厲聲說道。「沒有任何具體證據把他和命案本身連結在一起。你到底是哪裡無法理解？」

魯本的臉頰發紅，避開她的目光。

米娜真想來一桶爆米花，看魯本被當面修理是她最喜愛的休閒活動。

「也許妳可以派魯本去守著索德馬爾姆？」克里斯特說，彼德強忍大笑。

「一群幼稚鬼。」魯本咕噥道。

眾人一站起來，他搶先第一個離開會議室。米娜逗留了一會，看著白板上那份勢必繼續增長的清單。魯本說對了一件事。這確實就像大海撈針。

一一七

這是不知多久以來的第一次，家裡竟空無一人。阿斯頓上學去了，班雅明在希斯塔的校園有課，蕾貝卡出門找朋友，瑪麗亞則有瑜伽課。這也好。這樣他們就不必看到停在對街那輛監視著整幢房子與車道的警車。他不是嫌犯，至少不是正式嫌犯；但當魯本堅持監視他時，他也同意了。畢竟這是他告訴他們下一起命案即將發生的日子，九月二十二日。至少，在這一天終了而他並沒殺害任何人時，他的無辜也將獲得證實——魯本無疑會大失所望。

魯本大可以選擇不要開警車來。文森猜想那應該才是執行監視勤務時的常規。不，魯本想要被看見。該死了，那輛白底藍黃條紋的警車看起來還剛剛洗過。魯本發現文森竟然沒有鄰居時一定會非常失望。文森透過打開的廚房窗子對他揮揮手。魯本轉頭不理，文森轉而對他比出中指。

家裡沒人意味著他可以愛怎樣就怎樣。他可以用班雅明的電腦看A片、可以完成阿斯頓的樂高模型、為蕾貝卡烤點餅乾、或是裸體在客廳跳舞。可以要，也可以不要——喏，或許最後一項還是不要比較好。裸體跳舞感覺比較像是瑪麗亞的事。當然不是在現實中，但她或許想過。

他拿出Gary Numan的專輯《Telekon》放到客廳的唱盤上。他小時候第一次聽到兒童歌曲以外的音樂，正是英國新浪潮音樂代表人物Gary Numan和Kim Wilde等人的作品。彼時他們的音樂剛開始出現在瑞典廣播節目裡。五歲的他第一次聽到那首〈我死：你死〉，當晚就做了一整晚惡夢。裡面充斥著各種他無從辨認的樂器聲響，音符與和聲既不甜美也不熟悉，一開始真是嚇壞他了。他根據一個五歲孩童的生命經驗唯一認定的關於音樂的定義，完全被打破了。如果音樂是這樣，那麼其他東西呢?他原先的認定也都錯了嗎?世界和他原先想的完全不一樣。什麼都有可能。安全網並不存在。

即便到現在,每回聽到那音樂總會讓他陷入那樣的心態中。而這正是他此刻最需要的。他需要跳脫框架思考。因為即便他不得不讓魯本失望沒去殺人,但有人即將出手。兩個人,他糾正自己。他壓根沒想過洛司克會是其中一名凶手。安娜也不可能。

他在魚缸前彎下腰去,但泥蔭魚並沒有靠過來。彷彿牠們也知道有什麼事正在進行中。

他調高唱機音量,走進書房。雖然有整間屋子讓他選,他還是最喜歡待在書房。書房裡沒有意外;他知道所有東西在哪裡,又各有什麼用。更重要的是:書房是他的。沒有人可以管他書架上的書是照封面顏色而非字母順序排列。沒有人可以嫌棄那幅把他描繪成殭屍的畫像——來自一位知名漫畫家粉絲的禮物——被放在書架上和眾多重要獎杯排排站。

文森躺平在綠色長毛地毯上,開始思考。他曾仔細檢視一片片案情拼圖,想看出自己這片能拼進哪裡;但無論怎麼看,他都無法拼湊成圖。他的腦中一片混亂,他不再管得住自己的思緒。想法念頭成為一個疾速打轉的巨大漩渦,他感覺自己就要倒下了,雖然他早已躺平在地上。他伸展雙臂,試圖穩住這陣暈眩;他感覺手下的地毯纖維,一邊專注在呼吸上。暈眩感緩緩消退。所有拼圖都確認過了,他卻依然一無所知。

說來純粹是運氣,其他警探都不如魯本那般深信他有罪。他甚至也不怪魯本——易地而處,他只怕也會得出相同結論。但這也只能為他爭取一點時間。媒體遲早會得知他和此案的牽連。屆時無論他有多無辜,米娜和其他人都再也無法保護他。

他盯著天花板上微弱的黃色燈光。他躺下前曾先調暗燈光。此刻燈就像天花板上一顆漂浮的金黃色光球。

媒體會生吞活剝了他，胡迪尼殺手原來就是讀心師文森．瓦爾德。他一定會被定罪。為這三起謀殺案。或該說是四起，因為今天結束之前即將再增添一起。然後警方將再無選擇，只是時間問題，而他也沒剩多少時間了。他到底還有什麼？

他第一千次從頭想起，第一千次確認自己沒有遺漏任何細節。

文森閉上眼睛，在腦中挑出三個盒子。每個盒子裡面都有層層推理、可能的結論與潛在的模式。但此刻他暫且先專注在盒子的標籤上。

一號盒子：被害人的母親：他的兒時玩伴。所以說凶手知道他在哪裡長大、身邊有哪些人。

二號盒子：被害人死於出錯的魔術：一如媽。所以凶手知道他母親的事。

三號盒子：案發時間日期拼出他小時候的名字。同一號盒子。

他再次睜開眼睛，盯著那顆漂浮金球。

一切似乎都指向他的童年。

這非常容易就導向凶手必定認識他、甚至和他一起長大的結論。但這是心理學上的思考陷阱。人們很容易就相信一切都是以自己為中心，相信自己是一切發生的根源。所有人或多或少都是這麼思考的——這是無法避免的事，畢竟我們都是自己小宇宙的中心。但這麼想並不會造成事實。

所有關於他童年的資訊都可以在網上取得。甚至也沒那麼難——你只需要知道要怎麼找。凶手完全不必和他有任何個人關係。他們唯一需要的是正常運作的網路連線。

但如果凶手不認識他，那麼他就無從推測其動機。一個陌生人為什麼要這麼做？為了恭維他？為了挑戰他？他雖然自負，但也不至於自負到相信這樣的解釋。狂粉跟蹤客如安娜者通常僅限幻想。確實，莫里亞蒂犯下神祕謀殺案，只為挑戰夏洛克．福爾摩斯解謎的能力。但那只是虛構故事。發生在昂妮絲、圖娃和羅倍身上的事毫無所謂迷濛神祕的氛圍可言。

金色浮球閃了幾下，隨而大亮。調光器顯然需要修理了。他坐起在地毯上，伸展雙腿。他換條路，玩味起凶手真的認識他這個想法。並不是說他認識的所有人中有人做得出這樣的事，但，想想無妨……客廳裡的 Gary Numan 似乎以某種乖戾的方式附和起他，大唱起副歌「我死．你死」。

但就算他認識凶手又如何？他依然找不到動機。而第四起謀殺案今天就會發生。

第四個盒子突然出現在他腦中，不請自來，可就在那裡，與其他三個盒子並排著。他閉上眼睛，探看盒子內部，是空的。他的潛意識顯然試圖告訴他什麼。四個盒子，四片拼圖，其中一個是空的。

啊哈。

當然。

拼圖並不完整。他忽略了某些重要的資訊。可以揭露一切的最後一片拼圖。客廳唱片播放終了，他可以聽到唱針刮過標籤的聲音，他放任它繼續。

第四片拼圖並不是他原先以為的最後謀殺案。他知道它的確切所在了。

就在他自己的家裡。

一一八

米娜剛剛換上乾淨衣服、掛上娜塔莉的項鍊，電鈴就響了。她嚇了一跳。門鈴從來不響的。沒有人會來找她。從來沒有。除非……會是文森嗎？他們的關係已經進展到他以為自己可以臨時起意來訪的程度了嗎？不。尤其不會是今天——不會是有魯本盯著他的今天。這不像文森會做的事。應該是推銷員，某個試圖賣她足球襪或鬱金香的孩子。

或是耶和華見證人。打扮得整整齊齊的年輕人，穿戴白襯衫黑領帶，空洞的雙眼閃耀上帝榮光。像群小小兵，被洗過腦的機器人。

她開門。站在門外的是肯尼特。

「哈囉！」她意外道。「你來了？」

「哈囉！我想過來接波西。抱歉拖了這麼久。我運氣不錯，在電話簿裡找到妳的地址。剛剛有個好心鄰居幫我開了樓下的門。」

鬆了口氣的感覺混雜著罪惡感。波西的主人終於出面讓她鬆了口氣，罪惡感則是因為肯尼特以為狗在她這。

「我還以為你失聯了，」她說，試著拖延一點時間。「從夏天之後我好像就沒在AA見過你了。」

「我們換成另一天去，」他說。「波西一切都好嗎？」

肯尼特眼神熱切地看著她，接著四下張望尋找狗兒的蹤跡。米娜感覺自己的臉部表情僵硬扭曲了起來。

「嗯，喏。波西很好。只是不在這裡……」

「所以牠在哪裡？」

肯尼特一臉不解。米娜帶著歉意聳聳肩。

「雖然我真的很想收容牠，但我的工作時間就是無法配合。我有一個人很好的同事自願幫忙。波西現在在克里斯特家。」

「噢，好，在克里斯特家。」肯尼特說，表情依然困惑。

「你太太狀況如何？」米娜趕緊發問。

「謝謝妳的關心。有一陣子的確很不妙，後來證實只是小中風。他們很快讓她的狀況穩定下來，整個夏天到初秋她都在家裡休養。她現在好多了，我應該有辦法一邊照顧波西。」

「很高興聽你這麼講。」米娜真心說道。

肯尼特與妻子間的真摯情感打動了米娜，過去幾個月以來她不時會想起他們。

「我要去哪找……克里斯特？」肯尼特說，揚起一道眉毛。

米娜拿出手機，開始搜尋聯絡人名單。

「他住在斯凱洛松德海峽附近。你沿著瓦爾督大道開，大約十公里就會看到海峽。過圓環後右轉再開五百公尺。在右手邊，一幢棕色木屋，有點像狩獵小屋。」

她會知道是因為不久前突然感覺良心不安，於是開車去克里斯特家，在門前留下一大包狗糧。

「這是他的電話號碼——你可以打給他要地址和……」

「太多東西要記了……可不可以妳跟我跑一趟吧？」

他口氣懇切哀求，眼睛跟波西一樣大。米娜透過窗子瞄了一眼樓下。大門前的路邊停著一輛老舊的廂型車，感覺相當年久失修，她完全可以想像裡頭的衛生狀況。

「我會很感謝妳。我們畢竟是把波西留給妳，妳也說會代我們照顧牠……」

米娜不自在地蠕動身子。今天真的不是時候。但也許之後克里斯特可以直接載她一起去總部。肯尼特直接訴諸她的良心不安，她實在看不出自己能怎麼推辭——雖然她的身心靈都在全力阻止她坐進那輛航髒的廂型車裡。她拿來她的牛仔外套。

「好，我跟你一起去。」

她鎖門，和他擦身而過，帶頭下樓走出大門，腳步敏捷地走向廂型車，不給自己時間反悔。肯尼特快步跟上，走向駕駛座、解開車鎖。米娜拉開副駕駛座門，深深吸一口氣。正如她所懼怕的。她再吸一口氣，然後上車。

一一九

文森從地毯上起身，去把書拿來。那本有人在耶誕節寄去秀徠富請翁貝托轉送給他的書。那本封面是一頭美洲豹的書。鑑識組在一星期後就把書還給他。他們原想把書多留些時候，但他不認為使用化學試劑反復檢驗書頁有助於找到答案。他們只會找到他和翁貝托的指紋。如果答案在書裡，那也會是在那段訊息中。

那段訊息確定來自凶手，但他上回並沒有深思，因為這與其他拼圖並無牽連。他將其解釋為只是凶手在捉弄他。也許他想得不夠周延。

他翻到第八百七十三頁，班雅明找到的頁數。他依然想不出七月八日下午三點有何特殊意涵——如果真有的話。一如上回，他腦中似乎隱約浮現了什麼，卻渺茫得大可能出自想像。人有時確實可以說服自己無中生有。

訊息依然如上回讀到時一般隱晦。

哈囉，文森：

我非常失望你竟然以為七月八日是下一起凶案的日期。你真的不記得了嗎？你最好不要再扯蛋了，要就玩真的，如果你真想找到我的話。

「扯蛋」。跟整段訊息其他用字比起來，「扯蛋」是俚俗了點。為什麼不說「打混」或是「浪費時間」就好了呢？他先把訊息內容放一邊，檢視起整面書頁。那些粗蠻的線條與紅色團塊。他發現那些團塊比他原本以為的還有些稜角。它們有明顯的角邊，但形狀怪異。他腦中飛轉的漩渦漸漸定型。一段他多年未曾想起的夏日回憶。如此遙遠而模糊，而且被同一個夏天後來發生的事掩蓋過去了。關於草地上的野餐毯的回憶。

媽的生日。

在他還叫做文森·包曼的時代。

媽最喜歡的洋裝。

卡片。

他再次定睛細看書頁上的線條。有些線條其實更像虛線。不可能……不可能是。不可以是。他雙手顫抖，小心翼翼撕下書頁。他手抖得太厲害，幾乎撕壞了。

像摺紙飛機那樣。

他不想看清腦中漸漸成形的影像。他搖搖頭試圖擺脫，但他早無退路。他必須知道。

媽最愛的洋裝布料上有豹紋印花。

書的封面有一頭美洲豹。

他手裡有一副紙牌。

他沿著虛線向裡摺、實線向外摺。每一摺都讓紅色團塊愈發聚合成形。

「記得今天：七月八日下午三點，因為你們日後會跟孫子談起這一天。」

他是這麼說的。在七月八日下午三點：873。媽的生日。他已經四十年不曾慶祝這一天了。

摺好之後，他盯著手中的結果。同樣的血紅粗體，重複三遍。

TTT

他溢出低吼，把書頁揉成一團。然後他拾起書，往書架用力擲去，架上的獎盃砸落在地板上。殭屍畫像連框掉落在地面，玻璃鬆脫。TTT。他曾在童年時期反復聽到這三個字母太多次，不可能忘得掉。

它們也代表著昂妮絲、圖娃，和羅倍被發現的地點：昂妮絲在中國戲院旁的伯澤利公園，圖娃在蒂沃尼樂園的遊樂場外。羅倍在停車場。劇院、樂園、交通。

嫣恩。

凶手是他的姊姊。這何止荒謬，卻是唯一解釋。他必須找到米娜。馬上。

一二〇

「抱歉，我……我應該早點說的。波西……」

米娜掙扎尋找正確字詞。道歉是她最不擅長的一件事，她向來盡量避免。結果就是，這些句子在她口中感覺如此沉重而怪異。最後是肯尼特為她解了圍。

「沒事，」他說。「有人好好照顧牠，這就夠了。」

「謝了。」米娜說，口氣比她預期的唐突。

為了緩和氣氛，她決定做另一件她通常也盡量避免的事。閒談。她憎惡漫無目標的談話，但此刻倒非如此。廂型車裡的灰塵爬滿她全身——這當然只是比喻，但又有何差別？她感覺彷彿那些隱形分子不停在她皮膚上竄爬。為了填補沉默，她至少可以說點話，讓注意力自體內緩緩升起的恐慌感中轉移開來。

「你和……你太太是怎麼認識的？抱歉，我這才發現我不知道她的名字。」

「嫵恩，她叫做嫵恩。」

「嫵恩，好名字。喏，你和嫵恩是怎麼認識的？」

米娜聽得出自己把這段理應輕鬆的閒話說得彆彆扭扭。大部分的人都善於此道。她以為自己也有此潛能，只是比較不常練習。

「我們在谷底認識的。」

「谷底？」

米娜看著他。這不是她預期的回答，也立刻挑起了她繼續談下去的興趣。肯尼特回答的時候雙眼直視前方路面。

「我在路上發現她的。被打到半死。她……有一些問題。她這輩子過得很坎坷，我也是。我也有我的問題。但就好像負負得正那樣，我看到她倒在路上，突然有一種感覺。她的下巴脫臼，一個眼睛腫到根本看不到。她斷了三根肋骨和一條腿。右臂也骨折。有人狠狠踢她的背，導致她脊椎嚴重受傷。」

米娜點點頭。

「所以並不是脊椎側彎。」她說。

肯尼特點點頭。

「等下要下交流道了。」米娜說。他打了右轉燈。

「人們通常不想聽實話，所以我們說謊。這樣比較容易，」他說。

「我懂你的意思。」米娜說，望向窗外。

她也做一樣的事。說謊。對所有人。說謊總是比較容易。

「我叫了救護車，和她一起去醫院。從那時候開始，我們一直是兩個人。」

「然後你決定加入AA……這對你們有幫助嗎？對你們的問題？」

「是的，確實有幫助。AA，還有其他我們自己做的事。有時你必須採取主動。你不能只是坐在那裡，等待事情發生，等待事情改變。有時你必須把事情掌握在自己手中。」

「我了解你的意思，」米娜說。她真的了解。「你是斯德哥爾摩人嗎？」

「是。也不是。」

他沒有多說。她也沒追問。

「你還有多久時間？」她換了話題。

肯尼特似乎不覺意外。可話一出口她就後悔了。她彷彿缺乏其他人都有的濾網——擋在大腦與嘴巴之間那種。這也是她避免與人交談的原因之一，通常都不會有好結果。

「妳怎麼知道的？」他說。目光依然緊盯前方。

「我其實也是聽到你說才確定了。我只是用猜的。你的眼白發黃，膚色也泛黃。和我死於肝癌的祖父很像。車地板上還有一瓶空的蕾莎瓦，我祖父也吃過同樣的藥。」

米娜用腳輕戳躺在車內地板上的空藥瓶。

「幾個月吧，如果運氣好的話，」他說。「太多轉移了。我已經沒在吃蕾莎瓦了。」

「我很遺憾。」她說。

他們沉默半晌。

「我必須為嫣恩做盡一切，」他說。「我只有這個能給她了。我只能這麼做。給她她所需要的一切。」

「太好了。」米娜說。

她在座位上扭動身子，用一手撐住自己。談話開始變得有些太私人，太刺探了。她感覺手沾到黏黏的東西。一張糖果紙。反胃感湧上。她試著拉掉，但糖果紙緊黏住她的手指不放。她愈來愈想吐。終於擺脫了。她抬頭。

「你應該要從那裡下去的。」她說，指向他們剛剛錯過的交流道。

但廂型車沒有減速，反而加速前進。

「你錯過交流道了。」米娜說，皺眉轉頭面向他。

肯尼特沒有回答。他只是把油門踩到底，儀表板顯示他們目前時速一百五十公里。

「你在做什麼？」米娜大叫，瞪著他看。

他終於緩緩轉頭看她，冷靜開口。

「你要和我一起回家。」

然後他的目光便回到路上。米娜文風不動坐了幾秒，然後從口袋裡掏出手機。但肯尼特卻從她手中搶下手機，從窗縫扔出去。就在那一刻，米娜明白自己犯了一個錯誤。

天大的錯誤。

一二一

克比勒，一九八二年

她弟弟雙腿縮起坐在客廳沙發上。他雙臂抱腿，一直在哭。眼淚沾濕他的上衣和坐墊。她幾乎聽不清他的話。

「她進去箱子裡，」他啜泣道。「我用掛鎖把箱子鎖起來，然後我跑去拿我的披風，妳做給我那一件，我跑回屋子裡，突然覺得好餓，我吃了三個三明治，每個裡面都有一片起司和半片火腿。然後我喝了……」

「你吃喝了什麼不重要！」她大吼，無法阻止自己。

「很重要！」他吼回去。「廚房裡的收音機開著，在講躁抑……鬱……症，跟媽有時候很像，我就坐著聽。然後瑪拉、絲肯和洛塔就來了。她們還帶了野餐。我們騎車去湖邊游泳，然後我們去絲肯家吃晚餐。」

她感覺自己又想吐了。

那件該死的披風。她要是沒送他披風，他就會待在穀倉裡。然後什麼都不會發生。所以一切都是她的錯。不，這想法屬於以前那個嬿恩。這回不一樣。從此都不會一樣了。

「你朋友沒問媽在哪裡嗎？」

「有，她們有問，我記得她在穀倉裡，不過她們覺得我們應該溜走、不要讓她看到。頑皮一下，她們說。」

頑皮。嫣恩想殺了那幾個女孩。

「你什麼時候才又想起來你把她留在箱子裡？」她問，強迫自己口氣平靜。

她落坐在弟弟身旁。他額頭靠在縮起的膝蓋上。

「晚上，」他靜靜說道。「我準備上床睡覺的時候。」

「**晚上**？你怎麼可能忘記這樣的事？尤其是你？」

「但我沒有忘記！外面好黑！好可怕！」

他猛地抬頭，以叛逆的眼神看著她。

「而且，她可以自己出來！木箱有一個……我不能說。魔術師不能洩露魔術的祕密，但……」

「我要揍你。」

「木箱有一個密門。這個魔術的重點就是她可以從後面跑出去。我以為她會這樣做——我沒有馬上回去的話她就自己爬出來，然後去了朋友家還是什麼的。或是去拔蒲公英。我不知道。」

她用力嚥下一口口水。他只有七歲，而且不像大部分的七歲孩子。她必須記得這一點。但畢竟，事情還是有限度的。

「她一直沒有回家的時候，」她說。「你為什麼沒去穀倉看看？」

「我害怕。她說不定很生氣，或者她在箱子裡待太久受傷了。我不想要被罵。可是嫣恩，我不懂——她為什麼要待在裡面？」

「因為你天殺的密門根本不管用！」

她弟弟嚇了一跳，然後皺眉。

「不管用？」他說。「我不覺得我有計算錯誤……那她為什麼不敲木箱叫我？」

他有時候真的很蠢。他沒有因為披風被穀倉門夾到導致被活活勒死真是個奇蹟。

「你怎麼知道她沒敲？」她說。「你跑掉了。後來也沒回去穀倉看看！你將近兩個禮拜都沒接近穀倉。因為你不想被罵。你到底在想什麼？她說不定敲了好幾小時，甚至幾天！」

有一小部分的她並不完全滿足。也許事情並不如她想要的那麼單純。這真的完全是她弟弟的錯嗎？媽在草地上那一幕還如此歷歷在目。媽的話言猶在耳。

妳走了我就自殺。

當然不會有人用把自己活活餓死的方式自殺，更別說讓自己在木箱中慢慢高溫蒸烤。不可能。至少不可能是刻意的計畫。媽或許是故意不破壞門逃出來。但當她發現自己被困在木箱裡……會不會一部分的她就在那時候決定放棄？會不會她體內有聲音告訴她這樣是最好的結局？告訴她孩子們沒有了她會更好？於是她就那樣……等下去？

孋恩用力搖頭搖到發疼。這想法太野蠻太不堪了。不可能有人會這麼做。不可能。真的不可能嗎？她看著沙發上坐在她身旁的男孩，下定了決心。都是他的錯。她這個不正常的弟弟竟沒有前去查看。他不要這麼蠢的話，事情就不會變成這樣。這就是結論，別無其他。

門鈴響了。

「妳覺得會是誰？」他弟弟啜泣道。

她抬頭望向天花板，眨掉眼淚。他毀了她的人生。她去不成穆拉上高中了。無父無母的她將進入寄養系統，那不會是一條好走的路。如果住在克比勒這些年讓她學到任何事，那就是她和其他人不一樣。當她火速完成課堂練習、問一些老師們也不懂的問題時，所有老師都只會翻白眼。班上男生也都對她沒興趣——顯然沒有人想跟一個想那麼多的人在一起。連班上的女生也會在她出現時陷入沉默，彷彿不知道該用哪種語言。她們這麼笨，她又能怎麼辦。

但在穆拉，事情就會不一樣了。那裡有和她一樣的人。其他聰明人。伊娃告訴她的。她在那裡可以正常做自己。不再需要噤聲、只管盡情鳴放。

全新的人生。

她從沙發上站起來，前去為警察開門，她一小時前打電話報了警。新人生來不及開始就結束了。她好恨他弟弟，好恨好恨好恨，他和他該死的朋友。

一二二

肯尼特把廂型車開到一棟巨大灰色建築前方的碎石地上。她從之前調查氯氨酮看過的照片認出這地方，他們是對的，確實是水貂養殖場。肯尼特熄火，轉身面對她。

他冷不防甩了她一巴掌。恐嚇策略。讓被害人配合並容易控制的有效方式。因為他們不知道下一巴掌何時又會出現。她知之甚詳。但知之甚詳並不代表不受影響。她很詫異這個老男人竟還這麼有力。皮質醇與腎上腺素在她身體裡炸開竄流，讓她感到異常恐懼。

「在這等。」他說，推開車門下了車。

她與阻撓她清楚思考的腎上腺素與恐懼努力奮戰。她必須仰賴直覺——多年的警察訓練在她腦中灌注許多能確保她保住性命的反射行為。

肯尼特繞過車頭往她這邊走來。他走到廂型車正前方時，她考慮從駕駛座門衝出去，但他轉身速度可能不容她有逃脫的時間。於是她改而解開安全帶、雙腿縮起。在肯尼特壓下門把的那一剎那，她雙腿猛然奮力一踢。車門飛開、擊中他的頭部與上身。他大叫、往後倒在礫石地上。希望很痛。

她縱身跳過倒地不起的肯尼特。外頭的氣味幾乎讓她招架不住。她預期會有動物氣味，但這……這遠遠不止。令人作嘔。她以手掩口。離開礫石地似乎只有一條路，也就是剛剛廂型車駛進來的同一條路。她開始朝那裡跑去，但跑沒幾步便聽到震耳欲聾的槍聲在林木間迴響。她轉身。嫵恩坐在灰色建築前方的一張輪椅上，手中握槍瞄準米娜。米娜咒罵自己的大意。她怎麼會沒想到嫵恩會在這裡呢？

「不要做傻事。」米娜說，緩緩舉起雙手。

嫵恩握槍的動作顯示她對這種武器的熟稔度。她或許年紀大且不良於行，但瞄準射擊的能力卻一點不差。

「我也回敬妳同樣一句話，」嫵恩冷冷說道。「妳見識過我的槍法。」

「昂妮絲？」

嫵恩滿意地點點頭。

「推理能力不錯，警官。對準嘴巴。妳就不知道她有多詫異。」

米娜必須奪下嫵恩的武器，而且要快。她顯然槍法精良。但擊中不動的目標和移動的標靶是兩件相當不同的事。米娜唯一的機會是以之字形路線衝向嫵恩並希望她的槍口跟不上她的動作。她可不想在這種時候手臂挨上一槍，但她挺得住。只要能奪下嫵恩的手槍。

她緩緩放下手臂，目光緊緊鎖定嫵恩。她不能顯現腿部或腹部肌肉緊繃，也不能移轉身體重心。不能洩露任何她正在準備衝刺的跡象。一旦起跑，她必須以迅雷不及掩耳的速度完成行動。

她背後突然響起重重的腳步聲，身體隨而往前撲倒。碎石刮傷了她的膝蓋。她面朝下撲倒在地。她肺內的空氣霎時被榨光，但當她試圖吸氣時卻只能嘎聲喘息。她聽到腳步聲，一雙腳隨而出現在她眼前。她無力抬頭看清來者。此刻她只能專注在把空氣送進肺裡一事上。但她不必抬頭也知道來者何人。蠢透了。

「我想這一個比前面那幾個還活跳了點。」肯尼特在她上方嘎笑道。

一二三

第五通電話接通，依然是和前四通相同的制式訊息。友善的話聲解釋撥號目前無法接通。米娜的手機關機中。

確實，米娜是非常注重隱私的人，但他所知她唯一會關機的時候，是她出席那些她以為沒人知道的ＡＡ聚會時。可即便如此她也還不時忘了關。除此之外她幾乎隨時找得到人，多虧她對工作與職責的老派奉獻精神。她當然有可能人在ＡＡ所以關掉手機。但不會是今天。不會是這個如果他們無法及時阻止便即將以第四樁命案收場的日子。

然而她的電話依然無法接通。

文森對籠罩心頭的那股不祥預感提不出任何理性解釋，理當不難忽視。但這感覺卻頑固地攫住他大腦中的杏仁核，無視額葉的理性呼喚。

他必須打電話給小組的人。問題是除了米娜之外，他只有魯本與尤莉亞的號碼。魯本就坐在幾公尺外的車內，但他絕對不會相信文森，反而會認定這是他試圖開脫的花招。

他於是打給尤莉亞，卻直接接通語音信箱。他很快掛斷電話。他望向窗外魯本的警車。這事關米娜，如果她出了什麼事，他絕對無法原諒自己。如果可能的話他連頭痛之苦都不想讓她受。他必須設法說服魯本。

他還來不及打開大門，手中的電話便響了。是一組他不認識的號碼要求視訊。他認識的人中唯一會要求視訊通話的是阿斯頓，但阿斯頓沒有自己的手機。他猶豫片刻後接通了。

「嗨?哈囉?」

出現在他手機螢幕上的畫面令他失去呼吸能力。是米娜。她坐在一張輪椅上,雙手遭到綑綁。她總是整理得一絲不苟的頭髮髒亂地披散在臉上。她戴著那條他在她書桌上看過的項鍊,白色高領衫上頭沾滿黑色髒污。一邊袖子被扯破了。她顯然極力反抗過某人,並且輸了。

她身旁站著一個年長的男子。米娜一發現攝影機正在運作即刻開口。

「文森,」她說。「我不知道我在哪裡,但這裡有很臭的……」

男人狠狠一巴掌阻止她繼續說下去。文森發現自己見過這個人,在AA聚會上。肯尼特。

「你明白攻擊員警是多麼愚蠢的行為嗎?」米娜大叫,扯動捆繩。「我可以讓你一輩子剩下的時間都在牢裡度過!」

肯尼特只是冷笑,然後把一條一頭綁在輪椅上的繩子纏繞住米娜的身體。繩子愈纏愈緊,米娜發出痛苦嗚咽、停止掙扎。原本拿著手機拍攝的人把鏡頭改為自拍模式,文森望進一雙屬於某個年長女性的眼睛裡,她看來像生病了,她的臉似乎縮過水,比原本該有的模樣還小,她的皮膚粗糙龜裂,彷彿大半輩子都在戶外度過。相當艱辛坎坷的一輩子。

然後他看到她的眼神——他認得這個眼神。深沉強烈一如往昔。恍然大悟的一刻他倏然睜大雙眼。他的姊姊何時變得這麼老了?

「哈囉,弟弟,」她說。「最近過得怎麼樣?」

「妳對米娜做了什麼事?」他大吼。

「噓!沒禮貌,」嫵恩輕斥道。「連招呼都不打的嗎?不過你似乎沒那麼意外看到我,所以我猜你總算拼出書裡的拼圖了。承認吧，那些細節真的很不錯！」

他的姊姊得意大笑。

「對了，我們在AA聽說你騷擾你的粉絲安娜，」她說。「未免太無情。她成天把『超屌的文森·瓦爾德』掛在嘴邊。搭配她好騙的天性真是完美組合。肯尼特只消在她耳邊說一句有人得去點米娜一下，她果然就跑去跟她推薦你，了了我們一樁事。我們當然也想好一整套計策引你加入調查，結果卻全不費工夫。容易成這樣，簡直減損了我們的趣味。」

「放米娜走。」他咬牙切齒道。

他姊姊的臉依然占滿整個螢幕。他需要再次看到米娜確定她大致無恙。

「我了解，」嬿恩說。「你想盡快開始。我沒問題。我們之後可以再閒聊。但首先，有幾條遊戲規則要先說明。我相信你能了解。」

「妳在說什麼？妳想——」

「大人說話不要插嘴！」嬿恩咬牙道。「你完全沒變。永遠都在搶當焦點。我想你有一堆問題想問米娜：她在哪裡、她還好嗎，有的沒的噓寒問暖。但我跟你保證——敢再問一個問題她就死定了。現在馬上。至於米娜，同樣的規則也適用在妳身上。敢說一個字一切會在開始前就結束。」

文森沉默。嬿恩是認真的。他姊姊到底發生過什麼事？她一直那麼聰明。而今她卻精神錯亂瘋狂。他無法把電話中這個女人和那個坐在野餐毯上看他變紙牌魔術的女孩聯想在一起。

嬿恩把鏡頭換回去。他看到男人用力抓住米娜的下巴。她不停甩頭試圖擺脫，但他死不放手。男人捏住她的雙頰。

「都聽懂了嗎？」嫵恩說。

男人扭動手腕、強迫米娜點頭。米娜不發一語，但她眼中的恐慌不容錯認。但這也意味著她沒有放棄。

「沒事的，米娜，」他說，試著用眼神告訴她：我看到妳了，我看得出妳很痛，但他們不知道我們有什麼、不知道我們的連結。「我們照她說的做。」

米娜望進他眼底。

「不過現在我躲到鏡頭後面了，真是失禮，」嫵恩說。「虧我剛還說你沒禮貌。你見過肯尼特。我的丈夫和夥伴。」

依然緊抓住米娜的臉的男人對著鏡頭微笑欠身。嫵恩往後退，畫面開展。米娜看似坐在一張工作檯的後方。檯面上放著一把劍，一把Condor Grosse Messer，和刺穿圖娃的同款。劍把上夾著夾鉗，夾鉗連接到一把電錘鑽，這解釋了他在解剖室裡看到的劍把上的痕跡，電錘鑽看起來就像修路工人使用的電鑽，只是小了些。老天，他們是用電錘鑽把劍推穿圖娃的身體。他不敢想像那會有多痛。

但劍或電錘鑽都不是他注意的焦點。

是那五個倒放在米娜面前的紙袋，每一個都足以在裡面藏一根直立起來的八吋長釘，文森霎時渾身冰冷。

「我也沒那麼冷血，」他姊姊說。「我知道米娜對你有多重要。噢，不要用那種驚訝的表情看我。安娜告訴我她多常在城裡看到你倆。你們顯然到處約會，在羅蘭修夫公園、在峽灣街、在那個屋頂餐廳，甚至在她家。所以不要跟我裝無所謂。我很清楚此刻全世界你最在乎的人就是她。你知道嗎？我會給你機會拯救她。」

肯尼特咯咯笑了。

「或是害死她。」他冷笑道。

「好笑吧？倒大楣的永遠是助理，」嬿恩說，頭探進鏡頭範圍內直視文森的眼睛。「漂亮小助理專門負責被關進狹小空間裡遭受凌遲。但這些你都知道，弟弟。對了，你知道我們是怎麼認識米娜的嗎？你知道她小小的……問題嗎？」

嬿恩緊盯米娜。她沒有迎上嬿恩的目光。

「她是個卒仔。你知道嗎？你知道米娜卒仔到什麼程度嗎？」

這不真是個問題。嬿恩並不期待他回答。

「她坐在那裡，」她繼續道。「一次又一次。一星期又一星期。聆聽其他人掏心掏肺。她聽過所有人的分享。她分享其他人的痛苦，其他人的掙扎，其他人的故事。但她自己呢？她一個屁都沒分享過。喏，妳的機會來了。妳想說什麼？想分享什麼？這裡有妳的觀眾。也可能是妳最後的機會。誰知道？把握機會吧。」

米娜表情不為所動。

「妳如果不分享的話，我就拿掉一個底下沒有釘子的紙袋。」

嬿恩話聲平靜。完全不帶情緒。肯尼特的手摸向放著紙袋的桌面。

「米娜，照他們說的做，」文森強作冷靜道。

五個紙袋意味著百分之二十選到釘子的機率，不管選擇幾號紙袋。拿掉一個紙袋會讓機率提高到百分之二十五。他需要每一個百分比站在他這邊。

米娜緩緩抬頭。她深深吸進一口氣，直視文森——如果她的緊張與焦慮都是來自擔心文森的反應，那就算白費了。他早已知道她會說什麼。

「我的名字叫做米娜。我……我有藥癮。」

「好啦。喏，其實不難，對不對？」

嬿恩微笑，意外溫暖開朗的微笑。

「這樣不是很好嗎，文森？幹嘛搞得那麼困難？她一點也不特別。和參加AA聚會的每一個人沒有兩樣。不是嗎，文森？不過是又一個再普通不過的他媽的毒蟲……坐在那裡自以為高人一等……」

「我早就知道了。」文森說，打斷他姊姊的話。

嬿恩的幸災樂禍霎時被失望之情取代，而米娜詫異地看著他。嬿恩似乎還有話要說，但他卻沒在聽了。他盯著桌上紙袋，全身飆汗。他望向米娜，然後是嬿恩。

想法在他顱內碰撞彈跳，尖叫著跳脫奔逃。他和嬿恩和米娜是三角形的三邊。一個完美的三角形，吐司沒有裂開，如果那樣媽就得把吐司丟掉，但那裡還有五個袋子。3＋5＝8——得不到任何結論。

停下來。

但八加上肯尼特（他姊姊的丈夫為什麼叫做肯尼特？沒人叫這名字吧？）就是九，九公分就是三點五吋。

停，快停下來。

三點五就是烤麵包機的時間設定，如果沒有預熱過的話，這樣就可以讓三角形烤得完美酥脆，只是邊角常常會破掉就像他和—和—和——

停下來。

「我當時只有七歲，嫣恩，」他說。「那是一個意外。」

他姊姊的目光中浮現某種堅硬的東西。

「你以為這只是為了媽媽？」她咬牙道。「你還是一樣幼稚自私，弟弟。不說了。時間到了。」

她消失在鏡頭外。米娜與紙袋再次清晰可見。

「你們這樣做只是害自己愈陷愈深。」米娜說，再次拉扯身上的繩子。

她的話再次遭到忽視。肯尼特抓住她的頭，這回是後腦。

「規則你很清楚，弟弟，」嫣恩說。「這畢竟是你最喜歡的表演項目。挑號碼吧。」

他嚥下一口口水，專心調整呼吸直到感覺思緒重回他的掌握。他必須照她說的做。他不能失控。他毫不懷疑他們會當下殺掉米娜，如果他不遵照他們的指示。可在此同時，他該怎麼選擇？

「我怎麼知道妳不會在每個袋子裡都放了釘子？」他說。

「現在就選一個號碼，」嫣恩語帶威脅。「不然我就幫你選了。」

他專心思考。五個袋子，五個位置。當人們被要求從一排五個物品中擇一時，最常中選的是第四號位置的物品，穩坐第二的則是二號。有許多心理學上的理論試圖解釋這個現象，但現象本身是確定存在的。如果嬿恩對這個現象一無所知，那麼她很有可能就是把釘子放在四號或二號袋子裡面。

但如果她知悉的話，那麼她就很可能會把釘子放在其他袋子底下以增加文森選中的機會，因為她知道文森會避開二號和四號，如果他以為釘子在這兩個袋子底下。

但這前提是，她並沒有期待文森能破解她的欺敵之術、明白釘子並不在二號或四號袋子底下。那麼她就有可能會故意把釘子放在這兩個位子的紙袋底下，估計他有可能認為釘子在其他三個紙袋底下、因而選中這兩個號碼其中之一。

如果釘子真的只有一根的話。

該死了。

他長大之後就不曾見過他姊姊了。但她一直很聰明。非常聰明。另一方面來說，他在她眼中並沒那麼聰明。所以小時候她才會常常被他的魔術嚇到。雖然她事後總是宣稱自己破解了他的手法。他從來不相信她做得到。此刻亦然。

「我選二號紙袋。」文森說，屏息以待。

「接下來發生的事完全是你的責任，」嬿恩說。「我要你知道這點。」

肯尼特抓住米娜的頭，使勁朝二號紙袋撞去。紙袋隨著米娜的額頭撞擊桌面皺成一團。

「噢嗚！」米娜哀嚎。

肯尼特抓住她的頭髮往上一扯。米娜額頭上出現一塊紅斑。沒有釘子。文森鬆了口氣。

「新手好運，」她姊姊說。「再選一個。」

他不敢發問。

「米娜，妳還好嗎？」

她搖搖頭。眼淚沿著臉簌簌流下，臉部肌肉緊繃。

「妳知道釘子在哪裡嗎？」他說。

她再次搖頭。他在她眼中看到的頑強抗力幾乎消失殆盡。

「我警告你，文森！」嬿恩說。「不想要肯尼特改用劍的話就給我住嘴，現在。」

「好，好。等一下。我選……一號。」文森說。

他不知道，根本無從知道。唯一站在他這邊的純粹只有統計數字。剩下四個袋子意味著他有百分之七十五的機率會選到空袋。從另外一個角度來說，他有百分之二十五的機會殺死米娜。

米娜慘叫，額頭再次撞上工作檯面。頭骨撞擊木頭聲透過手機清晰可聞。肯尼特隨即又把米娜的頭拉起來。她渾身一陣陣顫抖。她無以遏抑地啜泣，不再迎上文森的目光。她額頭的印子變成深紅色。但依然沒有釘子。

「好玩嗎，文森？」嬿恩笑道。「愈來愈刺激了！還有三個袋子。觀眾屏息以待！選吧！」

「住手，」他靜靜說道。「已經夠了。她會腦震盪。妳說什麼我都照，就是放過她吧。我受不了了。」

他眨眼，感覺淚水沿著臉頰淌下。

「選！」他姊姊怒吼道。

「不！」他吼回去。

「好，你說的。」

嬿恩朝肯尼特一揮手，他猛地壓住米娜的頭往第五號紙袋撞去。米娜只發出一記嗚咽。她再次被扯正。這一回，她的額頭在桌面留下血印。她已經在失去神智的邊緣。她不再哭泣，肩膀癱軟。米娜看似直視前方，眼神卻渙散失焦。他已經看不出來她是否還在這裡，抑或已然遠去他跟隨不上的地方。她額頭淌血，血滴滴進她美麗的深色眼眸裡。她額頭上沒有釘子。

文森盯著剩下的兩個紙袋。三號與四號紙袋。百分之五十的機率。此刻，米娜既生亦死。

薛丁格的助理，他無法制止自己這麼想。她的存在尚無定論，直到他做出選擇，宣判她走向二中選一的未來。他，文森。他不能擁有這個權力——他不能主宰她的生死——這超過了他的承受極限。

他看著她，看著這位他知之甚深的女警官。他對她的了解甚至超過對自己的。她深色的頭髮，美麗的五官，挺直的鼻子，飽滿的嘴唇。龜裂而被捆綁住的雙手。米娜雙眼依然渙散無神，但她的眼睛是他見過最聰慧靈秀的一雙。

她曾在他的啤酒裡放了吸管。

她曾握住他的手。

她曾靠著他的肩膀哭泣。

她曾深深信任他。

而今他卻要讓她失望了。

他需要她才能把自己留在現實裡。在真正的現實裡。自從米娜進入他生命後，一切都不一樣了，遠超過她所知、遠超過他所能解釋。當她和他在一起的時候，他體內的那片暗影、那片由他自己大腦投下的暗影，便完全失去了力量。沒了她，他……他甚至無法想下去。

兩個紙袋，一個選擇。

她生。

她死。

不可能。他必須知道，必須設法發現釘子在哪裡。

「好，倒數開始，」嬿恩口氣誇張說道。「讀心術大師將在五秒內做出他最後的選擇。」

米娜眨眼，似乎回到現實。她看著眼前的紙袋，倏然明瞭狀況，開始死命搖頭。她望向文森。

她看來和她一樣恐慌。

「不，」她一遍遍喃喃說道。「不、不、不。」

他的頭腦飛快運轉。讀心術大師，嬿恩是這麼說的。但讀心師也是魔術師。他們會變的戲法遠超過觀眾的認知。隱形牽線、複製品、鏡子。還有……是的。是的！

他咬住自己臉頰內側以免顯露興奮之情。這或許真的行得通。這也是他唯一能倚賴的。

「可以靠近紙袋一點嗎？」他盡可能不動聲色問道。

「啊，製造戲劇效果。有何不可！」嬿恩笑道。「我們可以更清楚看到她的腦漿！」

「文森，」米娜不解道，「我為什麼要……？」

她突然住嘴。

我們要一起合作，我們必須信任彼此，我們可以的。

「往前靠一點，靠近三號紙袋。」

她照他說的做。

「很好。然後換四號紙袋。」

米娜再次往前靠。看到了。文森竭力克制，不牽動臉上任何一條肌肉。米娜的位置讓她看不到發生了什麼事。嫵恩與肯尼特似乎也沒有注意到任何事。但文森清楚看到米娜項鍊的磁性墜子靠近四號紙袋時稍稍移動了一公釐。

靠近金屬的反應。

比如說一根二十公分長的釘子。

「三號！」文森吼道。「我選三號！」

「記得，這是你選的選擇，弟弟。」他姊姊說道。

「再見了，米娜。」

米娜深一口氣，緊緊閉上眼睛。她盡全力抗拒，卻還是不敵肯尼特。他把她的頭往前推，直到她的額頭碰觸到三號紙袋上緣。然後他繼續往下壓，動作緩慢而堅定。紙袋隨著米娜頭部壓向桌面皺成一團。肯尼特雙手壓在米娜後腦上，彷彿試圖幫助釘子往上刺進她的頭顱裡。米娜口中發出嘎嘎聲響，伴隨唾液四濺，她的身體也隨之陣陣發顫。肯尼特終於鬆手後，她還趴在原處，額頭貼住桌面。她的頭似乎黏在木頭上了。米娜癱軟不動。

完完全全不動。

一二四

她沿著警察總部的長廊狂奔而下。終於有動靜了。邁可和孩子們八月初從紐約飛抵斯德哥爾摩。他們一起度了三星期的長假，開車在瑞典到處遊玩。然後孩子們就開學了。莎拉以為他們會很快適應斯德哥爾摩的生活，但她錯了。

她一次兩階走下通往中庭的階梯，穿過中庭後繼續往前跑。她不想浪費時間打電話給尤莉亞——這事關重大，她必須當面告知。

相較於紐約的活力四射，斯德哥爾摩宛如止水。孩子們還是想念他們的美國朋友，邁可則不斷提起想搬去加州，因為他的電玩公司在那邊有分部。這提議聽起來愈來愈誘人。但她至少可以在辭去警方工作前把這件最後的任務好好做完。

莎拉不敢等電梯，決定直接奔上三層樓、前往尤莉亞辦公室所在樓層。

她一直耐心等待她返回總部後的新角色漸漸明朗化。感覺上沒人確實知道。當尤莉亞在春季提出支援請求時，她滿心感激地接受了。這至少讓她在等待期間有事可做。而當尤莉亞在秋季再次提出請求時，她因相同理由再次答應了。這回的工作內容急迫許多。她上週花了整整一星期監視手機即時通聯紀錄。一開始還有彼德幫忙。他的一雙鷹眼從不錯過萬一——在他睜得開眼睛的時候。他兩度在睡著之後，他們一致同意這任務還是由莎拉單獨執行是比較好的安排。這一來，龐大的資料量自然遠超過她可以進行有效分類的能力範圍。所幸她現在有了智慧軟體可以協助過濾資料，雖然她並沒有預期會出現任何結果。在她的經驗中，此類情況下使用過的通聯手機通常早被丟棄以免遭到警方追蹤。她在專業方面鮮少判斷錯誤。她的縝密天性讓她很難出錯。但她這回真的錯了，而這卻是再好不過的一件事。

在沉寂了幾個月之後，凶手終於再次使用了他們的手機。

一二五

文森緊盯著螢幕上完全癱軟不動的米娜。他的手劇烈顫抖，幾乎看不清影像。他原本寄望米娜的項鍊對釘子有所反應。這確實發生了。或許。項鍊的擺動如此細微，大可能是米娜在他沒有察覺的情況下身體動了一下所致。也許釘子根本不具磁性。大部分的釘子都不具磁性。

但他又能怎麼做？二選一。他亂選說不定還會猜對，結果他卻選錯了。這太不公平了。他真的盡了一切努力。

米娜的頭在淺色木頭桌面上顯得格外醒目。在淺色木頭上顯得格外醒目是因為……因為桌面上沒有血。

完全沒有血。

他的心漏跳了一拍。

米娜緩緩抬頭，她的目光透過螢幕迎上他的。

他們贏了，卻毫無勝利的感覺，恰恰相反。

「我的老天，」嫵恩笑道。「這一點也不像你，弟弟——竟然救了你助理一命。」

「妳有病，」他說。「噁心。根本沒有釘子，對不對？」

肯尼特聞言掀開最後一個紙袋。四號紙袋。一般人最傾向做的選擇。長釘直立在一小塊木板上，尖頭疑似特別打磨過，銳利得發亮。米娜看到釘子，霎時嘔吐在桌上。

嫵恩把手機鏡頭從工作檯與米娜身上移開，讓文森看看工坊的全貌。房間的正中央矗立著一個看似巨型魚缸的東西。

「這本來是專為你保留的，」她說。「為了今天。老實說我沒想到她竟過得了剛剛那關。所以我們可能得改變計畫把她送進去。」

「等等，我照妳說的做了！」他大吼。「放她走。」

「當然。如果你趕過來取代她的位子。我會把地址送給你。你開車過來大概要一小時四十分鐘——如果你趕得上渡輪的話。我們就先把你朋友送進水箱裡。九十五分鐘之後我們會開始注水，估計五分鐘可以注滿。我建議你不要錯過那班渡輪。」

肯尼特開始推動綁著米娜的輪椅朝水箱去，米娜死命掙扎卻無濟於事。

「還有，文森，」他姊姊直視他說道，「如果讓我稍微懷疑來的人不是你、或者你不是單獨前來，我就直接朝她的臉開槍。」

他大聲呼喊米娜的名字，但嬿恩已經掛斷了電話。文森望向廚房窗外。魯本的車還停在草坪另一頭的路邊。文森自己的車則停在車道上，不可能逃得過魯本的眼睛。問題是要怎麼辦到。魯本不能知道他要離開屋子，如果被警車跟上一切將以災難收尾。他希望他可以讓自己隨著一陣煙消失，但那比較像是湯姆．普雷斯托的把戲。如果他手夠巧，就可以用外套和帽子弄出人形放在窗簾後面。他對這點子冷笑。這種點子大概只會在電視上行得通。

但說到復刻版的自己。

他倒是有一個。

他跑進書房。那個真人比例的人形立牌並不難找出來——它被卡在一堆箱子的後面。人形立牌有點髒損，那是因為製作團隊有回在他不克出席的情況下帶著紙板連喝了好幾家酒吧。但這絕對比外套加帽子強多了。他的形狀。戀狀態。

至少可以撐個五分鐘，直到魯本發現他一直不動。

他必須強化這場魔術。他很快瞄了手錶一眼。掛斷電話後已經過了兩分鐘。他必須在三分鐘內上車。他花了三十秒換上和紙板上的自己相同的衣物。然後他跑到屋外，穿過草坪走向魯本。他看到文森靠近搖下車窗。

「嗨，魯本。」文森說，舉高食指引導魯本本能地追隨手指往上看。

「聽好，你要做……這件事。」文森說，很快地往下移動食指、並在講到最後三個字時音調突然降低八度。

魯本的目光追隨手指往下的動作，直到自動閉上眼睛。文森很快地把一隻手放到魯本頸後，確保他頭部維持前傾。魯本永遠不會原諒他。

「放鬆，深呼吸，」文森說。「隨著每一次呼吸，你將覺得愈來愈放鬆，愈來愈深。」

他稍候幾秒，直到聽到魯本深沉而規律的呼吸聲。

「幾秒之後，你會看到我站在廚房窗前，」他繼續道。「我們要來玩一個互瞪的遊戲。你了解嗎？」

「了解。互瞪遊戲。」魯本以一個容易接受催眠者的平板聲調喃喃復述道。

「我們要完全不能動，彼此互瞪，」文森說。「先眨眼的人就輸了。你沒見過比我還能維持完全不動的人。但我愈是不動，你就愈是堅持要贏。你了解嗎？」

「你都不動，」魯本喃喃說道。「但我會贏。」

文森移開手，讓魯本的頭擺正。他依然閉著眼睛。他可以彈手指讓魯本睜開眼睛，但他從來就不喜歡彈手指這動作。感覺就是太失之……花俏。

「魯本，看著我，」他改而以命令口氣說道。

魯本對著他困惑地眨眨眼。

「很好，那就說定了，」文森說。「不錯。我會考慮你說的事。今晚我就待在家裡了。」種下暗示後，很重要的是馬上接著繼續說話，不讓魯本的大腦有時間搞清楚剛剛發生了什麼事。

「嗯，好，」魯本說，試著理清腦袋。「我會盯著你，文森。不要輕舉妄動。」

文森小跑步回到屋裡，一邊看時間。剛剛總共花掉九十秒。剩下一分鐘。回到屋內後，他立刻蹲在廚房窗邊，把人形紙板搬過來就定位，面向警車。他看到魯本坐直了。

他從陽臺門溜進後花園，一邊傳訊給班雅明要他去接弟弟放學。

文森繞過屋子轉角，沿著外牆走向停在車庫前面的車子。車子擋在他和魯本之間。他蹲下身去，以免魯本往這邊看。希望魯本好好專心盯著廚房窗戶，撐上一段時間。但他冒不起這個險。

文森小心翼翼解開車鎖，拉開副駕駛座車門進入車內再設法爬到駕駛座。他悄悄倒車到馬路上，與警車相距僅僅幾公尺。車胎輾壓礫石，但魯本沒有反應。文森不敢駛過警車，阻斷魯本的視線。他必須往反方向去。一轉過街角、離開魯本視線範圍，他立即將油門一踩到底。他沒有時間停下來，只能邊開邊輸入地址。他不能放鬆，他必須全神貫注。必須搶先一步想。但也僅只一步。

米娜。

嫵恩。

他不能想到那個狹小的水箱，不能想到自己疾速前進是為了讓他姊姊把自己關進注滿水的玻璃箱內，不能想到嬿恩打算活活溺死他、不能想到自己油門踩到底是為了前去赴死。他沒有理會其他車輛的喇叭聲、幾乎刮下它們車身的烤漆。他對準油門愈往下踩。

米娜。

嬿恩。

一二六

莎拉站在尤莉亞門外喘了幾口氣，然後敲門入內。辦公室裡沒人。這不合乎她的預期。她以為所有人都會在，尤其是理應高度警戒的今天。她知道克里斯特的辦公室就在走廊再往下一點，於是前去查看。辦公室門開著，裡面也是空無一人。怎麼回事？也許他們都被叫去緊急集合了。如果是這樣，那麼他們就更需要她的資訊。

歡樂的笑聲與樂聲自附近另一間辦公室傳來：巴布．馬力不容錯認的雷鬼旋律。搞什麼？她快步前往樂音源頭，被映入眼簾的一幕驚愣在門口。

彼德正應對〈No Woman No Cry〉的樂聲踩踏雷鬼舞步、身子後傾膝蓋舉起，胸前還用揹巾背著一個快樂呀呀唱和的嬰兒。他面前的地上有另外兩個嬰孩坐在厚毯上，又開心又害怕地接受一隻興奮過頭的黃金獵犬的濕吻。另一頭的克里斯特則拉緊狗繩，極力避免狗兒不小心吃掉寶寶。彼德看到莎拉，原本高舉的膝蓋停在半空中，臉倏地漲得通紅。

「呃……是這樣的，今天是我太太的生日。」他發窘說道。

莎拉沒有回應，她還沒自眼前這幕恢復過來。

「她的禮物，」彼德顧自回答起沒有出口的問題，「呃，或者該說是她的要求，就是自己去吃午餐，然後自己去剪頭髮，然後在某家咖啡館找個角落打瞌睡。她已經期待做這幾件事很久了。所以，是的，嗯。」

他朝三胞胎點點頭，彷彿這便足以解釋一切。

「我從尤莉亞那得知今天是重要的日子，」莎拉說。「全面動員。她指的應該不是你太太的生日。」

彼德清清喉嚨，更窘了，關掉電腦上的巴布．馬利。克里斯特把黃金獵犬拉離毯子上咯咯歡笑的寶寶身邊，狗兒立刻一臉不滿。

「沒錯，今天是全面動員狀態，」克里斯特說。「我們正嚴陣以待，就像妳說的。根據文——我是說，我們掌握線報今天可能會發生另一起凶案。外頭的巡邏員警進入最高度戒備狀態。但因為目前暫時無事，彼德和我就在這駐守陣地。以備有情資進來需要即刻反應。」

「那麼你們會想知道這件事，」莎拉說。「你們還記得我們春天時追蹤過的那支手機嗎？從國王島區打進熱線那支？你們認為那可能是凶手打來的。」

彼德與克里斯特專注地點頭。三胞胎與狗兒似乎也感受到氣氛的變化，全都安靜下來。

「尤莉亞要求我這星期繼續追蹤那支手機，以備它再次開機。而這確實發生了。開機後只撥出一通電話，持續約十分鐘。但這次發話地點是諾塔耶群島。」

彼德胸前揹巾裡的寶寶開始嚶嚶嗚咽。他用自己的手小心翼翼包住那一雙肥嘟嘟的小手。

「諾塔耶？」他說。「通話內容呢？」

「不知道。我們不能監聽，那需要申請不一樣的搜索票。尤莉亞沒有要求我提出申請。」

莎拉肚裡一沉，感覺自己思慮確有不周。她應該主動提問尤莉亞需要什麼程度的監聽。此類搜索票需要時間，必須提早計畫。繁瑣的申請過程對生手來說並不容易，她確實早該確認過，新工作做了三個月卻還像個菜鳥。

「這不是妳的錯，」克里斯特說，彷彿看穿她的心思。「尤莉亞應該要交代妳，但她事情太多了。

除了發話地點外，妳還有蒐集到其他線索嗎？」
「很多。」莎拉說，鬆了口氣。
「我們知道電話是打給誰的。一個叫做維克多什麼的人……等等，抱歉，是文森・瓦爾德。」
彼德與克里斯特震驚互望。莎拉不解——她沒想到他們的反應會這麼強烈。或者說他們竟會有反應，老實說。看來尤莉亞有些事並沒有告訴她。
「媽的，」彼德靜靜說道，轉頭面對她。「我們認識他。」
「我會聯絡特勤隊請他們派出迅雷小組支援，」克里斯特說。「來吧，波西，幹活了。」
「魯本已經在文森家，」彼德說。「我會打電話給他，然後設法連絡上尤莉亞。謝了，莎拉。幹得好。」
她不住微笑，目送彼德與克里斯特分頭辦事去。她就是為這種時刻而活的，當她明白自己造成了改變。當無數小時的辛苦工作終於有了結果。她和邁可或許可以讓搬去加州的計畫再等等。

一二七

她認命地看著床上的行李袋。她已經說過無數次，他們不需要打包得彷彿是要遠行出國。烏普薩拉不過一小時路程，而且他們沒打算久待。但圖克爾喜歡有備而來。裝備齊全的程度堪比Netflix上的末世生存論者。尤莉亞無需打開袋子就猜得到內容物品應該足夠他倆撐過一場小型戰爭。如果待在家裡的話，囤積的物資更絕對可以讓他們撐過好幾年。尤其是衛生紙，基本上足供一整個郡縣撐上好陣子。什麼傻蛋會做這種事？喏，就是她的傻蛋吧。

話說回來，這個階段他使得上力的地方確實不多。他不是那個要在身體上接根巨型吸管的人，要被管子吸出幾十顆卵子檢查是否至少有幾顆堪用的人也不是他。

他唯一能做的事就是為她打包行李。她不能藉此來責難他。

然而他此刻的態度卻讓她非常厭煩。她不只是他的妻子和他未來可能有的孩子們的母親。他拒絕接受她其實還有一份工作得做。

「他們沒有妳也可以正常運作，」他從臥房外說道。「別這樣。」

她聽到他從門旁的鉤子上取下汽車鑰匙。

「我不知道要怎麼把話說得更清楚，」她咬牙道。「我主導一項調查行動，負責帶領一個小組——每一件事都與我有關。今天是我們必須阻止凶手奪走第四條人命的日子。你難道真的無法了解我不能不在嗎？」

她眼淚幾乎奪眶而出。他怎麼可以這麼自私、拒絕了解？在此同時，她在自己肚皮上扎針，吸進那該死的噴劑的次數早已不計其數。這事必須了結。圖克爾走進臥房。他拚了命克制、不讓挫折之情展露在臉上卻徒勞無功。

「妳自己說過很多次，」他說。「妳是一個高度專業小組的一員。他們知道自己該做什麼。阻止凶手犯案輪不到妳親自出馬吧？」

「謝謝你對我能力的信任，」她說，和他拉開距離。

圖克爾嘆氣，落坐在床上。她知道偏低的雌激素會讓她更易怒，但他有時就是這麼該死的冥頑不靈。

「妳能做的，」圖克爾說，「是這。再給我們倆一個機會。上次嘗試沒有成功。我知道這時機糟透了。但今天這個日期早在好幾個星期前就已經約好了。如果我們今天不去烏普薩拉大學附設醫院，妳就得從頭來過，吃藥打針再搞上好幾星期。只為再回到今天的狀態。值得嗎？」

她坐在他身邊，用袖子擦去淚水。然後雙肩認命地頹然下垂。

「不，不值得，」她說。「但你現在是在要求我在創造生命——一條很可能還不存在的生命——和阻止一條已經存在的生命遭到剝奪之間做取捨。這並不公平。」

她屁股底下傳來震動。她坐在自己的手機上了。她起身，抽出手機，螢幕上顯示彼德來訊，三個字，區區三個字為她做了決定。

「我得馬上過去總部，」她說。「車鑰匙給我。」

圖克爾沒有多說，把鑰匙遞給她。

「加油，親愛的。我們晚一點再談。」他對忙著套上外套的尤莉亞說道。

她往停車處走去時又讀了一次訊息。

是文森。

一二八

一陣惱人的隱約鈴聲打擾他專心。彷彿遠方有人觸動警鈴。上星期還什麼的事。魯本皺眉。

他不能被打擾——他稍微動一下文森就贏了。

文森直挺挺站在那裡。魯本全身力氣維持不動。

他想不到竟有人能像那個讀心師一樣，站在窗邊動也不動。

但魯本沒打算輸。

他把目光愈發鎖定在文森身上。

那聲音又來了，且愈發銳利。怪了。比起來，上回的聲音像是隔著一團棉球。這回則像有人拿刀直接刺進他的耳朵。

他瞇眼盯著文森。

好像有點不一樣。

好像有些不對勁。

鈴聲第三次響起。魯本眨眨眼，彷彿自睡夢中醒來。很深很沉、必須掙扎才能脫離的睡眠狀態。

雖然他知道自己沒睡著，一秒都沒有。

他自始至終盯著文森，絕對不曾闔眼。

但廚房窗後文森臉上的光影卻有些不盡合理。

為何不？

電話第四次響起時，他終於把目光自文森身上移開，在副駕駛座上找到手機。他用擴音模式接了電話。

「魯本·浩克，什麼事？」他不耐道。

「我是彼德。凶手剛剛打電話給文森。我知道你認定他是嫌犯，而這顯然指向那個方向。但他也可能是遇到麻煩了。克里斯特聯繫了迅雷小組——你先不要輕舉妄動，靜待後援抵達。」

魯本掛斷電話。他思考片刻，然後望向隔著一條街的屋子。他下車，倚靠車門而站、猶豫了一會。然後他跑步穿過草坪，衝向廚房的窗子。紙板文森平靜地望著他看，魯本發誓紙板上的人露出了微笑。

一二九

他把車開到水貂養殖場前那片碎石地上。肯尼特正在等他。那王八蛋甚至對他招手。文森恨他入骨。他熄火下車。腐臭味撲鼻而來。惡臭似乎來自於主建築——這養殖場大有問題，這點無庸置疑。但此刻他壓根不在乎。他只想殺了肯尼特，想讓他從此消失在地球表面。為了他對米娜做的事。但他明白把怒氣發洩在這個蓄鬍老人身上並沒有意義。真的動手他就再也看不到米娜了。

「她在哪裡?」他說。

肯尼特轉身，開始往回走。文森別無選擇只能跟上。在建築的另一頭有一個小門，肯尼特的身影消失在裡面。文森以手掩口，在小門外停下腳步。外頭的陽光讓門內顯得愈發漆黑。裡頭可能是任何東西。可能是陷阱。但米娜在裡面。

門後正是他在視訊電話裡看到的工坊。巨型水箱矗立在房間正中央。米娜就坐在裡面。他朝她跑去，用力拍打水箱玻璃。他蹲下，好看清她的臉。她額頭傷口的血開始乾了。這一定會留下一大片瘀血。除此之外她外表看起來大致無恙，只是動也不動。

「米娜。」他大叫，嘴巴壓在玻璃上。

「我們給了她一點東西讓她安靜下來，」肯尼特一邊關門說道。「她掙扎得太兇了。」

外頭溫暖的秋陽消失了，只剩日光燈管提供冰冷光源。發電機運作的嗡嗡聲響自某處傳來。

「不過我相信我們一開始放水她就會醒來，」肯尼特說，朝文森伸出一隻手。「手機。」

文森起身。他在手機螢幕上看到水箱時還無法確定，但親眼看到後已毋庸置疑：這個玻璃箱子是胡迪尼水牢的完美複製品，內部僅容一人，沒有絲毫多餘空間。在胡迪尼的表演中，他是綑綁腳踝、頭下腳上吊掛進入水箱。再一會就輪到他了，沒有其他選擇。

他努力調整呼吸，他不能顯露懼色。他把手機交給肯尼特，肯尼特把手機扔進到角落的大型鐵箱裡。

「沒有要放水，」文森朝他喊道。「我人在這裡，一如你們要求。讓她出來。」水箱的製作無疑比先前幾個箱子精美許多。看起來甚至疑似真品。

「只有這個不是我們自己做的，」她姊姊說。

她坐在輪椅上從暗處朝水箱滑來，伸手拍拍玻璃箱壁。

「我們把它留到最後，」她說。「把最好的留給你。」

「但你們是怎麼……？」

「我們其實是照你的方法做的，」她說道，拿出某物扔到他腳邊。

那是一本他七歲以後就沒看過的薄冊子，一本叫做《嗜好系列第十二集：魔術自己做》的小書。

「那裡面的設計圖根本不管用，」嫣恩冷笑道。「反正我們就是要成品不管用，不過你懂我意思。總之，這水箱我們是跟那個魔術師買的——叫什麼來著？湯瑪斯．佩斯托？普雷斯托？」

文森胃裡打結。「我不知道那個魚缸現在放在哪裡積灰塵」——翁貝托是這麼說普雷斯托的水箱的。而文森竟沒有要求他進一步打聽。他真是個傻子。如果他當初問了，米娜此刻就不會躺在水箱底部。

「但你不用擔心，」他姊姊繼續道。「普雷斯托跟我們解釋過這東西的設計。用來調整以關閉水箱的艙口、大鎖和門閂其實可以像個蓋子整個拉起供魔術師脫逃。非常聰明的設計。總之，肯尼特已經把所有東西都牢牢焊死了。我保證你絕對進得去出不來。」

他望著他姊姊。她看來如此衰老，坐在輪椅上顯得朽邁而孱弱。她的皮膚蒼白發灰，手腳發抖。很難相信她只比他大了九歲。

「但為什麼，嬿恩？」她說。

她望向他，眼神和他們小時候一樣地深邃。

「你奪走了我的人生，」她說。「在那個你殺死媽的夏天。那是我最後一次活著。你知道我在那之後經歷了多少個寄養家庭嗎？要不要我告訴你那個用收音機天線抽打我給他妻子看的傢伙？還是我躲在廁所裡逃避那個醉鬼父親的事？要不要聽我第一個男友怎樣把我帶去派對讓他朋友輪姦的故事？還是要聽些藥丸針劑的事？從那個夏天之後我一直住在地獄裡。但你，一切的始作俑者、殺死媽的人，卻得以重新開始，擁有事業，過著幸福快樂的人生。這公理何在？」

文森的腦子高速運轉得讓他頭痛了起來。他沒有辦法把嬿恩的話全部聽進去——他的思緒還卡在她先前那句話上。

「那些設計圖根本不管用。」

他把書從地上撿起來。桑恩斯在文森第一次去找他時說過一段話。他是怎麼說的……對了。

「許多經典魔術的設計圖在出版時都故意出錯。如果要按圖製作道具，你就必須知道要如何更動原圖才能讓一切正常運作。否則不是密門打不開就是有其他問題。」

所以他並沒有做錯。書上怎麼寫他就怎麼做。而且他只有七歲，還是個孩子，滿腦子只害怕媽生氣。但這無法平息他姊姊的怒火。嫵恩的恨意已經積壓太久太深，早已不是事實可以熄滅得了的。而且她並沒有說錯。要是他沒有搞這些木箱，那麼一切都不會發生。

「我當下發誓，」她說，「就算拚上最後一口氣，我也要從你身上奪走你當初剝奪我的一切。只是我一直不夠強，直到肯尼特走進我生命裡。他是第一個真正了解我的人。」

肯尼特朝她伸出一隻手，她溫柔地握住。文森從眼角看到米娜在動。如果他為她爭取足夠時間讓她恢復意識，也許他倆可以一起設法解開僵局。

「那其他人又是為什麼？」他說。「你們為什麼要殺害昂妮絲、圖娃和羅倍？如果我才是妳復仇的對象？」

他試圖不動聲色地四望、尋找可以當做武器的東西。另一頭牆邊，是那張他們用來折磨米娜的工作檯。但檯面被清空了，劍被收走了，他們不打算冒任何險。

「你知道他們的母親是誰，」肯尼特說。「嫵恩跟我說過你朋友的事。她們也必須對你們母親之死負責。你們四個。但你的責任最大。她們害嫵恩沒了母親。所以我們就奪走她們的孩子。報應。」

「此外，」嫵恩乾笑一聲說道，「沒人會在乎死了幾個中年女人。但她們的孩子……噢，文森。她們的孩子。年輕女子和殘障男孩？媒體愛死了。你奪走這幾條年輕無辜的生命，罪大惡極啊，文森。」

他愕然。一定是他聽錯了。

「我？」他說，搖搖頭。

「我剛剛說過，我要從你身上奪走你當初剝奪我的一切，」嫵恩說，「你奪走了我原本可以擁有的人生。所以我要抹煞你的一生。他們在水箱裡發現你的屍體時，同時也會找到一封信。你的遺書。上頭解釋你決定為社會清除害蟲，讓世界更美好。」

他依然不懂。嬿恩顯然精神錯亂了。

「拜託，反應不要這麼慢好嗎，」嬿恩不耐道。「昂妮絲大搞黑白戀。圖娃是猶太人。羅倍是個殘障。全都是你痛恨的人渣。至少你信上是這麼寫的。你的告解，加上你利用凶案日期留下自己的名字做為線索，絕對夠你成為人民公敵、被世世代代人唾棄痛恨。沒有人會再提起你的名字。你將被視為可恥的污點，遭到歷史除名。就好像你不曾存在過。」

「警方並沒有發現名字這條線索，」他說。「我必須指出來給他們看。」

嬿恩爆出更大笑聲。

「噢，弟弟！你真是幫了我不少忙！所以你堅稱清白時他們也都相信你？」

「不全然。」

嬿恩的眼底閃過真心快樂的閃光。他望向地板。他怎麼會這麼愚蠢？

「所以妳才把剪報寄給魯本，」他說。「指引警方找到正確破解密碼的方向。」

「剪報？」嬿恩說，茫然看著他。「我不知道你在說什麼。但你說得沒錯，執法人員有時也需要人推上一把。比如說，找個狂粉去跟他們推薦你。」

「海豚女孩。」

嬿恩滿意地抽鼻子。

「是的，運氣來了擋都擋不住，」她說。「肯尼特和她同時聽到米娜和上司講的那通電話。我們立刻明白這是大好機會。肯尼特甚至不必自己去跟米娜提——他只消稍稍點一下安娜……天啊。有時事情就是順利到讓你不得不覺得是天意。」

米娜。文森再次望向她。她又不動了。他需要更多時間。

「要是你們剛剛用釘子殺了米娜，那妳又打算怎麼解釋？」他問。

「根據你信上所述，你為社會清除害蟲的『志業』將以你的自殺收尾，」肯尼特說。「但當安娜告訴我們米娜對你有多重要時，我們實在忍不住。反正呢，她的姓氏達比里正好完美符合模式。你知道的，你也痛恨穆斯林。」

現場氣氛起了變化。什麼事情不一樣了。他感覺對話即將結束。

「我看得出來你在想什麼，」嫣恩說。「你在想我打給你那通電話應該會被追蹤到。所以警方知道你在哪裡也正在趕來的路上。沒錯。我就是想讓他們知道。我甚至會親自打電話確定他們會來。來愈多人愈好。一起觀賞你最後的演出並為你送行。他們會恰恰在你嚥下最後一口氣後趕到。」

最後的機會。

「米娜！快醒醒！」文森喊道。用力敲打玻璃。

她的眼皮微微抖動、彷彿想說話，然後便又昏睡過去。

肯尼特抓住他的肩膀，把他拉離水箱。

「你給我振作一點。」老人斥道。

「說夠了，」嫣恩說，滑輪椅移動到一道靠在玻璃箱壁上的梯子旁。「時候到了，弟弟。」

他看看梯子。看看玻璃水箱。箱內僅容一人。

「先讓米娜出來。」他說。

「這我需要你的幫忙，」肯尼特說。「你進去從下面推，我在上面拉。」

他別無選擇。局勢難以挽回。沒有人會來救他們。他站在梯子上，玻璃箱的開口朝他大張，威脅要吞噬他。太擠了。實在太擠了。而且事情不會就此了結。瑪麗亞會相信那封信。班雅明、蕾貝卡和阿斯頓會永遠恨他。他們必須從此隱姓埋名。媒體不會相信米娜堅稱他清白的辯駁。畢竟鐵證如山。但他的家人或許會相信米娜。這是他唯一的希望。希望他的家人願意聽米娜解釋。

他專注想著蕾貝卡、班雅明、阿斯頓與瑪麗亞，爬上最後幾階、進入玻璃箱。他們或許不會恨他。或許不。他一進入箱中立刻蹲下為米娜撥開臉上的髮絲。空間太小，他甚至無法傾身向前，只能屈膝但維持上身直立。

「米娜，」他口氣溫柔，拍拍她的臉頰。「妳得醒來了。我需要妳的合作才能把妳推出去。」

米娜喃喃咕噥，睡意仍濃。他們到底給她下了什麼藥？他希望不是氯氨酮。

「快醒醒，米娜。」

上方傳來搔刮聲引他抬頭望去。肯尼特蓋上了水箱的蓋子。他聽到蓋子上方傳來哐噹聲。鐵鍊。當然。嫵恩敲敲玻璃壁要他看她。

「你該明白我不能留她這個活口吧，弟弟？她會毀了一切。」

嫵恩拿出一支筆和一張摺起的紙。

「我得在信上加幾行字，」她說。「關於你為什麼選擇和她一起死。確保她死後也去不了穆斯林天堂還是什麼的。諷刺的是，是米娜救了我一命。我在ＡＡ暈倒那一次，要不是她叫了救護車，我今天就不會在這裡，你得幫我謝謝她。」

她寫了幾行字，把信紙摺好放入信封。

「嫣恩！」文森大吼，用力捶敲玻璃。「妳是我的姊姊！我們說好的！米娜可以活下去！」

「你姊姊？」她說，眼神冰冷地看著他。「那個嫣恩三十年前就死了。今天則是她弟弟的死期。」

他拍打上方的蓋子，卻只是徒勞。肯尼特從梯子上爬下來，走到牆邊水龍頭接著一條水管處。水管另一頭接到水箱，肯尼特扭開水龍頭，水管裡傳出汩汩聲。幾秒後，水從文森腳邊冒出來。他反射性地抬起腳，然後大腦才反應過來弄濕是無法避免的事。但水定要從某處灌入箱內。運氣好的話他說不定能堵住注水口。他狂亂地搜尋箱底，卻一無所獲。應該是藏在某個暗閥後方。好設計。

「我們扯平了，文森，」嫣恩隔著玻璃說。「喏，很快就扯平了。我現在就打電話報警。他們從諾塔耶搭船過來還要半小時。他們趕到時只會找到你和米娜的屍體，還有你驚人的告解信。然後一切就終於結束了。原諒我們先走一步，就不留下來看戲了。」

她露出淺笑，把信貼在齊臉高度的玻璃上好讓他看清楚。然後她深深嘆息，彷彿終於卸下重擔，讓肯尼特把她推出去。如果這是一部電影，此時她就會丟下最後一句犀利的臺詞，而文森則會在最後一秒找到逃出水箱的方法——或者是某人會正好在絕望一刻及時從外面打破玻璃扭轉局面。

但這些都沒有發生。

最後這幕只有水汩汩注入水箱以及某人喊著他姊姊名字的聲響，伴隨年邁男子推著坐在輪椅上的女人走出門迎向陽光的影像。

一三〇

文森的人形立牌被攔腰對折——這是唯一可以把它塞進車裡的方法。克里斯特問他要這東西做什麼時，他只是胡亂咕噥證據什麼的，硬把它塞進後座。

老實說，魯本也不知道自己為什麼要帶走這人形立牌。除了就是它讓他想起文森那張自以為了不起的臉，每次看到都會讓他體內的腎上腺素濃度陡然提高。文森對他做的事不可原諒。那程度差不多就像把魯本兩隻腳的鞋帶綁在一起、然後脫他褲子。

他的同事沒人敢笑——至少不敢讓他聽到他們在笑，但他從他們眼裡看得出來。大名鼎鼎的魯本·浩克，竟讓一個不入流的讀心師牽著鼻子走。他四下打量，確定沒人看到他剛剛關上後座車門時趁機揍了紙板文森的臉一拳。他媽的該死的文森，又一次。

他走向克里斯特。他站在路的另一頭，和迅雷小組的廂型車一起。

「你一定要把整個迅雷小組都帶來嗎？」他沒好氣地對克里斯特說道。「明天之前事情就會傳遍整個總部。」

「我們不清楚狀況，」克里斯特說。「以我們掌握的消息判斷，很可能是文森本人即將成為第四名被害人。」

「你還是不明白他一直在誤導我們嗎？我從頭就主張把文森逮來。如果你們當初聽我的，這狀況就不會發生了。等發現他下一個被害人時你們要想起我的話。」

彼德和分析組那個叫做莎拉什麼的女人從一輛轎車下來。彼德應該是把三胞胎帶回去給他太太了。生日報銷了。

上回見面的時候，莎拉對他的態度非常輕蔑。他想不出原因；他之前從不曾見過她。八成是個女同性戀。如果是他一點也不會驚訝。

「我們有辦法知道文森此刻的下落嗎？」他對彼德說道。

「很難講，」莎拉說。「手機訊號會連到最近的基地臺。打給文森那通電話連接到的基地臺是位在諾塔耶群島的葛拉度島。所以我們合理猜測他可能在那附近。問題是，位在群島的基地臺覆蓋的範圍遠遠大過城市基地臺的覆蓋範圍；如果是在市區，我們甚至可以知道他在哪一條街上。眼前的情況是，有太多小島可以選：修北島、艾斯格恩島、林登島……」

「林登？」魯本打斷她。「這不可能是巧合。我去過那裡——一個水貂養殖場。」

他看著在場所有人。

「我知道他在哪裡。」

一三一

水淹過他的鞋帶，浸濕他的襪子然後滲進鞋裡。不要想。不要想水只需要五分鐘就可以注滿玻璃箱。箱子有四個面，加上上下兩面則是六個。太擠了。他不能在這裡面。他不能和米娜一起在這箱子裡面。

他必須幫助米娜。

四加六等於十，也就是一和〇，男人和女人，他和米娜。那是水箱的數學函數。他必須設法讓他們逃出去。在兩個互相繞軌運行的天體之間會有五個來自雙方引力完美平衡的點，物體在那五個點上可以完全靜止不動。兩個天體。他和米娜。兩人間的完美平衡。只要有他們兩個。

米娜因為坐在底部，水已經浸濕了她的長褲、雙腿和臀部。她再次喃喃自語，眼睛依然緊閉。

「米娜，妳必須趕快醒來！」

他屈膝，上身卻因為沒有空間而必須維持筆直，然後伸出雙手試圖抱住她的肩膀，把她拉起來。但他無法施力。不可能。玻璃箱內部空間容不下兩人同時直立，即便兩人緊緊靠在一起。其中一人必須在另一人下方。

其中一人會先被水淹沒。

其中一人會先死。

米娜猛地抽一口氣，睜開眼睛。她眼中有驚恐。

「文森！我們在那裡發生什麼事為什麼……」

她試圖抬頭往上看，後腦勺撞擊玻璃。
「噢嗚！」她大叫，反射性抽氣。
「密室，」他無法阻止自己道。「四面玻璃牆。第四個字母是D。五分鐘。第五個字母是E。四加五是九。第九個字母是I。合起來就是D，E，I……拉丁文的神。不，不是這。換個順序：D，I，E。死。」
他的大腦成為自由落體。他的思緒在四壁間狂亂碰撞，他被困住了，但他唯一做的事就是按照指示。他永遠都分毫不差地遵照說明指示，那不是他的錯，他只有七歲……
「文森！」米娜大吼，用力拍打他的大腿。「停下來！」
「對不起，」他說。「為了一切。」
嫣恩讓肯尼特推著她沿養殖場後方的小徑往前行時，一路把前方的群島水景盡收眼底。島上景致真美，尤其是今天。
她對他充滿感激。她不能說自己擁有美好人生，但肯尼特至少為她即將走到盡頭的生命帶來了意義。他不必在乎她。但他了解。也許這是因為在他們相遇時，他離盡頭已如此之近。他為她爭取到了平反與補償——沒有比這還了不起的愛的宣言了。
肯尼特在碼頭上止步。水波輕輕拍打支撐碼頭的木柱，一隻海鷗對著遠方的朋友呀呀嗚叫。他把手放在她肩膀上，而她愛憐地輕撫，沒有回頭。
「很快就結束了。」他說。

「我知道，」她應道。「謝謝你。沒有你，一切只會痛苦地苟延殘喘下去。」

他們不再需要言明了。他無需再次問她想不想這麼做。他很久不曾問過這個問題了。他們早已超越這一切，也早已別無選擇了。

他拿出一捲銀色膠帶，把自己的左手和輪椅把手緊緊地綑繞在一起，一圈又一圈。一定要確保手和輪椅不會分開。她幫忙他纏綑右手。都纏好了後，她終於才抬頭看他。但他沒有迎上她的目光。他早已神遊遠去。

他開始推著她走上伸入水中的長形碼頭。一開始慢。碼頭木板在輪椅碾壓下發出吱嘎聲響。他加快速度。她緊抓住輪椅以免跌出來。走到碼頭盡頭時，他沒有停下來。他縱身一跳，讓輪椅跟著飛向空中。

克比勒，一九八二年

「文森？門好像有問題吔。」

她按照兒子教她的推壓密門，但門卡住了。文風不動地卡住了。或者是她推的方法不對，或許是角度錯了。她的身體基本上算是對折擠在這箱子裡，很難拿捏角度。顯然，竹竿般的細瘦與門鉸鍊般的柔軟度是成為魔術師助理的必要條件。

「文森，你在哪裡？」她再次喊道。

她試圖推開蓋子，但蓋子顯然也卡死了。文森應該是上了掛鎖。文森說要去拿東西，應該是要給她的驚喜。一定就是。他早就知道門打不開；這是他開玩笑的方式。他隨時都會打開掛鎖掀開蓋子，給她看那件他專為她製作的彩虹色助理服。或者是別的東西。她要記得不要吼他吼得太大聲。

但他動作未免也太慢了。花太久時間了。她抱膝擠坐在這箱子裡非常不舒服。她改變主意了。等會非好好罵他一頓不可。文森這餿主意一點也不好玩。

她終於聽到聲音。人聲。不在穀倉裡。還沒。還在外面。她絕對有聽到文森的聲音。但他不是一個人，還有其他好幾個聲音。女孩的聲音。她們在笑。文森也在笑。然後他們對彼此發出噓聲、互相提醒，彷彿要搞什麼頑皮的勾當。

「不要一講到游泳就縮回去，文森！」某人喊道。「來吧！」

然後聲音開始模糊。

「文森！」她大叫，拍打她面前的箱壁。

這回用力多了。

「你回來了嗎，文森？」

米娜眼神銳利地看他一眼。他默默點頭，羞愧得說不出話來。她試圖站起來，不得不整個人擠靠在他身上。勉強容身。水到他們大腿了。他們的胸腔互相緊緊擠壓，榨光兩人肺部的空氣。他無法看她。距離太近了。但他感覺得到她就在那裡。不只因為兩人身體緊貼彼此，更因為她……就在那裡。

4＋6＝10。1＋0＝他和米娜。兩個運行的天體。一個小東西，一份脆弱的了解，完美地平衡在兩人之間。但他沒有說出來。他不是白癡。

「我們這樣站在一起兩個人都動不了，」他聲音緊繃。「動不了就絕對出不去。」

「告訴我你知道脫身的方法。」她說得同樣費力。

「我知道脫身的方法。」

「你說真的嗎？」

「不。我並不知道。我唯一知道的是我們沒有足夠的力氣可以從裡面敲破玻璃。這只有在電視上才可能。我們得想別的辦法。」

「好多水，文森。」

「我知道。對不起。」

「停止道歉。快用腦袋想。這是你在行的事。有時是。」

水漲到他們腹部了。他們最多剩下兩分鐘。但她說得沒錯。他又可以掌控自己的思緒了。他把水和玻璃箱驅出腦海，努力思考。

等等，先退一步。

這個玻璃箱和殺死昂妮絲、圖娃和羅倍的道具不一樣。這不是在家自製的箱子。這曾經是在舞臺上表演水中脫逃的真貨。而真正的舞臺道具總是有層層祕密機關。普雷斯托很可能沒有完全透露給嫣恩。總是有方法讓人逃出去、讓……空氣進來。

呼吸管。

表演水中脫逃的道具一定有隱藏的呼吸管通到外面、讓魔術師可以換氣。他狠狠用頭撞玻璃，悔恨不已。

「文森？」米娜說。他聽到她口氣中的憂慮。

但他不能原諒自己。他早該想到的。箱子畢竟還是局限了他的大腦使之無法正常運作。太擠了。一分鐘後空氣即將告罄。他必須盡快找到呼吸管。

如果呼吸管還沒被嬿恩和肯尼特拆掉的話。

有那麼一秒，感覺像在飛行。彷彿她沒了重量，或者她往上掉落。輪椅入水濺起大片水花。冰冷海水讓嬿恩一時無法呼吸。她知道水很冷，但不知道竟有這麼冷。開始下沉的時候，她的雙手依然緊緊抓著輪椅。

陽光幾乎馬上消失。海水混濁黑暗，她看不到任何東西。不應該是這樣。她放手，轉身在黑暗中尋找肯尼特的手臂。他的雙手依然緊緊和輪椅捆綁在一起，無法回應她的觸摸。她抓著他、讓自己脫離輪椅，直到終於可以抱住他。他用上臂形成半個擁抱環住她。

他們將一起面對盡頭。

在一片湛藍中交纏下沉。

莊嚴而平靜。

但水中一片漆黑、冰寒、疼痛。

好痛好痛。

她緊閉眼睛逃避寒意，扯住肯尼特試圖把他往上拉、遠離黑暗。她可以感覺他拚命想要掙脫輪椅。但他的手卻被膠帶纏住了。
一圈一圈又一圈。
輪椅不斷把他往下拉。她試圖思考。恐慌襲來，她發現自己已經分不清他們是往哪個方向去、甚或是到底有沒有在移動。水底的黑暗吞噬一切，再也沒有任何判斷上下的依據。

克比勒，一九八二年

「文森、文森、文森。」她耳語道，雙唇抵著木頭。
她一開始便喊啞了嗓子，只好休息等待聲音恢復。但她的聲音一直沒有恢復。此刻她只能發出氣音。於是她不斷低喚他的名字，直到連氣音都發不出來。
箱子裡悶熱得宛如三溫暖。汗水浸濕了她的頭髮、從她的鼻尖滴落。她可以感覺自己全身濕透，雖然她無法伸手去確認。
如果箱子是用纖維板做的，她或許有辦法從裡面破牆而出。但文森功課做足，埃倫一定也從木材場拿了上好木料給他。所有接合處都牢牢上膠再釘死。
堆積在四肢的乳酸對她發出尖叫。如果再不趕快伸展雙腿她就要瘋了。以這種姿勢坐了幾個小時是極為非人的感覺。幾小時幾天或幾年，她早已失去時間感。
「誰來救救我，」她低語道。
一等聲音回來她就要用喊的。很快了。只等她恢復力氣。

文森深呼吸，然後盡可能屈膝。他摸到玻璃箱底部，接著沿著邊緣摸索。不在底部。他的小指似乎掃過了什麼，就在角落往上一公分處。找到了，就在這裡。嫣恩並沒有發現。

他小心翼翼地鬆動導管。呼吸管當然會藏在底部。魔術師是頭下腳上倒立進入水箱，底部是離他頭部最近的地方。他打直雙腿，噴氣吐水。接下來就是靠米娜的嘴了。

「你確定這玻璃打不破？」她說，一邊吐掉高漲至唇邊的水。

絕望不遠了，他可以從她聲音中聽出來。他點點頭，望著貼在外面玻璃上那封嫣恩寫的信，他留給後世子孫的遺言。他願意付出一切代價，只求打破玻璃、撕爛那封信。他不要他的家人恨他。

「下面藏了一根呼吸管，」他說。「給妳用。」

「這時候不必搶當救美英雄。你是平民，我是警察。」她說，再次咳水。

「妳比我矮，」他說。「我有比妳多半分鐘的時間可以試著找出解決方法。然後我就會下去跟妳搶呼吸管，到時再看鹿死誰手。」

「哈—哈—哈。」

但米娜還是在水湧進鼻腔前潛入水中尋找呼吸管。她的動作激起一陣水花，文森緊閉眼口。他從沒有費神練習憋氣。他當然可以跟米娜輪流使用呼吸管，問題是他倆設法錯身交換位子所需的時間超過他們肺部的空氣存量。而且他們還得馬上再換一次。他努力控制呼吸。

水波在他的唇邊起伏。他閉嘴，緊緊抿住雙唇。他用鼻子斷續呼吸。他已經開始感覺吸不到氣。水箱裡空氣用盡了。他用力撞擊頭頂的蓋子。放我們出去，拜託放我們出去。夠了。他用拳頭敲打金屬的聲響迴盪在外頭的空間裡，除此之外只有死寂。他辦不到。不行了。他不能悶死在這個狹小的空間裡。當水上漲到他上唇的時候，他在恐慌中死命敲打玻璃。他不能讓恐慌主宰他，認輸就輸掉一切了。但他卻抵擋不住了。

恐慌。

事關恐慌。

水終於漲到他的鼻腔，他往上跳，吸進最後一口氣。他就剩下這一口氣的時間了。有人拉動他的褲腳。他低頭，看到米娜指指呼吸管。但他搖搖頭。沒有時間了。他的身體感覺像要爆炸了。他該練習憋氣的。此時他全部的注意力都集中在緊閉嘴巴。他視線模糊，眼睛進水讓他不停眨眼。他在最後這刻放手一切就結束了。他的身體著火了他著火了他的大腦想要停下來。

恐慌

恐慌……

……控桿。

翁貝托。翁貝托是怎麼說的？他的眼前開始出現閃光。有關控桿。水灌進他耳朵，所有聲音都消失了。一個不在那裡的控桿。一個恐慌控桿。他孤立水中。被水包圍。玻璃的另一邊是空蕩的房間。空氣。生命。控桿不在那裡因為湯姆．普雷斯托愛出險招。他手撐在玻璃上。得救就在另一邊。在他這邊除了死亡別無其他。但文森見過的那個湯姆．普雷斯托不是玩命之徒。事實恰恰相反。他甚至不會把命交到別人手中。文森沒法再想下去了。他的大腦停止運作，漸漸陷入原始的黑暗中。他狂亂地在水中揮手掙扎，動作卻遲鈍而缺乏活力。他放鬆雙頰，反射動作使他吸進一大口水灌進肺裡。翁貝托的法國收藏家錯了。湯姆絕對會有恐慌控桿。而且不只外面有。裡面……水箱裡面也一定會有。

繞軌運行完成。兩個天體間的完美平衡炸裂成幾百萬個碎片。

就一下子。

感覺不過一秒的昏沉。

其餘就像緩緩入睡。

嫦恩緊緊抱住的身體開始劇烈抽搐。這不再是她想要的了。她想活。事情不該是這樣。她放開肯尼特，想努力往上游。就讓他下沉到海床上面對盡頭吧。她知道自己身在深處，而她的雙腿使不上力。她只能用雙臂游泳。

太久了。她說不定根本游錯了方向。也許她是在往深處游去。但她不想要這樣。撥了三下水之後，她的肺爆炸了。

不該是這樣。

就是這樣了。

克比勒，一九八二年

她已經不知道自己是誰了。她只知道痛苦持續了好久。她的四肢在尖叫。熱。渴。她吸吮鮮血淋漓的指頭只求有液體進入體內。她的指甲在好久以前刮抓木頭時就掉了。這囚禁她的木頭。感覺像好久以前的事了。她詛咒世界，然後哀求原諒。

「文森，嫵恩。這樣對大家都好。我不會再對你們大吼大叫了。你們沒了我會過得更好。我知道。我一直都知道。」

她並不知道，但她應該沒有大聲說出來。

然後她就再也沒說話了。

一三三

克比勒，一九八二年

「那個箱子是你自己做的嗎？」

一個不認識的女人站在他面前，手裡拿著拍紙簿與筆。她說話口氣急切，幾乎說得上貪婪。他沒有回答。她聽起來像已經知道答案。總之，他不認識她。他再次望向她的手。一支筆是一條線。一次元。拍紙簿是方形。二次元。他蓋的箱子是立方體。三次元。四次元是時間。但他此刻並不在四次元裡移動。他已經在穀倉前面站了無限久了。或者只有一秒。有人跟他說過話。或許沒有。

一個他感覺見過的警察——應該是媽上回車子壞在商店前面時幫過他們的同一個警察——抓住女人的手臂把她拉開。

「不要騷擾孩子，」警察說。「他甚至不該在這裡。社工遲到了。」

穀倉門被警察拉上封鎖線，畫著閃亮星星的木箱則被推出來，暫放在穀倉前面的空地。還好他當初在箱子下方裝了輪子，不然這麼重他們一定搬不動。但他不明白，這樣他要怎麼進去他的魔術工坊——他所有祕密都在裡面。只要他們不開始亂翻亂看就好。那會讓他很不開心。

「我是《哈蘭郵報》的記者，」女人怒道，左右甩動擺脫警察的手。「公眾有知的權利。」

他看著碎石地上自己的影子。影子愈來愈長了。他只是他的影子。光線永遠無法穿透的影子核心。他成了一次元。從側面看不到他。女人朝他彎下腰。

「沒了媽媽是什麼感覺?」她說，筆尖等在紙上。

他不明白她為什麼看得到他。他明明側面對著她。還有，她說沒了媽媽是什麼意思?媽在啊，在廚房裡。媽就在他刷牙的方式裡。我們就是我們做的事，他母親總是這麼說。他隨時都可以是她。

「老天，夠了，」警察生氣地對女人說。「這裡是意外現場——妳再不離開我就要以妨礙公務罪名逮補妳。」

女人在警察來得及反應之前拿出相機按下快門。閃光燈害他睜不開眼睛。

「你忘記微笑了，」她說。「不過這樣剛好。表情嚴肅的兒童拍照效果特好。好像還有個姊姊是不是?也許她會健談一點。」

女人消失在穀倉前庭另一頭。警察站在他正前方，雙手放在他肩上。他的身體遮去了陽光。

「這是一場意外，」男人說。「這點你明白吧?沒有人怪你。沒事的。你和你姊姊會被送去和新家庭住，但重要的是，你必須明白沒有人認為這件事是你的錯。」

「我們會住在一起嗎?」他緊張問道。「我和嫣恩?」

「這我就不知道了，文森。這要看有沒有家庭願意同時收容你們兩個。可能性或許不高。但你們不會住太遠。我相信你們可以常常見面。這只是暫時的安排。我知道現在一切看起來很奇怪。但你們兩個是很聰明的孩子。你們會好好長大、愈來愈堅強，這件事會過去的。你們還有彼此。你們是家人。一切都可以被原諒。」

一三三

米娜坐在胡迪尼水牢的底部，試圖整理想法。玻璃箱裡的水突然全部流洩到底下的地板上，彷彿箱底突然開了洞。水管依然源源不絕地注水，但水流出去的速度也一樣快。

文森癱軟地站在她上方。他的額頭與膝蓋頂著玻璃，狹小的空間撐住他、讓他不至於倒下。她剛剛看著他在空氣用盡後陷入恐慌、狂亂地拳打腳踢，好幾次幾乎踢中她的頭。就在拳打腳踢的過程中，他一定是觸動了某個洩水的控桿或按鈕，瞬時清空箱裡的水。

但他們依然得設法擺脫這個該死的玻璃箱。她不知道文森是否還活著，但如果她不趕快設法為他施作復甦術的話，就算活著也不久了。他說過箱子打不破，但她不會不戰而降。她脫下鞋子，開始用鞋跟反復擊打玻璃。每一下都盡量打在同一個點。總共花了十五下。他並沒有說錯，換成在水中絕對做不到。玻璃迸裂時她本能地舉起雙臂保護自己。文森往前倒下，但幸好有她的身體擋住，沒讓他面朝下倒在一地碎玻璃上。

她爬出水箱，把文森拉到一塊沒有碎玻璃的地板上。他比看起來得輕，但也可能是她變強了。她看著他。讀心師。是她把他扯進這一切裡。因為肯尼特煽動安娜來跟她推薦他。她一口吞下魚餌、魚鉤、釣線和墜子。然後文森的姊姊差點殺了他，而現在連文森本人可能也死了。她沒打算就這麼放過他。到這地步，水應該把細菌都沖洗掉了。她抬高他的下巴打開呼吸道，然後她深呼吸，把自己的嘴對上他的。

一三四

文森依然虛弱得無法提供助力。他躺在地上，掙扎喘息。米娜不知道嬿恩和肯尼特在哪裡、或者他們什麼時候會回來。她很意外他們竟沒有留下來目睹她和文森的死亡。或許他們覺得沒有必要。或許他們認為目的已經達成，這樣就已經夠了。眼前的問題是：他們是早已逃之夭夭，或者還在附近逗留。

她努力理出頭緒。

她的大腦處在極度想逃走的模式裡，她必須抗拒本能。一方面來說她不能拋下文森。她剛剛救了他的命。根據某句古老的中國諺語，這意味著她得為他負責到底了。另外就是如果她轉身逃跑，難保不會再次直直撞進嬿恩與肯尼特的魔掌裡。

她舉目四望。強忍那股甜膩的腐臭味帶來的反胃感，她必須請求支援，也就是說她必須弄到一支電話。她自己的手機被肯尼特扔出車窗，恐怕早已成為遙遠公路上的碎片。他們應該也拿走了文森的手機，但如果手機沒被他們帶走就應該還在附近。她找過房間裡唯一的家具、也就是那張工作檯，卻沒有找到。

「文森，」她耐心道，轉身朝向他。

他依然躺在地上，眼珠微微上吊、眼白清楚可見。他的呼吸淺而不規則，顯然正在意識的邊緣掙扎。

「文森！」她口氣堅定起來。「你有看到他們把你的手機拿到哪裡去了嗎？不在工作檯上，其他地方也沒看到。會不會被他們帶走了？」

她感覺胸口一沉。他們當然會把東西帶走。

但文森吃力地舉起右手，指向一個角落。角落裡矗立著一個大型鐵箱。那種讓人把垃圾丟進去然後付錢請人來拖走的垃圾箱。

她原本甚至沒有注意到鐵箱的存在；大型垃圾箱會喚起太多與髒污有關、再也沖洗不乾淨的情緒，於是她學會視而不見。但文森直指的手一直不放下。她百般不情願地走向垃圾箱。走愈近，那股腐爛惡臭就愈強烈。她胃裡的東西衝上喉頭，酸味燃燒她的喉嚨，然後才往來時路退回去。每走一步，恐慌感就掐得愈緊。她不想看到裡面的東西，甚至不想從它旁邊走過。她根本不想和那個垃圾鐵箱同處一室。

她轉身用哀求的眼光望向文森。她看到他依然掙扎著想開口，卻蓄不足力氣。於是他舉起手，第三次指向垃圾箱。該死。他媽的該死。

她以為聽到外面傳來聲音。她停下動作仔細聆聽，卻只聽到寂靜。沒有人會來解救他們。他們只能靠自己了。

垃圾箱很高——太高了。她沒辦法靠自己看到裡面的狀況。她四下打量。原本靠在水箱旁的梯子隨著爆裂的玻璃倒在地上，又濕又滑、覆滿碎玻璃。不能用。另一頭的牆邊靠著另一道梯子。看起來十分老舊、感覺很多年沒人碰過了，但上頭至少沒有碎玻璃。她渴望地瞥了門口一眼，然後才往梯子走去。

梯子上結了無數蛛網。不只有網，她嫌惡地發現。蜘蛛。無數小蜘蛛爬滿梯子與錯綜複雜的蛛網。她勉強在梯子上找到一小塊淨土，滿心恐懼與憎惡地抓住梯子的那一小部分。她把梯子搬離牆壁，赫然發現那些小蜘蛛的源頭。一隻巨大、肥碩、毛茸茸的母蜘蛛原本安坐在木梯後方，此時直直爬上米娜的手。

她放聲尖叫。她無法制止自己。尖叫聲在四壁間迴盪，她望向門口，感覺自己的心臟因恐懼而砰砰急跳。他們聽到了嗎？嫣恩和肯尼特會不會跑回來、發現原來她和文森沒有死在水箱裡？

沒有動靜。

沒人。

死寂。

她的心臟依然急跳。她把梯子搬到垃圾箱旁。她全身發癢，從頭皮癢到腳底；她想像自己身上爬滿小蜘蛛，很有可能會鑽進她皮膚底下產卵的小蜘蛛。產卵或是其他一樣可怕的事情。

她想起YouTube上的一支影片。那是某次魯本不知為了滿足什麼變態的需要、非看到她被噁到不可時拿給她看的。影片講的是馬蠅，一種原生於南美的昆蟲。馬蠅會在宿主皮膚底下產卵、孵化成幼蟲。影片中一條肥滋滋的馬蠅幼蟲就這麼硬生生從某人頭皮上鑽了出來。

她必須抵抗想吐的感覺，決心不讓魯本得逞。當時她竟設法忍住了，一如此時她也拚上全部意志力正在做的事。

她小心翼翼地把梯子靠在垃圾箱旁邊，盡可能不讓木頭敲上金屬時發出太大聲響。幾隻小蜘蛛也跟著一起過來，在鬆動的蛛網間慌亂地竄動。

但米娜的心思早已不在蛛網上。近距離讓源自垃圾箱的惡臭愈發令人難以忍受。她眼睛充淚、鼻腔刺痛。不管是什麼東西，會發出此般惡臭必定也會在空氣中散播各種細菌微生物，漂浮過她身邊、包圍她、入侵她體內。

她強迫自己專注在眼前的任務上。必須達成的目標。她瞥了一眼文森，發現他已經設法坐起來，頭埋在雙膝之間。他開始乾嘔，猛地把剛剛吞下的水全部吐出來在地板上。

她感覺膽汁再次湧進她嘴裡。她吞嚥再吞嚥。她現在不能吐，不能再吐。吐了就無法做她該做的事。嘔吐絕對是她想像得到最糟糕的事。比馬蠅還糟糕。親眼看到自己體內原來裝著那些噁心的東西只會讓她恐慌症發作。她醒著的每時每刻都必須努力壓抑自己不去想這件事。在流感季節，她消毒的頻率是平常的三倍，並且每天乖乖吞下十顆白胡椒粒求心安。吞白胡椒粒這偏方沒有任何科學依據，但米娜的母親以前都會這麼做，而她確實也十年不曾染上腸胃炎。

她爬了三階，頭頂終於和垃圾箱邊緣等高。她還看不到裡面的東西。但那氣味甚至更強烈更熏人了。她拉高上衣領子遮住口鼻，勉強提供一點屏障。幾隻小蜘蛛從她手背跑過去，但在可怕的腐臭味威脅之下那根本不算什麼了。

再一階。

然後又一階——她探頭查看垃圾箱內部。

箱內裝滿屍體。

水貂。

成千上萬隻腐爛程度不一的水貂瞪著她看，而且牠們在動。她知道為什麼。屍體內部滿是氣體、蠕蟲與蒼蠅，讓死屍隨之窸窣竄動。她再也忍不住了，只能靠一邊、讓剛剛成功壓下去的早餐穀片一股腦噴灑在水泥地面上。

淚水湧上。她的心臟以三倍速在胸腔內跳動，她感覺自己掌心一片濕黏。恐慌感威脅著要奪走理智的主宰地位，但她知道哪怕只是千分之一秒的讓步，自己便將徹底崩潰。

她再次望向文森。他的狀況看起來穩定了一點。他坐直看著她，頰上終於出現一絲血色。也許他可以走路了？也許他們該直接離開此地，當做嬿恩和肯尼特已經早一步遠走高飛了？

但她知道他們辦不到。文森還需要一段時間才能夠恢復行動力，而且萬一需要自我防衛時，他只怕完全抵擋不住。

他們需要後援。

她需要那支手機。

她一腳踩上垃圾桶的邊緣，努力假裝沒看到下方那些腐爛脹氣的動物屍體。她拒絕去想那幾百萬隻食屍蠕蟲與蒼蠅卵。她在腦中拚了命的喚起彩虹與獨角獸、夏日草坪與可愛貓咪的畫面。

然後她縱身一跳。

一三五

諾塔耶的地方員警趕到的時候，米娜與文森正坐在工坊地上。米娜剛剛用接到玻璃箱的水管盡可能把自己沖洗乾淨，但她頭髮上還卡了一些血塊和她不願去想的動物屍體不明殘塊。一讓她拿到任何夠銳利的東西她就要直接把那撮頭髮鋸掉。

她的衣服躺在牆角，永遠地毀了。她剛剛尖叫著扯掉全身衣物。但她至少找到了文森沾滿黏糊糊的血的手機。而且手機還能用。她一打完電話就甩開手機、拿起水管死命地沖水。

文森什麼也沒說，只是把自己的衣服脫下來給她穿。衣服太大而且濕透了，但至少上面沒有蜘蛛蠕蟲和動物內臟。文森只穿著內褲坐在那裡。一件夏威夷印花的Björn Borgs牌內褲，她忍不住注意到。

諾塔耶警局派來兩名女警。她們一看到米娜與文森，其中一人站在門口便轉過身去。

「我們需要毛毯！」她對外頭的某人喊道。「快！」

「我們接到一通從這裡撥出的電話，」另一名女警說。「之後立刻又接到另一通，是從斯德哥爾摩警局打來的。」

她蹲在米娜身邊，一臉焦慮。

「是的，電話是我從這裡打的，」米娜說，一邊抽鼻子。「你們速度好快。」

「妳打的？」女警詫異道。「那聲音聽起來老多了，斯德哥爾摩那邊很不解，但根據和我說話那個人指出，這裡應該會有兩具屍體。事關種族歧視仇恨犯罪和自殺什麼的。還說有一封信。你們知道這是怎麼回事嗎？」

米娜啞口無言。她望向文森。

「嫣恩和肯尼特離開前打了電話報警，」他充滿歉意說道。「我剛剛找不到機會跟妳說。」

一三六

他們駛過阿蘭達機場交流道，繼續往北。過了阿蘭達之後車流就變小了。此刻他們幾乎是公路上唯一一輛車。但她知道等接近烏普薩拉時車就又會多了起來。她在車上接到克里斯特的電話，告知搜尋文森的任務目前已轉交給諾塔耶警方。她沒有必要進警局。

克里斯特稍嫌明顯地補了一句說他不知道她為什麼會在家、不過她一定是有更重要的事得處理，畢竟偏偏是今天。她立刻打電話給圖克爾並調轉車頭，默默感謝自己在總部同事是全世界最守不住祕密的人。

她捏捏他握住方向盤的手。他也捏捏她的手，視線沒有離開前方路面。

「謝謝你，」她說。「忍耐我的一切。該死的賀爾蒙。」

「嘿，妳可是超級大警探，」他微笑道。「妳今天面對的是非常困難的抉擇。很抱歉我沒能讓事情變容易。但有一件事是妳必須要知道的。」

他的目光短暫離開路面一秒，直視她的雙眼。

「我愛妳。我認為妳做了正確的決定。我們還有更多機會成為父母。但如果我不讓妳去保護一個已經存在的人、一個某人的孩子，那我又是哪門子父親？抱歉我剛剛真是蠢透了。」

「沒關係，」她說，一隻手放在他大腿上。「你知道的，我本來就不是為了你的聰明才智嫁給你的。」

圖克爾爆出大笑，她也一起笑了。這笑感覺像是水壩潰決。那些自從這一輪賀爾蒙治療開始已經積壓了幾個月的緊張壓力，終於離開她的身體。圖克爾似乎也有相同的感覺。他們即將面對新的開始。一起。她放下車窗，讓九月帶著涼意的空氣吹進來。風颳過她的臉龐與髮絲。感覺如此輕盈、彷彿玩鬧。她微笑閉上眼睛。風中充滿蓬勃生機。

一三七

文森沒有出席記者會。米娜可以理解。媒體得知他與本案的牽連後，即刻以食人魚發現河中牛屍的興奮狠勁朝他蜂擁而上。他避開風頭對所有人都好。

尤莉亞踏上講臺。部分案情細節已經走漏，媒體於是連結幾個不相干的事實再加上記者的想像，編造出他們所謂「可能的狀況」。

人聲漸漸平息下來，眾人以充滿期待的目光望向尤莉亞。米娜站在講臺一旁的簾幕後方。就連她也躲不掉媒體。她不知道他們去哪挖出了那張照片。她一直小心避開公眾目光，就算私底下也鮮少拍照。然而他們卻設法挖出那張她模樣令人不敢恭維的黑白舊照——背景看似某次搜捕行動，而她顯然並不知道有攝影師在場。

「兩名凶手依然在逃，但我們已經確認他們的身分是嫵恩．包曼與肯尼特．班松。在座各位多已注意到，嫵恩確實是讀心師文森．瓦爾德的親姊姊。」

「文森是什麼時候發現凶手是他自己的姊姊的？」

一名態度最為積極的《快報》記者脫口而出。

「發問請先舉手，」尤莉亞斷然說道。「以免引發混亂。」

米娜此時才發現斯德哥爾摩警廳廳長、也就是尤莉亞的父親也站在會場後方看著臺上的女兒。他一臉引以為傲。米娜知道尤莉亞和他們的小組對他而言多少是個棘手的狀況，所以他驕傲的表情大大提振了米娜的士氣。尤莉亞值得他的認同與讚賞。

「但我可以回答妳的問題，」尤莉亞說。「文森一直到和我們的同僚米娜．達比里一起遭到綁架後才確認這個事實。」

「為什麼？動機為何？」

又是同一個記者，又一次沒有舉手。米娜看得出尤莉亞已經快要失去耐性。

「請先舉手。動機確實與媒體近日多次拆解拼湊的那起事件有關。我指的是那起發生在文森與嫣恩童年時期的意外事件。他們的母親，雅布耶拉．包曼在一起不幸事故中身亡，而嫣恩因為種種理由認定文森必須為他們母親之死，以及意外發生後她個人生活的轉變負起全責。」

另一名記者揮動手臂。

「為什麼會採用魔術手法？這不是毫無必要地把事情複雜化了嗎？」

「我能怎麼說呢？在我的個人經驗中，凶手的犯案手法未必是理性思考的結果。我剛說過，凶手的犯案動機與手法全都與雅布耶拉．包曼之死有關。」

「東尼爾．巴蓋布瑞爾之死與本案有任何關聯嗎？」

「東尼爾除了認識兩名死者之外，與本案並無其他牽連。但我在此正好也可以告訴各位，涉及東尼爾案的兩名嫌犯已於今日遭到逮補，檢方將於近日提起告訴。」

米娜對這位年輕人感到難過。他也是嫣恩強烈報仇欲望的被害者，即便並非嫣恩直接下的手。如此沒有必要。如此虛擲的一條人命。但希望瑞典未來黨能因這起醜聞遭受重挫，並在下次選舉中中箭下馬。

尤莉亞繼續對付砲彈般射來的問題。米娜悄悄離場，讓尤莉亞的話聲——現場唯一知道所有答案的聲音——漸漸消失在背景中。

一三八

乾狗糧嘩嘩落入金屬盆中。波西聞聲而至、開始狼吞虎嚥。

「乖狗狗。」克里斯特說。

他扶著桌角緩緩落坐在地板上。動作依然不太俐落，但比以前好一些。常常帶波西去散步的運動效果開始浮現了。他背靠在廚房櫥櫃上，輕撫狗兒。嫉妒我吧，哈瑞·鮑許。

「你的主人似乎人間蒸發了，」克里斯特說。「島上遍尋不著，也沒人看見有船離開。他們確定沒搭渡輪。整件事就是一個謎。當然，諾塔耶警方正在試圖打撈屍體，但他們八成不會找到任何東西。那邊水域太深了。」

波西停止吃食，以疑問的表情看著克里斯特。牠應該是聽出他的口氣有異。

「我知道你在傷心，」克里斯特說，搔搔波西的耳後。「但我在想，等你吃完後，我們可以去散個長長的步，順便給你買個那種會發出唧唧叫聲的玩具，就你老愛咬得稀巴爛的那種。這次來買個亮晶晶造型的。我不覺得他們會回來了，你懂我意思嗎。我想接下來就是你和我了。」

波西汪地吠了一聲，然後從下巴到額頭舔遍克里斯特的臉。滿滿的乾狗糧味。有個伴總是好，克里斯特想。他的思緒第一百萬次飄回到自己的年輕時代。回到有拉瑟的時代。老實說，他從那之後就和拉瑟完全分道揚鑣這件事也太荒謬了。一個曾經如此熟稔的好友，繼續活了克里斯特一無所知的一整輩子，那些他不曾耳聞的人生起伏經歷。他感覺嫉妒，卻不真知道自己在嫉妒什麼。但為時未晚。他畢竟是個警員，何況這年代還有社群媒體這尋人利器。要找到拉瑟不可能有多難。

克里斯特坐在地板上，雙手埋在波西的皮毛裡。他感覺到體內深處有什麼東西鬆動了。一開始非常模糊，他甚至不太確定。但那感覺漸漸茁壯，愈來愈不容忽視。那是一種全新的感覺。他之前從不曾有過的感覺。他說不太準，但他以為很可能就是快樂。

一三九

米爾妲還坐在餐桌旁。薇拉和孔拉德一如往常，以光速吃完一餐。之後薇拉坐定在她的PlayStation前，而孔拉德則跑去把學校作業拿來。此刻他就坐在她對面，埋頭在一本社會科學教科書裡，認真地在電腦上做筆記。

她的孔拉德。這個夏天他並不好過。但療養中心對他似乎有魔術般的效果。從療養中心回家之後，不但過往的狀況不曾再發生過，他甚至還對生活與課業有了全新的態度。連薇拉也發現孔拉德這個秋天變得開朗多了。此刻他坐在這裡，自動自發地做起功課。

當然，米爾妲知道自己不要把希望拉得太高。她之前也曾以為孔拉德終於回歸正途，他卻在一個月後就故態復萌。但這回感覺……很不一樣。她不敢想，也知道不該想，但這回或許是真的了。他們全都值得的。

尤其是現在。

埃狄那封信的內容她記得清清楚楚。信甚至不是他哥哥寄來的，而是由他的律師代筆。她不住哼聲。還律師咧，八成是他從他那些亂七八糟的勾當裡認識的傢伙。說不定還是在監獄裡遇到的。埃狄一輩子就是狗改不了吃屎。他至今依然故我，而他的故我就是金錢至上。

金錢正是眼前的問題。她和埃狄當初共同繼承了她現在住的這間房子。在孩子們的爸沒肩膀擔起責任時，埃狄以完全不符合他個性的慷慨讓她帶著薇拉和孔拉德住在這裡。然而她知道這慷慨不是真的。埃狄真正的目標是米可拉斯外公在恩斯克德的房子，因為那房子更大、地點也更好。等外公一過世，埃狄就會宣稱房子該由他一人繼承，因為他已經讓出了米爾妲住的這間房子的一半所有權。

但這虛假的慷慨顯然也假不下去了。她不怪他——法律畢竟站在他那邊。只是事情來得太突然。她以為他們至少會先談過。但埃狄透過律師通知她，如果還想繼續住在這裡就必須出錢買下他那一半的所有權，否則他們就得賣掉房子。或者她也能以放棄外公房子一半的繼承權來交換。她的時間並不多。她絕對不考慮賣房子——賣房所得根本不足以讓她另買新家。何況她不想讓孩子們經歷這樣的變動。至於貸款恐怕也難，以她目前的財務狀態是不可能申請得到所需款項的。孔拉德夏天去的是私人診所附設的療養中心，要價極為昂貴。不想搶銀行的話，她已經想不出其他可行的籌錢方法。她看著孔拉德埋在教科書裡的頭。她和她的孩子們需要一個奇蹟。

一四〇

魯本猶豫了。他遠離自己舒適圈的距離，直讓他感覺自己該帶上護照並打過疫苗才對。有那麼一刻，他決定自己何苦，畢竟他日子過得很好。

真的很好嗎？

是的，他覺得很好。他的工作只要他不想就不會太繁重。尤其是現在，小組的存在價值得到證實，算是確立了地位。身為小組的一員，這意味著他不再需要遵守先前那些惱人的規範。而身為單身漢則讓他擁有為所欲為的權利。沒有孩子得趕在午餐後去托兒所接回，不必把整個冬天都花在照顧生病的孩子上。他哼聲。請有薪假照顧生病的孩子──多麼該死的創舉。三胞胎一學會走路彼德最好乾脆辭了工作。

他什麼都不缺。城市裡敢玩能玩的風騷馬子多到上不完，斯德哥爾摩根本是他老二專屬的二十四小時全套服務停車場。而且不會有人賴著不走。

沒人囉唆要他洗碗打掃房子，沒人抱怨他情人節送的花束不夠大把，沒人陪他吃電視餐，夜裡陪他相依相偎，沒人擁有那一頭永遠飄著鼠尾草香氣的金髮，沒人會在夏季裡冒出一身小小的可愛雀斑……

沒人……

沒人就像艾麗諾。

魯本很快拿起那張寫著他抄下的電話號碼的紙條，趕在自己改變主意前撥出電話。他深呼吸。

「嗨，我的名字叫做魯本．浩克，我想跟醫生約時間。」

一四一

安涅忒以他已經很久沒看過的表情望著他。他自動當她在開玩笑。直到她開始動手解他扣子他才意會過來她是認真的。

「你沒發現三胞胎睡著了嗎？」她輕聲說道。「三個全部同時睡著了。」

彼德伸手抓來客廳桌上的遙控器、關掉電視，然後又坐回沙發上。安涅忒把手伸進他襯衫裡，愛撫他的胸膛。

「妳說對了，」他說，聆聽屋裡的寧靜。「她們三個真的同時都睡著了。我們應該去買張樂透什麼的，這真是太稀罕了。」

「或者我們可以把時間花在做另一件事上。」安涅忒對著他耳朵用氣音說道。

她站起來，對他伸出一隻手。他握著她的手，讓她引他走進臥房。

「妳確定嗎？」他說，看著她繼續為他褪去身上剩餘的衣物。

她一開始沒有回答。等他被她脱到只剩下一條內褲時。她爬上床，在被子底下一陣摸索，拉出他的上衣與長褲扔給他。然後她拍拍他的枕頭。

「我百分之百確定，」她說。「如果我們趕快躺下，說不定可以在她們醒來前好好睡上半小時。」

彼德看看枕頭再看看自己的妻子。他看不到她蒼白的臉色與眼下的黑色眼袋。他只看得到自己有多愛這個女人。彼德幾乎在頭碰到枕頭之前就睡著了。

一四二

她手機螢幕上那一小格娜塔莉的照片正在地圖上移動。米娜用她書桌上那張大頭照做為代表女孩的圖示。照片和女孩現在的模樣已經很不一樣，但這已經是她擁有的最新近的照片。她好幾次考慮從遠處偷拍娜塔莉，但自我保護的直覺每次都阻止了她。她不敢想像萬一被發現的下場。

直到真的下手之前，米娜一直不確定自己想在娜塔莉的背包裡偷放GPS追蹤器。但那次在國王公園喝咖啡是她多年來第一次這麼靠近女孩。下次不知道會是什麼時候了。

她一開始以為守著娜塔莉的那幾個男人應該已經發現她做了什麼事。他們現身帶走女孩的時候，她幾乎嚇到尿褲子。不誇張。但如果他們發現了追蹤器，那麼那通電話裡的威脅應該會嚴重許多。而且那也會是她最後一次看到娜塔莉。

眼前的情況就是她好陣子都不會敢再接近女孩。不能站在布拉蘇地鐵站的月臺看她上學。不能守在她奧斯特馬爾姆的家門外或跟著她在城裡跑。米娜要再過好一陣子才會再看到她。

但沒關係。

女孩就在她眼前，在她的手裡。

這個App可以讓她即時追蹤娜塔莉的動向。她可以想像她正在做什麼，和誰在一起。地圖上的那一小方大頭照目前停留在奧斯特馬爾姆，所以說娜塔莉應該是在家裡。如果放大小圖，米娜還可以點出地址。但那地址她早已熟知在心。

當然，她無意跟蹤女孩。她擁有她的隱私。她只會不時查看一下。

確定她安然無恙。確定那幾個戴墨鏡的男子有好好照顧她。

「嗨，親愛的，」她說，指尖輕撫螢幕上的照片。「我不會讓任何事發生在妳身上。」

一四三

文森從櫃子裡拿出閃亮野貓馬克杯，在濾茶器裡裝滿茶葉，然後倒入熱水。他把冒著熱氣的杯子放在餐桌上、他妻子的面前。

「妳的茶，親愛的，」他說。「妳看起來很需要來一杯。」

「是綠茶嗎？」她說。

他猶豫一秒。

「不是，」他承認。「是印度茶。」

「謝天謝地，」瑪麗亞說，對著熱茶呵氣。「我受夠那洗碗水了。喝了就胃痛。」

又一會兒，晚餐上桌。俄羅斯優格燉香腸佐西班牙紅椒香腸與辣椒粉醬汁，糙米飯，沙拉，酥炸羽衣甘藍片。羽衣甘藍其實和晚餐菜單不配，但他知道班雅明很喜歡。蕾貝卡落坐在靠近炸鍋的椅子上，他假裝不小心在她手機上灑了點醬汁。

「很遜吔。」她說，把手機移動了一公分。

然後她突然自螢幕上抬起頭，大笑出聲。

「媽呀，還好我們沒有住得夠近的鄰居。要是被我朋友看到你讓警車送回家，還全身濕透像隻落湯雞，我一定會糗死！你有時候實在是夠了，爸。」

文森微笑。

「我承認，我實在有夠笨手笨腳。我下次不會再走在碼頭邊邊上了。」

瑪麗亞從杯緣上方打量著他。雖然他對調查過程三緘其口，一家子人還是不可能不看到報紙頭條。但她什麼也沒說，只是放下杯子、開始為自己盛菜。

「妳覺得怎麼樣，親愛的？」他說。「也許我們可以邀請你父母下星期過來？我為妳父親準備了一份遲來的生日禮物。」

瑪麗亞開始劇烈咳嗽，不得不拿起餐巾接住咳出來的香腸。

「你撞到頭了嗎？」她邊咳邊說。

但他看得到餐巾後面的微笑。

他的目光在餐桌流轉一圈，觀察他這一家人。

蕾貝卡一手吃飯一手拿著手機傳簡訊，他其實還蠻佩服她這種一心多用的能力。如果他選擇用這個角度去看的話。阿斯頓一如往常，埋頭在數自己盤中的食物——瑪麗亞明知不該，還是出手幫愛子把食物切成容易入口的小塊。文森很清楚阿斯頓這行為是從他來的，他怪不了自己的兒子。至於班雅明嘴巴在吃飯，目光卻早已飄遠了。他這年紀關注的焦點應該都在女孩——或男孩——身上。但文森知道班雅明更有可能是在思考數學問題。說不定又是從YouTube上看來的。他只希望這回不要牽涉到那麼多死亡。

「媽咪，我愛妳。」阿斯頓突然說道。

「媽咪也愛你。」瑪麗亞微笑應道。

「不過我也愛你喔，爹地。」阿斯頓繼續道，嚴肅地看著文森。

「所以你現在算是個私家偵探之類的人物了，是吧？」班雅明說道，似乎終於回到現實。

「你不該相信你在《晚報》網站讀到的所有東西。」文森很快應道。

「不過，她真的是你姊姊嗎？」蕾貝卡說。「我甚至不知道我有個姑姑。」

他搖搖頭，拿起餐巾擦嘴。

「那些謀殺案與我無關，」他說。「相關的人都已經不在很久了。」

「我們還會在這裡多久？」阿斯頓著急問道。

文森忍不住揉亂兒子的頭髮，雖然他知道阿斯頓不喜歡他這樣。

「只要大家願意，我們這家人還會在這裡很久很久，」他說。「無論發生什麼事。」

一四四

尤莉亞收攏桌上的紙張、放進塑膠資料夾裡。她從椅子上站起來，米娜與文森也立刻跟進。

「謝謝你，跑這最後一趟過來，」尤莉亞說，握握文森的手。「能夠在沒有媒體在場的情況下把事情做一個正式的了結感覺真好。我保證你終於可以擺脫我們了。」

文森笑了。米娜覺得這笑聲不盡開心。尤莉亞伸出手。

「你可以把通行證還給我就好。」

「是的，當然。喏，謝了，」文森說，把塑膠卡片遞還給她。「這真是一趟……迷離的旅程。」

「我送他出去，」米娜說。「陪他過檢查關卡。」

他們離開尤莉亞的辦公室，沿著走道往前走。肩並肩、不發一語。米娜不想當先開口的那個人。她不知道怎麼面對這樣的場面。尤有甚者，她不確定自己一開口會不會哽咽。

「所以就這樣了。」文森終於說道。

「是的，我想應該是。」她說。

她猶豫片刻。

「嫵恩其實沒說錯，」她說。「我是個敢做不敢當的卒仔。」

「妳不是。」

「你……你怎麼會知道？」她說，用眼角瞥一眼文森。「是我的身體語言還是什麼東西讓你看破我的？」

文森揉揉鼻子。

「妳走路的時候會微微拖一下右腳，左肩也會稍微拱起。還有就是妳眨眼次數是一般人的兩倍。這些都是藥物成癮者神經受損的症狀。」

米娜停下腳步。

「什麼？我真的會這樣？」

她低頭震驚地看著自己的右腳。文森忍不住笑了。

「當然不會，我開玩笑的。不要擔心。我在妳的公寓裡看到妳的ＡＡ里程碑金幣。我不太確定是藥物還是酒精，但酒精不像妳的風格。妳畢竟那麼熱愛健怡可樂。當然，我這樣說是沒把乾洗手算在裡面——我猜乾洗手的酒精含量應該有百分之八十五。妳會拿來喝嗎？」

「欸，夠了你！」

米娜輕捶了他一下。接著兩人便再次陷入沉默。他們走樓梯下樓，她用她的通行證讓他過關回到入口大廳。警察總部的出口大門就在離他們幾公尺遠的大廳另一頭。剩幾公尺就結束了。文森突然止步，轉身看著她。

「對不起，」他說。「我姊姊傷害了妳。我在那之後一直睡不好——我每次閉上眼睛都會看到妳在水箱裡。這都是我的錯。我想過要用什麼方法補償妳，但我想不出一個夠好的答案。」

然後他淺淺微笑。

「至少短頭髮很適合妳。」他說。

她用手順過新剪短的頭髮，隨而停下動作，手指在牛仔褲上來回擦拭、彷彿遭到感染。頭髮對她來說還是疫區。儘管她在垃圾箱那一跳之後已經洗過無數次頭髮。

「是的，如果你好心稍稍透露一下警察已經在趕過來的路上，確實可以省下我一次創傷經驗和剪髮……」

她作勢怒視他，目光中卻沒有絲毫真正的怒氣。他不好意思地微笑，帶著歉意兩手一攤。

「喏，我當時意識不清，」他說。「而且我從沒想過妳竟真會跳進那個可怕的垃圾箱。對不起。但說真的，這髮型很適合你。」

米娜又看了他一眼，選擇不再追究。

都過去了。而且老實說，她其實很滿意這個新髮型。米娜想起文森說的關於他姊姊的事，搖搖頭。

「我們在這裡，」她說。「我們活下來了。他們應該沒有。他們再也無法殺害無辜的人了。」

他靜靜地點點頭，然後望向出口。

「妳說得沒錯。借用尤莉亞的說法，妳終於可以擺脫我了。」

他伸出手做最後告別。這是她最不想要的。在一起經歷過這麼多事情以後，他們不能只以一記握手做為終結。她把自己的一部分給了文森。他是唯一知道真正的她的人。這不能只是握手。這樣的連結是永遠的。

但……

這畢竟不是一部浪漫電影，她也不是只有十五歲。他們站在國王島區警察總部一樓大廳，在十月一個尋常的星期三上班日。一等文森離開，她就得回到樓上處理她荒廢已久的電郵信箱。

她和誰都沒有連結。

「彼此彼此。就像尤莉亞說的。」她說，握住他的手。

她不知道他們手握了多久。十分鐘，一年，半秒鐘。

然後他放下手，轉身朝出口走去。

她也開始往回走。

「米娜，等等，」他突然喊道，朝她跑來，一手在口袋裡搜尋。「這給妳！」

他遞給她一包未開封的吸管。她微笑收下，卻必須努力眨掉淚水。她手伸進自己的口袋。

「給你，」她說，扔給他她的魔術方塊。「轉的時候要小心，有點鬆。」

文森微笑。兩人四目相對。

然後他再次轉身走出大門，手中握著那個色彩鮮明的玩具。

想要使用乾洗手的衝動突然湧現。但她決定置之不理。

致謝辭

這本書不可能是一個人寫成的。就算兩個人也不夠。我們很榮幸，身邊圍繞著許多知識淵博人士，指引我們不致犯下過度偏離事實的錯誤。其中有些人尤其值得如雷掌聲的鼓勵。

Kelda Stagg MSc，大斯德哥爾摩地區警方的刑事鑑識專家，為我們破解了先前關於鑑識醫學以及犯罪被害人屍體處理程序的錯誤成見。我們從她身上學到的知識從驗屍時什麼人會在場、到採檢眼內液體的功用，洋洋灑灑不一而足。

瑞典警方的國家警務行動部（NOA）調查小組專家Teresa Maric也為我們提供了至為寶貴的協助。她為我們解釋電話追蹤與資料分析所有相關事務，鉅細靡遺的程度足夠我們另出專書。本書中所有關於警方這兩大方面的正確描述皆歸功於Kelda與Teresa，若有訛誤責在我們。

至於魔術歷史以及舞臺道具製作方面，發明家暨魔術製作者Andreas Sebring的專業知識之淵博則令我們深深折服。Andreas即是現實真人版的桑恩斯．柏楊德，書中描述的桑恩斯工坊其實就是Andreas的工作室。

與魔術師暨脫逃之王Anders Sebring的一席談話為我們指出如何自理應無法脫逃的容器中脫身的諸多關鍵點，在此一併致謝。

雖然我們對真實存在的人事物盡可能提供正確描述，但我們身為作者也曾在幾經思考後對事實稍做更動以維持敘事流暢度。比如說，林登島水貂養殖場的年代與地點都被我們調整過；養殖場關閉於更早的年代，也並非座落水岸。另，葉弗勒劇院看臺其實有六座而非八座。類似這樣關於事實的更動在書中還有數處。但如果我們堅持如實描述，那麼本書分量恐怕會更加驚人且失之冗長。

在此我們也要為Bokförlaget Forum出版社的團隊獻上想像中的超大花束：我們的出版人Ebba Östburg、原稿顧問John Häggblom、編輯Kerstin Ödeen。我們曾在遇挫時一同哭笑，但即便在我們打算放棄時，他們都堅持了下來。少了整個Forum團隊的投入與鼓勵，本書連現今一半的規格都達不到。

在此也要大大感謝Joakim Hansson、Anna Frankl、Signe Lundgren，以及Nordin Agency作家經紀的全體團隊。一併致謝的還有Lili Assefa與Assefa Communication的同仁，謝謝你們從一開始便對這個系列充滿信心，並以魔術般的手法說服世界一起相信這系列作品。我們至今仍不明白他們是怎麼辦到的，目瞪口呆之餘只有無限敬佩。我們懷疑忍者之劍可能曾派上用場。

卡蜜拉（Camilla）的個人致謝

身為作者，只有在家人無不鼎力支持的情況下才有可能完成任何作品。我了不起的先生Simon絕對是神級隊友——尤其是作者配偶界的夢幻神級隊友。我也感謝我的孩子們、朋友以及其他家人的忠實支持。謝謝你們當我的啦啦隊，一路挺我衝過終點線。

亨利克（Henrik）的個人致謝

感謝我親愛的妻子Linda在本書最不成形的艱困時期對文稿提供的寶貴意見，感謝妳長達兩年之久耐心聆聽我喋喋不休講述文森與米娜的種種不曾要我住嘴。更重要的是，感謝妳從不曾對我失去信心、即便在我最令人難以忍受的時刻仍持續包容我。我也要謝謝我的兒子Sebastian、Nemo、Milo，是你們讓我做的一切有了意義。

最後，我們要謝謝各位讀者對本系列作品的支持。我們愛你們。也希望在讀完系列第一部曲後，你們能和我們一樣熱切期待再次見到文森與米娜！

國家圖書館出版品預行編目（CIP）資料

箱子／卡蜜拉．拉貝格（Camilla Läckberg），亨利克．費克修斯（Henrik Fexeus）合著；王娟娟譯. -- 初版. -- 臺北市：商周出版：英屬蓋曼群島商家庭傳媒股份有限公司城邦分公司發行, 2023.09

648面；15×21公分

譯自 : Box trilogy. 1.

ISBN 978-626-318-786-3（平裝）

881.357　　112011219

箱子
Box Trilogy 1

作　　者　卡蜜拉·拉貝格（Camilla Läckberg）、亨利克·費克修斯（Henrik Fexeus）
譯　　者　王娟娟
責任編輯　劉憶韶
封面設計　劉孟宗
排　　版　黃雅藍

版　　權　吳亭儀
行銷業務　周丹蘋、林秀津、周佑潔、賴正祐
總 編 輯　劉憶韶
總 經 理　彭之琬
事業群總經理　黃淑貞
發 行 人　何飛鵬
法律顧問　元禾法律事務所 王子文律師
出　　版　商周出版 臺北市104民生東路二段141號9樓
電話：（02）25007008　傳真：（02）25007759
Email：bwp.service@cite.com.tw
發　　行　英屬蓋曼群島商家庭傳媒股份有限公司城邦分公司
臺北市中山區民生東路二段141號2樓
書虫客服服務專線：02-25007718 02-25007719
24小時傳真專線：02-25001990 02-25001991
服務時間：周一至周五 9:30-12:00 13:30-17:00
劃撥帳號：19863813　戶名：書虫股份有限公司
讀者服務信箱Email：service@readingclub.com.tw
香港發行所　城邦（香港）出版集團有限公司　香港灣仔駱克道193號東超商業中心1樓
Email：hkcite@biznetvigator.com
電話：（852）25086231　傳真：（852）25789337
馬新發行所　城邦（馬新）出版集團 Cite（M）Sdn Bhd
41, Jalan Radin Anum, Bandar Baru Sri Petaling, 57000 Kuala Lumpur, Malaysia.
Tel：（603）90578822　Fax：（603）90576622　Email：cite@cite.com.my

印　　刷　卡樂彩色製版有限公司
總 經 銷　聯合發行股份有限公司 新北市231新店區寶橋路235巷6弄6號2樓

2023年9月23日初版
定價599元

著作權所有，翻印必究 ISBN 978-626-318-786-3
EISBN 978-626-318-805-1（EPUB）

© 2021 Camilla Läckberg and Henrik Fexeus
Published by arrangement with Nordin Agency AB, Sweden
Complex Chinese translation copyright © 2023 by Business Weekly Publications, a division of Cité Publishing Ltd.
All Rights Reserved.